KB079176

다
다
다

김영하
인사이트
3부작

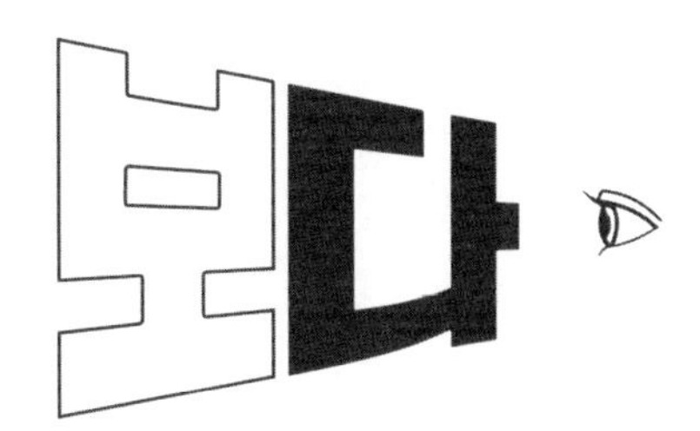

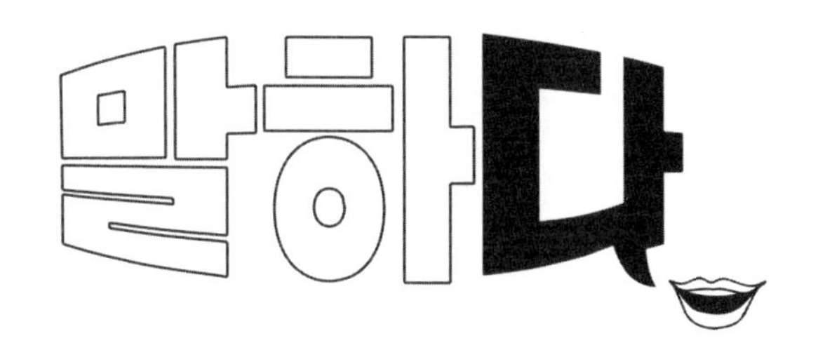

복복서가

『보다』『읽다』『말하다』 합본을 내며

원래는 가벼운 마음으로 시작한 일이었다. '영하의 날씨'라는, 조금은 장난기까지 비치는 제목의 산문집을 구상했고, 그렇게 일이 진행되고 있었다. 원고도 출판사에 다 넘겼고, 교정지가 오고 갔다. 마지막으로 표지 시안을 검토하는 단계에서 엉뚱한 일이 생겼다. 홍대 앞 카페에서 편집자를 만났는데, 테이블 위에 펼쳐놓은 표지 시안들에는 제목이 모두 '영하의 일기'로 잘못 표기돼 있었던 것이다. 편집자의 실수였는지, 아니면 디자이너의 실수였는지는 모르겠지만, 저자에게 처음 시안을 공개하는 마당에 제목에 오류가 나왔다는 건 서로 참 민망한 일이었다. 여기서 저자가 선택할 수 있는 대안은 ① 그냥 '영하의 날씨'라고 치고 표지를 결정한다. ② 다시 미팅을 잡는다. ③ 이왕

이렇게 된 김에 제목을 '영하의 일기'로 바꾼다, 정도일 것이다. 편집자는 테이블에 올려진 시안들을 서둘러 주워 담으며 표지 시안을 다시 뽑아보겠다고 했지만, 일단 '영하의 일기'라는 제목으로 디자인된 시안들을 봐버린 탓인지, 이제 와서 '영하의 날씨'로 바로잡는다고 해도 어쩐지 둘 다 별로라는 생각이 들었고, 그래서 우리는 다음 미팅을 기약하며 어색한 자리를 정리했다.

집에 돌아와서 그 이야기를 아내에게 전하다가 문득 '보다'라는 제목이 어떨까 하는 생각이 들었다. 아마 '날씨'니 '일기'니 하는 가벼워 보이는 말들에 대한 반동이었을지도 모른다. 무겁고, 단단해 보였다. 사전에 등재되는 기본형 아닌가? 시제도 어미도 없다. 아내도 매우 좋다고 해서 그 자리에서 '보다'로 제목을 바꾸기로 마음을 먹었는데, 일단 그렇게 정하고 나자 연쇄적으로 '말하다'나 '읽다' 같은 제목들 또한 떠올랐고 대략적인 집필 방향까지 세워졌다. '말하다'는 그동안 해온 강연과 인터뷰 등을 모아서 내고, '읽다'는 책읽기에 대한 내 생각을 정리해 전작으로 출간한다.

다음 날 편집자에게 전화를 걸어, '영하의 날씨' 표지 시안 다시 뽑을 필요 없다, 제목을 '보다'로 바꾸었다고 전했다. 그리고 '보다'가 출간되면 이어서 바로 '말하다'와 '읽다'도 집필에 들어가겠다고 했다. 이렇게 하여 졸지에 『보다』 『읽다』 『말하다』 산문 삼부작의 출간 계획이 세워진 것이다.

당시에는 두 해에 걸쳐 세 권의 책을 내느라 미처 뒤돌아볼 여력이 없었는데 이번에 이 삼부작을 합본으로 묶어내면서 곰곰이 생각해보니, 어쩌면 『보다』에 이어 『말하다』와 『읽다』가 동시에 내 머릿속에 떠오른 것은 우연이 아닐 수도 있을 것 같았다. 왜 '먹다'나 '걷다', '요리하다' 같은 말이 아니라 그 셋이었을까?

인간이 무언가를 보면, 보는 것만으로도 벌써 힘을 갖게 된다. 목격자나 증인이 되는 것이다. 물론 방관자가 될 수도 있지만, 뭔가를 보았다는 사실은 바뀌지 않는다. 때로는 그저 보는 것만으로도 우리는 세상을 더 나은 곳으로 만들 수 있다. 사람들이 더 윤리적으로 행동하게 만드는 것이다. '감시단'이라는 단어에서 '시'는 볼 시視 자이다. 반면 '눈을 감는다'는 말은 나쁜 것을 묵인하거나 외면한다는 부정적인 의미를 가진다. '본다'는 말은 그래서 수정체에 맺힌 상을 뇌가 지각한다는 원래적 뜻을 넘어서, 세상과 사물을 주의 깊게 살피고 이해한다는 뜻도 가지게 되었다. 그러므로 '눈을 크게 뜨고' 잘 보는 사람은 강할 수밖에 없다. 날카로운 시선으로 주변에서 일어나는 일의 의미를 놓치지 않고 파악하는 사람을 누가 두려워하지 않을까.

기자들은 그런 이를 만나면 어떠어떠한 문제를 어떻게 '보고 있느냐'고 묻는다.

'보기'는 기본적으로 입력의 과정이다. 반면 '말하기'는 출력이다. 입력은 많이 하는데 출력이 부족한 사람이 있고, 그 반대도 있을 것이다. 이상적인 인간이라면 아마 양자가 균형을 이루고 있을 것이다. 말하기 역시 인간에게 힘을 부여한다. 말하는 사람은 강한 사람이다. 강한 사람이 말을 한다고도 말할 수 있다. 한 사람이 말을 하면 다른 여러 사람은 들어야 한다. 그러므로 말한다는 것은 보는 것보다 훨씬 더 권력과 관련되어 있다. 직장에서는 직급이 높은 사람이, 가정에서는 연장자가 많이 말한다. 동년배 친구들 중에서도 말이 많은 쪽이 있고, 적은 쪽이 있다. 어떤 관계에서든 주도권을 가진 쪽이 말을 많이 하고, 힘이 약한 쪽은 잠자코 듣기만 할 것을 암묵적으로 요구받는다. 그러나 어떤 계기가 있어 약자가 말을 하기 시작하면 관계의 균형이 달라지기 시작한다. 처음에 약자는 소리를 지를 수도 있다. 다른 사람이 자기 말을 끝까지 잘 들어준 경험이 별로 없어서일 것이다. 다른 사람에게 말을 한다는 것이 너무 긴장되는 경험이어서, 일단 말을 시작하면 감정을 통제하지 못하고 속사포처럼 퍼부을 수도 있다. 말하는 도중에 북받쳐 울음을 터뜨릴 수도 있다. 그래도 일단 말을 하기 시작했다면, 그 사람은 강해진다. 자기 생각을 말로 표현하는 사람을, 실은 모두가 두려워하기 때문이다. 약자의 말은 '말대답' '말대꾸' 등으로 불리며 오랜 세월 억압당해왔다. 하지만 영원히 약자로 머물기를 원치 않는 사람이라면 결국 자기 생각을 입 밖에 내 말해야만 한다. 일단 말하기 시작하면 머릿속 생각이 정리되며 조리가 생긴다. 말하는 사람은 자기 권리를 지킬 수 있고, 타인을 도울 수 있으며, 증인으로 나서 범죄를 벌할 수 있고, 정치적 세력을 형성할 수 있다. 이렇듯 보기는 말하기를 통해 결정적인 힘을 가지게 된다.

인간 개체의 발달 단계에서든, 인간 종족의 진화 과정에서든, 읽는 능력은 보고 말하는 능력보다 늦게 나타난다. 대부분의 갓난아이는 출생 직후부터 볼 수 있다. 그다음에 말을 하고, 그리고 꽤 오랜 시간이 지나서야 문자를 해독할 수 있다. 선택받은 소수가 아니라 평범한 다수의 사람들이 책을 읽게 된 것은 동서양을 막론하고 일러야 불과 몇 백 년 전부터의 일이다. 비록 늦게 시작했지만 읽는 행위는 인간을 완전히 다른 차원의 존재로 만들어버렸다. 이제 인간은 생판 모르는 타인, 심지어 오래 전에 죽은 사람의 생각까지도 가져와 자기 것으로 만들 수 있게 되었다. 책은 독자를 읽기 전과는 다른 상태로 만든다. 무엇보다 독서가 강력한 것은 독자를 독립적 사고를 하는 개인으로 변모시킨다는 점이다. 책을 읽으면 평소와는 달리 깊은 생각이라는 것을 하게 되는데, 그 생각은 과거 자신의 그것과도 다르고, 바로 옆의 가족도 모른다. 또한 책은 한 번도 경험하지 못한 것을 상상하게 만드는데, 이 역시 온전히 독자 자신의 것이다. 그로부터 독자는 보지 않은 것을 자신이 본 것처럼 여긴다. 자신이 생각해보지도 않았던 것을 어느새 진심으로 믿기 시작한다. 진시황과 히틀러가 책을 불태운 것은 평범한 사람들이 독자적인 생각을 하는 것이 두려웠기 때문이다. 책을 읽는 사람은 강하다. 인간과 세상에 대한 공감과 이해의 폭이 넓어진다. 더 나은 세상과 삶을 상상하기 시작한다. 생각과 상상은 결국 인간을 행동하게 만든다.

책을 통해 타인의 생각을 흡수하여 소화한 사람은 세상을 다른 눈으로 보게 되고, 전과는 다른 방식과 내용으로 말하기 시작한다. 내가 말하면 다른 사람도 나에게 말한다. 그리하여 대화라는 게 시작되는데, 이런 섞임을 통해 우리의 생각은 더 다듬어지고 풍성해진다. 또한 다른 사람에게 자기 생각을 말하는 사람은 자신의 시야가 좁다는 것을 깨닫고 자연스럽게 더 많은 책을 필요로 하게 된다. 이렇게 '보다'는 '말하다'와 '읽다'로 이어지고, 그 셋은 순환하면서 인간을 더욱 강한 존재, 세상의 조류와 대중의 광기에 쉽게 흔들리지 않는 사람으로 만들어준다.

2015년 무렵의 나는 아마도 인간의 정신적 성장에 관심을 가졌던 것 같다. 어떻게 하면 더 독립된 개인으로서, 세상에 대해 자기만의 식견을 갖고, 그것에 대해 당당히 말하며, 독서를 통해 단단한 영혼을 키워갈 수 있을까 고민했던 것 같고, 그래서 아마도 『보다』 『읽다』 그리고 『말하다』 이 삼부작의 구상이 갑자기 머릿속에 떠올랐을 것이다. 구상은 그렇게 시작했지만, 삼부작을 내는 동안 이 책들을 쓰고 있다는 것이 내게 큰 힘이 되었다. 왜냐하면 그 무렵, 우리 부부는 거처를 부산에서 서울로 옮겼는데, 그 과정에서 굉장히 힘든 일들을 겪어야 했다. 내가 책을 쓰고 있으면 늘 꼼꼼히 원고를 읽어주던 아내가 그때는 당면한 문제들을 헤쳐 나가느라 몸과 마음이 지쳐 거의 관심을 기울이지 못할 정도였다. 그런데 『말하다』의 원고를 정리하는 과정, 『읽다』를 위해 원고를 써나가는 과정 덕분에 그 힘든 시간을 견딜 수 있었다. 그 무렵 나는 한 강연에서 "글쓰기는 인간에게 허용된 최후의 자유이자 아무도 침해할 수 없는 마지막 권리"라고 말했는데, 그것은 누구보다도 나 스스로를 향한 말이었을 것이다. 그 어떤 일을 겪더라도 글은 쓸 수 있다는 것. 그리고 내 글을 보아줄 독자가 있다는 것. 그들과 대화할 수 있다는 것이 내가 가진 힘의 원천이었다.

삼부작을 출간한 지 그리 오래되지는 않았지만, 합본을 내는 김에 찬찬히 다시 읽어보면서 많은 부분을 시대의 감각에 맞게 고쳤다. 인용이 길어 읽기의 흐름이 끊긴다 싶은 부분은 간접적 인용으로 바꾸었다. 초판 출간 당시 놓쳤던 것들도 있었다. 꾸준히 독자들로부터 사랑을 받아온 책이라, 이렇게 고칠 기회가 있었다. 다행하고 감사한 일이다. 새로 추가한 원고도 있다. 대학 시절 세상을 떠난 친구의 30주기가 있었던 2017년, 그것을 기려 쓴 글이다.

소설가가 산문을 쓰는 것을 '외도'라 낮춰 부르던 때가 있었다. 그래서 소설이 아닌 책을 낼 때면, 앞에 나서 열심히 책을 알리려 하지 않고 뒤로 숨곤 했었다. 그랬는데도 어느새 소설만큼이나 산문을 많이 쓴 작가가 되어버렸다. 이제는 소설이든 산문이든, 아니면 그 어떤 글쓰기든, 우열 같은 것은 없다고 생각한다. 내 안에서 나온 것은 모두 부끄럽지만, 그래도 작가는 얼굴을 쳐들고 독자 앞에 나서 자기가 쓴 책의 변호인이 되어야 할 책임이 있는 것 같다. 그래서 이렇게 또 '작가의 말'을 쓰고 있다.

누군가의 실수에서 시작된 한 권짜리 산문집 기획이 어쩌다 보니 삼부작으로 불어났는데, 그 세 권이 다시 600페이지가 넘는 한 권의 책으로 합쳐지게 되다니, 책의 운명도 사람의 그것만큼 알 수 없는 일이다. 모쪼록 앞으로도 꾸준히 읽히면서, 독자들이 자기만의 시선으로 세상을 보고, 더 당당히 말하고, 더 깊이 읽고 되새기며 살아가는 데 작은 힘이라도 되었으면 하는 바람이다.

2021년 2월

김영하

차례

SEE

3부 운명과 예술

4부 미래에서 본 과거

읽다

READ

말하다 1부 내면을 지켜라

2부 예술가로 살아라

3부 엉뚱한 곳에 도착하라

4부 기억 없이 기억하라

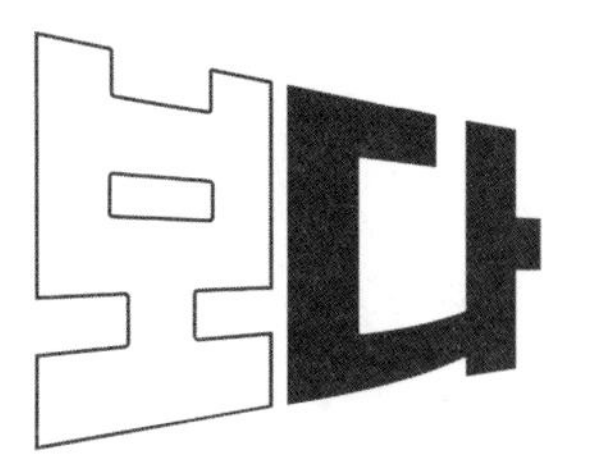
보다

1부

부와 가난

보다

시간 도둑

내가 어렸을 때는 시간이 한 달 단위로 흘렀다. 『보물섬』이라는 만화잡지가 창간된 후부터 그랬다. 한 달 내내 그 잡지가 집으로 배달되기를 기다렸다. 우체부가 두툼한 잡지를 건네주면 방에 틀어박혀 단숨에 읽어치우고는 또 한 달을 기다렸다. 인터넷은커녕 TV 신호도 잘 안 잡히는 시골에서는 잡지가 구원이었다. 시간은 무한정으로 남아도는 것이어서 그걸 어떻게 처리해야 할지가 가장 큰 고민이었다.

세월이 흘러 나는 어른이 되었다. 이제는 시간이 귀하다. 사방에서 볼 것이 쏟아진다. 정신 차리고 주위를 둘러보면 맹렬히 내 시간을 노리는 것들투성이다. 유튜브, 넷플릭스, 웹툰과 TV 프로그램들이 넘쳐난다. 메신저와 SNS 서비스들은 아는 사람,

나만 알고 그쪽은 나를 모르는 사람, 심지어 내가 알 수도 있다는 어떤 사람의 동정까지 숨가쁘게 알린다.

마르셀 에메의 단편소설 「생존 시간 카드」는 시간이 거래되는 가상의 세계가 배경이다. 이 세계에서 시간은 배급제로 모든 사람에게 똑같이 부여된다(여기까지는 우리와 같다). 그런데 자기에게 부여된 시간이 필요 없는 사람(혹은 시간보다 돈이 더 절실한 사람)은 다른 사람에게 그것을 팔 수가 있다. 부자들은 돈은 많은데 시간이 없다. 반면 가난한 사람들은 월급 받아서 하루하루 살아가기가 벅차고 때로 고통스럽기까지 하다. 그러니 가난한 사람들은 자기 시간을 부자에게 팔아 생활비를 마련한다. 그 결과 부자의 달력에는 4월 38일, 9월 33일 같은 날짜들이 덤으로 주어진다. 돈을 주고 산 시간에 그들은 골프도 치고 여행도 가고 마음껏 인생을 즐길 수 있다. 반면 가난한 자의 달력은 4월이 25일로 끝난다든가 5월은 27일까지밖에 없다든가 하게 된다. 즉, 5월 27일에 잠든 가난한 사람은 6월 1일 아침에 깨어나게 되는 것이다. 물론 이런 일은 현실에 존재하지 않는다. 부자에게든 빈자에게든 주어진 시간은 똑같다(다만 그 가격이 다르다. 부자의 시간은 비싸고 빈자의 시간은 싸다. 소득을 시간으로 나누면 재벌 그룹 총수가 한 시간에 버는 돈이 평범한 샐러리맨 김대리가 일 년간 버는 연봉보다 많을 것이다. 소득이 높으면 휴식의 가치도 덩달아 치솟는다. 예컨대, 하루에 천만원을 버는 성형외과 의사에게는 하루의 휴식이 천만원짜리가 된다. 반면 하루에 십만원을 버는 노동자에게 하루의 결근은 십만원짜리에 불과하다. 그래서 고소득자 중에는 일중독자가 많다고 한다).

애플의 스티브 잡스는 스마트폰을 대중화시켰다. 20세기 최고의 시간 도둑이 TV였다면 21세기는 단연 스마트폰이다. 이 년 반의 뉴욕 체류를 마치고 서울로 돌아왔을 때, 가장 놀랐던 것은 지하철 내부의 모습이었다. 예전에는 무가지라도 읽고 있던 시민들이 이제는 하나같이 스마트폰을 내려다보고 있었다. 맨해튼의 뉴요커들은 여전히 지하철에서 종이책과 신문을 읽고 있었기에 체감하는 변화는 더 컸다. 그런데 뉴요커들이 책과 신문을 읽는 이유는 그들이 독서를 너무나 사랑해서가 아니라 맨해튼의 지하철에서는 휴대폰이 거의 터지지 않기 때문이었다. 데이터통신은 고사하고 음성통화도 안 되는 곳이 대부분이다. 뉴요커들도 지하철이 브루클린이나 퀸즈의 지상구간으로 올라가는 순간, 일제히 책을 덮고 스마트폰을 꺼내든다.

마르셀 에메의 소설에서는 부자가 빈자에게 직접 시간을 산다. 이런 시스템은 때로 축복일 수도 있을 것이다. 하루에 천만원을 버는 성형외과 의사가 법정 최저임금을 받는 알바생에게 하루를 산다면 최소한 그 이상의 돈은 치를 것이니까. 잘하면 꽤 많은 돈을 받아낼 수도 있을 것이다. 그러나 현실은 좀 더 엄혹하다. 우리의 시간은 애플과 삼성이 만든 스마트폰이 공짜로 가져간다. 돈을 주기는커녕 받아간다. 또한 스마트폰을 통해 메신저 서비스가 침투해 또 우리의 시간을 빼앗고 메시지가 오지 않는 시간에는 게임회사가 우리의 주의를 독점한다. 부자와 빈자 모두 스마트폰에 시간을 빼앗기지만 양상은 빈자에게 좀 더 불리하다. 시간을 돈으로 환산하는 감수성이 발달한 부자들은 점점 스마트폰에 들이는 시간을 아까워하기 시작했다. 뉴욕타임스는 최근 뉴욕에서 유행하는 '폰 스택Phone Stack' 게임을 소개했다. 룰은 간단하다. 고급 식당에 모여 식사를 할 때 모두의 휴대폰을 테이블 한가운데 쌓아놓고는 먼저 그것에 손을 대는 사람이 밥값을 내는 것이다. 이 게임은 얼핏 보기에는 스마트폰에 주의를 빼앗기지 말고 대화와 식사에 집중하자는 건전한 뜻을 품고 있는 것 같지만, 파워 게임의 면모도 있다. 더 오랜 시간 스마트폰에 무심할수록 더 힘이 강한 사람, 더 지위가 높은 사람이라는 것을 이제는 모두가 알아가고 있는 것이다. 이렇게 부자들이 스마트폰으로부터 멀어지는 사이, 지위가 낮은 이들의 의존도는 더 높아지고 있다. 부자나 권력자와 달리 사회적 약자는 '중요한 전화'를 받지 않았을 때의 타격이 더욱 크기 때문이다. 애타게 구직을 하는, 어제 면접을 본 회사로부터의 연락을 기다리는 젊은이가 스마트폰을 끄고 친구와의 대화에만 온전하게 집중하기는 어렵다. 그건 사치다. 하루종일 스마트폰을 만지작거리면서 혹시나 배터리가 다 떨어지지는 않았는지 초조하게 체크할 것이고, 그러다가 포털 사이트에 들어가 이런저런 뉴스를 검색하게 될 것이고, 친구로부터 온 별 중요치도 않은 메시지에 답장을 쓰게 될 것이다. 직급이 낮은 직원이라든가 거래처와의 관계에서 을의 처지에 있는 이들 역시 스마트폰의 전원을 함부로 끄지 못한다.

스티브 잡스라는 천재는 스마트폰이라는, 이름도 그럴싸하고 모양도 근사한 멋진 물건을 우리에게 선사했다. 그런데 이 앙증맞은 전자제품이 책과 신문, 잡지, 눈앞에 앉아 있는 친구 등이 사이좋게 나누어 갖던, 시간이라는 희소한 자원을 잠식하기 시작했다. 카페에 모인 친구 넷이 말없이 각자의 스마트폰을 들여다보고 있는 모습은 이제 세계 어디에서나 목격되는 풍경이다.

이제 가난한 사람들은 자발적으로 자기 시간을 헌납하면서 돈까지 낸다. 비싼 스마트폰 값과 사용료, 구독료를 지불해야 하는 것이다. 반면 부자들은 이들이 자발적으로 제공한 시간과 데이터, 돈을 거둬들인다. 어떻게? 애플과 구글, 아마존 같은 글로벌 IT기업의 주식을 사는 것이다. 월스트리트의 부자가 한국의 가난한 젊은이에게 직접 시간 쿠폰을 살 필요는 없다. 그들은 클릭 한 번으로 얼굴도 모르는, 지구 반대편에 사는 이들의 시간을 헐값으로 사들일 수 있다.

마르셀 에메의 어두운 버전이 이렇게 구현되었다.

진짜 부자는 소유하지 않는다

학생들에게 글쓰기를 가르치던 시절, 이런 질문을 던진 적이 있다. "등장인물의 부와 가난을 어떻게 효과적으로 독자에게 드러낼 것인가." 여러 답변들이 나왔다. 가장 많이 나온 대답은 등장인물의 옷이라든가, 집, 자동차 등을 통해 표현한다는 것이었다. 비싼 옷과 큰 집, 고급 승용차 등이 있으면 누구라도 그가 부유하다는 것을 알 수 있다. 가난은 반대다. 허름한 옷을 입고, 다 쓰러져가는 집에 살면서 대중교통을 이용하게 하면 된다.

"하지만 그 정도로는 충분하지 않은 것 같은데? 비싼 차를 타고 다니는 사기꾼이나 일부러 허름한 집에 사는 자린고비 현금 부자도 있으니까."

"무지요."

뒤쪽에 앉아 있던 학생 하나가 들릴 듯 말 듯한 목소리로 말했다.

"뭐라고?"

"무지요. 가난에 대한 무지, 부에 대한 무지요."

정답이다. 부자를 정말 부자처럼 보이게 만드는 것은 가난에 대한 무지다. 예를 들어 TV 드라마 〈시크릿 가든〉의 재벌집 아들 김주원은 가난한 배우 길라임에게 천진한 얼굴로 이렇게 묻는다.

"이봐, 길라임씨. 혹시 가난한 사람들은 뭐 사고 싶은 게 있거나 하면 오랫동안 저축도 하고 마음도 졸이고, 뭐 그러는 거야?"

그가 타고 다니는 수입 컨버터블이나 고급 양복, 대저택이 아니라 이런 천진한 무지가 그를 정말 타고난 부자처럼 보이게 만든다. 프랑스대혁명 시기의 군중들을 격분시킨 것은 마리 앙투아네트가 "빵이 없으면 케이크 먹으면 되지"라는 말을 남겼다는 루머였다. 민중의 삶에 대해 그토록 무지하다는 것이 그녀를 실제 이상으로 사치스러운 여자로 부각시켰다. 만약 가난한 사람을 정말 가난한 사람처럼 보이게 하고 싶다면 그 가난한 이로 하여금 부자들에 대한 엉터리 속설들을 말하게 하면 된다. 부에 대한 자기만의 터무니없는 오해와 과장이 그의 가난을 좀 더 실감나게 드러낸다.

1980년, 전두환 장군이 대통령으로 취임하던 해. 나는 열세 살이었고 잠실1단지 주공아파트에 살았다. 당시의 잠실1단지, 그리고 2단지 일부는 연탄보일러로 난방을 했다. 아파트는 계단식으로 두 집이 서로 마주보고 있는 구조였는데 두 집 사이에 아궁이가 있었다. 가끔 불을 꺼뜨리기라도 하면 낭패였다. 우리 가족이 살던 집은 십삼 평으로 방 두 개에 거실과 부엌을 겸한 공간과 욕조가 없는 화장실이 전부였다. 강남 일대가 막 개발되기 시작하던 때라 한강 이남에는 학교가 턱없이 부족했다. 내가 다니던 잠실1단지의 중학교에는 압구정동이나 대치동에 사는 아이들도 더러 배정을 받았다. 잠실1단지, 2단지 등에 사는 상대적으로 가난한 집 아이들과 압구정동 한양아파트나 대치동 은마아파트에 사는 신흥 중산층 아이들이 뒤섞였다.

내 짝은 아버지가 전직 국회의원으로 당시 압구정동에 살고 있었다. 입학 첫날부터 학교 측의 주목을 한몸에 받았다. 얼굴도 희고 공부도 잘하고 성격도 좋았다. 유복하게 잘 자란 아이답게 예의도 발랐고 온유했다. 어느 날 우리 둘은 학교 바로 앞에 있는 우리집에 가서 놀기로 했다. 현관문을 열고 들어서던 그가 가지런히 놓인 슬리퍼를 보고 이렇게 말했던 것을 나는 지금도 기억하고 있다.

"이렇게 작은 집에도 슬리퍼가 필요해?"

그의 말에는 그 어떤 공격성이나 비아냥의 기운도 없었다. 그의 의문은 순수한 호기심에서 비롯된 것이었다. 이런 천진함이야말로 그가 가난을 거의 경험하지 않고 살아왔다는 것을 생생히 보여주는 것이다.

여기 두 명의 부자가 있다. 하나는 데이비드 크로넌버그 감독의 〈코스모폴리스〉에 등장하는 에릭 패커다. 주식과 외환 시세를 예측하는 수학적 모형을 발견하고 이를 실용화하여 엄청난 부를 쌓은 그는 뉴욕 시내를 돌아다니는 리무진에 앉아 있다. 그는 그 안에서 건강검진도 받고 부하직원도 만나고 심리상담도 받고 강의도 듣고 섹스도 한다.

또 한 명의 부자는 영화가 아니라 현실에 있다. '집 없는 억만장자' 니콜라스 베르그루엔. 그의 재산은 이십억 달러라고 하지만 그런 숫자는 잘 실감이 나지 않는다. 그의 재산 목록을 들여다보자. 그는 자신의 투자회사인 베르그루엔 홀딩스를 통해 버거킹, 프랑스 일간지 르몽드, 독일 백화점 카슈타트 등을 직접적 혹은 간접적으로 소유하고 있다고 알려져 있다. 그러나 무엇보다 그의 부를 실감케 하는 것은 이런 숫자나 목록이 아니라 그의 발언들이다. 어린 시절 마르크시즘에 심취했다고 말하는 이 유대인 미술상의 아들은 그 시절의 사상적 편력을 회고하며 이렇게 말한다. "모든 개인들이 인간으로서 존중받아야 된다고 생각했습니다. 모든 사람이 똑같이 살 수는 없지만 적어도 균등한 기회가 열려 있어야 된다고 생각했죠. 제가 편하게 사는 이유는 부모를 잘 만나 운이 좋았다는 것밖에 없었거든요. 이것이 별로 정당하다고 느껴지지는 않았고 고치고 싶었죠."[1] 이런 순진한 생각은 당연히 금방 깨진다. "십대 후반이 되면서 이념에 얽매이지 않고 실제로 세상이 어떻게 돌아가는지 배워야겠다는 생각이 들었습니다. 비즈니스의 세계는 그런 의미에서 우리가 사는 자본주의의 실상을 가장 적나라하게 보여줍니다. 비즈니스에서 배운 경험과 지식을 세상을 바꾸는 데 쓰자고 결심했죠." 이런 결심을 하고 돈을 벌기 시작하자 그는 곧 세계적인 갑부의 반열에 올랐다. 그의 말을 전적으로 믿자면, 부유한 아버지의 도움은 받은 바 없고 친한 친구에게 빌린 단돈 이천 달러로 시작해 '차근차근 단계를 밟아' (이십억 달러를) 벌었다고 한다. 십대 중반까지는 '이념'에 사로잡혀 있다가 후반이 되자 세상이 돌아가는 방식을 알게 되고, 그 후로 '차근차근 단계를 밟아' 거부가 된 그는 다시 가난을 '코스프레' 하기 시작했다. 그는 뉴욕과 플로리다의 저택과 소장하던 그림 등 값나가는 소유물들을 모두 팔아치웠다. 2013년, 쉰한 살인 그가 공식적으로 소유한 것이라고는 아이폰과 정장 세 벌, 그리고 전용기뿐이며 나머지는 종이백 하나에 담을 수 있을 정도인데, 이토록 '가난한' 억만장자(서구의 언론은 그에게 Homeless Billionaire라는 '영예로운' 호칭을 붙여주었다)는 '집도 절도 없이' 전 세계의 특급 호텔을 전전하며 살고 있다.

반면 〈코스모폴리스〉의 억만장자 에릭 패커는 마크 로스코의 그림을 소유하고자 한다. 그림만 원하는 게 아니라 텍사스 휴스턴시에 있는, 로스코의 그림들이 벽화처럼 장식된 교회를 통째로 사고 싶어한다. 그는 '무소유의 억만장자' 베르그루엔과는 달리 소유의 화신이다. 그래서일까. 그의 부는 실감이 나지 않는다. 진짜 억만장자라기보다 그를 대신하는 연기자를 보는 느낌이다. 베르그루엔의 경우에서 보듯이 현실의 억만장자들은 소유로부터 탈출하고 있다. 그들은 '무소유'가 가장 영리하게 부를 소비하고 현시하는 방법이라는 것을 발견하고 있다. 이런 방식은 심지어 쿨해 보이기까지 하다(베르그루엔이 유명한 플레이보이라는 것은 우연이 아니다).

멀리 갈 것도 없다. 우리나라의 부자들도 이제는 집을 버리기 시작했다. 이 전세 귀족들은 고가의 주택에 거주하지만 소유하지는 않으며, 무소유의 이상에 걸맞게 대부분 차도 갖고 있지 않다. 리스회사에서 빌리면 된다. 재벌일가는 회사를 직접적으로 소유하는 대신 최소한의 지분으로 교묘하게 지배하면서 회사에서 제공하는 여러 재화와 용역을 무상으로 누리고 있다.

부자들은 이제 빈자들의 마지막 위안까지 탐내기 시작했다. 누군가에게는 선택의 여지없이 닥치고 받아들여야 하는 상태가 누군가에게는 선택 가능한 쿨한 옵션일 뿐인 세계. 세상의 불평등은 이렇게 진화하고 있다.

자유 아닌 자유

대학교 2학년 때의 일이다. 여름방학을 맞은 나는 숭례문 근처의 한 회사에서 영어회화 카세트테이프를 파는 일을 시작했다. 며칠간의 세일즈 교육은 세상 물정 모르던 대학생에게는 새로운 세상이었다. 하루종일 세일즈, 세일즈 노래를 듣다보니 세상은 물건을 파는 사람과 그것을 사는 사람, 딱 두 종류의 인간으로 구성되어 있는 것만 같았다. 강사는 말했다. 세일즈를 하지 않을 때에도 우리는 늘 뭔가를 팔고 있다. 삶의 매 순간 우리는 자기 자신을 남에게 세일즈하고 있는 것이다. 그러니 이왕이면 잘 파는 게 좋지 않겠나?

극지방에서도 냉장고를 팔 수 있다는 유의 세일즈 성공담들과 망설이는 잠재고객들을 어떻게 후려칠 것인가 하는 실전 요령들을 습득한 후 나와 동료들은 바로 실전에 투입되었다. 개량한복을 입은 삼십대 초반의 여성이 팀장이었다. 우리 실적 중 일부를 자기가 떼어먹는 다단계식 조직이었기 때문에 그녀는 우리의 전화통화 하나하나에 늘 신경을 곤두세웠다. 무작위로 전화를 걸어대다가 행여 관심을 보이는 고객이 있으면 상담 약속을 잡아 집으로 찾아갔다. 세일즈맨이 최초의 오더를 받는 것을 '아이스브레이크'라 부른다는 것을 그때 알았다. 개량한복 팀장은, 아이스브레이크까지가 힘들지 그 이후부터는 술술 풀린다고 여러 차례 강조하며 우리를 독려했다. 나와 동료들은 은근히 경쟁심을 불태우며 팀장이 준 주소록을 보고 전화를 걸어댔다. 그러나 얼음을 깨는 게 말처럼 쉬울 리 없었다. 일단은 고객이 우리 얘기를 듣게 해야 했고 집으로 가도 된다는 허락도 받아내야 했다. 집에 가서는 영어회화 테이프를 들려주며 이게 왜 거금을 들여 당장 사야만 하는 것인지를 납득시켜야 했다.

일주일이 지나서야 우리 중 한 명이 드디어 고객과 약속을 잡는 데 성공했다. 그러나 사무실로 돌아온 그의 표정은 밝지 않았다. 자리보전을 할 지경인 할머니가 친구들과 오토바이만 타고 다닌다는 말썽쟁이 손자의 공부를 위해 영어회화 테이프를 사겠다고 했다는 것이다. 단칸방에서 근근이 살아가는 그 할머니의 쌈짓돈을 차마 우려낼 수 없었던 그는 들고 갔던 영어회화 테이프 상자를 그대로 들고 돌아왔다. 사정을 전해들은 팀장의 입에서 불이 뿜어져나왔다.

"네가 뭔데 고객이 영어회화 테이프가 필요한지 아닌지를 판단해? 가난한 사람은 영어 배우면 안 되나? 오토바이 타고 놀러 다니던 십대 손자가 어느 날 갑자기 영어 공부를 시작할 수도 있잖아? 그래서 나중에 성공할 수도 있잖아? 그런데 일개 세일즈맨 주제에 왜 네 멋대로 그런 가능성을 부정해? 네가 신이야? 고객이 영어회화 테이프가 필요하다잖아! 근데 왜 안 팔아? 우리가 깡패 데려가 강매했니? 고객이 자유롭게 선택한 걸 네가 왜 방해해?"

그녀는 '선택'이라는 말에 유난히 힘을 주어 강조하더니 이어 자신의 사례도 곁들였다.

"내가 이 일 시작한 지 얼마 안 됐을 때야. 상담 약속을 하고 가보니 산동네 단칸방에 온 식구가 다 살고 있었어. 자그마치 일곱이었어. 거기서 세 세트를 팔았어. 초급, 중급, 고급. 내 말 명심해. 집에 전화가 있다는 건 중산층이란 뜻이야. 매달 고정적으로 들어오는 수입이 있다는 거야. 돈이 진짜 없어봐, 전화를 어떻게 놔?"

자본주의사회의 마케팅이라는 것은 고객이 굳이 필요하다고 생각하지 않던 것도 필요하다고 여기게 만드는 것이다. 정말 필요한 것이었다면 고객에게 이미 있을 것이다. 아직 안 샀다는 것은 아직 그게 절실하게 필요하지 않았다는 뜻이기도 하다. 그걸 뻔히 알면서도 팀장은 고객이 물건을 '자유'롭게 '선택'했다는 식으로 눙치고 있었다. '자유'와 '선택'이라는 멋진 단어는 그 순간부터 나에게 좀 다른 의미를 가지게 되었다.

물론 세일즈맨은 고객이 물건을 사도록 유혹할 자유가 있고 고객은 그 유혹에 넘어갈 자유가 있다. 이때의 자유란 억압으로부터의 해방을 의미하는 정치적 개념이라기보다 강력한 저항이 없는 한 할 수 있는 모든 수단을 다 동원해 제 뜻을 이루겠다는 힘의 논리를 의미하는 것이다. 메이플라워호에 승선한 이들은 종교의 자유를 찾아 미국으로 건너왔지만 그 후예들은 원주민의 땅을 차지할 자유를 찾아 총을 들고 서부로 향했다. 메이플라워호의 자유가 정치적 해방으로서의 자유라면 서부로 향한 이들의 자유는 약탈의 권리를 의미한다. 자유가 이렇게 힘의 논리를 포장하는 명분에 불과한 사회에선 만인 대 만인의 투쟁이라는 홉스적 세계관이 진리가 된다. 초강대국 미국이 걸핏하면 들이대는 가치가 '자유'라는 것은 그래서 의미심장하다.

충분히 팔 수 있었던 상품을 양심 때문에 차마 팔지 못한 내 동료 같은 사람은 미국식 자유가 횡행하는 사회에서 낙오자가 되기 십상이다. 자신이 당하고 싶지 않은 일을 타인에게도 행하지 말라는 칸트적 도덕률은 이런 사회와 정면으로 충돌한다. 자유롭게 타인을 이용해 이익을 취할 수 있는 사람, 타인을 목적이 아닌 도구로만 볼 수 있는 사람이 승자가 된다. 팀장의 질책을 묵묵히 받아내던 동료는 다음 날부터 사무실에 출근하지 않았다.

나는 한 달이 다 되어서야 겨우 아이스브레이크를 했다. 아무 소득도 없이 그래도 한 달을 버틴 것은 그 더운 여름에 쏟아부은 시간과 노력이 너무 아까웠기 때문이었다. 나는 단 한 세트라도 팔아서 내가 무의미하게 여름방학을 보내지 않았다는 위안을 얻고 싶었다. 다행히 불광동에 사는 한 고객이 내 물건을 사주었다. 올망졸망한 단독주택들이 늘어선 좁은 골목을 헤매다 겨우 찾아들어간 고객의 집은 작고 아담했다. 그들이 건네준 오렌지주스를 마시며 나는 영업을 시작했고, 잠시 후 순조롭게 계약을 마쳤다.

사무실로 돌아오자 팀장은 다른 동료들 들으라는 듯 꽤나 요란하게 내 아이스브레이크를 축하해주었다. 최소한의 목표를 이루었기 때문에 나는 다음 날부터 사무실에 나가지 않았다. 그런데 그 후로 몇 주가 지나도 수당이 입금되지 않았다. 십만원도 안 되는 돈이었지만 한 달의 시간과 맞바꾼 것이었다. 나는 뻔질나게 전화를 걸어 입금을 독촉했지만 팀장은 이런저런 변명으로 받아넘기거나 내 전화를 회피했다. 결국은 회사의 상급자와 매우 불쾌한 통화를 길게 하고 나서야 간신히 수당을 받아낼 수 있었다.

함께 그 일을 시작했던 대학생 동료들 중 한 달을 넘긴 사람은 거의 없었다. 개중에는 몇 세트를 판 친구도 있었지만 지인이나 친척이 사준 것이었다. 어쩌면 그러라고 우리를 고용한 것이었는지도 몰랐다. 몇 달 후 신촌에서 우연히 마주친 동료에게 수당에 얽힌 후일담을 전해들을 수 있었다. 예상대로 팀장은 수당을 떼어먹을 '자유'를 여러 차례 행사했고, 나만큼 집요하거나 독하지 못했던 어떤 동료들은 더럽고 치사해서 수당을 떼어먹힐 자유를 '선택'할 수밖에 없었다고 한다.

그 여름 '헝거게임'의 승자는 개량한복을 입은 팀장이었겠지만 그녀라고 언제까지 승자였을까 싶다. 그녀 위에는 그녀보다 더 독한 누군가가 있었을 것이고, 그 위에는 또 누군가가 있었을 것이다. 때는 1987년 6월 항쟁 직후였는데도 나와 내 대학생 동료들 누구도 이런 시스템을 바꿀 엄두도 내지 않았고 바꿔야 한다고도 생각하지 않았다. 내 몫의 알량한 수당만 챙기고 달아나면 된다고 생각했다. 그때 우리는 모두 대통령 직선제로의 개헌 같은 '큰 문제'만 바뀌면 다른 소소한 문제들은 저절로 바뀌리라 믿었던 것이다. 모두들 그렇게 생각하는 사이, 대기업이 주도하는 우리 사회의 '헝거게임'은 슬금슬금 전면적으로 확대되었고, 어느새 우리 모두는 아레나에서 만인 대 만인의 투쟁을 벌이면서도 이런 상황이 개선될 거라는 희망 따위는 감히 품지 못하는 그런 시대에 살게 되었다.

머리칸과 꼬리칸

영화 〈설국열차〉에서 편집당한 인물들의 이야기를 들어보다.

여자1, 꼬리칸 승객 네? 여기가 꼬리칸이라고요? 그럴 리가요. 여기가 딱 중간이에요. 제 뒤로도 꽤 많은 칸이 달려 있는 걸로 알아요. 어떻게 아느냐고요? 딱 알죠. 저처럼 생각하는 사람이 한둘이 아니거든요. 그 사람들이 다 틀렸을까요? 그럴 리가 없죠. 뭐, 생활이 만족스러운 건 아니지만 그래도 먹고는 살고 있어요. 메뉴가 좀 단순하긴 하지만 그래도 그게 어디예요? 지금 이 판국에 자기가 먹고 싶은 대로 다 먹고 사는 사람이 어딨어요? 감사하는 마음으로 살아야죠. 밖은 얼음지옥이잖아요?

남자1, 꼬리칸 승객 많은 사람들이 자기가 정말로 기차에 타고 있다고 믿는다니 놀라워요. 규칙적으로 흔들리고 좌우로 쏠리기는 하지만 이건 다 시뮬레이션이죠. 여기가 기차 안이라는 걸 누가, 어떻게 확신할 수 있죠? 우린 그냥 어떤 감옥에 갇혀 있는 거예요. 왜 감옥에 있느냐고요? 글쎄요. 뭔가 잘못을 했겠죠. 인생을 되짚어보면서 그걸 생각하고 있어요. 어차피 여기서 할 일도 없는데요. 근데 이게 좀 중독성이 있어요. 옛날에 뭘 잘못했나 곰곰이 생각하는 거요.

남자2, 머리칸 승객 너무 답답해요. 앞이 안 보이니까요. 전망이 없어요. 여기서 이렇게 끝장이 날 거라고 생각하니 끔찍합니다. 진짜 머리칸 사람들은 정말 사람답게 산다고 들었어요. (귓속말로) 여기가 머리칸이라고들 하는데 실은 꼬리칸일 거예요. 더 앞쪽으로 가면 되지 않느냐고요? 제가 안 해봤겠어요? 시도해봤죠. 그런데 어디쯤 가니 거기가 끝이라며, 기관차라며, 더 갈 수 없다는 거예요. 누굴 바보로 아나? 치사하게 싸우기도 싫고 해서 그냥 돌아왔어요.

소년, 머리칸 알바 그래요. 저 꼬리칸 출신이에요. 지금은 레스토랑 주방에서 접시를 닦아요. 어깨너머로 요리를 배우고 있는데 요리사 하나가 죽어나가기 전에는 그 자리 꿰차기 어려울 것 같아요. 기차 안에는 질 좋은 일자리가 너무 부족해요. 그래도 전 여기가 좋아요. 주방 한구석에서 웅크리고 자기는 하지만 꼬리칸보단 나아요. 여기선 그래도 음식다운 음식을 먹잖아요. 춥지도 않고요. 게다가 꼬리칸은 너무 위험해요. 제 말뜻 아시죠? 서로가 서로를 등쳐먹고 사는 데니까요.

남자3, 머리칸 승객, 교수 나도 알아요. 이 시스템에는 문제가 있어요. 언젠가는 붕괴될 겁니다. 왜냐고요? 불평등 때문이죠. 머리칸 승객과 다른 칸 승객들 사이의 격차가 너무 커요. 민주주의는 제한적으로만 기능하고 있어요. 고대 아테네처럼 일부 선택받은 시민들만 투표권과 선거권을 행사하죠. 폭동이 빈발하는 것도 당연합니다. 결국 이 기차는 외부 모순이 아니라 내부 모순에 의해 무너질 겁니다. 하지만 그렇다고 당장 민주주의를 너무 폭넓게 허용하는 것도 위험합니다. 자원이 극도로 제한돼 있고 이를 효과적으로 운용하고 배분할 수 있는 엘리트 계층은 한정돼 있어요. 외부 환경은 또 얼마나 혹독합니까? 붕괴는 기정사실이지만 그 시기를 최대한 늦추는 것도 지도층의 임무입니다. 내가 보수라고요? 이거 보세요. 정치를 책으로 배우셨어요? 이념은 상대적인 거예요.

당신은 이 기차가 처해 있는 특수한 현실을 이해하지 못하고 있어요. 여기서 나 정도면 엄청난 진보주의자예요. 당신 논리대로라면 아테네 시민들은 모두 수구꼴통이었겠네요? 노예제도 용인했고 여자는 정치에서 배제했으니까요.

남자 어린이, 머리칸 승객 어디 가냐고요? 학원이죠. 왜긴요. 공부해야죠. 모든 게 경쟁이잖아요. 엄마가 공부 안 하면 꼬리칸으로 내려간대요. 바퀴벌레 먹고 살게 된대요. 가봤냐고요? 어린 제가 거길 어떻게 가요? 그리고 거긴 애들 막 잡아먹고 그런다는데요.

남자4, 때로 머리칸 때로 꼬리칸 승객, 상인 저요? 제가 지금 좀 바쁜데요. 아시잖아요? 얼마 전에 폭동이 있었거든요. 머리칸에 가서 의약품을 좀 구해와야 해요. 꼬리칸에 다친 사람이 많거든요. 공짜라니요. 사오는 거죠. 가는 길에 꼬리칸에서 구한 것들을 팔기도 하고요. 꼬리칸에서 팔 게 뭐 있냐고요? 인간이 가진 모든 것은 교환될 수 있어요. 아우슈비츠 수용소 안에도 시장은 있었다잖아요. 왜냐하면 인간의 필요에는 한계가 없으니까요. 꼬리칸 사람들이 아무것도 가진 게 없어 보이죠? 아니에요. 총을 들이대도 내놓지 않을 것들도 내 앞에서는 다 자진해서 내놓습니다. 가진 게 없는 사람들일수록 별 희한한 걸 다 움켜쥐고 있어요. 자, 보세요. 가족사진, 이젠 재생도 못하는 CD나 DVD, 면도날, 아이 신발, 배터리가 닳아서 가지도 않는 손목시계, 낡은 잡지, 헌책. 뭐 이런 것들이에요. 근데 머리칸 사람들은 이런 물건에 사족을 못 쓰죠. 빈티지잖아요? 머리칸 사람들이라고 좋겠어요? 이 좁은 기차 안에서 몇십 년을 살고 있는데? 이런 환경일수록 추억이 사치품이에요. 정치인들은 기차의 파멸을 막고 있는 게 자기들이라고 생각하죠. 천만의 말씀. 나 같은 장사꾼들 덕분에 사람들이 폭력 없이 서로에게 필요한 것을 자발적으로 나누게 되는 거죠. 평화? 그건 장사꾼들이 만드는 거예요.

여자2, 꼬리칸 승객 아이 둘을 키우고 있어요. 남자아이 하나, 여자아이 하나예요. 이 기차에 탄 것만 해도 다행이라고 생각하면서 살고 있어요. 남편은 끝내 못 탔어요. 집에 뭐 두고 왔다며 가지러 갔다가 그대로 헤어졌어요. 여긴 먹을 것은 주니까 굶어 죽을 걱정은 없는데 애들이 걱정이에요. 자꾸 사람들을 선동해서 폭동이다 뭐다 일으키려는 사람들 있잖아요? 우리 아들녀석이 자꾸 그 사람들을 따라다니면서 칼싸움이나 흉내내고…… 고작 일곱 살짜리가 그런다니까요. 여긴 교육

여건이 너무 나빠요. 보고 배우는 거라고는 싸움질뿐이니.

여자3, 머리칸 승객, 미용실 사장 사람이 너무 부족해요. 미용사가 부족해도 충원할 방법이 없어요. 폭동 때문에 꼬리칸 애들은 무서워서 데려다 일을 가르칠 수가 없어요. 꼬리칸 사람들은 알아야 돼요. 자꾸 분란을 일으키면 진짜 손해를 누가 보는지를요. 꼬리칸 애들은 믿을 수가 없어요. 아무리 잘해줘도 마지막엔 배신을 때린다니까요. 지난번 폭동 때는 가위 들고 저한테 덤비는 바람에 완전 식겁했다니까요. 요즘 유행하는 머리요? 레게 스타일인데, 이게 원래는 꼬리칸에서 유행한 거예요. 머리칸의 잘나가는 승객들은 오히려 꼬리칸 스타일로 꾸미고 다녀요. 자긴 남들과 다르다 이거죠.

남자5, 꼬리칸 승객, 시인 시를 써서 뭐하냐고요? 그럼 달리 뭘 하죠? 몸은 갇혀 있는데…… 언어는 (꿈을 꾸는 듯한 표정으로) 가둘 수 없잖아요?

남자6, 머리칸 승객, 전직 영화 투자자 나중에 세상 좀 따뜻해지고 눈 좀 녹고 그러면 여기서 겪은 일들 영화로 제작할까 해요. 대박날 것 같지 않아요? (갑자기 낙심하며) 아, 볼 관객

이 없겠구나. 인류가 절멸했으니. 아쉽네. 완전 대박 아이템
인데.

이 모든 군상을 싣고 오늘도 기차는 설원의 소실점을 향해
무정하게 달려간다.

숙련 노동자 미스 김

1992년의 나는 경영학과 대학원생이었다. 내가 선택한 전공은 조직행동이었다. 거대 학과인 경영학과에서 섬처럼 고립된 전공이었다. 프랑스형 강단 좌파의 원조격이라 할 교수를 따라 모여든 좌파 대학원생들이 결집해 있어 분위기는 사회학과에 더 가까웠다. 알튀세르와 발리바르 같은 급진적 마르크시스트들의 저작을 읽고 유고슬라비아의 자주적 모델이나 마오쩌둥의 문화혁명의 공과 등을 다루는 게 세미나의 풍경이었다. 구소련의 멸망이 거의 불을 보듯 환했음에도 여전히 소비에트와 사회주의의 미래에 막연한 희망을 품고 있는 이들이 많았다. 지금 돌아보면 당시 세미나실에서 오간 수많은 예측들은 맞은 게 거의 없다. 소비에트는 일거에 붕괴됐고 중국은 우리의 소망과는 상관없이 대놓고 자본주의의 한길로 나아가 이제 'Made in China'라는 표식은 그 어떤 자본주의국가보다도 더 자본주의적으로 노동자를 착취해 만든 상품의 표징이 되었다. 대안으로 거론되던 유고슬라비아는 조각조각 해체돼 오랜 내전을 겪으며 '인종 청소'라는 끔찍한 신조어를 사전에 등재시켰다.

내 석사논문의 주제는 '언론 기업의 비정규 노동에 관한 연구'였다. 당시 나는 신촌에 있는 학교와 여의도에 있는 한국노동연구원으로 번갈아 나가고 있었다. 노동연구원에서는 프랑스에서 막 박사학위를 받고 귀국한 연구위원의 조교로 일했다. 그는 내게 '비정규 노동'이라는 생소한 개념을 알려주었다.

"앞으로는 이게 중요한 문제가 될 거야. 유럽에서는 이게 벌써 심각한 문제거든."

지금으로서는 잘 믿기지 않지만 1990년대 초반까지만 해도 '비정규직'이나 '비정규 노동'은 전혀 쓰이지 않는 말이었다. 대신 '파트타이머'나 '임시직' 같은 말들이 있었다. 연간 성장률이 10퍼센트를 넘나드는 고도성장 국가에서 파트타이머나 임시직은 특별한 사정이 있는 사람들이 잠깐 선택하는 직무 형태일 뿐이었다. 인력이 만성적으로 부족했던 때라 대부분 정규직으로 취업했고 정년을 보장받았다. 이런 상황에서 노동연구원의 박사는 내게 '비정규 노동'을 연구할 것을 권유했고, 그때 이미 작가로 살아갈 결심을 굳히고 있었고 정규직 일자리를 얻을 생각이 전혀 없었던 나는 그 주제에 확 끌렸다. 그런데 연구할 대상이 마땅히 없었다. 그러던 차에 한 신문기사가 눈길을 끌었다. 해직된 식자공에 대한 인터뷰였다.

식자공은 신문을 조판하는 숙련 노동자로 신문의 탄생부터 존재해온 오랜 직업이다. 기자가 기사를 써서 데스크의 첨삭을 받은 후 식자공들에게 넘기면 팔에 토시를 낀 늙은 식자공이 눈부시게 빠른 손놀림으로 판을 짠다. 독자가 보는 신문의 형태 그대로, 즉 즉시 인쇄가 가능한 형태로 납활자들을 배치하는 게 이들의 일이었다. 그러다 갑자기 속보라도 들어오면 이들은 신속하게 판을 다시 짜야만 했는데 그러려면 편집기자 못지않은 판단력과 디자이너 뺨치는 미적 감각이 필요했다. 어떤 기사를 얼마큼 줄이고 어떤 사진을 어떤 사이즈로 배치할 것인가를 재빠르게 결정해야만 했다. 오자와 탈자가 있어서는 안 되니 고도의 문해력도 필수였다. 때문에 일제강점기의 식자공들은 먹물 노동자, 지식인 노동자로 불렸으며 좌익 노동운동의 주력이었다.

그런데 1990년대 초반, 이들은 하나둘 비정규직으로 전환되어가고 있었다. 아이로니컬하게도 이런 변화의 흐름을 주도한 것은 1988년에 창간한 한겨레신문이었다. 숙련된 식자공들을 구할 수가 없었던 이 신생 신문은 새롭게 등장한 컴퓨터 조판 방식에 의지하기로 결정했다. CTS 시스템이라 불렸던 이 방식은 식자공을 거의 필요로 하지 않았다. 기자가 컴퓨터 자판으로 기사를 입력하면 편집기자가 모니터를 보면서 판을 짜고 이를 바탕으로 바로 인쇄를 하는 시스템이었다. 곧이어 다른 신문들도 부분적으로 CTS를 도입하기 시작했고 고도의 숙련 노동자인 식자공들이 일자리를 잃기 시작했다. 처음에는 계약직으로 전환시킨 후 나중에 계약을 연장하지 않는 방식으로 해고했다. 나는 이들을 취재해 논문을 썼고 이것으로 학위를 받았다. 그로부터 몇 년이 지나지 않아 대부분의 식자공들이 비정규직에서마저 해고되어 아파트 경비원 등으로 일하기 시작했고, 모든 신문이 컴퓨터로 조판되었다.

숙련 노동자가 비숙련 노동자로 대체되고 비숙련 노동자는 기계로 다시 대체되는 현상은 이제 전 지구적 현상이 되었다. 일본의 한 작가가 쓴 소설에는 이런 장면이 나온다. 공장에서 반복작업을 하던 젊은이가 작업현장에 로봇이 도입되면서 일자리를 잃는다. "이해가 안 되네. 로봇은 고장나면 큰돈을 들여 고쳐야 하지만 나는 다쳐도 좀 쉬면 그냥 낫는데…… 게다가 건강보험도 들어 있어 치료비도 거의 안 드는데, 웬만하면 값도 싼 나를 그냥 쓰지."

말도 안 되는 이야기 같은데 이상하게 설득력이 있다. 비숙련 노동자는 간단하게 로봇이나 기계로 대체되고 때로는 로봇만 한 대접도 못 받는 게 현실이다. 전화 상담원은 자동응답장치로, 아파트 경비원은 이제 CCTV와 무인 경비시스템으로 간단하게 대체된다.

TV 드라마 〈직장의 신〉의 미스 김은 놀라운 숙련 기술을 장착한 비정규직이라는 아이러니를 체현한 캐릭터다. 수백 개의 자격증으로 무장한 미스 김은 정규직보다 더 유능할 뿐 아니라 어떤 직장에도 적응이 가능한 다목적 인간형이다. 미스 김이 정규직인 장규직 팀장과 스테이플러 빨리 찍기 시합을 벌이는 장면은 숙련이라는 필수적 조건이 사라진 직장의 풍경을 야유하고 있다. 장규직은 스테이플러 잘 찍어서 정규직이 된 게 아니다. 정규직과 비정규직 사이에 숙련이라는 장벽은 이미 사라졌다. 이 사실을 잘 아는 정규직들은 이런저런 장벽을 쌓기에 여념이 없고 똑같은 업무를 하면서도 차별을 받는 비정규직들은 사회를 향해 울분을 토해낸다. 미스 김 마인드로 무장하여 자격증 따고 자기계발에 매진한다고 해결될 문제가 아니라는 걸 비정규직들은 잘 알고 있다. 그러니 그저 보고 웃을 뿐이고 웃다가 조금 눈물을 흘릴 뿐이고 그러다 아침이 되면 다시 전쟁터인 직장으로 간다. 정규직과 비정규직과 로봇이 한정된 일자리를 두고 다투는 곳으로. 이처럼 빠르게 변하는 이 세계에서 누가 최종적인 승자가 될까? 아무도 모른다. 1992년의 우리가 비정규 노동이라는 말을 아예 몰랐던 것처럼.

부자 아빠의 죽음

어떤 베스트셀러는 빨리 낡는다. 예컨대 로버트 기요사키의 『부자 아빠 가난한 아빠』 같은 책이 그렇다. 이 책은 국내에선 2000년, 그러니까 아직 서브프라임 모기지가 뭔지도 모르던 시절, 돈이 돈을 낳는다고 모두가 순진하게 믿던 시절에 출간되었고, 전 세계적인 베스트셀러가 되었다.

기요사키의 생물학적 아버지는 하와이주의 교육감을 지냈지만 평생 빚에 쪼들렸다. 반면 초등학교도 못 나왔지만 자기 사업을 일으켜 엄청난 부를 일군 친구의 아버지를 기요사키는 '부자 아버지'라 부른다. 이 부자 아버지에게서 돈과 금융에 대해 배웠고 그게 지금의 자기를 만들었다고 기요사키는 말한다. 올바르고 정의롭게 살았지만 돈 문제에 무능했던 '가난한 아버지' 대신에 기요사키는 '부자 아버지'를 정신적 아버지로 선택한다. 유용성에 따라 부모를 바꿀 수 있다는 이 무엄한 발상! 자기계발서라는 안전한 틀에 담겨진 이 윤리적 도발은 제대로 먹혔다. 로버트 기요사키는 책을 팔아 '부자 아빠'가 되었다. 반면 기요사키의 가르침을 따랐던 독자들은 많은 어려움을 겪었다. 2006년 무렵에 정점을 찍은 세계 경제는 서브프라임 모기지 사태와 리먼브라더스의 파산으로 글로벌 경제 위기에 빠져들었다. 기요사키는 금융과 부동산의 중요성을 강조하고 웬만하면 자기 사업을 하라고 독자들을 독려했는데, 2000년대 초반에 그 조언을 충실히 따랐던 사람들은 『부자 아빠 가난한 아빠』를 어디 깊숙한 곳에 처박아버렸을 것이다. 그럼 '부자 아빠'를 마음속에서 지워버린 이들은 다시 '가난한 아빠'에게로 돌아가게 될까? 정의롭고 윤리적이지만 가난을 운명으로 받아들이는?

박훈정 감독의 영화 〈신세계〉를 보자. 주인공 이자성은 골드문 그룹이라는 폭력조직에 침투한 경찰 프락치다. 그런데 이자성에게는 정신적 아버지가 둘 있다. 하나는 신참 경찰관이었던 그를 발탁해 중책을 맡긴 강과장이고 또 하나는 골드문의 중간 보스 정청이다. 강과장은 전형적인 '가난한 아빠'로 보인다. 다 허물어져가는 실내낚시터에서 접선하거나 대폿집에서 소주잔을 기울이는 장면에서 알 수 있듯이 그는 일단 가난하다. 출세도 못했다. 만면에 주름살이 자글자글한데 이제 겨우 과장이다. 그럼에도 그는 정의의 이름으로 자식들 위에 군림하고 당당히 희생을 요구한다. 경찰학교 시절 그를 아버지처럼 따랐던 이신우는 이자성과의 연락책으로 투입되었다가 처참한 죽임을 당한다. 위험을 직감하고 강과장에게 전화를 건 이신우가 마지막으로 한 말은 '담배 좀 끊으라'는 것이었다. 그녀가 죽자 그는 정말로 담배를 끊는다. 가족 간에나 오갈 이런 대화가 이 영화에서는 이상하게 자연스럽다. 조직이 확보한 졸업사진 속에서 강과장과 이신우는 누가 봐도 다정한 부녀 사이처럼 보인다.

이자성은 영화 내내 가난한 아버지의 명령에 저항한다. 너무 위험하다고, 이제 그만하게 해달라고 말한다. 하지만 강과장은 허락하지 않는다. "달라진 건 없어." 그는 이 말만 되뇐다. "그냥 하던 대로 하면 돼." 이자성은 정의롭지만 무능한 '가난한 아빠'의 명령에 복종하지만 자기를 위험 속에 방치하는 냉정한 면모에 치를 떤다.

반면 황정민이 연기한 정청은 전형적인 '부자 아빠'다. 그는 정의 따위에는 관심이 없다. 사업가로 위장하고 있지만 뼛속까지 악인이다. 짝퉁 선글라스를 걸친 그는 이자성과 격의 없이 지내면서 그를 자기 조직의 이인자로 키워 측근으로 삼았다. 영화 속에서 정청은 이자성에게 그 어떤 위험한 일도 시키지 않는 것으로 '가난한 아빠' 강과장과 대비된다. 경찰은 별 대의명분도 없이 목숨을 걸라고 하는 판국에 폭력조직에서는 근사한 양복을 빼입고 농담 따먹기만 하면 된다. 그런데도 최고급 아파트에 살며 하급 경찰로서는 꿈도 못 꿀 부와 지위를 누린다.

영화 속 '부자 아빠'와 '가난한 아빠'는 모두 죽는다. 그런데 죽는 방식이 다르다. '부자 아빠' 정청은 강과장의 사주에 의해 죽지만 '가난한 아빠' 강과장은 이자성이 직접 살해한 것이나 마찬가지다. 죽어가는 정청은 산소호흡기를 다시 씌워주려는 이자성에게, 날 살리려 하지 마라, 내가 살아나면 네가 감당할 수 있겠냐고 말하며 스스로를 '희생'한다. 그리고 충고까지 해준다. 독해져야 한다고, 그래야 네가 산다고.

영화 내내 유약하고 불안정해 보이기만 하던 이자성은 한 아버지가 죽고, 다른 아버지 하나를 죽인 후에야 비로소 여유롭게 웃으며 '부자 아빠'가 앉기로 되어 있던 자리, 즉 아버지의 자리에 앉는다. 그가 그 자리에 앉게 된 것은 '가난한 아빠'를 살해했기 때문이고 동시에 '부자 아빠'가 그를 살려줬기 때문이다(정청은 이자성을 죽일 기회가 있었지만 그러지 않았다). 심지어 도와주기까지 한다. 이것은 분명 비현실적이다. 영화의 서사 안에서 이 의문은 해소되지 않는다. 해소되지 않았기에 극중 변호사의 입을 빌려 감독은 그 자신에게 묻고 있다. "왜 이자성을 처리하지 않으십니까?"

혹시 정청은 이자성을 죽이지 않은 게 아니라 못한 게 아닐까. 왜냐하면 '부자 아빠' 정청은 이미 죽은 자이기 때문이다. 대중은 오래전에 '가난한 아빠'를 버렸다. 그런데 믿었던 '부자 아빠'는 대중을 부자로 만들어주지 않았다. 오래지 않아 골드만삭스나 J.P. 모건으로 대표되는 이 '부자 아빠'들이 고급 사기꾼에 불과했음이 드러나기 시작했다. 대중은 돈과 집, 직업을 잃었고 미래에 대한 희망을 버렸다. '부자 아빠'들은 사망 선고를 받았다. 그러나 '부자 아빠'를 선택한 대중의 무의식은 아직 그들의 죽음을 받아들일 수가 없다. 따라서 정청의 죽음은 다소 연극적이고 신화적으로 채색될 수밖에 없다. 그는 마치 왕위를 물려주는 늙은 왕처럼 이자성에게, 어서 나가 적들을 물리치고 왕관을 차지하라는 식의 유언을 남긴다.

'가난한 아빠'를 버리고 '부자 아빠'에게로 귀순했던 대중은 과연 그 선택을 후회하고 있을까? 〈신세계〉는 대중의 무의식이 그 뼈아픈 후회를 어떻게 외면하는지에 대한 힌트를 보여준다. 그것은 '가난한 아빠'가 (무능할 뿐 아니라) 더 악할지도 모른다고 암시하는 것이다. 그리고 '가난한 아빠'와 '부자 아빠'가 모두 사라진 오늘의 세계에 남은 것은 오직 생존의 윤리뿐이라고 믿는 것이다. 강과장은 이렇다 할 분명한 윤리적 목표(예컨대 악의 세력을 일망타진한다, 라든가)도 없이 오직 희생만을 강요한다는 점에서 오히려 악인처럼 보인다. 반면 정청은 이자성에게 생존의 방식과 신념을 가르쳐주고 스스로 퇴장한다는 점에서 진짜 아버지의 면모를 보인다. 지금의 대중은 윤리적 생존 대신 생존의 윤리를 가르쳐줄 아버지를 선택한 것이다.

영화의 중심 서사가 사실상 모두 종결된 뒤에 영화는 마치 사족처럼 육 년 전의 시점으로 돌아가 이자성의 옛 모습을 보여준다. 살육을 저지르고 난 후 밝은 태양 아래에서 너무나 환하게, 활짝 웃는 장면은 난데없이 섬뜩하다(이 장면에서 살육을 주도하는 것은 정청이 아니라 오히려 이자성이다). 그 웃음이 이 영화를 이자성의 시점에서 다시 보게 만든다. 영화 내내 희생자처럼 보였던 그가 이 모든 일의 주체였을지도 모른다는 것, 모든 일을 이미 저지르고도 시침 뚝 떼고 있는 대중의 무의식일지도 모른다는 것을 그 웃음은 조용히 암시하고 있다.

여행을 싫어한다고 말할 용기

2013년 7월 6일, 아시아나항공 214편이 샌프란시스코공항에 착륙중 사고를 냈다. 이 사고로 세 명이 숨졌다. 삼백 명이 넘는 탑승자를 태운 비행기가, 꼬리와 엔진이 떨어져나가는 대형사고에도 세 명밖에 숨지지 않았다는 건 천행이다. 통계적으로 비행기는 자동차에 비해 훨씬 안전한 것으로 알려져 있다. 이 글을 쓰는 오늘 하루만 해도 경남 진주에서 승용차 두 대가 충돌해 네 명이 그 자리에서 숨지고 두 명이 다쳤다. 그런데도 미국을 비롯한 전 세계 언론들은 매일같이 이 비행기 사고를 보도하고 있다.

왜일까? 비행기는 그 모든 안전장치에도 불구하고 직관적으로 위험해 보인다. 인간은 아직 그렇게 높은 곳으로 날아다니는 물체에 적응할 만큼 충분히 진화하지 않았다. 어떤 이들은 비행기를 탈 때 고소공포와 폐소공포를 모두 느낀다. 그럴 만도 한 게 비행기는 너무 높이 올라가 너무 빨리 이동하는데, 그 안은 매우 좁다. 움베르토 에코의 농담이 떠오른다. "좀 빠르다는 것 말고 비행기가 기차보다 좋은 게 도대체 뭐야?"

통계적으로 비행기가 그 어떤 교통수단보다 안전하다는 것을 알지만 그렇다고 즐겨 타고 싶지는 않다. 더구나 9·11 이후 항공여행은 고역이 되었다. 제아무리 지체 높은 일등석 승객이라도 미국 공항의 악명 높은 검색을 피할 수 없다. 액체 폭탄의 반입을 막기 위해 일정 용량 이상의 액체는 반입이 불허된다. 밑창에 폭탄이라도 숨겨 들어갈까봐 구두도 벗어야 한다. 9·11 테러는 대형 민항기 그 자체가 강력한 폭발력이 있는 무기라는 것을 보여주었다. 테러범들은 기내에서 제공되는 별로 예리하지도 않은 식사용 나이프로 승무원을 인질로 잡고 조종석을 장악했다. 이젠 세면도구 가방에 들어 있는 손톱깎이까지도 위험물품이다.

항공여행의 매력은 급격히 줄어들고 있다. 공항에는 두 시간 전에 도착해야 한다. 신발을 벗어들고 허리띠를 풀고 노트북 컴퓨터를 꺼내고 주머니를 깨끗이 비운 후, 비굴한 얼굴로 검색대를 통과해야 한다. 애초부터 가격을 높게 책정해 면세라는 게 무의미한 상품들로 가득한 면세점을 지나 게이트 앞에 도착해 탑승이 시작되기를 기다리지만 요즘은 툭하면 연발이다. 탑승이 시작되면 짐을 들고 긴 줄에 서서 차례차례 좁디좁은 캐빈으로 기어들어가 겨우 자리를 찾아 캐리어를 선반 위에 집어넣고서야 자리에 앉을 수 있다. 한때는 직장에서 해외출장이 잦은 자리가 인기였지만 그런 시대는 오래전에 지나간 것처럼 보인다. 이제는 다른 사람을 출장에 보내고 자기는 그 직원이 사오는 술 선물이나 받는 자리가 최고다.

폰 쇤부르크는 한때 잘나가던 언론인이었다. 이름에 '폰'이 붙는 걸로 짐작할 수 있듯이 독일 명문 귀족의 후예이기도 하다. 그는 신문사에서 해고당한 뒤 문득 깨닫는다. 자기야말로 '몰락 전문가'라는 것을. 가문 자체가 서서히 몰락해왔을 뿐 아니라 그 가문의 일원인 자기 자신도 끝없이 추락하고 있다는 것을. 그는 세상에 저주를 퍼붓는 대신, '몰락 전문가'로서 사람들에게 가문의 지혜를 전파하기로 마음먹는다. 그래서 쓴 책이 『폰 쇤부르크 씨의 우아하게 가난해지는 법』이다. 폰 쇤부르크 집안은 원래 독일 전역에 성을 소유한 명문가였지만 이제 과거의 영화는 감히 꿈도 꾸지 못한다. 그러나 정신세계만큼은 여전히 귀족적이다. 예컨대 폰 쇤부르크는 독일인들의 휴가여행에 대한 환상을 점잖게 꼬집는다. 여행사들이 '호화 크루즈에 올라

상류층의 삶을 만끽하라'는 식으로 선전하는 것에 대해 그는 "귀족들은 원래 여행을 좋아하지 않았다"고 말한다. 왜냐하면 '여행은 번거롭고 귀찮은데다 위험하기까지 했기 때문'이다. 꼭 여행을 가야만 했다면 온 식솔을 이끌고 아예 거주지를 옮겨버렸다는 것. 그러고는 최소한 몇 달, 길면 몇 년을 여행지에서 머물렀다. 폰 쇤부르크에 따르면 유럽 중산층의 해외여행에 대한 열정을 불러일으킨 것은 근대 초기의 영국인들, 그중에서 왕립지리학회가 주범이었다고 한다. 그들은 나일강의 원류를 찾고 사파리에서 사자와 싸우며 아마존의 밀림에서 원주민과 춤을 추었다. 그런데 독일의 평범한 중산층 가족이 일 년에 몇 주밖에 없는 소중한 휴가를 파리떼가 득실거리는 아프리카의 초원에서 말라리아의 위협과 싸우면서 잘 나타나지도 않는 야행성 맹수인 사자를 쫓아다니는 데 써버리는 게 가당키나 하냐고 폰 쇤부르크는 질문한다.

여름 대목이 다가오면 대형서점의 여행서 매대는 전쟁터가 된다. 매대의 여행서들은 소리 높여 외친다. 여름휴가를 집에서 보내는 것은 죄악이라고. 어떤 위험과 부담을 감수하고라도 휴가를 멋진 여행지들에서 보내라고. 인도양의 산호초, 뉴욕의 5번가, 프로방스의 작은 마을, 미얀마의 석불이 당신을 기다린다고.

언젠가부터 여행은 신성불가침의 종교 비슷한 것이 되어서 누구도 대놓고 "저는 여행을 싫어합니다"라고 말하지 못하게 되었다(혹시 신입사원 모집 공고마다 나오는 "해외여행에 결격사유가 없을 것"이라는 문구의 영향일까?). 여행을 싫어한다고 말하는 것은 어쩐지 나약하고 게으른 겁쟁이처럼 보인다. 폰 쇤부르크처럼 명문가의 자손으로 태어났더라면 "우리 귀족들은 원래 여행을 안 좋아해"라고 우아하게 말할 수 있겠지만 그건 우리 같은 평민들이 쓸 수 있는 레토릭이 아니다.

귀족도 뭣도 아니면서 여행을 절대로 하지 않는 것으로 유명한 시인이 한 분 있다. 그분은 서울 태생으로 모든 학교를 서울에서 다녔고 성인이 된 이후에도 서울 밖으로 거의 나간 적이 없다. 해외여행도 하지 않는다. 서울에서 시를 쓰고 음악을 듣고 책을 번역하고 친구를 만난다. 친구들이 해외로 나가면 그들이 돌아올 때까지 기다린다. 사람들이 "답답하지 않느냐"고 물으면 그는 빙긋이 웃으며 "(서울 밖으로) 나갈 필요를 느끼지 못한다"고만 답한다. 적지 않은 돈을 지불하고 위험을 무릅쓴 채 여행을 떠나 온갖 고생을 하고 돌아와서는 "너무 멋진 여행이었어"라고 주변 사람들에게 거짓말을 하는 이들보다는 "나갈 필요를 느끼지 못한다"고 당당하게 응수하는 그가 좋다.

새삼 당연한 얘기지만, 여행을 하고 안 하고는 단지 선택의 문제일 뿐이었고 지금도 그렇다.

2부

삶과 죽음

보다

나쁜 부모 사랑하기

아이는 자기를 덜 사랑하는 부모의 마음에 들려고 애쓴다고 한다. 자기를 사랑하는 게 확실한 부모의 마음에 들려고 노력하기보다는 자기를 마뜩잖아하는 부모의 마음에 드는 게 생존에 더 중요하기 때문이다. 부모가 자기를 버리지 못하게 해야 하는 것이다. 아이를 사랑하지 않는 부모는 바로 그것 때문에 아이에 대해 힘을 갖게 된다. 나쁜 부모는 아이를 사랑하지 않음으로써 아이를 움직일 수 있다는 걸 알게 된다. 아이는 끝없이 노력하고 부모는 '너는 영원히 내 사랑을 가질 수 없다'고 암시하고, 아이는 또 노력하고 부모는 또 암시하고…… 그러는 동안 어느새 아이의 얼굴에는 주름살이 생기고 허리가 굽고 눈이 침침해진다. 어느 날 자기를 끝내 사랑하지 않던 부모가 죽으면 아이는 부모의 관 앞에서 눈물을 흘리고 통곡을 한다. 아이가 평생의 노력이 무의미했다는 것을 비로소 깨닫고 통탄할 때, 사람들은 그 속도 모르고 "불효자는 웁니다"라고 말한다.

크리스 프레일리와 필 셰이버는 공항에서 이별하는 연인들의 행동을 수집하고 분석했다. 대체로 연인들은 키스하고 포옹하고 잡은 손을 놓지 않으며 이별을 아쉬워했다. 그러나 그 정도에 많은 차이가 있었다. 심한 불안을 감추지 못하며 상대에게서 떨어지지 않으려는 연인이 있는가 하면 차분하고 성숙하게 이별을 받아들이는 연인도 있었던 것이다. 프레일리와 셰이버는 이런 행동의 기원이 모자간의 애착관계에 있다고 주장했다. 연인이 서로에게 하는 행동은 어렸을 때 엄마에게 했던 행동의 모방이라는 것이다. 어린아이들은 눈앞의 놀이에 열중하면서도 늘 엄마가 어디 있는지 확인한다. 엄마와 잠시라도 떨어지게 되면 울며불며 난리를 친다. 어쩔 수 없이 헤어져야 한다는 것을 받아들인 후에도 잡은 손을 놓지 않으려 하고 마지막까지 엄마 쪽을 돌아본다. 이와 유사하게 엄마와 불안한 애착관계를 맺었던 사람은 연인이 통로로 내려가는 순간 커다란 두려움과 슬픔을 느끼며 이게 사랑하는 사람의 마지막 모습이 될 것이라고 마음속으로 생각한다고 한다. 반면 엄마와의 애착관계가 안정적이었던 남녀는 이별의 의식을 덜 요란하게 치른다.

사이가 좋은 연인들은 평상시에도 서로에게 유치한 애칭을 붙이고 혀짤배기소리를 한다. 그들은 서로에게 칭얼거리고 서로를 귀찮게 하면서 끊임없이 애정을 시험한다. 여기서 우리는 부모와의 애착관계가 건강한 사람이 연인과도 원만한 관계를 형성하리라는 것을 유추할 수 있다. 어려서 부모의 사랑과 관심을 충분히 받지 못했던 사람은 연인의 사랑을 끝없이 확인하려 들 것이다. 수십 통의 문자메시지를 보내고 소재를 확인하고 무리한 요구를 하고 상대방이 그것을 받아들이는지를 보려 한다.

인간사가 정의와 무관하다는 걸 발견하게 될 때마다 씁쓸하다. 아이가 자기를 덜 사랑하는 부모의 마음에 들려고 더 노력한다거나 어릴 때 부모의 사랑을 받지 못한 사람이 연인과의 관계에서도 어려움을 겪는다는 것은 부당하다는 생각이 든다. 그 반대였으면 얼마나 좋을까. 아이를 사랑하지 않은 부모는 아이의 애정을 받지 못하고, 어려서 불행하게 자란 사람일수록 연인과의 관계가 더 원만하다면 얼마나 바람직할까. 그런데 불행히도 인간사는 정의에 별로 관심이 없는 것 같다. 그래서 기독교나 불교 같은 종교들은 정의의 실현을 사후 또는 내세로 미룬 게 아닐까.

폴 토머스 앤더슨의 영화 〈마스터〉는 부모와 자식 간의 이런 관계에 대한 비유로 가득하다. 주인공 프레디는 아버지는 없고 어머니는 정신병원에 있는 남자다. 그가 제대로 된 부모를 갖지 못했다는 배경은 영화 중반에야 밝혀지지만 관객들은 영화의 첫 장면에서부터 그가 '후레자식'임을 알 수 있다. 그는 부끄러움을 모른 채 욕망에 충실하다. 해군 병사들이 모래로 만들어놓은 여자 위에 올라타 민망한 방아질을 하는 남자다. 그의 노골적인 행동에 젊은 동료 병사들마저 눈살을 찌푸린다. 또한 그는 자기만의 술을 제조하고 그 술에 늘 취해 있는 디오니소스적인 인물이다. 프레디를 연기하는 호아킨 피닉스의 눈에서는 언제나 광기가 번뜩인다. 제2차 세계대전이 끝나고 미국으로 돌아온 그는 백화점에서 사진사로 일하지만 살아 있는 진짜 여자와는 정상적인 관계를 맺지 못한다. 그는 여전히 자신이 제조한 술을 마시고 세상을 향해 패악을 부린다. 역시 술에 만취한 어느 날, 그는 '마스터' 랭커스터와 만난다. 신흥종교의 교주로 세력을 키워가던 이 남자는 모든 면에서 아버지의 모습을 하고 있다. 그는 가족과 신도들을 거느리고 군림한다. 프레디가 랭커스터를 만나는 곳이 대서양의 배 위라는 점도 의미심장하다. 배 위의 랭커스터의 모습은 마치 구약의 노아처럼 보인다. 노아는 야훼라는 신을 믿은 유일한 가장이었고, 그 신을 믿지 않은 당대 다수의 눈에는 랭커스터와 같은 신흥종교의 교주로 보였을 것이다. 20세기 노아의 방주 위에서 프레디는 '아버지'이자 '마스터'인 랭커스터에게 빠져들고 랭커스터도 프레디를 받아들인다. 프레디는 랭커스터의 마음에 들기 위해 노력한다. 랭커스터가 경찰에 체포될 때에는 충실한 개처럼 주인(마스터)을 보호하기 위해 경찰에게 달려든다. 프레디는 랭커스터가 시키는 모든 것을, 비록 본성에 반하는 것이라 할지라도 충실하게 따르려 노력한다. 프레디는 좋은 아들이 되기 위해 모든 신도들이 지켜보는 가운데 좁은 방을 끝없이 왔다갔다한다. 보는 관객이 다 답답할 지경이다.

프레디에게 랭커스터는 전형적인 나쁜 아버지, 나쁜 연인이다. 그들은 처음에는 매력적인 모습으로 나타나지만 아이와 연인이 정말 원하는 사랑은 주지 않는다. 그들은 끝없이 상대방에게 자신이 사랑하기에는 부족하다는 암시를 주고, 이를 통해 사랑과 애착에 굶주린 아이와 연인을 움직인다.

프레디는 해군 갑판수였다. 예로부터 배를 타고 떠난다는 것은 가족에게서 벗어난다는 것, 어른이 된다는 것을 의미했다. 『모비딕』의 이스마엘은 포경선에 오르는 것으로 새로운 인생을 시작하고 〈대부〉의 마이클 코를레오네는 해군에 입대해 제2차 세계대전에 참전함으로써 아버지와 가족의 뜻을 거슬렀다. 그러나 배를 타고 떠나는 것만으로는 진정한 어른이 될 수 없다는 것을 『모비딕』과 〈대부〉는 보여준다. 이스마엘은 광기에 사로잡힌 아버지 에이허브 선장을 극복해야 하고 마이클 코를레오네는 '대부'가 되어 가족을 지키는 운명을 받아들여야만 했다. 프레디가 진짜 어른이 되는 것은 랭커스터라는 아버지가 실은 약점으로 가득 찬, 그 자신이 타인의 사랑을 갈구하는 나약한 존재라는 것을 깨닫는 순간이다. 랭커스터는 프레디가 제조한 정체를 알 수 없는 술을 좋아한다. 밀주에 대한 중독적 탐닉은 이성과 과학으로 자신을 포장한 '마스터' 랭커스터의 숨은 약점이었고, 가족들은 그것을 눈치채고 경계한다. 폴 토머스 앤더슨 감독은 아버지와 아들의 관계가 일방적이지만은 않다는 점을 포착했다. 아버지들도 한때는 누군가의 아들이었고 그들 역시 언제나 아버지를 찾고 그 아버지는 때로 자기를 숭배하는 자들 속에 있을 수 있다. 영악한 아들들은 아버지들의 그 약점을 파고든다.

우리들 모두는 한때 부모의 사랑과 보살핌이 절실한 나약한 어린아이였다. 그 사실이 변한 적은 없다. 한때 광화문 교보생명 빌딩 정면에는 "나였던 그 아이는 어디 있을까?"라는 네루다의 시구가 적힌 대형 플래카드가 붙어 있었다. 그 어린아이는 영원히 우리 안에 있다. 성장은 끝나지 않는다. 모든 비극과 희극이 여기에서 시작된다. 배를 타고 고향을 떠나는 것, 술을 만들어 먹는 것만으로 온전한 성인이 될 수 있었다면 아마 문학과 연극, 영화 같은 것들은 존재하지 않았을 것이다.

어느 날 랭커스터는 프레디를 데리고 사막으로 간다. '마스터' 랭커스터는 프레디에게 오토바이를 타고 정해진 지점까지 갔다가 돌아오는 시험을 부과한다. 오토바이를 타고 사막을 달리던 프레디는 반환점을 돌지 않고 그대로 달려가버린다. 탁 트인 바다에서 제멋대로 살던 디오니소스적 인간이 끝내 길들지 않은 채 아버지가 정한 선 밖으로 탈출하는 장면은 통쾌하고 짜릿했다. 비록 우리가 나약한 어린아이로부터 비롯되었다 해도, 부모가 우리에게 부과한 그 굴레에서 영원히 벗어나지 못하는 것은 아닐 것이라는 희망을 나는 거기에서 보았다.

어차피 죽을 인생을 최선을 다해 살아가는 이유

죽음은 왜 그렇게 두려운 것일까?

에피쿠로스는 이 질문을 파고들었다. 죽음에 대한 공포를 극복하지 않고는 '고귀한 쾌락'을 있는 그대로 즐기기 어렵다고 생각했기 때문이었다.

메노이케우스에게 보내는 편지에서 그는 죽음을 두려워할 필요가 없다고 말한다. 사람들에게 죽음이 우리와 아무 상관이 없다는 생각에 익숙해질 것을 권했다. 죽게 되면 더는 아무것도 자각할 수 없게 되기 때문이라는 것이다. 여기에서 더 나아가 그는, 죽음이 우리와 아무 상관이 없다는 점을 잘 통찰한다면 오히려 유한한 삶이 더 즐거울 수 있다, 왜냐하면 이런 통찰이 영원히 살고자 하는 욕구를 없애주기 때문이라고 말했다. 에피쿠로스의 생각은 이렇게 요약될 수 있을 것이다: 우리가 존재하는 한 죽음은 오지 않고, 죽음이 오면 우리는 더 이상 존재하지 않는다.

노인들에게 가장 두려운 것이 무엇이냐고 물으면 '혼자 죽는 것'이라고들 답한다고 한다. 그중에서도 누구에게도 자신의 죽음이 인지되지 못한 채 오랫동안 버려지는 무연사가 가장 두렵다고 한다. 그들은 마치 죽은 뒤에도 살아 있을 것처럼 생각하고 말하고 있다. 그러나 죽음 이후의 우리는 아무것도 보지도, 느끼지도 못한다. 에피쿠로스가 이천삼백여 년 전에 통찰했듯이 그런 상태를 바로 죽음이라 한다. 그러므로 혼자 죽든, 함께 죽든 혹은 가족들 앞에서 죽든, 죽음은 우리를 똑같은 상태로 인도한다. 그것은 절대적인 무와 침묵의 세계다.

그런데 '혼자 죽는 것'이 두렵다고 말하는 노인들의 말은 그냥 어리석기만 한 것일까? 혹시 그들은 죽음이 아닌 '혼자'를 강조하고 있는 것 아닐까? 인간이 정말 무서워하는 것은 죽음 그 자체가 아니라 철저하게 혼자가 되는 것이라고 읽을 수는 없을까? 죽음은 개별적이다. 탄생은 어미의 고통과 함께하지만 죽음은 홀로 겪는다. 요컨대, 우리는 모두 혼자 죽는다.

우울증을 겪는 이들은 그렇지 않은 이들보다 자살률이 매우 높다. 원인이 무엇이든 간에 우울증에 걸리면 세상과 인간관계에 대해 비관적이 되면서 다음과 같은 생각들에 사로잡힌다. '세상은 점점 나빠지고 있다. 나는 철저하게 혼자이며 무가치한 존재다. 어차피 인간은 결국 죽는다. 아무도 이 운명에서 벗어날 수 없다……'

우울증 환자들은 인간이 혼자라는 것, 죽을 수밖에 없는 가련한 운명이라는 것을 냉철하게 직시한다는 점에서 극단적으로 현실적이다. '혼자 죽는' 고통을 미리 맛보고 있는 그들에게는 삶이 이미 죽음이고 죽음이 곧 삶이다. 다른 사람들과 달리 그들은 죽음으로 이 절대고독을 끝장내고자 한다. 고층아파트에서 아이를 밖으로 던져 죽이고 자기도 자살을 시도하는 우울증 환자는 '이런 세상 살아봐야 고통이다. 이게 아이를 위하는 길이다'라고 철석같이 믿는다. 삶의 고통과 의미 없음에 대한 무서운 확신이 있기 때문이다. 에피쿠로스가 죽음의 무의미성이라는 계단을 통해 고귀한 쾌락의 세계로 들어갔다면, 우울증 환자들은 삶의 무의미와 고통이라는 다이빙대에서 죽음의 세계로 점프한다.

영화 〈그래비티〉의 무대는 행성과 행성 사이의 우주 공간이다. 그곳은 매우 춥고, 산소와 물이 없는 무중력상태다. 거기에 주인공 라이언 스톤 박사가 떠 있다. 그녀는 유일한 혈육인 어린 딸의 사고사를 겪고 이 우주 공간에 와 있다. 우주 공간은 죽음에 대한 은유로 쓰기에 딱 좋다. '거기 있다'는 것은 알지만 가보는 것은 거의 불가능한 거대한 무와 침묵의 세계로, 어떤 생명도 존재하지 않는다. 영화가 시작하자마자 스톤 박사는 수리하던 허블망원경으로부터 멀어져 어둠 속으로 빨려들어간다. 관객들은 누구나 알고 있다. 저대로 계속 멀어진다면 그녀는 끝내 돌아오지 못하게 되리라는 것을. 우주는 끝이 없으므로 그녀의 육신은 마치 혼령처럼 영원히 우주라는 이름의 구천을 떠돌게 되리라는 것을.

그런데 그녀는 동료에 의해 구조된다. 살아남기는 했지만 그녀의 눈에 비친 세계는 아직도 우울증 환자의 그것이다. 허블망원경 수리라는 임무, 딸의 죽음에서 벗어나기 위해 선택한 과제는 무산되었으며 우주왕복선 안팎에는 사고로 죽은 동료들의 시체가 떠다닌다. 지구와의 통신은 모두 두절되었다. 마지막 남은 동료 역시 그녀를 살리기 위해 스스로 희생하면서 광막한 우주 공간으로 떠나간다. 이제 그녀는 모든 것을 잃었다. 우주는 육중한 침묵 그 자체다. 게다가 우주선에는 남은 연료도 없다. 그쯤에서 그녀는 전형적인 우울증 환자의 선택으로 기운다. 죽음이 자신을 찾아오기 전에 스스로 죽음의 길로 걸어들어가는 것이다.

여기까지 영화는 우울증 환자가 겪는 심리적 풍경을 우주 공간이라는 표상을 통해 인상적으로 보여주었다. 영화를 보는 내내 나를 사로잡은 것은 절대고독 속에 유폐된 스톤 박사의 눈에 비친 광대무변한 우주 공간의 압도적 공허였다. 한 번이라도 우울증을 앓아본 사람이라면 그런 공허를 겪기 위해 굳이 우주복을 입고 대기권 밖까지 나갈 필요가 없다는 것을 잘 알고 있을 것이다. 연료가 떨어진 우주선 안에서 그녀는 지구의 어떤 가족들이 웃고 떠드는 소리를 우연히 잡은 라디오 전파로 듣는다. 그리고 그 사람들이 살고 있을 저 아름다운 푸른 지구를 내려다본다. 행복한 이들, 그러나 그들은 너무 멀리에 있다. 그리고 그들의 삶은 나와는 아무 상관이 없다. 그녀의 정신 역시 무중력상태에 머물러 있다.

잠깐의 임사 체험 이후, 스톤 박사는 마지막 남은 비상연료와 소화기의 분사력까지 이용해 중국 우주선에 다다르고 그 우주선을 조종해 지구로 귀환한다. 이 영화가 딸을 불의의 사고로 잃은 한 우울증 환자의 심리적 풍경이라는 가정을 받아들인다면, 그녀가 어떻게 이 '정신적 무중력'상태에서 벗어나 강력한 중력이 존재하는 지구로 되돌아올 수 있었는지도 물어야 할 것이다. 프로이트라면 아마도 그녀가 우주 공간에서 비로소 행하게 된 애도 덕분이라고 해석할 것이다. 반면 에피쿠로스라면 동료들의 진짜 죽음(딸의 죽음은 전화로 전해들었을 뿐이다)이 그녀로 하여금 죽음이 자신과 아무런 상관이 없다는 점을 올바르게 통찰하게 하였고, 이를 통해 그녀가 유한한 삶에 대한 갈망을 새롭게 느끼게 되었다고 말할 것이다. 어떻게 보자면 우울증 환자는 매를 먼저 맞기 원하는 학생처럼 죽음을 지나치게 두려워해 온종일 그것에 사로잡혀 있는 이들인지도 모른다. 죽음에 대한 이 과도한 공포, 삶의 소소한 즐거움마저 파괴하는 이 두려움은 어떻게 극복되는 것일까? 〈그래비티〉의 카메라는 위성 파편에 얼굴이 관통당한 남자 동료의 시체를 오래 응시한다. 사라진 그의 얼굴—소거된 인격 너머로 우주가 보이는 장면은 이 영화에서 가장 인상적인 장면 중 하나다. 죽음이 고작 이런 거라면 에피쿠로스가 옳은 것이다. 얼굴 없는 시체와 조금 전까지 춤을 추고 있던 동료 사이에는 아무 관계가 없다. 그들 사이에는 저 무정한 우주가 있을 뿐이다. 그러니 스톤 박사가 비로소 자신이 떠나온 작은 행성으로 시선을 돌리는 것은 자연스럽다. 진짜 죽음에 대한 직면과 통찰이 그녀에게 에피쿠로스적 계시의 공간을 열어준 것이다. 가서 지구의 공기와 물과 중력, 늘 네 곁에 있었지만 알지 못했던, 저 찬란하지만 유한한 것들을 죽음이 찾아오기까지 마음껏 즐기라고.

지구에 막 도착한 그녀에게는 이제 전혀 새로운 삶이 기다리고 있을 것이다. 죽음의 무의미를 깨달은 자만이 경험할 수 있는.

부다페스트의 여인

나는 1995년 2월에 제대를 했다. 바로 그달에 한 계간지에 「거울에 대한 명상」이라는 단편을 발표하며 등단했다. 강변을 산책하던 남녀가 폐차 트렁크에 들어갔다가 빠져나오지 못한 채 절망적 섹스를 계속하다 끝내 거기서 죽는다는, 참으로 어둡고 암울한 그런 소설이었다(훗날 〈주홍글씨〉라는 상업영화로 만들어지기도 했다). 발표되자마자 원고 청탁이 빗발칠 줄 알고 전화기 옆에서 기다렸지만 몇 달 동안 전혀 소식이 없었다. 먹고 살려면 취직은 해야겠기에 모교의 한국어학당에 혹시 강사 필요 없냐고 문의를 했다가 올해는 벌써 마감했으니 내년에 다시 연락하라는 답변만 들었다. 한국어를 꽤나 유창하게 구사한다고 믿는 네이티브 스피커의 한 사람으로서 하루에 네 시간만 외국인에게 한국어를 가르치면 된다는 이 직장은 이제 막 작가로 첫발을 내디딘 나에겐 꿈의 직장처럼 보였다. 그러나 어쩌랴. 모집이 끝났다는데.

동네에 '소수정예'를 표방하는 보습학원이 있어 찾아갔더니 원장이 흔쾌히 받아주면서 당장 강의에 들어가라고 했다. 남녀 고등학생 두 명에게 한 시간 동안 영어를 가르쳤는데 학생들이 심하게 똑똑했다. 나에 대한 원장의 기대가 너무 큰 것 아닌가 싶어 좀 부담스러웠다. 수업이 끝나자 원장이 그 두 학생을 데리고 원장실로 들어갔다가 잠시 후에 나와서는 나에게 말했다.

"오늘 수고했어요. 다음 주부터 중학교 1학년 애들한테 영어를 가르치세요."

나중에 알고 보니 '심하게 똑똑'했던 그 두 명의 학생은 새 강사가 오면 그 실력을 평가하는 애들로, 근방의 명문고에서 전교 10등 안에 드는 우등생들이었다. '심하게 똑똑'한 아이들의 냉엄한 평가에 따라 나는 소수'정예'와는 매우 거리가 먼 극소수'비정예' 중1들의 우리에 던져졌다. 나도 모자라고 아이들도 모자라니, 나도 울고 아이들도 울고 그걸 본 원장도 울고, 울면서 강사 월급 깎고, 뭐 그런 나날이었다.

그래도 학원생활 몇 달에 어찌어찌 돈을 모아 유럽으로 배낭여행을 떠났다. 그때는 아직 〈비포 선라이즈〉가 대한민국 청춘들 가슴에 불을 지르기 전인, 말하자면 '비포 〈비포 선라이즈〉 시대'였지만 그래도 유레일패스를 끊어 한 달간의 긴 여행을 떠나는 스물여덟의 청춘이 기대하는 바가 없을 수는 없었다. 영화나 소설에서 빈번히 일어나는 로맨틱한 사건들이 곳곳에서 나를 기다리고 있을 줄 알았다. 그러나 피렌체행 기차로 갈아타기 위해 비엔나역에 내리기 전까지 근 보름 동안 나는 낭만적 사랑은커녕 말 같은 말 한마디 제대로 못한 상태로 유럽의 도시들을 헤매다니다 거의 우울증 직전의 상태에 처해 있었다. 그렇게 말다운 말에 심하게 굶주려 있던 나는 비엔나역 대합실에서 모국어가 들리자 바로 그쪽으로 고개를 돌렸다. 이십대 초반쯤으로 보이는 두 여성은 커다란 배낭을 안고 앉아서 이야기를 하고 있었다.

그녀들은 사촌자매지간으로 대학을 졸업하자마자 함께 유럽 여행을 떠나온 참이었다. 나는 부다페스트행 기차를 기다리고 있던 이 자매님들을 붙들고는 보름 동안 못다 한 말들을 다 쏟아내기 시작했고, 그중에서도 특히 언니가 참을성 있게 내 폭풍수다를 들어주었다. 시간이 되자 그들이 먼저 부다페스트행 기차에 올랐고 나도 계획대로 피렌체로 향했다.

원래는 피렌체에서 삼 박을 하면서 느긋하게 이곳저곳을 돌아볼 계획이었다. 그런데 갑자기 피렌체에 아무 흥미가 생기지 않았다. 관광객들로 북적이는 아카데미아미술관에서 짐승남 다비드의 완벽한 몸매를 올려다보다가 문득 결심을 했다.

부다페스트로 가자!

유창한 한국어를 조금 더 구사하고 싶어서였다, 고 말한다면 거짓말이고, 실은 비엔나에서 만난 그 자매, 그중에서도 특히 언니가 자꾸만 눈에 어른거렸기 때문이었다. 에이, 부다페스트가 무슨 시골 동네도 아니고 그래도 명색이 한 나라의 수도인데, 무작정 가서 도대체 어디서 그들을 찾아낸단 말인가, 같은 이성적인 생각은 아예 머릿속에 떠오르지도 않았다.

다음 날 아침, 밤기차에서 내려 부다페스트역을 헤매고 있는 내 앞에 거짓말처럼 그 사촌자매가 나타났다. 영화 같은 일이 마침내 내 생에도 일어난 것이다. 그들은 마침 파리행 기차시간을 알아보기 위해 역에 들른 참이라고 했다.

"숙소는 구하셨어요?"

아니라고 하자 그들은 자신들이 묵는 민박집에 빈방이 있다며 나를 데려갔다. 마음씨 좋게 생긴 주인 여자는 자기 방을 내주고 자기는 친척집에 가서 자겠다며 나가버렸다. 더욱 바람직했던 것은 내가 관심을 갖고 있던 언니는 남고, 동생만 그다음 날 파리로 떠나게 되었다는 것이다. 둘은 바르셀로나에서 여권과 유레일패스를 모두 도둑맞는 사고를 당했는데, 언니 쪽 부모는 흔쾌히 한 달짜리 패스를 새로 끊어 보내준 반면, 동생네 부모는 속히 귀국시키는 쪽으로 결론을 내렸다고 한다.

다음 날 동생이 파리행 기차를 타고 떠난 후, 남은 언니와 나는 같은 민박집에 머물며 부다페스트 관광을 계속했다. 낮에는 온천에서 수영을 하고 밤에는 쏟아지는 잠과 싸우며 오페라를 보고 처음 보는 맥주를 함께 마셨다.

사흘 후, 우리는 함께 비엔나행 기차에 올랐다. 그녀는 이탈리아 쪽으로 내려가 몇몇 도시들을 둘러본 후 배를 타고 아테네로 향할 예정이었고, 나는 남부 프랑스 쪽으로 움직일 계획이었다. 그런데 기차가 비엔나에 다다랐을 무렵, 내 머릿속에 자연스럽게 이런 의문이 떠올랐다. '어차피 혼자 하는 여행에 계획이 다 무슨 소용이란 말인가.' 나는 그녀에게 말했다. 아주 오래전부터 그리스에 꼭 가보고 싶었노라고. 그녀는 내가 그러리라는 것을 미리 예상이라도 한 듯 선선히 받아들였다. "아, 그래요? 그럼 같이 가요."

아시시와 나폴리 같은 도시들을 거쳐 브린디시에 도착한 우리는 유레일패스만 있으면 무료로 승선할 수 있는 페리를 타고 아테네에 도착했다. 그리스의 작열하는 태양 아래 돌무더기 사이를 거닐고 해수욕을 하고 수블라키 등을 먹으며 나흘을 함께 보낸 후, 그녀는 예정대로 이스탄불로 떠났고 나는 파리를 거쳐 먼저 귀국했다.

그리고 다음 해, 나는 종로의 한 극장에서 〈비포 선라이즈〉를 보고 있었다. 배경이 비엔나라니 그것부터 신기했지만 우연은 거기까지라고 생각했었다. 그런데 그로부터 오랜 시간이 흐른 지금 나는 부산의 한 극장에서 〈비포 미드나잇〉을 보고 있다. 그런데 이번엔 배경이 하필 그리스라니! 우연치고는 좀 심하다 싶었다. 게다가 나는 주인공 제시와 직업까지 같지 않은가 말이다.

예비 초등학교 교사였던 그녀는 지금 어디서 어떻게 살고 있을까. 영화 속의 그들은 어쨌든 다시 만나 지지고 볶으며 살고 있지만 현실의 우리는 서로의 안부를 전혀 모르고 있다(셀린과는 달리 그녀는 내가 치른 그 많은 낭독회 등에 한 번도 모습을 드러낸 적이 없었다). 다만 이 정도는 짐작할 수 있을 것 같다. 만약 그녀 역시 〈비포 미드나잇〉을 보았다면 비엔나에서 스쳤다가 부다페스트에서 '우연히' 다시 만나 아테네까지 함께 여행한, 자기가 쓰고 있다는 이상한 소설에 대해 말하기 좋아하던 한 남자를 반드시 기억할 것이라고.

〈비포 미드나잇〉에서 이제 사십대에 다다른 셀린은 제시에게 묻는다. "지금의 나를 만난다면 이번에도 기차에서 뛰어내릴 건가요?" 비엔나에서 만난 사람과 같이 살고 있지 않은 나는 비슷한 질문을 스스로에게 던져본다. "그녀를 만나리라는 확신도 없이 무작정 부다페스트행 기차에 다시 오를 수 있겠는가?" 그럴 수 없을 것 같다. 그런 행동은 스물여덟 살에게나 어울린다. 그럼 사십대에는 무엇이 어울리나? 바로 지금 하고 있는 것들. 극장의 어둠 속에 몸을 파묻고 영화 보기, 달콤쌉싸름한 회고담 늘어놓기, 그러다 혼자 괜히 쓸쓸한 기분에 젖어 맥주 마시기, 그리고 글쓰기.

이십대는 몸으로, 사십대는 머리로 산다. 살아보니 둘 다 나름대로 좋았다. 이제 줄리 델피와 에단 호크가 찍을 다음 영화를 기다린다. 내가 어쩌면 살았을 수도 있었을 또 다른 삶을 기다리는 기분으로.

카르페 디엠과 메멘토 모리

일본 미야기현 유리아게 마을의 주민은 오천육백여 명이었다. 2011년 3월 11일, 대지진이 발생하고 이어 쓰나미가 마을을 덮치자 이중에서 칠백여 명이 사망한다. 지진과 쓰나미 사이에는 칠십 분이 있었다. 지진 대비에는 세계 최고라는 일본에서 나고 자란 이 평화로운 어촌의 주민들은 왜 전원 대피하지 않았을까? 왜 가만히 자기 집에 남아 쓰나미가 닥치기를 기다린 것일까?

1950년 6월 25일의 경향신문 2면에는 '영화계의 빈곤상'이라는 제목의 칼럼이 실렸다. 영화 제작에는 무엇보다 설비와 환경이 중요하다는 논조 아래 영화계의 현실을 질타하고 있다. 당시 영화계의 사정이 얼마나 절박했는지는 몰라도 그날 새벽이면 인민군이 이미 38선을 넘어 대거 남침하고 있던 상황이다. 곧 불어닥칠 운명에 비한다면 시나리오작가 제일주의나 감독 제일주의, 천재 대망론 따위를 비판하고 있는 것은 참으로 한가로워 보인다. 같은 날의 동아일보는 종로, 충무로 일대의 귀금속상들이 불경기에 신음하고 있다는 기사를 전하고 있다.

전쟁을 다룬 많은 소설들은 대부분 전쟁 발발 직전의 평화로운 풍경으로부터 시작한다. 소설에 등장하는 전쟁 발발 직전의 인물들은 재앙을 암시하는 나쁜 징조들에 유념하지 않는다. 그들은 태연히 하루하루를 살아간다. 곧 아무 의미도 없어질 문제들 때문에 마음을 졸인다.

히틀러의 유대인 탄압은 어느 날 아침 전격적으로 시행된 게 아니었다. 처음에는 재산을 동결하고 자유로운 이동을 제한했다. 연설 때마다 유대인을 싸잡아 비난하면서 그 강도를 조금씩 높여갔다. 처음부터 가스실행은 아니었다는 것이다.

유대인 학살을 다룬 영화를 볼 때마다 관객들은 안타까워한다. 왜 진작 스위스나 미국으로 달아나지 않았을까? 1950년 6월 25일의 귀금속상도 안쓰럽기는 마찬가지. 불경기를 탓할 게 아니라 진열대의 귀금속을 쓸어담아 피난을 떠났어야 할 상황이었다. 유리아게 마을의 생존자들은 죽은 가족들을 떠올리며 비통해했다. 그때 왜 서둘러 대피하지 않았을까? 맨홀에서 물이 분수처럼 뿜어오르는 이상한 현상을 왜 무시했던가. 그토록 긴박한 순간에 왜 부러진 TV 스탠드의 다리나 고치고 있었던가.

지난 일을 보면서 '저런 어리석은 바보들!'이라고 비웃는 건 쉽다. 애써 일군 가게를 떠날 수 없다며 남았다가 가스실에서 생을 마감한 유대인이나 영화계 현실을 개탄하는 기사를 쓰고 있던 경향신문 기자나 지진 때 부러진 TV 스탠드의 다리를 고치고 있던 유리아게 주민이나 지금의 시점으로 보면 이해가 잘 안 되기는 마찬가지다.

이야기의 시간을 현재로 돌려보면 어떨까. 북한이 난데없이 서울 상공에 핵폭탄을 터뜨렸다고 가정해보는 것이다. 미래의 작가가 이를 소재로 소설을 썼다면 그 소설을 보는 독자는 우리를 어떻게 생각할까? 곧 닥칠 운명을 모른 채 너무도 태연하게 쓰잘데없는 일로 투닥거리며 살고 있었다고 안타까워할 것이 분명하다. 출산율 하락, 부동산 가격의 등락, 불경기, 왕따. 지금 우리에게 심각한 모든 문제가 그들 눈에는 하잘것없이 느껴질 것이다.

유리아게 주민들은 왜 칠십 분 동안이나 대피하지 않고 시간을 허비했을까. 일본 현지의 집단심리 연구자들은 대중이 쉽게 빠지기 쉬운 몇 가지 편향으로 이를 설명하고 있다. 그중에서 두 가지는 우리에게도 시사점이 있다.

첫째는 '다수 동조 편향'이다. '거리에 나와보니 대피하는 사람들이 없었다. 다들 집에 가만히 있는 것 같았다. 그래서 나도 집에 있었다.' 이게 다수 동조 편향이다. 대구 지하철 참사 때에도 사람들은 전동차 내부에 연기가 자욱해졌는데도 동요하지 않았다. 다른 사람들이 움직이지 않았기 때문이었다.

둘째는 '정상화 편향'이다. 우리 뇌는 위험한 징조들을 어느 정도는 무시하도록 진화해왔다. 이 센서가 너무 민감하면 공황장애나 광장공포, 고소공포, 폐소공포 등에 시달리고 일상생활을 영위하기 어려워진다. '어, 엘리베이터가 덜컹거리네. 추락하는 거 아니야?' 이런 의구심은 정당하다. 그러나 이게 너무 잦아지면 문지방도 못 넘는다. 그래서 정상적인 뇌는 이런 센서의 스위치를 꺼둔다. 그래야 우리가 지하철을 타고('불이 나면 어떡하지?'), 사람 많은 곳에 나가고('누군가가 내게 칼을 휘두르며 달려들면 어떡하지?'), 어두운 밤길을 다닐 수 있다('연쇄살인범이 전봇대 뒤에 숨어 있으면 어떡하지?').

2013년 4월, 북한의 무시무시한 협박이 계속 이어지는 가운데 우리가 평온하게 살아가는 것에 대해 세계가 놀라워했다. 후쿠시마의 방사능이 무서워 일본 여행을 못하겠다는 한국 대학생에게 일본인이 김정은의 핵은 안 무섭냐고 의아해했다는 얘기도 들었다. 내가 아는 한 흑인 할머니는 뉴욕 할렘에 사는데 멕시코 여행을 절대로 하지 않는다. 범죄가 너무 많아서 위험하다는 것이다. 반면 멕시코의 부자들은 뉴욕 여행을 가도 할렘으로는 올라가지 않는다. 그들은 할렘을 대낮에도 총격전이 벌어지는 마약 갱단의 천국으로 생각한다. 나는 할렘과 멕시코 모두 여러 번 다녀왔지만 아무 일도 없었다. 다수 동조 편향과 정상화 편향 덕분에 우리는 대한민국이나 할렘, 일본과 멕시코에서 태연히 살아갈 수 있다. 다른 곳이 더 위험하다고 생각하면서.

남의 위험은 더 커 보인다. 반면 자기가 처한 위험은 무시한다. 그게 인간이다. 나는 북한이 핵미사일을 쏠지도 모르니 이에 대비하자고 말하는 것이 아니다. 로마인들은 화려한 연회를 열 때마다 노예에게 은쟁반에 해골바가지를 받쳐들고 손님들 사이를 지나다니게 했다고 한다. '메멘토 모리' 즉, '죽음을 기억하라' 같은 깊은 뜻이 있어서 그런 것이 아니었다. 단지 그게 연회의 흥을 더 돋우었기 때문이다. 해골바가지를 보면 술맛이 더 났던 것이다. 로마인들은 변태였나? 아니다. 지금도 그 전통은 핼러윈으로 면면히 이어져내려오고 있다. 그날이 되면 해골과 좀비 들이 거리를 행진하고 죽은 자의 가면을 쓴 사람들이 밤새 술을 마셔댄다. 핼러윈의 상징, 속을 파내고 불을 밝힌 호박은 즉각적으로 해골바가지를 연상시킨다. 죽음과 종말을 떠올리면 현재의 삶은 더 진하고 달콤해진다. 로마인들은 이천 년 전에 이미 그걸 알고 있었다.

미래는 아무도 모른다. 그러나 미래의 시점에서 현재의 파국을 상상해보는 것은 지금의 삶을 더 각별하게 만든다. 그게 바로 카르페 디엠이다. 메멘토 모리와 카르페 디엠은 그렇게 결합돼 있다.

잘 모르겠지만 네가 필요해

영화 〈건축학개론〉, 보기 전에는 설마 정말 집을 짓는 이야기일까 싶었고, 보고 난 직후에는 로맨스를 색다르게 풀어나가기 위해 건축이라는 소재를 갖다 쓴 거구나 생각했는데, 나중에 다시 생각해보니 역시 집짓기가 영화의 핵심 키워드였다는 생각이 든다. 제주도 출신으로 아버지의 사랑과 기대를 한몸에 받던 여자가 서울로 유학을 와 강남에 사는 의사와 결혼했으나 곧 파경을 맞은 후 고향에 있는 늙고 병든 아버지를 위해 집을 지어준다는 이야기인데, 다만 그 집을 설계하는 남자가 대학교 1학년 때 잠깐 사귀었던 가난한 서울 남자라는 것이다.

이 영화에는 두 개의 삼각관계가 등장한다. 건축가 승민－서연－서연의 아버지로 이어지는 관계와 승민－서연－승민의 약

혼자 은채로 이루어진 관계가 그것이다. 둘 중에서 첫번째, 즉 아버지를 위해 집을 지어주고자 하는 딸의 욕망과 그 욕망을 대신 실현시켜주는 존재로서의 옛 남자의 관계로 이루어진 삼각형이 좀 더 흥미롭다.

영화는 서연이 대뜸 승민의 건축사무소를 찾아오면서 시작한다. 왜 왔느냐는 승민의 질문에 서연은 "내가 널 왜 만나러 왔겠어? 너 하는 일이 뭐야? 집 짓는 일 아니야?"라고 말한다. 이 말은 액면 그대로 받아들이기가 어렵다. 건축가가 어찌 승민뿐이랴. 그는 거절한다. "나 못 해. 나 이런 거 한 번도 안 해봤어." 그러나 그는 결국 첫사랑의 부탁을 뿌리치지 못한다. 그런데 문제가 생긴다. 서연이 승민이 제시한 신축 설계안을 마뜩잖아하는 것이다. 이때 승민의 약혼자이자 같은 건축사무소에서 일하는 은채가 서연의 욕망을 읽고(동시에 옛 애인에게 온전한 새집을 지어주려는 약혼자의 은밀한 욕망 역시 간파하고) 새로운 제안을 한다. 신축이 아니라 증축을 하라는 것. 서연의 욕망은 삼각형에서 아버지라는 꼭짓점을 제거하고 승민과 '새집을 지으려'는 것이 아니라 아버지라는 꼭짓점을 남겨둔 채 승민과 새로운 게임을 벌이려는—'증축'—것이다. 반면 승민의 욕망은 아버지라는 방해물을 깨끗이 제거한 채 서연을 독점하는 것일—'신축'—터이다. 약혼자에게 욕망을 읽혔기 때문에 승민은 더 이상 신축을 고집할 수 없게 되고, 서연은 자신의 의도를 관철할 수 있게 되었다. 서연에게는 매우 다행스럽게도 이 과정을 통해 은채가 포함된 또 하나의 흥미로운 삼각관계까지 얻게 되었다. 이로써 게임은 더 흥미롭게 흘러가게 된다.

서연은 은채도 함께 있는 자리에서 승민의 넥타이가 별로라고 지적한다. 너무 알려진 은유여서 좀 뻔하기는 하지만, 넥타이는 바로 승민의 남근/팔루스이다. 나중에 서연은 백화점으로 가 승민에게 선물할 넥타이를 사서 승민과의 만남에 들고 가지만 은채의 출현으로 이 노골적이고 음란한 계획은 좌절된다. 대신 그녀는 늙고 병든 아버지의 병실로 간다. 더 이상 넥타이를 맬 일이 없을 노쇠한 아버지는 딸의 선물을 의아/난감하게 여긴다. 아버지는 자기가 오래전에 지은 집, 딸과 함께 살던 그 집을 허물지 않고 새롭게 증축하는 방향으로 설계된 도면을 받아들고는 "이제야 집 같다"고 만족을 표한다. 그러면서 이혼한 딸에게 "너도 내려올 테니 그럼 피아노 한 대는 놓을 데가 있어야 한다"고 말한다.

영화가 진행됨에 따라 관객은 서연이 피아노를 전공했다는 것, 그러나 서울에 올라와서 자기 실력으로는 연주자로 성공할 수 없다는 것을 깨닫고 이를 포기했다는 것을 알게 된다. 아버지의 대사를 통해 관객은 피아노가 서연 자신의 욕망이었다기보다 아버지의 욕망이었다는 것, 즉 서연은 아버지의 '욕망을 욕망'했다는 것을 짐작하게 된다.

서연은 왜 승민에게 "너와 살고 싶다. 그러니 우리가 함께 살 집을 지어다오"라고 단도직입적으로 말하지 않는/말할 수 없는 것일까. 라캉이라면 서연을 전형적인 '히스테리자'라고 불렀을 것이다. 라캉은 히스테리자를 "자신의 욕망을 만족되지 않은 상태로 유지하려는 주체"로 정의한 바 있다. 영화 전체를 통해 서연은 타인의 욕망을 자신의 욕망으로 바꾸는 식의 게임을 벌인다. 병든 아버지를 빌려 승민에게 접근하고 승민을 빌려 아버지를 만족시키고자 하는 것이다. 서연의 진짜 욕망은 타인의 욕망으로 은폐돼 있다. 은폐돼 있는 욕망이 어찌 만족을 알겠는가.

2012년 부산국제영화제에서 상영된 캐나다 영화 〈해피엔딩 프로젝트〉 역시 집을 짓는 이야기다. 크레이그와 아이린은 평생을 함께해온 농사꾼 부부다. 치매에 걸린 아이린에게 낡은 이층집은 매우 위험하다. 평생 모든 일을 제힘으로 해온 크레이그는 바다가 보이는 언덕 위에 부부만 살 수 있는 일층집을 짓기 시작한다. 그러나 공무원이 찾아와 건축법 위반이라고 지적하며 공사를 막는다. 그는 자기 아버지와 할아버지로부터 배운 방식 그대로 집을 짓지만 현대의 법은 도면 없이 짓는 방식을 허용하지 않으니 크레이그로서는 미칠 노릇이다. 아내의 정신은 이미 온전치 않고 자신 역시 얼마 살지 못할 것을 안다. 시간이 없다. 크레이그는 끝까지 싸워 결국은 혼자 힘으로 아내를 위한 집을 짓는다. 감동적인 구석이 없지 않지만 〈해피엔딩 프로젝트〉는 〈건축학개론〉과 달리 별 재미가 없다. 모든 욕망의 방향이 너무 직선적이다. 자식들이 잠깐 나타나 아버지를 말리지만 "이건 우리 부부의 일이다. 너희들은 상관하지 마라"는 아버지의 말 한마디에 바로 물러나고 만다. 부모와 자식 간의 분리가 일찍, 분명하게 이뤄지는 서구 백인들의 문화에서 부부 사이에는 설령 자식이라 하더라도 함부로 끼어들지 못한다. 반면 〈건축학개론〉에서 보듯 우리의 남녀관계는 훨씬 신경증적이다. 부모와 자식 간의 분리는 여간해서는 이뤄지지 않으며 거의 모든 애정관계가 부모(특히 이성 부모)와의 관계를 삼각형의 한 축으로 하여 형성된다. 남자는 연애와 결혼에 있어 반드시 자기 어머니를 삼각형의 한 축으로 상정하고, 여자 역시 아버지를 한 축으로 삼는다. '여자는 아버지 닮은 남자와 결혼하고 남자는 은연중에 자기 엄마와 궁합이 맞는 여자를 찾는다'는 우리 속설은 이런 집단심리에서 나왔을 것이다.

서연은 제 욕망을 타인의 욕망으로 바꾸려는 인물이다. 그래서 늘 자기를 속인다. 옛 연인을 찾아간 이유는 오직 아버지에게 집을 지어주려는 효심의 발로이고 옛 연인에게 넥타이를 선물하려는 것은 오직 그 남자의 패션 감각이 떨어지기 때문이라고 믿는다. 자기 욕망을 차마 들여다볼 수 없기에 승민의 욕망을 통해 자기가 누구이고 뭘 원하는가를 알아내고자 하지만, 과거의 경험을 통해 그녀가 어떤 사람인지 겪은 바 있는 승민은 그녀를 두려워한다. 자신이 뭘 욕망하는지를 모르(는 척하)면서 대신 타인을 통해 그것을 알아내고자 하는 사람. 그런데 그것은 승민도 마찬가지다. 그 역시 서연의 욕망을 통해 자기 욕망을 알아내고자 한다. 그래서 두려워하면서도 그녀를 다시 받아들이게 된다. 현실적인 관점에서라면 늙고 병든 아내를 끝까지 책임지는 크레이그 같은 성숙한 남자가 최고겠지만 우리는 혼란에 빠져 허우적거리는 승민 같은 이나 자기 욕망을 모르면서도 당당한 서연 같은 인물에게 더 끌린다. 우리의 내면은 자기 안에 자기, 그 안에 또 자기가 들어 있는 러시아인형이 아니다. 우리의 내면은 언제 틈입해 들어왔는지 모를 타자의 욕망들로 어지럽다. 그래서 늘 흥미롭다. 인간이라는 이 작은 지옥은.

3부

운명과 예술

보 다

앞에서 날아오는 돌

점을 보러 갔었다. 대학교 4학년 때니 벌써 꽤 오래전의 일이다. 졸업을 한 학기 앞둔 나로서는 내 앞날이 꽤나 궁금하던 참이었다. 한 여대 앞에 있던 그곳은 여느 점집들이 그렇듯이 사주, 팔자, 궁합, 관상 등 그 업계의 주 종목들을 다 다루고 있었고, 겉으로 봐서 특별한 점은 하나도 없었다. 허름한 ㄷ자 모양의 단층 한옥의 문을 밀고 들어가니 키가 작고 통통한 젊은 여자가 접수를 받고 있었다. 이 집은 그 무렵 막 이름을 날리기 시작했는데, 어리고 신통한 총각 점술가가 손님을 가려 받는 것으로도 유명했다. 마음에 들지 않는 손님이 오면 바로 돌려보낸다고 했다. 여자들 사이에 앉아 한 시간쯤 기다리자 내 차례였다.

명산의 이름에다 '도령'을 붙여 예명으로 삼은 그 점술가는 보기에도 남달랐다. 도령이라는 호칭이 무색하지 않게 머리를 길게 길러 땋았는데 발치에 닿을 정도였다. 이목구비는 크고 시원시원했고 손가락들은 희고 무척이나 길었다. 왠지는 모르겠지만 그는 나에 대해 좀 흥미를 느낀 것 같았다. 그는 내게 사주를 물어 흰 종이에 받아적더니 그것을 오래 들여다보았다. 그러고는 내 얼굴을 뚫어져라 한참을 바라보았다. 그는 다시 사주를 받아적은 종이의 여백에 알 수 없는 한자를 휘갈겨대더니 문진을 들어 종이 위에 올려놓았다.

"뭐가 되고 싶으십니까?"

그의 첫 질문이었다.

"글쎄요. 혁명가?"

무슨 심사로 그런 장난기가 동했는지는 모르겠지만 도령의 다음 행동을 보면 내 대답이 그의 흥미를 돋운 것은 분명했다. 도령은 밖에서 접수를 받는 여자(누이라는 소문이 있었다)를 불러 당분간 손님을 받지 말라고 일렀다. 그러고는 자세를 고쳐 잡았다.

"운명은 앞에서 날아오는 돌이고 숙명은 뒤에서 날아오는 돌입니다. 앞에서 날아오는 돌이라고 다 피할 수 있는 것은 아닙니다. 다만 힘이 들지요."

때는 1989년이었다. 87년 6월 항쟁으로 대통령 직선제가 도입되었지만 정작 그 선거로 뽑힌 것은 노태우였다. 노태우 정권은 임수경씨와 고 문익환 목사의 방북에 이어 전대협의 격렬한 통일투쟁에 직면하자 공안정국으로 맞서기 시작했다. 베를린 장벽이 무너지면서 학생운동이 기대고 있던 정신적 한 축, 동구권 사회주의국가들이 도미노처럼 무너지고 있었다. 반면 한국 자본주의는 88올림픽 이후 호황을 구가하기 시작하는 그런 무렵이었다.

"저도 국운이라는 것을 봅니다."

'국운'이라는 말을 던질 때 그의 눈꼬리가 가볍게 올라갔다.

"이 나라가 앞으로도 꽤 흔들리기는 하겠지만 뒤집어지는 일은 없을 겁니다."

도령의 단언이었다.

"그런데도 계속 혁명가를 꿈꾸신다면 감방에나 들락거리다 인생이 끝날 겁니다. 당신 사주에는 그런 운이 없습니다. 앞에서 날아오는 돌을 피할 수는 있지만 힘이 든다는 게 바로 그런 뜻입니다."

그는 자기가 적어놓은 해독 불가능한 한자들을 잠깐 내려다보더니 말을 이었다.

"당신은 나무입니다. 나무라서 물을 가까이하는 게 좋습니다. 그런데 이 나무를 큰 바위가 짓누르고 있습니다. 바위가 나무를 누르고 있으니 어떻겠습니까? 화가 나겠지요. 당신은 지금 세상에 대해 무척 화가 나 있습니다. 그런데 나무는 자라게 마련이고 바위는 부서지게 마련입니다. 그러니 나이를 먹을수록 부드러워지고 유순해질 겁니다."

나무와 바위의 비유는 꽤나 근사했다. 나는 언제나 비유와 대구로 이루어진 수사에 잘 설득되곤 했다.

"그럼 저는 어떤 일을 해야 되겠습니까?"

"사주에 말씀 언자가 둘이나 들어 있습니다. 말과 글로 먹고 살게 될 겁니다. 그쪽으로 가면 사십 년 대운입니다."

그와 나는 한 시간 반이 다 되도록 이런저런 이야기를 나누었다. 한 시간에 네 명의 손님을 받는다는 그로서는 큰 선심을 쓴 셈이었다. 나 개인의 운명에서부터 이른바 국운까지 화제는 다양했다. 문득 이런 점술가 술친구가 하나 있으면 좋겠다는 생각이 들었다. 말이 오가는 김에 나는 그가 손님을 가려 받는 이유도 물었다.

"아침부터 저녁까지 꼼짝도 못하고 앉아서 손님을 받는 일인데, 관상이 나쁜 손님이 들어오면 내가 정신적으로 너무 힘이 듭니다. 안 좋은 얘기를 있는 그대로 해주자니 그것도 못할 짓이고 거짓말로 대충 둘러대는 것도 양심이 허락하지를 않고, 그래서 그냥 돌려보냅니다. 아예 듣지 않는 게 좋은 말도 있지요."

보다

밖에서 누이가 자꾸만 눈치를 주는 통에 우리의 대화는 그쯤에서 끝이 났다.

시간이 흐르자 그의 예언은 하나둘 맞아들어가기 시작했다. 이듬해 나는 대학원에 진학했고 본격적으로 글을 쓰기 시작했다. 이 년쯤 후엔 잡지 등에 고료를 받고 글을 쓰기 시작했고, 얼떨결에 단행본도 출간하게 되었다. 그렇게 번 돈이 대학원의 등록금을 다 내고도 남았다. 대학원을 마치고 군대에 다녀오자마자 작가로 정식 등단을 했고 모교의 한국어학당에서 외국인들에게 한국말도 가르치기 시작했다. 그 후로 라디오 진행자나 교수, 시나리오작가 등을 거쳐 마침내는 전업 소설가로 먹고살게 되었으니 말과 글로 먹고살게 되리라던 그의 예언은 잘 맞아떨어진 셈이었다. 어느샌가 나는 나를 짓누르던 바위의 압력도 더는 느끼지 못하게 되었다. 나는 그 무엇에도 크게 분노하지 않는 유순한 인간이 되었다. 국운 역시 그가 예측한 바와 크게 다르지 않았다.

도령을 만난 지 십 년쯤 지났을 때였나. 무슨 바람이 불었는지 문득 그가 다시 보고 싶었다. 알아봤더니 그의 운도 그새 크게 달라져 있었다. 다 쓰러져가는 한옥에 들어 있던 그의 점집은 초역세권 대로변의 빌딩으로 옮긴 상태였고 예약은 이미 삼 년치가 다 차 있다고 했다. 한 지상파 TV 프로그램에서 죽은 사람 사주를 들고 몇몇 점술가를 찾아갔는데, 오직 그와 또 한 명의 점술가만이 "왜 죽은 사람 사주를 갖고 장난을 치느냐?"고 말해 갑자기 유명해진 탓이었다.

영화 〈관상〉의 주인공 김내경은 1989년에 내가 만난 도령처럼 자신만만한 캐릭터다. 시골구석에서 나름 유명했던 그는 기회가 주어지자 거침없이 '국운'의 세계로 뛰어든다. 그 도령과 달리 김내경은 '앞에서 날아오는 돌'을 피하기 위해 분투한다. 그러나 그 분투는 결국 운명을 완성하는 데 도움을 줄 뿐이다. 그런 면에서 본다면 〈관상〉은 '인간은 운명을 절대로 거스를 수 없다'는 보수적인 메시지를 전하고 있는 것처럼 보인다. 그런데 수양대군과 김종서 쪽에서 보면 흥미로운 차이가 있다. (역사적 사실은 차치하고 오직 극 안에서의 모습만 볼 때) 김종서는 관상, 즉 운명을 있는 그대로 믿은 자요, 수양대군은 과감하게 그것을 바꾸고 속인 자다. 영화 속의 수양대군은 예언이 가진 암시적 속성을 간파하고 적극적으로 활용하고 있다.

작가로 자리를 잡은 후에 머리를 길게 땋은 그 도령의 신통한 점괘 얘기를 하면 거의 모든 사람이 그를 만나고 싶어했다. 그런데 내가 사람들에게 말하지 않은 것이 하나 있다. 1989년에 나더러 '말과 글로 먹고살게 되리라'고 단언한 사람은 내 주변에 단 한 명도 없었다는 것, 오직 그 도령만이 예외였다는 것이다. 그는 마치 정해진 운명을 읽어주듯 담담한 확신을 가지고 말했고 나는 그의 말을 '앞에서 날아오는 돌'이라고 여기고 피하지 않고 맞았던 셈이다.

우리의 운명이 이미 정해져 있다는 운명예정설 따위를 믿을 게 아니라면 믿을 수 있는 것은 하나밖에 없다. 우리에게 자기실현적 암시가 꼭 필요한 인생의 순간들이 있다는 것. 그 암시를 꼭 점집에서 들을 필요는 없겠지만 말이다.

연기하기 가장 어려운 것

"다른 사람인 척해본 적 있어요?"

몇 년 전 지인과 그의 아내에게 이런 질문을 던진 일이 있었다.

"그게 무슨 뜻이에요?"

지인의 아내가 되물었다.

"자기 정체를 감추고 다른 사람 행세를 해본 적이 있냐고요. 실제 생활에서든 인터넷에서든."

"없는데요."

그녀는 단호하게 고개를 저었다. 정말일까? 그녀의 즉각적인 부인을 액면 그대로 받아들이기는 어려웠다. 과연 자기 정체에 대해 늘 진실한 사람이 있을 수 있을까? 공항의 입국카드나 웹

사이트 가입 신청란에 언제나 진짜 직업을 적고 칵테일파티에서 어떤 허세도 부리지 않는 사람이 있을까. 우리는 얼마간은 자기 자신에 대해 거짓말을 한다. 더러 아주 심한 거짓말을 할 때도 있다. 기혼인데도 미혼이라고 한다거나 비정규직인데도 정규직처럼 행세한다거나 출신 학교를 의도적으로 감추어 상대방의 오해를 유도하기도 한다. 몇 년 전 시끄러웠던 한 미술계 인사 같은 경우는 극단적으로 심하게 정체를 윤색한 경우일 것이다. 그녀는 심지어 자기가 정말로 예일대학에서 박사학위를 받았다고 믿어버린 것 같았다. "제가 예일대학이 있는 뉴 헤이븐에 한 번도 안 간 것은 사실이에요. 그렇지만 학위를 딴 것만은 확실해요." 이런 말이 얼마나 이상한 말인지 모른다는 것부터가 그녀가 얼마나 자기의 가짜 정체에 깊숙이 빠져 있었는가를 보여준다.

한 경제학과 교수는 택시를 타고 자기가 근무하는 대학으로 가자고 하면 기사가 자꾸 교수냐고 묻고, 그렇다고 하면 무슨 과 교수냐고 또 묻고, 그래서 경제학과라고 하면 내릴 때까지 이 나라 경제에 대한 기사의 강의를 들어야만 하기 때문에 늘 전공을 물리학이라고 둘러댔다고 한다. 그의 술책은 북한 핵에 엄청난 관심을 가진 택시 기사를 만나기 전까지는 잘 먹혔다.

"물리학이라…… 혹시 핵물리학자 아니시오?"

"아, 아닙니다. 그냥 이론물리학자입니다"라고 했지만 택시 기사는 아랑곳하지 않고 북한 핵이 얼마나 심각한 위협인지에 대해 일장 연설을 늘어놓더란다. 그 후로는 천체물리학으로 전공을 바꾸었다 한다. 기자들은 곧잘 취재를 위해 직업을 위장하고, 작가들 역시 작가라고 밝혔을 때 겪게 될 부작용을 우려해 이런저런 '대체' 직업을 갖고 있다.

십여 년 전에 갓 등단한 이십대 여성 작가 세 명이 인터넷에서 알게 된 남자 셋과 오프에서 술자리를 가졌다고 한다. 여성 작가들은 인터넷 채팅 때부터 장난삼아 자신들의 정체를 텔레마케터로 위장했다. 오프에서 만난 회사원 셋과 가짜 텔레마케터 셋은 꽤나 즐거운 술자리를 벌였다. 취흥이 꽤 오르자 여성 작가 한 명이 자기의 진짜 정체를 밝혔다. "실은 우리 모두 작가거든." 남자들은 믿으려 들지 않았다. "그럼 검색해봐. 진짜라니까." 결국 남자 한 명이 인터넷 검색을 통해 자기 앞에 앉아 있는 여자 셋이 모두 작가라는 것을 알아냈다. 그러자 남자들은 불같이 화를 내더니 모두 나가버렸다고 한다. 이 얘기를 내게 전하면서 그들은 물었다.

"남자들은 우리가 거짓말을 했다는 것에 화가 났던 걸까요, 우리가 작가여서 화가 났던 걸까요, 아니면 텔레마케터가 아니어서 화가 났던 걸까요?"

내가 궁금한 것은 따로 있었다.

"그런데 텔레마케터 연기는 재밌었어요?"

그들은 의미심장하게 웃으며 고개를 끄덕였다. 그 순간의 그들은 성공적으로 공연을 마친 연극배우들처럼 보였다.

〈시저는 죽어야 한다〉의 배우들은 모두 중죄를 범한 수감자들이다. 영화 속에서 이들은 셰익스피어의 희곡 「줄리어스 시저」를 연기한다. 살인이나 조직범죄에 연루된 수감자들이 브루투스가 시저를 암살하는 장면을 연기한다는 설정부터가 대단히 흥미롭다. 원로원이 배경이지만 시저의 암살은 엄연한 살인이고, 그것도 조직범죄다. 이들은 대중에게 인기가 높은 독재자 시저를 암살하려는 계획을 세우고 이를 실행에 옮긴다. 알다시피 「줄리어스 시저」는 영국인 셰익스피어가 중세 말기 영어로 쓴 희곡이다. 그것을 현대 이탈리아어로 다시 번역해 공연하는 것이다. 그런데도 극중 수감자들은 "에이, 그건 나폴리 사투리라고 할 수 없지"라며 다툰다. 배경은 고대 로마고 원작자는 셰익스피어이며 공연장은 다시 현대 로마의 감옥이다. 영화는 수감자들이 연극을 올리는 과정을 따라가는 다큐멘터리처럼 보이지만 실은 일종의 페이크 다큐에 가깝다. 그러니까, 수감자들은 '교도소에서 「줄리어스 시저」를 무대에 올리는 수감자들'을 연기하고 있다. 재밌는 것은 수감자들이 극중극인 〈줄리어스 시저〉의 장면들을 연기할 때는 대단히 그럴듯한데, 오히려 자신들의 일상생활을 연기할 때는 매우 어색하다는 것이다. 예를 들어 연기 연습을 마치고 자기 감방으로 돌아와 "예술을 알고 나니 이 작은 방이 감옥이 되었구나" 같은 대사를 하는 장면은 브루투스와 시저, 안토니우스를 연기할 때와는 전혀 다르게 부자연스럽다. '극중 인물에 너무 몰입한 나머지' 혹은 '극과 현실을 혼동한 나머지' 수감자들이 서로 다투거나 불화하는 장면 역시 어설프기는 마찬가지다. 수감자 배우들은 시저와 브루투스 역할은 멋지게 해내면서도 정작 자기 자신의 역할은 잘해내지 못했다.

〈시저는 죽어야 한다〉를 보고 나오면서 떠올린 것은 오래전에 한 연극연출가와 나눈 대화였다. 그는 이렇게 말했다.

"연극 싫어하는 사람은 못 봤습니다. 보는 건 지루할 수도 있지요. 그러나 자신이 직접 하는 거 지루해하는 사람 거의 없습니다. 군인이든 학생이든 정신병원의 환자든 막상 연기에 들어가면 바로 몰입하거든요."

"사람마다 연극적 자아라는 게 따로 있는 건가요?"

내 질문에 그는 단호하게 고개를 저었다.

"인간에게 연극적 자아가 따로 있는 게 아니라 연극적 자아가 바로 인간의 본성입니다. 어렸을 때 소꿉놀이를 생각해보세요. 아무도 가르쳐주지 않는데도 아이들은 엄마, 아빠, 의사와 간호사를 연기합니다. 인간은 원래 연극적 본성을 타고납니다. 이 본성을 억누르면서 성인이 되는 거예요. 다른 사람이 되려는 욕망, 다른 사람인 척하려는 욕망을 억누르면서 사회화가 되는 겁니다. 연극은 사람들 내면에 숨어 있는 이 오래된 욕망, 억압된 연극적 본성을 일깨웁니다. 그래서 연기하면 신이 나는 거예요."

그의 말은 〈시저는 죽어야 한다〉에서 죄수들이 왜 〈줄리어스 시저〉의 배역은 태연하게 소화하면서 영화 속 자신의 모습을 연기하는 일에는 서툴렀는지에 대해 흥미로운 힌트를 준다. 우리가 가장 연기하기 어려운 존재, 그것은 바로 우리 자신이다. 왜냐하면 우리는 여러 가지 모습으로 끝없이 변화하며, 그렇기 때문에 그게 무엇인지 영원히 알 수 없기 때문이다. 또한 우리가 가장 연기하기 어려운 장면은 바로 우리의 일상일 것이다.

조이스 캐럴 오츠는 메릴린 먼로를 모델로 한 역작 『블론드』에서 조 디마지오와의 결혼생활, 즉 끝없이 이어지는 일상을 힘겨워하는 메릴린 먼로의 육성을 들려준다. "대디, 너무 겁이 나는 거야. 왜 현실 속 사람들하고 찍는 장면은 끝도 없이 계속되지? 버스 탄 것처럼? 이거 멈추려면 어떻게 해야 해?"

일상에서는 누구도 '컷'이라고 말해주지 않는다. 그러니 삶은 때로 끝도 없이 지루하게 이어지는 것만 같다. 그럴 때 누군가 이렇게 말해주면 참 좋을 것이다.

"자, 다시 갑시다."

진심은 진심으로 전달되지 않는다

놀라운 일을 겪은 뒤에 그 놀라운 일을 생판 모르는 사람들에게 전한다는 게 쉬운 일은 아니다. 예를 들어 마르코 폴로는 아랍 세계와 중국 등지를 다녀와 『동방견문록』을 썼지만 끝내 믿지 않는 사람들이 많았다. 지금까지도 『동방견문록』은 마르코 폴로가 뱃사람들에게 전해들은 이야기를 이리저리 조합하고 윤색한 것뿐이라고 주장하는 학자들이 꽤 있고, 그것은 어쩌면 사실일지도 모른다.

그리스의 서사시인 호메로스는 트로이전쟁이라는 당대 최대의 이벤트를 소재로 『일리아드』를 지었다. 이게 워낙 반응이 좋았던지 일종의 속편인 『오디세이아』도 만들었다. 요즘 식으로 말하자면 『일리아드』의 스핀오프인 셈이다. 주인공 오디세우스는 길고 긴 트로이전쟁을 목마 하나로 승리로 이끈 꾀 많은 인물이다. 무용에서는 아킬레우스에게 뒤졌고 권세에서는 아가멤논을 넘어설 수 없었다. 그런데도 '독자'들은 그를 사랑했다. 호메로스와 그의 동시대 이야기꾼들은 이 꾀 많은 영웅의 천신만고 귀향에 얽힌 이런저런 이야기를 만들어내기 시작했다. 여러 버전이 있었겠지만 현재까지 가장 널리 읽히고 있는 것은 호메로스의 버전이다.

대부분의 사람들이 그렇듯이 나 역시 『오디세이아』를 어린이를 위한 축약본으로 처음 읽었다. 서사시가 아닌 소설풍으로 개작된 이 『오디세이아』에도 있을 것은 다 있었다. 뱃사람들을 홀리는 세이렌, 바위를 집어던지는 외눈박이 괴물 키클롭스 등. 그런데 얼마 전에 완역 『오디세이아』를 읽게 되면서 몇 번이나 놀랐다. 어린 시절에 읽은 축약본과는 완전히 다른 이야기였다.

많은 이들의 짐작과는 달리 서사시 『오디세이아』는 우선 오디세우스가 전쟁이 끝난 트로이를 출발하는 장면에서 시작하지 않는다. '영웅 오디세우스가 포세이돈의 미움을 받아 끝없이 바다를 떠돌고 있는데 이 문제를 이대로 방치할 것인가'라고 항의하는 아테나로부터 막을 연다. 오디세우스를 미워하던 포세이돈이 없는 틈을 타 뭇 신들의 묵인을 얻어낸 아테나는 행동에 나선다. 아테나는 오디세우스의 심약한 범생이 아들 텔레마코스를 찾아가 아버지가 집으로 돌아올 수 있도록 먼저 행동할 것을 촉구한다. 텔레마코스는 어머니 페넬로페를 노리는 구혼자들의 방해를 무릅쓰고 배를 빌려 항해에 나선다. 그러니까 이야기 초반에 항해에 나선 사람은 우리의 주인공 오디세우스가 아니라 그의 아들이었던 것이다. 그럼 우리의 주인공 오디세우스는 도대체 어디에 있단 말인가? 호메로스는 독자들의 이 핵심적 궁금증을 여간해선 풀어주지 않는다. 한참을 지나서야 독자들은 주인공의 행방을 알게 된다. 외로운 섬에서 오랫동안 요정 칼립소에게 붙들려 있었던 것이다. 이제는 고향에 돌아갈 꿈조차 잃어버린 오디세우스는 헤르메스와 아테나의 도움으로 천신만고 끝에 파이아케스족의 나라에 도착하게 된다.

그런데 여기에서 이 서사시의 가장 흥미로운 부분이 등장한다. 잔치에 초대받은 오디세우스가 한 유명한 가객이 오디세우스 자신의 이야기를 노래하는 장면을 직접 보게 되는 것이다. 데모도코스라는 이름의 이 눈먼 가객(어쩌면 이 가객은 호메로스 자신일지도 모른다)에 대해서 오디세우스는 이미 알고 있는 것처럼 보인다. 좌중에게 소개되었을 때 (아직 정체를 밝히지 않은) 오디세우스는 데모도코스를 향해 말한다. 그의 노래를 정말 사랑하며, 그 이유는 자신들이 트로이에서 겪은 일을 마치 자기 눈으로 본 것처럼 잘 묘사했기 때문이라고.

그러면서 오디세우스는 '신청곡'을 내는데, 바로 자기 자신이 고안해 트로이성을 함락하는 데 결정적 역할을 한 목마 얘기를 해보라는 것이었다. 가객이 이에 호응하여 트로이 목마 에피소드를 풀어놓자 당사자 오디세우스는 흐르는 눈물을 참을 수가 없어 울음을 터뜨린다. 그것을 보고 파이아케스족의 왕 알키노오스는 그가 이야기의 주인공 오디세우스임을 알아차린다.

이때부터 오디세우스는 데모도코스로부터 '마이크를 넘겨받아' 직접 자기 고생담을 늘어놓기 시작한다. 그러니까 그전까지 이야기의 저자가 데모도코스였다면 이 순간부터는 오디세우스 자신이 저자로 나서는 것이다. 이 얼마나 흥미로운 방식인가. 주인공이 자신의 이야기가 '상연되는' 현장에 갑자기 등장해 자기 입으로 자기가 겪은 이야기를 전해준다는 것. 우리가 익히 알고 있는 그 유명한 이야기들, 예컨대 세이렌이나 키클롭스, "내 이름은 '아무도 아니'오" 등은 모두 이 부분에 들어 있다. 만약 『오디세이아』 축약본을 만들어야 하는 편집자라면 이 부분만 들어내 책으로 엮어도 된다. 그러나 호메로스는 그렇게 하지 않았다.

오디세우스가 자기 입으로 전해주는 이야기들은 당대의 독자들에게도 믿기 어려운 것들이었을 것이다. 호메로스는 일련의 정교한 서사적 장치를 통해 이 '믿기 어렵지만 매력적인' 오디세우스의 모험담을 매우 부드럽고 능란하게 의심 많은 독자들에게 제시한다. 서두에서 벌어진 신들의 회의는 바다를 떠도는 오디세우스의 모험을 이미 기정사실화하고 있다. 오디세우스 자신에 의해 제시된 신비로운 고생담은 '이야기 속의 이야기'라는 중층적 구조 안에 위치하게 되면서 그 진실성을 따질 필요가 없는 것으로 바꿔어버린다. 트로이의 목마를 구상해낸 그 '꾀바르고' '지략 많고' '임기응변에 능한' 오디세우스가 하는 말 아닌가. 전부 꾸며낸 것이라 해도 좋고 전부 사실이라 해도 좋은 것이다. 어쩌면 오디세우스는 집으로 돌아오는 길에 머물게 된 어떤 섬에서 여자 만나고 애 낳고 그럭저럭 진부한 삶을 살아가고 있었을지도 모른다. 그러다 갑자기 돌아와서는 제 과거를 근사하게 꾸며내고 있다, 고 생각하는 독자도 분명히 있었을 것이다. 재밌는 것은 오디세우스 자신의 입으로 전하는 이 신비로운 전설들의 환상성 덕분에 아테나와 제우스, 텔레마코스와 페넬로페가 등장하는 서두는 상대적으로 마치 움직일 수 없는 역사적 사실인 것처럼 보인다는 것이다. 호메로스는 마치 20세기의 포스트모던 소설가들처럼 이야기의 구조를 중층적으로 배치해 여러 가지 해석의 가능성을 열어두면서도 굉장한 설득력을 덤으로 확보하고 있다.

마르코 폴로가 거듭하여 『동방견문록』에 수록된 모든 얘기가 다 진실이라고 주장했음에도 그 진위를 오래도록 의심받는 것과 비교해본다면 『오디세이아』라는 텍스트가 가진 이 기묘한 핍진성과 설득력은 참으로 놀랍다.

이안 감독의 영화 〈라이프 오브 파이〉는 『오디세우스』와 유사한 구조를 채택하고 있다. 항해 도중 지난한 고생과 신비로운 모험을 겪은 주인공은 먼 훗날 자신을 찾아온 한 소설가(그들은 만나기 전에 이미 서로를 알고 있었다!)에게 자신의 신비로운 고생담을 말해준다. 풍랑으로 부모를 잃고 호랑이와 구명보트에 올라 대양을 가로지르고 미어캣으로 가득한 식인의 섬에 기착하기도 하는, 이 믿기 어려운 전설을 우리에게 전하기 위해 작가는 흥미롭게도 이천팔백여 년 전 호메로스의 트릭을 채택했다. 현명한 선택이었고 이 부분은 각색 과정에서도 달라지지 않았다.

많은 사람들은 자신이 보고 겪은 일을 '진심'을 담아 전하기만 하면 상대에게 전달되리라는 믿음 속에서 살아간다. 호메로스는 이미 이천팔백여 년 전에 그런 믿음이 얼마나 헛된 것인가를 알고 있었다. 안타깝게도 진심은 진심으로 전달되지 않는다. 진심 역시 '잘 설계된 우회로'를 통해 가장 설득력 있게 전달된다. 그게 이 세상에 아직도 이야기가, 그리고 작가가 필요한 이유일 것이다.

샤워부스에서 노래하기

샤워할 때면 명가수다. 관객은 오직 나 한 사람뿐. 거울과 타일로 둘러싸인 공간이라 울림도 좋다. 그런데 밖에만 나가면 수줍어서 노래를 못한다. 우디 앨런 감독의 〈로마 위드 러브〉에 나오는 장의사의 고충이다. 이 놀라운 목소리를 우연히 욕실 밖에서 엿듣게 되는 미국인 사돈 제리, 왕년의 오페라 감독의 마음은 안타깝기만 하다. 혼자 듣기엔 너무 아깝다. 그래서 성악계 친구들에게 소개를 해주었건만 오디션장에서는 떨려서 노래를 못한다. 제리는 무대에 샤워부스를 설치함으로써 이 문제를 해결한다. 그래도 다행이라는 안도감과 그래도 저건 아니지 않나 하는 낭패감이 동시에 드는 희귀한 장면이다. 어쩌면 '인생은 가까이서 보면 비극, 멀리서 보면 희극'이라는 말을 뒤집어놓은 장면인지도 모르겠다. 샤워를 하며 비장한 아리아를 노래하는 오페라 가수는 극장 삼층에서 내려다보면 얼핏 비극의 한 장면 같아 보일 수도 있겠지만 가까이에서 보면 목욕수건을 걸친 미친놈일 따름이다.

처음에 나는 이 '샤워실 가수'를 아마추어 예술가들에 대한 우디 앨런식 풍자로 보았다. 많은 아마추어들이 그렇듯, 만만치 않은 실력을 갖추고 있다. 주변에서 슬슬 '이 정도면 예술로 밥 먹고살아도 되겠다'고 부추기기 시작한다. 당사자는 말도 안 되는 소리라며 펄쩍 뛰지만 그래도 사람들이 자꾸 부추기면 은근히 '한번 해볼까' 하는 마음이 싹튼다. 그러다 흔히들 하는 말로 '친구가 나 몰래 원서를 넣는 바람'에 오디션에 나가게 되는데, 거기서는 보기 좋게 실패한다. 또는, 오디션에는 붙지만 그 후로는 운이 따르지 않아 더 이상 성공하지 못한다. 즉, 판에 안착하지 못하게 된다. 이때 길은 두 가지로 갈린다. 정신을 차리고 '낙향'을 하느냐, 무대에 샤워부스를 설치해서라도, 즉 자기만의 방식으로 약점을 커버하면서 살아남느냐. 그런데 자기만의 방식으로 약점을 커버하면서 살아남는다는 건 결코 쉬운 일이 아니다. 잘못하면 샤워실 가수처럼 놀림감이 되기 십상이다. 우디 앨런이 샤워실 가수 에피소드로 보여준 것은 '아마추어 예술가도 자기 약점만 극복하면 충분히 프로페셔널이 될 수 있다'는 메시지가 아니라 오히려 그 반대, 즉 스칼라좌에서 노래하는 가수가 된다는 것은 노래 실력만으로 가능하지 않다는 것, 거기에는 노래 실력 이상의 뭔가, 예컨대 최소한 담력이라도 필요하다는 것으로 나는 읽었다.

우디 앨런은 〈브로드웨이를 쏴라〉에서도 아마추어 예술가를 풍자한 전력이 있다. 제작비에 쪼들린 제작자 데이비드는 마피아 보스를 찾아가 제작비를 구걸한다. 보스인 닉은 자기 정부인 올리브를 출연시키는 조건으로 제작비를 대기로 한다. 그런데 올리브에게 딸려보낸 경호원 치치, 이 곰처럼 생긴 상남자가 자꾸 문제를 일으킨다. 그는 각본과 연기에 대해 이러쿵저러쿵 자꾸만 개입하더니 나중에는 아예 자기가 각본을 쓰기 시작한다. 그런데 이 각본이 은근 괜찮다. 작가 데이비드는 결국 마피아 치치의 말을 받아적는 신세로 전락한다. 그런데 아마추어 예술가인 치치는 연극에 너무 몰입한 나머지, '발연기'로 자기 '작품'을 망치는 여배우 올리브, 보스의 애인을 죽여버리고 만다.

〈로마 위드 러브〉의 장의사와 〈브로드웨이를 쏴라〉의 경호원은 (이탈리아 혈통이라는 점은 빼고라도) 닮은 데가 많다. 이 아마추어들은 놀라운 실력을 지녔으나 스스로도 그걸 모르고 주변에서도 인정받지 못해왔다. 그런데 어느 날 갑자기 어떤 계기가 찾아와 그들의 놀라운 노래 실력과 작가적 능력이 발견된다. 그런데 이들은 이쯤에서 멈추지 않고 더 나아간다. 장의사는 무대에서 샤워를 하면서까지 아리아를 부르고 경호원은 자기 작품과 너무 사랑에 빠진 나머지 감히 보스의 정부를 죽여버린다. 장의사는 오랫동안 지켜오던 품위를 잃고 경호원은 불귀의 객이 된다.

그런데 샤워실 가수의 에피소드를 이렇게 아마추어 예술가들에 대한 풍자로만 읽을 수 있을까? 그러니까, 프로페셔널 예술가들에게는 샤워실 가수의 면모가 과연 없을까? 왜 없겠는가. 한 작가에게 반복적으로 하나의 모티프가 지속적으로 관찰될 때, 즉 한 작가가 어떤 특정한 서술방식에서 벗어나지 못할 때, 그 모티프 혹은 서술방식이 그의 샤워부스일 것이다. 평생 물방울만 그리는 화가에게는 아마도 물방울이 그의 샤워부스일 것이다. 미녀와 살인사건이 등장하지 않으면 소설을 도저히 써나갈 수 없는 작가에게는 미녀와 살인사건이 샤워부스일 것이다. 그렇다면 다양한 이야기를 다양한 방식으로 하는 소설가는 샤워부스에 의존해야 하는 소설가보다 더 훌륭한 작가일까. 아닐 수도 있다. 어쩌면 그 작가는 '다양한 이야기를 다양한 방식으로 이야기해야만 한다'는 식의 샤워부스를 갖고 있는지도 모른다. 만약 그가 소속된 문학계가 한 주제를 평생에 걸쳐 집요하게 파는 것을 높이 평가하고 그게 '프로 예술가'의 필수 조건이라고 생각하는 곳이라면 어떨까? 아마 이런 문답이 오가리라.

"죄송합니다. 저는 한 주제를 오래 팔 수가 없는 사람입니다. 하지만 여러 이야기를 산만하게 하는 것에는 정말 자신있습니다."

"뽑아드리지 못해 유감입니다. 작가는 무릇 한 우물을 팔 줄 알아야 합니다. 다양한 이야기를 다양하게 하는 건 아마추어들의 특성이죠."

대부분의 예술가들은 샤워를 하지 않아도 노래를 잘할 수 있는 사람이 되도록 노력하는 것으로 문제를 해결한다. 즉, 예술계의 현실에 자신을 맞추는 것이다. 반면에 어떤 이들은 '무대의 조건'을 자기에 맞게 바꾼다. 고전 오페라 무대에 샤워부스를 설치해 주인공이 샤워를 하면서 아리아를 부르게 하면 되는 것이다. 앤디 워홀이 그랬고 백남준이 그랬다. 그들은 자기가 가장 잘하는 것, 그러나 아직 예술계가 용인하지 않던 것을 그대로 판으로 끌고 들어갔다. 그러고선 그게 '현대적'이라고 우겼고, 그렇게 오래 우기자 하나둘 믿는 사람들이 나타났고, 멀쩡한 동료들이 워낙에 말이 안 되는 것들을 믿기 시작하자 처음에는 안 믿던 불신자들도 그쪽으로 확 쏠렸고, 나중에는 무대에 샤워부스가 없으면 이상해 보이기 시작했고…… 뭐, 그런 일들이 벌어졌던 것이다.

영화사만 둘러봐도 샤워부스와 함께 나타난 인물들이 수도 없이 떠오른다. 장뤼크 고다르가 대표적이다. 비평가 출신이었기에 영화의 기술적인 면에 무지했다. 그런데도 그냥 찍었다. 한마디로 막 찍었다(그러고 보면 데뷔작 〈네 멋대로 해라〉는 제목과 형식이 일치한다). 촬영은 엉망이고 이야기는 비약과 생략이 난무한다. 그런데 그는 그게 '새로운' 영화라고 주장했다. 그러면서 '당신들이 알고 있던 영화는 이미 낡았다'고 비판했다. 그의 전략은 먹혔다. 몇몇 사람들은 덩달아 고다르풍의 영화를 찍기 시작했고 그런 흐름은 누벨바그라 불리기 시작했다. 갑자기 모든 무대에 샤워부스가 설치되었고 그로부터 한동안 샤워하면서 얼마나 노래를 잘할 수 있느냐가 새로운 미학적 기준이 되었다.

세상에 맞춰 자신을 바꿀 것이냐, 세상을 자기에게 맞게 바꿀 것이냐. 아마도 모든 예술가의 고민일 것이다.

2차원과 3차원

작가들은 『안나 카레니나』를 좋아한다. 과거에도 그랬겠지만 요즘 들어 더 좋아하는 것 같다. 2007년 타임지의 보도에 따르면 J. 피터 제인이라는 평론가가 노먼 메일러, 스티븐 킹, 조너선 프랜즌 등 유명 영미권 작가들에게 가장 선호하는 작품 열 편을 골라달라고 요청했다. 집계 결과 1위는 『안나 카레니나』였다. 2위는 『보바리 부인』, 『롤리타』가 4위였다. 3위가 역시 톨스토이의 『전쟁과 평화』인 것을 보면 확실히 러시아문학이 강세고, 그중에서도 톨스토이가 단연 선두에 있다.

21세기 들어 발간되기 시작한 문학동네 세계문학전집은 『안나 카레니나』로 시리즈를 시작한다. 반면 1990년대에 발간을 시작한 민음사 세계문학전집은 오비디우스의 『변신 이야기』,

즉 그리스 로마 신화에서 시작하고, 1980년대 학원사 전집은 셰익스피어 희곡집이 제1권이었다.

오르한 파묵은 2009년 10월에 하버드대학의 노턴 강좌를 맡았다. T. S. 엘리엇, 호르헤 루이스 보르헤스, 움베르토 에코 등이 이 강좌를 거쳐간 선배들이다. 파묵은 첫 강의를 『안나 카레니나』의 기차 장면으로 시작했다. 어떤 기차 장면? 안나가 모스크바 기차역에서 처음 브론스키와 조우하는 장면? 아니면 그녀가 달리는 기차에 몸을 던져 자살하는 장면? 흥미롭게도 파묵은 안나가 브론스키를 알게 된 후 남편과 아들이 있는 상트페테르부르크로 돌아가는 기차 장면을 골랐다. 안나는 객실 안에서 소설에 집중하려 애를 써보지만 그게 잘 되지 않는다. 왜냐하면 안나가 모스크바에서 경험한 '현실'이 독서를 방해하고 있기 때문. 다시 말해 브론스키라는 '실제' 인물이 안나를 사로잡고 있기 때문이다.

> 안나 아르카디예브나는 책을 읽었고 이해도 했지만 읽는다는 것, 즉 책에 쓰인 타인의 생활을 뒤따라간다는 것이 불쾌했다. 그녀는 무엇이든 직접 체험하고 싶은 마음이 간절했다.[2]

파묵은 이 대목을 길게 인용하면서 소설을 읽는다는 것은 주인공의 시선을 따라 풍경으로 들어가는 것이라고 말한다. 더 나아가 소설은 '심리적 3차원'의 세계라고 천명한다. 파묵의 이 언급은 폴 오스터가 영화와 소설을 각각 2차원과 3차원에 비유했던 아네트 인스도르프와의 인터뷰를 연상시킨다. 오스터는 "영화를 좋아하기는 하지만 영화라는 매체 자체에 문제가 있다"고 말해 컬럼비아대학교 영화학과장인 인터뷰어를 도발한다. 무슨 문제가 있냐니까, 영화는 '무엇보다도, 2차원'이라고 대답한다.

> 사람들은 영화를 '현실'이라고 생각한다. 하지만 아니다. 벽에 비쳐지는 평범한 그림인 영화는 현실의 환영이지 실재하는 물건이 아니다. 그렇게 되면 이건 이미지의 문제가 된다. 대개 처음에는 영화를 수동적으로 보게 된다. 그렇지만 영화가 끝날 무렵이 되면 우리는 영화 속에 흠뻑 빠지고 만다. 두 시간 동안 매혹당하고, 속임수에 넘어가고 즐거워하다가 극장 밖으로 걸어나오면 우리는 그동안 본 것을 거의 잊어버리고 만다. 소설은 전혀 다르다. 책을 읽을 때에는 단어들이 말하는 것에 대해 능동적으로 참여해야 한다. 노력해야 하고 상상력을 동원해야 한다. 그런 다음 상상력

이 활짝 열리면 그때는 책 안의 세계가 우리들 자신의 인생인 듯 느끼고 그 안으로 들어가게 된다. 냄새를 맡고, 물건들을 만져보고 복합적인 사고와 통찰력을 갖게 되고 자신이 3차원의 세계에 들어와 있음을 알게 된다.[3]

안나는 브론스키와의 '현실'에 머물고 싶고, "무엇이든 직접 체험하고 싶은 마음이 간절"해 소설에 몰입하는 것을 주저하고 있다. 안나는 소설을 읽는다는 것이 무엇인지를 이미 알고 있는 것이다. 소설은 주인공의 시선을 따라 세상을 보는 것이고 그 세상은 우리가 사는 '지금, 여기'가 아닌 다른 세상이다. 〈안나 카레니나〉(2012)에서 조 라이트 감독도 이 장면을 놓치지 않았다. 기차의 소음이 마치 타악기의 비트 혹은 심장의 박동처럼 규칙적으로 울리는 가운데 책 속으로 도저히 빠져들지 못하고 있는 안나가 보인다. 사랑에 빠진 안나의 심경은 어지러운 교차편집으로 절묘하게 표현되어 있는데, 톨스토이는 이 장면을 마치 후대의 연출가에게 지시를 내리는 극작가의 지문처럼 상세하게 적어놓았다.

이윽고 기차가 움직이기 시작했을 때에는 그 소리에 마음을 빼앗기지 않을 수 없었다. 그다음에는 왼쪽의 창문을 두

> 드리며 창틀에 쌓여가는 눈송이, 방한구에 싸인 몸뚱이의 한쪽에 눈이 덮인 채 옆을 지나가는 차장의 모습, 지금 밖엔 사나운 눈보라가 휘몰아치고 있다는 사람들의 이야기 소리, 이러한 것들이 그녀의 주의를 산만하게 했다. 그러나 그다음부터는 줄곧 똑같은 것의 연속이었다. 무엇을 두드리는 듯한 소리를 내는 기차의 진동, 한결같이 창문에 내리치는 눈, 식었다 뜨거워졌다 하는 증기열의 급격한 변동, 어두컴컴한 속에서 어른거리는 똑같은 얼굴들, 그리고 똑같은 목소리들.[4]

그러나 이런 방해에도 불구하고 안나는 소설을 읽기 시작하고 마침내 빠져든다. "소설의 여주인공이 환자를 간호하고 있는 부분을 읽을 때는 자기도 키발을 하고 병실 안을 걷고 싶은 욕구에 시달"린다. 그 순간의 안나는 이미 폴 오스터가 언급한 3차원의 세계로 들어가 있다. 브론스키를 사랑한다고 말하고 싶은 안나의 욕망은 '무엇이든 직접 체험하고 싶은 마음'으로 변형되어 있지만 그 자신은 아직 그걸 알아차리지 못하고 있다. '유부녀라는 안나의 현실' 대 '브론스키라는 매혹의 대상'도 '기차의 소음' 대 '소설의 내용'으로 교묘하게 치환되어 있다. 안나는 읽고 있는 소설의 내용과 자기가 경험한 현실을 동시에 받아들인다.

조 라이트 감독의 〈안나 카레니나〉를 보러 간 날. '영화의 전당' 중극장에는 관객이 반쯤 차 있었다. 상영 중간에 휴대폰을 확인하거나 대놓고 문자메시지를 줄기차게 주고받는 사람들이 많았다. 부스럭거리며 뭔가를 끝없이 먹어대는 관객까지 내 옆에 앉아 있었다. 이런 상황에서 영화를 보는 마음은 상트페테르부르크로 돌아오는 안나의 마음과 비슷하면서도 달랐다. 그녀는 소설에 빠져들기를 거부하면서도 자기도 모르게 빠져들었던 반면 나는 영화에 빠져들고 싶었지만 그럴 수가 없었다. 폴 오스터 말마따나 영화는 이미지로 저 멀리에 있고 팝콘 씹는 소리와 휴대폰의 푸른 빛기둥들은 현실로 가까이 있어 끝까지 서로 섞여들지 않았다. 책을 든 안나는 '무엇이든 직접 체험하고 싶은 마음'에 시달렸지만 나는 아무런 방해 없이 영화에 몰입하고 싶은 마음뿐이었다. 언제든 멈출 수 있는 책과는 달리 영화는 어쩐지 한번 지나가면 돌이킬 수 없는 현실처럼 느껴진다. 그것은 마치 모스크바행 기차처럼 무지막지하게 달려온다.

죄와 인간,
무엇을 미워할 것인가

꽤 오래전의 일이다. 남쪽 지방의 대학에서 학생들을 가르치는 선배가 자기 학교에 와서 강연을 해달라고 했다. 그 선배도 보고 싶고 해서 흔쾌히 수락했다. 강연을 그럭저럭 마치고 학교 직원들과 함께 저녁식사를 하러 갔는데 꿈에도 생각지 않았던 사람이 교직원이 되어 거기 있었다. 반가웠다. 몸이 좀 불긴 했지만 옛 모습 그대로였다.

우리가 처음 만난 것은 정확히 이십 년 전, 경기도 화성의 한 부대에서였다. 당시 나는 사단 헌병대 수사과 소속이었고 그는 내 바로 밑의 후임이었다. 그 사단은 사건이 많기로 유명했다. 수원, 화성, 안양, 과천, 평택, 오산, 송탄을 아우르는 넓은 관할 구역 탓이었다. 그 부대 병사들보다는 휴가를 나와서 사고를 치는 다른 부대 병사들 때문에 사건이 넘쳤다. 강도 강간이나 패싸움, 탈영 같은 굵직한 사건부터 접촉사고 같은 소소한 사건까지 종류도 가지가지에 건수도 많았다. 이렇게 사건이 많이 터지는 수사과에서는 과원들끼리의 팀워크가 중요하다. 수사 진척이 느리다며 수사과장은 하루종일 고래고래 소리를 질러대고, 검사에게 불려가 야단을 맞고 온 수사관들은 의견서를 박박 찢으며 짜증을 부려댄다. 그 와중에 육군본부 같은 상급부대에서 난데없이 오래전에 처리한 사건을 전화로 문의해오기도 하는데, 누군지 묻지도 않고 친절하게 대답해줬다가는 함부로 기밀을 누설했다고 날벼락을 맞기도 한다. 이러니 정신을 바짝 차리고 서로 돕지 않으면 바로 사달이 난다. 워낙 사건이 많다보니 나는 사격이나 유격, 태권도 같은 야외에서 하는 훈련에는 거의 한 번도 나가보질 못했다. 끗발 센 헌병대에서 보내지 않겠다면 안 보내는 것이다. 나는 바깥 구경 한 번 제대로 못해보고 꼼짝없이 붙들려 피의자 신문조서나 의견서 같은 서류를 타이핑하면서 군생활을 보냈는데, 내 후임인 그도 나와 똑같은 신세였다. 우리는 탁구의 복식조처럼 눈부신 속도로 네벌식 수동타자기와 두벌식 전동타자기, 갓 도입되기 시작한 286컴퓨터 쿼티 자판을 번갈아 두들겨대며 정신없이 서류를 꾸며 법이 정한 시한 안에 사건을 검찰로 송치하는 작업을 도왔었다.

술자리가 무르익었을 즈음, 그가 말했다.

"참, 사건이 하나 있었어요. 제대하신 직후에 헌병대가 발칵 뒤집혔어요."

새로 부임한 헌병대장이 불시에 영창에 쳐들어가 소지품 검색을 했는데, 영창 곳곳에서 다수의 담배가 발견된 것이다. 대다수는 영창에서 근무를 서는 헌병들이 준 것이었다. 관련되지 않은 대원이 거의 없을 정도로 대규모의 사건이었는데, 새 헌병대장은 원리 원칙대로 헌병대 사병 거의 전원을 영창에 처넣고 정식으로 사건 처리를 했다고 한다. 그런데 문제는 수사과 인원들까지 모두 영창에 들어가는 바람에 조서를 타이핑할 사람이 하나도 없게 되었고, 하는 수 없이 수사과의 간부들이 내 후임인 그만 영창에서 빼냈다는 것이다.

"있었으면 형도 걸렸을 거예요. 참 운도 좋은 사람이라고 다들 그랬죠."

우연히 마주친 후임 덕분에 이십 년 전의 영창의 모습과 거기에서 있었던 일들이 생생하게 떠올랐다. 영창에 깔려 있던 노란색 모노륨부터 완강한 철창, 양반자세로 앉아 억지로 잠을 쫓으며 독서를 해야만 했던 수감자들, 집총을 거부하여 입대 첫날 영창으로 직행한 선량하고 평온한 얼굴의 여호와의 증인 신도들까지.

내가 그들과 인간적으로 깊은 관계를 형성하게 된 데에는 특별한 계기가 있었다. 어느 날 헌병대장이 나를 불러서는 수감자들의 수양록(수감자들의 일기)을 편집해 책으로 펴내고 싶다고 한 것이다. 평소 수사과 업무가 바빠 영창 근무를 거의 서지 않던 나는 그 일 때문에 자주 영창에 내려가 수감자들과 접촉하게 되었다. 그때 영창에는 고등학교 시절 자기와 친구들을 괴롭히던 선배를 칼로 찔러 죽인 일이 뒤늦게 들통나 잡혀들어온 이병과 탈영중에 수십 차례 강도, 절도, 강간을 저지른 혐의로 체포된 하사가 있었다. 경찰 기록에 따르면 이 하사는 강도를 하러 들어갔다가 여자가 있으면 강간을 했는데, 옆에 시아버지가 있어도 상관하지 않았다. 죄질이 아주 나빴다.

영창의 수감자 전원이 수양록을 써내야 했지만 잡범들의 글은 하나같이 한심했다. 그들에게 수양록은 고등학교 시절부터 숱하게 썼던 반성문과 다를 바 없는 지겨운 의무에 불과했다. 그러나 1심에서 각각 사형과 무기징역을 구형받은 이 중범들은 달랐다. 고등학교 졸업이 최종 학력이었던 이들은 당시 스무 살, 스물두 살에 불과했고 맞춤법도 엉망이었지만 삶과 죽음의 문제가 코앞에 닥쳐온 이들의 글에는 진중한 무게가 있었다.

먼저 재판을 마친 하사는 1심에서 무기징역을 선고받았지만 2심을 거치고 사단장의 감형까지 더해져 십오 년으로 형이 줄었다. 그의 수양록은 길었다. 어떤 날은 수십 페이지에 달할 때도 있었다. 마지못해 의무로 쓰는 글이 아니었다. 그는 글쓰기를 통해 인생에서 처음으로 자기 자신과 대면하고 있는 것 같았다. 무기징역이 구형된 날의 일기에는 죽음에 대해 썼고, 십오 년으로 감형된 날의 일기에는 서른일곱 살이 되어 출소하는 자신의 모습을 담담히 그리고 있었다. "아직은 너무 멀게만 느껴지지만 희망을 버리지 말자. 하루하루 의미 있게 살아가자"고 쓰여 있었다. 그의 글을 읽고, 그의 눈을 보면 그가 일 년이 넘도록 남의 집 담장을 넘어다니며 그토록 나쁜 짓을 저질렀다는 게 믿어지지 않았다. 눈은 맑고 문체는 명징하고 말투는 공손했다. 언젠가 그에게 물었다. 후회하느냐고. 그는 그 맑은 눈으로 나를 바라보며 말했다.

"지난 일 년이 그냥 하룻밤의 꿈 같습니다. 현실 같지가 않습니다."

그에게는 애인이 있었다. 그가 기술 부사관으로 입대하자 그녀는 그를 떠났다. 휴가를 나온 그는 자기를 버린 애인을 찾아다니다가 귀대시간을 놓쳤고, 그대로 탈영병이 되어 수원까지 흘러갔다. 수원의 한 술집에서 그는 자신과 이름이 똑같은 남자를 만났다. 이 남자는 하사를 데리고 어떤 집으로 가더니 갑자기 그 집 담을 넘었고 하사는 그가 다시 밖으로 나오기를 기다렀다. 자기도 모르게 망을 보게 된 셈이었다. 그게 시작이었다. 이 동명이인 범죄자들은 그렇게 일 년 넘게 범행을 저질렀다.

마이클 윈터보텀 감독의 〈에브리데이〉는 마약 밀매 혐의로 수감된 남자와 그 가족의 오 년간의 삶을 보여준다. 마약 밀매라는 범죄는 분명한 피해자가 없다. 사고팔지 말아야 할 물건이라서 문제지 본질은 장사고 거래다. 영화는 주인공의 수감생활과 면회 장면만 거듭 보여준다. 그래서인지 그가 정말 나쁜 사람이라는 생각은 들지 않고 단지 가족과 떨어져 거친 범죄자들과 함께 살아가야 하는 네 남매의 아버지로만 보인다. 만약 주인공이 저지른 범죄가 이십 년 전의 그 하사가 저지른 성질의 것이었다면 영화는 좀 더 어려운 질문을 감당해야만 했을 것이다.

이십 년 전 운명은 나에게 독특한 임무를 맡겼다. 그것은 내가 맑은 눈의 탈영병이 일 년 동안 저지른 끔찍한 죄상을 낱낱이 내 손으로 직접 기록한 후, 바로 그 주인공의 입으로 자신이 저지른 그 모든 일이 그저 '하룻밤의 꿈만 같다. 현실 같지가 않다'고 말하는 것을 듣도록 했다. 그런 후에 그가 진심을 다해 적은 참회와 반성의 일기를 받아 그걸 편집하도록 했다. 조서 속 흉악범과 무책임한 회상의 주체, 참회하는 어린양은 모두 같은 사람이었다.

'죄는 미워하되 인간은 미워하지 말라'는 유명한 말이 있다. 그런데 막상 겪어보면 죄뿐만 아니라 인간을 함께 미워하는 일이 의외로 쉽지 않다는 것을 깨닫게 된다. 특히 그들이 우리 눈앞에 있을 때에는 더더욱 그렇다.

죽은 자들의 몫
- 이한열 30주기에 부쳐

나이가 들수록 죽은 자들과 함께 살아가게 된다. 죽은 자들이 아무렇지도 않게 불쑥불쑥 떠오른다. 길을 걷다가, 밥을 먹다가, 책을 읽다가, 문득 그들과 있었던 일들에 사로잡힌다. 어차피 살아 있는 이들이라고 자주 만나는 것도 아니다. 죽음과 함께 바로 잊히는 이도 있고, 살아 있을 때보다 더 자주 기억하게 되는 이도 있다. 대체로 슬픔과 고통, 당혹감을 안겨준 사람이 더 오래 가슴에 남는 것 같다.

한 달 가까이 뇌사상태이던 한열에게 사망선고가 내려지던 1987년 7월 5일에 나는 학생회관에 있는 동아리방에서 자고 있었다. 그가 SY44 총유탄에 맞아 세브란스병원에 입원한 6월 9일 이후로 나는 집에 들어가지 않은 채 주로 병원을 지켰다.

그해 6월은 혁명적 시기였다. 정치적 흥분이 공기 중에 가득했다. 낮에는 거리에 나가 시위를 벌이고 밤에는 병원으로 돌아와 자는 이들이 많았다. 한열이 입원해 있던 중환자실 앞은 그들을 다 수용할 수 없었다. 가끔 나는 빈 병상에 기어들어가 자곤 했다. 새벽에 간호사가 들어와 기겁하며 간밤에 어떤 환자가 여기 있다가 죽어나간 줄 아냐고 야단을 쳤다. 결핵이라고 했던가. 병으로 죽을 수 있다는 생각은 전혀 들지 않던 스무 살이었다.

그러다 6·29 선언이 나왔다. 이제 대통령을 직선으로 뽑는다고 노태우가 말했다. 학교를 지키던 이들도 TV를 보며 환호했다. 한열의 상태는 변함이 없었다. 뇌의 기능은 정지했지만 심장은 뛰고 있었다. 병원을 지키던 학생과 시민 들도 승리의 기쁨과 안도감을 누릴 권리는 있었다. 중환자실의 학생, 시민 들이 급격히 줄어들었다. 나 역시 7월 5일 당일에는 병원 복도보다 훨씬 안락한 동아리방 바닥에서 자고 있었다.

새벽에 총학생회 간부가 동아리방 문을 두들겼다. 한열이 사망했고, 병원에는 지금 고작 이삼십 명밖에 없다. 경찰이 시신을 탈취하려고 하니 학내에 남아 있는 인원은 모두 병원으로 가야 한다고 했다. 학생회관 사층 창문을 열어보니 이미 전경의 바다였다. 평온한 일요일 아침, 수만 명의 전경들이 병원과 학교를 에워싸고 있었다. 차량은 전혀 통행하지 않아 적막했다. 학생회관과 세브란스 사이에도 전경이 배치돼 있었다. 학생회관 일층에 모인 오십 여명 정도의 인원이 각목을 들고 기다리다가 총학생회 간부의 신호에 따라 일제히 뛰어나가 병원으로 가는 길목을 지키고 있던 전경들을 밀어내고 병원으로 진입했다. 병원에 남아 있던 얼마 되지 않는 학생들이 우리들이 들어오는 것을 보고 일어나 반겼다. 신촌로터리에 시민과 학생들이 속속 집결중이지만 경찰의 봉쇄로 들어오지 못하고 있다는 소식을 들었다. 서대문경찰서장이 '이한열의 사체 1구' 라고 명시된 압수영장을 들고 중환자실 앞에 나타나 법원의 명령에 따르라고 했다. 웃기지 마, 이 개새끼야! 누군가 소리를 질렀다. 6·29 선언이 나왔는데, 그로부터 엿새밖에 지나지 않았는데, 우리는 승리했는데, 왜 이한열은 '사체 1구'가 되어 경찰의 압수물이 되어야 하는 것일까. 우리는 정말 이긴 걸까.

한열과 나는 같은 해에 같은 학교, 같은 과에 입학했다. 한 해에 사백육십 명가량이 입학하는 어마어마하게 큰 과였다. 학교 앞 술집에서 주먹다짐을 벌이고 파출소에 끌려가서야 같은 과 동기임을 알게 되는 그런 과였다. 김 씨만 백 명에 육박했다. 수업에 들어가면 성이 ㄱ으로 시작되는 동기들만 있었다. 수업에서 한열을 만난 적은 없다. 같은 과였다는 것만 아는 정도였을 것이다. 그는 주로 학생회관 삼층의 만화사랑 동아리에 있었고 나는 사층의 국악연구회에 있었다. 가끔 계단에서 마주치면 인사나 나누는 정도였다. 그가 피격되던 6월 9일 전날에도 삼층 만화사랑 앞에서 만났다. 6월 9일은 각 대학들이 출정식을 하면서 다음 날 시내에서 있을 대규모 집회에 대한 관심을 끌어올릴 예정이었다. 너도 내일 참가하니, 같은 대화가 오갔던 것 같다. 학생회관 건너편 도서관 기둥에 '가' '자' '시' '청' '으' '로'라는 여섯 장의 대형 대자보가 붙어 있던 나날이었다. 다음 날, 자신에게 닥칠 운명 같은 것은, 우리 모든 인간이 그렇듯, 전혀 모르고 있었다. 대규모 집회가 열릴 것이고, 전두환 독재정권을 무너뜨릴 것이고, 대통령을 국민의 손으로 뽑는, 민주주의가 꽃피는 사회에서 살게 될 것이고, 이런 생각만 하고 있었을 것이다.

한열은 다음 날 경찰이 쏜 최루탄에 맞아 피를 흘리며 쓰러졌다. 그런 일은 드물지 않았다. 내 친구 하나는 일명 사과탄 파편에 맞아 한쪽 눈을 실명했다. 수류탄처럼 안전핀을 뽑아 손으로 투척하는 휴대용 최루탄이었다. 내 왼쪽 발목에도 사과탄이 폭발하며 박힌 파편들이 지금까지 남아 있다. 나는 그가 피격되는 바로 그 순간은 보지 못했지만 아마 보았더라도 큰 걱정은 안 했을 것이다. 병원에 가서 이마 몇 바늘 꿰매고 그러면 다시 멀쩡해질 거라고 생각했을 것이다. 스무 살이니까, 아직 젊으니까, 살아갈 날이 많으니까. 그날 저녁에서야 한열의 상태가 심각하다는 소식을 들었다. 같은 과 동기들이 병원에서 밤을 지새우기 시작했다. 평소 시위에 잘 참여하지 않던 친구들도 많이 보였다. 나도 그들 중 하나였고.

서대문경찰서장은 압수영장을 집행하지 못하고 돌아갔다. 6·29 선언의 기만성이 드러날 것을 우려한 정권이 포위를 풀자 신촌로터리에 집결했던 학생, 시민 들이 어깨동무를 하고 병원으로 행진해 들어왔다. 지금도 가끔 떠오른다. 새벽에 보았던 전경의 바다. 압도적 고립감. 병원과 학교에 있는 인원을 다 합쳐도 백 명이 안 될 거라고, 어쩌면 그를 빼앗길지도 모른다고, 암울하게 말하던 학생회 간부의 표정.

며칠 후, 장례가 치러졌다. 운구는 같은 과 동기들이 맡았다. 나 역시 그들과 함께 민중미술풍의 대형 그림을 어깨에 메고 관 앞에서 행진했다. 그가 쓰러진 백양로에서 시청 앞 광장까지 걸었다. 그로부터 한참의 세월의 흐른 어느 날, 광화문을 지나다 동아일보사에서 무슨 보도사진전인가를 하고 있길래 들어가보았다. 백만 명이 운집했던 그 장례식 장면도 있었다. 거기서 나와 친구들이 들고 가던 그 그림을 다시 보았다. 장례식 당일에도 그랬고, 보도사진전에서도 그랬지만, 전두환을 문어로 표현한 그 그림은 별로 마음에 들지 않았다. 좀 유치하고 직설적이라고 생각했다. 그래도 스무 살의 내가 거기 있었다. 구호를 외치고 있거나 오른손을 번쩍 쳐든 모습이었다.

교내 루스채플에서 추모 예배가 열렸던 것도 기억이 난다. 누가 부탁했는지 모르겠고, 나 혼자였는지 아니면 다른 연주자가 같이 있었는지 모르겠지만 어쨌든 나는 그 자리에서 대금을 불고 있었다. 아마 김영동 작곡가의 〈어디로 갈 거나〉였을 것이다. 한열의 어머니께서 단정히 앉아 계시던 모습이 떠오른다. 같은 과 동기입니다, 라고 인사를 드리자 고맙다며 손을 잡아주셨던 것도 같다.

그해 겨울 노태우가 직선을 통해 제13대 대통령으로 당선되었다. 희망이 환멸로 변하는 데는 그리 오랜 시간이 걸리지 않았다. 삶은 계속되었고 어디선가 누군가는 계속 싸우고 있었다.

가끔 생각한다. 한열은 왜 이렇게 오래 기억될까. 그가 다른 누구보다도 열렬히 투쟁했기 때문은 아닐 것이다. 그는 군사독재가 계속되어서는 안 된다고 믿었던 수많은 학생들 중 하나였고 다만 운이 나빴을 뿐이었다. SY44 총유탄이 몇 센티미터만 비껴나갔더라도 그도 다른 이들처럼 6월의 거리를 누비고, 6·29 선언으로 잠깐 승리의 기쁨을 누렸다가 대통령 선거에서 좌절하고, 대학을 졸업한 후로는 민주화운동이나 노동운동 같은 것에는 서서히 관심을 잃어버리고, 자기 가족의 안위나 걱정하는 소시민으로 평범하게 살아갈 수 있었을 것이다. 한열이 자꾸만 소환되는 것은 우리가 바로 그렇게, 그가 살아남았다면 살아갔을 그런 모습으로 살아가고 있기 때문이다. 누군가 우리를 대신해 죽었기 때문에 우리는 그를 기억한다. 우리가 조금이라도 나은 사회에 살게 되었다면 우리를 대신해 죽은 사람들 덕분이라고 생각하고 그들을 기린다. 모두의 마음속에 그런 존재, 조용히 기억하고 기리는 이가 있을 것이다. 누군가에게는 그게 전태일이겠고, 누군가에게는 그게 세월호의 승객들일 것이다. 나에게는 그게 한열이었다. 내가 그였을 수 있고, 그 또한 나였을 수 있다고 생각하며 살아왔기 때문이다.

종로에 나가면 '도나 기를 아십니까'라고 말하며 접근하는 종교인들이 있다. 죽은 이의 영혼이 내 어깨에 앉아 있기 때문에 삶이 피곤한 거라고 단언하는 이들. 코웃음을 치며 그들을 지나쳐가지만, 그들의 말이 비유라면 영 그른 말도 아니다. 모든 인간은 이미 죽은 누군가를 대신하여 살아가고 있다는 것. 그래서 우리의 어깨가 늘 그렇게 무겁다는 것. 이 세상에는 먼저 죽은 자들의 몫이 있다는 것. 한열을 떠올릴 때면 그런 것들을 생각하게 된다.

4부

미래에서 본 과거

보 다

패스트패션 시대의 책

2011년 가을, 유니클로가 명품 거리인 뉴욕 5번가에 플래그십 매장을 낸 것은 일대 사건이었다. 매장을 열기 몇 달 전부터 유니클로 광고로 래핑한 버스들이 맨해튼 시내를 돌아다니기 시작했다. 패션지에서 시작한 언론보도 러시는 5번가 매장 오픈을 전후해서 한 면을 통째로 할애한 뉴욕타임스의 보도로 절정에 달했다. 뉴욕타임스는 유니클로 플래그십 매장의 엄청난 규모를 간단히 요약했다.

'드레싱 룸 백 개.'

유니클로가 등장하기 전부터 5번가는 이미 패스트패션이 대세였다. H&M, 자라, 어반아웃피터스 등이 어깨를 맞대고 경쟁 중이었다. 유럽산 명품 매장들은 뉴머니 신흥 부자에 밀려난 올

드머니들처럼 위축돼 있었다.

나도 유니클로 티셔츠가 몇 장 있다. 그 티셔츠를 입고 나갔다가 두 번이나 질문을 받았다. 뉴요커들은 남의 옷이나 신발, 구두에 대해 서슴없이 묻는, 다소 경박하고 귀여운 문화가 있다. 대화의 시작은 이런 식이다. "네 셔츠 마음에 드는데." 그러면 대화가 이어진다. 그리고 그 대화는 브랜드가 무엇인지, 어디서 살 수 있는지 정도에서 끝이 난다. 당시에 유니클로는 맨해튼에서는 소호에만 매장이 있었다. 처음 들어보는 브랜드의 십 달러짜리 반팔 티셔츠에 뉴요커들은 벌써 관심이 많았다. 5번가 플래그십 매장 오픈은 그 관심에 불을 질렀다.

작가로 살아서 다행인 것 중 하나는 비싼 옷을 입을 필요가 없다는 것이다. 대체로 하루종일 집에 있는데다가 엄격한 드레스코드가 요구되는 곳에는 거의 갈 일이 없다. 작가에게는 옷을 '입는' 감각이 아니라 옷을 '입지 않는' 감각이 필요하다. 독자도, 동료 작가도, 옷을 멋지게 차려입은 작가를 원하지 않는다. 작가는 정신적 세계에 속한 사람들이므로 패션이라는 '부박한' 세계와 거리를 두는 편이 좋다고 생각하는 것이다.

어쨌든 작가에게도 옷은 필요하다.

한때 유니클로, 자라, H&M에 자주 들렀다. 이들 브랜드의 매장들을 '산책'하는 경험은 특별했다. 매주 새로운 옷이 쏟아져

나온다. 옷감은 좋지 않지만 색은 화려하다. 값이 싼 만큼 대담한 디자인의 옷도 부담 없이 내놓을 수 있다. 인기가 있는 옷은 순식간에 팔려나간다. 그리고 새로운 옷으로 채워진다. 사라진 옷에 대해서는 아무도 관심이 없다. 오직 현재만이 존재하는 곳, 패스트패션의 세계다.

대형서점은 어떤 면에서 패스트패션을 닮아가고 있다. 책표지는 나날이 화려해져간다. 날마다 백 종이 넘는 책이 쏟아져나오지만 대부분 얼마 못 버티고 매대에서 치워진다. 소규모 동네서점들은 진열할 수 있는 책의 종수에서 대형서점을 당해낼 수 없다. 소비자들은 백 종의 책이 있는 동네서점보다는 십만 종의 책이 있는 대형서점에서 거닐고 싶어한다. 대형서점을 가득 채운 이 다양한 책들은 대부분 소량으로 생산된 것이다. 수천 개의 출판사들이 이, 삼천 부 정도만 찍었다가 반응이 나쁘면 절판시킨다. 운이 좋은 극소수의 책만이 베스트셀러가 되어 대량생산될 기회를 얻게 된다.

반스앤노블 같은 미국의 대형서점 체인은 어떤 책을 어디에 진열할 것인가까지도 본사의 컴퓨터가 인공지능으로 결정한다. 판매량과 독자 반응을 실시간으로 집계하여 분석한 컴퓨터가 어떤 책을 중앙 매대에 놓을 것인가를 매일 결정해 지시를 내린다. 변덕스러운 인간의 판단 따위에 의존하지 않는 것이다.

서점 직원은 책을 손님에게 권하는 큐레이터의 역할에서 컴퓨터의 지시에 따라 책을 진열하는 역할로 전락했다. 책의 유통기간도 많이 짧아졌다. 총 판매부수의 80퍼센트가 출간 삼 개월 안에 팔리는 것으로 알려져 있다. 위안이 되는 것이 하나 있다면 서점에는 스테디셀러라는 명예의 전당이 있다는 것이다. 일단 이 범주에 속하게 되면 무시무시한 속도 경쟁에서 살짝 벗어나 여유를 즐길 수 있다. 불행히도 이런 행운을 누리는 책은 매우 드물다. 대부분의 신간은 H&M의 반팔 티셔츠처럼 몇 주를 못 버티고 매대에서 치워진다.

책값은 패스트패션의 가장 저렴한 옷값과 비슷하거나 그보다 싸다. 지난 십 년간 우리나라의 물가는 36퍼센트가 올랐는데 책값은 불과 18.5퍼센트밖에 오르지 않았다. 실제 가치로 본다면 책값은 십 년 사이에 더 떨어진 것이다. 종잇값도 오르고 인건비도 오르는 판에 책은 왜 더 싸지는 것일까. 스위스 명품 시계 회사 사장의 인터뷰에 힌트가 있다. 당신네 회사 시계는 왜 그렇게 비싸냐고 묻는 기자에게 사장은 이렇게 말했다.

"필요가 없으니까요."

의아해하는 기자에게 이렇게 부연했다.

"사람들에게 꼭 필요한 물건은 값이 내려갑니다. 많은 회사들이 뛰어들어 서로 경쟁하며 값싸게 생산할 방법을 결국 찾아내거든요. 저희가 만드는 시계는 사람들에게 필수품이 아닙니다. 그러니 값이 내려가지 않습니다."

현미경으로나 보일 듯한 작은 톱니바퀴로 돌아가는 오토매틱 시계, 악어가죽 핸드백, 고급 만년필, 수작업으로 만드는 맞춤구두는 생필품이 아니다. 살 의향이 있고 구매력도 있는 소수의 소비자를 위한 것이다.

반면 책은 일종의 필수품이다. 롤렉스 시계가 없는 사람은 있어도 책이 없는 사람은 없다. 소설을 읽지 않는 사람도 경제·경영서나 자기계발서는 들여다볼 것이다. 필수품이 되면서 책은 점점 더 저렴해지고 있다. 그런데도 책값이 너무 비싸다는 사람들이 다수다. 더 싸게 팔라고 아우성친다. 어쩔 수 없다. 옷값이 저렴하다는 걸 한탄할 필요가 없듯이 책값이 싸다고 세상과 소비자를 개탄할 이유는 없다. 싼 것은 더 싸지고 비싼 것은 더 비싸지는 시대다.

사람들이 책값을 비싸다고 생각하지 않는 시대가 도래할 수도 있다. 과당경쟁과 적은 이윤율로 출판계가 공멸하고 사람들은 책이 없는 상황에 익숙해지고(음반이 사실상 사라진 세상에 우리는 이미 적응하고 있다), 그리하여 책이 더 이상 필수품이 아니게 된다면 말이다. 그때는 선택받은 부유한 소수만이 책을 사고 읽을 것이다. 소설은 '리미티드 에디션' 같은 라벨이 붙어서 한정된 독자에게만 비싼 값으로 팔릴 것이다. 꼭 필요로 하는 사람이 없으니 비싸다는 항의도 하지 않을 것이다. 스스로에게 묻는다. 그런 시대를 원하는가. 답은 물론, 아니오다. 나는 지루하고 쾌적한 천국보다는 흥미로운 지옥을 택할 것이다. 하지만 이것은 내가 선택할 성질의 문제가 아니다. 책이라는 상품의 운명은 과연 어떻게 될까.

아버지의 미래

최근에 본 세 영화는 국적이 다 달랐다. 양우석 감독의 〈변호인〉을 필두로 고레에다 히로카즈 감독의 〈그렇게 아버지가 된다〉 그리고 이란 출신의 아스가르 파르하디 감독이 만든 프랑스어 영화 〈아무도 머물지 않았다〉. 이 세 영화 모두 아버지가 등장한다. 〈변호인〉의 아버지는 낯익다. 상고 출신의 가난한 고시생 송우석은 변호사로 성공한 후 정치적으로 각성된 인권 변호사가 된다. 이는 해방 이후 우리 아버지들의 초상을 그대로 은유한 것처럼 보인다. 지지리도 무능했지만 윤리적이기는 했던 「오발탄」의 아버지는 '잘살아보세'의 박정희 시대를 거치면서 돈 잘 버는 유능한 아버지로 바뀌었다가 87년 6월 항쟁을 기점으로 도덕적 아버지로 변모한다. 386세대로 불리는 이 도덕적 아버지들은 노무현 정권에서 그들 자신의 무능과 직면한 후, 급속하게 '부자 아빠 가난한 아빠'가 약속하는 물질의 세계로 전향한다. 때마침 너무나 상징적이게도 여자의 얼굴을 한 박정희가 권좌로 돌아왔다. 그런데도 부자 아빠의 꿈은 요원하기만 하다. 독재자의 딸이 무능해서일 수도 있겠지만 시대가 더 이상 아버지의 자리를 용인하지 않기 때문일 것이다. 부자는커녕 아빠조차 되기 힘들다. 부자 아빠든 가난한 아빠든 이제 아버지의 자리 자체가 없는 것이다. 〈변호인〉은 이런 난감한 상황에 도달하기 전, 도덕적 아버지의 탄생이라는 근사한 장면에서 멈춘다.

〈변호인〉에서 식당 밥값이나 떼어먹던 가난뱅이가 유능한 아버지로 변모했음을 보여주는 가장 상징적인 장면은 아파트의 매입이다. 그 시절의 이상적인 아버지란 아파트를 직접 지은 노동자가 아닌 남이 지은 아파트를 현찰로 구입할 수 있는 소비자라는 것을 영화는 분명하게 보여준다. 아파트를 가족에게 '선물'해 떳떳해진 아버지는 이제 무능하던 시절의 부채를 갚고 잃어버렸던 도덕적 자아를 되찾기 위해 모험을 떠난다. 하지만 이 여정은 두 번의 시련을 겪으며 파탄으로 종결된다. 1997년과 2008년의 두 번의 경제 위기가 그들을 현실로 되돌려놓은 것이다. 유능하면서 도덕적인 아버지가 되겠다는 웅대한 포부 따위 가뭇없이 사라진 자리에 '친밀한 아버지'라는 새로운 환상이 모습을 드러낸다. TV가 가장 먼저 그들을 호명한다. '아빠! 어디 가?'냐고. 유능함, 정치적 윤리 같은 거추장스런 것은 필요 없다. 함께 캠핑을 떠나 아이들의 눈높이에서 대화하는 아버지, 성공에만 쏟았던 시간을 아이에게 돌릴 줄 아는 자상한 아버지가 요구된다.

고레에다 히로카즈의 아버지는 유능한 아버지가 도덕적인 아버지라는 단계를 경유하지 않고 바로 친밀한 아버지로 변모한다는 이야기다. 표면적으로는 두 아버지가 등장하지만 영화의 초점은 냉정하되 유능한 아버지 쪽에 맞춰져 있다. 그의 대척점에는 시골에서 전파상을 운영하는, 무능하되 친밀한 아버지가 있다. 잘생기고 유능한 '부자 아빠'는 도쿄 도심 재개발 프로젝트 같은 거창한 일에서 벌어들인 돈으로 도심의 전망 좋은 고층아파트에 산다. 영화에서 주어진 정보들로 짐작해보건대 그는 아마도 송우석처럼 온전히 자기 힘만으로 그 아파트를 샀을 것이다. 그런 그에게 위기가 찾아온다. 어쩐지 마음에 들지 않았던, 자기를 안 닮은 것만 같던 어린 아들이 남의 아이였음을 알게 된다는 사건, 즉 아이를 남에게 빼앗길 수도 있는 사건을 계기로 그는 자기에게 부족했던 것이 무엇인가를 깨닫게 된다. "비록 많은 시간을 함께하지는 못했어도 좋은 아버지였다고 자부합니다"라고 말하는 남자에게 전파상 주인은 일갈한다. "무슨 소리야? 아이에겐 함께 보내는 시간이 가장 중요하다고."

치밀하고 섬세한 연출과 배우들의 호연에도 불구하고 고레에다 히로카즈의 아버지상은 별로 현실감 없이, 다소 성급한 윤리적 선언처럼 다가온다. 그 이유는 아마도 이 영화가 도시/시골, 외둥이/다둥이, 전업주부/워킹맘, 유능/무능, 냉정/친밀의 이항대립항들 위에 구축되어 있기 때문일 것이다. 이항대립은 문제를 명쾌하게 보여준다는 점에서 편리한 장치이지만 언제나 그렇듯이 현실은 이항대립 사이 어딘가에서 부유한다. 현대의 가족들은 전선이 분명하게 그어진 정규전이 아니라 사방에서 총알이 날아오는 시가전을 치르고 있다.

〈아무도 머물지 않았다〉의 아버지는 유능하지도, 도덕적이지도, 친밀하지도 않다. 게다가 그는 아예 가족의 경계 밖으로 추방되어 있는 상태다. 한때 가족을 이루고 함께 살았던 전처와 아이들(그마저도 그의 친자가 아니다)은 선진국 프랑스에 살고 그는 전근대 사회인 이란에 돌아가 있다. 그의 출현은 유사 균형 상태의 가족을 본의 아니게 혼란에 빠뜨린다. 일단 어디에서 잘 것인지부터가 애매하다. 처음부터 끝까지 방문자에 불과한 것이다. 기껏 시작한 십대 딸과의 대화는 가족이 애써 감춰왔던 민감한 비밀을 폭로하는 계기를 제공한다. 억눌렀던 갈등들이 이를 틈타 폭발한다. 아버지가 다른 아이들은 오직 어머니라는 매개를 통해서만 연결되는데, 이 어머니는 최소한 다섯 차례나 남자를 갈아치운데다 지금은 세번째 아이를 임신중이기도 하다. 그는 문제의 근원도 아니고 심판관도 아니고 결과도 아니다. 그는 아무것도 아니다.

프랑스는 과거 아버지들이 도맡았던 양육과 보호의 의무를 국가가 대체해야 한다는 것에 대해 분명한 사회적 합의를 이룬 국가 중 하나로 알려져 있다. 결혼/사실혼/비혼 여부를 가리지 않고 지급되는 충분한 출산/양육 수당과 법적 제도적 뒷받침이 그 밑천이다. 저출산으로 고민하던 프랑스 사회가 내린 현실적 결정이었고, 이에 따라 가족의 보호자로서의 아버지의 필요성이 현저하게 줄어들었다. 프랑스나 일부 유럽 국가들에는 일종의 신新모계사회가 출현하고 있는 것처럼 보인다. 만남과 이별이 쉬워지고 출산에 대한 인센티브는 커지면서 가장 확실한 연결인 모계 중심으로 가족이 구성된다. 간혹 남자들이 찾아오지만 '아무도 머물지 않'는다.

『뉴로맨서』의 작가 윌리엄 깁슨은 언젠가 이런 말을 남겼다. "미래는 이미 도착해 있다. 지역적으로 불균등하게 배분되었을 뿐." 그의 말대로 어떤 미래는 이미 실리콘밸리에 도착해 있다. 거기서는 구글이 제작한 무인자동차가 시내를 질주하고 있다.

어떤 나라의 어떤 미래는 이미 서울에 도착해 있을지도 모른다. 우리는 내가 타려는 버스가 몇 분 후에 정류장에 도착할지를 미리 아는 나라에 살고 있다. 이런 면에서만 본다면 서울이 뉴욕의 미래일 수 있다. 그렇다면 한국 가족의 미래는 어디에 도착해 있을까? 자수성가한 상고 출신의 변호사가 자기가 지은 아파트를 현찰로 사는 시대가 다시 돌아올까? 아닐 것이다. 친밀감까지 장착한 성숙한 '부자 아빠'가 한국 가족의 미래일까? 환상적이지만 현실성은 적어 보인다. 그보다는 다양한 형태의 결합에서 탄생한 구성원들이 닥쳐오는 갖가지 윤리적 딜레마를 힘겹게 풀어가면서 살아가는 〈아무도 머물지 않았다〉 속 가족의 모습이 아마 우리가 미구에 경험하게 될 가족상과 가장 유사하지 않을까 싶다. 이런 느슨하고 어지러운 가족관계에서는 영화 속 아메드와 같은 태도가 바람직할 것이다. 그는 가족들과 일정한 거리를 두되 누구의 말이든 주의깊게 듣고 보편적 윤리에 호소한다. 네가 딸이니까 이래야 한다, 당신이 엄마니까 이래야 한다는 당위의 언어는 함부로 동원하지 않는다. 대신 모든 구성원에게 상대방의 입장에서 생각할 것을 조심스럽게 요구한다. 가족과 타인을 가르는 기준이 급속히 희미해지는 시대, 아마도 그런 아버지가 미래일 것이다.

택시라는 연옥

가정을 해보자. 술을 마시지 않는 나라의 택시는 어떨까. 밤이 늦기 전 사람들은 모두 집으로 돌아가고 아주 바쁜 사람들이거나 응급한 일이 있는 사람들만 심야의 택시를 이용할 것이다. 손님들은 모두 제정신이니 얌전할 것이고 기사들도 취객 때문에 스트레스받을 일이 없을 것이다.

기사가 담배를 피우지 않는 나라의 택시는 어떨까. 승객들은 시트에 밴 담배냄새가 자기 옷에 밸까 걱정할 일 없이 쾌적한 기분을 느낄 것이다.

대중교통이 완벽한 나라의 택시는 어떨까. 늘 앉아서 이용할 수 있는 버스나 지하철이 그물망처럼 도시를 연결하는 나라의 택시는 부유층이나 이용하는 사치재일 것이다.

범죄 없는 나라의 택시는 또 어떨까. 밤늦게 택시를 타는 여성들이 겁먹을 일이 없을 것이다. 기사를 믿고 잠이나 한숨 푹 자고 나면 어느새 집 앞에 도착해 있을 것이다.

택시 기사가 대기업의 정규직만큼의 수입을 올리는 나라는 어떨까. 난폭 운전이나 과속은 시켜도 안 할 것이다. 자칫 사고라도 나면 좋은 일자리를 잃을 테니까.

그러나 우리는 이런 나라에 살고 있지 않다. 주류 소비량이 세계 최고 수준인데다 모여 마시기를 좋아하니 밤늦은 시각의 승객들은 거의 술에 취해 있다. 높은 흡연율로 많은 택시가 담배냄새에 절어 있고, 대중교통은 자리 잡기 전쟁이고, 잊을 만하면 강도로 돌변한 택시 기사의 이야기가 언론에 보도되고, 기사들의 벌이는 최저생계비를 겨우 넘기는 정도다. 택시는 그 안에서 일하는 노동자에게도, 그것을 이용하는 승객에게도 큰 만족을 주지 못한다. 그런데도 택시는 사라지지 않는다. 아무도 좋아하지 않지만 언제나 거기 있는 존재, 그것이 택시다. 천국도 지옥도 아닌, 택시는 교통수단 세계의 연옥이라 할 수 있다.

아침에 일어나 엘리베이터를 타고 지하주차장으로 내려가 기사가 딸린 회사 차를 타고 출근했다가, 그 차를 타고 다시 집으로 돌아오는 회사 임원이 있다고 하자. 이 사람은 택시에 큰 관심이 없을 것이다. 아침에 일어나 마을버스와 시내버스를 갈아타고 시내 빌딩으로 출근해 하루종일 청소를 하고 밤에 집으로 돌아오는 가난한 사람에게도 택시는 도시 풍경의 일부일 뿐, 아무 의미를 갖지 못하는 사물일 것이다. 택시는 엄청나게 부유하지도, 찢어지게 가난하지도 않은 사람들과 관련이 깊다. 애매하다. 택시를 가난한 사람들이 이용하게 만들려면 요금을 저렴하게 해야 한다. 그런데 요금이 저렴해지면 기사들의 월급을 올려줄 수가 없다. 택시를 쾌적하고 고급한 교통수단으로 만들어 꼭 필요한 사람들이 적시에 기쁜 마음으로 이용하게 만들려면 요금을 올려야 한다. 그러면 승객들이 피해를 본다. 이 둘 중에서 선택을 하려면 먼저 택시란 과연 무엇인가에 대한 사회적 합의, 이론적 정의가 필요하다. 그런데 택시는 태생적으로 이런 판단을 거부하고 있다. 왜냐하면, 택시는 대중교통으로 커버할 수 없는 부분을 채우는 여집합의 성격을 갖고 있기 때문이다. 여집합은 스스로 자신을 규정할 수가 없어 여집합이다. 2013년, 택시법 문제가 부상한 데에는 대중교통의 성공이라는 요인이 숨어 있다. 택시는 대중교통이 실패할 때 호황을 누린다(대중교통의 운행이 끝나는 자정 이후의 홍대 앞을 상상해보자). 만약 대중교통이 정시 운행을 하지 않고 환승도 불편하며 하루종일 콩나물시루로 운행된다면 사람들은 택시로 몰릴 것이다.

한때 서울의 택시들은 합승이 기본이었다. "같은 방향이면 좀 태웁시다." 기사들은 양해 아닌 양해를 구하며 마을버스처럼 운행했다. 합승이 사라진 것은 단속 때문이 아니라 택시가 흔해졌고 대중교통이 나아졌기 때문이다.

대중교통의 상대적인 성공으로 위축된 택시업계는 스스로 대중교통이 되는 쪽으로 결정을 내렸다. 그런 논리로 정치권을 압박했고 거의 먹혀들 뻔했다. 2013년 1월 국회 본회의까지 통과한 것이다. 그런데 여론조사를 보면 택시를 이용하는 대중 다수가 그 법을 반대했다. 그 법의 내용을 잘 알아서가 아니라 '택시 = 대중교통'이라는 산법을 대중이 받아들이기가 어려웠기 때문이었다. 결국 국회로 돌아간 법안은 재의결되지 못했다.

그렇다면 택시는 앞으로 어떻게 될까. 그 답은 여집합인 택시가 아니라 대중교통에 있을 것이다. 대중교통이 저변에서 영역을 확대하면 택시는 좀 더 고급한 영역으로 이동해갈 수밖에 없다(정부가 마련한 택시 관련 법안은 이런 방향으로의 정책 전환을 암시하고 있다). 택시의 운명은 수동적이다. 정치가들은 대다수의 유권자가 이용하는 대중교통에 사회적 자원을 좀 더 투입할 것이 자명하다. 대중교통이 좀 더 쾌적해지고 빨라지고 유연해지는 것이 정치의 미래일 수밖에 없다. 택시는 그 어떤 사회에서도 우선순위에서 대중교통을 앞지르지 못할 것이다. 따라서 영리한 정치가라면 택시 문제에 섣불리 손대지 않을 것이다. 그 문제가 저절로 해결되기를 기대하거나 다음 임기로 은근슬쩍 넘겨버릴 것이다. 반대로 무능한 정치가라면 택시 문제를 단박에 해결하겠다며 달려들 것이다. 그리고 실패할 것이다.

연옥은 천국과 지옥 중간에 있다. 로마가톨릭이 연옥을 창조해낸 것은 천국과 지옥의 이분법만으로 사후세계를 설명하는 데 어려움을 겪었기 때문이다. 연옥은 되는 것도 없고 안 되는 것도 없는 세계다. 지옥처럼 괴롭지도, 천국처럼 행복하지도 않다. 연옥의 중요한 특징 중의 하나는 그곳에 머무는 기간이 얼마가 될지 모른다는 데 있다. 또한 연옥에 머무는 자는 스스로 그곳을 탈출할 방법을 찾을 수 없다고 한다. (오직 살아 있는 자들의 기도로만 벗어날 수 있다.) 언제까지 있어야 하는지도 모르고, 뭘 해야 하는지도 모른 채 하염없이 머무는 곳, 거기가 연옥이다.

우리는 모든 문제를 본원적으로 해결하기를 원한다. 세상 모든 문제에 단순하고 명쾌한 해결책이 있다면 얼마나 좋겠는가. 그런데 그런 깔끔한 해결책이 없는 영역도 있다. 택시가 그렇다. 택시는 교육이나 정치가 그렇듯이 한 사회의 문제를 그대로 반영한다. 택시는 음주 문화, 육체노동자 천시 풍조, 무질서한 교통, 높은 강력범죄율 같은 문제를 떠안고 있는 우리 사회의

거울이다. 누군가 이걸 간단하고 쉽게 해결할 수 있다고 말한다면 적어도 나는 그 말을 믿지 않을 것이다.

예측 불가능한 인간이 된다는 것

대부분의 인간은 자기 자신에 대해 긍정적인 착각을 하며 살아간다. 교수들에게 "당신은 동료 교수에 비해 더 열심히 학생들을 지도하는가?"라는 질문을 던지면 80퍼센트가 넘는 교수들이 그렇다고 대답한다. 이중 적어도 30퍼센트 이상은 착각을 하고 있다고 볼 수 있다. 또한 대부분의 운전자들이 자신이 다른 운전자에 비해 운전 실력이 뛰어나다고 생각한다는 연구도 있다.

이런 질문은 어떨까? "당신은 쉽게 예측이 가능한 사람입니까?" 대부분은 아니라고 답할 것이다. 나부터도 남에게 쉽게 예측되는 사람이고 싶지는 않다. 그런데 안타깝게도, 『링크』와 『버스트』의 저자인 앨버트 라슬로 바라바시에 따르면 우리는 우리가 생각하는 것 이상으로 예측 가능한 인간이다. 놀랍게도 우리가 일상적으로 하는 행동의 93퍼센트가 예측 가능하다고 한다. 우리가 이 사실을 받아들이지 않는 이유는 아직 진실의 순간과 맞닥뜨리지 못했기 때문일지도 모른다. 직장생활을 해 본 이들은 알겠지만 아랫사람들은 윗사람들의 행동 패턴을 거의 정확하게 예측해낸다. 윗사람들만 자기의 일거수일투족이 읽히고 있다는 것을 모를 뿐이다. 그런데 우리는 대체로 누군가의 아랫사람이기도 하지만 누군가의 윗사람이기도 하다.

자, 이제 사설탐정의 눈으로 자기 자신과 주변 사람들을 살펴보자. 대부분의 사람들은 정해진 시간에 일어난다. 아침식사의 메뉴는 대체로 고정돼 있다. 밥과 국을 먹는 사람, 선식을 먹는 사람, 토스트와 달걀부침을 먹는 사람, 아예 먹지 않는 사람 등이 있겠지만 이 모두를 랜덤으로 선택하는 사람은 없을 것이다. 날마다 비슷비슷한 메뉴를 먹고 일정한 시간에 집을 나선다. 지하철역까지 가는 동안의 행동도 날마다 똑같다. 이어폰을 끼고 음악을 듣는 사람은 날마다 그렇게 한다. 지하철에서 스마트폰으로 뉴스를 보는 사람은 언제나 그렇게 한다. 회사에서 매일 비슷한 업무를 하고 열두시 땡 하면 점심을 먹으러 회사 밖으로 나온다. 메뉴는 날마다 조금씩 다르겠지만 식당과 직장 사이의 거리는 일정 범위 내에 있을 것이다. 예를 들어 반경 오백

미터 이내라는 어떤 보이지 않는 룰이 있을 것이다. 그러곤 오후 업무를 보고 정해진 시간에 퇴근을 한다. 이 패턴이 주중에는 그대로 반복된다. 주말에는 주말대로 패턴이 있을 것이다.

기업들은 이런 패턴을 좋아한다. 소비자들의 패턴은 빅데이터가 되어 쌓이고 분석된다. 트위터 사용자들을 위한 서비스 중에는 트위터 아이디를 제공하기만 하면 사용자가 몇시에 기상해서 몇시에 취침하는지를 알려주는 것도 있다. 트위터가 가장 내밀한 침실에서의 행동까지 파악하고 예측할 수 있다는 것에 사용자들은 새삼 놀란다.

대형마트에서 매대 사이를 돌아다니는 패턴도 고객마다 거의 정해져 있다. 만약 날마다 내 뒤를 쫓는 탐정이 있다면 정확하게 대형마트에서의 내 움직임을 예측해낼 것이다. “잠시 후에 맥주 코너로 갈 거야. 가는 동안 시식은 하지 않아. 맥주를 샀으니 수산물 코너로 갈 거야. 생선 한두 마리를 사고 과일 코너를 기웃거리겠지.” 나는 직장이 없는데도 대체로 일정한 시간에 일어나 일정한 시간에 글을 쓰고 일정한 시간에 운동을 한다.

미국 플로리다에 살고 있는 설치미술가이자 예술대학의 교수인 하산 엘라히는 2002년 6월 19일, 유럽에서 열린 전시회를 마치고 돌아오는 길에 디트로이트공항에서 FBI에 연행됐다. 수사관들은 그에게 어디를 여행했는지, 왜 갔는지 등을 꼬치꼬치 캐물었다. 그는 사실대로 대답했지만 수사관들의 의심은 줄어들지 않았다. 그는 너무 많은 곳을 '아무 패턴 없이' 여행하고 있었던 것이다. 그는 자신이 설치미술가이며, 직업의 특성상 여러 나라를 다닐 수밖에 없다고 해명했다. 그러자 FBI는 그가 임대하고 있는 '수상쩍은' 창고의 용도를 물었다. 거기에 혹시 폭발물이 있는지도 캐물었다. 그는 펄쩍 뛰며 부인했다(나에게도 미술가 지인이 몇 명 있는데, 그들의 작업실이나 창고를 방문할 때면 그 안에 널린 어지러운 잡동사니와 여러 화학물질들이 미술작품의 원료라는 게 도무지 믿기지 않을 때가 많다. 차라리 폭발물을 제조하는 데 쓰인다면 훨씬 그럴듯할 것 같은 풍경이다). 다행히 그는 자신의 일상 대부분을 기록하는 사람이었기 때문에 FBI가 궁금해하는 그의 알리바이를 척척 댈 수 있었고, 그 덕분에 풀려나 집으로 올 수 있었다.

그가 FBI의 의심을 산 이유는 여러 가지가 있겠지만 '패턴'에서 벗어나는 그의 일상이 가장 컸을 것이라고 바라바시는 추정한다. 그는 너무 많은 나라를, 너무 자주 여행하는데다가 수상쩍은 창고를 임대하고 있다는 점에서 주의를 끌었다. 미술가인데다 교수이다보니 일상생활도 보통 사람에 비해 꽤나 불규칙했을 것이다. 나중에 알고 보니 FBI는 이미 상당히 오랫동안 그를 추적하고 있었다.

플로리다로 돌아와서도 그는 육 개월이 넘도록 주기적으로 소환돼 FBI의 신문에 응해야만 했다. 그러자 그는 아예 하루하루의 활동을 낱낱이 기록해 자신의 웹사이트에 올리기로 마음먹었다. 뭘 먹는지, 어디를 가는지, 누구와 만나는지를 모두 사진으로 찍어 올렸다. 즉, 자신을 극단적으로 예측 가능한 인간으로 만들어버린 것이다. FBI의 신문은 중단되었을 뿐만 아니라, 심지어 다른 데서 귀찮게 하면 연락하라고 명함까지 주었다.

예측 가능한 인간이 되면 이렇게 편리한 점도 있겠지만 그게 꼭 좋은 것만은 아닐 것이다. 훤히 들여다보이는 삶을 산다는 것은 어쩐지 기분 나쁜 일이다. 국가정보원이나 기업, 웹사이트 방문자가 내 일상을 들여다볼 뿐 아니라 아예 예측까지 하기 시작한다면 그들은 그 예측에 기반을 두고 우리를 조종하려 들지도 모른다.

그렇다면 어떻게 우리는 예측 불가능한 인간이 될 수 있을까? 우선은 자신이 예측 가능한 인간일지도 모른다는 전제를 받아들여야 할 것이다. 그리고 탐정의 눈으로 자신의 일상을 면밀히 들여다볼 필요가 있다. 그것을 바탕으로 조금씩 변화를 주는 것이다. 출근길을 바꾸고 안 먹던 것을 먹고 안 하던 짓을 하며 난데없이 엉뚱하게 움직이기 시작하면 우리는 점차 예측 불가능한 인간이 되어갈 것이다. 이런 엉뚱한 연습에서 얻어지는 부산물도 있다. 바로 자기 자신에 대한 감수성이다. 우리는 우리 자신을 누구보다도 잘 알고 있다고 생각한다. 그러나 우리가 가장 무심하게 내버려둔 존재, 가장 무지한 존재는 바로 자신일 수도 있다는 것을 깨닫게 될지 모른다.

홈쇼핑과 택배의 명절, 추석

예전 서울 사대문 안에 살던 사람들은 추석을 쇠지 않았다고 말해준 사람은 8대째 사대문 안에서 살아왔다는 작가 김훈이었다. 왜냐고 물으니 '추석은 농민들의 명절'이라는 대답이 돌아왔다. 가을걷이를 하고 그 수확을 조상과 이웃 들과 함께 나누는 게 추석의 의미인데, 사대문 안에는 나라의 녹을 먹는 관리들이나 상인들이 대부분이었으니 나눌 것도 없고 이유도 빈약했을 것이다. 추석이 농민의 명절일 뿐이라는 그의 말에 새삼 놀랐던 것은 내심 그동안 너무 당연하게 추석을 '국민적 명절'로 받아들이고 있었기 때문이었다. 이런 착각을 가능하게 한 것은 추석 때만 되면 펼쳐지는 이미지와 말의 폭격 덕분이었을 것이다. 텔레비전과 신문, 각종 매체들이 '귀성 전쟁' '국민 대

이동'과 같은 상투적 언어와 함께 고속도로에 꼬리를 물고 늘어선 자동차들을 보여준다. 헬리콥터는 성묘에 나선 시민들의 모습을 찍어대고, 사진기자들은 고궁에 진을 치고 한복을 입고 놀러 나온 가족들을 앵글에 담는다.

이런 전통은 언제부터 시작되었을까? 얼마 전 1970년대의 명절 풍경을 담은 대한뉴스를 보았다. 구로공단에서 일하던 여성 노동자들이 회사에서 마련해준 선물상자를 들고 환하게 웃으며 고향으로 향하는 전세버스에 오르고 있었다. 만약 산업화가 진행되지 않았다면 시골에서 농사를 짓다가 생을 마감했을 이 젊은 여성들은 박정희 정권이 시행한 경제개발계획에 따라 대거 도시로 유입된다. 이들의 값싼 노동력은 경공업 중심의 초기 산업화에 필수적이었다. 이들은 열악한 노동 환경하에서도 묵묵히 제 몫을 해냈다. 당시에는 연차나 월차 같은 개념도 희박할 때니 생리휴가 같은 '사치스런' 권리는 행사할 엄두도 못 냈다. 여름휴가를 '반납'한 채 '수출입국의 한길로 매진'하는 게 미담이던 시절이니 이들에게 제대로 된 휴가란 추석과 설날 정도였다. 설령 여름휴가가 주어진다 해도 이들의 낮은 경제력과 사회적 분위기를 감안할 때 이를 제대로 즐기기란 어려웠을 것이다.

남녀 노동자들은 추석이 되면 자신들이 떠나온 곳, 가을이 되면 풍요로워지는 농촌으로 돌아갔다. 그들의 손에는 전기밥솥이나 텔레비전 상자가 들려 있었다. 다시 서울로 돌아올 때 그들의 손에는 늙은 부모가 들려준 농작물이 한가득이었다. 이런 광경은 산업화를 모종의 정당한 거래처럼 포장하는 효과가 있었다. 대도시에서 일하는 '산업화의 역군'들은 전자제품을 농촌으로 보내고, 농촌에서 '정성껏' 생산된 농작물은 최신의 전자제품들과 교환된다. 농업에 최적화된 노동력은 농촌에, 산업화에 필수적인 인력은 대도시로 배분되는, 말하자면 이런 효과.

그러나 우리는 알고 있다. 이런 시대는 이미 오래전에 끝이 났다. 아직도 많은 이들이 추석이 되면 고향을 찾는다. 흩어졌던 가족들이 서로 모인다. 그런데 이제는 흔쾌히 나눌 농작물이 없다. 그래서 택배를 이용한다. 굴비와 쇠고기와 곶감이 택배를 통해 집으로 날아온다. 과거와 비슷해 보인다. 과일과 생선, 갈비와 한과가 한 상 가득이다. 그러나 그것들은 농촌에 계신 부모님이 재배한 것이 아니라 TV 홈쇼핑이나 농협을 거쳐 배송된 것이다. 마찬가지로 자식들 역시 더 이상 '부모님 댁에 보일러 놔드리러' 내려가지 않는다. 필요한 전자제품이 있다면 시골의 부모들도 TV 홈쇼핑으로 구입한다. 그러니까 이제는 다들 각자의 삶을 알아서 살아가고 있다.

몇 년 전, 명절만 되면 꽉 막히는 도로를 보다가 문득, 지역마다 종교마다 다른 명절을 쇤다면 어땠을까, 생각한 적이 있었다. 크리스마스는 기독교 신도들만 쇠고, 추석은 충청도만, 설날은 영남만, 단오는 호남만, 뭐 이런 식으로 말이다. 이렇게 분산되면 훨씬 편안하지 않을까 생각했지만 그런 세상은 오지 않을 것 같다. 다만 명절들은 조용히 힘을 잃어갈 것이다.

매년 해외로 나가는 비행편들의 예약은 오래전부터 마감된다고 한다. 농민들의 명절이었던 추석은 한때 국민적 명절로 추앙받다가 이제 다시 제자리를 찾아가고 있는 것인지도 모른다. 추석은 마침 해외여행을 떠나기에 참 좋은 계절에 있다. 이렇게 흘러가다간 언젠가 추석은 짧은 가을휴가쯤으로 인식될지도 모르겠다.

우리 가족은 오래전부터 명절을 쇠지 않았다. 직업군인이었던 아버지는 늘 임지를 지켜야 했다. 추석이라고 마음껏 고향으로 내려갈 수 있는 처지가 아니었다. 그럼 우리끼리라도 명절을 쇠면 되었을 텐데, 어머니가 싫어하셨다. 몇 명이나 먹는다고 그 난리를 피우냐며 아무것도 안 하셨다. 내게 추석은 군인들에게 나누어주던 과자 선물세트 상자의 이미지로 남아 있다. 롯데제과나 해태제과에서 만들어 군에 납품하던 그 추석 선물세트에는 사브레 같은 서양식 과자부터 양갱 같은 일본식 과자, 초콜릿과 사탕으로 가득했다.

지금 자라나는 아이들에게 추석은 어떤 이미지로 남을까. 농촌 인구는 점점 줄고 농업이 산업생산에서 차지하는 비중도 미미하다. 이제 농촌은 우리가 관습적으로 그려오던 이미지와 많이 달라졌다. 필리핀이나 베트남에서 시집온 여성들이 대도시 소비자가 먹을 채소나 과일을 기른다. '다문화'가 본격적으로 시작된 곳은 대도시의 중심이 아니라 농촌과 대도시 외곽의 공단지대였다. 1970년대에 농촌과 공단지대는 일견 평화로운 공존을 이룬 바 있었다. 2010년대의 농촌과 공단지대는 또 다른 의미에서 새로운 형태의 공존을 시현하고 있다. '농민의 명절' 추석을 쇠기 위해 대도시에 사는 '농민의 아들딸'들이 선물을 사들고 농촌으로 내려간다는 도식은 이제 더 이상 제대로 작동하지 않는 것 같다.

돌아갈 곳도, 가서 만날 가족도 없는 대도시의 중산층들은 명절의 북새통을 피해 해외로 떠나고, 한국의 명절에서 아무것도 느낄 수 없는 동남아시아 출신의 노동자, 농민 들은 그대로 남아 하던 일을 하거나 모처럼의 연휴를 조용히 즐긴다. 올해 추석에도 언론사의 헬리콥터는 우리 머리 위를 떠다니고 한복을 입은 어린아이들이 고궁에 모여 전통놀이를 즐기겠지만, 추석의 의미는 우리가 원하든 원하지 않든 많이 변해가고 있다. 불과 몇 년 전까지만 해도 명절 노동에 있어서의 성차별이니 고

부갈등이니 하는 명절의 부작용들을 성토하는 목소리들이 높았다. 이젠 그런 것도 다 부질없는 소리가 아닌가 하는 생각까지 든다. 영원히 변치 않는 것이 하나 있다면 모든 것은 변한다는 것이다. 추석이라고 예외는 아닐 것이다.

탁심광장

『내 이름은 빨강』의 저자이자 노벨문학상 수상자인 오르한 파묵은 이스탄불에서 나고 거기에서 자랐다. 모두가 알다시피 이스탄불은 유럽과 아시아가 만나는 지점에 있다. 그게 단순한 수사만은 아니라고 웅변하듯 도시 한가운데로 보스포루스해협이 지나간다. 해협을 기준으로 동쪽은 아시아고 서쪽은 유럽이다.

오르한 파묵의 가문은 터키에 철도를 부설한 것으로 유명하다. 철도는 어디에서 왔을까? 그것은 영국에서 발원한 산업혁명의 산물이다. 그러니까 파묵가는 서쪽으로부터 철도를 들여와 그것을 자기 조국에 깔고 그것으로 돈을 벌었다. 그러니 그들의 시선이 늘 유럽 쪽을 향한 것은 자연스러웠다. 그들이 볼 때, 아시아는 봉건적·종교적 인습에 사로잡힌 미망의 땅인 반면 유럽은 과학과 합리성에 기반한 유토피아였다.

파묵의 아버지는 아들의 시선을 유럽 쪽으로 고정시켰다. 집에는 유럽문학, 서양고전만이 있었다. 터키문학은 서가에서 치워버렸다. 오르한 파묵은 전통적 전설로부터 출발하는 다른 터키 작가들과는 출발부터 달랐다. 오르한 파묵의 초기작들에 선배 터키 작가들의 영향은 거의 보이지 않고 대신 보르헤스나 이탈로 칼비노 등 남미와 유럽문학의 거장들의 그림자가 엿보인다. 그는 유럽문학에 유럽인들보다 더 정통했고 자신을 터키인이라기보다는 유럽인이라고 생각했을 것이다.

훗날 오르한 파묵이 노벨문학상을 수상하자 아버지는 가방 하나를 아들에게 건넸다. 그 가방에는 아버지가 쓴 미발표 소설 원고들이 들어 있었다. 비록 사업가로 살았지만 아버지 역시 문필가를 꿈꾸었던 것이다. 아버지는 유럽이 인정한 아들을 자랑스러워했고 아들은 자신이 아버지로부터 왔다는 것을 새삼 깨달았을 것이다.

파묵은 한때 뉴욕 컬럼비아대학교에서 방문학자로 머물렀다. 이때 집필을 시작한 것이 『내 이름은 빨강』이다. 한물간 포스트모더니즘 문학을 뒤늦게 추수하는 것 같던 초기작들과 달리 이 소설은 보스포루스해협 동쪽, 즉 아시아를 끌어들였다. 오스만제국 궁정에서 세밀화를 그리는 화가들의 세계를 그는 다양한 시점화자를 등장시켜 축조해냈다. 흥미로운 것은 그가 이런 '아시아적 세계'를 추리소설의 외피로 포장했다는 점이다. 추리소설은 문학의 기차라고 할 수 있다. 기차와 추리소설 모두 산업혁명 당시의 영국에서 발원했다. 기차는 대량의 인원과 화물을 정시에 수송했으며 셜록 홈스 역시 기차를 타고 움직였다. 그는 기차역에 세워진 시계탑과 시간표를 통해 범인의 알리바이를 무너뜨렸다. 정시에 운행되는 기차는 근대적 합리성의 완성이며 역 광장의 시계탑은 근대의 승리를 알리는 오벨리스크였다.

철저히 유럽만을 바라보도록 교육받으며 자란 오르한 파묵은 아시아적 세계를 끌어들이고서야 비로소 세계적인 작가의 반열에 오르게 되었다.

2005년 오르한 파묵은 19세기 말부터 20세기 초반에 걸쳐 벌어졌던 아르메니아 집단 학살에 대해 비판했고 이 때문에 기소되었다. 유럽인들은 아르메니아 학살을 터키판 홀로코스트로 보지만 터키인들 다수는 제1차세계대전 중에 발생한 강제이주의 부작용쯤으로 이해하며, 유럽이 이를 거듭하여 거론하는 이유는 터키가 유럽의 일원이 되는 것을 막기 위해서라고 본다. 오르한 파묵은 이를 비판하는 유럽의 지식인들과 보조를 같이했다. 이를 통해 그는 자기 조국의 과오에 대해 자아비판하는 '양심적 작가'로 자리매김했다. 그러나 터키의 대다수 국민들은 이를 서양을 향한 오르한 파묵의 비굴한 아양으로 보았다. 공교롭게도 그의 기소가 세계적인 사건으로 확대되던 2006년, 스웨덴 아카데미는 그에게 노벨문학상을 수여하기로 결정을 내렸다.

2013년 탁심광장에서 벌어진 반정부 시위는 터키의 복잡한 정치적·정신적 상황을 그대로 보여준다. 군을 중심으로 한 근대화 세력의 정신적 지향점은 유럽이다. 그들은 터키가 EU에 가입할 수 있기를 바라며 그렇게 되기 위해선 유럽의 보편적 가치를 받아들여야 한다는 것을 알고 있다. 여성은 교육을 받아야 하고 교육은 종교와 무관해야 하며 정치는 의회 민주주의여야만 한다는 식의 유럽적 가치는 곳곳에서 이슬람적 세계관과 충돌한다. 뿐만 아니라 유럽은 터키가 과거에 저지른 역사적 과오에 대해 반성하라고 요구하지만 이는 터키인들의 민족적 자부심을 건드린다.

에르도안 대통령을 중심으로 한 이슬람 정당은 터키 국민의 절대다수인 이슬람 신도들의 지지를 받고 있고 지지자들의 대다수는 아시아 대륙에 살고 있다. 이들 역시 EU에 편입돼 경제적으로 성장하는 것을 바라기는 하지만 그보다는 전통적·종교적 가치가 중요하다고 믿는다. 주변부 자본주의국가들이 언제나 그렇듯, 고등교육을 받은 중산층 이상은 세계화를 지지하지만 교육과 경제 발전에서 소외된 이들은 세계화를 미심쩍은 시선으로 바라본다.

몇 년 전에 이스탄불에서 만난 한 교수는 한국어를 유창하고 우아하게 구사하는 사람으로, 대학에서 한국어를 가르치고 있었다. 터키의 정치에 대해 그는 오르한 파묵과 정반대의 입장에서 있었다. 그는 이렇게 말했다. "탁심광장을 중심으로 한 서구주의자들은 자기들이 유럽인이라고 생각한다. 그러나 그들이 유럽의 공항에 내렸을 때를 생각해보라. 그들은 바로 터키인으로 분류된다. 유럽에서 터키인이 어떤 이미지인지 잘 알지 않느냐. 우리가 우리를 뭐라고 생각하든 변하지 않는 것이 있다. 우리가 터키인이라는 것이다."

아마도 그의 정치적 입장은 민족주의로 분류될 수 있을 것이다. 터키에서의 민족주의는 시선을 보스포루스해협 동쪽에 두는 것을 의미한다. 문득 그가 우리나라까지 유학을 와 한국어를 배운 것은 우연이 아니라는 생각이 들었다.

탁심광장을 중심으로 한 2013년의 대규모 시위는 표면적으로는 에르도안 당시 총리의 밀어붙이기식 국정 운영에 항의하는 것이지만 그 이면에는 오랫동안 터키라는 나라를 지탱해온 두 개의 큰 지각판, 유럽과 아시아의 갈등이 잠복해 있다. 인류 보편의 (실은 유럽적) 가치를 받아들여 자기 자신을 '개조'할 것이냐, 비록 구태의연하지만 전통적 가치들을 지키면서 살아갈 것이냐 사이의 갈등은 우리에게도 낯설지 않다. 탁심광장에 자꾸만 시선이 가는 이유다.

나는 왜 부산에 사는 것일까?

2000년 가을, 아내와 나는 경부고속도로를 타고 부산국제영화제가 열리는 부산으로 내려가고 있었다. 휴게소에 차를 멈추고 식당으로 향하다가 오래전에 알고 지내던 영화 프로듀서와 마주쳤다. 그동안 잘 지냈냐, 어디 가는 길이냐, 같은 대화가 오갔다. 차로 돌아오니 아내가 물었다.

"누구야?"

"응, 영화 PD. 새로 시작하는 영화가 있는데 고사 지내러 부산 간대. 촬영도 거기서 시작할 건가봐."

"주연이 누구래?"

"유오성이고 조연은 장동건이래."

"유오성이 주연이라고? 감독은?"

"들었는데 까먹었어. 처음 듣는 이름이야. 곽 뭐라던데."

"제목은?"

"무성의한 제목이야. 그냥 '친구'래. 관심 갖지 마. 망할 것 같아."

당시로서는 도저히 성공하기 어려워 보이는 패키지였다. 출연진 중에서 유일한 스타는 장동건인데 그나마 조연이었고 그때까지 흥행시킨 영화가 하나도 없었다. 나머지는 모두 낯설었다. 무엇보다 제목이 별로라고 생각했다. 친구가 뭐냐, 친구가.

그러나 영화는 내 예상을 깨고 엄청난 흥행을 기록했을 뿐 아니라 영화의 대사 하나하나, 배우의 연기 하나하나가 모두 화제가 되었다.

나는 흥행을 예상하는 데는 원래 젬병이었다. 1997년에는 아는 사람이 자기 선배가 쓰는 시나리오를 좀 읽고 평해달라기에 받아서 읽었다. 소설만 읽고 살아온 나 같은 사람에게 시나리오는 있어야 할 어떤 필수적인 요소들이 결여된 허술한 구조물처럼 보인다. 시나리오의 빈 곳을 영상이나 연기로 채워넣으며 읽을 수 있는 능력이 부족한 것이다. 그러니 시나리오를 읽은 내 독후감은 늘 싸늘한 편이다. 1997년의 그 시나리오에 대한 내 감상도 차가웠다. 흥행의 기대치도 아주 낮았다. 사랑의 아픔을 가진 남녀가 PC통신으로 만나 사랑을 이룬다는 스토리의 이 시나리오는 이후 한석규, 전도연을 캐스팅해 '접속'이라는 제목으로 개봉했다. 결과는 모두가 아는 바 그대로다. 그해 겨울 서울의 거리는 〈접속〉의 삽입곡인 세라 본의 〈A Lover's Concerto〉가 접수했고 나는 그 음악을 들을 때마다 대중적 감각도 없고 시나리오를 읽는 눈도 어두운 나 자신에 대해 돌아보지 않을 수 없다.

그다음 해 추석에는 집으로 난데없이 호두 한 상자가 명절 선물로 날아왔다. 한때 잠깐 알고 지냈던 한 영화사에서 보내온 것이었다. 열어보니 카드가 들어 있었다. 충북 영동에서 영화를 찍는데 출연중인 할머니가 자꾸만 호두를 따러 가야 한다며 촬영에 협조를 안 해서 하는 수 없이 영화 스태프들이 총출동해 호두를 모두 따드렸다고 한다. 그랬더니 할머니가 이번에는 이 호두를 조합에 넘기는 작업을 해야 한다고 하셔서 이번에는 아예 그 호두를 추석 선물용으로 다 사버렸다는 사연이 쓰여 있었다. 아내가 이번에도 어떤 영화냐고 묻길래 나는 〈친구〉 때와 똑같이 말했다. "아역 배우하고 웬 할머니가 나오는 〈전원일기〉 스타일 영화인 것 같아. 아무도 안 볼 것 같아. 그래도 할머니 올해 호두 농사는 잘 지으셨네. 영화사에서 전량 수매했다니까."

내 생각엔 아무도 안 볼 것 같던 그 영화가 지금보다 스크린 수가 훨씬 적었던 2002년에 무려 사백만이 넘는 관객을 동원했고 아역 배우 유승호군은 일약 스타가 되었다. 이후로 아내는 내 흥행 예측은 전혀 신뢰하지 않는 사람이 되었다.

휴게소에서 마주친 프로듀서와의 인연으로 아내와 함께 중앙극장에서 열린 기술시사회에 가게 되었는데, 부산말 네이티브 스피커인 아내는 처음부터 끝까지 리얼한 부산말로 일관한 이 영화에 완전히 반해버렸다. 반면 나는 삼분의 일 가량의 대사를 못 알아들어서 영화가 끝난 후에 아내의 번역을 전해들어야만 했다. 그럼에도 불구하고 이 영화가 가진 매력은 분명히 감지할 수 있었다. 이야기 짜임새가 다소 엉성해 영화를 보고 나온 관객들의 다양한 추측을 양산하기도 했지만 〈친구〉에는 날것의 세계가 있다는 느낌이었다. 그게 리얼한 부산말의 힘이었는지, 이야기의 엉성함 때문이었는지, 그 모든 것을 의도한 감독의 놀라운 연출력 때문이었는지는 잘 모르겠다.

그로부터 십여 년이 지난 지금, 나는 부산에 내려와 살고 있다. 단골 목욕탕에서 등에 용문신을 한 형님들과 나란히 앉아 때를 밀고, 무람없이 말을 걸어오는 시장의 상인들에게도 익숙해져가고 있다. 부산은 낮의 풍경과 밤의 풍경이 극단적으로 다른 도시여서, 밤에는 휘황하게 빛나지만 낮에는 모든 것이 멈춘 듯한 분위기로 꽤나 고즈넉하다. 특히 내 또래의 남자들은 거의 보이지 않는다. 한 치과의사가 이유를 말해주었다.

"부산에는 직업이 서울만큼 다양하지가 않아요. 특히 프리랜서 비슷한 직업들이 없어요. 그런 건 거의 다 서울에 있어요. 그래서 낮에 주택가에서 어슬렁거리는 남자들을 보면 부산 사람들은 둘 중의 하나라고 생각해요. 빌딩 임대업자 아니면 건달."

서울 사람들은 내가 부산에 살고 있다고 하면 '왜' 부산에 살고 있느냐고 묻는다. 서울에 사는 사람에게는 '왜 서울에 사느냐'고 묻지 않는다. 그것은 이유를 간단히 납득할 수 없기 때문에 쓰는 '왜'이다. 결혼을 하지 않은 여성에게 '왜' 결혼을 하지 않느냐고 물을 때 쓰는 바로 그 '왜'다. 그때마다 이리저리 둘러대고 마는데, 아마도 나 자신이 진짜 이유를 모르기 때문이 아닐까 싶다. 정말 나는 왜 부산에 사는 것일까?

아내가 부산 출신이어서 그런 것 아닌가 넘겨짚는 사람도 있지만, 사실 아내는 부산행을 강력하게 반대했었다. 떠나온 곳으로 돌아가고 싶지 않은 사람도 세상에는 많다. 이른 낙향은 때로 실패와 후퇴를 암시하곤 하니까. 그렇다면 혹시 영화나 영화제 때문이었을까? 그럴 수도 있을 것이다. 부산에 살고 싶다고 처음 생각한 것도 부산영화제에 내려와서였으니까. 그리고 어쩌면 〈친구〉에서 묘사된 '날것'의 세계에 대한 환상도 있었을지 모르겠다. 그렇다면 부산에서 촬영하는 영화를 지원하고 영화제를 유치하는 부산시의 노력도 헛된 것만은 아닐 것이다.

부산에서 시작해 전국적으로 열풍을 몰고 온 것들이 몇 가지 있다고 한다. 『부산은 넓다』라는 책에 따르면 최초의 노래방 기계는 부산 동아대 앞 로얄전자오락실에 등장했고, 한 달 뒤 광안리의 한 업소가 이 기계를 방마다 설치하고 '노래연습장'이라는 간판을 달아 영업을 시작한 게 그 효시라고 한다. 찜질방과 이태리타월도 부산에서 탄생했고 우리나라 해수욕장의 시작도 1913년의 송도해수욕장이었다고 한다. 정치적으로는 부마항쟁이 박정희 정권을 몰락시켰다. 서울에서 가장 먼 도시에서 벌어진 격렬한 항쟁이 계엄령과 위수령을 거쳐 궁정동에서의 암살로 이어지는 데는 불과 며칠밖에 걸리지 않았다.

그러나 부산과 관련한 최근의 가장 강력한 열풍을 꼽는다면, tvN의 '응답하라' 시리즈라고 할 수 있을 것이다. 〈친구〉에서 전면으로 등장한 리얼한 부산말은 〈응답하라 1997〉에서 완벽하게 되살아났다. 〈친구〉가 부산말로 이루어진 마초들의 세계를 보여주었다면 〈응답하라 1997〉은 부산말로 가능한 멜로의 세계를 보여주었다. 부산말'로도' 가능한 멜로의 세계가 아니라 부산말'로만' 가능한 멜로의 세계를 만들어냈다고 보는 게 옳을 것이다. 놀림의 대상에 지나지 않았던 변방의 언어가 서울공화국의 중심으로 진격해들어온 이 현상이 의미하는 바가 무엇일까. 표준어 멜로의 종말인가, 억압된 것들의 귀환일까. 건달의 영혼과 빌딩 임대업자의 육체를 가진 소설가가 대낮의 부산 거리에서 곰곰이 생각해보는 주제다.

읽다

1부

위험한 책 읽기

위험한 책 읽기

작가니까 책을 쓴다. 지금까지 대략 스무 권 정도의 책을 출간했을 것이다. 그런데 읽은 것은 몇 권일까? 다독가는 아니지만 지금까지 수백 배는 읽었을 것이다. 이 비대칭성에 나는 늘 압도되곤 한다. 수천 권을 읽고 고작 스무 권을 쓴 셈인데 대부분의 작가들이 그럴 것이다. 많이 읽고, 그에 훨씬 못 미치는 책을 써낸다. 양만이 문제가 아니다. 질에 있어서도 대체로 읽은 것보다 못한 것을 써서 세상에 남긴다.

지금 내 서가에 있는 책들은 짧게는 몇 년, 길게는 몇천 년을 살아남은 것들이다. 이 책을 통해 나는 주로 이렇게 오래 살아남은 책들, 사람들이 흔히 고전이라 부르는 책들을 중심으로 이야기를 해나갈 생각이다.

보르헤스의 말을 빌리자면 고전은 클라시스classis, 즉 전함이나 함대에서 유래한 것이라고 한다. 함대의 필수 덕목은 질서와 규율이다. 전함들은 절대로 서로 부딪쳐서는 안 되며, 너무 멀리 떨어져서도 안 된다. 고전들도 그러하다. 고전은 오랜 세월을 거쳐 내려왔기 때문에 자연스럽게 정리의 과정을 거듭하여 거치게 되었다. 세계문학전집들에는 심지어 번호까지 매겨져 있다. 그 번호는 편집자가 되는 대로 붙인 것이 아니라 전집을 편찬한 이들이 각각의 책의 중요성에 따라 질서를 부여한 결과다. 예를 들어 민음사 세계문학전집의 1권은 오비디우스의 『변신 이야기』다. 반면 문학동네 세계문학전집은 톨스토이의 『안나 카레니나』에서 시작한다. 이런 순서는 세계문학전집의 기획자들이 고전에 대해서 어떻게 규정하고, 어떤 작품에 가중치를 두고 있는지를 보여주는 것이다. 반면 당대에 출판되고 있는 책들은 아직 어수선한 채로 남아 있다. 그 책들은 인쇄소에서 서점으로, 서점에서 각 가정으로, 다시 헌책방으로 이동하면서 제자리를 찾지 못하고 있다. 세월이 충분히 지나야만 그중에서 어떤 책이 옥이고 어떤 책이 돌인지가 가려질 것이다.

고전이라는 이 질서정연한 함대의 선두에는 단연 『일리아스』와 『오디세이아』가 자리잡고 있을 것이다. 보르헤스가 굳이 고전이라는 말이 '함대'에서 유래했음을 이야기한 것도 바로 이

두 서사시를 염두에 두었기 때문일 것이다. 나 역시 그리스인들이 수천 척의 배로 이루어진 함대를 이끌고 트로이 정벌을 떠나는 장면으로부터 이야기를 시작하고자 한다. 독자 여러분 역시 이 두 작품을 '다시' 읽어보기를 권한다. 나는 이런 어법을 이탈로 칼비노에게 배웠다. 『왜 고전을 읽는가』의 서두에서 칼비노는 고전을 '사람들이 처음 읽으면서도 다시 읽고 있다고 말하게 되는 책'이라고 정의한다. 이 정의가 고전을 읽지 않은 독자들의 겸연쩍음을 짚었다면 또 다른 정의는 그것을 사면하고 있다. 그는 고전이 처음 읽을 때조차 다시 읽는다는 느낌을 주는 책이라고 이야기한다. 그러니까 고전이란 처음 읽으면서도 '다시' 읽는다고 '변명'을 하게 되는 책이지만, 처음 읽는데도 어쩐지 '다시' 읽는 것 같은 느낌을 주는 책이라는 것이다.

나 역시 『오디세이아』의 완역본을 마흔이 넘어서야 읽었지만 그전에도 늘 잘 알고 있다고 생각하고 있었다. '아, 트로이의 목마를 만들었던 그 오디세우스가 전쟁이 끝난 후, 바다에서 온갖 고난을 겪으며 집으로 돌아오는 이야기 아닌가? 아내는 구혼자들에게 시달리며 물레로 실을 잣고 있고, 뭐 그런 얘기지.' 나와 같은 독자들을 위해 이탈로 칼비노는 이런 정의도 준비해두고 있었다. 고전이란, 워낙 많이 들어서 잘 알고 있다고 생각하지만 실제로 읽게 되면 예상했던 것보다 더 독창적이고 놀라운 점들을 발견하게 되는 책이라는 것이다. 사실 내가 『오디세이아』를 '다시' 읽게 된 것은 바로 이탈로 칼비노의 이 책 『왜 고전을 읽는가』 덕분이었다. 막상 읽어본 후, 나는 굉장한 충격을 받게 되었다.

어린 날의 나는, 아마 여러분도 비슷하리라 생각하지만, 이 작품을 축약본으로 읽었다. 이런 어린이용 축약본들은 호메로스가 사려 깊게 배치한 플롯을 무시하고 사건을 연대기순으로 풀어놓은 경우가 많았다. ①트로이전쟁이 그리스 연합군 측의 승리로 끝나고, ②오디세우스가 부하들을 이끌고 고향으로 출발하고, ③그를 미워한 신의 분노로 바다에서 온갖 시련을 겪다가, ④아테나의 도움으로 천신만고 끝에 고향으로 돌아가, ⑤아내를 괴롭히던 구혼자들을 물리치고 귀향에 성공한다. 이런 식이다. 특히 이중에서 오디세우스가 바다에서 겪은 신비로운 모험담들만 기억에 남았다. 외눈박이 괴물 키클롭스, 선원들을 유혹하는 세이렌 같은 존재들 말이다. 그런데 이 서사시의 원래 플롯은 전혀 달랐다. 『오디세이아』는 아테나가 다른 신들에게, 포세이돈의 노여움을 사 고향으로 돌아가지 못하고 있는 우리의 영웅 오디세우스를 어떻게 하면 무사히 귀향시킬 수 있을까 논의하는 장면에서 시작한다. 그 시점에 오디세우스는 이미 십 년을 바다에서 떠돌다가 칼립소의 포로가 되어 있었던 것이다. 아테나는 다른 신들의 동의를 얻어 오디세우스를 구하기 위해 백방으로 노력한다. 그의 아들 텔레마코스도 만나서 아버지를 찾아 떠나라고 격려도 한다. 그런데 이야기가 한참 진행되도록 우리의 주인공 오디세우스는 코빼기도 내비치지 않는다. 오디세우스는 우여곡절 끝에 칼립소의 품에서 벗어나 파이아키아 부근에서 난파를 당하고 나서야 자신의 모험담을 들려준다. 그 지점에서부터 우리가 익히 알고 있는 키클롭스니 세이렌이니 칼립소니 하는 이야기들이 등장한다. 그런데 이것은 오디세우스가 자신이 진짜 오디세우스라는 것을 증명하기 위해서 늘어놓는 소리이기 때문에 진실한 증언인지 즉석에서 지어낸 이야기인지를 구별하기 어렵다. 시작 부분에서는 분명 호메로스로 짐작되는 이가 화자의 역할을 맡고 있었는데 이 부분부터는 오디세우스가 화자의 역할을 대신하게 된다. 오디세우스가 등장해서 '오디세우스의 모험'을 이야기하는 기묘한 장면이 펼쳐지는 것이다.

이야기 속의 시간도 현재와 과거를 오간다. 현재는 아테나가 회의를 소집한 시점이고, 오디세우스가 벌써 십 년째 바다를 방랑하고 있던 때다. 아테나가 행동을 개시하고 오디세우스의 아들 텔레마코스가 아버지를 찾으러 떠나고 오디세우스가 칼립소의 마수로부터 달아나는 것까지는 시간이 순차적으로 흐른다. 그러나 오디세우스가 등장하면서 시간은 다시 트로이 멸망 직후로 돌아가 그의 모험담을 다룬다. 지금으로부터 약 이천팔백 년 전에 살았던 호메로스는 왜 이렇게 복잡한 방식을 사용한 것일까? 그것은 이미 당대의 독자(청중)들이 오디세우스의 이야기를 굉장히 잘 알고 있었기 때문일 것이다. 트로이의 목마를 구상한 오디세우스는 이미 수많은 이야기와 전설의 소재가 되었을 것이고, 그렇기에 호메로스가 이 장대한 서사시를 쓸 무렵에는 에게해 일대에 그 이야기를 모르는 사람이 없었을 것이다. 그는 후대의 천재적인 작가들, 특히 셰익스피어가 그랬듯이 '모두가 다 아는 이야기를 다르게 쓰기' 위해 노력했을 것이다. 호메로스는 여러 겹으로 텍스트를 감싸고, 이야기에서 가장 흥미로운 부분인 오디세우스의 모험 부분을 '이야기 속의 이야기'로 만들었으며, '늙고 힘 빠진 영웅이 과연 구혼자로 둘러싸인 아내 페넬로페를 구해낼 수 있을까'라는 질문에 대한 해답은 이야기 마지막에 배치해 독자가 흥미를 잃지 않도록 배려했다. 게다가 외눈박이 괴물이 바위를 집어던진다든가 하는 당시로서도 믿기 어려운 이야기는 호메로스 자신의 입으로 하지 않고 오디세우스를 통해 하도록 설정했다. 그렇게 함으로써 오히려 그 모험담들은 더 설득력을 갖게 되었다.

이순신이라는 영웅을 우리는 잘 알고 있다. 어떻게 잘 알고 있을까? 그를 소재로 한 수많은 서사물, 김훈의 『칼의 노래』라든가 영화 〈명량〉을 통해 아는 것이다. 이렇게 잘 알려진 인물을 주인공으로 삼아 작품을 만들 때에는 누구든 깊은 고민을 하지 않을 수 없을 것이다. 여러 방식이 있겠지만 현대의 작가라면 적어도 이순신의 탄생부터 죽음까지를 연대기순으로 그리지는 않을 것이다. 명량해전이 임박한 시점이라든가, 백의종군의 명을 받고 통제사의 자리에서 내려오는 장면이라든가 하는 극적인 포인트에서부터 시작해 간혹 과거의 일화들을 회상해가며 결정적 장면, 즉 그의 전사라는 클라이맥스를 향해 달려갈 것이다. 호메로스는 이미 이천팔백여 년 전에 이런 기법들을 터득하고 있었으며, 이를 자유자재로 구사하고 있었다. 이런 점이 나를 놀라게 했던 것이다. 이런 점을 들어 호메로스가 이천팔백여 년 전에 이미 대단히 '현대적인' 작품을 쓰고 있었다고 보는 이들이 있다. 하지만 나는 반대로 생각한다. 오히려 현대의 작가들이 쓰고 있는 작품들이, 소설이든 영화든 TV 드라마든 간에, 고대적이라고 봐야 한다. 우리는 이미 고대 그리스인들이 창안한 이야기 방식에서 그렇게 멀리 나아가지 못했을지도 모른다. 호메로스가 『일리아스』와 『오디세이아』를 쓴 지 몇백 년이 지난 후 쓰인 다른 작품을 보면 이런 심증이 좀 더 굳어진다. 어떤 이들은 고전이 진부할 것이라 지레짐작한다. 그러나 그렇지 않다. 오래 살아남은 고전은 처음부터 나름의 방식으로 새로웠는데 지금 읽어도 새롭게 다가온다. 다시 말해 지금 읽어도 새로운 것은 쓰인 당시에도 새로웠을 것이다. 왜냐하면 고전이라고 해서 하늘에서 뚝 떨어진 것이 아니기 때문이다. 그들 역시 당대의 진부함과 싸워야만 했다. 고전은 당대의 뭇 책들과 놀랍도록 달랐기 때문에 살아남았고 그렇기에 진부함과는 정반대에 서 있다. 오랜 시간이 지나도 낡거나 진부해지지 않았기 때문에 그 책들은 살아남았고 여러 언어로 번역되었고 후대로 전승되었을 것이다. 기원전 436년에서 기원전 433년에 이르는 어떤 시기에 위대한 극작가 소포클레스는 『오이디푸스 왕』을 집필하여, 일종의 오디션이라 할 수 있는 비극 경연대회에 참가한다. 이 작품이 포함된 비극 삼부작으로 소포클레스는 이등을 차지한다. 20세기 말, 한 재벌기업의 광고는 '이등은 아무도 기억하지 않는다'고 선언했지만 『오이디푸스 왕』은 이등임에도 이천 년이 넘도록 기억되는 작품이 되었고, 그해 일등을 차지한 작품은 잊힌 채 전승되지 않고 있다.

내가 이 작품을 읽게 된 계기는 스웨덴 출신의 작가 헨닝 망켈이 출연한 2011년 7월 3일자 BBC 〈월드 북클럽〉 팟캐스트를 통해서였다. 진행자 해리엇 길버트가 '당신은 극작가로 출발했는데 어떤 계기로 범죄소설을 쓰는 작가가 되었는가'라고 질문하자 망켈은 범죄소설이라는 장르 구분부터 자신은 동의하기 어렵다고 답한다. 많은 사람이 백오십 년 전의 에드거 앨런 포로부터 범죄소설이 유래되었다고 믿고 있지만, 자신은 범죄소설이야말로 가장 오래된 장르라고 생각하며 그 기원은 이천 년도 더 된 그리스비극으로 거슬러올라간다고 말했다. 그는 에우리피데스의 『메데이아』를 거론하며 자기 아이들을 제 손으로 살해하는 여자 주인공이 등장하는 이런 이야기가 범죄소설이 아니라면 그 어떤 것도 범죄소설이 아니라고 단언한다. 범죄소설이라는 것이 그토록 오래된 것이라면, 자신이 쓰고 있는 작품들 역시 범죄소설이라는 협소한 장르로 분류되는 것을 원치 않는다는 뜻이었을 것이다. 그리스비극의 몇몇 작품들을 범죄소설의 기원으로 보는 이런 생각은 망켈이 처음이 아니다. 코넌 도일이나 에드거 앨런 포 이전에는 범죄소설이 없었다고 믿는 이들은 흔히 탐정이나 경찰력의 존재가 이 장르에 필수적이라고 보고 있다. 그러나 망켈처럼 범죄소설의 정의를 폭넓게 보고자 하는 이들도 많다. 살인이 일어나고, 수사가 시작되고, 범인을 찾아내는 모든 이야기가 범죄소설일 수 있는 것이다. 숙부의 사악한 범죄를 추적하는 『햄릿』도 이런 의미에서는 탐정이다. 망켈은 『메데이아』를 예로 들었지만, 많은 이가 범죄소설의 기원으로 소포클레스의 『오이디푸스 왕』을 거론한다. 데이비드 미킥스 같은 비평가는 "소포클레스의 이 희곡은 독특하고 아주 아이러니한 탐정소설이기도 하다. 오이디푸스는 노련한 탐정으로 자처하며 자기도 모르게 자신의 뒤를 밟고, 그 결과 자신의 몰락에 일조한다"[1]고 말한다. 그러니까 이 이야기는 탐정이 수사를 하다보니 자신이 범인이라는 것을 알게 되는 일종의 탐정소설이라는 것이다.

나는 『오이디푸스 왕』 역시 읽지 않았으면서도 그 내용을 다 알고 있다고 생각하고 있었다. 지크문트 프로이트가 명명한 오이디푸스 콤플렉스에 대해 귀에 못이 박이도록 들었을 뿐 아니라 이야기의 줄거리도 여러 경로로 접한 바 있었으니까. 음, 아들이 아버지를 죽이고 어머니와 동침하리라는 신탁을 들은 왕과 왕비가 젖먹이를 내다버리지만 이 아들은 나중에 스핑크스의 수수께끼를 풀고, 길에서 우연히 마주친 아버지를 죽인 다음, 과부가 된 어머니와 결혼하였으나 나중에 이 모든 사실을 알게 되어 제 눈을 찌른 후 방랑을 떠난다는 이야기 아니야? 맞다. 그 이야기가 맞다. 낯선 얘기도 아니다. 우리는 이런 유형의 민담을 세계 여러 곳에서 발견할 수 있다. 예를 들어 구약성서에 등장하는 모세 역시 이스라엘 백성의 남자아이를 다 죽이라는 명을 피해 나일 강가에 버려졌으나 목욕을 하러 온 공주와 시녀들에게 발견되어 파라오의 왕궁에서 자라게 되고, 나중에는 이집트에 큰 타격을 주는 반란의 지도자가 된다. 그런데 막상 읽어보고 나는 깜짝 놀랐다. 소포클레스는 이런 흔한 민담과는 전혀 다른 방식으로 이야기를 진행해나가고 있었기 때문이다.

『오디세이아』를 쓴 호메로스처럼 소포클레스 역시 이미 널리 알려져 있는 이 이야기를 새롭게 구성할 필요를 느꼈을 것이다. 그래서 그는 연대기적 서술을 포기한다. 게다가 그가 쓰려고 했던 것은 몇 시간 안에 끝을 내야 하는 연극의 대본이었으니 과감한 압축이 필요했을 것이다. 그래서 연극이 시작되면 우리는 이미 왕좌에 오른 오이디푸스를 보게 된다. 이런 서사기법을 '결정적 순간의 바로 직전에서 시작한다'고 말한다. 그는 전염병이 창궐한다는 신하들의 보고를 받고 나라와 백성을 걱정하고 있다. 당시의 그리스인들은 전염병을 신들의 분노 때문이라고 믿었고 오이디푸스 역시 그랬다. 그러니 그는 이 전염병의 원인을 찾아내겠다, 즉, 누가 신들의 분노를 자아냈는가를 찾기 위해 이미 행동을 시작했다고 말한다. 그리고 신들의 이 분노가 선왕인 라이오스의 죽음과 관련이 있다고 하자, 그 살인자를 찾아 철저하게 죄를 묻겠다고 선언한다. "나는 이 살인자가 누구이든, 내가 권력과 왕좌를 차지하고 있는 땅으로부터 배척하는 바요. 누구도 그를 받아들여 접대하지 않고, 말을 걸지 않도록, 또 신들께 드리는 기도나 제사에 함께하지도, 성수聖水를 뿌리지도 못하게 말이오. 외려 나는, 우리를 오염시키는 그를 모두가 집에서 쫓아내라 명하오, 신께서 내리신 퓌토의 신탁이 방금 내게 밝히신 것처럼. 이렇게 함으로써 나는 저 신과 고인의 동맹자가 될 것이오. 나는, 저 짓을 행한 자가 혼자서 숨어 있든 다수와 함께든 간에, 사악한 그자가 불행하게 되어 비참한 삶을 마치길 기원하겠소."[2]

이 장면을 보고 있었을 고대 그리스의 관객들은 어땠을까? 당시 그리스 시민들은 마치 우리가 인기 TV 드라마를 보기 위해 시간을 맞춰 TV를 켜듯이 일과를 마치면 도시 중앙에 있는 노천극장으로 몰려갔다. 스타 배우도 있었을 것이고 당연히 인기 작가도 있었을 것이다. 그래서 어떤 날은 관객으로 미어터지고 또 어떤 날은 썰렁했을 것이다. 어쨌든 그들은 반원형극장의 객석에 앉아 그 잘난 오이디푸스가 살인자를 저주하는 장면을 내려다보고 있었을 것이다. 그들은 이미 오이디푸스가 범인이라는 것을 알고 있었을 것이다. "이 바보야, 네가 저주하는 그 살인자가 바로 너 자신이야!" 어릴 때부터 집안의 어른이나 동네의 이야기꾼으로부터 여러 번 들은 이야기일 테니까. 그러니 관객들은 바로 이 장면에서 데이비드 미킥스가 언급한 '아이러니'와 서스펜스를 느끼고 전율했을 것이다. 오이디푸스는 자신만만하다. 그는 아무도 풀지 못한 스핑크스의 수수께끼를 풀 정도로 똑똑했고, 길에서 만난 라이오스 왕과 그의 수행원들을 혼자 때려죽일 정도로 무용도 있었다. 그는 테베의 왕이 되었고 네 아이의 아버지가 되었다. 이 운명의 날이 오기 전까지만 해도 그는 남부러울 것이 하나도 없었다. 그러나 소포클레스는 이 잘난 남자가 단 하루 만에 철저하게 파멸하는 이야기를 보여준다.

그렇다. 『오이디푸스 왕』은 단 하루의 이야기다. 수사를 명하고, 증인들이 불려오고, 결국 라이오스 왕을 살해한 범인이 자신임을 알게 되고, 어머니이자 아내인 이오카스테가 자살하고, 그가 제 눈을 찔러 스스로 장님이 되는 것까지도 모두 단 하루의 일이다. 소포클레스는 마치 잘 만들어진 한 편의 현대영화처럼 치밀한 플롯으로 오이디푸스를 영광의 왕좌에서 파멸의 구렁텅이로 몰아넣는다. 『오이디푸스 왕』 역시 『오디세이아』와 마찬가지로 이렇게 뒤집어 말할 수 있다. 우리가 극장에서 팝콘을 먹으며 보는 현대의 영화들이야말로 『오이디푸스 왕』으로부터 유래했다, 혹은 현대의 영화나 소설은 아직도 『오이디푸스 왕』의 자장 안에 있다고. 왜냐하면 이 희곡에 적용된 여러 기법은 아직도 현대영화에서 그대로 쓰이고 있기 때문이다.

아리스토텔레스는 『시학』에서 비극의 시간에 대해, "비극이 취급하는 사건은 태양이 일회전하는 동안의, 혹은 그것을 그다지 초과하지 않는 동안의 것에 국한되는 경향이 있는 데 반하여, 서사시는 시간적으로 제한이 없다"[3]고 말한다. 즉, 극이 절정으로 치달아 클라이맥스에 가까워졌다면 그 결말은 다음 날 동이 트기 전에는 끝나야 한다는 뜻이다. 이런 원칙은 셰익스피어의 희곡들, 예컨대 『로미오와 줄리엣』 『오셀로』 『리어 왕』 등에서 그대로 지켜질 뿐 아니라 20세기 이후에 제작된 수많은 영화들에서도 그대로 구현된다.

2004년에 개봉한 마이클 만 감독, 톰 크루즈 주연의 〈콜래트럴〉을 살펴보면 어떨까? LA의 평범한 택시 기사 맥스는 우연히 킬러 빈센트를 태우게 되는데, 빈센트는 맥스에게 하룻밤 동안 개인 기사로 일해주면 칠백 달러라는 거금을 주겠다고 제안한다. 첫번째 목적지에서 한가롭게 대기하던 맥스의 택시 위로 시체가 떨어지면서 맥스는 자기가 지금 어떤 일을 돕고 있는지 알게 된다. 그 밤이 지나기 전에 평온했던 맥스의 삶은 혼란으로 빠져들고 최고의 킬러인 빈센트 역시 파멸한다. 영화의 클라이맥스인 빈센트와 맥스의 총격전은 동이 터오는 LA의 지하철을 배경으로 벌어진다. 만약 빈센트와 맥스가 아침이 되어 한숨을 돌린 후, 낮잠을 자고 난 뒤에 다시 만나 총격전을 벌였다면 어떻게 되었을까? 현실에서는 가능하지만 영화로서는 굉장히 맥빠지는 전개가 되었을 것이다. 현대소설은 제한된 시간 안에 읽어야 하는 것이 아니기 때문에 영화만큼 이런 원칙에 구애받지 않지만, 그럼에도 불구하고 많은 소설들이 결말에 다다라서는 하루가 지나기 전에 극적인 갈등을 마무리하고자 한다.

오래전에 알고 지낸 한 젊은 영화감독은 아리스토텔레스의 『시학』 문고판을 늘 주머니에 넣고 다니다가 시간이 나면 꺼내 보곤 했다. 얇은 책이기 때문에 저렇게 읽다가는 다 외워버리지 않을까 싶었지만 그는 언제나 그 책을 보며 창작의 방향을 바로잡는다고 말했다. 예컨대 "희극은 현실적 인간 이하의 악인을 표현하려 하고 비극은 그 이상의 선인을 표현하려고 한다"[4]는 구절은 여전히 유효하다. 코미디 영화를 만들겠다면 보통 사람들보다 어딘가 못난 점이 있는 인물이 등장해서 못난 행동을 해야 한다. 아리스토텔레스가 말한 '악인'은 나쁜 일을 저지르는 사람을 뜻하는 말이 아니라 '못난 일을 하는 사람'이라는 뜻에 가깝다. 마찬가지로 그가 말한 '선인' 역시 착한 사람이라기보다 관객들 다수보다 나은 점이 있는 사람을 뜻한다. 오셀로는 무공이 높은 장군이었고, 리어 왕은 신하들로부터 존경받는 왕이었고, 이순신은 지략과 리더십을 겸비한 제독이었다. 오이디푸스 역시 테베의 왕이었고 영리했다. 로미오와 줄리엣은 귀족의 자제였을 뿐 아니라 보통 사람으로서는 꿈도 꾸기 어려운 열렬한 사랑에 자기 몸을 던졌다.

비극은 대부분 우리보다 나은 사람이 내재된 성격적 결함으로 파멸하는 얘기다. 반대로 희극은 우리보다 못한 이가 우스꽝스런 행동을 하는 것을 편안한 마음으로 보는 것이다. 그러니 시나리오를 쓰려고 한다면 적어도 자기가 쓰는 것이 비극인지 희극인지를 결정해야 하고, 그에 따라 걸맞은 덕성 혹은 모자람을 인물에게 부여하지 않으면 안 된다.

아리스토텔레스는 또한 "비극에서 우리가 가장 흥미를 느끼는 요소인 '급전'과 '발견'은 플롯의 부분이다. 또 하나의 증거로는 시작의 초심자가 플롯의 구성보다도 먼저 조사와 성격 묘사에 능할 수 있다는 사실을 들 수 있는데, 그것은 거의 모든 초기 시인들에서 볼 수 있는 사실이다"[5]라고 말하는데, 이는 플롯을 성격보다 더 높이 평가하는 그의 이론과 일치한다. 그는 극에서 중요한 것은 인물의 성격보다 '사건의 결합', 즉 플롯이라고 본다. 그리고 이 플롯에서 중요한 것은 스토리를 완전히 달리 보게 만드는 반전, 그리고 그 반전을 통해 주인공이 획득하게 되는 새로운 인식이라고 보았다.

『오이디푸스 왕』의 반전은 범인이 왕 자신이라는 것이 밝혀지는 부분이다. 이 부분에서 왕은 세상에서 제일 똑똑하고 잘났다고 생각해왔던, 죄는 오직 다른 사람이 지을 뿐 자신은 그럴 리가 절대 없다고 믿었던 중대한 착각과 오만을 '발견'한다. 그때까지 오이디푸스에 감정이입했던 관객들은 자연스럽게 그의 발견을 자신의 것으로 받아들인다. 우리는 자기 자신과 주변에서 벌어지는 일을 잘 알고 있다고 생각한다. 그러나 어떤 사건이 벌어지면 우리는 알게 되는 것이다. 주변은커녕 자기 자신이 누구인지조차 모르는 존재가 바로 자신이라는 것을. 이런 발견의 순간에 리어 왕은 통탄한다. "내가 누구라고 말할 수 있는 자 누구냐?"[6] 막내딸의 진심은 헤아리지 못한 채 다른 딸들의 입에 발린 아양에 넘어간 자신의 어리석음 때문에 파멸한 그는 이제 자신이 누구인지조차 모르는 존재가 되었다. 〈콜래트럴〉의 빈센트도 인생의 마지막날에 이르러서야 자기가 냉혈의 킬러만은 아니었다는 것을 깨닫는다. 이런 '발견'의 장면이 비극에서 필수적이라는 것을 아리스토텔레스는 이천 년도 더 전에 알고 있었고, 그에게 이런 깨달음을 준 것은 바로 당대의 탁월한 비극 작가들, 소포클레스나 아이스킬로스 같은 이들이었을 것이다.

관객보다 잘난 줄로만 알았던 대단한 인물들이 자신의 어리석음과 오만, 무지를 발견하고 대면하는 순간은 큰 카타르시스를 준다. 고대 그리스인들은 하마르티아hamartia라는 말을 즐겨 썼다. 이 말은 인간의 성격에 잠복해 있는 중대한 약점을 의미하는 것이다. 가장 흔한 하마르티아는 휴브리스hubris, 즉 오만이었다. 신들 앞에 겸허하지 않고 스스로 잘났다고 생각한 인간이 그 오만 때문에 파멸하는 이야기는 고대 그리스의 수많은 비극으로부터 셰익스피어를 거쳐 지금까지 내려오고 있다. 맥베스는 자신이야말로 왕이 되어야 한다고 믿었기 때문에, 즉 분수를 모르고 오만했기 때문에 자기를 믿고 찾아온 왕을 죽였고, 그것 때문에 죽음에 이르게 된다. 〈콜래트럴〉의 빈센트 역시 평범한 택시 기사 맥스 때문에 자신이 죽게 되리라고는 꿈에도 생각지 못했을 것이다.

앞서 말한 젊은 영화감독은 시나리오를 쓸 때마다 아리스토텔레스와 고대 그리스인들이 이천사백 년 전에 발견한 이 원칙들을 잊지 않으려 노력한다고 했다. 그 감독 덕분에 나도 『시학』을 읽기 시작했고 그 독서는 이후에 내가 쓴 몇몇 소설에 영향을 주었다. 2006년에 발표한 『빛의 제국』에는 간첩으로 남파되었지만 무슨 이유에서인지 상부로부터 버려진 채 혼자 힘으로 중산층으로 살아가는 데 성공한 남자가 주인공으로 나온다. 이 소설은 『오이디푸스 왕』처럼 단 하루의 시간 동안 진행된다. 아주 잘살아가는 줄로만 알았던 이 남자의 삶은 단 하루 동안 완전히 붕괴된다. 2013년작 『살인자의 기억법』은 한 번도 검거되지 않았던 늙은 연쇄살인범이 마치 리어 왕처럼 자기가 누구인지도 모르는 상태로 추락하는 이야기다. 늙은 연쇄살인범은 오만하기 이를 데 없고, 스스로 완벽한 존재라고 생각한다. 그러나 실은 간단한 일상생활도 해낼 수 없는 상태라는 것이 밝혀진다. 물론 내가 쓴 소설들은 영감을 준 저 걸작들에 비할 수 없겠지만, 나 이외에도 전 세계의 수많은 작가들이 비슷한 과정을 거쳐 '새로워 보이지만 실은 오래된' 작품을 써내고 있다.

비극의 주인공들은 항상 너무 늦은 순간에야 자신의 어리석음을 깨닫곤 하지만, 독자는 독서를 통해 커다란 위험 없이 무지와 오만을 발견하곤 했다. 특히 고전이란, 이탈로 칼비노의 정의처럼 예상하지 못했던 어떤 것들을 준비해두고 있다. 읽지 않았으면서도 다 알고 있다고 생각했던 독자의 오만은 오이디푸스의 헛된 자신감을 닮았다. 그리고 그 자만심은 독서를 통해서 비로소 교정된다.

독서는 왜 하는가? 세상에는 많은 답이 나와 있다. 나 역시 여러 이유를 갖고 있다. 그러나 무엇보다도 독서는 우리 내면에서 자라나는 오만(휴브리스)과의 투쟁일 것이다. 나는 호메로스의 『오디세이아』와 소포클레스의 『오이디푸스 왕』을 읽으며 '모르면서도 알고 있다고 믿는 오만'과 '우리가 고대로부터 매우 발전했다고 믿는 자만'을 발견하게 되었다. 이렇게 독서는 우리가 굳건하게 믿고 있는 것들을 흔들게 된다. 그렇다면 독자라는 존재는 독서라는 위험한 행위를 통해 스스로 제 믿음을 흔들고자 하는 이들이라고 할 수 있을 것이다. 비평가 해럴드 블룸은 『교양인의 책 읽기』의 서문에서 이렇게 말한 바 있다. "독서는 자아를 분열시킨다. 즉 자아의 상당 부분이 독서와 함께 산산이 흩어진다. 이는 결코 슬퍼할 일이 아니다."[7]

2부

우리를 미치게 하는 책들

읽 다

우리를 미치게 하는 책들

옛날 어느 마을에 오십대 남자가 살고 있었다. 이 남자는 불을 뿜는 용과 말을 탄 기사, 아름다운 귀부인과 흑마법이 등장하는 소설들에 푹 빠져 있었다. 책을 사느라 가산마저 탕진할 지경이 된 이 남자는 어느 날, 스스로 기사가 되기 위해 길을 나섰다. 소설을 너무 열심히 읽은 나머지 현실과 이야기를 혼동하게 된 그는 길에서 만나는 모든 현실을 그가 책에서 읽은 내용으로 바꿔 받아들였다. 먼지를 일으키며 달려오는 양떼는 군대로, 시골 처녀들은 귀부인으로, 풍차는 거인으로 보았다. 환상이 사라진 후에도 그는 자기가 잘못 본 것이 아니라 마법사가 마법을 부려 거인을 풍차로, 귀부인을 시골 처녀로, 군대를 양떼로 바꿔놓은 것이라 생각했다.

전쟁에서는 한 팔을 잃고, 돌아오는 길에는 터키군의 포로로 잡혔으며, 귀국 후에는 이런저런 죄목과 불운으로 수감생활을 거친 작가에게서 나온 이 소설을 우리는 잘 알고 있다. 그의 이름은 세르반테스이고 소설의 제목은 『돈키호테』다.

돈키호테는 쉽게 정의하기 어려운 인물이다. 그는 미치광이지만 바보는 아니다. 아는 것은 많았지만 별 쓸모는 없는 것들이었다. 정의를 숭상하고 불의를 미워하지만 어떻게 눈앞의 불의를 해결해야 할지 모르기 때문에 일단 돌진하고 본다. 돈키호테의 여러 특성 중에서 바로 이, 정의를 위해 무조건 돌진한다는 점이 가장 도드라졌기 때문에 후대에는 돈키호테가 마치 관용적 수식어처럼 쓰이게 되었다. '너무 돈키호테처럼 굴지 말라'든가 '돈키호테적이다'라는 말은 분명 부정적 의미다. 앞뒤 가리지 않고 일을 저지른다는 뜻이니까. 하지만 내가 흥미를 갖는 부분은 책에 미친 자, 광적인 독서가로서의 돈키호테, '너무 많이 읽고' 읽은 것을 '너무 많이 믿는' 자로서의 돈키호테다.

> 기사 소설을 읽는 데 푹 빠져서 사냥이나 재산을 관리하는 일조차 까맣게 잊고 말았다는 사실이다. 기사 소설에 대한 호기심과 도취가 정도를 넘어서, 읽고 싶은 기사 소설을 구입하느라 수많은 밭을 팔아 버릴 정도였다.[1]

결국 그는 이런 책들에 너무 빠져든 나머지 매일 밤을 뜬눈으로 꼬박 새웠고, 낮 시간은 멍하게 보냈다. 이렇게 거의 잠을 자지 않고 독서에만 열중하는 바람에 그의 뇌는 말라 분별력을 잃고 말았다. 기사 소설에서 읽은 전투나 결투, 부상, 사랑의 속삭임, 연애, 번민 그리고 있을 수도 없는 황당무계한 사건과 마법과 같은 모든 종류의 환상들이 그의 머리를 가득 채웠다. 그리하여 자기가 읽은 허무맹랑한 이야기들을 모두 진실이라 생각하기에 이르렀고, **마침내 이 세상에 그런 이야기보다 더 확실한 것들은 없다고 여기게** 되었다. 그는 엘 시드 루이 디아스가 아주 훌륭한 기사이긴 했지만, 무시무시하고 사나운 두 명의 거인을 단칼에 두 동강 낸 『불타는 칼의 기사』와는 비교도 안 된다고 말하곤 했다.
(…)
정말이지 그는 이제 분별력을 완전히 잃어버려, 세상 어느 미치광이도 하지 못했던 이상한 생각을 하게 되었다. 그것은 명예를 드높이고 아울러 나라를 위해 봉사하는 일로, 편력 기사가 되어 무장한 채 말을 타고 모험을 찾아 온 세상을 돌아다니면서 자기가 읽은 편력 기사들이 행한 그 모든 것들을 스스로 실천해 보자는 것이었다.[2]

그러니까 돈키호테는 눈앞의 현실보다 책 속의 이야기를 더 현실적이라고 생각한 인물이었다("보고 생각하고 상상하는 모든 것이 책에서 읽은 그대로 되어 있고 또 될 것이라 믿고 있는 우리의 모험가에게는"[3]). 그랬기 때문에 그는 작중인물을 두고 현실의 인간들과 심각한 논쟁을 벌이기도 했다.

> 그는 같은 마을에 사는, 박식한 데다 시구엔사 대학을 졸업한 신부와 수차례에 걸쳐 팔메린 데 잉갈라테라와 아마디스 데 가울라 중 어느 쪽이 더 훌륭한 기사였는지에 대해 논쟁을 벌였다. 하지만 마을의 이발사인 니콜라스 선생은 기사 페보를 따라잡을 만한 자는 아무도 없으며, 그와 견줄 만한 기사가 있다면 아마디스 데 가울라의 동생인 돈 갈라오르 정도인데, 그가 모든 면에서 완벽하게 알맞은 조건을 갖추고 있기 때문이라고 했다.[4]

세르반테스가 창조한 이 돈키호테와 그의 친구들은 우리가 살고 있는 이 시대에 자주 마주치는 어떤 인간들의 원형이라고 할 수 있다. 누군가가 지어낸 이야기에 너무 몰입한 나머지 그것을 현실보다 더한 현실로 여기고, 실제의 인간들과 누가 더 나은가 누가 더 센가를 가지고 논쟁을 벌이며, 나아가 작중인물의 모습을 흉내내는 사람들을 우리는 이미 많이 알고 있다. 그들은 때로 오타쿠라든가 코스프레족이라든가 마니아라든가 광팬이라든가 하는 다양한 이름으로 불리지만, 그 모든 인간형은 사실 돈키호테로부터 비롯된 것이다. 왜냐하면 돈키호테 이전에는 그토록 분명하게 이야기 속 환상을 현실보다 더 중요하게 생각한 인물이 존재하지 않았기 때문이다.

미국 CBS의 인기 시트콤 〈빅뱅 이론〉의 한 에피소드는 돈키호테적 인간형이 어떻게 현대로 계승되었는지 재미있게 보여준다. 이 시트콤의 주요 인물인 레너드와 셸던은 캘리포니아 패서디나의 캘텍에서 공부하는 물리학도들이지만 이들의 더 중요한 특성은 바로 오타쿠라는 것이다. 미국의 물리학도이기 때문에 긱geek(괴짜 공붓벌레)으로 분류되기도 하지만 드라마에 나타나는 모습을 보면 이들은 오타쿠이면서 동시에 긱이기도 하다. 오타쿠가 수집의 측면이 강한 반면 긱은 특정 분야에 대한 강한 지적 열정을 가진 이들을 일컫는다고 구분하지만 양자의 특성은 서로 겹치는 부분이 더 많다. 이들은 특정 분야에 대한 것이라면 무형의 정보든 유형의 피규어든 모두 다 수집하려 들고, 그 특정 분야에서 일어나는 일을 현실보다 더 현실처럼 여기면서 살아간다.

시즌1의 두번째 에피소드에서 옆집에 사는 웨이트리스 페니와 복도에서 마주치게 된 이들은 만화 캐릭터이자 영화 주인공인 슈퍼맨을 주제로 대화를 나누게 된다. 이들은 슈퍼맨 시리즈를 모두 소장하고 있는 전형적인 오타쿠인데, 알고 보니 슈퍼맨의 힘이 어디에서 나오는가에 대한 의견이 서로 다르다는 것을 발견한다. 이들은 마치 슈퍼맨이 실존인물이기라도 한 것처럼 격렬한 토론을 벌인다. 이들은 하늘에서 떨어지는 레인 양을 슈퍼맨이 구하는 장면을 두고 다투게 되는데, 이들이 토론에서 사용하는 언어는 과학자들이 논쟁을 할 때 쓰는 어법을 그대로 차용한 것이다.

레너드 잠깐, 너의 모든 주장은 슈퍼맨의 나는 능력이 힘에서 나온다는 가정에 근거를 뒀잖아?

셸던 무슨 말 하는지 알고나 말하시지. 힘으로 나는 것은 이미 증명됐어. 고층 빌딩을 뛰어넘는 능력도 그것의 연장선상이고, 그 능력은 지구의 노란 태양Earth's Yellow Sun에서 받는 거고.

하워드 그럼 밤에 날아다니는 건 어떻게 설명하는데?

셸던 달에 반사된 태양 에너지와 크립톤 피부 세포의 에너지 저장의 조합으로 가능하지.

레너드 나한테 만화책 이천육백 권이 있으니까 크립톤 피부 세포에 대한 언급이 단 하나라도 있는지 내기할까?

셸던 좋아.

이렇게 떠드는 사이, 정작 이웃집 미녀 페니는 가버리고 없다. 이들은 수재 물리학도이지만 슈퍼맨뿐 아니라 거의 모든 종류의 만화를 좋아하고, 만화 축제가 열리면 자기가 좋아하는 캐릭터로 분장하고 마치 엉터리 투구를 뒤집어쓰고 모험을 떠나는 돈키호테처럼 행사장으로 달려간다.

모험을 계속하던 돈키호테는 시에라모레나 산중에서 카르데니오라는 젊은이를 만난다. 친구에게 약혼녀를 빼앗긴 고통으로 산중을 헤매던 이 카르데니오는 자기가 사랑했던 루스신다라는 처녀가 얼마나 아름답고 멋진 여자인지를 돈키호테와 산초 판사에게 구구절절 늘어놓는다. 시큰둥하게 듣고 있던 돈키호테는 그 여자가 기사소설을 좋아한다는 말을 듣자 갑자기 큰 관심을 가지며 매우 높이 평가한다. 기사소설을 잘 아는 것만으로도 아름답고 지혜가 뛰어난 것이라 단정한다.

이런 대목에서 돈키호테는 〈빅뱅 이론〉의 셸던이나 레너드 같은 캐릭터와 정확히 겹친다. 그들은 특정 이야기와 그 캐릭터를 너무 사랑한 나머지 현실의 인간들도 그것을 기준으로 분류한다. 『아마디스 데 가울라』를 읽는 아가씨라면 "세상에서 가장 아름답고 가장 신중한 여인이라는 것을 확신"할 수 있는 것이다. 무라카미 하루키의 초기작 『노르웨이의 숲』에도 이와 비슷한, 유명한 장면이 나온다. 주인공은 『위대한 개츠비』를 세 번 읽은 사람이면 자신과 친구가 될 수 있다고 말하는 선배를 만난다.

허세 가득한 말이지만 그 말을 한 나가사와 선배라는 인물은 고작 스무 살 안팎의 대학생이니 그 나이의 행태로는 제법 어울린다. 나가사와는 또 다른 돈키호테다. 그는 라만차의 기사처럼 주변 사람을 어떤 책을 좋아하느냐 그렇지 않으냐로 판단한다. 나가사와는 "내가 도저히 따라잡을 수 없을 만큼 대단한 독서가"인데 그 독서의 결과가 고작 『위대한 개츠비』를 세 번 읽은 사람하고만 친구가 될 수 있는 편협함이라니 우습게 들린다. 이와 같은 무모함은 역시 굉장한 독서가인 돈키호테를 떠올리게 한다.

혹시 이야기가 직조한 환상과 눈앞의 현실을 혼동하는 현상은 남성에게만 일어나는 일일까? 아닐 것이다. 19세기 프랑스로 거슬러올라가면 귀스타브 플로베르가 창조한 엠마 보바리라는 흥미로운 인물이 우리를 기다리고 있다. 시골 부농인 루오 영감의 딸인 엠마 보바리는 수도원에서 교육을 받았다.

그녀는 시골을 너무도 잘 알았다. 고요함에 익숙한 그녀는 반대로 파란만장한 것을 선호했다. 그녀가 바다를 사랑하는 것은 오직 폭풍 때문이었고 초목이라면 폐허 속에서 드문드문 움터 있을 때만 좋았다. 그녀는 사물들로부터 반드시 뭔가 개인적인 이득을 얻어내야 했으며 즉각적으로 감정적 만족을 주지 않는 것은 무엇이건 쓸데없는 것으로 치부했다. 워낙에 예술적이기보다는 감상적인 기질이어서 고요한 풍경 감상보다는 뭉클한 감동을 원했기 때문이다. 수녀원에는 매달 일주일씩 침모 살러 오는 노처녀가 있었다. 그녀는 대혁명 때 몰락한 옛 귀족 가문 출신이어서 대주교의 비호를 받았고 수녀들과 함께 식사했으며 식사가 끝나면 일하러 올라가기 전 수녀들과 한동안 잡담을 하기도 했다. 기숙생들은 자습실을 몰래 빠져나와 그녀를 보러 가곤 했다. 그녀는 지난 세기의 연가를 많이 외우고 있어서 바느질을 하며 나지막이 노래를 흥얼거리거나 재미있는 이야기를 해주었고, 바깥세상 소식을 전해주거나 시내 심부름을 해주는가 하면 앞치마 주머니 속에 소설책을 숨겨와 일하는 틈틈이 읽기도 하고, 상급생들에게 몰래 빌려주기도 했다. 소설 내용은 한결같이 사랑, 사랑하는 남녀, 쓸쓸한 외딴집에서 죽어가는 학대받는 귀부인, 역참에서 일어나는 살인사건, 페이지마다 질주하다 지쳐 쓰러지는 말들, 어두운 숲, 마음의 혼란, 맹세, 흐느낌, 눈물과 키스, 달빛 아래 떠 있는 조각배, 숲속에서 우는 밤꾀꼬리, 사자처럼 용감하고 어린양처럼 유순하고 더할 나위 없이 덕성스럽고 항상 잘 차려입은, 눈물을 철철 흘리는 신사들에 관한 것이었다. 열다섯 살의 엠마는 반년 동안 이런 도서 대여점의 헌책 먼지로 손을 더럽혔다. 후에 월터 스콧의 책을 읽게 되자 그녀는 역사에 홀딱 빠져서 오래된 궤짝, 위병소, 음유시인 등을 동경했다. 그녀는 허리가 길게 내려오는 드레스를 입은 여자 성주들처럼 오래된 저택에 살고 싶었다. 뾰족한 지붕의 클로버 무늬 장식 아래 매일같이 서서 돌난간에 팔꿈치를 기대고 턱을 괸 채 저 먼 들판으로부터 **흰 깃털 장식을 휘날리며 달려오는 검은 말을 탄 기사를 기다리고 싶었다.**[5]

돈키호테는 첫째 권이 끝나도록 그토록 숭배하던 엘토보소의 둘시네아 공주를 만나지 못한다. 하지만 독자들은 알고 있다. 둘시네아 공주라는 존재는 돈키호테가 상상 속에서 만들어낸 존재일 뿐이라는 것을. 돈키호테는 투구와 갑옷, 무기를 준비하고 기사라는 신분에 걸맞은 새 이름도 정한 뒤 뭔가가 빠졌다는 것을 깨닫는다. 바로 '사랑할 귀부인'이 없는 것이다.

돈키호테는 ①먼저 독서를 하고 ②자신을 책 속의 인물로 상상한 다음 ③그 인물에게 필요할 법한 것들을 찾기 시작하는 인물이다. 엠마 보바리도 비슷하다. 그녀는 수도원에서 몰래 읽은 낭만적 소설에 푹 빠져 그런 삶을 살기를 희망한다. 시골에서의 진부한 삶이 아니라 극적이고 화려한 삶을 동경한다. 그러나 그것은 쉽지 않다. 사람은 착하지만 둔하고 무딘 남편 샤를 보바리는 집으로 돌아오면 저녁을 실컷 먹고 벽난롯가에 앉아 졸고 있다.

16세기의 돈키호테는 로시난테를 타고 귀부인을 찾으러 가고 19세기의 엠마 보바리는 "흰 깃털 장식을 휘날리며 달려오는 검은 말을 탄 기사를" 기다린다. 당연한 얘기지만 둘은 만날 수가 없다. 『돈키호테』의 속편 격인 2권에서 다시 모험을 떠난 라만차의 기사는 산초 판사의 안내로 그토록 찬양해 마지않던 엘토보소의 둘시네아 공주를 찾아간다. 돈키호테가 한때 짝사랑했던 이 아름다운 시골 처녀는 "촌 당나귀를 타고 오는 농사꾼 아가씨", "둥근 얼굴에 납작코" 아가씨로 변해 있었지만, 돈키호테는 현실을 부정하기 시작한다.

돈키호테가 결국 납작코의 시골 아가씨를 만나게 되는 것처럼 엠마 보바리에게 찾아온 사람도 말을 탄 기사일 리 없다. 어느 날 아무 일도 일어나지 않는 엠마의 일상에 일대 사건이 일어난다. 남편에게 치료를 받은 당데르빌리에 후작의 무도회 초대를 받은 것이다. 엠마는 난생처음으로 귀족들과 어울려 만찬을 즐기고 춤을 추고 화려한 성관에서 잠을 잔다. 아니, 엠마는 한숨도 자지 않는다. "그녀는 깨어 있으려고 노력했다. 얼마 후면 포기해야 할 이 사치스러운 생활의 환영을 조금이라도 더 지속시키고 싶었"[6]던 것이다. 아무리 그래도 이 환상은 결코 오래 지속되지 않는다. 돈키호테가 환상이 깨지는 순간이 되면 마법사가 재주를 부렸다고 우기는 것처럼, 엠마 보바리도 자기 앞에 다시 나타난 진부한 현실을 받아들이지 않는다. 그러면서 다시 한번 그 화려함 속으로, 그녀의 마음속에선 '현실보다 더 현실' 같은 그 세계로 돌아가기를 열망한다.

> 그러면서 그녀는 뭔가 사건이 일어나기를 기다리고 있었다. 조난당한 선원처럼 그녀는 자신의 고독한 삶 너머로 필사적인 시선을 던지며 수평선 저쪽 안개 속에서 나타날 흰 돛단배를 찾고 있었다. 그녀는 몰랐다. 그 우연이 어떤 것이며 또 어떤 바람을 타고 와서 어디로 데려갈 것인지, 그것이 쪽배일지 3층 갑판이 있는 대형선인지, 고뇌를 싣고 있는지, 아니면 뱃전까지 행복이 가득 차 있는지 전혀 알 수 없었다. 그러나 매일 아침 눈을 뜰 때면 그날이 오늘이

기를 바랐다. 그녀는 모든 소리에 귀를 쫑긋 세웠으며 깜짝 놀라 자리에서 벌떡 일어서다가는 왜 아무 일도 일어나지 않을까 하고 의아하게 생각하기도 했다. 그러다가 석양이 질 때면 더욱 슬퍼져서 빨리 내일이 오기를 갈망했다.[7]

결국 엠마는 그토록 꿈꿔왔던 위험한 연애를 시작한다. 그러나 그 끝이 좋을 리 없다. 엠마는 그들을 말을 탄 기사로 여기지만, 그들에게 엠마는 그저 예쁘장하고 젊은 부인에 지나지 않는다. 사랑의 도피를 약속한 로돌프는 하루 전날 편지를 보내 모든 것을 취소해버린다. 돈키호테 역시 방랑길에서 만나는 모든 것을 기사소설의 일부로 여기지만, 그들에게 돈키호테는 맛이 살짝 간 미치광이일 뿐이다. 때로 사람들은 엠마 보바리와 돈키호테에게 맞장구를 쳐주지만 그것은 오래가지 않는다.

정말로 책은 돈키호테와 엠마 보바리의 정신을 파괴해버린 것일까? 적어도 돈키호테의 가족과 동네 사람들은 그렇게 믿고 있다. 돈키호테의 조카딸은 초주검이 되어 돌아온 돈키호테를 앞에 두고, "그 막돼먹고 재수없는 기사소설"을 너무 많이 읽은 탓이라고 말한다. 그러면서 "악마 같은 이 많은 책들 모두 이교도를 화형에 처하듯 불살라"버려야 했다고 한탄한다.

그러나 세르반테스는 바로 그 뒤에 흥미로운 아이러니를 붙여놓았다. 돈키호테의 책을 불태우기 위해 모인 신부와 이발사는 책을 하나하나 검토하면서 곤란을 겪게 된다. 기사소설이나 모험소설은 다 쓰레기이며, 멀쩡한 사람을 미치게 하는 독약이라고 떠들던 그들이 의외로 많은 책을 읽었으며, 그 계보에까지도 정통하다는 것이 드러나는 것이다.

위험한 책들을 모두 불사르려는 찰나 신부가 일단 내용을 알아보자고 한다. 조카가 반대하자 신부는 제목만이라도 읽어보자고 한다.

신부는 당시에 너무나 유명했던 『아마디스 데 가울라』를 집어들고는 이 책은 후대에 많은 아류를 양산할 정도로 큰 영향을 끼쳤으니 "당연히 화형에 처해야" 한다고 말한다. 그러자 이발사는 그래도 기사소설 중에서는 이게 최고라면서 반대한다.

이들은 당시 스페인을 휩쓸던 종교재판과 비슷한 절차를 돈키호테가 열독한 책들에 행사하고 있다. '죽여 없애버려야 한다'든가, '이교도' '마귀' '화형' 같은 말들은 분명히 거기에서 비롯된 것들이다. 그러나 이들이 책 한 권 한 권에 대해 이러쿵저러쿵 떠드는 것은 〈빅뱅 이론〉의 셸던과 레너드가 마블코믹스의 만화에 대해 품평하는 것과 크게 다르지 않다. 신을 대리해 도덕을 수호해야 할 신부가 실은 돈키호테 못지않은 기사소설의 애독자였던 것이다.

방랑기사라는 말만 나오면 내 아버지라도 모두 다 태워버리겠다던 신부는 『돈올리반테 데라우라』라는 책의 저자에 대해서는 "이 책의 작가는…… 『꽃들의 정원』을 쓴 사람과 같은 인물이지"라고 알은체를 하고, 『이르카니아 지방의 플로리스마르테』라는 책에 대해서는 범상치 않은 탄생 일화와 꿈 같은 모험담은 많지만 문체가 멋이 없고 딱딱하다며 불태워야 한다고 말한다. 『거울의 기사』라는 책에는 "내가 잘 아는 책이군"이라며 "그 책에는 레이날도스 데 몬탈반이 지난날의 대도둑 카쿠스가 무색할 정도의 대도둑인 자신의 친구들과 동료들과 열두 용사들, 그리고 진실한 역사가인 튀르팽 등과 함께 일을 벌이지"[8]라고 내용을 훤히 꿰고 있다. 『돈벨리아니스』에 대해서는 2, 3, 4부가 지나치게 독자를 흥분시키기 때문에 문제라고 평하며 줄거리의 개선 방향까지 제시한다.

이쯤 되면 도덕의 수호자인 신부는 돈키호테 못지않은 기사소설광이라는 것이 분명해진다. 방랑중인 돈키호테는 이와 비슷한 일을 여러 차례 겪는다. 사람들은 돈키호테가 하는 미친 짓이 어떤 텍스트를 기반으로 하는 것인지를 알아차리게 되면 즉각 그에 맞춰 연기를 시작한다. 즉, 보통 사람들 역시 기사소설의 문법과 문체에 매우 익숙해 있다는 것을 짐작할 수 있다. 돈키호테의 미친 짓은 그보다는 덜 미친 독자들의 호응이 없었다면 성립할 수 없는 것이다. 그들은 연기를 하고 있다고 생각했겠지만 기사소설을 읽고 작중인물의 흉내를 내고 있다는 점에서 작은 돈키호테라고 할 수 있다.

그러니 돈키호테는 매우 예외적인 미치광이가 아니다. 오히려 책을 읽을 때의 우리는 어느 정도는 돈키호테가 되고 엠마 보바리가 되고 나가사와가 된다. 돈키호테의 조카딸이 어떤 면에서는 독서의 본질을 정확하게 파악하고 있다. '빌어먹을 모험소설'을 읽은 후, 그녀의 숙부에게는 분명 변화가 있었다. 그는 지나치게 흥분했고, 말투가 변했으며, 작중인물처럼 행동하기 시작했다. 그러나 그것은 매우 자연스러운 것임을 그녀는 모르고 있다. 책은 우리가 생각하는 것보다 훨씬 무서운 사물일지도 모른다. 그것은 인간을 감염시키고, 행동을 변화시키며, 이성을 파괴할 수 있다. 책은 서점에서 쉽게 살 수 있고, 도서관에서 공짜로 빌릴 수 있기 때문에 대수롭지 않은 물건처럼 보인다. 하지만 사람들은 어떤 책에는 주술적인 힘이 서려 있다고 믿는다. 그래서 책은 곳곳에서 금지당하고, 불태워지고, 비난당했다.

어떤 책은 분명 우리를 살짝 미치게 만든다. 중독성 있는 마약처럼 작용한다. 고등학생 시절에 나는 엠마 보바리처럼 소설책에 탐닉했다. 무더운 여름, 대학 입시가 불과 반년밖에 남지

앉았는데도 무릎 위에 올려놓은 소설책에서 눈을 뗄 수가 없었다. 대여점에서 빌려온 책들이어서 표지는 너덜너덜했고 종이는 누렇게 변색돼 있었지만 그런 것은 아무 상관도 없었다. 최인호의 『지구인』이나 전상국의 『우상의 눈물』 같은 소설들이 내 무릎을 거쳐 우리 반을 한 바퀴 돌았다. 어떤 책은 과하게 나를 흥분시켰기 때문에 그 책으로 멈출 수가 없었다. 나는 그 작가의 다른 책을 찾았고, 그런 책이 없으면 비슷한 장르의 책을 구했고, 그래도 안 되면 그냥 아무 책이나 읽었다. 추리소설에 빠졌을 때는 셜록 홈스나 괴도 뤼팽이 등장하는 거의 모든 책을 다 읽어치웠고, 김용의 무협소설이 유행할 때는 그의 대표작 『영웅문』을 읽느라 돈키호테처럼 날밤을 새웠다. 그리고 가끔은 정말 인간의 손에서 장풍이라는 게 나갈 수가 있는 걸까 진지하게 생각해본 적도 있고, 두 손을 힘차게 뻗어 혹시 바람이 약간이라도 일어나는가 살펴본 적도 있다.

대학에 들어가서도 이런 증상은 변하지 않았다. 1980년대의 대학은 내가 한 번도 보지 못한 도서 리스트를 준비하고 나를 기다리고 있었다. 러시아혁명을 위해 자신을 희생하는 어머니, 반정부 투쟁을 위해 아오자이를 입고 유인물을 등사하는 베트남의 여학생, 탄압을 뚫고 파업을 준비하는 노동자들의 이야기 같은 것들이었다. 엠마 보바리가 '사랑하는 남녀, 쓸쓸한 정자에서 기절하는 박해받은 귀부인, 역참마다 살해당하는 마부들, 페이지마다 지쳐 쓰러지는 말들, 어두운 숲, 마음의 혼란, 맹세, 흐느낌, 눈물과 키스, 달빛 속에 떠 있는 조각배, 숲속의 밤꾀꼬리' 같은 어휘들에 매혹되었다면 당시의 나는 '혁명, 붉은 머리띠, 높게 치켜든 노동자의 굵은 팔, 전선으로 떠나는 아들을 격려하는 어머니, 혁명가 남자친구를 위해 묵묵히 헌신하는 여성' 같은 감상적 이미지들에 사로잡혀 있었다. 책 속의 운동가와 혁명가 들은 하나같이 멋지게 형상화되어 있었다.

당연히 나 역시 그런 사람이 되고 싶었다. 돈키호테가 기사처럼 자신을 꾸미는 것보다는 훨씬 간단하게 나는 책 속의 인물처럼 자신을 꾸밀 수 있었다. 머리에는 붉은 띠를 두르고, 수건이나 마스크로 입을 가리고, 한 손에 쇠파이프를 들고 교문 앞으로 나가기만 하면 되었다. 돈키호테가 온갖 수난을 당하듯이 나도 몇 차례의 위기를 겪었다. 현장에서 사복경찰에게 체포되기도 하였고, 왼쪽 발에 사과탄을 맞아 한 달 동안 깁스를 하고 다니기도 하였고, 진압경찰이 던진 입간판에 머리를 맞아 병원에 실려가기도 했다.

나는 연애 역시 책으로 배웠다. 그것도 주로 소설책이었다. 그러니 연애는 늘 삐걱거렸다. 소설 속 연애의 문제는 말이 너무 많다는 것이다. 언어로 모든 것을 설명해야 하는 소설의 특성상, 주인공의 심리는 대사와 지문으로 표현된다. 입을 맞추기 전에 "키스해도 돼?"라고 물어야 한다는 것을 누가 나에게 가르쳐주었을까? 물론 소설이다. 소설 속 여성의 심리는 또 얼마나 상세하게 묘사되어 있는가? 그러나 현실의 여성들은 소설과는 달리 자기 마음을 문장으로 만들어 읽어주지 않는다. 그들의 마음은 해독 불가능한 고대 문서와도 같았다. 게다가 소설에서는 흔해빠진 극적인 사건 같은 것은 현실에서는 거의 일어나지 않았다. 그럴 때의 나는 또 하나의 엠마 보바리였던 것이다.

소설은 분명 우리에게 현실이 아닌 다른 세상을 보여준다. 그것을 너무나도 설득력 있고 생생하게 보여주기 때문에 우리는 그게 현실보다 더 현실이라고 믿을 때가 많다. 『스토리텔링 애니멀』을 쓴 조너선 갓셜은 이렇게 말한다. 이야기가 아무 힘이 없다고? 당신이 세상에 대해서 알고 있(다고 믿)는 거의 모든 것이 이야기로부터 얻은 것이라고. 나는 그의 의견에 동의한다. 2014년 4월 16일 전까지 나는 침몰하는 여객선에 대해서 잘 알고 있다고 생각했다. 그런데 생각해보면 내가 알고 있다고 생각했던 것은 영화 〈타이타닉〉이나 〈포세이돈 어드벤처〉에서 본 것이 전부였다. 천천히 기우는 거대한 호화 여객선, 희생적인 선원들, 수십 척의 구명보트들, 어둠을 뚫고 솟아오르는 조명탄, 차가운 물속에서 연인을 지켜주는 영웅적인 남자 주인공,

뒤집힌 배 밑바닥의 에어포켓 같은 것. 그렇다. 우리 모두가 목도했다시피 현실은 전혀 달랐다.

가끔 나는 우주의 무중력상태에 대해서도 잘 알고 있다는 생각이 들고(아마 영화 〈그래비티〉 덕분이겠지만), 콜롬비아의 오랜 내전에 대해서도 충분히 알고 있다는 생각이 들고(가브리엘 가르시아 마르케스의 『백년 동안의 고독』 덕분일 테고), 18세기 영국 상류층의 연애와 결혼에 대해서도 누구 못지않게 정통하다는 생각도 든다(제인 오스틴 덕분이다). 한 도시에 전염병이 퍼지면 어떤 일이 벌어질까에 대해서도 모르는 것 같지 않다. 알베르 카뮈의 『페스트』와 주제 사라마구의 『눈먼 자들의 도시』를 읽었기 때문이다.

'외계인은 어떻게 생겼을까요?'라는 질문에 대부분의 미국인들은 자신 있게 대답했다고 한다. 그러나 그들이 그린 외계인은 모두 영화에서 본 캐릭터를 닮은 것에 불과했다. 그럼에도 미국인들은 외계인의 모습을 알고 있다고 확신한다. 이런 믿음이야말로 돈키호테적인 것이다. 직접 경험하거나, 모든 것을 사실적으로 기술한 이론서나 설명서를 읽고 이해하는 세상은 정말 작은 부분이다. 지와 무지의 관점에서 냉정하게 생각해보면 우리는 라만차라는 시골 동네의 돈키호테와 크게 다르지 않다. 그는 그가 읽은 책의 세계관으로 세상을 이해하고 있었고 그 원칙에 따라 행동하고자 했다. 당연한 결과로 그는 여러 차례 수난을 겪게 된다. 때로는 현실 부정, 때로는 '정신 승리'의 변증법을 통해 그는 방랑을 떠나기 전과 다른 사람으로 성장해간다.

환상과 현실의 심각한 불일치를 경험하고도 천신만고 끝에 살아 돌아온 돈키호테와 달리 엠마 보바리는 자살해버린다. 그녀는 자기 안의 환상을 끝까지 밀어붙인다. 여기서 쥘 드 고티에가 명명한 또 하나의 '보바리슴', 즉 '있는 그대로의 자신과 다르게 상상하는 기능'이 엠마를 지배한다. 그녀는 시골 의사의 아내로 평범하게 살다 죽어가는 운명을 거부한다. 귀스타브 플로베르는 돈과 어음이라는, 환상의 정반대에 있는 무거운 추를 엠마 보바리에게 달아놓았다. 그녀의 화려한 삶, 끝없는 연애는 지속 가능하지가 않다. 채무자들이 있기 때문이다. 엠마는 수도원에서 읽은 로맨틱한 소설의 일부를 삶에서 재현한다. '어두운 숲, 마음의 혼란, 맹세, 흐느낌, 눈물과 키스' 같은 것들을 겪는다. 그러나 여성에게 가혹한 19세기 자본주의는 돈키호테와 같은 귀환을 허락하지 않는다. 그녀는 책에서 본 환상을 집요하게 추구한 대가를 죽음으로 치르게 된다.

그렇다면 『돈키호테』와 『보바리 부인』은 소설이나 이야기의 위험을 경고하는 작품일까? 그럴지도 모른다. 뇌과학자들의 최근 연구에 따르면 우리 인간의 뇌는 현실과 환상을 분명히 구분하지 못한다고 한다. 어떤 현실은 아련한 꿈처럼 기억되고, 어떤 이야기는 마치 직접 겪은 일처럼 생생하기만 하다. 이야기와 비슷한 것으로는 꿈이 있다. 그러나 꿈은 지속되지 않는다는 점에서 이야기와 다르다. 어제 꾼 꿈을 오늘 정확히 이어서 꾸지는 못하니까. 그런데 소설은 꿈만큼이나 생생한데 계속 이어진다. 내가 아주 어렸을 때의 일이다. 나는 마루에서 책을 읽고 있었고 어머니는 부엌에서 음식을 만들고 있었다. 어떤 책인지 기억은 나지 않지만 나는 그 책의 내용에 흠뻑 빠져 있었다. 고아가 된 아이가 온갖 시련을 겪고 있었을 수도 있고, 무인도에 표류한 소년들이 살아남기 위해 투쟁하고 있었을 수도 있다. 어쨌든 책을 펼치면 순식간에 '지금, 여기'와는 전혀 다른 세계로 휙 빨려들어간다는 게 마치 무슨 마법처럼 느껴져서 신기했던 기억이 지금도 생생하다. 그때 어머니가 내게 심부름을 시켰다. 나는 그 흥미로운 세계로 들려오는 현실 세계의 목소리, 즉 어머니의 목소리가 굉장히 낯설고 불쾌하게 느껴졌고, 내 소중한 개인적 세계가 침해받는 것 같은 기분이었다.

나는 책을 덮고 일어나 어머니에게 다가갔다. 어머니는 채소나 두부 같은 것을 사오라고 했던 것 같은데, 놀라웠던 것은 어머니는 내가 방금 전까지 겪은 일에 대해 전혀 눈치채지 못하고 있었다는 점이다. 내가 어떤 세계에서, 어떤 사람들과, 어떤 격렬한 감정을 느끼고 있었는지를 어머니는 전혀 모르고 있는 눈치였다. 당신에게 나는 그냥 누워서 소설책을 보며 뒹굴거리는 아이에 불과했던 것이다. 나는 어머니가 시키는 대로 가게에 가서 식재료를 사가지고 돌아왔다. 그러고는 조금 전까지 읽던 그 책으로 다시 돌아왔다. 접어두었던 책장을 펼치자마자 나는 콩나물과 두부의 세계에서 바로 그 이상한 세계로 점프할 수 있었다. 나는 모든 것을 잊고 정신없이 책을 읽기 시작했다. 그 순간의 나는 프랑스의 작가인 다니엘 페나크가 『소설처럼』에서 제시한 이른바 또 다른 방식의 '보바리슴'을 경험하고 있었던 것이다. 쥘 드 고티에의 보바리슴이 엠마의 증상에 착목했다면 다니엘 페나크의 보바리슴은 독자의 정신과 관련된 것이다. 그에 따르면 보바리슴이란 "'오로지 감각만의 절대적이고 즉각적인 충족감'에 다름아니다. 즉 상상이 극에 달해 온 신경이 떨려오고 심장이 달아오르며 아드레날린이 마구 분출되는 가운데 주인공의 세계에 완전 동화되어, 어처구니없게도 대뇌마저 (잠시나마) 일상과 소설의 세계를 혼동하기에 이르는"[9] 현상, 즉 소설을 읽는 독자가 겪는 정신적 변화를 말하는 것이다. 그 순간의 내가 겪은 일은 그러니까 나 혼자만의 독특한 경험이 아니라 엠마 보바리 이후로 수많은 독자들이 경험한 일의 재현이었던 것이다.

그 후로도 나는 많은 책을 읽었다. 독서를 통해 셀 수 없이 많은 인물을 만나고, 세계의 숱한 도시를 여행했으며, 평생 한 번도 겪어볼 일이 없는 사건들에 연루되었다. 그 기억과 경험은 고스란히 내 안에 남아 있고 그 세계는 내가 직접 경험한 현실보다 훨씬 더 크고 풍부하다. 이 세계가 모두 가짜일까? 그럴 수는 없을 것이다. 책들은 모두 연결되어 있고 나라는 인간의 정신 안에서 고유한 방식으로 유일무이한 세계를 구축하고 있다. 사람들은 흔히 환상에 빠져 현실을 잘못 보아서는 안 된다고 경고한다. 하지만 어디서부터 어디까지가 환상이고, 또 어디서부터 어디까지가 현실일까? 인간이 그것을 분명히 구분할 수 있을까? 오히려 현실에 너무 집착해 자기 내면의 정신적 현실을 무시하는 것이 문제는 아닐까?

『돈키호테』와 『보바리 부인』은 우리에게 어떤 교훈을 주기 때문에 가치가 있는 작품이 아니다. 어리석은 미치광이 돈키호테와 광기어린 사랑으로 자신을 망쳐버린 엠마 보바리는 세르반테스와 플로베르가 창조한 인물이지만, 그들에게서 우리는 우리 자신의 모습을 발견하게 된다. 이야기 속의 세계가 계속되기를 바라고, 그 안에 머물기를 원하는 우리가 거기 있다. 그래서 우리는 그 인물들에 매료되고 자기도 모르게 책장을 넘기며 그들의 뒤를 따라간다. 그러는 사이 그들이 우리의 의식에 침투해 우리의 일부를 돈키호테와 엠마 보바리로 바꾸어놓는다. 다시 말해 우리가 읽은 소설은 우리가 읽음으로써 비로소 우리의 일부가 된다. 한번 읽어버린 소설은 더 이상 우리 자신과 분리할 수 없다. 『위대한 개츠비』를 세 번 읽은 사람이라면 나와 친구가 될 수 있다는 나가사와의 말은 그런 면에서 일리가 있다. 같은 책을 읽었다는 것은 두 사람의 자아 안에 공유할 부분이 분명히 존재한다는 뜻이니까.

동시에 소설도 우리를 통해 증식을 거듭한다. 그렇게 이야기와 인간이 하나가 되면서 이야기의 우주가 무한히 확장해간다. 한때 나는 인간이 이야기의 숙주라 생각했다. 이야기가 유전자처럼 인간을 탈것으로 삼아 다음 세대로 전승된다고 믿었던 것이다. 그런데 지금은 달리 생각한다. 세상에 대해 알고 있다고 생각한 대부분을 이야기로부터 배웠고, 그것을 기준으로 세상을 해석하고, 그 해석에 따라 행동하는 것이 인간이라면, 그런 인간은 과연 무엇일까?

그렇다. 인간이 바로 이야기다.

돈키호테와 엠마 보바리는 비록 현실의 존재는 아니지만 김영하라는 생물학적 존재보다 훨씬 오랜 시간을 살아남을 것이고 앞으로도 증식을 거듭할 것이다. 소설을 읽는다는 것, 그것은 인간이라는 어떤 우월한 존재가 책이라는 대량 생산품을 소비하는 과정을 말하는 것이 아니다. 인간이라는 이야기가 책이라는 작은 틈을 통해 아주 잠깐 자신을 둘러싼 거대한 세계와 영겁의 시간에 접속하는 행위다. 그러므로 인간이 바로 이야기이고, 이야기가 바로 우주다. 이야기의 세계는 끝이 없이 무한하니까.

3부

책 속에는 길이 없다

읽다

책 속에는 길이 없다

'책 속에 길이 있다'는 관용구가 있다. 어쩌면 이 관용구는 길이 드문 시절에 만들어졌을지도 모른다. 지금도 그렇지만 과거에는 '길을 내겠다' '다리를 놔주겠다'는 선거 공약이 많았다. 길은 편리하지만 길을 내는 것은 돈이 많이 드는 귀한 일이었으니 책을 길에 비유했다는 것은 그렇게 귀한 것을 상대적으로 값싸게 구할 수 있다는 뉘앙스를 담고 있었을 것이다. 실제로 잘 풀리지 않는 답답한 문제에 대한 해답을 책에서 구한 경험을 우리는 독자로서 대부분 가지고 있다.

그러나 지금은 길이 너무 많은 시대여서 우리는 오히려 여러 길 중에서 하나를 선택하기 위해 고심한다. 자동차마다 달려 있는 내비게이션이나 스마트폰의 지도가 그 역할을 대신해주기도 한다. 이런 시대에는 '책 속에 길이 있다'는 말은 예전처럼 근사하게 들리지 않는 것 같다. '길? 그래, 길이 있겠지. 그래서 뭐?' 같은 마음이 드는 것이다.

시대적 변화는 그렇다 치고, 소설 속에도 길이 있을까? 이 문제에 답하기는 좀 어렵다. 소설은 다른 책들과는 달리 길이 뚜렷이 보이지 않거나 보인다 해도 너무 많아서 '속시원한 해결책으로서의 길'과는 거리가 멀다고 할 수 있다. 우리가 잘 알고 있다시피 엠마 보바리와 돈키호테도 소설의 애독자였다. 그들은 소설에서 길을 발견했다고 믿었다. 엠마 보바리는 자신이 살고 있는 지루한 시골 마을에서 날마다 화려한 파티가 열리는 궁정으로 이어지는 길을 낭만적 연애소설에서 발견한다. 돈키호테 역시 시대착오적인 기사소설이 인도하는 길로 달려간다. 가는 길에는 풍차의 모습을 한 거인과 시골 처녀로 탈바꿈한 공주가 기다리고 있다. 그들이 발견한 길은 그들을 시련 속으로 이끈다.

프란츠 카프카의 『성』은 바로 이 '길'의 존재를 문제삼는다. 측량기사 K는 성주인 백작으로부터 초청을 받고 성으로 향한다. 소설은 이렇게 시작한다.

K는 밤늦은 시각에 도착했다. 마을은 깊이 눈 속에 파묻혀

있었다. 성이 있는 산은 안개와 어둠에 둘러싸여 있어서 전혀 보이지 않았고, 커다란 성이 있음을 알려주는 아주 희미한 불빛조차도 눈에 띄지 않았다. K는 국도에서 마을로 통하는 나무다리 위에 서서 아무것도 없어 보이는 허공 속을 한참 쳐다보았다.[1]

우리의 K는 길 위에 있다. 마을은 눈 속에 파묻혀 있고 목적지인 성은 보이지 않는다. 그는 숙소를 찾아 여관으로 들어가는데 그곳에서 성에서 집사의 아들이라는 사람에게 이상한 얘기를 듣는다.

"이 마을은 성의 영지입니다. 여기서 살거나 묵는 사람은 말하자면 성안에서 살거나 숙박하는 것과 같습니다. 누구든 백작님의 허가를 받아야만 그렇게 할 수 있습니다. 그런데 당신은 그런 허가증을 갖고 있지 않거나, 또는 적어도 그것을 제시하지 않았습니다."[2]

우리의 K는 묻는다.

"내가 길을 잘못 든 모양인데 여기가 어느 마을인지요? 여기가 성인가요?”

“물론입니다.” (…) “베스트베스트 백작님의 성입니다.”[3]

측량기사 K는 분명 성을 향해 가고 있었고 그 성은 안개와 어둠 때문에 보이지도 않는 상태였는데 알고 보니 그는 이미 성안에 들어와 있었던 것이다. 그런데도 다음 날 아침 K는 백작을 만나기 위해 성으로 떠난다. 이미 성에 있는데 성을 찾아 떠나야 하는 것이니 정말 이상하다. 길을 가다 만난 어떤 선생은 “성을 구경하세요?”라고 묻는다. 이곳에 처음 왔다, 어젯밤에야 도착했다는 K에게 그는 다시 “성이 마음에 들지 않나요?”[4]라고 물어 K를 당황하게 한다. 백화점의 점원에게 어떤 물건이 있느냐고 물었는데 “왜요? 이 물건이 마음에 안 드세요?”라는 질문을 들은 것과 비슷한 상황일 것이다.

그는 다시 앞으로 걸어갔지만, 길은 길게 뻗어 있었다. 도로, 즉 마을의 큰길은 성이 있는 산으로 나 있지 않았다. 성이 있는 산에 가까이 다가가는 듯하다가, 마치 일부러 그런 듯 구부러져버렸다. 성에서 멀어지는 것도 아니면서 그렇다고 가까워지는 것도 아니었다. K는 이 길이 결국에는 성으로 접어들 거라는 기대를 계속 버리지 않았다.[5]

돈키호테와 엠마 보바리에게는 그토록 자명했던 길이 측량기사 K에게는 오리무중이다. 길은 계속 등장하지만 별 의미가 없다. 그 길은 목적지로 "가까이 다가가는 듯하다가, 마치 일부러 그런 듯 구부러져버리기" 때문이다. 소설의 독자가 처한 상황이 이와 비슷하다. 소설의 첫 장을 펼치며 우리는 어떤 '길'을 기대한다. 우리를 확실한 깨달음과 즐거움이 있는 곳으로 인도할 길을 찾고자 한다. 책에는 차례와 쪽수 같은 것이 있어 길은 자명해 보인다. 그러나 측량기사 K와 같은 딜레마에 독자는 바로 봉착하게 된다. 우리는 이미 소설 속에 들어와 있지만, 어쩐지 아직 어딘가에 제대로 도착하지 않았다고 느낀다. 분명히 가야 할 어떤 곳이 있다고 생각한다. 그래서 우리는 책장을 넘긴다. 길에서 만난 선생이 K에게 묻듯이 소설은 우리에게 질문한다.

"소설 읽고 계세요?"

"네, 방금 읽기 시작했습니다."

"소설이 마음에 드시나요?"

아직 어떤 이야기인지도 모르는 상태에서 우리는 그 소설에 대한 어떤 판단을 요구받는다. 우리는 별다른 정보도 없는 상태에서 마음에 드는지 안 드는지를 결정한다. 만약 소설이 별로라면 당장 독서를 그만두고 싶으니까. 그런데 어떤 소설은 처음부터 우리의 마음을 사로잡는다. 방금 읽기 시작했지만 벌써 마음에 든다. 그런데 이런 질문은 독서를 계속하는 동안 수도 없이 우리의 마음속에서 반복된다.

책을 읽는 것은 매우 능동적일 수밖에 없는 작업이다. ① 눈으로 글자를 읽고 손으로 책장을 넘기면서, ② '지금 무슨 일이 일어나고 있는가'를 파악하고, ③ 동시에 '앞으로 무슨 일이 일어날 것인가'를 예측한다. 책장이 몇 장 더 넘어가면 이 예측은 검증이 된다. 맞을 때도 있고 틀릴 때도 있는데, 맞아서 기분이 좋을 때도 있고 틀려서 허를 찔렸으나 그래서 더 재미있을 때도 있다. 맞든 틀리든 우리는 예측을 계속한다. 그리고 그 예측이 맞나 틀리나를 확인하기 위해 책장을 넘긴다. 때로는 아무 생각 없이 책에 푹 빠지고 싶지만, 그렇게 수동적이기는 쉽지 않다. 우리의 뇌는 끝없이 활동하면서 다음 문장, 다음 사건, 최종 결말을 상상한다. 이런 활동을 멈추게 할 수는 없다. '그는 아내를 사랑했다. 그러나 파티에서 검은 드레스를 멋지게 차려입은 제인을 보는 순간……'까지만 읽어도 우리 뇌는 다음에 일어날 사건을 상상하기 시작한다. '옛날 옛적 어느 왕국에……'까지만 보고도 우리는 공주나 왕자, 왕이나 왕비가 나타날 것이라 예상할 수 있다.

추리소설 같은 경우에는 결말이 매우 궁금하기 때문에 독자는 범인이 누구인가 또는 이 사건은 도대체 왜 일어났는가 같은 것을 알고 싶어한다. 이런저런 가설에 따라 추리를 하면서 작가가 제시한 줄거리를 따라간다. 너무 독자가 예상한 그대로여도 재미가 없을 테고, 아무도 예상할 수 없는 결말이어서도 곤란하다. 예컨대 작품에는 오직 세 명의 용의자만 등장하고 있는데 나중에 알고 보니 한 번도 등장하지 않은 어떤 미친 사람에 의해 살인이 저질러진 것으로 결말이 난다면 독자는 화를 낼 것이다. 정해진 한계 안에서 작가와 독자는 두뇌 싸움을 벌인다. 현실에서는 자기 예측이 맞을 때 기쁨을 느끼지만 이야기의 세계에서는 독자의 예상을 절묘하게 비껴갈 때 쾌감이 있다. 큰 줄거리의 흐름도 그렇지만, 문장 하나하나의 연결이라든가 사건의 배열 순서 같은 것도 독자의 예상에 너무 부합해버리면 재미가 없다. 모든 게 생각한 대로 소설이 굴러가기 시작하면 독자는 긴장을 풀어버린다. 반면 생각지 못한 방향으로 흘러가는 이야기와 문장들은 독자를 바짝 긴장시킨다.

재능 있는 작가는 작품을 시작하는 첫 문장 하나로도 독자를 이야기 속으로 끌어들인다. 박민규의 『카스테라』 첫 문장을 읽은 것은 내가 어느 신문사의 신춘문예 예심을 보고 있을 때였다. 산더미처럼 쌓인 투고작을 하나하나 검토하는 것은 정말 괴롭고 지루한 일이다. 그러니 첫 문장으로 심사위원을 사로잡는 것은 매우 중요하다. 『카스테라』의 첫 문장은 이렇다.

이 냉장고의 전생은 훌리건이었을 것이다.[6]

소설의 초입에 냉장고가 등장하는 일도 드문데, '전생'이나 '훌리건' 같은 단어가 이어지는 것은 생뚱맞다. 그러나 그렇기 때문에 어쩐지 다음 이야기가 궁금해진다.

오늘 엄마가 죽었다. 아니, 어쩌면 어제인지도 모른다.[7]

알베르 카뮈의 『이방인』의 유명한 서두다. 엄마가 죽는 것은 인생에서 정말 중요한 사건이다. 그래서 독자들은 "오늘 엄마가 죽었다" 다음에 큰 슬픔이나 비탄, 죄의식 같은 것을 말하는 문장을 기대한다. 그러나 알베르 카뮈는 바로 "아니, 어쩌면 어제인지도 모른다"는 문장을 붙여 독자의 기대를 배반한다. 주인공은 엄마가 언제 죽었는지도 모르거나 별 관심도 없는 사람인 것 같다. 오늘이나 어제는 기억하기 어려울 정도의 과거도 아니기 때문이다.

몇 년 전 지방에서 열리는 국제영화제에 심사를 하러 간 일이 있다. 나와 함께 심사를 하게 된 사람은 꽤 유명한 영화감독이었다. 어느 날 그 감독이 나에게 묻기를, 관객들이 영화감독에 대해서는 정말 비판적인데, 독자들도 소설가에게 그러느냐는 것이었다. 영화를 보고 나오다 화장실에 들르면 거기에서부터 벌써 영화와 그것을 만든 감독, 배우에 대한 비판이 오가는 것을 들을 수 있다. 꽤 험한 말이 나오는 경우도 많다. 하지만 소설가에 대해서는 그렇게까지 분노에 찬 반응을 보이는 일이 드물다. 나는 그 감독에게 이렇게 설명했다.

"소설이든 영화든 끝까지 봐야 온전한 반응이 나올 수 있는데, 소설은 영화와 달리 끝까지 보는 경우가 드물고, 일단 끝까지 보았다면 그것은 그 작품의 어떤 면을 좋아했기 때문입니다. 독자는 등장인물을 이해하고 그 인물에 감정이입이 되지 않으면 소설을 끝까지 읽어내기 어렵습니다. 그러니 어떤 소설을 끝까지 읽었다면 거기엔 무엇이든 독자의 마음을 사로잡는 최소한의 것이 있었음을 의미합니다. 만약 어떤 소설이 실망스러웠다면 바로 던져버리고 그 작품에 대해서는 잊어버리거나 입을 다물었을 겁니다.

그런데 영화는 어떤가요? 사람들은 광고나 배우 인터뷰 같은 것을 보고 영화를 보러 갑니다. 때로는 영화관에서 볼 영화가 그것밖에 없어서 어떤 영화를 억지로 보기도 합니다. 영화를 보는 동안 설령 내용이 마음에 들지 않아도 밖으로 나가기가, 특히 동행이 있는 경우에는 더 힘들지요. 그러니 마음에 안 드는 영화와 그것을 만든 감독에 대해 화장실에서 욕을 퍼붓게 됩니다. 속았다는 배신감, 억지로 감상을 강요당했다는 불쾌감 때문일 겁니다."

책이 충분히 재밌지 않으면 우리는 책장을 덮고 책을 그만 읽기로 결심한다. 그래도 된다. 아무도 뭐라고 하는 사람이 없다. 영화는 상영 도중에 일어나서 나가려면 눈치가 보이지만 책은 혼자 읽는 것이어서 잠깐 책장을 덮는다고 어떤 문제도 일어나지 않는다. 그러니까 책을 읽는 매 순간, 우리는 결정을 내리고 있는 것이다. 조금 더 읽겠다고. 조금만 더, 조금만 더, 조금만 더. 그렇게 해서 한 권의 책을 끝내게 된다. 완독이라는 것은 실은 대단한 일이다. 그만 읽고 싶다는 유혹을 수없이 이겨내야만 하니까.

어떤 어려움을 겪었든, 일단 한 편의 소설을 다 읽고 나면 작가에 대해 호감까지는 아니더라도 어떤 친근감을 느끼게 된다. 극단적인 가정이지만, 독자가 오직 한 명밖에 없는, 무지하게 안 팔리는 책이 있다고 치자. 그런 경우에도 이 외로운 독자는 그 책을 끝까지 다 읽은 사람을 한 명 상정할 수 있다. 바로 작가다. 그 책에 대해서 뭔가 얘기를 하고 싶다면, 작가를 찾아가면 되니까. 그리고 그 둘은 바로 공감대를 형성할 수 있을 것이다.

측량기사 K에게 있어 '성'은 분명한 목표다. 때로는 손에 잡힐 듯 가깝게 보이지만, 그런 예측은 곧 잘못된 것으로 판명된다. 성으로 이어진 것처럼 보이던 길도 "마치 일부러 그런 듯 구부러져버린다". 그래도 K는 "길이 결국에는 성으로 접어들 거라는 기대를 계속 버리지 않는다". 독자들 역시 소설의 첫 장을 펼치면서 '길'을 찾는다. 이 소설이 어떤 소설이며, 작가가 하려는 말은 무엇인지 찾기를 기대한다. 하버드대학에서 열린 한 강연에서 오르한 파묵은 소설의 독자가 겪게 되는 이 여정을 '중심'을 찾는 탐색의 과정으로 이야기한 바 있다.

소설에 감춰진 중심부가 있고, 바로 그것 때문에 독자는 소설 속의 모든 요소를 마치 주의깊은 사냥꾼처럼 살피게 된다는 파묵의 견해는 탁월하다. 현실의 자연 그 자체는 아무 의미가 없다. 강가의 오리나무와 버드나무는 그저 거기에 있는 것이다. 하지만 소설 속 주인공의 눈을 통해 보인다면 그것은 완전히 다른 의미를 갖게 된다. 독자는 그 뒤에 의미가 감춰져 있다고 믿기 때문에 허투루 보아 넘기지 않는다.

낭만적 사랑을 꿈꾸던 엠마 보바리는 로돌프라는 남자의 꾐에 빠져 함께 승마를 하게 된다. 두 사람이 탄 말은 인적이 드문 숲으로 들어간다. 말을 타고 달릴 때 엠마의 눈에 비친 풍경은 이렇다.

> 길가의 키 큰 양치식물이 엠마의 등자에 걸리곤 했다. 로돌프는 걸음을 멈추지 않은 채 몸을 굽혀 그것을 떼어주었다. 때로는 나뭇가지를 헤쳐주기 위해서 그녀 옆으로 달려가기도 했는데 그때 엠마는 그의 무릎이 다리를 스치는 것을 느꼈다. 하늘은 파랗게 개고 나뭇잎은 전혀 움직이지 않았다. 꽃이 만발한 히스 관목으로 뒤덮인 넓은 공터가 곳곳에 있었고 제비꽃이 상보처럼 깔려 있는가 하면 곧이어 회색, 갈색, 황금색 등 갖가지 색깔의 나뭇잎으로 얼룩덜룩한 수목의 군집이 나타나곤 했다. 때때로 관목 사이로 작은 새들의 날갯짓 소리, 혹은 떡갈나무 숲에서 날아오르는 까마귀들의 부드럽고 목 쉰 듯한 울음소리가 들려왔다.[8]

독자는 엠마와 로돌프 사이에서 무슨 일이 벌어질지 예상하기 시작한다. 드디어 엠마는 그토록 꿈꾸던 열애의 대상을 만나게 될까? 그저 사건의 전개만이 궁금한 독자라면 도대체 양치식물이라든가, 히스라든가, 제비꽃, 심지어 까마귀 울음소리 같은 것은 왜 나올까 짜증이 나기도 할 것이다. 하지만 주의깊은 독자라면, 특히 이 소설을 두 번 세 번 읽는 독자라면 줄거리의 전개가 아니라 플로베르가 도대체 왜 이런 요소들을 소설에 집어넣었을까 궁금해할 것이다. 플로베르는 단어 하나하나에 너무도 공을 들인 작가로 알려져 있고, 이 소설 역시 무수한 수정을 통해 완성했음이 많은 기록으로 증명되고 있다. 그러니 그가 그저 꽃과 까마귀, 떡갈나무를 좋아해서 혹은 원고료를 더 받아볼 욕심으로 이 부분을 넣은 것은 아닐 것이다. 파묵식으로 말하자면 '중심부를 찾는 독자'는 그 어떤 것도 간과하지 않는다. 특히 이 대목은 엠마가 처음으로 외간남자와 바람을 피우는 장면이기 때문에 소설에서 매우 중요한 지점이다. 플로베르는 마치 이후에 등장할 영화의 시대를 예견하기라도 한 것처럼 이 소설 곳곳에서 카메라의 앵글을 연상시키는 기법을 사용하고 있다. 내가 처음 이 소설을 읽었을 때 가장 놀란 것도 바로 그런 부분이었고, 작가가 의식적으로 시점의 이동을 통해 주인공의 내면에 대한 힌트를 독자에게 제공하고 있다고 생각한 부분이 조금 전에 예로 든 부분이었다.

엠마는 아직 말 위에 있다. 승마 자세는 허리를 꼿꼿이 세우는 것이다. 그녀는 고삐를 쥐고 있다. 아직은 삶에 대한 통제권을 유지하고 있는 것이다. 그리고 그녀는 덤불과 제비꽃, 공터를 내려다본다. 그러나 이들은 곧 말에서 내린다. 로돌프가 말을 매고 엠마는 "앞장서서 마차 바퀴자국 사이에 난 이끼 위를 걸어갔다”. 아직도 그녀는 상황을 주도하고 있다. ‘앞장서서’ 걸어가고 이끼를 내려다보고 있다. 그런 그녀의 뒷모습을 보며 로돌프는 “마치 그녀의 맨살을 보는 것 같은” 느낌을 받는다. 이 순간부터 엠마는 로돌프의 욕망의 대상으로 바뀌게 된다. 독자는 자기도 모르게 로돌프의 시선으로 엠마를 보기 시작한다.

> 그녀는 머리에 남자 모자를 쓰고 그 아래로 허리까지 비스듬히 내려오는 푸른 베일을 쓰고 있었는데 그 베일을 통해 보이는 그녀의 얼굴은 마치 푸른 물속에서 헤엄치고 있는 것처럼 보였다.[9]

“보였다”니? 누가 본다는 걸까? 바로 로돌프다. 이어지는 대목을 ‘중심부를 찾는’ 독자가 되어 주의깊게 읽어보겠다.

> 엠마는 머리를 숙이고 땅 위에 널려 있는 나무 지저깨비를 한쪽 발끝으로 건드리며 귀를 기울이고 있었다.
>
> 그러나 “이제 우리들의 운명은 하나가 되지 않았습니까?” 하는 말에는 “아, 아니에요! 잘 아시잖아요. 그건 불가능해요” 하고 대꾸했다.
>
> 그녀는 일어서서 가려고 했다. 그가 그녀의 손목을 잡자 그

녀는 멈춰 섰다. 그러고는 한참 동안 사랑이 가득한 젖은 눈으로 가만히 그를 바라보다가 갑자기 딱 잘라 말했다.

"아! 제발, 그런 이야기는 그만해요……. 말은 어디 있지요?"

그는 짜증과 화가 섞인 몸짓을 했다. 그녀가 되풀이했다.

"말은 어디 있죠? 어디 있느냔 말이에요."

그러자 그는 야릇한 미소를 지으며 눈을 똑바로 뜬 채 이를 악물고 두 팔을 벌리면서 그녀 쪽으로 다가갔다.

그녀는 부들부들 떨면서 뒤로 물러났다. 그리고 더듬거리며 말했다.

"아! 무서워요! 겁이 나요! 우리 돌아가요!"

"그럼 할 수 없군요." 그는 표정을 바꾸며 말했다.

그러고는 다시 곧 은근하고 부드럽고 소심한 태도로 돌아갔다. 그녀는 그에게 팔을 내맡겼고, 두 사람은 되돌아섰다. 로돌프가 말했다.

"대체 웬일이에요? 왜 그랬죠? 알 수가 없네요. 아마 저를 오해하신 거겠죠. 당신은 제 마음속에서 견고한 받침대 위에 높이 받들어 모신 성모마리아처럼 순결하고 거룩한 존재입니다. 하지만 저는 살기 위해서 당신이 필요합니다. 당신의 눈, 당신의 목소리, 당신의 생각이 필요합니다. 제 친구가 되어주세요. 제 누이, 제 천사가 되어주십시오."

그는 팔을 뻗어 그녀의 허리를 감았다. 그녀는 빠져나가려고 조금 꿈틀거렸다. 그는 이렇게 그녀를 부축한 채 걸어갔다.

두 마리의 말이 나뭇잎을 뜯어 먹고 있는 소리가 들렸다.

"아! 조금만 더! 돌아가지 말고 여기 있어줘요!"

로돌프가 말했다.

그는 그곳에서 조금 떨어진 연못가로 그녀를 이끌고 갔다. 수초들이 물결 위에 녹색의 덤불을 만들고 있었다. 시들어버린 수련이 골풀 사이에 조용히 떠 있었다. 풀을 밟는 두 사람의 발소리에 개구리들이 껑충 뛰어 몸을 숨겼다.

"제가 잘못한 거예요. 당신 말을 듣다니, 제가 미쳤어요."

"왜요……? 엠마! 엠마!"

"아! 로돌프……!" 그녀는 그의 어깨에 기대며 천천히 말했다.

그녀의 옷이 남자의 벨벳 저고리에 찰싹 달라붙었다. 뒤로 젖힌 그녀의 흰 목덜미가 한숨으로 부풀었다. 정신이 아득해진 그녀는 몸을 부르르 떨었다. 그녀는 온통 눈물에 젖은 얼굴을 가리며 몸을 내맡겼다.

저녁 어둠이 내리고 있었다. 수평으로 비낀 햇살이 나뭇가지 사이로 비쳐들어 그녀는 눈이 부셨다. 여기저기, 나뭇잎 위에, 그리고 땅 위에, 마치 날아가던 벌새 떼가 깃털을 흩뿌린 것 같은 빛의 조각들이 점점이 떨고 있었다. 주위는 고요하기만 했다. 무언가 감미로운 것이 나무들로부터 새어 나오는 것 같았다. 그녀는 심장이 다시 뛰는 것을 느꼈다. 마치 우유로 된 강이 흐르듯 피가 몸속을 순환하는 것도 느껴졌다.[10]

보수적인 시대였던 만큼 플로베르는 엠마와 로돌프의 정사를 구체적으로 묘사하지 않았다. 대신 엠마가 세상을 바라보는 앵글의 변화를 통해 암시한다. "땅 위에 널려 있는 나무 지저깨비"를 보던 엠마가 로돌프에게 몸을 맡긴 후에는 "수평으로 비낀 햇살"에 눈부셔 한다. 이 대목은 엠마가 풀밭에 누워 있음을 강력하게 암시한다. 누워 있는 그녀는 주위를 둘러본다. "빛의 조각들이 점점이 떨고" 있는 것을 발견한다. 그녀는 자신의 심장이 '다시' 뛰기 시작한다고 느낀다. 즉 그전에는 심장이 멎어 있었던 것처럼 느꼈다는 것을 함축한 문장이다. 주의깊은 독자는 엠마의 삶에 커다란 변화가 일어났다는 것을 분명히 알게 된다. 조금 전까지 열렬히 엠마를 설득하던 로돌프는 무심히 "이 사이에 여송연을 문 채, 주머니칼을 꺼내 두 개의 고삐 중부러진 것을 고치고 있었다".[11] 칼로 고삐를 다듬는 것 같은 일은 흥분한 상태에서는 할 수 없는 일이다. 로돌프는 격정의 순간을 지났고 엠마의 심장에는 다시 피가 돌기 시작한다.

> 두 사람은 올 때와 같은 길로 용빌에 돌아갔다. 진흙 위에 나란히 찍힌 그들의 발자국이 보였고, 아까와 똑같은 관목과 풀밭과 자갈을 보았다. **그들 주변에는 아무것도 달라진 것이 없었다.** 그러나 그녀에게는 산이 이동한 것보다 더 중대한 무엇인가가 일어났다.[12]

『보바리 부인』은 흔하디흔한 이야기라고 할 수 있다. 바람난 유부녀의 이야기니까. 그런데 플로베르는 왜 이런 뻔한 이야기를 쓰겠다고 마음먹었을까? 플로베르가 루이즈 콜레에게 보낸 편지는 현대소설을 언급할 때 정말 자주 인용되는 구절이다.

> 내가 생각하는 절대적 아름다움이라는 것은 나 스스로 실천에 옮겨보고 싶은 바로 무無에 관한 한 권의 책, 외부 세계와의 접착점이 없는 한 권의 책이다. 마치 이 지구가 아무것에도 떠받쳐지지 않고도 공중에 떠 있듯이 오직 스타일의 내적인 힘만으로 저 혼자 지탱되는 한 권의 책, 거의

아무런 주제도 없는, 만약 그런 것이 가능하다면 적어도 주제가 거의 눈에 띄지 않는 한 권의 책 말이다. 가장 아름다운 작품들은 최소한의 소재만으로 이루어진다. 표현이 생각에 가까워지면 가까워질수록 어휘는 더욱 생각에 밀착되어 자취를 감추고, 그리하여 더욱 아름다워지는 것이다.[13]

그러니까 플로베르는 "거의 아무런 주제도 없는" 책을 쓰고 싶었다는 것이다. 세르반테스의 『돈키호테』에는 분명한 주제가 있었다. 기사소설의 허황됨을 폭로하겠다는 것이다. 그러나 19세기의 플로베르에게 주제는 더 이상 중요치 않았다. 그는 "스타일의 내적인 힘만으로" 우뚝 선 한 권의 책을 상상했던 것이다. 그러기 위해서 이야기와 소재는 단순하고 뻔한 것이어야 한다. 그래야 사람들이 스타일에 집중할 테니까. 요는 소재나 주제가 아니라 그것을 표현하는 작가의 스타일이라는 것이다.

플로베르의 이 편지를 파묵의 '감춰진 중심부'와 관련지어보면 흥미롭다. "거의 아무런 주제도 없는, 만약 그런 것이 가능하다면 적어도 주제가 거의 눈에 띄지 않는" 책이란 즉, 중심부가 보이지 않는 책이라 할 수 있다. 플로베르는 통속적 로맨스 소설의 외양으로 장막을 친 후에, 즉 그것으로 사람들을 안심시킨 후에, 그 안을 매우 복잡한 미로로 설계해놓았다. 로맨스 소설의 장막을 젖히고 『보바리 부인』 안으로 들어온 독자들은 측량기사 K처럼 성을 찾아 헤매기 시작한다. 사람들이 찾는 로맨스 소설의 익숙한 감상이 바로 측량기사 K의 성이다. 플로베르는 엠마 보바리 같은 독자를 싫어했던 게 틀림없다. 익숙한 줄거리, 뻔한 배경, 그렇고 그런 장식적인 대화, 눈물바람으로 헤어지는 연인들, 과장된 결말 같은 것을 제공하고 싶지 않았던 것이다. 그래서 엠마 같은 독자를 소설 속으로 끌어들인 후에는 매우 낯설고 이상한 풍경으로 데려간다.

나는 오래전에 이 소설의 첫 부분을 읽다가 덮었던 기억이 있다. 너무 이상했기 때문에 프랑스에서 문학을 전공하고 돌아온 어떤 평론가에게 전화를 걸어 『보바리 부인』의 서두가 너무 이상하지 않으냐, 도대체 여기서 '우리'란 누구냐고 물었다.

> **우리**가 자습실에서 공부하고 있을 때 교장 선생님께서 들어오셨다. 그 뒤로 사복 차림의 신입생과 큰 책상을 든 사환이 따라 들어왔다. 자고 있던 학생들이 깨어났고, 다들 공부 중에 깜짝 놀랐다는 듯이 자리에서 일어났다.
> 교장 선생님은 **우리**에게 앉으라고 손짓을 하셨다. 그러고는 자습 지도교사 쪽을 돌아보며 나직한 목소리로 말씀하셨다.

"로제 선생님, 이 학생을 부탁해요. 중학교 2학년 과정에 들어왔습니다. 학업과 품행이 양호하면 제 나이에 맞는 상급반으로 올려줍시다."

문 위의 모퉁이에 있어 잘 보이지도 않는 그 신입생은 열댓 살 남짓한 시골뜨기로 **우리** 반 누구보다도 키가 컸다.[14]

신입생은 성인이 되어 엠마와 결혼하게 되는 샤를 보바리다. '우리'는 샤를의 동급생들이다. 그런데 이 '우리'는 이때 잠깐 등장하고는 다시는 소설에 나오지 않는다. 이건 좀 이상하다. '우리'는 '신입생'이 들어오는 것을 본다. 소설의 서두니까 화자이자 관찰자인 '우리'는 매우 중요한 존재 같지만 몇 페이지 넘어가기도 전에 허망하게 소설 속 세계로부터 사라진다. 나에게 전화를 [illegible] 그 평론가는 자신도 오래전에 『보바리 부인』을 읽기는 했지만 그때 그렇게 이상하다고 생각하지는 않았다고 말했다. "아니, 이상해요. 분명히 이상해요. 혹시 플로베르 이전에도 이런 방식의 서두를 사용한 작가가 있었어요? 혹시 이게 19세기 프랑스에서 유행했던 어떤 특별한 방식인가요?" 그는 아마 아닐 거라고 말했다.

이런 서두는 마치 소설을 써본 경험이 별로 없는 풋내기 작가가 쓴 것처럼 보이기도 한다. 엠마 보바리가 주인공인 소설이고 샤를은 이렇다 할 역할도 없다. 이런 인물의 등장을 동급생의 시선으로 굳이 서술할 필요가 없다. 독자들에게 혼선만을 안겨주니까. 나 역시 그런 의문을 품었다. 샤를을 관찰하고 있는 이들은 누구지? 샤를의 전학 장면은 나중에 무엇에 대한 복선으로 작용하는 거지? 그러나 이 부분은 일종의 맥거핀에 불과하다. 저 유명한 '극 초반에 총이 나왔다면 언젠가는 발사되어야 한다'는 말을 남긴 이는 안톤 체호프다. 플로베르는 그것을 뒤집어 사용한다. 극 초반에 총이 나왔더라도 독자들이 그 총이 발사되어야 한다고 굳게 믿는다면 꼭 발사할 필요는 없다고 말이다.

『보바리 부인』은 이런 식으로 끝까지 독자들과 게임을 벌인다. 독자들은 지름길로 '감춰진 중심부'에 도달하려 애쓰고, 플로베르는 쉽게 도달할 수 없도록 독자들을 엉뚱한 방향으로 유인한다. 그러기 위해 시점을 이 사람에서 저 사람으로 자주 이동시키고(20세기 이전의 소설에서 흔한 기법은 아니다), 과감한 생략을 구사하는가 하면, 로맨스에 꼭 필요하지 않을 여러 인물들을 등장시킨다. 로돌프와의 밀회가 성사되는 곳은 어울리지 않게도 장바닥 같은 농사 공진회장이다. 플로베르는 여기에서 마치 현대영화의 몽타주 기법을 연상시키는 서술 방식을 구사하며 독자를 당황케 한다. 그럼에도 불구하고 독자들은 중심을 향한 탐구를 멈추지 않는다. 그러나 그 중심은 쉽게 드러나지 않는다. 마침내 엠마가 죽고 샤를이 파산하면서 소설은 끝이 난다. 뭐야? 이게 끝이야? 이 소설의 중심부는 무엇이었나? 딱 이런 문장은 아니겠지만 독자는 뭔가 허탈한 느낌에 소설의 마지막 장을 다시 들춰본다. 그렇다. 분명히 소설은 끝이 났다. 여러 남자와 바람을 피우던 부도덕한 여자는 자살해버렸다. 그렇다면 그 '감춰진 중심부'라는 것은 '유부녀가 부도덕한 행위를 하다가는 끝이 좋지 않다' 같은 교훈일까? 그럴 수도 있다. 중심부가 꼭 심오할 필요는 없으니까. 플로베르는 분명히 말했다. "거의 아무런 주제도 없는, 만약 그런 것이 가능하다면 적어도 주제가 거의 눈에 띄지 않는" 책을 쓰겠다고. 중심부는 그 무엇이라도 좋은 것이다. 플로베르는 중심부가 아니라 독자가 중심부에 다다르는 과정이 중요하다고 보았던 것이다. 만약 플로베르에게서 현대소설이 시작되었다고 말할 수 있다면 바로 이 때문일 것이다. 그는 주제와 교훈을 강조하는 소설들을 낡은 것으로 만들었다.

엠마 보바리는 사랑의 모험을 계속하지만 독자는 그 모험을 좇기보다 엠마를 서술하는 플로베르의 필치를 따라간다. 뻔하디뻔한 기사소설에 맞서 『돈키호테』를 지은 세르반테스처럼 플로베르는 이 상투적 불륜담을 완전히 새롭게 써 보인다. 그 결과 엠마 보바리는 놀랍도록 생생한 캐릭터가 되었다. 소설의 클라이맥스로 가까이 가면 마치 귀기가 서린 것처럼 섬뜩하기까지 하다.

다음 목요일, 호텔 방에서 레옹과 만났을 때 그녀는 얼마나 격정적이었던가! 그녀는 웃고 울고 노래하고 춤추고, 셔벗을 주문하고 담배도 피워보려고 하는 등 그가 보기에 매우 기이한 행동을 했지만 그래도 무척 멋지고 매력적이었다.

그는 그녀가 왜 더욱 격렬하게 삶의 쾌락에 몸을 내던지는지 알 수 없었다. 그녀는 걸핏하면 화를 내고, 식탐이 많아지고, 음탕해졌다. 그러고는 세상 이목 따위는 개의치 않는다고 하면서 고개를 빳빳이 쳐들고 그와 함께 거리를 산책했다. 그러나 가끔 엠마는 갑자기 로돌프와 마주치지나 않을까 하는 생각에 몸서리를 쳤다. 영원히 헤어졌음에도 아직도 그녀는 그에게서 완전히 해방되지 못하고 어딘가 종속되어 있는 기분이기 때문이었다.

어느 날 밤, 그녀는 용빌에 돌아오지 않았다. 샤를은 거의 제정신이 아니었고 어린 베르트는 엄마 없이는 자지 않겠다고 떼를 쓰면서 가슴이 찢어질 듯이 울었다.[15]

소설 속 캐릭터가 이렇게 생생하게 되면 사람들은 두려움을 느낀다. 하지만 무엇 때문에 이토록 엠마를 생생하게 느끼는지 알 수가 없기 때문에 사람들은 엠마의 부도덕을 고발한다. 소설 속 인물을 법정에 세울 수는 없으니 작가를 소환한다. 플로베르는 법정에 서야만 했다.

클리셰로 가득한 소설은 안전한 세계다. 재벌 2세가 가난한 알바생과 사랑에 빠지는 것은 현실에서는 드물고 위험한 일일지 몰라도 TV 드라마 속에서는 너무 흔해서 어떤 시청자도 크게 긴장하지 않는다. 엄청난 악당이 등장하는 할리우드 액션 영화를 우리는 팝콘을 질겅질겅 씹으며 태연히 본다. '뭐? 백팩에 든 폭탄으로 맨해튼을 날려버린다고? 와, 재밌겠는데!' 하지만 뛰어난 작가가 새로운 스타일과 참신한 표현으로 제시하면 사람들은 그 이야기를 현실과 구별하지 못하게 된다. 아니, 때로는 현실보다 더 두렵게 생각하기 시작한다.

그러니 소설을 읽는다는 것은 어떤 주제나 교훈을 얻기 위함도 아니고, '감춰진 중심부'에 도달하기 위한 여정도 아니다. 소설을 읽는 동안 우리는 분명히 어떤 교훈을 얻은 것 같기도 하고, 주제를 찾아낸 것 같기도 하고, '중심부'를 열심히 찾아 헤매다 얼추 비슷한 곳에 당도한 것도 같은데, 막상 다 읽고 나면 그게 아니었다는 묘한 기분에 사로잡히게 된다.

그렇다면 우리가 소설을 읽는 진짜 이유는 무엇일까? 그것은 바로 헤매기 위해서일 것이다. 분명한 목표라는 게 실은 아무 의미도 없는 이상한 세계에서 어슬렁거리기 위해서다. 소설은 세심하게 설계된 정신의 미로다. 그것은 성으로 향하는 K의 여정과 닮았다. 저멀리 어슴푸레 보이는 성을 향해 길을 따라 걸어가지만 우리는 쉽게 그 성에 도달하지 못한다. 대신 낯선 인물들을 만나고 어이없는 일을 겪는다. 일상에서는 느낄 수 없는 감정들을 경험하기도 하고, 한 번도 생각해본 적이 없는 문제를 곰곰이 짚어보기도 한다. 그러므로 서점 서가에 꽂힌 그 수많은 책들 중에서 우리가 굳이 소설을 집어드는 이유는, 고속도로로 달리는 것에 싫증이 난 운전자가 일부러 작은 지방도로로 접어드는 이유와 비슷하다. 소설을 읽으면서 우리의 이성은 줄거리를 예측하고, 작가의 의도를 가늠하고, 인물의 성격을 우리가 알고 있는 현실의 누군가와 비교하기도 한다. 반면 우리의 감성은 작가가 써놓은 적확하고 아름다운 문장에 탄복하기도 하고, 예리한 인물 묘사에 공감하기도 하고, 주인공이 처한 고난에 가슴 아파하기도 한다. 이성과 감성이 적절히 균형을 이룰 때, 우리의 독서는 만족스러운 경험이 된다. 때로 이성에 이끌렸다가 때로 감성에 이끌렸다가 하면서 우리의 정신은 책 속에 구현된 그 이상한 세계를 점차 이해해가기 시작한다. 그리고 마침내 그 세계의 일원이 된다.

그러므로 좋은 독서란 한 편의 소설에 대해 모든 것을 알아내는 것이 아니다. 오히려 작가가 만들어놓은 정신의 미로에서 기분좋게 헤매는 경험이다. '아, 왠지 모르겠지만 이 소설은 정말 재미있어. 인물들은 생생하고, 사건들은 흥미롭고, 읽는 내내 정말 흥분되더군. 주인공은 지난밤 꿈에도 나왔어.' 이것으로 충분하다. 어차피 우리가 알아낸 모든 것은 작가가 꾸며낸 허구에 불과하다. 그 모든 요소와 장치는 독자로 하여금 작가가 창조한 그 세계에서 멋진 경험을 할 수 있게 제공된 것이다.

누군가는 물을 것이다. "우리의 시간은 소중하다. 그런 귀중한 시간을 들여 소설을 읽는다면 뭔가 얻는 것이 있어야 하지 않겠는가?" 아마 플로베르라면 이렇게 대답했을 것이다. "그 아까운 시간을 들여 고작 '바람피우면 죽는다' 같은 교훈이나 얻는다면 그것이야말로 시간의 낭비일 겁니다." 분명히 우리는 소설을 읽음으로써 뭔가를 얻는다. 그런데 그 뭔가를 남에게 설명하기도 어렵다. 왜냐하면 내가 경험한 미로와 타인이 경험한 미로가 모두 다르기 때문이다. 우리는 화폐경제에서 살아가기 때문에 교환이 불가능한 것들은 무가치하다고 생각하는 버릇이 있다. 그러나 정말 소중한 것은 교환이 불가능하다. 부모가 준 사랑을 계량화해서 자식이 되갚을 수는 없다. 어려움에 처한 타인을 도운 경험이 똑같은 형태로 내게 돌아오지도 않는다. 마스터카드의 광고는 그 지점을 파고든다. 멋진 경험들, 예를 들어 자녀와 함께한 캠핑 같은 것을 인상적으로 보여준 다음 이렇게 말하는 것이다. "It's priceless." 값으로 따질 수 없는 경험들을 신용카드로 사라는 것이다. 그들이 은폐하는 것은 청구서가 한 달 후에 날아온다는 것이고, 결국은 가격이 존재한다는 것이다. 그러나 독서는 다르다. 소설을 읽음으로써 우리가 얻은 것은 고유한 헤맴, 유일무이한 감정적 경험이다. 이것은 교환이 불가능하고, 그렇기 때문에 가치가 있다. 한 편의 소설을 읽으면 하나의 얇은 세계가 우리 내면에 겹쳐진다. 나는 인간의 내면이란 크레이프 케이크 같은 것이라 생각한다. 일상이라는 무미건조한 세계 위에 독서와 같은 정신적 경험들이 차곡차곡 겹을 이루고 쌓여가면서 개개인마다 고유한 내면을 만들어가게 되는 것이다.

현대의 기업들은 우리를 소비자라 부른다. 구글 같은 기업은 우리를 빅데이터의 한 점으로 본다. 정당은 우리를 유권자로 여긴다. 우리의 개성은 몰각되고 행위만이 의미 있다. 우리가 더 이상 물건을 사지 않고, 인터넷에 접속하지도 않으며, 투표에도 참여하지 않는다면 그들에게 우리는 존재하지 않는 것과 마찬가지가 된다. 그러나 우리는 그런 몰개성적 존재로 환원되는 것을 거부할 수 있다. 바로 우리 안에 나만의 작은 우주를 건설함으로써 그렇게 할 수 있다. 현실의 우주가 빛나는 별과 행성, 블랙홀 등으로 구성되어 있다면, 크레이프 케이크를 닮은 우리의 작은 우주는 우리가 읽은 책으로 구성되어 있다. 그것들이 조용히 우리 안에서 빛날 때, 우리는 인간을 데이터로 환원하는 세계와 맞설 존엄성과 힘을 가질 수 있을 것이다.

4부

「거기 소설이 있었으니까」 읽는다

읽 다

'거기 소설이 있으니까' 읽는다

블라디미르 나보코프는 『롤리타』의 결말 부분에 난데없이 인물의 일관성에 관한 단상을 집어넣었다.

> 독자들에게 문학작품 속의 등장인물은 각각의 유형에 따라 매우 일관성 있는 성격을 지닌 사람으로 보이기 마련인데, 사람들은 흔히 친구들에게도 그런 일관성을 기대하는 경향이 있음을 종종 확인할 수 있다. 예컨대 우리가 『리어 왕』을 아무리 여러 번 읽어보아도 그 선량한 왕이 세 딸과 그들의 애견을 다시 만났을 때 그동안의 불행을 깨끗이 잊어버리고 신이 나서 흥청망청 떠들며 맥주잔으로 식탁을 탕탕 두드리는 장면 따위는 나오지 않는다. 마찬가지로 플로

베르의 아버지•가 때맞춰 연민의 눈물을 흘린다고 해서 엠마가 그 소금기 덕분에 되살아나 생기를 되찾는 일도 없다. 이런저런 유명한 등장인물이 책의 앞표지와 뒤표지 사이에서 어떻게 변모하든 간에 우리의 마음속에서 그 사람의 운명은 이미 정해졌고, 마찬가지로 우리는 친구들도 우리가 정해놓은 이런저런 논리적, 상투적 유형에 맞게 행동하기를 기대한다. 그래서 늘 별 볼일 없는 교향곡만 작곡하던 X가 느닷없이 불멸의 명곡을 내놓는 일은 없어야 한다. Y는 절대로 살인을 저지를 사람이 아니다. Z는 무슨 일이 있어도 우리를 배신하지 않는다. 우리는 이렇게 마음속으로 모든 것을 정해두고 어떤 사람이 그대로 고분고분 행동했다는 소식을 들을 때마다 만족감을 느끼는데, 자주 만나지 못하는 사람일수록 만족감도 커진다. 반면에 우리가 판단한 운명에서 벗어나버린 경우는 파격을 넘어 파렴치하다는 생각까지 든다. 가령 핫도그 노점상을 하다가 은퇴한

• 엠마의 아버지를 가리킨다. "엠마 보바리가 바로 나다"라고 했던 플로베르의 유명한 발언을 연상시키기 위해 일부러 이렇게 말한 것으로 보인다. 그런데 왜 굳이 험버트 험버트로 하여금 '엠마의 아버지' 대신 '플로베르의 아버지'라고 말하게 했는지가 흥미롭다. 엠마가 플로베르라면 험버트 험버트는 나보코프란 말인가? 아니면 그렇게 읽으려는 이들에 대한 야유인가?

> 이웃집 남자가 최근에 당대 최고의 시집을 발표했다는 소식을 듣게 되면 차라리 그 사람을 모르는 편이 나았다고 생각하기 마련이다.[1]

이 장면 바로 뒤에 험버트 험버트의 변호사 팔로가 갑자기 사랑에 빠져 인도로 허니문을 떠난다는 얘기가 나오고, 바로 그 뒤에는 자신이 그토록 찾아 헤매던 롤리타로부터 편지를 받는다. 변호사와 어린 연인이 모두 자신의 예상과는 다른 삶을 살아가고 있었다는 것에 그는 충격을 받는다.

이 대목은 여러모로 의미심장하다. 나보코프가 쓴 것처럼(이 부분은 주인공 험버트 험버트의 독백이지만 어쩐지 나보코프가 툭 튀어나와 발언하는 것처럼 보인다) 소설 속의 등장인물은 작품 안에서는 변화할 수 있어도, 작가가 이미 써놓은 것 이상으로는 달라질 수 없다. 우리는 모두 이것을 잘 알고 있다. 의식하지 않을 뿐이다. 춘향은 이몽룡과 다시 만난다. 둘은 모두 철없는 어린 연인들이었지만 극의 결말에서는 어엿한 관료, 윤리적 원칙을 지키는 성숙한 여성으로 행동한다. 그런데 누군가가 이몽룡이 향단이와 결혼했다거나 춘향이가 애초부터 변학도의 여동생이었다고 말한다면, 우리는 '개구리가 코끼리보다 크다'는 말을 들었을 때처럼 어이없는 기분이 된다. 이몽룡과 춘향이 상상

속의 존재인데도 마치 불변의 자연법칙처럼 느껴지는 것이다. 나보코프는 험버트 험버트의 입을 빌려 리어 왕과 엠마 보바리의 예를 들어 작품 속에서 일어나지 않은 일은 일어나지 않은 일이다, 라고 말하고 있다.

나보코프는 독자가 소설의 등장인물들에 대해 기대하는 것을 현실의 인간에게도 똑같이 기대한다는 얘기를 하기 위해 이 예를 들었다. 맞다. 우리는 현실의 인간에 대해서도 이런저런 선입견과 기대를 갖고 있다. 그러나 소설의 등장인물만큼은 아니다. 소설 속 인물과 현실의 인간은 비교가 불가능할 정도로 그 견고함이 다르다. 현실의 인물을 이해하고 파악하는 것은 마치 보트에 탄 사냥꾼이 오리를 총으로 쏘는 것과 비슷하다. 보트도 흔들리고 오리는 날아간다. 그만큼 어렵고 불확실성이 크다. 하지만 리어 왕이나 홍길동은 변치 않는 모습으로 거기 있다. 변하는 것은 오직 그 소설을 읽는 독자 자신뿐이다. 그러므로 우리는 소설이 '제2의 자연'으로 존재한다고 말할 수 있을 것이다. 분명히 허구에서 시작했지만 어느새 소설 속 세계는 마터호른산이나 태평양같이 엄존하는 현실처럼 존재하기 시작한다.

소설은 흔히 꿈에 비유되어왔다. 오르한 파묵은 소설은 '두 번째 삶'이라고 말한다. 꿈처럼 소설도 진짜라고 생각하며 읽지만 한편으로는 그렇지 않다는 것을 알고 있다는 점에서 꿈과는 다르다는 것이다.

그렇다. 소설은 일견 꿈과 비슷하다. 우리가 그것을 현실처럼 믿는다는 점에서 그렇다. 하지만 크게 다른 점이 있다. 꿈은 잠에서 깨어나는 즉시, 그 사실성이 부정된다. 소설은 읽은 후에도 건재한다. 분명 허구인 것을 알면서도 함부로 바꿀 수 없는 확고한 실재로 남아 있다. 보르헤스는 오직 어린아이들이나 미개인들만이 꿈을 현실과 구분하지 못한다고 말하며 자신의 어린 조카 이야기를 전한다.

> 내 조카는 매일 아침마다 나에게 자기의 꿈을 들려주곤 했습니다. 아마 당시 대여섯 살 정도 되었던 것 같습니다. 하지만 난 숫자에 대해서는 젬병이라 틀릴 수도 있다는 것을 염두에 두시기 바랍니다. 그런데 어느 날 아침, 나는 바닥에 앉아 있던 그에게 무슨 꿈을 꾸었느냐고 물었습니다. 내가 그런 취미가 있다는 것을 잘 알고 있던 조카는 천천히 말했습니다. "어젯밤에 숲속에서 길을 잃어버리는 꿈을 꾸었어요. 몹시 무서웠어요. 하지만 개간지에 도착했고, 거기에 하얀 나무집이 있었어요. 달팽이처럼 꾸불꾸불한 계단이 있었고, 층계에는 카펫이 깔려 있었고, 거기에는 문

> 이 하나 있었어요. 그런데 바로 그 문에서 아저씨가 나왔어요." 그러고는 갑자기 말을 멈춘 다음, 이렇게 덧붙였습니다. "그런데 그 집에서 아저씨는 뭘 하고 있었어요?"[2]

『하자르 사전』에는 꿈을 현실보다 더 현실로 여겼던 이들이 등장한다. 『하자르 사전』은 7세기부터 10세기 무렵까지 존재했던 것으로 알려진 전설 속의 민족 하자르족의 설화를 중심으로 만든 사전식 소설이다. 이 책에 담긴 신비로운 이야기들 중 상당수가 꿈을 배경으로 한다. 예컨대 '꿈 사냥꾼'이라는 일종의 사제들은 "다른 사람들의 꿈을 (마치 책처럼!) 읽거나 그 꿈속으로 들어가서 편안히 머물 수 있었다"[3]고 전한다. 심지어 타인의 꿈속에서 사냥감을 잡아올 수도 있었다고 한다. 이 책에는 음악가이면서 꿈을 읽을 줄 알았던 유수프 마수디에 대한 환상적인 이야기도 나온다. 그는 콘스탄티노플에 파견된 외교관 밑에서 하인으로 일했는데, 사람들의 꿈을 따라 여행하는 유령을 쫓아다녔다고 한다.

> 마수디가 알아낸 바에 따르면, 두 사람이 서로에 대한 꿈을 꾸고 그중 한 사람의 꿈이 다른 한 사람의 현실을 구성하는 경우, 꿈의 작은 일부분이 언제나 남겨진다고 한다. 이것이

바로 '꿈의 아이들'이다. 꿈은 물론 꿈에 나오는 사람의 현실보다 짧다. 하지만 꿈은 언제나 아주 깊기 때문에, 어떤 현실과도 비교할 수 없다. 그래서 언제나 약간의 찌꺼기가 남게 된다. 이러한 '잉여 물질'은 꿈에 나오는 사람의 현실 속으로 완전히 들어갈 수 없기 때문에, 결국 제3의 인물의 현실 속으로 흘러들어가 거기에 붙어 있게 된다. 결과적으로 제3의 인물은 엄청난 어려움과 변화를 겪게 된다. 제3의 인물은 처음의 두 사람보다 더욱 복잡한 상황에 놓이게 된다. 이 인물의 자유의지는 다른 두 사람에 비해 두 배는 더 무의식의 지배를 받는다.[4]

내가 꾸는 꿈이 다른 사람의 현실을 구성하고, 다른 사람이 꾸는 꿈이 내가 사는 현실일지도 모른다는 생각은 정말 멋지다. 이것은 내가 나비의 꿈을 꾸는 것인가, 아니면 나비가 내 꿈을 꾸는 것인가, 라고 묻는 장자의 호접몽을 떠올리게 한다. 문자로 쓰이고, 책으로 인쇄된 소설이 본격적으로 등장하기 이전의 세계, 구전문학의 세계는 꿈의 지위가 지금과는 확연히 달랐다. 유전적 질병으로 눈이 멀어버린 보르헤스 역시 자신과 같은 운명에 처했던 호메로스의 서사시, 그리고 구전문학의 세계에 깊은 관심을 보였다. 그는 동시에 동양의 구전문학을 대표하는

『천 하룻밤의 이야기』도 좋아했다. 끝도 없이 이어지는 그 방대한 이야기에서 그는 굳이 꿈과 관련한 에피소드 하나를 끄집어낸다.

꿈은 『천 하룻밤의 이야기』에서 가장 중요한 주제입니다. 꿈을 꾸는 두 사람의 이야기는 정말로 훌륭합니다. 카이로에 사는 어떤 사람이 꿈속에서 어떤 목소리를 듣게 되는데, 페르시아의 이스파한에 보물이 숨겨져 있으니 그곳으로 가라고 말합니다. 그는 길고 위험한 여행 끝에 마침내 지친 몸으로 이스파한에 도착하여, 어느 사원의 정원에 누워 잠을 잡니다. 그런데 아무것도 모른 채 그곳에서 도둑들과 함께 있게 됩니다. 그들은 모두 체포되고, 법관은 그에게 왜 그곳으로 왔느냐고 묻습니다. 이집트인은 이야기를 들려줍니다. 그러자 법관은 큰 소리로 웃으면서 말합니다. "미련하고 귀가 얇은 사람아, 나는 세 번이나 카이로에 있는 어느 집을 꿈꾸었다. 집 뒤쪽에는 정원이 있고, 그 정원에는 해시계와 분수, 그리고 무화과나무가 있다. 그런데 바로 그 분수 아래에 보물이 있는 꿈이었다. 난 이 거짓말을 전혀 믿지 않았다. 이스파한으로 절대 되돌아오지 말라. 이 돈을 줄 테니 어서 이곳을 떠나라." 이집트인은 다시 카이로로 돌아옵니다. 그는 법관의 꿈속에서 자기 집을 보았던 것입니다. 그는 분수 아래를 파고, 거기서 보물을 발견합니다.[5]

'한 사람의 꿈이 다른 사람의 현실이 되고 그 반대도 가능하다'는 유수프 마수디의 이야기는 『천 하룻밤의 이야기』에서도 비슷하게 변주되고 있다. 그런데 이 카이로 사람이 애초에 꾼 꿈은 '이스파한에 보물이 있다'는 것이었다. 그런데 이스파한에는 보물이 없고 대신 보물에 대한 꿈을 꾼 판사가 있다. 그는 이 판사의 꿈에서 떠나온 자기 집을 본다. 그래서 다시 한번 꿈을 믿고 집으로 긴 여행을 떠나 결국 보물을 발견한다. 그러니까 '이스파한에 보물이 있다'는 것은 사실이 아니었지만 그는 결과적으로 보물을 찾았으니 꿈이 영 틀린 것도 아니었던 것이다.

이 꿈을 『하자르 사전』의 유수프 마수디식으로 다시 해석해 보면 한결 오묘하다. 하자르인들은 꿈을 현실보다 짧지만 훨씬 깊은 것이라고 여겼다. 끝이 보이지 않는 우물 같은 것으로. 그러니까 꿈에 따라 현실을 만들고 나면 남는 부분이 생긴다. 그렇게 남는 부분, '잉여 물질'은 엉뚱한 사람의 현실 속으로 들어가 이상한 작용을 하게 된다는 것이다. 그러니까, 내가 하는 나답지 않은 행동은 누군가 꿈과 현실을 서로 교환하고 남은 부분이 들어와서라는 것이다. 장자의 호접몽은 나비와 내가 등가로 교환되는 세계이지만 『하자르 사전』의 꿈과 현실에는 우수리가 있다. 나는 『하자르 사전』의 비유를 더 좋아한다. 그것은 소설이 인류사에 본격적으로 등장하기 전에는 꿈에만 해당하는 비유였겠지만, 지금과 같은 시대에는 오히려 소설이나 영화에 적합한 비유라고 생각한다. 소설은 현실보다 분명 짧을 것이다. 칠십억 인구의 삶을 대신할 분량의 소설은 없다(일상을 그대로 소설로 옮기겠다는 누보로망의 실험이 이미 실패한 것을 우리는 잘 알고 있다). 그러나 소설이 현실보다 깊을 수는 있다. 그럴 경우 『하자르 사전』에서의 꿈처럼, 소설에서도 현실로 다 치환되지 않는 '잉여 물질'이 남을 것이다. 어쩌면 우리는 바로 이 부분 때문에 소설을 읽는 것인지도 모른다. 독서를 통해 우리는 현실과 매우 닮았으나 현실은 아닌 어떤 세계를 탐험한다.

소설이 꿈과 다른 점은 문자로 쓰이고 책으로 묶인다는 것이다. 철저하게 개인적이어서 공개적 검증이 불가능한 꿈과 달리 소설은 어떤 범죄의 증거물처럼 엄연하게 공개적으로 존재한다. 물론 우리는 우리가 읽은 소설에 대해서 왜곡되고 편집된 기억을 가지고 있다. 거의 모든 소설에 대해 그렇다. 엠마 보바리가 자살했고 피쿼드호는 포경선이었다는 정도는 잊지 않겠지만, 엠마가 첫번째로 바람을 피운 상대가 누구였는지, 스타벅이 피쿼드호의 일등항해사였는지 작살잡이였는지 정도는 헷갈릴 수 있다. 심지어 작가조차도 오래전에 쓴 자기 작품에 대해 완전한 기억을 갖고 있지 않다. 『읽지 않은 책에 대해 말하는 법』을 쓴 피에르 바야르는 그래서, 칵테일파티에서 만난 작가에게 절대로 책 내용을 구체적으로 거론하지 말라고 조언한다. 이야기가 길어질수록 작가는 독자가 이야기하는 책이 자기 책이 아닌 것만 같다고 느끼게 되는데, 이때 책임은 양쪽 모두의 불완전한 뇌에 있다는 것이다. 작가의 기억도 부정확하고, 독자의 기억도 마찬가지이니 둘은 오래전에 읽은 어떤 소설에 대한 불완전한 기억을 나누다가 서서히 서로를 불신하게 된다는 것이다.

그럼에도 불구하고 두 사람의 잘못된 기억은 책을 가지고 와서 책장을 펼치면 바로 확인할 수 있다. 꿈은 그렇게 할 수 없기 때문에 여전히 신비의 영역 속에 남아 있지만, 소설은 그렇지 않다. 한때 보르헤스는 젊어서 출판한 어떤 책 하나를 심하게 부끄러워한 나머지, 도서관마다 찾아다니며 그 책을 대출한 후 없애버렸다고 한다. 작가들마다 그런 '흑역사'가 하나쯤은 있는데, 이것을 삭제하기는 매우 어렵다. 책은 한번 출판되면 사라지지 않는다. 우리나라 같은 경우 국회도서관이나 국립중앙도서관에 납본하는 것이 의무이기 때문에 그 어떤 책도 이론적으로는 완전히 사라지지 않는다.

그래서 소설은 애초에 한 작가의 허무맹랑한 상상 속에서 발원했지만 책으로 묶이고 독자들 개개인의 기억 속에 공유되면서 현실보다 더 부정하기 어려운 일종의 자연으로 남게 된다는 점에서 매우 흥미롭다.

소설이 이렇게 엄연한 자연으로 우리 앞에 놓여 있다면, 독자는 이 자연을 어떻게 인식하고 경험하는 것일까? 그리고 그 자연이 히말라야의 봉우리나 아마존의 정글처럼 함부로 다가가기 어려운 것이라면 어떨까? 독자들은 이런 책들과 어떤 투쟁을 벌이는 것이며, 그런 도전의 결실은 무엇일까? 이것은 내가 나보코프의 『롤리타』나 도스토옙스키의 『죄와 벌』, 미셸 우엘벡의 『소립자』, 알베르 카뮈의 『이방인』, 조나탕 리텔의 『착한 여신들』 같은 작품을 읽으며 무수히 떠올린 질문들이었다. 이런 소설들을 읽는 것은 정신적으로 높은 수준의 긴장을 요구한다. 윤리적으로나 상식적으로 납득하기 어려운 주인공과 그들의 행위를 받아들이는 것도 어렵고, 소설 속에서 벌어지는 참상을 감당하는 것도 힘겹다. 그러나 작가들은 꾸준히 이런 작품을 써왔고, 많은 독자들이 이런 작품들을 사랑했다. 독자는 작품의 일점일획도 고칠 수 없다. 그러니 오직 이를 감당하는 일밖에는 할 수 있는 게 없다. 그런데도 이 책들을 읽으려는 독자들의 줄은 여전히 줄어들지 않고 있다.

다시 『롤리타』로 돌아온다. 이 작품을 읽는 것은 결코 만만치 않다.

> 롤리타, 내 삶의 빛, 내 몸의 불이여. 나의 죄, 나의 영혼이여. 롤-리-타. 혀끝이 입천장을 따라 세 걸음 걷다가 세 걸음째에 앞니를 가볍게 건드린다. 롤. 리. 타.[6]

『롤리타』의 이 유명한 첫 문장(기술적으로만 보자면 존 레이 주니어 박사의 서문이 소설의 시작이지만 이 책을 읽은 대부분의 독자가 이 문장을 첫 문장으로 기억한다)은 열두 살 소녀 롤리타를 사랑했던 중년 남자 험버트 험버트가 감옥에서 쓴 회고록의 서두다. 이 부분을 읽을 때면 누구나 한 번쯤 험버트를 따라 '롤리타'를 발음해보게 되고, 정말 "혀끝이 입천장을 따라 세 걸음 걷다가 세 걸음째에 앞니를 가볍게 건드"리는지 확인해보게 된다. 모두가 알다시피 블라디미르 나보코프는 러시아 몰락 귀족의 자제였다(험버트 험버트 역시 미국으로 온 프랑스계 이민자로 그려진다). 가정교사에게 프랑스어와 영어 등을 제대로 배웠기에 미국생활에 어려움은 없었다. 그러나 억양과 발음은 언제나 그의 신경을 거슬렀을 것이다. 그러니 열두 살 미국 소녀 롤리타를 혀의 위치로 기억한다는 것은 정말 자연스럽다. 그렇다 해도 감옥에 갇힌 이 남자가 자기 혀가 입천장에 닿는 느낌을 음미하면서 롤리타를 그리워하는 이 장면은 음산하고 불쾌하다. 독자는 이 첫 장면에서 앞으로 읽게 될 험버트 험버트의 회고록이 예사롭지 않을 것임을 예감하게 된다.

> 아침에 양말 한 짝만 신고 서 있을 때 키가 4피트 10인치인 그녀는 로, 그냥 로였다. 슬랙스 차림일 때는 롤라였다. 학교에서는 돌리. 서류상의 이름은 돌로레스. 그러나 내 품에 안길 때는 언제나 롤리타였다.[7]

4피트 10인치라면 147센티미터니까 아직 성숙하지 않은 소녀임을 분명히 알 수 있다. 그녀가 학교를 다니는 학생이라는 것, 그런데도 험버트 험버트의 '품에 안길' 때가 꽤 많이 있었다는 것이다. 나보코프는 두번째 단락부터 바로 독자들을 도발하기 시작한다. 바로 이 순간 독자는 밀란 쿤데라가 "소설은 도덕적 판단이 중지된 땅"이라고 정의한, 바로 그 의미를 실감하게 된다. 자, 도덕적 판단을 중지하기 싫다면 여기서 책장을 덮으시오, 라고 나보코프가 선언하는 것이다. 그러니 독자는 작가와 일종의 합의를 하지 않으면 안 된다. '작가인 당신의 도덕적 판단을 무조건 수용하겠다'가 아니라 '이 소설을 다 읽을 때까지 일단 도덕적 판단은 유보하겠다'고 결정하는 것이다. 물론 책을 읽는 내내 독자는 이 합의를 번복할 수 있다. 그리고 많은 독자들이 번복을 하고 책장을 덮어버린다. 예를 들어 이런 장면을 견디기는 쉽지 않다.

"우리 둘이 한방에서 자요?" 로의 표정이 역동적으로 변했는데—불쾌감이나 혐오감의 표시가 아니라(그 직전의 상태가 분명하긴 했지만) 그저 역동적이었다—질문에 격렬한 의미를 담고 싶을 때 흔히 나타나는 현상이었다.

"간이침대를 달라고 했어. 네가 싫다면 내가 쓸게."

"제정신이 아니시네." 로가 말했다.

"왜 그러냐, 우리 귀염둥이?"

"왜 그러냐면 말이죠. 귀-염둥이 아저씨, 우리 귀-염둥이 엄마가 이걸 알면 당장 아저씨랑 이혼하고 내 목을 조를 테니까요."

그저 역동적일 뿐이다. 사실은 이 문제를 그리 심각하게 여기지도 않는다.

"내 말 좀 들어봐." 내가 자리에 앉으면서 말했다. 그녀는 몇 걸음 떨어진 곳에 서서 흐뭇하다는 듯이, 조금 놀랐지만 기쁘다는 듯이 자신의 모습을 바라보면서, 역시 놀라고 기뻐하는 벽장문 거울을 향해 장밋빛 햇살 같은 매력을 마음껏 발산했다.

"로, 내 말 좀 들어. 이 문제는 여기서 확실히 짚고 넘어가자. 어느 모로 보나 나는 사실상 네 아빠야. 그리고 너를 많이 사랑해. 그러니까 엄마가 없는 동안은 내가 책임지고 너를 보살펴야지. 우린 부자가 아니니까 여행하는 동안은 어쩔 수 없이⋯⋯ 어쩔 수 없이 같이 지낼 때가 많을 거야. 두 사람이 한방을 쓰다보면 아무래도 불가피하게 어떤, 뭐라고 표현하면 좋을까, 어떤⋯⋯"

"근친상간 말이죠?" 로는 그렇게 말하면서 벽장 안으로 들어갔다가 황금빛을 머금은 듯한 어린 목소리로 킥킥 웃으며 도로 나와 그 옆에 있는 문을 열더니 이번에는 실수하지 않으려고 야릇하게 게슴츠레한 눈으로 조심스레 안을 살피고 나서 화장실로 들어갔다.[8]

그리고 이 둘은 곧 호텔에서 관계를 갖는다. 서른여덟 살의 남자와 열두 살의 소녀가 말이다. 심지어 험버트 험버트는 "먼저 유혹한 사람은 그녀였습니다"[9]라고 말하기도 한다. 그는 전형적인 소아성애자의 모든 면을 갖고 있다. 그들은 언제나 소녀들이 먼저 유혹해왔다고 진술한다. 소녀들을 이미 성에 대해서 자기보다 더 많은 호기심과 경험을 갖고 있는 존재로 상정한다. 현대의 독자들은 험버트 험버트에 대해 간단하고 단호하게 윤리적 판결을 내릴 수 있다. 그러나 그 윤리적 판결과 별개로 작품의 매력이라는 다른 차원이 존재한다. 주인공이 치료가 필요한 변태성욕자라는 것을 알게 된다고 해서 자동적으로 『롤리타』가 쓰레기가 되는 것은 아니다. 『롤리타』를 계속 읽어나가는 독자는 하는 수 없이 주인공에 대한 혐오감과 작품에 대한 호감을 조화시키지 않을 수 없다.

작품에 대한 불편함이 윤리적 호오라는 비교적 평면적인 차원에서만 비롯된다면, 호감은 다양한 차원에서 독자를 공략한다. 윤리적 판단이 정규군이라면 호감은 게릴라다. 정규군은 눈에 보이는 곳에 주둔하고, 공개적으로 진군한다. 반면 게릴라는 어디에서 출몰할지 예측할 수 없으며, 공격의 방식도 다양하다. 『롤리타』에서는 먼저 나보코프가 구사하는 시적인 문체가 이런 게릴라로 작용한다. 어린이와 외국인은 그들이 배우기 시작한 언어를 낯설어하기 때문에 간단하게 시적인 문체를 구사한다. 그들은 주어진 단어를 주어진 그대로 받아들이지 않는다. 『롤리타』에서 나보코프 역시 쉴새없이 영어를 가지고 언어유희를 벌인다. 강간범the rapist과 치료사therapist를 비교하는 장면이 압권이다. 영어가 모국어인 사람은 치료사therapist를 강간범

the rapist으로 '인수분해'할 수 있다는 것을 한 번도 생각하지 못했을 것이다. 러시아의 몰락 귀족은 새로 알게 된 이 장난감을 가지고 놀이를 계속한다. 이민자 나보코프는 상투적 표현을 거부하고(실은 잘 몰랐을지도 모른다), 이미 존재하는 어휘를 분해하여 새로운 방식으로 제시한다.

이 과정에서 어떤 독자는 어쩌면 이 소설이 서른여덟의 남자가 열두 살 소녀를 사랑하는 이야기가 아니라 구세계의 이민자가 신세계의 질서를 받아들이는 과정에 대한 은유가 아닐까 생각하게 된다. 이런 해석이 옳은가 그른가는 여기서 중요한 문제가 아니다. 이민자 작가의 집요한 언어유희가 독자로 하여금 이 소설에 다른 차원이 있을 수도 있다는 의심을 품게 만들었다는 것이 의미가 있다. 『롤리타』가 1955년 프랑스에서 출간된 이후 큰 화제를 모으고 이후 미국에서도 출판되자 나보코프는 뒤늦게 일종의 머리말을 쓰게 된다. 작품이 이미 엄청난 화제를 모으기 시작한 뒤에 쓴 이 머리말과 출판 여부도 확실치 않던 시절에 쓴 존 레이 주니어 박사 이름의 머리말을 비교하는 것은 정말 흥미로운 일이다. 존 레이 주니어 박사라는 가상의 인물을 빌려 『롤리타』는 정신병리학 분야의 고전이 될 것이 확실하다, 문학적 가치보다 더 중요한 것은 이 책이 독자들에게 안겨줄 윤리적 충격이다, 이 통렬한 개인적 사연 속에는 보편적 교훈이 숨어 있다, 우리 사회에 만연한 각종 악행을 고발하는 역할도 한다, 경각심과 통찰력을 심어줌으로써 더 안전한 세상을 만들고 더 나은 세대를 길러내는 일에 매진하도록 이끌어줄 것이다, 라고 말한다.

이 머리말 자체가 어떤 윤리적 상투성으로 가득하기 때문에 이를 나보코프 자신의 발언으로 받아들이기는 어렵고, 위선적 도덕관에 대한 일종의 야유라고 볼 수도 있지만, 한편으로 소설 내용이 야기할 사회적 비난을 누그러뜨리는 효과를 전혀 기대하지 않았다면 그것 역시 믿기 어려운 얘기일 것이다. 『스페이드 여왕』을 쓴 푸시킨 역시 비슷한 효과를 노리고 일종의 가짜 서문을 쓴 바 있기 때문에 나보코프가 모국의 대선배 작가의 이런 수법에서 아무 영향도 받지 않았다고 보기는 어렵다. 미지의 인물로부터 받은 원고를 대신 편집하여 내놓는다는 식의 이런 서문들은 작가가 받을 윤리적 비난을 희석해줄 뿐 아니라 액자 속 소설 내용을 독자가 전적인 사실로 받아들이지 않도록 완충해주는 효과를 가져온다.

나 역시 푸시킨의 『스페이드 여왕』에서 영감을 얻어 단편 「흡혈귀」에 같은 기법을 쓴 바 있다. 「흡혈귀」는 이렇게 시작한다.

지난해 펴낸 장편소설 『나는 나를 파괴할 권리가 있다』 때문에 가끔 이상한 전화나 편지를 받을 때가 있다. 그 소설에는 자살 안내라는 좀 특이한 일을 하는 사람이 화자로 등장하는데, 독자들 중에는 작가인 나와 그 자살 안내인을 같은 사람으로 착각하는 사람이 있는 모양이다. 대뜸 전화를 걸어와서는 자신이 지금 자살을 하려고 하는데 뭐 해줄 말이 없느냐는 식이다. 오죽하면 나 같은 사람에게까지 그러겠는가 싶어 안쓰럽기도 하지만 나로서는 난감한 노릇이다.

오늘 소개할 이 편지도 그런 것 중의 하나려니 하고 처음엔 대수롭지 않게 생각했던 것이다. (…) 나는 창문을 닫아걸고 컴퓨터 앞에 앉았지만 비는 점점 더 거세어갔고 뇌성벽력도 더 심해졌다. 컴퓨터를 보호하기 위해 전원을 끄려 할 때쯤 전화벨이 울렸다.

"김영하씨 댁인가요?"

"전데요. 누구시죠?"

"저는 김희연이라고 하는데요. 얼마 전 우편물을 하나 보내드렸는데 기억하실지……"

김희연. 김희연이라. 그때 번뜩 A4봉투에 담겨 있던 그 두툼한 우편물이 기억났다. 주섬주섬 책상 위의 신문들을 치

우자 그 우편물이 보였다. 봉투의 왼쪽 상단에 '김희연'이
라는 이름이 적혀 있었다.[10]

내 이름과 내가 쓴 소설이 실명으로 등장하기 때문에 독자들은 이 이야기를 어디서부터 믿어야 할지 결정하기 어렵게 된다. 그래서 일단 판단을 유보하고 읽어나가는데, 김희연이라는 인물의 편지가 이상하다. 남편이 흡혈귀라고 믿는 여자의 이야기니까. 「흡혈귀」는 그러니까 매우 사실적으로 보이는 액자 안에 쉽게 믿기 어려운 이야기를 담아놓은 소설이다. 푸시킨이 『스페이드 여왕』에서 했던 것과 마찬가지다. 나보코프는 비슷한 액자에 '믿기 어려운' 이야기가 아니라 '믿고 싶지 않은' 이야기를 담았다. 어떤 독자들은 그 액자 때문에 액자 속 이야기에 대한 믿음을 유보한다. 반면 어떤 독자들은 바로 그 액자 때문에 액자 속 이야기를 더 믿어버린다. 2007년 7월 3일에 한 독자는 네이버 지식인에 이런 질문을 올렸다.

Q. 김영하의 「흡혈귀」에서 작가 자신과 친하다고 했던 동
료 문인은 누구인가요? 소설 안에서 김영하에게 편지를 보
낸 김희연의 남편으로 나온 인물요…… 전 아직 김영하 입
문한 지가 얼마 안 돼서 잘 모르겠어요…… 관심 있게 읽

> 고 싶습니다. 꼭 알려주세요. 제가 액자소설을 현실과 혼동하는 건 아닌지 모르겠습니다만……

질문의 마지막 문장을 보면 질문하는 독자 역시 액자소설이 가진 이중성에 대해 희미하게나마 인식하고 있다는 것을 느낄 수 있다. 액자 때문에 더 사실 같으면서도, 어쩌면 그냥 서사적 트릭일지도 모른다는 생각이 이 독자를 갈등하게 만들었을 것이다.

『롤리타』가 이미 화제가 된 이후에 덧붙인 나보코프의 '작가의 말'은 다르다. 이제 러시아 몰락 귀족의 자제는 훨씬 여유가 있다. 나올 수 있는 비판의 범위도 이제 능히 가늠할 수 있고, 대중의 열광과 문학적 평가가 작품의 가치를 윤리적 비난으로부터 충분히 보호할 수 있다는 확신을 갖게 된 작가는 세간의 이런저런 평가에 대해 논평을 하고 있다. 물론 존 레이 주니어 박사의 이름으로 이미 머리말을 쓰고, 다시 작가 자신의 이름으로 또 다른 글을 더한다는 것에 대해 머쓱해하기는 한다. 퍼트넘출판사판 『롤리타』에 수록된 이 글은 이렇게 시작한다.

> 『롤리타』의 '머리말' 집필자로 등장하는 점잖은 인물 존 레이 흉내를 내고 나서 이제 이렇게 나 자신이 직접 나서면

> 사람들은—사실은 나도 마찬가지지만—내가 이번에는 자기 작품에 대해 이야기하는 블라디미르 나보코프 흉내를 낸다고 생각할지도 모른다. 그래도 여기서 꼭 짚고 넘어가야 할 일이 몇 가지 있는데, 어쩌면 이런 자전적 장치 때문에 독자들이 작가와 등장인물을 혼동할 수도 있겠다.[11]

나보코프식으로 말하자면 「흡혈귀」에 등장하는 작가 김영하 역시 내 흉내를 내고 있는 것이겠다. 작가가 자기 자신을 작품에 등장시킬 때, 설령 그것이 「흡혈귀」처럼 작품 안에 생짜로 집어넣는 형식이 아니라 '작가의 말' 같은 형태로 책 뒤에 집어넣는 것이라 할지라도, 작가는 자기 자신의 흉내를 내고 있는 것이라 할 수 있다. 그리고 '작가의 말'을 쓰게 되면 모든 작품은 어느 정도 자전적 작품으로 변해버린다. 예를 들어 굉장히 우울한 소설을 출판하면서 작가의 말을 발랄하게 쓰는 작가는 거의 없다. 그 소설의 분위기에 맞춰 작가 역시 어느 정도 연기를 하는 것이고, 이런 것이 관습이 되면 독자들은 소설과 작가를 연결해서 읽게 되고, 소설은 자전적인 것으로 이해되기 십상이다. 우리나라에서는 작가들이 '작가의 말'을 쓰는 것이 오래된 풍습이지만 미국에서는 작가들이 '작가의 말'을 쓰지 않는 경우가 대부분이다. 그러니 나보코프가 미국 초판본에 이런 글을 쓴 것은 이례적인 일이며, 더더군다나 존 레이 박사 명의의 액자소설형 장치가 있는데 그에 더해 또 이런 글을 쓴다는 것은 아무래도 부자연스럽다. 그런 것을 모를 리 없는 나보코프가 이 글을 쓸 수밖에 없었던 이유가 분명 있었을 것이다.

나보코프는 이 '작가의 말'에서 평론가의 해석을 교란하려고 시도한다. 우선 '작가의 의도' 같은 것은 원래 없었다고 선언한다. 즉, 주제 따위를 찾지 말라는 것인데, 이는 존 레이 박사의 머리말을 정면으로 부인하는 것이다. 그는 교훈과 경각심을 주는 것이 이 글의 목적이라고 말한 바 있으니까. 이어서 나보코프는 자신은 상징과 비유를 싫어하고, 프로이트학파와 불화하고 있기 때문에 몇몇 원고 검토자들의 해석을 비판한다고 말한다.

> 어떤 검토자는—모든 면에서 상당히 지적인 사람인데도……『롤리타』의 1부만 대충 읽어보고 나서 '늙은 유럽이 젊은 미국을 농락하는 이야기'로 규정했고, 또 어떤 검토자는 '젊은 미국이 늙은 유럽을 농락하는 이야기'라고 주장했다.[12]

독자는 때로 작가를 취조하듯이 작품을 읽는다. 작가가 작품에 쓴 모든 것을 의심하는 것은 소설 독자의 오랜 습관이다. 나보코프 자신이 서명한 글이라고 해서 곧이곧대로 믿을 수는 없다. 특히 그 글이 엄청난 윤리적 논쟁을 야기한 작품 뒤에 놓여 있다면 말이다. 우리는 자연스럽게 나보코프가 비판한 어떤 관점이 실은 정곡을 찌른 것이 아니었을까 짐작하게 된다.

작가에게 아무 의도가 없었다고 해서, 상징과 비유를 싫어한다고 해서, 그가 쓴 소설이 순결한 상태로 독자 앞에 던져지는 것은 아니다. 나는 저 문장을 보는 즉시 『롤리타』를 이민자의 무의식(이 단어를 나보코프는 좋아하지 않았겠지만)에 대한 이야기로 받아들여야 하는 것은 아닌가 고민했다. 물론 나보코프 자신이 험버트 험버트를 구세계, 즉 '늙은 유럽'의 상징으로, 롤리타는 철없고 방자한 신세계, 할리우드 영화에나 빠져 있는 방종한 미국의 상징으로 설정했다는 뜻은 아니다. 그는 중년 남자가 어린 소녀를 만나는 이야기를 쓴 것뿐이라고 거듭하여 주장한다. 그는 소설에서 미국이 중요한 상징으로 해석되는 것을 막기 위해 이 소설은 원래 유럽을 배경으로 한 단편이었다는 과거도 밝힌다. 남자 주인공은 중부유럽 사람, 소녀는 프랑스인이었다고도 말한다. 작가가 아무리 그렇게 말해도 독자는 작가의 무의식에 관심을 가질 권리가 있다. 증거는 많다. 소설은 영어라는 낯선 외국어에 집착하는 주인공의 모습을 계속해서 보여준다. 그래서 이 소설은 자연스럽게 이민자의 서사로 읽히는 것이다.

미국이라는 신생 제국, 약동하는 젊음으로 가득차 있지만 모든 것이 아직은 미숙한 세계, 매력으로 가득하지만 그 매력에 빠져드는 자신에게 죄의식을 느끼는 유럽 지식인의 내면이 투영돼 있다.

그런데 한갓 독자에 불과한 내가 작가의 무의식을 파헤치려고 노력하고, 소설을 작가(나보코프가 연기한 나보코프?)가 읽기를 원한 대로 읽지 않으려 애를 쓰는 이유는 무엇일까? 그것은 소설을 읽는 행위가 끝없는 투쟁이기 때문이다. 앞에서도 말했듯이 소설은 일종의 자연이다. 독자는 그것의 일점일획도 바꿀 수 없다. 그 자연을 탐험하면서 독자는 고통과 즐거움을 모두 느낀다. 아름다운 운해를 보면서 감탄하는 등산객처럼 소설의 어떤 대목에서 독자는 미적 쾌감을 느끼면서 행복해한다. 그러나 어떤 대목에서는 이 탐험을 계속할 것인가 회의에 빠지기도 한다. 심한 정신적 고통을 느낄 때도 있고 도덕적 아노미 상태에서 허우적거리기도 한다. 독자는 소설이라는 자연을 극복하기 위해 나름의 투쟁을 전개한다. 우회로를 찾아보기도 하고, 작가의 의도를 넘겨짚어보기도 하고, 소설 속의 모든 문장을 의심의 눈초리로 살펴보기도 한다.

『롤리타』와 『이방인』 같은 작품의 주인공과 그들의 비윤리적, 비상식적 행위를 견디는 것은 어쩌면 상대적으로 쉬운 일일지도 모른다. 더 어려운 투쟁은 바로 작품의 매력과 싸우는 것이다. 우리가 오백 페이지에 달하는 소아성애자의 회고록을 읽는 이유, "오늘 엄마가 죽었다. 아니, 어쩌면 어제인지도 모른다"고 말하고, 장례를 치르자마자 여자친구와 해변에서 노닥거리고, 햇빛이 눈이 부시다며 사람을 총으로 쏘아 죽이는 인물의 내면을 따라가고, 전당포 노파와 그의 여동생을 도끼로 살해한 후에도 참회하지 않는 인물의 행동을 지켜보는 이유는 나보코프와 카뮈와 도스토옙스키가 쓴 그 작품들에 우리가 매력을 느꼈기 때문이다. 이 작품들은 우리를 사로잡고 놓아주지 않는다. 그랬기 때문에 우리는 완독을 할 수 있었을 것이다.

작품의 매력은 우리로 하여금 책에서 손을 떼지 못하게 하지만, 책을 읽는 내내 우리는 뫼르소와 험버트 험버트, 라스콜니코프와 정신적 힘겨루기를 하게 된다. 이렇게 이해하기 어려운, 부도덕하거나 사회적 통념과는 벗어난 행동을 하는 인물의 이야기에 나는 왜 매력을 느끼는가? 나는 괴물인가? 니체식으로 말하자면, 혹시 나는 너무 어두운 심연을 지나치게 오래 들여다보고 있는 것은 아닌가? 평범하고 도덕적인 삶을 영위하는 내가 이런 이야기에 매혹되는 것은 도대체 무슨 이유인가? 나는 이런 의문들과 싸우며 한 권 한 권을 읽어 지금까지 살아왔다. 다행히도 이런 작품들은 세계명작 혹은 고전으로 불리고, 아름답고 우아한 장정으로 제책되어, 근엄한 교수님의 해설을 달고 우리 책꽂이에 꽂혀 우리를 안심시킨다. 그래도 뭔가 있을 거야? 안 그래? 분명 뭔가가 있기는 있을 것이다. 그러나 그렇다고 해서 그 책을 읽는 우리의 자아가 안전하다는 것을 의미하는 것은 아니다. 어떤 책들은 독자와 힘겨루기를 한다. 그 책들을 읽고 나면 독자의 자아는 읽기 전의 상태로 돌아가기 어렵다. 이전에는 받아들이기 어려웠던 인물과 생각을 인정하지 않을 수 없게 된다. 동의하지는 않지만 이런 인물과 사상이 세상에 존재할 수 있다는(아니 이미 존재하고 있다는) 것을 받아들이게 된다.

앞에서 나는 해럴드 블룸의 말을 인용한 바 있다. "독서는 자아를 분열시킨다. 즉 자아의 상당 부분이 독서와 함께 산산이 흩어진다. 이는 결코 슬퍼할 일이 아니다." 그렇다. 독서를 통해 우리가 어렵사리 지켜오던 자아의 일부가 분열된다. 그리고 재구축된다. 소설이라는 자연을 탐험하고 이를 극복하는 과정은 마냥 재미나고 즐거운 일만은 아닐 것이다. 위대한 작품들은 자아의 일부를 대가로 지불할 것을 우리에게 요구한다. 해럴드 블룸은 '영향에 대한 불안'이라는 개념으로도 유명하다. 위대한 선배 시인은 언제나 매혹적이고, 그렇기에 일정한 영향을 받지 않을 수 없지만, 그 영향이 후배 자신을 잠식하게 될 것을 두려워하고, 그 두려움으로 선배의 영향과 싸우면서 자신의 세계를 구축하게 된다는 개념이다. 이것은 비단 시인에게만 적용되는 개념은 아닐 것이다. 우리는 작가가 작품을 통해 우리에게 행사하는 매혹의 힘에 저항하면서 독서를 수행해나간다. 더러 동의하지 않는 생각이 있고 참을 수 없는 인물이 있지만, 매력적인 문체라든가 뒤를 궁금하게 하는 플롯이라든가 하는 것 때문에 그 작품을 계속 읽어나가는 것이다.

등산가는 높은 산을 오르면서 더욱 경험이 풍부하고 강해진다. 때로 극심한 고통을 겪기도 하지만 그들 대부분이 다시 산으로 돌아간다. 하지만 그들이 풍부한 경험을 쌓고 강해지기 위해 산에 가는 것은 아닐 것이다. 그들은 산에서 겪는 경험을 사랑할 뿐이다. 에드먼드 힐러리 경은 왜 산을 오르느냐는 질문에 "거기 산이 있으니까"로 답했다. 이 단순한 답이 지금까지 회자되는 것은 그것이 산에 오르는 사람의 마음을 가장 잘 표현한 말이기 때문일 것이다. 산 자체가 목적이고, 거기서 겪는 경험, 자아의 변화는 그들에게는 부수적인 결과에 불과할 것이다.

소설가니까, 왜 소설을 읽어야 하느냐는 질문을 많이 받는다. 먼길을 돌아왔지만 나의 답도 힐러리 경만큼 단순하다. '거기 소설이 있으니까' 읽는 것이다. 40년 넘게 소설을 읽어오면서 내 자아의 많은 부분이 해체되고 재구성되었겠고, 타인에 대한 이해도 깊어졌겠고, 나 자신에 대해서도 많은 부분을 받아들이게 되었겠지만 애초에 그런 목적을 위해 소설을 집어든 것은 아니었다. '자, 근육량을 늘리고 건강해지기 위해 헬스클럽에 가자'라고 생각하는 것은 당연하지만, '인간과 세계를 더 잘 이해하기 위해 소설을 읽자'고 결심하는 것은 어딘가 부자연스럽다. 소설은 소설이 가진 매력 때문에 다가가게 되는 것이고, 바로 그 매력과 싸우며 읽어나가는 것이고, 바로 그 매력 때문에 다시 돌아가는 것이다. 독서의 목적 따위는 그에 비하면 별 의미가 없는 것이다. 왜냐하면 독서의 목적 같은 것으로 설명해버리기에는 소설을 읽으며 독자가 겪는 경험의 깊이와 폭이 너무 넓고 다양하기 때문이다. 우리는 아직도 개개의 독자가 특정한 소설을 읽으면서 어떤 변화를 겪는지 정확히 알지 못하고 아마 앞으로도 영원히 모를 수도 있다. 우리는 소설을 하나의 도구처럼 '사용'하는 것이 아니라 그저 소설이라는 자연과 함께 살아가는 것인지도 모른다.

한때 인간은 자연이 합목적적으로 인간을 위해 존재한다는 착각 속에 살았다. 태양은 식물을 성장시키기 위해 아침마다 떠오르는 것이고 과일은 따먹으라고 있는 것이고 사슴은 잡아먹히라고 들판을 뛰어다니는 것이었다. 그러나 이와 같은 인간중심주의는 끝없이 붕괴되어왔다. 태양이 지구를 중심으로 돌고 있었던 것도 아니었고, 온갖 동물이 인간에게 잡아먹히도록 창조된 것도 아니었으며, 인간과 원숭이는 별반 차이가 없는 종이었다. 자연이 인간의 필요를 위해 창조되고 존재하는 것이 아니듯 소설도 인간의 어떤 필요를 위해 쓰이고 읽히는 것이 아닐 수도 있다.

우리가 가지 않아도 산이 사라지지 않는 것처럼 어떤 소설은 우리가 읽든 말든 저 어딘가에 엄연히 존재한다. 우리는 소설이 위험하다는 것을 알면서도 접근하고, 그것으로부터 강력한 영향을 받고, 그것을 자신의 일부로 받아들인다. 독자는 소설을 읽음으로써 그 어떤 분명한 유익도 얻지 못할 수 있다. 다만 그 소설을 읽은 사람으로 변할 뿐이다.

그렇다. 정말 그게 전부일지도 모른다.

5부

매력적인 괴물들의 세계

읽 다

매력적인 괴물들의 세계

1999년 1월 미국 유료 케이블 채널 HBO는 〈소프라노스〉를 방송한다. 처음에 나는 음악에 관한 드라마인 줄 알았다. 완전히 잘못 짚었던 것이다. 이 드라마는 소프라노 패밀리—여기서 패밀리는 중의적이다. 주인공 토니 소프라노의 진짜 가족도 의미하고, 토니 소프라노가 소속된 마피아 패밀리도 가리키니까—의 이야기였다.

뉴저지의 마피아 중간 보스 토니 소프라노가 신경쇠약으로 정신과의사를 만나러 가는 파일럿 에피소드는 처음에는 그저 그런 코미디 영화의 한 대목 같아 보였다. 마침 같은 해에 〈애널라이즈 디스〉라는 영화가 개봉하기도 했다. 이 영화 역시 마피아 대부인 폴 비티(로버트 드니로)가 극도의 불안증으로 정신과의사 벤(빌리 크리스털)을 찾아간다는 이야기였다. 왜 갑자기 미국의 마피아들은 신경쇠약에 걸리기 시작한 걸까, 생각했던 기억이 난다.

이 기념비적인 드라마의 방영은 일대 사건이었다. 〈소프라노스〉에 쏟아진 찬사와 열광은 너무 대단해서 하나하나 거론하기도 어려울 정도다. 지금까지 이 드라마는 통산 육십 개의 상을 탔고 이백삼십일 개 부문에 노미네이트되었다. 무려 스물한 개의 에미상과 다섯 개의 골든글로브상을 탔다. 나는 2000년 무렵에 이 드라마를 보기 시작해서 매 시즌 DVD가 발매되는 즉시 사 보면서 마지막 시즌까지 빠짐없이 보았고, 요즘에는 시즌 1부터 다시 보고 있다. 많은 미국의 시청자와 비평가처럼 나 역시 이 드라마가 이 시대의 가장 위대한 작품이라는 것에 동의한다. 두번째로 이 드라마를 보면서 나는 이 작품의 무엇이 나를 그토록 매혹시켰던 것인가를 새삼 생각하고 있다.

〈소프라노스〉를 보는 경험은 각별했다. 제임스 갠돌피니가 연기한 토니 소프라노는 말할 것도 없고 이디 팰코가 연기한 토니의 아내 카멜라, 그 밖에 모든 배우들의 연기도 완벽했다. 에피소드들은 유기적으로 연결되었고 심오한 주제를 다루면서도 유머와 아이러니를 잃지 않았다. 시즌이 거듭되면서도 긴장이 떨어지지 않았고, 오히려 앞에서 무심코 지나갔던 대수롭지 않은 일들, 인물에 대한 일화들이 뒤에서는 무시무시한 힘을 가진 사건으로 증폭되어 나타나곤 했다. 위대한 작품이 내가 사는 시대에 만들어지고, 그것을 거의 실시간으로 감상할 수 있었던 것은 정말 행운이었다고 생각한다. 그것은 마치 어떤 유사 현실을 살아가는 경험과 비슷했다. 일 년에 한 번씩 시즌이 돌아오는 미국 TV 드라마의 전통에 따라 〈소프라노스〉 역시 일 년에 한 번씩 시청자를 찾아왔다. 그런데 극 속의 시간 역시 그사이 일 년이 흘러 있는 것으로 설정되었다. 못 본 일 년 사이, 아역들도 훌쩍 자라 있었고 토니 소프라노의 배는 더 나와 있었으며 카멜라의 얼굴에 주름살이 늘어난 것을 발견할 수 있었다. 극중 인물들과 함께 살아가는 느낌은 시즌이 거듭될수록 더 강해졌다. 이 드라마를 보는 것은 백이십 분짜리 극영화를 보는 것과는 확연히 달랐으며, 소설을 읽는 것과도 달랐다. 백이십 분은 여러 인물의 성장과 변화를 다루기에는 충분하지 않은 시간이다. 소설에서는 그게 가능하겠지만, 이토록 오랜 시간 동안 '함께 살아간다'는 느낌을 주는 소설은 이 시대에는 더 이상 쓰이지 않는 것 같다. 아니, 쓴다 해도 읽어줄 사람이 없을지도 모른다. 그렇다면 〈소프라노스〉는 과거라면 '대하소설'로 쓰여졌을 이야기를 영상의 언어로 구성한 것일까?

2011년 4월 15일자 뉴욕타임스 북리뷰는 하버드대학의 문학 교수 마저리 가버의 책 『문학의 사용과 남용』에 대한 서평에서 〈소프라노스〉와 미국문학의 거장 노먼 메일러의 발언을 언급한다. 어디선가 이 노작가가 〈소프라노스〉를 '위대한 미국소설'의 문화적 계승자라고 높이 치켜세웠다고 한다. 〈소프라노스〉는 한갓 TV 드라마가 아니라 '문학'이다, 라고 찬사를 보낸 것인데, 북리뷰를 쓴 크리스토퍼 R. 베하는 노먼 메일러가 헛다리를 짚고 있다고 말한다. 〈소프라노스〉를 칭찬하기 위해 굳이 '문학'을 가져올 필요가 전혀 없었다는 것이다. 〈소프라노스〉는 TV가 일종의 '지위 불안'에 시달리던 시대가 막을 고했음을 대표하는 작품이고, 진지하게 받아들여지기 위해 그 이상의 다른 어떤 것도 필요치 않다고 주장한다. TV는 저급하고 문학은 고상하다는 이분법의 시대가 종말을 고했음을 이미 〈소프라노스〉가 보여주었다고, 그러므로 '위대한 미국소설의 계승자' 같은 찬사도 적절치 않다는 것이다.

〈소프라노스〉 이후로 미국 드라마의 황금기가 시작되었다. 놀라운 밀도와 복잡한 구성, 잘 만들어진 캐릭터들이 종횡하면서 다양한 소재를 다루기 시작했다. 한때 발자크나 톨스토이 같은 위대한 작가들이 했던 작업들을 정말 HBO나 CBS, ABC 같은 미국의 방송사와 제작사들이 해나가기 시작한 것 같았다. 〈매드맨〉이나 〈트루 디텍티브〉 〈왕좌의 게임〉 같은 작품들을 보면 이제 TV는 분명 극영화나 소설이 하지 못하는 어떤 영역을 발견한 것처럼 보인다.

나는 어쩔 수 없는 소설가이기 때문에 실은 세상의 모든 서사를 소설을 읽듯이 본다. 〈소프라노스〉를 정말 좋아했던 것도 그것이 주는 '문학적' 경험 때문이었다. 그쪽에서 아무리 "우리 문학 아닙니다"라고 해도 보는 내 쪽에서는 그렇게 보게 되는 것이다. 소설이 TV 드라마보다 우월하다는 함의는 없다. 소설 역시 다른 모든 것처럼 극소수의 걸작과 절대다수의 범작으로 구성되어 있으니까. 다만 〈소프라노스〉와 같은 위대한 TV 드라마에서 한때 걸작 소설에서 보았던 문학적 경험을 환기하게 된다는 뜻에서 하는 말이다.

〈소프라노스〉에서 제임스 갠돌피니가 연기한 앤서니 소프라노의 비중은 절대적이다. 극중에서 흔히 토니로 불리는 이 인물은 전형적인 악당이다. 몇 년 전 내가 뉴욕에 살 때, 제임스 갠돌피니가 하는 연극을 보러 갈 기회가 있었다. 바로 눈앞에서 토니를 볼 수 있는 기회였지만, 표를 구하기도 좀 어려웠고 앞으로도 그런 기회가 더 있을 것 같아 뒤로 미루었는데, 2013년 갑작스런 그의 부고를 듣게 되었다. 그는 〈소프라노스〉 이전에도 좋은 배우였지만 뉴저지 마피아로 살아가기 시작한 1999년 이후로는 모두에게 토니 소프라노로만 기억되기 시작했다. 토니 같은 인물이 현실에 있다면 정말 끔찍할 것이다. 그는 태연하게 사람을 죽인다. 때로 동료나 오랜 친구도 살해한다. '패밀리를 배신하지 말라'는 윤리 말고는 그 어떤 세상의 윤리에도 관심이 없다. 헌신적인 아내가 있지만 늘 정부를 두고 바람을 피운다. 곰처럼 큰 덩치의 토니가 화가 나면 그 거친 숨소리는 무시무시하다. 그는 사람이라기보다 궁지에 몰린 야수처럼 보인다. 늘 엄청나게 폭식을 하고, 시가를 피우며, 스트립바에서 술을 마셔댄다. FBI와 경쟁 조직, 심지어 삼촌과 엄마까지도 그를 죽이려 하지만 그는 끝내 살아남아 적들을 제거하고 자기의 패밀리, 즉 아내와 딸과 아들, 그리고 조직을 지켜낸다. 가끔 기절을 하긴 하지만 정신과 상담을 받고 약을 먹으면서 버텨나간다. 이런 끔찍한 악한, 앤서니 소프라노를 시청자들은 사랑했다. 나 역시도 마찬가지였다. 선량한 사람을 좋아하는 것은 쉬운 일이다. 고통받는 사람을 동정하고 그 처지에 감정이입하는 것은 자연스럽다. 그러나 거침없이 자기 욕망을 실현하고, 악행을 저지르는데도 반성하지 않는 인물을 받아들이는 것은 간단치 않은 일이다. 〈소프라노스〉는 우리에게 저 무시무시한 토니 소프라노를 받아들이도록 만드는 데서 그치지 않고 동정하고 사랑하게 만든다. 이건 정말 쉬운 일이 아니다.

영화나 TV 드라마를 보며 악당에게 매력을 느낀 적은 많았다. 〈대부〉 시리즈의 마이클 코를레오네는 조직을 배신한 친형과 매형을 살해하고, 대자의 세례식을 치르는 동안 경쟁 조직의 보스를 몰살시키는 잔혹한 인물이지만, 관객은 그가 왜 그런 길로 들어섰는지를 이해하기에 너그러운 마음이 된다. 그가 가족의 더러운 사업에 참여하기를 원치 않아 해군으로 입대해 전쟁에 참전했고, 하버드대학에 입학해 가족의 도움 없이 자력으로 세상을 살아가기 원했던 것을 관객들은 알고 있었기 때문이다.

〈배트맨〉 시리즈의 조커라든가, 〈택시 드라이버〉의 주인공 트래비스는 충분히 매력적인 캐릭터들이다. 그들이 겪은 고통과 사정을 충분히 알고 나면, 그들의 악행도 반사회적 행위도 그렇게 끔찍하게만은 느껴지지 않게 마련이다. 그러나 영화에서 본 그 어떤 악당도 토니 소프라노만큼 오랫동안 나를 사로잡지는 못했다. 두 시간가량 상영되는 영화에서는 한 인물의 내면을 조명하고 운명을 추적할 충분한 물리적 시간이 없다. 첫 장에서도 말했듯이 현대의 영화는 기본적으로 고대 그리스비극의 구조를 가지고 있다. 사람들이 한자리에 앉아서 견딜 수 있는 시간 동안 모든 이야기를 압축해서 전달해야 하고, 그 안에 발단과 갈등, 클라이맥스와 대단원이 있어야 한다. TV 드라마의 황금시대를 열었다고 평가받는 〈소프라노스〉는 그런 시간의 제약에 구애받을 필요가 없었다. 시즌1은 오십 분가량의 에피소드 열세 편으로 되어 있다. 이는 평균적인 상업영화 여섯 편의 분량에 해당한다. 이렇게 여섯 시즌 동안 시청자들은 토니 소프라노와 그의 가족 이야기를 지켜볼 수 있었다. 극영화였다면 단역으로 그쳤을 인물들도 아이러니가 뒷받침된 내면 탐구를 통해 중층적으로 그려진다(예를 들어 가장 열렬히 이탈리아적 전통을 숭배하던 마피아 조직원 폴리는 훗날 자신이 러시아 군인의 아들임을 알게 되면서 극심한 충격에 빠진다). 육 년이나 계속된 토니 소프라노의 악행을 보면서도 그를 향한 내 동정심은 사라지지 않았다. 노먼 메일러는 〈소프라노스〉의 어디에서 '문학성'을 발견했는지 모르겠지만 나는 바로 이 부분, 끔찍한 타자를 긍정하고 우리 안으로 받아들이도록 한다는 점에서 이 마피아 스토리가 문학적이라고 생각했다. 〈소프라노스〉는 위대한 문학에서 경험했던 것과 같은 것을 나에게 주었다. 평론가 신형철이 블라디미르 나보코프의 『롤리타』에 대해 말했던 것은 〈소프라노스〉에 대해서도 그대로 적용할 수 있다.

> 『롤리타』라는 소설을 읽지 않아도 된다고 착각하게 만드는 '롤리타 콤플렉스'라는 말이 있지만, 그 말은 한 인간을 이해하는 말이 아니라 오해하는 말이다. 이 소설의 주인공인 사내를 이해하는 길은 오로지 그 소설을 처음부터 끝까지

> 읽는 방법밖에 없다. 제대로 읽기만 한다면 우리는 '롤리타 콤플렉스'라는 말을 집어던질 수 있게 될 것이고, 무죄추정의 원칙을 새삼 되새기게 될 것이다. 그리고 깨닫게 될 것이다. 타인은 단순하게 나쁜 사람이고 나는 복잡하게 좋은 사람인 것이 아니라, 우리 모두가 대체로 복잡하게 나쁜 사람이라는 것을.[1]

토니 소프라노 역시 '단순하게 나쁜 사람'이 아니다. 그는 철저하게 자기중심적인 어머니 밑에서 고통을 받고 있다. 모두들 벌벌 떠는 마피아 두목이 늙고 교활한 어머니 앞에서는 무시당하고 학대받는 어린이로 돌아가는 것을 관객은 목격한다. 또한 그는 온갖 골치 아픈 문제들에 시달리는 가장이다. 딸은 환각제를 복용하기도 하고, 아들은 막무가내의 골칫덩이다. 마약중독인 조카는 영화 대본을 쓰겠다며 조직의 비밀을 기꺼이 까발릴 기세다. FBI는 수사망을 좁혀오고, 아내와의 관계도 순탄치 않다. 정부들은 무리한 요구를 하거나 집으로 전화해 그를 협박하고, 조직원들은 배신하거나 살해당한다. 그는 왕이지만 사람들은 그저 끝없이 요구한다. 우리는 마침내 그에게 연민을 느낀다. 그리하여 토니가 '복잡하게 나쁜 사람'임을 받아들이고 그를 사랑하게 된다. 동시에 그를 좋아하는 우리 역시 '복잡하게 나쁜 사람'임을 받아들이게 된다.

여기 『죄와 벌』의 라스콜니코프가 있다. 방세가 밀려 집주인을 피해다니는 가난한 지식인인 이 청년은 소설이 시작하자마자 벌써 살인을 결심하고 있다.

> 그는 가난에 찌들어 있었지만, 최근에 들어서는 그런 절박한 사정에 대해 괴로워하지 않게 되었다. 그는 일상생활에 전혀 신경을 쓰지 않게 되었고, 또 쓰고 싶어하지도 않았다.[2]

그가 자신의 절박한 사정에 연연하지 않게 된 것은 살인을 계획하고 있었기 때문이다. 그는 방세니 가난이니 하는 '일상'과 자신이 꿈꿔온 '망상', 즉 살인을 대비하고 있다. 그에게 있어 일상은 구질구질하고 살인은 초월적인 것이다. 정확히 칠백삼십 발자국 떨어진 전당포로 향한다. 노파를 죽이기 위해 사전답사를 하려는 것이다. 그는 집안을 꼼꼼하게 살피고 노파와 안면을 익혀둔다. 그리고 마침내 노파의 동생인 리자베따가 집을 비운다는 것을 알게 되자 도끼를 훔쳐 외투 안에 숨긴 후 전당포를 찾아간다. 노파는 혼자 있었던데다가 문을 자기 쪽으로 확 잡아당기는 라스콜니코프에게 불길한 예감을 느끼고 문을 열어주지 않으려 한다. 그러나 그는 완력으로 문을 열고 아파트 안으로 들어간다. 노파는 "심술궂고 의심에 가득찬 눈초리로 그를 주의깊게 노려보았다". 이것은 자연스럽다. 힘이 약한 노파로서는 귀중한 물건과 현금이 잔뜩 있는 곳에 쳐들어온 남자를 보는 눈빛이 고울 수 없을 테니까. 그런데 이어 라스콜니코프는 '그녀의 눈동자에서 어떤 조롱의 빛 같은 것이 번뜩였다'고 생각한다. 그래서 이렇게 묻는다. "왜 그렇게 저를 쳐다보세요, 꼭 모르는 사람처럼?" 작가는 그가 '분노를 느꼈다'고 적고 있다.[3] 당연히 적반하장이지만 한편 흥미로운 반응이다. 강도 살인을 저지르러 들어왔고, 이를 희미하게 눈치챈 사람이 보내는 의심과 적의에 찬 눈초리를 자신을 조롱한다고 느낀다. 결국 그는 은제 담뱃갑을 살피는 전당포 노파의 정수리를 도끼로 내리쳐 살해한다. 도스토옙스키는 살인의 장면을 철저하게 라스콜니코프의 시점에서 묘사한다. 키가 큰 그는 노파의 정수리를 내려다보고 있다.

> 그는 도끼를 완전히 빼든 다음 양손으로 치켜들어, 정신없이 거의 힘도 주지 않은 채 반사적으로 그녀의 머리를 향해 도끼 등을 내리쳤다. 처음에 그는 거의 힘을 주지 않은 것 같았다. 그러나 일단 도끼를 내리치자, 갑자기 힘이 불끈

솟아올랐다.

노파는 항상 그렇듯이 맨머리였다. 흰머리가 많이 섞인 금발에다 숱이 적은 그녀의 머리털은 평상시대로 기름이 발린 채 쥐 꼬랑지처럼 땋여서 그녀의 뒤통수에 삐죽 튀어나온 뿔빗으로 올려져 있었다. 그녀는 키가 작았으므로 타격은 정확히 정수리에 가해졌다. 그녀는 비명을 질렀지만, 극히 약한 소리에 불과했다. 그녀는 간신히 두 손을 머리 쪽으로 쳐들었지만, 이내 마루 위에 주저앉고 말았다. 한 손에는 아직도 '전당품'을 쥐고 있었다. 이때 그는 온 힘을 다해 다시 한번 정수리를 향해 도끼날을 내리쳤다. 엎어진 잔에서 물이 쏟아지듯이 피를 왈칵 쏟으며 그녀는 고개를 위로 젖히고 벌렁 뒤로 나자빠졌다.[4]

이때 그의 예상과는 달리 리자베따가 돌아와 정수리가 쪼개져 살해된 언니를 발견한다. 망설임 없이 라스콜니코프는 그녀도 살해한다. 혐오감을 자아내도록 그려진 전당포 노파와 달리 리자베따는 착하고 여린 존재로 묘사된다. 그런 그녀가 살해될 때, 독자들은 라스콜니코프라는 인물을 끔찍해하지 않을 수 없다.

방 한가운데에는 리자베따가 손에 커다란 보따리를 들고 서서, 넋을 잃은 채 살해당한 언니를 바라보고 있었다. 온통 백지장처럼 질린 모습이 소리를 지를 힘마저 없어 보였다. 뛰쳐나온 그를 보자 그녀는 사시나무 떨듯 온몸을 오들오들 떨기 시작했다. 그녀의 얼굴에는 경련이 일었다. 그녀는 손을 들고 입을 열려 했지만, 여전히 소리도 지르지 못한 채, 천천히 그를 피해 구석으로 뒷걸음질치기 시작했다. 그녀는 뚫어질 듯 그를 쳐다보았으나 여전히 비명을 지르지는 못했다. 숨이 막혀 소리를 지를 수 없는 것 같았다. 그는 도끼를 들고 그녀에게 달려들었다. 그녀의 입술은 애원하듯이 일그러졌다. 그것은 어린아이들이 무엇엔가 놀랐을 때 자신을 놀라게 한 그 대상을 뚫어지게 쳐다보며, 소리를 지르려고 할 때의 모습과 비슷했다. 가련한 리자베따는 너무 순박하고 학대를 당해 항상 겁에 질려 있었으므로 손을 들어 얼굴을 가릴 생각도 하지 못했다. 도끼가 바로 그녀의 얼굴 앞에 들려져 있는 그 순간에 그런 행동은 가장 필요하고 자연스러운 동작이었는데도 말이다. 그녀는 아무것도 들고 있지 않은 왼손을 약간 쳐들었으나, 그것도 얼굴보다 훨씬 아래쪽이었다. 그다음 그녀는 상대방을 밀쳐내려는 듯 그 손을 천천히 앞으로 내밀었다. 타격은 정확히 두개골

에 가해졌다. 도끼날은 금방 윗이마를 지나 거의 정수리까지 그녀의 머리를 쪼개버렸다.[5]

도스토옙스키는 집요하게 범죄자의 행위를 라스콜니코프의 시점에서 묘사한다. 마치 슬로비디오로 촬영된 공포영화의 한 장면을 보는 것 같다. 이제 라스콜니코프는 범죄 현장에서 벗어나고자 한다. 그는 값진 물건과 현금을 챙긴 후 피에 젖은 흉기를 비눗물로 씻고 아파트를 나서려 하지만 마침 전당포 노파를 방문하려던 사람들 때문에 방해를 받게 된다. 여차하면 그들마저 죽일 마음으로 도끼를 움켜쥔다. 그러나 그들이 경비원에게 신고를 하러 내려간 사이 그는 건물을 빠져나가는 데 성공한다.

이 모든 일이 소설의 발단 부분인 1부에서 벌어진다. 주인공 라스콜니코프를 받아들이기는 쉽지 않아 보인다. 라스콜니코프는 변명의 여지가 없는 전형적인 살인자다. 대부분의 살인자가 그렇듯, 그는 '이성의 혼미 현상과 의지의 상실 현상'만 잘 극복한다면, 살인을 저지르고도 붙잡히지 않을 수 있다고 계산한다.

그는 한 가지 문제에 골몰해 있었다. 그것은 '왜 거의 모든 범죄들이 그렇게 쉽게 발견되고 폭로되는 것일까, 그리고 왜 거의 모든 범죄자들의 흔적이 그토록 뚜렷이 남게 되는 것일까' 하는 의문이었다. 그는 점차로 다양하고 흥미로운 결론에 도달하게 되었다. 그의 의견에 따르자면, 제일 중요한 원인은 범죄를 은폐하는 것이 물리적으로 불가능한 데 있는 게 아니라 바로 범죄자 자신에게 있었다. 범죄자 자신이 거의 예외 없이 범죄를 저지르는 순간, 즉 이성과 조심성이 제일 필요한 그 순간에 이성이나 의지를 상실하게 되고, 오히려 어린아이처럼 이상한 경솔함에 빠지게 되는 것이다. (…) 그는 자신만큼은 이번 일에서 그런 병적인 변화를 일으키지 않으리라고 단정했다. 이성과 의지는 계획한 일을 실행하는 동안 계속 사라지지 않고 그에게 남아 있을 거라고 그는 생각했다. 그렇게 단정지을 수 있었던 단 한 가지 이유는 자신의 계획이 '범죄가 아니라는' 생각이었다…… (…) '일을 행할 때 의지와 이성을 유지하기만 하면 된다. 일의 모든 상세한 점들에 대해 가장 사소한 부분까지 익히게 되면, 모든 곤란한 부분들은 때가 되면 자연스럽게 극복될 것이다……'[6]

그는 자신의 계획은 범죄가 아니므로(살인이 범죄가 아니라면 도대체 무엇이 범죄란 말일까?) 의지와 이성으로 현명하게 행동하여 붙잡히지만 않으면 된다고 믿는다. 이런 인물은 위험하다. 곁에 있다면 어서 피하는 게 상책이다. 도스토옙스키가 『죄와 벌』의 서두에 이 끔찍한 다중 살인을 배치한 의도는 분명하다. 독자들에게 도전하는 것이다. 라스콜니코프를 받아들이든가, 책장을 덮든가 하라는 것이다. 책장을 덮지 않은 독자들은 라스콜니코프라는 괴물과 이제 같이 살아가야 한다. 내가 토니 소프라노와 6년을 보냈듯이 말이다.

이 살인자는 자기 자신을 혐오한다. 살인 직후 그는 두려움과 자기혐오를 동시에 느꼈다고 한다. 그는 소설의 첫 장면에서 집주인을 피한 자신의 비겁함도 증오한다. '그런 일을 저지르려고 하면서, 이토록 하찮은 일(집세 독촉)을 두려워하다니!'[7]라고 생각한다. 독자는 그의 약점을 하나둘 발견해간다. 가정교사 자리에서도 잘리고, 어머니가 연금에서 떼어 보내주는 돈으로 연명하는 그가 헛된 망상으로 자신을 방어하고 있음이 드러난다. 사전답사를 위해 전당포를 찾아가는 장면에서는 독자에게 실소를 불러일으킨다.

"이 시계는 얼마나 받을 수 있을까요, 알료나 이바노브나?"

"시시한 물건만 가지고 다니는구려, 젊은이. 이런 물건은 전혀 값이 안 나가요. 지난번 반지는 2루블을 주었지만, 그런 반지도 기념품 가게에 가면 1루블 반에 새것을 살 수 있는걸."

"4루블만 주세요. 제가 꼭 다시 찾으러 올게요. 이 시계는 아버지의 유품이거든요. 곧 돈이 생길 거예요."

"1루블 반에 이자를 제하고 주겠소, 그래도 좋다면."

"1루블 반이라고요!" 청년은 외쳤다.

"젊은이 마음대로 하시오." 그리고 노파는 그에게 시계를 돌려주었다. 청년은 시계를 받아들고, 너무 화가 나서 금방이라도 나가고 싶었다. 그러나 그 순간 그는 더 이상 가볼 만한 곳도 없고, 또 여기에 온 목적이 다른 데 있다는 점을 상기하고는 마음을 고쳐먹었다.

"주세요!" 그는 거칠게 말했다.[8]

곧 살인을 결행할 참이고, 그렇게 되면 시계가 4루블이든 1루블이든 아무 상관도 없는 것인데, 노파가 값을 후려치자 그는 모든 것을 잊고 분노를 느낀다. 눈 하나 깜짝 않고 사람을 죽이고, 친구의 레스토랑을 방화하는 토니 소프라노가 자기 진심을 몰라주는 어머니의 고집에는 분통을 터뜨리는 것과 비슷하다.

어머니는 토니를 버렸지만 우리는 그런 순간마다 그를 조금씩 조금씩 받아들인다. 그의 약점을 보았기 때문이다. 약점이 없는 인간은 없기 때문에 우리는 그를 우리와 같은 존재로 받아들이게 된다. 도스토옙스키는 살인을 냉혹한 기계가 행하는 것으로 보지 않았다. 우리와 똑같은 한계를 가진 인간이 저지르는 행위라 여겼다. 한계를 가진 인간은 사소한 일에 분노하면서도, 해괴할 정도로 대담한 일을 꿈꾸다가도 감상적인 정서에 빠져 허우적대기 마련이다.

도스토옙스키가 유럽의 변방에서 『죄와 벌』을 발표한 지 11년 후, 영국의 코넌 도일은 셜록 홈스가 등장하는 첫번째 작품인 『주홍색 연구』를 내놓는다. 셜록 홈스 시리즈가 상업적으로 대성공을 거두면서 코넌 도일은 수많은 살인범을 명탐정의 제물로 바친다.

많은 어린이들이 그랬듯이 나 역시 셜록 홈스 시리즈에 매료되었다. 거의 모든 작품을 미친듯이 읽어치웠다. 도저히 해결될 수 없을 것 같은 살인사건이 발생하고, 셜록 홈스가 그의 조수 왓슨 박사와 함께 현장에 출동한 후, 범인을 찾아낸다는 구성이 대부분의 작품에서 반복된다. 문제를 해결하는 과정에서 왓슨은 어디론가 급히 가야 한다는 홈스의 재촉에 어리둥절한 채 따라가서는 홈스가 아무도 주목하지 않았던 단서들을 토대로 사건을 마술적으로 해결하는 장면을 보게 된다. 어렸을 때는 '우와' 하고 감탄하였지만 나이가 들어 다시 이 작품들을 읽으면서는 홈스가 사건을 해결하는 것이 왜 '마술'처럼 보였는가를 깨닫게 되었다. 엄밀히 말하자면 코넌 도일은 독자와 공정한 게임을 벌이지 않는다. 홈스는 툭하면 왓슨에게 말한다. "가보면 자네도 알게 될 거야." 단서는 자기만 움켜쥐고 있고 마지막 순간에 공개한다. 이건 사실 반칙이라고 할 수 있다. 등장인물인 홈스가 알고 있는 것을 독자는 모르고 있으니까. 그런데도 우리가 홈스에게 감탄한 것은 그의 사후적 설명이 마치 톱니바퀴가 물려들어가듯이 정확하고, 그 태도가 자신만만했기 때문일 것이다.

평범한 독자를 대신하는 왓슨이 홈스를 흉내내 단서를 찾아내고 그것을 통해 뭔가를 설명하려고 하면, 홈스는 처음에는 왓슨을 대견해하며 칭찬하지만 곧 결정적인 오류를 찾아내 잘난척을 시작하는 장면이 여러 작품에서 반복된다. 그래서 이를 패러디한 유머도 곧잘 돌아다닌다. 그중에서 내가 가장 좋아하는 것은 이것이다.

셜록 홈스와 왓슨 박사가 캠핑을 갔다. 레드와인을 곁들인 맛있는 저녁식사를 마친 후, 그들은 곧장 잠이 들었다. 몇 시간쯤 후, 홈스가 믿음직스러운 친구를 깨웠다.

"이보게 왓슨, 하늘을 보고 뭐가 보이는지 말해주게."

"수백만 개의 별이 보이는군." 그러자 홈스가 물었다. "그게 뭘 의미하는지 아는가?" 잠시 생각하던 왓슨이 대답했다.

"천문학적으로 수백만 개의 은하계와 수십억 개의 항성이 존재한다는 것, 점성술적으로 사투르누스가 사자자리에 위치해 있다는 것, 지금이 약 세시 십오분쯤 됐을 거라는 것, 신학적으로 신은 전능하고 인간은 미미한 존재라는 것, 기상학적으로 내일 날씨가 맑을 것이라는 것, 뭐 이 정도지. 자네 생각은 어떤가?"

삼십 초쯤 말이 없던 홈스가 입을 열었다.

"어떤 놈이 우리 텐트를 훔쳐갔다는 것을 알 수 있네."

이 농담은 이 시리즈의 익숙한 패턴을 반복한다. 왓슨은 헛짚고 홈스는 가르친다. 홈스는 신이나 기계처럼 인간에게 질문을 던지고 스스로 답을 주는 존재인데, 이번에도 그는 정확한 답을 제시한다. 그러나 그렇게 완벽한 인물이 누군가가 텐트를 훔쳐가는 줄도 모르고 태평하게 자고 있었다는 게 웃음의 포인트다. 그의 완벽성이 해제될 때, 우리는 비로소 웃을 수 있는 것이다.

홈스는 수많은 악당을 '처리'한다. 그를 통해 세상은 다시 평온을 되찾는다. 홈스 특유의 논리적 추론에 의해 범인이 밝혀지고 사회로부터 제거되기 때문에 범인들은 현실감을 가진 존재라기보다 기계처럼 완벽하게 작동하는 사회의 오점처럼 보인다. 부족한 현실감을 보완하기 위해 악당들은 독자들이 살아가고 있는 영국 사회 외부에서 소환된다. 처음에는 런던에서 멀리 떨어진 시골에서 나타나던 악당은, 미국의 모르몬교도라든가 식민지의 원주민이라든가 하는 존재로 그려진다. 그들은 멀리에서 나타난 외부인이어서 일단 제거되고 나면 더는 위협적으로 느껴지지 않는다. 오히려 우리가 받아들여야 하는 타자는 식민지에서 온 원주민이나 모르몬교도가 아니라 셜록 홈스인지도 모른다. 돈키호테나 엠마 보바리처럼 그 역시 문학사에 갑자기 출현한 이상한 인물이다. 그는 악당은 아닐지 모르지만 확실히 괴물이다.

홈스의 괴물성은 21세기에 영국 BBC가 제작한 드라마 〈셜록〉에서 생생하게 시각적으로 되살아난다. 첨단 컴퓨터 그래픽의 도움으로 재현한 홈스의 능력은 무시무시하다. 눈에 보이는 모든 단서와 정보를 분석하고 처리하는 존재로 그려지니까. 기계로서의 그의 특성은 이 드라마에서 좀 더 극단적으로 과장된다. 김용언은 『범죄소설』에서 셜록 홈스의 비인간적 특성들을 망라해놓았다. 그는 홈스가 스스로를 "나는 뇌"라고 선언하며 "내 몸의 다른 부분은 단순한 부속기관일 뿐이지"라고 말하는 장면에 주목하면서 홈스가 인간의 깊은 내면이나 윤리에 아무 관심이 없다는 것도 지적한다. 가장 가까운 사람인 왓슨의 아픈 과거를 파헤치는 것도 주저하지 않으니까. 의뢰인이든 범인이든 홈스와 개인적인 관계로 발전하지 않는다. 그에게는 오직 두뇌 게임만이 중요하다. "상대에 대해 어떤 감정을 품으면 냉철한 추리를 할 수 없게 되지. 여태까지 내가 본 여자들 중에서 가장 매력적인 여성은 보험금을 타내기 위해 세 아이를 독살한 죄로 교수형을 당했네." 시체를 살피는 홈스의 표정은 "포화 상태의 용액에서 결정이 형성되는 것을 지켜보는 화학자처럼 조용하고 침착"하다.[9] 희생자든 범인이든 홈스에게는 객체에 지나지 않는다. 이런 인물이 괴물이 아니라면 누가 괴물이겠는가? 그는 범죄자를 제거함으로써 사회가 안정을 찾도록 돕지만 그것은 사회를 위해서가 아니라 자기 자신의 본성을 따른 결과일 뿐이다.

소설의 역사는 괴물의 역사이기도 하다. 프랑켄슈타인 박사의 실험실에서 태어난 인조인간과 여인의 피를 빨아먹는 브램 스토커의 드라큘라 백작이 그러하고, 자신을 입양한 집안에 철저하게 복수하고 파멸시켜버리는 히스클리프가 또한 그러하다. 토머스 해리스가 1988년에 발표한 스릴러 소설 『양들의 침묵』의 한니발 렉터 역시 도덕적으로는 용납할 수 없는 연쇄살인범이지만 문학적으로는 잊을 수 없는 괴물이 분명하다. 이 작품은 조너선 데미 감독의 연출로 1991년에 개봉하여 한니발 렉터 역의 앤서니 홉킨스와 FBI 요원 클래리스 스털링 역의 조디 포스터에게 아카데미 남우, 여우주연상을 동시에 안겨 화제가 되기도 했다. 한니발 렉터는 자기가 죽인 사람의 인육을 요리해 먹은 것으로 유명했기 때문에 '식인종 한니발'로 불렸다. 이렇게 번역해서는 그 별명이 가진 기묘한 어감을 잘 살릴 수가 없다. 한니발 더 카니발Hannibal the Cannibal. 운도 맞고 카니발이라는 단어의 여러 의미가 겹치면서 마치 살인이 어떤 축제처럼 느껴져 더욱 으스스하다.

이런 생각을 하면서 서점의 소설 코너 서가에 서 있노라면 문득 어째서 소설문학은 이토록 괴물들을 사랑해왔는가를 진지하게 묻지 않을 수 없게 된다. 오래전 한 독자가 어떤 소설의 내용을 지적하던 일이 떠오른다. 어째서 가해자의 내면은 그토록 섬세하게 헤아려주면서 피해자의 고통에는 무관심한가. 그 소설에 등장하는 가해자는 여성을 성폭행한다. 하지만 소설의 시간적 배경은 이미 사건 이후인데다 시점 화자가 강간범이기 때문에 피해자는 다루지 않는다. 그 독자의 항변은 충분히 이해할 만하다. 어차피 작가가 창조한 세계라면 피해자의 고통 부분도 넣어줄 수 있지 않은가, 물을 수 있다. 아니 어쩌면 그 독자가 정말 원했던 것은 가해자보다는 피해자의 고통을 더 중점적으로 다룰 수도 있지 않았는가, 그런 문학이 더 필요한 것은 아닌가, 하는 것이었으리라 생각한다. 이 역시 납득할 만한 주장이다.

영화 〈한공주〉 같은 경우는 반대로 피해자인 십대 소녀의 시점에서 사건을 바라본다. 그녀의 눈으로 보는 세계는 적대적이다. 힘은 넘치고 절제력은 없는 십대 소년들은 정말 무자비하다. 믿었던 아이마저 힘 앞에 굴복하고 소녀들을 강자에게 넘겨준다. 나는 이 작품을 매우 인상적으로 보았다. 피해자인 십대 소녀의 눈으로 본 세상은 정말 무시무시했다. 한 번도 겪어본 적 없는 시선이었기에 더욱 그러했다. 그러나 가해자를 '단순히 나쁜 사람'으로 괄호 처리한 후, 피해자만 '복잡하게 좋은 사람'으로 그려야 한다고는 생각하지 않는다.

소설문학의 세계는 일상적 세계에서 허용될 수 없는 것들로 가득하다. 그리고 우리는 그런 것들을 경험하기 위해 책장을 펼치는 것이다. 예를 들어 윌리엄 골딩의 『파리대왕』의 소년들은 어떤가. 무인도에 표류한 이들은 얼마 지나지 않아 문명을 잊어버리고 야만화하기 시작한다. 점점 더 잔인하게 멧돼지를 사냥하고 고문한다. 소설을 읽다가 문득 이들 중 나이가 가장 많은 아이가 열세 살이라는 것을 깨닫게 되면 소름이 끼친다('다행히도' 이 소설에는 소녀는 등장하지 않는다. 만약 그랬다면 어떤 일이 벌어졌을지 자명하고, 아마도 골딩은 그런 쪽으로 초점이 흩어지는 것을 원치 않았던 것 같다). 인간의 내면에 잠재한 잔혹성을 다룬 이 작품은 작가가 노벨문학상을 받으면서 세계적으로 더 유명해졌다. 여성은 등장하지 않지만 동물들이 잔인하게 살해당하는 이 작품은 동물을 사랑하는 독자에게는 상상 이상으로 괴로움을 줄 수 있다. 그렇다고 윌리엄 골딩에게 사냥당하는 동물의 관점에도 분량을 할애해달라고 요구하지는 않는다. TV 시사 프로그램에 필요한 균형이 문학작품에서는 거의 존중되지 않는다. 문학 안에서의 균형은 복잡하고 미묘한 방식으로 작용하기 때문이다.

독자들은 『파리대왕』 같은 작품을 보면 마음이 불편해지기 마련이다. 그래서 이 작품에 매력을 느꼈으면서도 읽고 나서는 이 작품이 다른 무엇인가, 즉 덜 불편한 무엇인가에 대한 은유라고 믿고 싶어한다. 『파리대왕』은 제2차 세계대전에서 드러난 인간의 잔혹성에 대한 은유로 널리 받아들여졌다. 윌리엄 골딩도 그렇게 말했는지는 모르겠지만 설령 작가 자신이 그렇게 말했다 해도 곧이곧대로 받아들여서는 안 된다. 많은 경우 이런 '은유'는 작가 자신에 대한 도덕적 비난을 회피하기 위해 쓰이기 때문이다. 이런 변명은 당장은 작가를 위험에서 구해줄지 몰라도 작품의 의미를 한정하고 도덕 안에 가두어버리기 때문에 문제가 된다. 그래서 일급의 작가들은 하나같이 자신의 작품이 무엇무엇을 상징하는 것이 아니냐는 질문을 받을 때 그렇지 않다고 대답한다. 이들은 하나같이 말한다. '작품을 있는 그대로 보아달라'고. 블라디미르 나보코프가 뒤늦게 쓴 『롤리타』의 서문(앞에서 다룬 바 있다)에서 자신은 비유를 싫어한다, 이 작품은 그 어떤 것에 대한 은유나 상징이 아니다, 라고 적은 것은 바로 이런 위험을 피해 가기 위해서였을 거라고 생각한다. 물론 지금도 영화제에 가면 '감독과의 대화' 시간에 "영화의 이러이러한 장면은 무엇무엇에 대한 상징이 아닌가요?"라고 묻는 관객을 반드시 마주치게 되고, 가끔 신인 감독이 그에 말려들어 관객의 해석을 인정하고 마는 것도 보게 된다("네, 그러고 보니 그게 그런 것 같기도 하네요").

소설문학은 TV 시사고발 프로그램과는 다른 기능을 갖고 있다. 시사고발 프로그램은 약자를 옹호하고 강자를 고발하고자 한다. 그리하여 사회의 정의를 바로 세우고자 하는 것이다. 시급하게 시정해야 할 문제가 있고, 방치하면 돌이킬 수 없는 일이 될 테니까. 수백 년 된 나무를 자르고, 강을 오염시키는 것은 즉각 중단시켜야 할 일이다. 그러나 문학은 그런 시급한 고발의 역할을 하기도 어렵고, 그 영향력도 강하지 않다. 따라서 문학은 독자 개개인의 양심과 내면에 조용히 호소하고 설득한다. 소설이 가해자의 내면을 조명한다고 해서 가해자를 옹호하는 것이 아니다. 소설은 우리에게 가해자의 내면을 보여주고자 한다. 뉴스에서는 피해자의 이름이 적힌 팻말을 들고 "우리가 샤를리 에브도/에릭 가너/이라크다"라고 외치면서 피해자와의 연대의식을 드러내는 장면을 볼 수 있다. 반대로 소설은 우리가 라스콜니코프, 험버트 험버트, 히스클리프라고 말함으로써 독자의 내면에 자리잡은 독선을 해체한다. 이것은 가해자와 연대하자는 뜻이 아니라 스스로를 '복잡하게 좋은 사람'이라고 믿고 있는 독자들로 하여금 혹시 자기 안에도 이런 괴물이 있는 것은 아닌가 생각하게 만든다는 뜻일 것이다. 가해자의 내면이 어느 정도 매력적일 수밖에 없는 것은 그것이 한편 독자의 내면이기도 하기 때문이다. '단순하게 나쁜' 인물의 이야기를 오래 읽어줄 사람은 없다. '복잡하게 좋은' 사람의 이야기는 그보다는 흥미롭겠지만 '복잡하게 나쁜' 사람의 이야기만은 못할 것이다.

우리가 이렇게 '복잡하게 나쁜' 사람의 이야기에 관심을 갖는 것에 대하여 진화심리학자들은 인간이 타인에 대해 갖는 공포심을 이용한 것이라고 말한다. 우리는 언제나 타인이 나에 대해 적대적으로 돌변할 수 있다는 두려움을 갖고 진화해왔다, 또는 그런 두려움을 잊지 않은 유전자만이 지금까지 진화해왔다고 설명한다. 나는 그 말에 동의한다. 그러나 그것만으로는 소설문학의 존재 의의를 다 설명할 수는 없다고 생각한다. 소설은 바로 그런 인간의 원초적 두려움이라는 백도어를 이용해 침입한 바이러스와도 같은 것이라고 생각한다. 우리는 언젠가 가해자로 돌변할 수 있는 타인에 대한 두려움으로 괴물들이 등장하는 소설을 읽기 시작하지만, 이런 공포를 효과적으로 이용한 작가와 작품에 의해 자기 자신이 가해자가 될 수 있는 가능성도 성찰하게 된다. 진화심리학자라면 진화가 이런 엉뚱한 부산물로 가득차 있다는 것을 잘 알 것이다. 자원봉사나 헌혈, 고아 입양은 인간 유전자의 이기적 본성에 반하는 것처럼 보이지만 실은 협력을 통해 진화해온 과정의 긍정적 부산물이다. 함께 사냥하던 시절의 협동 정신, 공감능력이 현대의 대규모 박애적 활동으로 발전했듯이 소설을 읽는 행위 역시 타인에 대한 경계심으로 시작해서 자기 내면의 동물성과 괴물다움을 성찰하는 쪽으로 나아갔던 것이다.

소설은 독자로 하여금, "너는 괴물이다. 반성하라!"고 직설적으로 외치지 않고, 괴물의 내면을 이야기라는 당의정으로 감싸 흥미롭고 설득력 있게 보여줌으로써 독자가 오랜 시간에 걸쳐 여러 가지 시각으로 괴물을 직시하도록 만들어준다. 우리는 라스콜니코프도, 토니 소프라노도, 험버트 험버트도, 『파리대왕』의 소년들도 아니다. 대체로 우리는 그렇게까지 심각한 죄를 짓지 않고 살아간다. 그러나 우리 내면에 그런 면이 전혀 없다고는 아무도 단언하지 못한다. 왜냐하면 고대 그리스인들이 믿은 바와 같이, 인간의 성격은 오직 시련을 통해 드러나는데, 우리는 아직 충분한 시련을 겪지 않았을 가능성이 크기 때문이다. 우리는 우리를 언제나 잘 모르고 있다. 소설이 우리 자신의 비밀에 대해 알려주는 유일한 가능성은 아닐 것이다. 그러나 그중 하나인 것만은 분명하다. 그리고 어쩌면 그중에서 가장 이상한 것일지도 모른다. 그래서 우리는 오늘도 내가 모르는 내 숨겨진 모습과 만나기 위해 책장을 펼친다.

6부

독자, 책의 우주를 여행하는 히치하이커

독자, 책의 우주를 여행하는 히치하이커

다시 호르헤 루이스 보르헤스로 돌아간다. 그가 우주를 육각형 진열실로 가득한 도서관으로 상상한 것은 유명하다.

유대인들의 비전秘傳 '카발라'는 신이 세계를 창조한 후 여섯 방향에서 봉인했다고 말하고 있다. 보르헤스는 아마도 그 영향을 받아 도서관, 아니 우주를 육각형으로 상상했을 것이다. 누구나 알다시피 도서관은 책을 모아놓은 곳이다. 누구라도 그곳에 들어가면 어떤 신성함을 느끼게 된다. 많은 저자가 이미 이 세상 사람이 아니기 때문에 책등은 묘비처럼 느껴진다. 그곳은 죽은 이와 산 자가 가장 평화롭게 공존하는 공간이고 엄밀한 의미에서 저자가 죽어 있는지 살아 있는지 신경쓰는 사람도 거의 없다. '작가는 자기가 쓴 책에 묻힌다'는 말의 의미를 가장 실감할 수 있는 곳도 바로 도서관일 것이다. 움베르토 에코와 대담을 하던 장클로드 카리에르가 "나는 책이 많이 있는 어떤 방으로 가서 그중 한 권도 손을 대지 않고 그저 바라보기만 한답니다. 그러면 무어라고 설명하기 힘든 무언가를 받게 돼요. 그것은 어떤 강한 흥미라고도 할 수 있고, 어떤 안도감이라고도 할 수 있지요"[1]라고 말할 때, 책을 사랑하는 독자라면 그게 어떤 느낌인지 단박에 짐작할 수 있다.

도서관이 우주라는 말은 곱씹을수록 의미심장한 말이 아닐 수 없다. 우주 안의 사물은 모두 연결되어 있다. 우주에 존재하는 네 가지 힘, 즉 거시 세계를 구성하는 중력과 미시 세계를 구성하는 전자기력, 그리고 극미 세계를 구성하는 강력과 약력이 없다면 우주는 존재하지 않았을 것이다. 이런 힘들은 우주 안의 모든 존재가 서로를 끌어당기고 밀어내면서 서로 영향을 주고받도록 만든다. 책의 우주도 이와 비슷하다. 책은 독립적으로 존재할 수 없다. 개개의 책은 다른 책이 가진 여러 힘의 작용 속에서 탄생하고, 그 후로는 다른 책에 영향을 미치기 시작한다. 도서관은 영향을 주고받는 정도가 큰 책들끼리 분류하여 모아놓는다. 아무래도 같은 분야의 책들이 서로 영향을 많이 주고받을 테니까 서양철학 책은 서양철학 책끼리, 프랑스소설은 프랑스소설끼리 모아놓는다. 그러나 그렇다고 해서 분류가 다른 책들 사이에 힘의 작용이 없는 것은 아니다. 다만 대체로 약할 뿐이다.

어렸을 때의 나는 다른 모든 사람들과 마찬가지로 책들이 서로 연결되어 있다는 생각 같은 것은 전혀 하지 않고 책을 읽었다. 심지어 『15소년 표류기』의 저자가 『해저 2만 리』의 저자와 같은 저자라는 것도 몰랐다. 그저 재미있는 이야기를 읽으면 그만이라고 생각했으니까. 그러나 점점 많은 책을 읽어나가면서 개개의 책들이 외딴섬처럼 고립돼 있는 것이 아니라 거미줄처럼 촘촘하게 연결되어 있다는 것을 느끼게 되었다. 나중에는 소설과 소설이 어떻게 연결되어 있는가를, 마치 탐정이 무관해 보이는 사건과 사건 사이의 관계를 유추하듯이, 하나하나의 단서들을 수집하고 분석하여 이를 토대로 소설문학이라는 거대한 세계의 지도를 완성하려는 욕망이 생겨났다.

인간은 모두 자신이 사는 세계를 잘 알고자 한다. 난파하여 무인도에 표류한 로빈슨 크루소는 나름의 안정을 찾자마자 섬 여기저기를 답사하기 시작한다. 그것이 분명 고립된 섬이 맞는지, 그 섬에 자신 말고는 아무도 없는지 알고자 한다. 그것은 당연한 욕망이다. 독자 역시 소설이라는 세계에 발을 디뎠다면, 그리고 그 세계에서 계속 살아가기를 원한다면, 그 세계가 얼마나 깊고 넓은지, 그리고 지금 자신은 어디에 있는지를 알고 싶어하는 게 자연스럽다. 유명한 출판사에서 내는 세계문학전집 같은 경우는 우리에게 이 세계의 길잡이로 삼을 만한 랜드마크와 대략적인 지도를 제공한다. 그들은 대체로 호메로스나 오비디우스, 셰익스피어로부터 출발하라고 권하고 19세기까지 대략 비슷한 경로를 제시한다. 그러나 20세기에 들어오면 길이 좀 어지러워진다. 한때 누구나 고전이라고 생각했던 작품들, 예를 들어 서머싯 몸의 『달과 6펜스』라든가 앙드레 지드의 『좁은 문』 같은 작품이 최근에는 누락되기 시작하고, 새로운 작품들이 등장하고 있다. 그러나 변하지 않는 것이 있다면 목록에서 빠지는 작품이든 새로 등재되는 작품이든 간에 그들이 소설문학이라는 거대한 세계 안에 속해 있고, 다른 여러 작품들로부터 받은 영향을 통해 탄생했다는 것이고 그들 역시 다른 작품들에 영향을 주고 있다는 것이다.

소설들이 서로 이렇게 연결되어 있기 때문에, 작가들이 가장 많이 받는 질문이 '어떤 작가로부터 영향을 받았습니까?'인 것은 자연스럽다. 나 역시 무수히 이 질문을 받았다. 주로 신인 작가들이 대상이 되는데, 독자들은 잘 알지 못하는 신인 작가를 좀 더 잘 알기 위해서 그 질문을 던지는 것이다. 영화 〈친구〉에서 "니 아버지 뭐하시노?"라고 묻던 담임선생님처럼, 독자는 작가에게 그가 즐겨 읽었던 작품들의 리스트를 요구한다. 그러나 작품활동을 오래해온 작가, 이름을 얻은 작가 같은 경우는 이런 질문을 불쾌해할 수 있다. 이미 발표한 작품을 통해 충분히 유추할 수 있다고 생각하기 때문이다. 나 역시 우리나라에서는 더는 그런 질문을 거의 받지 않지만, 아직도 해외에서는 그런 질문을 받곤 한다. 몇 년 전 한 선배 작가와 함께 프랑스에서 행사를 한 적이 있었다. 그분은 프랑스 기자로부터 바로 그 질문을 받자, '영향을 받은 지가 너무 오래돼서 기억이 나지 않는다'고 통명스럽게 대꾸했다. 반면 밀란 쿤데라처럼 자신이 받은 영향의 계보를 상세하게 기술하고, 때로 이를 업데이트하면서 유럽 소설문학에서 자신이 서 있는 지점을 명확히 밝히려고 시도하는 경우도 있다. 『소설의 기술』이나 『커튼』 같은 저술을 통해 쿤데라는 세르반테스 - 라블레 - 플로베르 - 카프카로 이어지는 유럽소설의 뼈대를 세운 다음, 중부유럽 출신의 작가들로 살을 채우고, 그 흐름의 계승자로서 자신을 위치시킨다. 워낙 뛰어난 에세이스트인지라 읽다보면 그게 바로 유럽 소설문학의 계보다, 라는 생각이 들지만, 조금 시간이 지나면 그가 여러 뛰어난 작가의 작품, 예컨대 발자크, 빅토르 위고, 괴테 등을 누락시키거나 우회했다는 것을 깨닫게 된다.

영향과 계보에 대한 그의 자의식은 다른 어떤 작가보다도 강하고, 그 흔적은 그의 발언과 작품 양자에서 자주 드러난다.

1985년 예루살렘상 수상 연설에서도 그는 오직 네 명의 작가를 언급하는데 바로 플로베르와 라블레, 로런스 스턴, 그리고 톨스토이다. 그의 대표작이라 할 수 있는 『참을 수 없는 존재의 가벼움』에 등장하는 개의 이름이 카레닌이라는 것도 그렇다면 우연은 아닌 것이다. 소설 사이의 관계에 매우 민감해져 있는 독자라면 주인공 토마시와 테레자가 키우는 개의 이름이 하필이면 카레닌이라는 것에서 쿤데라가 실은 『안나 카레니나』를 자신의 방식으로 다시 쓰려고 시도한 것은 아닌가 유추하기도 할 것이다.

톨스토이의 안나는 남편과 아이를 버리고 젊은 남자 블론스키를 선택했다가 여러 시련을 감내하던 끝에 달리는 기차에 뛰어들어 생을 마감한다. 쿤데라의 테레자 역시 의문의 교통사고로 생을 마감한다. 바람둥이 의사 토마시를 선택했다가 인생의 큰 변화와 고통을 겪게 된다는 것도 비슷하다. 토마시는 의사지만 소포클레스의 『오이디푸스 왕』에 사로잡혀 있다. 그는 그것에 대해 글을 썼다가 정치적으로 몰락하게 된다. 그는 오이디푸스 왕만큼이나 똑똑하고 매력적이지만 공산주의 치하에서는 그게 독이 된다. 우리는 『참을 수 없는 존재의 가벼움』 하나에서만도 수없이 많은 연결점을 찾아낼 수 있다. 호기심 많은 열성적 독자라면 그런 연결점을 따라 독서를 확장해갈 것이다. 그리고 얼마 지나지 않아 책의 세계가 '바벨의 도서관'이며 우주라는 것, 보르헤스의 저 유명한 단편의 제목처럼 '끝없이 두 갈래로 갈라지는 길'들로 이루어진 세계라는 것을 어렴풋이 짐작하게 된다.

우주의 모든 것이 연결되어 있듯이 소설의 세계도 이어져 있다. 살만 루슈디가 목숨의 위협과 도피생활 속에서 아들을 위해 쓴 아름다운 동화 『하룬과 이야기 바다』에는 전문적 이야기꾼인 라시드와 그의 아들 하룬이 나온다.

> 하룬은 아버지를 저글링 곡예사로 생각할 때가 많았습니다. 곡예사가 여러 개의 공을 한꺼번에 돌리듯, 라시드는 다양한 이야기를 현기증이 날 만큼 어지럽게 돌리면서도 단 한 번도 실수를 하지 않았기 때문입니다. 도대체 그 많은 이야기가 어디서 왔을까? 라시드가 미소지으며 입만 벌리면, 마법 이야기, 사랑 이야기, 공주 이야기, 나쁜 숙부 이야기, 살찐 숙모 이야기, 콧수염을 기르고 노란 체크무늬 바지를 입은 악당 이야기, 환상적인 경치 이야기, 겁쟁이 이야기, 영웅 이야기, 전쟁 이야기, 재미있고 흥얼거리기 쉬운 노래 대여섯 곡을 갖춘 새로운 영웅 이야기가 튀어나오는 것 같았습니다. (…)

"그러지 마시고 가르쳐주세요. 정말로 그 이야기들은 어디서 오는 거예요?"

하룬이 끈질기게 물으면, 라시드는 신비롭게 눈썹을 꿈틀거리며, 허공에서 마녀가 주술을 쓸 때와 같은 손가락 모양을 만들었습니다.

"드넓은 '이야기 바다'에서 온단다. 따뜻한 '이야기 물'을 마시면, 시냇물처럼 흐르는 이야기가 나를 가득 채우는 걸 느낄 수 있지."

이 말을 듣고 하룬은 오히려 애가 탔습니다.

"그럼 아버지는 그 따뜻한 물을 어디에 보관하세요? 뜨거운 물병에 넣어두셨을 텐데, 전 그런 것을 본 적이 없거든요."

"뜨거운 물은 '물의 정령'들이 설치해놓은 눈에 보이지 않는 수도꼭지에서 나온단다." 라시드는 웃지도 않고 진지하게 말했습니다. "그걸 마시려면 가입자로 계약해야 해."

"어떻게 하면 가입자가 될 수 있어요?"

"아, 그건 너무 복잡해서 설명할 수가 없구나.[2]

그렇다. 이야기는 이야기의 바다에서 온다. 책은 네모난 종이로 되어 있고 시작과 끝이 분명하기 때문에 우리는 개개의 책을 하나의 독립적이고 완결적인 것으로 상상하곤 한다. 그러나 루슈디가 통찰했듯 책은 독립되어 있을지 몰라도 그 속에 들어 있는 이야기는 물이나 바다처럼 유동적이다. 그것은 흘러다니고 합쳐지고 나뉘고 인간의 내부를 '가득 채우곤' 한다. 그러므로 독자가 된다는 것은 이야기의 바다에서 흘러나오는 따뜻한 물을 받아 마실 수 있는 '계약자'가 되는 것이다.

우리는 셰익스피어의 『리어 왕』을 보면서 소포클레스의 『오이디푸스 왕』을 자연스럽게 떠올리게 된다. 왕이 나오고, 두 왕은 모두 극 초반에 자신감에 넘치는 활력적인 존재였다가 자기환멸에 빠져 미쳐버리면서 몰락한다. 눈먼 오이디푸스가 딸의 손을 붙잡고 테베를 떠날 때, 리어는 죽은 코델리아의 차가운 손을 잡고 비통해한다. 예민한 독자들은 전혀 관계없어 보이는 두 작품 사이의 연관 관계를 찾는 작업을 멈추지 않고, 그런 탐사가 독서의 쾌감을 줄이지도 않는다. 주제 사라마구의 『눈먼 자들의 도시』와 알베르 카뮈의 『페스트』의 유사성은 너무나도 명백하다. 도시에 알 수 없는 전염병이 퍼지고, 도시가 폐쇄되고, 이에 맞서는 주인공의 투쟁이 시작된다(물론 사라마구의 비전이 좀 더 암울하다. 도시는 바로 야만으로 추락하고 인간은 동물적 상태에서 만인 대 만인의 투쟁을 벌이니까). 반면 프란츠 카프카의 『소송』과 알베르 카뮈의 『이방인』이 서로 연결되어 있다고 하면 아마 많은 독자들이 놀랄 것이다. 둘은 얼핏 보아 비슷한 점을 찾기 어렵기 때문이다. 그런데 내가 대학에서 학생들과 함께 '고전 읽기'라는 수업을 했을 때, 한 학생이 두 작품 사이의 유사성을 주장하고 나섰다. 그러자 여러 학생들이 즉각 이를 수긍했다. "저희도 그렇게 느꼈어요"라고 말했다. 나 역시 알베르 카뮈가 프란츠 카프카의 작품에서 강력한 영향을 받았다고 생각한다. 특히 『이방인』에서는 요제프 K의 그림자를 강하게 느낄 수 있다.

프란츠 카프카의 『소송』은 이렇게 시작한다.

> 누군가 요제프 K를 중상모략한 것이 틀림없다. 그가 무슨 특별한 나쁜 짓을 하지도 않은 것 같은데 어느 날 아침 느닷없이 체포되었기 때문이다.[3]

반면 『이방인』의 뫼르소는 '특별한 나쁜 짓'을 저질렀다. 아랍인을 총으로 쏴 죽인 것이다. 그러나 그가 체포, 기소된 이후의 일은 요제프 K에게 벌어진 일과 비슷하게 흘러간다. 그는 아랍인을 살해한 것보다 어머니의 장례와 관련된 일련의 일로 더 비난받게 된다. 알베르 카뮈는 이 부분에 많은 장을 할애한다.

재판장은 겉으로 보기엔 내 사건과 무관하긴 하지만, 어쩌면 매우 밀접하게 관련된 문제들을 이제 짚고 넘어가려 한다고 말했다.[4]

장의사 직원들 중의 한 사람이 내가 엄마의 나이를 모르더라고 말했다는 것이었다.[5]

내가 엄마를 보고 싶어하지 않았고, 담배를 피웠고, 잠을 잤고, 카페오레를 마셨다고 말했다. 그때 온 법정을 술렁이게 하는 뭔가 느껴졌고, 처음으로 난 내가 죄인이라는 걸 깨달았다.[6]

마리는 말을 하려 하지 않았지만, 검사의 끈질긴 요구에 굴복한 나머지, 해수욕, 영화 관람, 그리고 우리집에 왔던 사실을 얘기했다. 검사는 수사 과정에서의 마리의 진술을 검토한 후, 그날의 영화 프로그램을 조사해보았다고 말했다. 검사는 마리 자신이 당시 어떤 영화가 상영되었는지를 밝힐 것이라고 덧붙였다. 마리는 거의 기어들어가는 목소리로 사실은 페르낭델의 영화였다고 밝혔다. 마리가 말을 마쳤을 때, 법정은 쥐죽은듯 고요했다. 검사는 매우 심각한

> 표정을 지으며 자리에서 일어나더니, 내가 보기엔 정말이지 북받쳐 오르는 목소리로 나에게 손가락질을 하면서, 천천히 또박또박 끊어 말했다. "배심원 여러분, 어머니가 돌아가신 다음날, 저 인간은 해수욕을 하고, 부적절한 관계를 맺고, 코미디 영화를 보러 가서 낄낄거렸습니다. 더 이상 드릴 말씀이 없습니다."[7]

참다못한 뫼르소의 변호인은 항변한다. 어머니 장례식과 관련해 기소당한 것이냐, 살인으로 기소당한 것이냐고. 검사는 변호인의 순진함을 비웃으며 이렇게 말한다.

> 검사가 다시 자리에서 일어나더니 (…) 이 두 가지 사건 사이에는 심오하고, 비장하고, 본질적인 관계가 있다는 걸 느끼지 않을 수 없을 것이라고 지적했다. 검사가 단호하게 소리쳤다. "그렇습니다. 본 검사는 저 인간이 범죄자의 마음가짐으로 어머니의 장례를 치렀기 때문에 기소하는 바입니다."[8]

재판의 마지막이 되면 본말이 완전히 전도된다. 뫼르소는 범죄를 저질렀기 때문이 아니라 범죄자의 마음을 가진 것이 분명하므로 유죄라는 것이다. 근대는 합리성의 시대다. 유죄판결을 내리려면 이에 합당한 증거가 있어야 한다. 마음은 근대 형법의 영역이 아니다. 그런데 뫼르소는 그 마음으로 인해 유죄라고 검사는 주장하고 있다. 카뮈는 근대의 합리성 뒤에 여전히 웅크리고 있는 전근대의 비합리성을 간파하고 있다. 뫼르소는 연기를 할 줄 모르는 인물이다. 그런 사람을 우리는 순진하다고 말한다. 그는 어머니를 여읜 아들이 해야 할 법한 사회적 행위를 연기하지 않았고, 실은 그것 때문에 이 사회로부터 영원히 추방되는 것이다.

카프카의 요제프 K도 비슷하다. 그는 자신이 매우 영리하게 행동하고 있고, 상황을 통제하고 있다고 믿는, 그러나 실은 뫼르소처럼 기소당하고 심판당할 것을 끝없이 두려워하는 인물이다. 뫼르소처럼 요제프 K 역시 순진하다. 그는 아무 이유 없이 기소당했지만, 자신이 잘 행동하기만 하면 이 난관을 빠져나갈 수 있으리라 생각한다. 그는 자기 행동에 대한 결과를 계속 예측하지만 늘 예측과는 다른 결과를 마주하고 당황한다. 세상에 대한 그의 순진한 믿음은 예컨대 이런 식이다.

> 도대체 어떻게 된 영문인지는 알 수 없지만 아침의 사건으로 그루바흐 부인의 하숙집 전체에 큰 혼란이 발생했고, 질

> 서가 회복되기 위해서는 자신이 꼭 필요할 것이라는 생각이 들었다. 일단 질서가 회복되면 사건의 흔적은 말끔히 사라질 것이고 모든 것은 본래의 상태로 돌아갈 것이다.[9]

그의 '정신 승리'는 도저하다. 대학생과 다투다가 힘에서 밀리자 K는 이렇게 말한다.

> 패배를 당한 것은 단지 그가 싸움을 걸었기 때문이다. 만일 그가 집에 있으면서 평소와 같은 생활을 해나간다면 그는 이들 어느 누구보다도 훨씬 우세할 것이고, 그의 길에 방해가 되면 누구든지 발로 한 번 걷어차 비켜나게 할 수 있을 것이다.[10]

왜 아니겠는가? 집에만 있으면 누구든 못 이기겠는가? 상상 속에서야 이종격투기 세계챔피언도 한 방에 쓰러뜨릴 수 있다. 하지만 현실에서 싸움을 걸면 패배를 당하게 된다. 결국 독자는 곧 알게 된다. 그의 믿음이 얼마나 순진한 것이었는가를. K는 순진할 뿐 아니라 약간의 피해망상 증상까지 보인다. 아무 이유 없이 기소당했기 때문에 그럴 수도 있고, 원래가 그런 성격일 수도 있다. 예컨대 그는 법정에 출두해서도 난데없이 일장 연설을 한다. 그는 자신에 대한 체포가 부당하다고 역설한다.

K는 여기서 잠시 말을 중단하고, 침묵을 지키고 있는 예심판사 쪽을 바라보았다. 그러면서 그는 예심판사가 마침 군중 속의 누군가를 쳐다보면서 어떤 신호를 보내고 있는 것을 우연히 포착했다는 생각이 들었다. K는 미소를 지으며 말했다. "여기 제 옆에 계신 예심판사께서 방금 여러분 중 누군가에게 어떤 비밀스러운 신호를 보냈습니다. 그러니까 여러분 중에 여기 연단 위에서 지시를 받는 사람이 있습니다. 저로서는 방금 보낸 신호가 야유를 하라는 것인지 아니면 갈채를 보내라는 것인지 알 수 없지만, 저는 이 일을 사전에 들추어냄으로써 이 신호의 의미를 알 수 있는 기회를 의도적으로 포기하는 것입니다. 저는 조금도 상관없습니다. 그래서 예심판사님께 공개적으로 권한을 드리겠습니다. 돈을 주고 고용한 사람들에게 비밀 신호 대신 큰 소리로 명령을 내리시지요. 예를 들면 '지금은 야유를 보내라!', 그리고 다음번에는 '지금은 박수를 쳐라!' 하고 말하면 되겠지요."
예심판사는 당황한 탓인지 아니면 초조해서인지 의자에 앉아 몸을 이리저리 움직였다. (…)

"제 말은 이제 곧 끝납니다." K는 이렇게 말하면서, 종이 없었으므로 주먹으로 탁자를 내리쳤다. 서로 맞대고 있던 예심판사와 조언자의 머리가 그 소리에 놀라 순간적으로 떨어졌다. "이 모든 일이 저와는 아무 상관도 없기 때문에 저는 이 사건을 차분하게 판단할 수 있습니다. 그리고 여러분이 소위 이 법원이라는 것을 중요하게 생각한다면 제 말을 경청하는 것은 매우 유익할 겁니다. 제가 말하는 것에 대해 여러분이 서로 의견을 나누는 일은 나중으로 미루어 주시기 바랍니다. 저는 시간이 없고 곧 가야 하니까요."

즉시 장내가 조용해졌다. 이제 K는 집회를 이처럼 완전히 통제하고 있었다. 사람들은 처음처럼 마구 소리를 지르지도 않았다. 박수를 치지도 않았지만, 이제는 그의 말을 확신하거나 거의 그런 단계에 와 있는 것 같았다.[11]

혼자만의 믿음에 갇혀 있는 존재는 어린아이와 같다. 그래서 아이들을 놀려먹는 것이 가능하다. 아이들은 뽀로로나 산타클로스가 실존한다고 믿고, 자기가 어떤 믿음을 품으면 그것이 실현된다고 생각한다. 요제프 K가 그런 인물이다. 피해망상에 가까운 자신의 연설이 청중을 감동시켰으며, 그렇기에 재판도 간단하게 끝낼 수 있다고 믿는 것이다. 카프카의 『소송』을 선입견

없이 읽어나가다보면 마치 한 편의 코미디를 보는 것처럼 웃기는 대목이 많다. 바로 이런 어리석음 때문이다. 뫼르소와 요제프 K 모두 마치 미로에 갇힌 실험용 쥐처럼 세계에 대해 좁은 시야를 가지고 있다. 밀란 쿤데라는 「세르반테스의 절하된 유산」이라는 에세이에서 세계를 바라보는 주인공들의 관점에 대해 흥미로운 역사적 비교를 하고 있다.

돈키호테가 드넓은 세상을 향해 모험을 떠났다면, 발자크의 세계는 사회제도의 틀 안에 제약되며, 엠마 보바리에 이르면 모험은 불가능해지고 오직 꿈과 몽상만이 가능해진다고 말한다.

밀란 쿤데라의 통찰에 동의하는가 아닌가를 떠나서, 우리는 돈키호테와 엠마 보바리와 요제프 K를 하나의 소실점을 향해 정렬할 수 있다는 것에 어떤 쾌감을 느끼게 된다. 이 셋은 모두 모험을 하고 있다. 돈키호테가 자발적으로, 엠마 보바리가 환상에 이끌려서 모험을 떠난다면, K는 소환을 당하여 어쩔 수 없이 모험을 한다. 카프카의 바로 다음 세대라 할 수 있는 카뮈의 뫼르소 역시 '무시무시한 상황의 함정'에 빠져 자기 바깥의 그 어떤 것도 볼 수 없는 상태가 된다. 카프카가 창조한 이런 상황과 인물은 20세기 이후 무수한 현대소설에서 발견할 수 있다.

어떤 작가들은 공개적으로 특정 텍스트를 '다시 쓰기'도 했다. '아이오와대학교 국제 창작 프로그램'에서 한 달여를 같이 보냈던 일본 작가 미즈무라 미나에 씨는 독특한 방식으로 자신만의 소설 세계를 구축해왔다. 그녀는 나쓰메 소세키의 미완성 장편을 이어 쓰거나, 에밀리 브론테의 『폭풍의 언덕』을 일본 사소설의 문체를 빌려 쓰고는 『본격소설』이라는 이름을 붙이기도 했다. 우리나라에는 그녀의 작품 중 『본격소설』만이 번역돼 있다. 이 소설은 작가 자신이 1970년대 일본 경제가 세계화되던 시절에 미국 동부에서 직접 겪은 일처럼 쓰여 있다. 운전기사로 들어온 아즈마 다로라는 인물은 단박에 히스클리프를 연상시킨다. 그러나 그렇다고 해서 이 소설이 과거에 유행하던 번안소설은 아니다. 미즈무라 미나에는 영문학의 대표적 고전을 일본인을 주인공으로, 미국 동부를 배경으로 다시 씀으로써 놀라운 효과를 자아냈다. 거기에다 일인칭 화자가 자신이 직접 겪은 일을 중심으로 서술하는 일본문학 특유의 사소설적 문체를 한 겹 더 겹쳐놓음으로써 '소설이란 무엇인가'라는 질문을 자연스럽게 이끌어내고 있다. 누구나 알다시피 에밀리 브론테의 『폭풍의 언덕』은 훗날 수많은 소설과 영화에 강력한 영향을 끼쳤다. 식민지 출신으로 짐작되는 피부색의 히스클리프는 양자로 들어와 또래인 캐서린과 함께 행복한 어린 시절을 보내지만 이후 온갖 박대와 설움을 받게 되고 캐서린이 린튼의 청혼을 받자 집을 뛰쳐나간다. 나중에 엄청난 부자가 되어 돌아와 복수를 자행한다는 이런 스토리는 전 세계 거의 모든 TV 드라마에 서 흔히 볼 수 있다. 이 뻔한 이야기를 다시 쓰겠다고 도전한다는 것은 쉽지 않은 일임에 틀림없다. 비슷하면서 달라야 하고, 다시 쓰는 이유가 분명해야 할 테니까.

물론 『로미오와 줄리엣』이라든가 『춘향전』 같은 경우에는 지금도 수없이 '다시 쓰이고' 있다. 소설의 경우에는 의외로 그런 작업이 드물었는데, 그것은 근대에 들어서면서 소설가에게 더 더욱 '창조적 예술가'라는 후광이나, '무에서 유를 창조하는 천재'라는 식의 신화가 덧씌워지면서부터다. 하지만 그 어떤 소설가도 무에서 유를 창조할 수는 없다. 이미 쓰인 것을 조금씩 바꿔가며 자신의 것으로 만들어갈 수 있을 뿐이다.

샬럿 브론테의 『제인 에어』 역시 진 리스라는 작가에 의해 『광막한 사르가소 바다』라는 이름으로 다시 쓰였다. 일종의 프리퀄이라고도 할 수 있는 이 이야기는 『제인 에어』에서 골방에 갇혀 단말마의 소리만 지르는 것으로 묘사된 로체스터의 부인 버사가 어떻게 그 골방에 갇히게 되었는가를 추적하고 있다. 『제인 에어』에서는 그저 두 연인의 장애물 정도로만 취급된 한 미친 여성에게 주목한다는 점에서 이 소설은 작가의 여성주의적 관점과 의도를 분명히 느낄 수 있다. 지금도 그렇지만 특히 과거에는 특별한 여성들은 남성중심주의 사회에서 미친 여자로 취급당하면서 매장당하거나 고립되곤 했다. 카미유 클로델이나 나혜석이 바로 그런 취급을 받았다. 진 리스는 바로 그런 점을 버사를 통해 드러내려고 했던 것이다.

노벨문학상 수상작가인 존 쿳시 역시 대니얼 디포의 『로빈슨 크루소』를 『포』라는 제목으로 다시 쓴다. 그는 우리가 알고 있던 용감하고 정의롭고 신앙심이 깊은 크루소는 잊으라고 말한다. 대신 비열하고 고집 세고 섬을 결코 탈출하지 않으려는 늙은이를 보여준다. 게다가 『포』의 화자는 크루소가 아니라 수전 바턴이라는 여성이다. 이 여성은 우여곡절 끝에 바다에 내던져져 표류하다 크루소가 살고 있는 섬에 도착하게 된다. 섬에는 십오 년 동안 섬을 지배하며 살아온 크루소 영감과 혀가 말려 말을 못하는 흑인 노예 프라이데이가 있다. 크루소는 성질이 급하고 거만한데다가 모든 것에 의욕을 잃어버린 사람으로 묘사되어 있다.

포스트모더니즘 시대에 특히나 이런 작업, '정전 다시 쓰기'가 많았다. 이렇게 대놓고 '다시 쓰기'를 표방하든 그렇지 않든, 여전히 전 세계의 작가들이 무언가를 다시 쓰고 있다. 그런 과정을 통해 보르헤스의 '도서관', 책의 우주는 점점 더 커져간다. 소설을 쓴다는 것은 땅을 사서 집을 짓는 것과는 좀 다르다. 소설 쓰기란 남의 것을 잠깐 빌려왔다가 그것을 다시 책의 우주에 되돌려주는 작업이다.

그렇다면 소설을 읽는 것은 바로 이 광대한 책의 우주를 탐험하는 것이다. 우리는 『나니아 연대기』의 옷장처럼 하나의 책을 통해 그 우주에 들어간다. 책은 새로운 세계로 통하는 문이자 다른 책으로 연결해주는 징검다리다. 소설과 소설, 이야기와 이야기, 책과 책 사이의 연결을 찾아내는 것은 독자로서 큰 즐거움이 아닐 수 없다. 우리는 이야기에 흠뻑 빠져들면서도, 그 이야기와 다른 이야기의 연결점을 찾아나가고, 그런 경험을 쌓아나가면서, 전혀 관계없어 보이는 소설과 소설 사이의 유사점을 찾아내기도 한다. 그러면서 독자는 자기만의 책의 우주, 그 지도를 조금씩 완성하게 된다.

지금까지 우리는 그 우주의 아주 작은 부분을 함께 탐색해보았다. 호메로스와 소포클레스로부터 시작해 세르반테스와 플로베르, 미즈무라 미나에나 존 쿳시의 작업까지를 살펴보았다. 이들은 훌륭한 작가들이지만 책의 우주는 이보다 훨씬 더 광대하다는 것, 우리의 유한한 삶보다 오래 영속하리라는 것을 우리는 잘 알고 있다. 다만 이들로부터 시작해 연결점들을 찾아내고, 더 근사한 별자리를 발견하면서 책의 우주를 확장해갈 일이 우리에게 남아 있다.

사실 독자로 산다는 것에 현실적 보상 같은 것은 없을지도 모른다. 그러나 우리의 짧은 생물학적 생애를 넘어 영원히 존재하는 우주에 접속할 수 있다는 것, 잠시나마 그 세계의 일원으로 살아갈 수 있다는 것, 어쩌면 그것이야말로 독서의 가장 큰 보상일지도 모른다. 별들이 수백 수천 년 전에 보내온 빛이 이제야 우리의 망막에 와닿듯이 책 역시 까마득한 시공을 초월해 우리에게 도달하고 영향을 미친다. 밀란 쿤데라의 통찰처럼, 비록 우리 현대인의 시야가 마치 요제프 K의 그것처럼 좁아져 있고 모두가 세속적 이해와 단기적 전망으로 아옹다옹하며 살아가고, 세계가 돈키호테와 같은 모험을 더 이상 허용하지 않는다 해도, 우리에게는 이 좁은 전망을 극적으로 확장해줄 마법의 문이 있다. 바로 '이야기의 바다'로 뛰어들어 '책의 우주'와 접속하는 것이다.

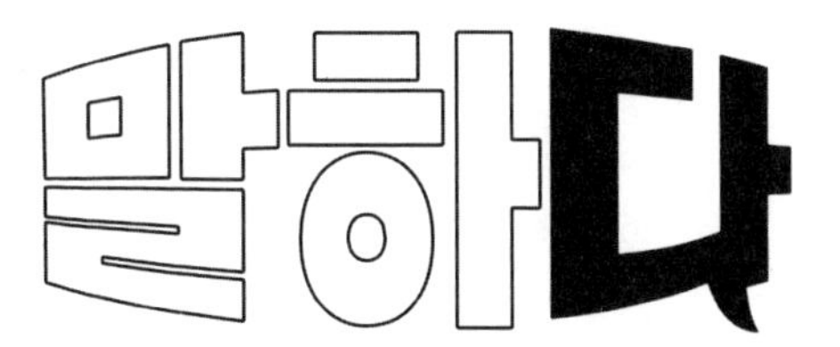
말하다

1부

내면을 지켜라

말하다

탐침을 찔러넣다

내탐침

「보다」에서, 사 년간의 뉴욕 생활을 마치고 2012년에 귀국한 후 "내가 사는 사회 안으로 탐침을 깊숙이 찔러넣지 않으면 안 된다는 생각이 들었다"고 적었습니다. 특별한 계기가 있었나요?

저 같은 작가는 그냥 집에서 이상한 생각이나 하고, 그런 생각들을 신나게 쓰고 사는 게 바람직한 사회라고 생각해요. 사회문제 같은 건 신경 안 쓰고요. 그런데 뭔가 무척 중요한 일들이 벌어지고 있는 느낌이에요. 2012년부터 지금까지, 한국사회가 예전과는 많이 달라진 듯해요. 정확히 뭔지는 잘 모르겠지만, 크게 항로가 바뀌었다고 할까요? 한국이라는 배가 어딘가로 잘

가고 있다고 모두가 믿었던 거예요. 그런데 어느 순간 정신을 차리고 보니 다른 데로 가고 있는 걸 발견한 것 같은, 그런 느낌이에요. 그리고 나 자신도 그런 것에 너무 무지했던 것 같고요. 그래서 공부를 하기 위한 방편으로 조금 더 적극적으로 보고 썼던 거죠. 자기 공부의 일환이기도 해요.

존엄을 지키기 위한 투쟁

귀국 후의 시간은 어떤 감정들로 기억되고 있나요?

글쎄요…… 안타까움? 그리고 조금 막막하고요. 제가 개인적으로 어려운 상황을 겪고 있는 건 아니지만, 제 주변에 사는 사람들도 잘살아야 되잖아요. 그런데 사인회 같은 자리에서 젊은 독자들과 만나 그들의 이야기를 들어보면, 편의점에서 아르바이트를 하거나 몇 년째 취업 준비를 하는 이들이 제 독자라는 걸 알게 돼요. 저는 그들이 자기의 존엄성을 위해서 싸우고 있다는 느낌을 받아요. 스펙 쌓기도 바쁘고, 그 와중에 돈도 벌어야 되고, 그럼에도 왜 소설 같은 걸 읽을까요? 크게 도움도 안 되잖아요. 그런데도 힘들게 일하고 집에 돌아와서 책을 보려고 노력하고, 제가 진행하는 팟캐스트를 듣기도 한단 말이죠. 그건 자기 안에 남아 있는 인간다움, 존엄을 지키기 위한 거라고 생각해요. 그것이 더 존중되고 지켜졌으면 좋겠는데 현실은 그렇지 못하니까, 안타깝죠.

희망의 총량

「보다」 안에 담긴 작업은 우리 사회를 이해하려는 시도가 아니었을까 싶습니다. 김영하 작가가 이해한 지금 우리 사회는 어떤 모습인지 궁금합니다.

한국에 돌아와서 느낀 변화라면, 예전보다 사회가 가진 희망의 총량이 많이 사라졌다는 거예요. 이제는 희망을 품는 것은 고사하고 다들 자기가 지금 차지하고 있는 자리라도 지키고 싶어한다는 인상을 받았고요. 그리고 우리 사회가 문명보다는 야만을 향해 조금 더 움직인 게 아닌가 하는 생각이 들었습니다. 약자를 존중하고 사회적 계약을 준수하는 것이 문명이라면 그 반대쪽으로 많이 움직인 것 같다는 거죠.

세대 갈등은 이제 시작이다

「보다」에서 반복적으로 등장하는 이야기 중 하나는 '아버지와 아들의 관계'에 대한 것입니다. 특별히 관심을 갖게 된 일이 있었나요?

실제 아버지와 아들의 문제라기보다는 세대 갈등에 대한 이야기인 거죠. 저는 그것이 한국사회의 굉장히 큰 갈등 중의 하나라고 생각하거든요. 부동산 중심의 자산 구조를 가진 장노년층과 그들에게 월세를 내며 살아갈 수밖에 없는 청년 세대의 갈등, 그런 세대 갈등이 결국은 아버지와 아들의 문제로 상징될 수 있잖아요. 많은 걸 가진 아버지와 그 아버지에게 도전하고자 하지만 힘과 용기가 부족한 아들, 그들 사이의 문제는 계속 격화될 거라고 생각해요. 최근에도 대학에서 기숙사를 건립하려고 하니까 주민들이 반발하고 나섰잖아요. 원룸 임대료 수입이 줄어든다고 주민의 생존권을 보장하라며 대학을 찾아가 항의를 하고요. 환경 보존 같은 이슈도 포함된 사안이지만 사실 그 문제는 본격적인 세대 갈등의 신호탄 아니었나 싶어요. 젊은 세대는 좀 더 싸고 질 좋은 주거가 필요하고, 땅과 부를 가지고 있는 장노년층은 계속해서 자신의 안정적인 지대를 추구하는 거죠. 앞으로 이런 식의 갈등이 첨예화될 것 같다는 생각이 많이 들었어요.

나쁜 부모와 아이의 관계는 어떤가요. 아이는 자신을 덜 사랑하는 부모의 마음에 들려고 애쓰고, 그럴수록 부모는 사랑을 주지 않음으로써 관계 상위를 차지하는 현상을 지적하기도 했죠.

개인적인 차원에서도 그렇고요, 사회 전체적으로도 마찬가지예요. 예를 들면 그런 게 있더라고요, '압박면접'이라고 하나요? 그 무슨 사디스트적인 행동인지 모르겠어요. 취업을 하겠다는 사람에게 모욕을 주는 거잖아요. 정확히 그건 나쁜 부모가 하는 행동이거든요. "너는 모자라다, 너는 왜 이렇게 부족해" 이런 얘기를 하면서 모욕을 주고 자존감을 깎아내리는 모습이 똑같아요. 그런데도 지원자는 웃어야 되잖아요. 그들의 마음에 들기 위해 노력해야 되고, 자기는 모든 걸 견딜 수 있는 사람인 것처럼 처신해야 하고요. 심지어 실수로라도 반항하지 않도록 강자의 논리로 자기를 설득하잖아요. '경쟁이니까 어쩔 수 없는 거야' 이런 걸 스스로에게 설득시키고 받아들이는 거죠. 나쁜 부모의 마음에 들려고 애쓰는 아이와 비슷한 거죠.

한 인터뷰에서 "젊은 세대조차 희망 없이 사는 시대는 처음 보는 것 같다"고 말씀하셨습니다. 김영하 작가가 성장했던 70~80년대의 젊은이들은 불가능한 꿈을 꾸면서도 희망을 잃지 않았던 것 같은데, 지금의 세대는 왜 그렇지 못할까요?

제가 대학교를 다닐 때는 우리나라 경제성장률이 일 년에 10퍼센트 정도였어요. 지금과 비교하면, 사 년 동안 성장할 것을 한 해에 이룬 거죠. 그리고 교육의 기회가 많아지면서 우리 세대 대부분은 부모 세대보다 더 공부를 많이 했어요. 그래서 우리에게는 확신이 있었어요. 우리는 부모 세대보다 더 부유할 것이고, 문화적으로 더 풍요로울 것이고, 더 많은 지식을 가지게 될 것이라는 확신이었죠. 그건 누구도 부인할 수 없는 것이었어요. 실제로 그렇게 됐고요. 그런데 요즘에는 자신의 부모보다 더 잘 살 거라고 생각하는 사람이 별로 없는 것 같아요. 부모가 가진 것만큼이라도 가졌으면 좋겠다고 생각하죠. 지금의 부모 세대는 대부분 대학을 나왔고, 삼십대 즈음에는 아파트와 자동차를 샀고, 풍요를 누렸잖아요. 그런데 지금은 그 단계에 도달하기란 굉장히 어렵죠. 취업을 하기도 어렵고, 취업을 한다 해도 돈을 모으기도 어렵고, 집을 사기도 어렵고요. 그런 게 우리 세대와는 다른 점이죠. 이건 사실 딱히 누구의 잘못이 아니라고 할 수 있는데요. 우리나라가 예전에 갖고 있었던 경제적인 활력은 사라져가고 있잖아요. 인구도 곧 줄어들기 시작할 거고요. 또 우리만이 갖고 있는 특별한 무언가도 이제는 없는 듯해요. 그래서 희망이 없다는 생각들을 많이 하는 것 같아요.

비관적 현실주의와 감성 근육

SBS <힐링캠프> 강연, 2014년 12월

한 회사 사장님이 신입사원들을 앉혀놓고 이런 말을 했다고 합니다. "요즘 젊은이들은 왜 현실에 안주하려고만 하느냐. 애플의 스티브 잡스나 마이크로소프트의 빌 게이츠 봐라. 다 자기 집 차고에서 시작해 세계적인 기업을 만들지 않았느냐?" 그러자 한 신입사원이 옆에 있는 동료에게 그랬대요. "차고라고? 우리집에는 차고 없는데?" 그랬더니 동료가 그러더래요. "차고는 무슨, 차도 없는데. 아, 맞다. 집도 없구나." 지금 젊은이들에게는 '현실에 안주'한다는 것 자체가 꿈같은 일입니다. 안주가 사치인 시대, 점점 더 나빠지지만 않으면 다행인 시대가 되었습니다.

저는 작가라 숫자에는 별로 강하지 않지만 한번 예를 들어보겠습니다. 제가 대학에 들어가던 해에 우리나라의 연 경제성장률은 무려 10.6퍼센트였습니다. 그다음 해에는 11.1퍼센트, 서울올림픽이 열리던 1988년에는 10.6퍼센트였습니다. 그런데 2013년 우리나라 경제성장률은 얼마였을까요? 2.8퍼센트였습니다. 간단하게 계산해봐도 요즘 같은 시대에 사 년 걸릴 성장이 그때에는 일 년 만에 가능했던 겁니다. 지금 기준으로 보면 무시무시한 성장률이었죠. 그러니 그 시절의 대학생들은 취업을 별로 진지하게 생각하지 않았습니다. 대학 졸업자는 지금에 비해 매우 적었는데(1986년 대학 취학률은 22.3퍼센트에 불과했습니다) 그들을 필요로 하는 기업들은 많았으니까요. 게다가 그 시절은 취업을 했다 하면 거의 모두가 정규직이었습니다. 비정규직이라는 말 자체가 없던 시절이었습니다. 대학에 가기는 어려웠지만 대학에만 간다면 그다음은 꽤 순탄한 미래를 기대할 수 있었던 겁니다.

저는 대학교 3학년 때부터 학군단, 흔히 말하는 ROTC 후보생이었습니다. 일 년차인 3학년 때는 정말 힘들었습니다. 훈련은 힘들고, 선배들은 괴롭히고, 길에서도 큰 소리로 경례하느라 창피하고…… ROTC 후보생들은 여름방학마다 한 달씩 군부대에 들어가 훈련을 받습니다. 이 년차 여름 훈련을 앞둔 어느 날, 저는 교정을 터덜터덜 걸어내려오고 있었습니다. 그때 무슨 종교적 계시처럼, 그 훈련에 참가하지 말라는 목소리를 들었습니다. 터무니없는 소리죠. 만약 그 훈련에 참여하지 않으면 바로 학군단에서 제명될 뿐 아니라 그때까지 일 년 반 동안 해온 고생은 헛수고가 되고 졸업하자마자 사병으로 군대에 가야 하는 것이니까요. 하지만 저는 그날 바로 학군단으로 찾아가 여름 훈련에 참여하지 않겠다, 오늘부로 학군후보생을 그만두겠다고 말했습니다. 발칵 뒤집힌 학군단측에서 저를 설득했고 같이 고생하던 동기들도 입을 모아 충고했습니다. "지금까지 해온 게 아깝지도 않냐?" 그때 제가 동기들에게 했던 말이 지금도 기억이 납니다. "아니, 앞으로 살아갈 날이 더 아까워. 이 길은 내 길이 아닌 것 같아."

장교로 임관했더라면 아마 전역과 동시에 대기업에 바로 취업이 됐을 겁니다. 바로 결혼도 하고 아이도 낳고, 출근시간 지하철에서 흔히 마주칠 수 있는 평범한 회사원으로 살아가게 되었을 겁니다. 순조롭게 승진했다면 지금은 아마 부장 정도가 되어 있겠지요. 그런데 아무리 생각해봐도 그건 제 미래 같지가 않았습니다. 앞으로 뭐가 될지 확실히 알 수는 없었지만 적어도 그런 삶은 아닐 거라는 막연한 확신이 있었습니다.

제 아버지는 가난한 농촌에서 태어나 독학으로 야간 고등학교를 졸업하고, 사병으로 군에 입대해 간부후보생으로 장교가 된 분이었습니다. 아들이 대학을 졸업하고 학군장교로 임관하는 모습을 꼭 보고 싶으셨던 아버지는 제가 ROTC를 그만둔 후로 기거하고 있던 학교 동아리방을 찾아와 저를 설득하셨습니다. "아버지의 마지막 소원이다. 임관만 해라. 그 후부터는 아무것도 바라지 않으마." 아버지의 소원을 들어드리지 못해 죄송했지만 저는 분명하게 제 의사를 밝혔습니다. "못 하겠습니다." 왜냐하면 어른들의 바람은 늘 그런 식이기 때문입니다. 대학만 들어가라, 졸업만 해라, 결혼만 해라, 아이만 하나 낳아라, 그다음부터는 네 마음대로 살아라. 하지만 아무 조건도 없이 하고 싶은 것을 마음대로 할 수 있는 '그날'은 결코 오지 않습니다.

결국 우여곡절 끝에 학군단을 탈퇴한 후, 바로 입영되는 것을 피하기 위해 대학원에 들어갔지만 학업에는 별 뜻이 없었기에 그때부터 본격적으로 문학에 뜻을 두고 습작을 시작했습니다. 대학원을 마친 후에야 군대에 갔고 제대한 직후, 등단하여 작가가 되었습니다. 만약 제가 내면의 목소리를 무시하고 그냥 여름 훈련에 참가하고 장교로 임관했더라면 어떻게 됐을까요? 뭐든 됐겠지만 아마 작가는 되지 못했을 겁니다.

하지만 제가 그런 결단을 내릴 수 있었던 것에는 분명 당시의 시대적 분위기가 영향을 미쳤습니다. 경제성장률이 10퍼센트를 넘나드는 시절이라 다들 미래를 낙관하고 있었거든요. 예편을 하기는 했지만 아버지는 안정된 직장인 은행의 예비군 대대장으로 재취업에 성공하셨고, 우리 가족은 신도시에 분양받은 새 아파트로 이사갈 날을 손꼽아 기다리고 있었습니다. 원래 부모님은 제가 공인회계사 같은 안정적인 직업을 갖기를 원하셨고 작가가 되는 것을 탐탁지 않게 여기시기는 했지만, 그렇다고 아들이 끝내 밥을 굶게 되리라고 생각하지는 않으셨던 듯합니다. 그건 저 역시 마찬가지였습니다. '뭐 굶어죽기야 하겠어?' 그런 마음으로 부모님께 빌붙어 몇 년을 버틸 수 있었습니다. 저는 입사원서 한 장 내지 않고 습작에 매달렸지만 가끔 그냥 평범한 회사원으로 사는 것은 어떨까 생각해본 적도 있었습니다. 그렇게 마음이 자꾸 흔들리기에, 어느 날 신촌에 가서 귀를 뚫고 귀걸이를 했습니다.

'음, 이제 취직은 물건너갔군. 귀걸이 한 놈을 누가 뽑겠어? 그러니 이제 글만 쓰자.'

이런 무모함이 가능하고 낙관주의가 팽배하던 시절은 이제 지나갔습니다. 지금 같은 시절에 대학을 다녔다면 저도 이십 년 전처럼 행동하지 못했을 겁니다. 예를 들어, 갚아야 할 학자금 대출이 있고, 안정적인 직장이 없는 부모 또한 아파트 담보 대출을 떠안고 그걸 매달 갚아나가야 하는 처지였다면, 저 역시 습작보다는 취업에 뛰어들어야만 했을 겁니다.

세월이 흘러 저는 다행히도 꽤 알려진 작가, 가끔은 길에서 독자들이 알아보고 인사도 해오는 그런 작가가 되었습니다. 책이 나오면 커다란 공연장 같은 곳에서 독자들과 만나기도 합니다. 제 독자들은 대부분 젊은이들입니다. 행사가 끝날 때면 그들은 저에게 질문을 합니다. 자기도 글을 쓰고 싶은데, 작가가 되고 싶은데, 어떤 충고를 해줄 수 있는가. 참 어려운 질문입니다. 왜냐하면 제가 작가가 되기로 결심했던 시대와 지금은 너무나도 다르기 때문입니다.

한번은 군부대에 강연하러 간 적이 있습니다. 병사들이 정말 좋아하더군요. 푹 잘 수 있으니까요. 제가 문학에 대해 이야기하는 동안 정말 잘들 자는 거예요. 군인답게 모두 정확히 각을 맞춰 질서정연하게 자더군요. 보람 있었습니다. 아, 내가 강연을 온 덕분에 병사들이 저렇게 꿀 같은 휴식을 취할 수 있다니. 강연이 끝나자 언제나처럼 형식적인 질의응답 시간이 있었습니다. 군대니까 자발적으로 한 것은 아닐 거고 분명 미리 질문을 던지기로 되어 있었을 텐데요. 제대를 앞둔 병장이 말하기를, 자기는 집안 형편도 어렵고, 소위 말하는 스펙도 변변치 않고, 학벌도 시원찮은데, 자기 같은 젊은이가 어떻게 하면 이 사회에서 성공할 수 있겠느냐고 묻더라고요. 저는 그 병사에게 말했습니다.

"음, 잘 안 될 거예요."

그러자 잠들어 있던 병사들이 하나둘 고개를 들기 시작했습니다. 이건 뭔가 이상하다, 눈을 떠야 한다, 이런 직감들이 들었나봐요. 잠에서 깬 병사들에게 말했습니다. 보란듯이 성공하는 것이 굉장히 어려운 시대가 되었다. 미안하지만, 여러분 앞에는 암울한 미래가 기다리고 있다. 게다가 나는 작가라 여러분에게 성공하는 법 같은 것은 가르쳐줄 수가 없다. 작가는 실패 전문가다. 소설이라는 게 원래 실패에 대한 것이다. 세계명작들을 보라. 성공한 사람은 거의 나오지 않는다. 『노인과 바다』의 노인은 기껏 고생해서 커다란 물고기를 잡는 데 성공하지만 결국 상어들에게 다 뜯기고 뼈만 끌고 돌아온다. 『안나 카레니나』의 안나와 『보바리 부인』의 보바리 부인은 자살하고 만다. 『위대한 개츠비』의 개츠비는 옛사랑을 얻기는커녕 엉뚱한 사람이 쏜 총에 맞아 젊은 생을 마감한다. 문학은 성공하는 방법은 가르쳐줄 수 없지만 실패가 그렇게 끔찍하지만은 않다는 것, 때로 위엄 있고 심지어 존엄할 수 있다는 것을 가르쳐준다. 그러니 인생의 보험이라 생각하고 소설을 읽어라.

제 소설을 읽는 젊은 독자들도 그 병사와 비슷한 질문을 곧잘 합니다. 다들 앞날이 불안하고 자신에 대한 확신이 흔들리니까요. 독자란 참 천사 같은 존재입니다. 자기 돈 내고 책 사주죠, 일부러 시간 내서 낭독회 같은 행사에 와주죠, 와서는 정말 따뜻한 얼굴로 작가를 바라봐줍니다. 가끔은 신기합니다. 저는 그냥 소설을 한 권 썼을 뿐인데, 전생에 무슨 좋은 일을 했길래 독자라는 사람들로부터 이렇게 따뜻한 대접을 받을까? 정말 고마운 생각이 드는 한편으로, 안타깝기도 합니다. 저토록 선량한 이들 앞에 왜 이토록 우울한 현실이 기다리고 있을까.

한번은 어느 독자가 저에게 이메일을 보냈습니다. 편의점에서 알바생으로 일하고 있는데 제 책을 한 권 사서 점장에게 선물했다고요. 이상적인 세상이라면 점장이 책을 사서 알바생들에게 선물했겠지만, 현실에서는 법정 최저시급도 제대로 못 받는 알바생이 그 얼마 안 되는 돈을 아껴 점장에게 선물을 하더군요. 저는 편의점에서 일하는 젊은이를 주인공으로 하는 소설을 쓴 적이 있어 거기서 일하는 게 어떤 건지 조금 알기 때문에 그 마음이 참 고마우면서도 짠했습니다.

저는 서점에서 사인회를 할 때마다 독자들 한 명, 한 명에게 물어봅니다. 무슨 일을 하시나요? 제 책을 읽는 사람들이 어떤 일을 하면서 하루를 보내는지, 어떤 꿈을 갖고 있는지 궁금하기 때문입니다. 젊은 그들은 대부분 학생이거나, 알바생이거나, 비정규직이거나, 아니면 취업준비생입니다. 번듯한 직장을 가진 사람들이 참 드물어진다는 것을 책을 새로 낼 때마다 발견하게 됩니다. 그들과 만나고 돌아오는 날이면 그들의 삶에 대해서 생각하게 됩니다. 이들에게 내가 이십대에 했던 것처럼 과감한 결단을 내려라, 예술에 투신하라, 인생을 걸어라, 이렇게 충고할 수는 없는 노릇이 아닌가. 그렇다면 '어떻게 살아야 하는가'라고 묻는 독자들에게 어떤 이야기를 해줄 수 있을까.

이제는 열심히 해도 성공하기 어렵습니다. 이런 상황에서 우리에게 필요한 것은 낙관이 아니라 비관입니다. 어떤 비관인가? 바로 비관적 현실주의입니다. 비관적으로 세상과 미래를 바라보되 현실적이어야 합니다. 세상을 바꾸기도 어렵고 가족도 바꾸기 어렵습니다. 우리가 바꿀 수 있는 것은 우리 자신뿐이다, 자기계발서들이 말하는 내용이 바로 그것입니다. 너 자신이라도 바꿔라, 저는 그것마저도 어렵다고 생각합니다. 자기를 바꾸는 것 역시 쉽지 않습니다. 그게 쉽다면 그런 책들이 그렇게 많이 팔릴 리가 없습니다. 우리가 당장 바꿀 수 있는 것은 세상과 자신을 바라보는 관점입니다. 대책 없는 낙관을 버리고, 쉽게 바꿀 수 있다는 성급한 마음을 버리고, 냉정하고 비관적으로 우리 앞에 놓인 현실을 직시하는 것이 우선입니다.

제2차 세계대전 당시 포로수용소에 대한 한 연구에서 보면 가장 오래 살아남은 이들은 낙관주의자나 비관주의자가 아니라 비관적 현실주의자라고 합니다. 비관적 현실주의자란 어떤 사람들일까요? 이들은 '곧 나갈 수 있을 거야'라고 무작정 믿는 사람들이 아닙니다. '나는 여기서 죽고 말 거야. 영원히 여기를 떠나지 못할 거야'라고 믿는 사람도 아닙니다. '여기서 나가기는 쉽지 않아. 어쩌면 적들이 이 전쟁에서 승리할 수도 있어. 나는 영원히 여기서 썩거나 아무도 모른 채 죽을 수도 있겠지. 그렇지만 그때까지는 정신 똑바로 차리고 살아야 한다. 그러기 위해 먼저 면도부터 해야겠다. 수용소에서 누가 본다고 면도를 하냐고? 그럼 뭘 하지? 가만히 누워서 죽을 때를 기다리나?'

이런 사람들이 바로 그들입니다. 먹을 물도 부족한 판에 면도를 하고 세수를 합니다. 개인위생을 챙기고 하루하루를 맑은 정신으로 살아가려고 노력합니다. 헛된 희망에 사로잡히지도 않고 허황된 자존심에 목숨을 걸지도 않습니다.

비관적 현실주의자로 살아가는 삶은 너무 답답하고 지루할까요? 오히려 낙관주의자로 살아가는 삶에 함정이 더 많습니다. 낙관주의는 모든 게 잘될 때는 괜찮지만 한번 무너지면 걷잡을 수 없습니다. 미국에 우울증 환자가 왜 이리 많은가에 대해 여러 분석이 있지만 '긍정적 사고'와 '낙관적 태도'를 지나치게 강조하는 사회적 분위기에서 그 원인을 찾기도 합니다. 모두가 긍정적으로 활발하고 낙천적으로 살아가는 것처럼 보일 때,

거기서 자신만 뒤처진 것으로 보일 때, 우리는 급격하게 우울해집니다. 봄에 우울증이 늘어나고 자살률도 높아지는 사실 역시 그것과 관련이 있습니다. 햇살은 따사롭고 뉴스에는 나들이를 나온 행복한 가족들의 모습만 보이지요. 나만 불행하다는 느낌, 이것이 깊은 우울로 우리를 끌고 들어갑니다.

비관적 현실주의는 인상을 쓰고 침울하게 살아가자는 게 아닙니다. 현실을 직시하되 그 안에서 최대한의 의미, 최대한의 즐거움을 추구하자는 것입니다. 이러한 비관적 현실주의에는 개인주의가 필수적입니다. 집단은 어딘가로 쏠리게 마련입니다. 지난 몇 년간 우리 사회를 휩쓸고 간 열풍들을 생각해보세요. 황우석 열풍, 〈디워〉 열풍 같은 불과 몇 년 전의 사건들이 마치 아득한 옛날에 벌어졌던 일처럼 느껴집니다. 그때는 줄기세포로 모든 병을 치유하고 〈디워〉가 할리우드를 집어삼킬 것처럼 생각됐지만, 지나고 보면 그들은 우리 삶에 어떤 변화도 야기하지 못했습니다.

인간은 타인의 영향을 받는 존재입니다. 그것은 자연스럽습니다. 진화과정의 산물이기도 합니다. 모든 것을 혼자 판단하려 한다면 너무 힘들고 피곤할 겁니다. 많은 사람들이 어딘가로 뛰어간다면 이유가 있으리라 믿고 일단 같이 뛰어가면 편합니다. 저쪽에 뭔가 무서운 것이 있거나 아니면 이쪽에 뭔가 중요한 일이 있으니까 사람들이 뛰는 것이겠죠. 2001년 9·11 세계무역센터 테러 사건 때 많은 사람들은 충분히 대피할 시간이 있었지만 소방관이 오기를 기다리라는 지시를 받고는 자기 사무실에 머물렀습니다. 다른 사람들도 가만히 있었기 때문이지요. 2003년 대구 지하철 참사 때도 연기가 전동차 안에 자욱할 때까지 대부분의 시민들이 동요하지 않고 자리에 앉아 있었습니다. 기관사가 방송으로 곧 열차가 출발할 거라고 말했고 다른 사람들도 자기 자리를 지키고 있었기 때문입니다.

비관적 현실주의를 견지하려면 남과 다르게 사고하는 것이 필요합니다. 나치 수용소에서 면도를 하는 사람들이 과연 다수였을까요? 아닙니다. 대부분의 수감자들은 헛된 소문들에 휩쓸려다녔습니다. 연합군이 지척에 와 있고 일주일 안에 해방된다, 같은 낙관적 소문부터, 아니다, 내일 우리 모두 가스실로 끌려간다, 같은 비관적 루머까지 갖가지 소문이 마음이 약한 이들과 통제력을 상실한 수감자들을 흔들어놓았습니다. 가장 정확했던 판단은 '연합군은 오고 있다. 그러나 우리 기대만큼 빠르지는 않을 것이다. 어쩌면 우리는 여기서 죽을 수도 있다. 그러나 이렇게 많은 사람을 한꺼번에 죽일 수는 없을 것이다. 아직 시간은 있다'일 것입니다. 그런 생각을 하는 사람은 소수였지만 생존의 가능성은 가장 높았습니다.

한 사람의 개인으로, 독자적으로 사고하는 일은 점점 더 중요해지고 있습니다. 가뜩이나 다른 사람의 생각과 행동에 영향을 잘 받는 우리 인간들의 속성을 교묘하게 이용하는 새로운 기법들이 속속 등장하고 있습니다. 미국의 대기업에는 심리학 박사들이 즐비합니다. 학문 발전에 기여하고 싶어서 그런 박사급 연구자들을 엄청난 연봉을 주고 채용하는 걸까요? 아니죠. 그들은 우리의 행동을 예측하고 더 나아가 조작하고 싶어합니다. 구글 같은 기업은 이른바 빅데이터를 제공합니다. 빅데이터는 우리가 SNS에 올리는 사소한 글로부터 트렌드를 추정합니다. 예를 들어, 독감이라는 단어가 많이 구글링되는 지역은 현재 독감이 막 유행하기 시작하는 곳일 가능성이 큽니다. 이런 방식으로 구글은 미국 질병예방센터보다 평균적으로 사흘 먼저 독감의 유행을 예측한 것으로 알려져 있습니다. 이렇게 좋은 목적에만 사용하면 얼마나 좋겠습니까마는 이런 빅데이터를 가장 간절하게 원하는 곳은 바로 기업일 겁니다. 미국의 한 슈퍼마켓은 매장에 들어서는 손님들의 얼굴을 인식한 후, 그 손님이 어느 매대에서 몇 초 동안 머무르는지까지 데이터화합니다. 손님이 소시지 시식을 했는지 수입 맥주 매대에서 서성였는지 다 나온다는 얘기죠. 그들은 '인간의 행동은 넓은 의미에서 대체로 예측 가능하다'고 단언합니다. 말하자면 우리는 날마다 '털리고' 있는 것입니다. 그들은 우리의 지갑을 노리고, 우리의 영혼을 노리고, 우리의 미래를 노립니다. 우리는 뭔가를 자발적으로 소비하고 있다고 생각하지만 실은 마케팅에 의해 촉발된 것입니다. 주말에 영화를 보러 가는 사람들은 자신들이 영화를 골랐다고 생각합니다. 그러나 보통 사람들이 와이드 릴리스를 하지 않은, 대기업이 배급하지 않고 마케팅도 거의 하지 않는 영화를 일 년에 몇 편이나 보게 될까요? 대부분은 TV의 영화 홍보 프로그램이나 인터넷의 이런저런 광고, 조작된 입소문을 통해 영화를 고르게 됩니다.

저는 세상을 바라보는 관점을 비관적 현실주의에 두되, 삶의 윤리는 개인주의에 기반해야 한다고 생각합니다. 남과 다르게 생각하는 것, 남이 침범할 수 없는 내면을 구축하는 것이 필요합니다. 자기도 모르게 타인에게 동조될 때, 경계심을 가져야 합니다. 이러한 개인주의를 저는 건강한 개인주의라고 부르고 싶습니다. 건강한 개인주의란 타인의 삶을 침해하지 않는 범위에서 독립적 정신을 가지고 살아가는 것, 그 안에서 최대한의 즐거움을 추구하는 것이라 정의하고 싶습니다. 이때의 즐거움은 소비에 의존하지 않는 즐거움이어야 합니다. 물건을 사서 얻을 수 있는 즐거움이 아니라 뭔가를 행함으로써 얻어지는 즐거움입니다. 즉, 구매가 아니라 경험에서 얻는 즐거움입니다. 새로 나온 사진기를 사는 것이 아니라 이미 있는 카메라로 더 멋진 사진을 찍는 삶입니다. 새로운 스마트폰을 사는 삶이 아니라 휴대폰을 잠시 끄고 글을 쓰는 데서 얻는 즐거움을 말합니다. 소비에 의존하지 않는 즐거움의 대부분은 인류가 오랫동안 쌓아온 유산과 관련이 있습니다. 이것들이 오래 살아남은 데는 다 이유가 있습니다. 바로 예술과 관련되었다는 겁니다. 글을 쓰고 노래하고 춤을 추고 연극에 참여하고 그림을 그리는 일, 여기엔 대부분 큰돈이 들지 않습니다. 성장률이 제로로 수렴하는 저성장 시대가 이미 도래했습니다. 유럽 국가들은 툭하면 0퍼센트의 성장 혹은 마이너스 성장을 경험하고 있습니다. 미국도 이민자들이 아니었다면 벌써 그런 일을 겪었을 겁니다. 이런 상황에서는 많이 벌고 많이 쓰고 많이 저장하는 삶은 더 이상 지속 가능하지 않습니다. 이런 비관적 인식하에 지금 여기에서 어떤 즐거움을 누릴 수 있을지에 대해 개인적으로, 독자적으로, 개별적으로, 현실적으로 고민해야 합니다.

개인적 즐거움은 얼핏 듣기에는 쉬워 보이지만 막상 시작해 보면 간단하지 않다는 것을 알게 됩니다. 왜냐하면 우리는 즐거움을 천대하는 사회에서 성장했으니까요. "사람이 어떻게 자기 좋아하는 것만 하면서 살 수 있나?" 제가 어렸을 때 부모님께 많이 듣던 소리입니다. 우리는 명분이나 도리 같은 '타인 지향적 윤리'를 강조하는 문화에서 자라났습니다. 자기 즐거움을 희생하고라도 타인을 위해 뭔가를 해야 한다는 것, 그래서 수많은 사람들이 주말에도 쉬지 못하고 남의 결혼식에 불려다니느라 피곤한 것이죠. 이런 환경에서 자라난 사람들에게는 감성 근육이 없습니다. 감성 근육이라는 것은 뭘까요? 육체의 근육과 비교해보면 짐작하실 수 있을 겁니다. 우리 몸에 근육이 없다면 어떻게 될까요? 조금만 운동을 해도 피곤해지겠죠. 피곤해지면 짜증이 나겠죠. 다 포기하고 소파에 누워 낮잠이나 자고 싶어집니다. 감정은 독립된 게 아닙니다. 육체가 활동을 감당할 수 없을 때 감정은 부정적으로 변합니다. 짜증과 화, 분노가 거기에서 시작됩니다. 마찬가지로 감성 근육이 없는 사람은 뭔가를 느끼기 피곤해합니다. 소설을 읽어도 재미가 없습니다. 도대체 뭔 인물이 이렇게 많이 나오고 관계가 복잡해? 책을 집어던집니다. 줄거리가 간단한 할리우드 액션영화 아니면 바로 잠이 옵니다. 재미를 느낄 수 없으니까요. 현대미술은 아이들이 장난친 것처럼 보입니다. 이런 사람은 오히려 일을 하는 게 더 편할지도 모릅니다. 일은 바로 보상이 주어지니까요. 아니면 게임이나 친구와의 수다를 선택하겠죠.

육체의 근육이 일정한 훈련을 통해 길러지듯이 감성 근육도,

'아, 오늘부터 개인적 즐거움을 깊이 추구해야지' 한다고 해서 바로 생기는 것이 아닙니다. 독서 역시 마찬가지입니다. 소설을 읽고 즐기는 것은 원래 어렵습니다. 자기와 전혀 상관없는 세계, 예를 들어 19세기의 귀부인이 젊은 남자와 바람이 나는 얘기라든가, 1920년대의 미국의 벼락부자가 옛날 애인을 되찾기 위해 분투하는 얘기가 단박에 마음에 와닿을 리가 없습니다. 게다가 소설이라는 것은 끝까지 읽어도 주제를 알기가 어렵습니다. 다른 말로 하자면 주제를 알기 어려운 소설일수록 좋은 소설이라고 할 수 있습니다. 재능 있는 작가일수록 작품의 주제를 독자가 쉽게 찾지 못하도록 잘 숨겨둡니다. 훈련된 독자 역시 너무 간단해서 주제를 쉽사리 파악할 수 있는 소설보다는, 지성과 감성을 충분히 사용하면서 적절한 어려움을 겪은 후에야 작품의 참된 의미를 찾을 수 있는 소설을 더 좋아합니다. 소설을 즐기기 위해서는 연습과 훈련이 필요합니다. 영화나 미술도 그렇습니다. 소설을 진지하게 읽고 영화의 역사를 공부하는 것은 허세를 부리기 위해서가 아니라 더 높은 수준의 즐거움을 지속적으로 향유하기 위해서입니다.

우리의 감각은 훈련 못지않게 경험도 필요로 합니다. 예전에 '어둠 속의 대화'라는 좀 특이한 프로그램에 참가한 적이 있습니다. 빛을 완전히 차단한 곳으로 여러 사람들과 함께 들어갑니다. 빛이 정말 완벽하게 차단돼 있어서 눈을 뜨든지 감든지 똑같습니다. 처음엔 약간 무섭죠. 연인과 같이 가면 좋겠지요? 손 꽉 잡아도 하나도 이상하지 않으니까요. 몰래 입을 맞춰도 아무도 모를 겁니다. 그 안에서 시각장애인과 똑같은 체험을 하는 겁니다. 길도 건너고(차 소리가 들립니다), 더듬더듬 벽을 만지며 걸어가기도 합니다. 앞에 안내자가 있지만 아무래도 불안합니다. 그러다 카페에 앉아서 음료수도 마십니다. 콜라를 주문하자 콜라처럼 느껴지는 뭔가를 갖다줍니다. 마셔보니 정말 콜라 같더군요. 그렇게 한 바퀴를 돌고 밖으로 나와서 시계를 보고는 깜짝 놀랐습니다. 한 십오 분쯤 지났다고 생각했는데 한 시간이 지나 있었던 겁니다. 저뿐 아니라 거의 모든 참가자들이 그런 반응을 보입니다. 그 안에서는 모든 감각이 살아납니다. 시각을 사용할 수 없으니 귀도 쫑긋해지고, 촉각도 예민해집니다. 청각이나 후각도 보통 때보다 훨씬 민감해집니다. 심지어 어둠 속에서 마신 콜라의 맛도 훨씬 더 생생합니다. 이 프로그램은 우리가 우리의 감각을 평소 얼마나 덜 사용하는지를 보여줍니다. 평소에 우리는 거의 시각만을 사용하고 살아가지요. 그런데 다른 감각을 사용하면 세상은 전혀 다르게 보이고 그에 따라 우리의 감정도 훨씬 풍부해집니다.

저는 미술관에 가서 조각을 볼 때 허락된다면 가끔 만져봅니다. 기회가 될 때 조각을 만져보는 이유는 만져보아야만 느낄 수 있는 게 있기 때문이죠. 마애삼존불 같은 것을 보면 발과 코가 검게 변해 있거나 닳아 있습니다. 아들을 낳기 원하는 여성들이 만져보았기 때문인데, 그리스 로마 시대의 조각도 크게 다르지 않습니다. 조각을 보면 우리는 만지고 싶은 충동을 느끼지만 그러면 안 된다고 배웠기 때문에 참는 것이지요. 만지면 눈으로 볼 때와는 전혀 다른 느낌이 듭니다. 대리석과 화강암이 다르고 사암이 다릅니다. 제가 이걸 처음 시작한 것은 덴마크에 있는 로댕 전시관이었는데 로댕은 육체를 정말 매력적으로 표현했죠. 대리석으로 된 조각의 피부를 손으로 만졌을 때의 느낌을 지금도 잊지 못합니다. 차갑고 매끈하면서 단단했습니다. 새로운 음식을 먹을 때나 예쁜 꽃을 볼 때도 꼭 냄새를 맡아봅니다. 후각도 단련할수록 발달하는 감각이지요. 우리는 후각을 잘 사용하지 않는다고 믿고 있지만 후각이 마비된 사람은 음식의 맛도 실은 잘 못 느낀다고 하지요. 어차피 존재하는 감각, 좀 더 적극적으로 사용하는 것도 감성 근육을 키우는 데 도움이 됩니다.

예전에 대학에서 학생들에게 글쓰기를 가르칠 때, '오감으로 글쓰기'라는 시간이 있었습니다. 학생들에게 어렸을 때 가장 행복했던 순간에 대해 쓰게 합니다. 그러면 처음에는 학생들이 시각적인 기억에만 의존해 건조하게 묘사합니다. 그러면 저는 오감을 다 사용해 다시 써보라고 합니다. 예를 들어 부모와 함께 남해안의 해수욕장에 놀러간 기억에 대해 쓴다면, 저 먼 수평선에 갈매기들이 날고, 그 갈매기들이 끼룩끼룩 우는 소리를 들으며 바다로 걸어들어갔는데, 해초가 종아리에 미끈거리며 감기고 수영을 하며 들이킨 바닷물은 엄청나게 짰다, 이런 게 오감의 글쓰기인데요. 일단 오감을 이용해 글을 쓰면 글 자체가 좋아집니다. 게다가 학생들에게 물어보면, 그냥 시각만 이용해서 글을 쓸 때보다 훨씬 깊게 그때의 경험으로 다시 돌아갈 수 있었다고 합니다. 쓰다가 갑자기 눈물을 쏟는 학생도 있었습니다. 행복했던 시절의 기억이 여러 감각을 통해 생생하게 떠올랐기 때문입니다. 이렇듯 글을 쓴다는 것은 간접적인 행위이지만 오감을 동원하면 그것은 마치 놀라운 가상현실처럼 우리에게 그때의 기억을 되살려주고, 그런 글쓰기가 습관이 되면 일상생활에서도 더 민감하게 오감을 동원하게 됩니다. 감각과 기억, 표현은 이렇게 서로 긴밀하게 연결돼 있습니다. 이런 것들이 우리의 감성 근육을 키우는 것입니다.

육체의 근육이 발달한 사람은 같은 양의 음식을 먹어도 기초대사량이 높아 살이 잘 찌지 않는다고 하지요. 감성 근육이 발달한 사람 역시 더 많은 것을 느끼면서도 부담을 느끼지 않습니다. 잘 느끼는 것은 왜 중요할까요? 자기 느낌이 있는 사람은 다른 사람의 의견에 쉽게 흔들리지 않게 됩니다. 와인을 전문적으로 테이스팅하는 사람이 다른 사람의 별점을 보고 와인을 고를까요? 평생 음악을 사랑하고 들어온 사람들이 남의 평가만 듣고 콘서트 티켓을 살까요? 저만 해도 인터넷 서점에서 책을 살 때 독자 서평이나 리뷰를 전혀 보지 않습니다. 한 작가가 저에게 한 번이라도 깊은 즐거움을 주었다면 그 즐거움은 제 정신과 육체에 새겨져 있습니다. 그것만 기억하면 됩니다. 그 작가가 새 작품을 냈다면 일단 사보는 겁니다. 만약 그 작품에 실망했다면 그것 역시 고스란히 남습니다. 자신만의 느낌의 데이터베이스가 충분한 사람은 타인의 의견에 쉽게 휘둘리지 않습니다. 참고는 하겠지만 의존하지는 않을 겁니다.

세상에 대해서는 비관적 현실주의를 견지하면서도 윤리적으로 건강한 개인주의를 확고하게 담보하려면 단단한 내면이 필수적입니다. 남에게 침범당하지 않는 단단한 내면은 지식만으로는 구축되지 않습니다. 감각과 경험을 통해서 비로소 완성됩니다. 지식만 있고 자기 느낌은 없는 사람, 자기감정을 표현할 줄 모르는 사람은 어떤 의미에선 진정한 개인이라고 보기 힘들 겁니다. 우리 사회에는 자기 스스로 느끼기보다는 남이 어떻게 생각하는지에 더 관심이 많은 사람들이 대부분입니다. 내 감정은 감추고 다중의 의견을 살펴야 되는 분위기입니다. 그러나 이제는 바뀌어야겠죠. 우리는 다른 사람이 아니라 스스로에게 물을 필요가 있습니다. 나는 지금 느끼는가, 뭘, 어떻게 느끼고 있는가? 그것을 제대로 느끼고 있는가?

견고한 내면을 가진 개인들이 다채롭게 살아가는 세상이 될 때, 성공과 실패의 기준도 다양해질 겁니다. 자기만의 감각과 경험으로 충만한 개인은 자연스럽게 타인의 그것도 인정하게 됩니다. 요즘과 같은 저성장의 시대에는 모두가 힘을 합쳐 한길로 나아가는 것보다 다양한 취향을 가진 개인들이 나름대로 최대한의 기쁨과 즐거움을 추구하면서 타인을 존중하는 것, 그런 개인들이 작은 네트워크를 많이 건설하는 것이 올바른 방향이라고 저는 생각합니다. 제가 문학을 하는 것에는 여러 이유가 있지만 그중 하나는 문학만큼 다양한 개인의 생각과 느낌을 작가마다의 독특한 스타일로 우리에게 전달해주는 세계가 없다고 생각하기 때문입니다. 문학은 태생적으로 개인주의적이며 우리에게 평범한 보통 사람들이 생각하는 것, 느끼는 것도 모두 의미가 있다고 말하는 세계입니다.

큰돈을 벌거나 명예를 쌓는 일도 중요하겠지만, 우리에게 천부적으로 주어진 감각들을 최대한 활용하여 더 많은 것을 배우고 더 깊게 느끼는 삶, 남과 다른 방식으로 자기만의 내면을 구축하는 삶, 이런 삶의 방식이 필요한 시대가 도래했습니다. 잘 느끼자. 감성 근육을 키우자. 그리하여 함부로 침범당하지 않는 견고한 내면을 가진 고독한 개인들로서 서로를 존중하며 살아가자. 이것이 제가 오늘 여러분과 공유하고 싶은 이야기입니다.

'오늘'을 살아간다는 것

타인과의 경계를 함부로 침범하는 사회

한국 사람들은 자신의 눈에 차지 않거나 자신과는 다른 생각에 대해 관용이 부족한 것 아닐까 싶습니다. 인터넷에 올라온 글을 읽다보면 어떻게 저렇게까지 말할 수 있을까라는 생각이 들곤 합니다.

사람들은 '뭐뭐 해야 돼'라는 화법을 너무 많이 써요. 특히 타인에 대해서 '저기 뭐가 있다. 사물이 어떠어떠하다'라고 말하는 것이 아니라, 이를테면 '저기 노숙자가 있다'가 아니라, '저것들은 다 어디 보내버려야 돼' '싹 청소를 해야 돼' '수용소에 보내서 재교육해야 해' '저것들은 북한으로 보내야 해'라고 말한다는 겁니다.

『아파트 공화국』이라는 책을 쓴 프랑스 지리학자 발레리 줄레조는 한국에서 겪은 흥미로운 일을 기록해놓았는데요. 곧 재개발이 될 듯한 곳, 산동네 중에서도 좀 낮은 쪽에 가서 사람들한테 재개발에 대해 어떻게 생각하느냐고 물으면 함부로 재개발하면 안 된다고 한답니다. 그런데 자기들 동네보다 더 위쪽 산동네를 올려다보면서 '저기는 정말 좀 재개발해야 해, 우리는 괜찮아, 우리는 아직 멀쩡한데 저 동네는 진짜 재개발해야 돼'라고 한대요. 쉽게 남에게 손가락질을 하면서 쟤네는 뭘 해야 돼, 라고 말한다는 거죠.

명절에 모이면 가족들이 친척들이 '야, 쟤는 수술 좀 시켜야 해' '성형 좀 해야 해' '살 좀 빼야 해' '결혼시켜야 해'라고 말하는 게 자연스럽게 배어 있어요. 생각해보면 이런 어법이 참 많아요. 그런데 이게 이상하다는 걸 아무도 몰라요. 타인과의 경계를 침범하는 일이 아무렇지도 않습니다. 친구들 사이에서는 더하고요.

마흔이 넘어서 알게 된 사실 하나는 친구가 한국사회에서 그렇게 강조하는 것만큼 중요하지는 않다는 거예요. 그때의 저는 매일같이 벌어지는 술자리에 시간을 너무 많이 낭비했어요. 차라리 그 시간에 책을 읽었으면 어땠을까? 잠을 자거나 음악을 듣거나, 아니면 그냥 거리를 걷든가. 이십대, 젊을 때에는 그 친구들과 영원히 같이 갈 것 같고 앞으로도 함께 해나갈 일이 많이 있을 것 같아서 손해 보는 게 좀 있더라도 맞춰주고 그러잖아요. 근데 시간이 지나고 자기 취향이 점점 분명해지면서 결국은 많은 친구들과 자연스럽게 멀어지게 되더군요.

인맥이니 인간관계니 하는 것도 중요하겠지만 자기 자신의 취향에 귀기울이고 영혼을 좀 더 풍요롭게 만드는 게 나를 위해 훨씬 중요하다고 생각해요.

별로 안 좋아하는데도 친구들과의 술자리에 갔던 건가요?

학창 시절에는 친구들과 잘 지내기 위해서 술자리에 가서 밤새 술 먹고 동아리의 앞날 같은 것에 대해 이야기했죠. 근데 동아리 같은 것은 내가 고민하지 않아도 잘 굴러가더라고요. 어릴 때는 아무래도 다들 정서도 불안정하고 인격이 완전하게 형성되기 전에 만났기 때문에 가깝다고 생각해서 서로 함부로 대하는 면이 있어요. 가깝기 때문에 좀 더 강압적이고 폭력적일 수도 있죠. 저도 아마 그때 친구들에게 심한 말, 거친 행동 많이 했을 거예요.

어디서 읽었는지 기억이 안 나고 정확한 내용인지도 확신할 수 없지만, 요시모토 바나나가 어릴 때 친구도 안 만나고 책만 읽었대요. 작가의 아버지가 요시모토 다카아키라고 유명한 학자인데, 일본 같은 사회에서 친구 없이 지낸다는 건 좀 위험한 일이다, 아이가 이상하다, 주변에서 걱정을 하니까 그가 그렇게 말했대요. 친구라는 건 별로 중요하지 않다, 애가 그냥 책을 읽게 내버려두라, 인간에게는 어둠이 필요하다, 고 했다는 거예요. 동감이에요. 사람에게 필요한 건 어둠이에요. 친구들 만나서 낄낄거리며 웃고 떠들면서 세월을 보내면 당시에는 그 어둠이 사라진 것 같지만 실은 그냥 빚으로 남는 거예요. 나중에 언젠가는 그 빚을 갚아야 해요.

라디오라는 내밀한 미디어의 매력

라디오 방송의 묘미, 또는 라디오라는 매체의 특징은 무엇일까요.

어렸을 때부터 라디오를 들으면서 성장한 라디오 세대라서 그런지 라디오에 애착이 있어요. 라디오는 아주 문학적인 데가 있습니다. 개인적인 매체지요. 텔레비전과는 달라요. 텔레비전은 콜로세움 미디어, 그러니까 사람들이 모여서 보는 미디어지요. 그러한 성격을 가장 극명하게 보여주는 예가 월드컵의 거리 응원이고요. 하지만 오늘날 여러 사람이 모여서 라디오를 듣는 풍경은 상상하기 힘들죠. 라디오는 모두가 혼자 들어요. 어두운 밤 나에게만 들려주는 노래 같고, 진행자가 "오늘 더우셨죠?" 하면 "더웠지" 하면서 혼자 대답을 하죠. 그런 의미에서 라디오는 개인적이에요. 가끔 택시를 타면 택시 기사들이 행복한 일체감에 사로잡혀 있음을 느낄 수가 있어요. 손님이 탔는지 안 탔는지 신경도 안 쓰고, 혼자 차 몰고 가면서 실실 웃기도 하고. 라디오에 빠져 있는 거죠. 라디오에서는 개인적인 사연들이 마치 옛날 할머니, 할아버지, 이웃집 사람들의 이야기처럼 전달돼요. 하지만 텔레비전은 그렇지 않아요. 화면이 계속 바뀌고, 몰입하기 어렵고, 뿐만 아니라 호시탐탐 다른 채널로 옮기려는 사람들이 옆에 있어요. 어딘가 불안정하죠. 그런 면에서 라디오는 문학적인 미디어고, 마치 먼 우주로부터 메시지를 전달받는 듯한 느낌이 있어요. 제 꿈은 심야 음악방송을 하는 거였어요. 새벽 두세시쯤 외계를 향해 장렬히 전파를 발사하고 사라지는 황당한 방송……(웃음)

스마트폰 시대의 인간 군상

『너의 목소리가 들려』의 제이는 초월적 존재로 설정된 것 같은데, 스마트폰 시대의 사람들도 그런 존재에 매력을 느낄까요?

초현실적인 것에 가장 쉽게 빠져드는 시기가 청소년기일 겁니다. 비범한 초인에 대한 선망, 무오류에 대한 강박적 집착, 완전성에 대한 희구 같은 성향은 십대에 가장 극명하게 드러난다고 생각합니다. 2012년 사회적 관심을 끌었던 '사령 카페' 관련 살인사건 역시 십대들이 얼마나 쉽게 오컬트적인 세계로 깊이 침윤될 수 있는지를 보여줍니다.

제 소설 『너의 목소리가 들려』 속 제이는 동규라는 인물을 통해 '구전'되는 인물이라고 할 수 있습니다. 한 소년이 다른 소년의 시점을 통해 옮겨질 때, 거기에는 이중의 과장이 생길 수 있습니다. 이것은 아주 자연스러운 일이며 21세기인 지금도 곳곳에서 벌어지는 현상입니다. 한 인물이 자신이 감당할 수 없는 대중의 기대 속에서 그 자신과는 전혀 상관없는 존재로 상정되는 것, 그리고 그로 인해 파멸하는 일은 아이돌이 중심인 연예계에서 가장 흔하게 목도되는 것이며 성인들의 세계인 정치에서마저도 드물지 않게 발견됩니다. 그러므로 동규의 입을 통해 구전되는 제이의 비범함을 있는 그대로 받아들일 필요는 없을 것 같습니다. 다만 제이가 기계·센서·디바이스의 형태로 자신의 존재를 규정하는 것은 의미를 가질 수 있다고 생각합니다.

얼마 전 길을 걷다가 문득 벤치에 앉아 있는 사람들을 보게 됐는데요. 모두가 똑같은 각도로 고개를 숙인 채 손에 든 스마트폰을 내려다보고 있었습니다. 길을 걷는 사람도, 지하철에 앉아 있는 사람도, 모두 같은 각도로 고개를 숙이고 있었습니다. 맥락을 모르는 외계인이 문화인류학적 관점에서 그들을 관찰했다면 아마 무슨 종교적 의식으로 착각하고도 남았을 겁니다. 그러고 보면 스티브 잡스의 죽음 이후 그의 도상이 성자적 아이콘으로 자리잡은 것이나 전 세계적인 애도의 물결이 인 것도 일견 영적인 면모가 있다는 생각이 듭니다. 스티브 잡스가 문화나 예술, 혹은 기술에 정말 큰 기여를 했는가에 대해 회의적인 저로서는 그런 열광이 기이하게 보였습니다. 예를 들어 세탁기는 여성을 가사노동의 과중한 억압으로부터 해방시켰습니다. 기차는 지리적 한계를 뛰어넘은 대량 수송의 시대를 열었고요. 아이폰이나 아이패드가 그런 혁명적 변화를 야기했는가에 대해서 아직 잘 모르겠습니다. 스티브 잡스에 대한 열광적 애도는 실제적 성과와는 무관합니다. 그런 열광은 오직 기계가 영적인 숭배의 대상으로 자리매김되는 현실을 감안할 때만 이해가 가능하다고 생각합니다.

고대의 인간들은 하늘에서 오는 신호를 받기 위해 거석과 솟대를 세웠습니다만 지금은 스마트폰을 들고 그것을 경건하게 내려다보기만 하면 됩니다. 그러면 '신호'가 그들에게 강림합니다. 스티브 잡스는 대단히 유용한 뭔가를 만들었다기보다 하나의 의식을 창조한 것 같아요. 이 네모난 기기를 하루종일 들여다보게 만든 것이지요.

어떤 면에서 앞으로 인간은 기계/로봇과 잘 구별되지 않을 것 같습니다. 지금까지만 보면 스마트폰은 인간을 스마트하게 만들었다기보다 스마트하게 인간을 구속하게 된 것 같습니다. 스마트폰이라는 기계는 인간이라는 입력자/조작자를 필요로 합니다. 그런데 이것이 너무 일상화되면 인간과 스마트폰이 하나의 기계로 일체화됩니다. 흘러가는 정보의 노드로만, 혹은 그것의 컨트롤 패널로만 기능하는 것이지요. 정보를 받아서 확인하고 다른 데로 보낸다, 이것은 봇bot들도 능히 할 수 있는 일입니다. 이것을 인간에게 시키는 이유는 간단합니다. 인간만이 돈을 낼 수 있기 때문입니다.

산책가로서의 여행

여행을 오래 해오셨는데 여행에 대한 관점에도 변화가 있었나요?

그럼요. 앞으로는 그냥 이곳저곳을 가보는 식의 여행은 그만하려고요. 많은 여행작가들도 동의하는 이야기인데, 여행지다운 여행지가 거의 남아 있지 않아요. 1990년대 초반만 해도 발리에는 빗물을 받아 샤워하는 곳이 많았거든요. 그렇게 여행지마다 특색이 있었구요. 하지만 지금은 여행지들이 평균화됐어요. 제2차 세계대전 뒤부터 1980~1990년대까지는 역사적으로 여행하기에 참 좋은, 안전한 시기였어요. 위험한 나라가 없었어요. 식인종도 없고, 테러도 없고, 분쟁지역만 피하면 됐어요. 하지만 지금은 어딜 가도 위험을 느껴요. 역설적이지만 어떤 사람들은 색다른 주장을 하기도 해요. 오히려 알카에다와 테러리즘이 여행을 여행답게 해준다고 말이죠. 고대나 중세에 순례자들이 했던 여행의 방식이 돌아오고 있다는 거예요. 여행을 하려면 목숨을 걸어야 하는 시대가 다시 왔다는 거죠. 어쨌든 평온했던 사십 년 동안에 미국과 서구의 여행자들이 여행 문화를 평준화했어요. 어딜 가도 하얀 침대보가 깔려 있고, 어딜 가도 아메리칸 스타일이죠. 여행지들은 비슷비슷해졌고, 그래서 여행이 가지고 있는 긴장과 흥분 같은 것들이 빠르게 사라졌어요. 이런 흐름에는 『론리플래닛』 같은 여행안내서도 기여를 했어요. 『론리플래닛』이 신비한 곳이라고 찍으면 몇 년 안에 난리가 나요. 신의 나라로 알려졌던 발리나, 영화 〈더 비치〉를 찍었던 피피섬만 봐도 알 수 있는 일이죠.

지금은 다른 방식의 여행에 흥미를 갖고 있어요. 관심이 있는 어느 한 도시에 오래 머무는 방식의 여행인데요. 예를 들면 로마 같은 지역에 숙소를 잡아서 오래 머무는 방식이죠. 전통적인 여행보다는 '산책가로서의 여행'으로 관심이 넘어가고 있어요. 여행을 하는 게 아니라 옮겨다니면서 사는 삶에 가깝죠.

떠돌이의 삶을 택하다

떠돌이 생활을 선택해서 얻은 보람이라면 무엇이 있을까요?

보람이랄 것이 있을까요? 사는 곳이 바뀌면 힘이 들고 외롭지요. 가끔은 자기가 태어난 곳에서 잘 아는 이들과 정답게 지내다 그곳에서 생을 마치는 사람들이 가장 행복한 사람이 아닐까 생각합니다. 물론 저는 그런 운명이 아닌 것 같고요.

십 년밖에 못 산다면?

많은 사람들이 모험을 꿈꾸지만 막상 실행하기까지는 시간이 걸립니다. 원하는 대로 주저 없이 실행하며 사시는 듯 보이는데요, 어떻게 하면 '실행력'을 키울 수 있을까요?

저는 이런 생각을 자주 합니다. '앞으로 십 년밖에 못 산다면 뭘 할까?' 지금 마흔셋이라면 쉰셋에 죽는다고 가정하는 겁니다. 그러면 인생의 우선순위가 명쾌하게 정리되죠. 우선 각종 경조사에 가지 않을 겁니다. 친구 아기 돌잔치? 안 갑니다. 아마 이런 인터뷰도 안 할 겁니다. 누구라도 자신이 하고 싶은 일만 마음껏 하며 살고 싶을 텐데, 그 일이 내겐 소설 쓰기입니다. 십 년이면 기껏해야 너덧 편밖에 못 쓸 텐데 다른 일을 할 여유가 없는 거죠.

그런데 이 기간을 좀 더 좁힐 수도 있습니다. '오 년밖에 못 산다면?' 저는 우리가 이런 질문을 자신에게 수시로 던져야 한다고 생각합니다. 뭔가 대답이 나올 텐데 그럼 또 물어보는 겁니다. '이 년밖에 못 산다면?' 저 같은 경우 그 모든 경우의 수에 가장 먼저 떠오른 답이 소설 쓰기였습니다. 이 얘기를 듣더니 아내가 그러더라고요. "당신은 참 행복한 사람이다. 십 년, 오 년, 이 년의 우선순위가 모두 같으니까!"

같은 질문을 예술하는 친구에게 한 적이 있습니다. "십 년을 산다고 해도 지금과 별반 달라지지 않을 것 같다. 가족도 먹여 살려야 하고 딱히 할일도 없으니 이 일을 계속해야지" 하더군요. "오 년밖에 못 산다면?" 물어도 같은 대답이었습니다. 그런데 "이 년이면 어떠냐?" 했더니 "당연히 프라모델을 만들어야지" 하더라고요. 어렸을 때부터 프라모델을 좋아해 시간이 나면 하려고 사둔 것이 많은데, 이 년밖에 못 산다니 당장 그걸 해야 한다는 거였습니다. 그 얘길 듣고 있으니 그 친구 인생이 그렇게 행복해 보이지 않더군요. 그래서 그랬습니다. "그럼 지금 당장 프라모델을 만들어야 하는 거 아냐? 이 년 후에 죽을지도 모르는데."

십 년밖에 못 산다고 가정하고 화끈하게 살았는데 십 년 후에도 계속 살아 있으면 어쩌나요?

그럼 다시 십 년을 연장하면 되지요.

고양이의 우아한 삶

고양이를 키우신다고 들었습니다. 반려동물을 키우다보면 시각도 달라지는데, 고양이를 키우면서 달라진 점이 있나요?

고양이는 특이하잖아요. 모든 동물이 다 그렇지만 그와는 또 다르게. 조용하게, 고요하게 앉아 있는 걸 보면 인간을 좀 돌아보게 되는 것 같아요. 인간은 뭔가를 계속하잖아요, 부스럭부스럭. 고양이와 살다보니 내가 참 수선스럽구나, 그런 생각이 들어요. 사람은 별을 보면 겸손해진다고 하죠. 그런데 고양이는 별과는 또 달리 그런 게 있어요. 우리보다 먼저 죽고, 작고 힘이 없는데도 훨씬 우아한 동물이죠. 그런 게 나를 돌아보게 해요.

반려동물의 존재가 오히려 인간에게 주는 깨달음이 있는 거네요.

고양이와 나는 다르니까요. 인간만 존재하는 세상에선 인간의 본질을 생각할 필요가 없죠. 그런데 동물과 함께 있으니까 인간 다움에 대해 생각하게 되더라고요. 인간 역사에서 가장 오래된 이야기들은 대부분 신화인데, 신화는 계속해서 동물 이야기를 하고 있어요. 그런 것이야말로 인간이 어디에서 왔는지 말해주는 게 아닐까요?

반려동물과 함께하는 삶이란 어떤 것일까요?

인간에게 꼭 필요하지만 결여된 부분을 동물이 해줍니다. 예를 들어, 성인이 되면 친밀한 행위를 별로 안 하죠. 아빠 왔다고 가서 핥아주고 그러지 않잖아요.(웃음) 그런데 개는 그렇게 하고, 그럼으로써 서로의 본성에 비어 있는 부분을 채우는 거죠. 또 최근에 나오는 이야기를 보면 동물과 어릴 때부터 함께 자란 사람의 경우 면역력도 훨씬 강하다고 해요. 인간만 청결하게 격리되어 사는 게 사실 더 이상하지요. 동물로부터 진화하고, 함께 살고, 많은 걸 공유하는 것이 우리에게도 자연스러운 일이라고 생각해요.

자기해방의 글쓰기

CBS <세상을 바꾸는 시간, 15분> 강연, 2013년 5월

우리는 왜 아직도 글이라는 것을 쓰고 있을까요? 왜 그만두지 않고 있을까요? 인류가 글을 써온 게 벌써 몇천 년입니다. 이제 그만 써도 되지 않을까요? 벌써 21세기 아닙니까? 낡은 방식이기도 한데다가 육체적으로나 정신적으로 힘든 일입니다. 책상 앞에 똑바로 앉아서 꼼짝 않고 해야 되는 일이지요. 꾹 참고 오랫동안 자리에 앉아 묵묵히 해야 겨우 결실을 거둘 수 있는 게 글쓰기입니다. 요즘 세상에 재미있는 일이 얼마나 많나요? 그런데 왜 아직도 적지 않은 이들이 글쓰기라는, 이 별로 보상도 없고 힘만 드는 일을 포기하지 않고 있을까요? 문득 생각해보면 놀라운 일입니다. 여전히 전 세계의 많은 사람들이 자발적으로 책상 앞에 앉아 이런 고행을 하고 있습니다. 도대체 왜일까요?

소설가가 주인공인 영화를 찍을 때면 감독들은 고민이 많다고 합니다. 그림이 안 나온다는 거지요. 무용가, 그림 나오죠. 아름다운 몸으로 점프, 회전, 그리고 우아한 착지. 생각만 해도 멋집니다. 화가, 역시 그림이 나옵니다. 고흐나 바스키아 같은 사람 생각해보세요. 미친듯이 붓질해서 벽화를 그리고. 음악가도 그림은 잘 나올 겁니다. 지휘봉을 휘두르거나 피아노 건반을 두들긴다거나. 하지만 작가는 어떤가요? 책상 앞에 앉아 움직이지를 않습니다. 옛날 같으면 타자기에서 종이라도 홱 뽑아 구겨 던지는 장면이라도 가능할 텐데 요즘은 그런 것도 어렵습니다. 자라목이 되어 모니터 앞에 앉는다. 빈 화면에 커서가 깜빡인다. 자판을 몇 번 두들기다가 다시 백스페이스 버튼을 이용해 지운다. 무한 반복한다. 그러다 가끔 기지개를 켜거나 머리를 긁는다. 뭐, 이 정도입니다. 지켜보는 사람에게는 정말 하품 나는 일입니다.

하루종일 의자에 앉아 있어서 그런지(하루에 여덟 시간 의자에 앉아 있으면 헬스클럽에서 한 시간 동안 운동을 해도 아무 소용이 없다는 연구도 있지요), 마감에 시달려서 그런지는 모르겠지만 글을 쓰면 수명도 짧아진다고 합니다. 원광대 김종인 교수라는 분이 신문에 실린 부고를 가지고 직업별 수명을 연구한 게 있더군요(1962년부터 1993년까지의 데이터를 바탕으로 한 것이니까 지금보다 평균 수명은 좀 낮았을 것이라는 점을 감안하고 봐야겠지만 순위는 의미가 있을 겁니다). 연구에 따르면 가장 오래 사는 직업은 종교인으로 평균 팔십 세였습니다. 김종인 교수는 가족에 의한 스트레스가 적어서가 아닐까라고 코멘트를 하기도 했더군요. 그다음은 칠십이 세로 정치인이었습니다. 사람을 많이 만나고, 뭐든 확신을 가지고 말하는 직업을 가진 사람들이 오래 산다는 게 흥미롭네요. 이분들은 아마 책상에도 오래 앉아 있지 않을 것 같습니다. 불행히도 작가, 저술가는 가장 일찍 죽는 직업군으로 나타났습니다. 평균 육십일 세로 조사됐는데 지금은 그때보다는 좀 늘었으리라고 보지만 가장 먼저 죽는 직업에 속한 사람으로 우울한 통계입니다. 혹시 우리나라만 그런가 싶어 다른 자료를 찾아봤더니 일본 후쿠시마 의대에서도 비슷한 연구가 있었는데 결과는 거의 비슷했습니다. 거기서도 1위는 종교인, 2위는 정치인, 꼴찌는 역시 작가였습니다.

아무래도 글쓰기가 건강의 적임은 분명한 것 같습니다. 저만 해도 소설을 쓰면 혈압이 꽤 높이 올라가다 글쓰기를 멈추면 다시 내려갑니다. 보험회사는 직업별 요율을 조정하거나 작가의 보험 가입을 거절하셔야 할 겁니다. 보험 가입시에 이런 질문을 추가하는 게 좋을 겁니다. '혹시 행글라이딩이나 스킨스쿠

버 다이빙 같은 위험한 취미를 갖고 계십니까?' 같은 질문 다음으로 '직업적으로 혹은 정기적으로 글을 쓰십니까?' 같은 질문이 들어가야 할지도 모르겠습니다.

이 힘들고 지루한데다 심지어 위험하기까지 한 일을 사람들은 왜 그만두지 않을까요? 그만두기는커녕 늘어나는 것 같기도 합니다. 인터넷의 보급과 함께 블로그 등에 글을 쓰는 사람이 늘어나면서 글쓰기는 그 어느 때보다 대중적인 활동이 되었습니다. 문학적 글쓰기도 수치상으로만 보면 결코 위축되고 있지 않습니다. 매년 신춘문예 시즌이 되면 전국에서 수천 편의 단편소설이 응모됩니다. 시는 그 몇 배쯤 됩니다. 기사를 보니 2012년 동아일보 한 군데에만 7147편의 작품이 응모되었다고 하지요. 그러니까 적어도 수만 명의 사람들이 아직 등단을 하지 못했는데도 글을 쓰고 있습니다. 그중에서 고작 몇십 명만이 신춘문예의 당선자가 되고 나머지 수만 명의 응모자들은 아무 보상을 받지 못하고 다시 다음해를 기약합니다.

제가 작가로 살아온 게 올해로 십팔 년째입니다. 정식으로 등단하기 전에도 잡지에 원고료를 받고 글을 썼고 그 돈으로 대학원 등록금이며 용돈까지 벌었으니까 그것까지 계산하면 벌써 이십 년이 넘게 글로 밥을 먹고 살았다고 할 수 있습니다. 물론 그전에도 글을 쓰기는 했습니다. 주로 일기나 연애편지가 대부분이었지만 어설픈 습작 소설도 있었습니다. 돌이켜보면 저는 군 훈련소에서도 글을 썼고 배낭여행 중에도 글을 썼습니다. 장소도 가리지 않았습니다. 기차에서, 비행기에서, 도서관에서, 친구 집 책상에서, 민박집의 개다리소반에서도 글을 썼습니다. 지금도 저는 장소와 시간을 가리지 않고 글을 씁니다. 글쓰기는 누구나, 가장 저렴한 비용으로, 어디에서나 할 수 있는 작업이니까요.

극한의 한계 상황에서도 사람들은 글을 썼습니다. 남극점 정복에 나섰던 로버트 팰컨 스콧의 일기는 유명하지요. 남극이 얼마나 춥습니까? 그들의 장비는 얼마나 빈약했습니까? 그들은 남극을 잘 몰랐기 때문에 짐을 끌 동물로 말을 데려갔습니다. 말들은 미끄러운 얼음 위를 걷지 못했고 추위에도 약했기 때문에 도착하자마자 죽어버렸습니다. 그들이 걸친 옷은 지금의 등반가들이 즐겨 입는 첨단 소재의 아웃도어 점퍼가 아닌 영국산 울로 짠 코트였습니다. 이 울 코트는 눈을 맞으면 습기를 빨아들여 돌덩이처럼 무거워졌습니다. 그러니 그들의 탐험이 얼마나 어려웠겠습니까? 그래도 그들은 천신만고 끝에 남극점에 다다랐지만 자신들이 도착하기 직전에 노르웨이 탐험가 아문센이 벌써 남극점을 다녀갔다는 사실을 알고 낙담합니다(아문센에게는 극지방에서 자란, 추위에 강한 개들이 있었습니다). 그러나 그런 절망의 순간에도 스콧은 모든 것을 기록하고 있습니다. 왜? 그것밖에 할 게 없었으니까요. 그거라도 하지 않았다면 견딜 수 없었기 때문입니다. 예를 들면 이런 글이겠지요.

> 열두시 삼십분에 에번스의 손 상태가 매우 악화되어 우리는 텐트를 쳤다. (…) 세찬 바람이 불었고, 공기 중에는 알 수 없는 습기가 가득했다. 순식간에 뼛속까지 파고드는 한기를 느꼈다. (…) '하느님! 이곳은 정말 지독한 곳입니다. 최초의 정복이라는 보답을 받지 않고는 감히 발을 들일 엄두가 나지 않는 지독한 곳입니다.'
>
> _로버트 팰컨 스콧, 『남극 일기』, 박미경 편역, 세상을여는창, 2005.

1995년 12월 8일에 프랑스의 세계적인 패션잡지 『엘르』의 편집장 장 도미니크 보비가 뇌졸중으로 쓰러졌습니다. 패션의 중심지 파리에서 『엘르』의 편집장으로 살아간다는 것은 정말 화려하고 멋진 삶이었을 겁니다. 하루하루가 역동적으로 흘러가고 패션계의 명사들과 교류하며 전 세계의 패션을 주도한다는 자부심 같은 것으로 가득 차 있었을 겁니다. 그러나 사고 이후 모든 것이 180도 달라졌습니다. 그는 삼 주 후에 의식을 회복하기는 했지만 전신마비 상태였습니다. 몸 전체에서 움직일 수 있는 것이라고는 왼쪽 눈꺼풀밖에 없었습니다. 왼쪽 눈꺼풀로 뭘 할 수 있을까요? 장 도미니크 보비는 그가 평생 해오던 일을 다시 시작합니다. 글을 쓰기 시작한 것이었습니다. 그가 이십만 번 이상 눈을 깜빡여 십오 개월에 걸쳐 쓴 책이 바로 『잠수종과 나비』입니다. 이 책이 출간된 지 팔 일 후에 그는 심장마비로 생을 마감합니다. 육체라는 잠수종에 갇혀 있던 그의 영혼이 비로소 나비가 되어 날아간 것이죠. 생의 마지막까지 그가 한 것은 오직 하나, 글쓰기였습니다. 그의 이런 삶은 『잠수종과 나비』라는 책과 영화로 우리에게 알려졌습니다.

이십만 번의 눈 깜빡임으로 십오 개월에 걸쳐 책을 쓴다는 것이 답답할 정도로 느린 것일까요? 저는 일 분에 삼백 자를 타이핑할 수 있는 빠른 손놀림으로도 몇 달 동안 단 한 문장도 쓰지 못한 적이 있었습니다. 저뿐 아니라 세상의 많은 작가들이 이른바 라이터스 블록Writer's Block에 걸려 고통받곤 합니다. 이것에 비하면 장 도미니크 보비의 속도는 결코 느린 것이 아닙니다. 그는 절박한 심정으로 집요하게 문장을 만들어내 결국 한 권의 책으로 묶어냈습니다.

눈을 깜빡여 글을 쓴 사람은 이 밖에도 여러 명 있습니다. 1980년대에는 일본의 미즈노 겐조라는 시인이 눈 깜빡임으로 시를 써서 시집을 출간했습니다.

혹한의 시베리아 수용소를 경험한 솔제니친도, 나치 치하의 가장 악명 높은 아우슈비츠를 경험한 빅터 프랭클도 그 경험을 기록합니다. 인간이 악마가 되어 다른 인간을 탄압하는 곳에서 오랜 세월을 보낸 사람들이나 인류 역사상 가장 끔찍한 시간, 참혹한 억압을 겪은 인간들 중 상당수가 글로 기록을 남겼습니다.

글은 전쟁터에서도 무수히 쓰였습니다. 스페인내전에 참전했던 조지 오웰과 어니스트 헤밍웨이는 모두 그에 대해 썼습니다. 『카탈로니아 찬가』나 『누구를 위하여 종은 울리나』는 유럽의 역사를 바꾼 스페인내전이 없었다면 나올 수 없었을 작품입니다. 전쟁터만이 아닙니다. 감옥 안에서도 걸작들이 쓰였습니다. 『돈키호테』나 『동방견문록』 등이 그런 작품들입니다.

예수의 죽음 이후, 구심점을 잃은 제자들은 뿔뿔이 흩어졌습니다. 죽음의 위협 속에서 숨어 살던 그들은 무엇을 했을까요? 복음서를 썼습니다. 마르코와 루가, 마태오와 요한. 이들의 직업은 모두 달랐지만 행동은 같았습니다. 그들은 글을 썼습니다. 사마천은 궁형이라는 끔찍한 형벌을 당하고 평생에 걸쳐 『사기』를 썼습니다.

요컨대 사람들은 그 어떤 엄혹한 환경에서도, 그 어떤 끔찍한 상황에서도, 그 어떤 절망의 순간에서도 글을 씁니다. 그것은 왜일까요? 글쓰기야말로 인간에게 남겨진 가장 마지막 자유, 최후의 권능이기 때문입니다. 모든 것을 빼앗긴 인간도 글만은 쓸 수 있습니다. 눈꺼풀만 움직일 수 있는 사람도 글은 쓸 수 있습니다. 인간성의 밑바닥을 경험한 사람도 글만은 쓸 수 있습니다. 정신과 육체가 모두 파괴된 사람도 글만은 쓸 수 있습니다. 거꾸로 말하자면, 글을 쓸 수 있는 한, 우리는 살아 있습니다. 죽지 않았다는 것입니다. 완전히 파괴되지 않았다는 것입니다. 글을 쓴다는 것은 한 인간을 억압하는 모든 것으로부터 자기 자신을 지키는 마지막 수단입니다. 그래서 예로부터 압제자들은 글을 쓰는 사람을 두려워했습니다. 그들은 본질적으로 굴복을 거부하는 자들이니까요.

글쓰기는 우리 자신으로부터도 우리를 해방시킵니다. 왜냐하면 글을 쓰는 동안 우리 자신이 변하기 때문입니다. 글을 쓰기 전까지 몰랐던 것들, 외면했던 것들을 직면하게 됩니다.

제가 대학교에서 학생들에게 글쓰기를 가르치던 시절에 이런 수업을 했습니다. 학생들이 둥그렇게 모여 앉아 '나는 용서한다'로 시작하는 글을 쓰는 것이었습니다. '나는 용서한다'로 시작했으니 자연스럽게 그 뒤에는 그때까지도 용서하기 어려웠던 사건이나 기억을 써내려가야 합니다. 예를 들어, 중학교 때 나를 왕따시켰던 아무개, 아이들에게 내 험담을 하고 나를 괴롭히라고 충동질하고 내 가방을 찢은 아무개, 이제 나는 너를 용서한다, 뭐 이런 글을 써야 하는 것이었습니다. 꼭 사실을 적을 필요는 없었습니다. 가상의 사례를 적어서 완성해도 되는 것이었습니다. 그런데 그 첫 문장을 쓰자마자 학생들은 무섭게 글에 빨려들어가고 있었습니다. 저는 그걸 느낄 수 있었습니다. 그들은 글쓰기를 통해 고통스러웠던 기억과 바로 대면하기 시작한 것입니다. 거기에 걸린 시간은 불과 몇 분도 안 되었습니다. 쓰다가 못 쓰겠다며 뛰쳐나간 학생도 있었습니다. '아직도 그 사람을 용서할 수 없다'며 글쓰기를 포기한 학생도 있었습니다. 저는 괜찮다고 했습니다. 저는 종교 지도자가 아니고 그 모임이 용서를 강요하는 회합도 아니었으니까요. 제가 그들에게 알려주고 싶었던 것은, 아니 저 자신이 그 수업을 통해서 배운 것은 글쓰기가 가진 힘이었습니다. 글쓰기는 우리가 잊고 있던, 잊고 싶었던 과거를 생생하게 우리 앞으로 데려다놓습니다. 이것은 한 인간이 자기의 과거라는 어두운 지하실의 문을 열어젖히는 행위라고 할 수 있습니다. 이런 행위는 왜 필요할까요? 그냥 묻어두면 안 되는 것일까요? 꼭 다시 돌아봐야 하는 것일까요?

글은 한 글자씩 씁니다. 제아무리 빠른 사람도 글자 열 개를 한꺼번에 뿌릴 수 없습니다. 한 글자씩 한 글자씩 써야 단어가 만들어지며 이 단어들이 모여 문장이 됩니다. 그렇게 한 문장 한 문장이 차례대로 쌓여야 글을 끝낼 수 있다는 것은 의외로 중요합니다. 글은 왼쪽에서 오른쪽으로, 한 글자 한 글자 쓰는데요. 이렇게 써나가는 동안 우리에게는 변화가 생기고 이게 축적됩니다. 우리 마음속에 숨겨진 트라우마나 어두운 감정은, 숨어 있기 때문에 무시무시한 것입니다. 막상 커튼을 젖히면 의외로 별 볼일 없는 것일지도 모르지만, 그렇게 차마 표현하지 못했던 감정을 한 글자 한 글자 언어화하는 동안 우리는 차분하고 냉정하게 그것을 내려다보게 됩니다. 언어는 논리의 산물이어서 제아무리 복잡한 심경도 언어 고유의 논리에 따라, 즉 말이 되도록 적어야 합니다. 이 과정에서 우리는 좀 더 강해지고 마음속의 어둠과 그것에 대한 막연한 공포가 힘을 잃습니다. 이것이 바로 글쓰기가 가진 자기해방의 힘입니다. 우리 내면의 두려움과 편견, 나약함과 비겁과 맞서는 힘이 거기에서 나옵니다.

이 강연을 시작하면서 작가들의 수명이 짧다는 말씀을 드렸는데요. 작가들은 비록 명은 짧지만 대신 은퇴라는 것을 모릅니다. '전직 작가'라는 건 없습니다. 우리는 언제나 현역입니다. 많은 작가들이 임종을 앞둔 순간까지도 글을 쓰고 심지어 다음 작품도 기획합니다. 죽음을 앞둔 순간은 인간이 가장 나약해지는 순간입니다. 이런 순간까지도 글을 쓰거나 글에 대해 생각한다는 것, 그럴 수 있다는 것이야말로 아직 최종적으로 패배하지 않았다는 생생한 증거지요. 작가들의 평균 수명으로 미루어볼 때, 저의 생도 그리 많이 남지는 않았다고 예상할 수 있는데요. 어떻게 죽을지는 몰라도 그때까지 뭘 하고 있을지는 분명히 알고 있습니다. 글을 쓰고 있겠지요. 저의 동료 작가들도 아마 그럴 겁니다.

글을 쓴다는 것은 인간에게 허용된 최후의 자유이며, 아무도 침해할 수 없는 마지막 권리입니다. 글을 씀으로써 우리는 세상의 폭력에 맞설 내적인 힘을 기르게 되고 자신의 내면도 직시하게 됩니다. 지금 이 순간도 뭔가 쓰지 않고는 견딜 수가 없어서 책상 앞에 앉아 있는 이들이 분명히 있을 거라고 생각합니다. 그중에는 직장이나 학교, 혹은 가정에서 비인간적인 대우나 육체적, 정신적 학대를 겪었거나 현재도 겪고 있는 분들도 있을 겁니다. 여러분은 혼자가 아닙니다. 한계에 부딪혔을 때 글쓰기라는 최후의 수단에 의존한 것은 여러분이 처음도 아니고 마지막도 아닙니다. 그런 분들에게 말씀드리고 싶습니다. 그게 무엇이든 일단 첫 문장을 적으십시오. 어쩌면 그게 모든 것을 바꿔놓을지도 모릅니다.

2부

예술가로 살아라

말하다

마음속의 빨간 펜

예술가의 두 가지 사랑

비교적 이른 나이에 문학계에서 '인정'을 받고 상도 많이 받으셨는데 이런 '보상'이 예술가에게 필요하다고 보세요?

알랭 드 보통의 말이었던 것 같은데, 인간에겐 두 가지 사랑이 있대요. 첫번째 사랑은 떳떳한 사랑, 그건 이성 간의 사랑이에요. 두번째 사랑은 떳떳지 못한 사랑, 그러니까 인정에 대한 사랑이에요. 부끄러운 사랑이고 그러니까 감추는 거죠. 사실은 나 정말 노래 잘하지 않나요, 소설 잘 쓰지 않나요, 외치고 싶은데 그러면 욕먹으니까 그런 욕망이 없는 척하고 살아가는 거예요. 인정받고 싶은 욕망을 평생 감추고 사는 거죠.

피카소, 백남준 같은 예외적 천재들만이 그런 걸 드러낼 수 있었죠. 누가 피카소한테 성공하니까 어떠세요 하고 물어보니까, 난 젊어서 인정받았기 때문에 다른 좀 더 과감한 시도를 할 수 있었다, 일찍 성공한 것은 예술가로선 축복이었다, 이렇게 말하거든요. 그런데 그런 걸 초월한 사람은 드물죠. 감추기 때문에 더 고통스러운 거예요. 세월이 가면서 첫번째 사랑은 많이 사라지는데 두번째 사랑은 계속 가는 거죠. 그런 면에서 일찍이 '두번째 사랑'에 대한 답을 얻은 것은 저 역시 행운이었다 생각합니다.

가르치는 대상으로서의 글쓰기

글쓰기는 교수법을 정리하는 것도 어려울 것 같습니다. 글쓰기를 가르치는 선생님들께 한말씀 드리자면요?

문학상이 저에게 준 좋은 영향이 있습니다. 상 잘못 주면 작가 버린다, 이런 얘기도 들리지만 그건 아니라고 생각합니다. 무슨 말이냐 하면 글을 쓰는 사람들에게도 격려가 정말 필요하다는 겁니다. 글이라는 것은 사실 위험한 것이거든요. 많은 분들이 그런 문제를 겪으셨겠지만 자기 내면의 얘기를 꺼내놓는 것은 누구에게나 두려운 일입니다. 이거 얘기하면 누가 야단치지 않을까? 혼내지 않을까? 그래서 결국 안 쓰는 거예요. 소설을 쓴다는 것은 사실 자기 내면의 어떤 것을 꺼내놓는 아주 위험한 일인데, 그것에 대해서 함부로 비판을 하면 내면의 어린 예술가가 죽는다고 생각해요. 저는 글쓰기에 있어 정말 좋은 선생님은 학생의 장점을 하나라도 들어서 얘기해주고 넌 어쩜 이런 재미있는 표현을 생각해냈니, 너는 참 글을 잘 쓰는구나, 또 써봐라 또 써봐, 그러는 사람이라고 생각해요.

누구나 남의 글을 비판하고 잘못된 점을 지적하고 싶은 유혹이 들죠. 그런데 남의 글을 비판하다보면 그 비판의 언어가 부메랑처럼 자기에게 돌아옵니다. 그런데 남을 칭찬하고 추어주면 그 말들 역시 부메랑처럼 자기에게 돌아옵니다. 그래서 글쓰기를 가르치는 선생님들에게 제가 감히 드리고 싶은 말씀은 빨간 펜을 버리고 '참 잘했어요' 고무인을 준비하시라는 겁니다.(웃음) 그리고 그걸 막 찍어주셔야 해요. 어떤 아이에게는 두 개씩 찍어주시구요.

어차피 글이라는 것이 자기표현의 도구잖아요. 제멋에 겨워서 쓰는 건데. 선생님이 고쳐줄 수 있는 글은 논문 같은 일종의 비판적 글쓰기 또는 이론적 논리적 글쓰기 정도입니다. 학생이 자기 감상을 표현한 글에 대해서 빨간 펜을 휘두를 필요는 없는 것 같아요. 자기 감상과 자기 즐거움 이런 것에 대해 표현한 글을 선생님이 빨간 펜으로 막 그어버리면 다시는 글을 쓰고 싶은 생각이 안 드는 것이죠.

예술학교의 교수법

김영하 작가는 왠지 학생들을 자유롭게 풀어주는 선생님일 것 같은데, 실제로 문예창작 강의를 들은 학생들은 입을 모아서 매우 엄격한 선생님이라고 하더군요. 가르치는 일에 대한 기본적인 생각이라고 할까요, 교육철학이 있으실 것 같습니다.

예술학교의 선생은 어느 정도 악역을 맡아야 한다고 생각해요. 선생이 먼저 분방하게 막 나가면 학생들이 비뚤어질 여유가 없어요. 선생이 학생들을 힘들게 해야 학생들이 선배 예술가인 선생에 대해 반감도 품고 일탈도 하고, '저 인간이 말하는 것만 진리냐? 과연 예술이 뭐냐? 학점을 잘 따는 게 예술이냐?' 같은 생각도 할 수 있겠지요. 선생이 "야, 예술 뭐 있냐? 그냥 인생을 즐겨라. 대학생활이나 즐겨라"고 말하면 그때부터 진짜로 방황하게 되는 거예요. 어디 가서 하소연도 못하고 말이죠.

좀 더 엉뚱한 상상을 해보자면, 문예창작과 1학년들에게는 소설을 금禁하는 거지요. 3학년이 돼야 겨우 단편을 쓸 수 있게 하는 거예요. 만약 1, 2학년이 소설을 쓰다 발각되면 3학년이 때리고…… "너 이거 소설이지?" 그러면 "아니에요. 일기예요" 변명하고, "무슨 일기가 3인칭이야? 이노무 자식이……" 그러면 마음속에 예술에 대한 열망이 저절로 불타오를 거 아니겠습니까. 3학년이 감히 장편에 도전을 하면, 선배들이 앞부분 읽어보고 "이거 어쩐지 장편의 서두 같은데"라고 지적하고, "아니에요. 단편이에요"라고 변명을 하겠죠. 그러면 선배들이 "그럴 리가 없는데. 인물이 너무 많은데. 너 장편 쓰면서 단편이라고 우기는 거 아냐?" 하면서 또 때리고…… 그렇게 삼 년이 지나야 비로소 자유롭게 어떤 소설이든 쓸 수 있는 기회를 주는 거죠. 물론 웃자고 하는 이야기고요.

왜 이런 말을 하는가 하면, 문예창작과 같은 데서 학생들에게 너무 일찍, 너무 많이 쓰도록 강제한다고 생각하기 때문입니다. 심지어 방학 때도 소설 쓰기를 숙제로 내주고, 과제를 해오지 않은 학생에게는 기성 작가 작품의 필사를 시키기도 합니다. 그러면 학생들이 안 쓰는 걸로 반항을 하게 됩니다. 반항은 젊은이의 본성이니까요. 학교에서 자꾸 쓰라고 하니까, 안 쓰는 걸로 반항하고, 술 먹고 깽판치다가 졸업하면 써놓은 게 없어요. 그러니 완성된 소설을 강요하기보다는, 인물 묘사 열심히 하고 책 많이 읽으라고 해야 한다는 것이 저의 지론이에요. 미숙한 상태로 사 년 동안 매 학기 소설을 뽑아내라고 하는 것이 과연 바람직한가 하는 생각이 들어요. 누군가는 연기演技를 해줘야 돼요, 연기를. 욕망을 자꾸 연기延期시켜야 하고요.

예술가가 되자, 지금 당장

TEDxSeoul 강연, 2010년 7월

오늘의 주제는, '예술가가 되자, 지금 당장'입니다. 이런 얘기를 꺼내면 사람들은 저항하기 시작합니다. 여러분은 아닌가요? 지금 당장 예술가가 될 수 있을까요? 예술? 무슨 예술?

그렇습니다. 지금 당장 예술가가 될 수 없는 이유는 수백 가지가 있습니다. 예술은 아무나 하나. 지금은 취직을 해야 돼. 애들 다 키워놓은 다음에. 사람이 좋아하는 것만 할 수 있나?

보통 사람들은 예술이라는 말만 들어도 움츠러듭니다. 그것은 엄청난 재능을 타고났거나, 전문적인 훈련을 받은 이들만 하는 것처럼 생각을 합니다. 과연 그럴까요? 여기 있는 여러분은 예술가라는 길로부터 이미 멀어진 것일까요? 저는 아니라고 생각합니다. 그게 지금 제가 할 얘기의 주제입니다.

우리는 모두 예술가로 태어납니다. 아이가 있는 집이라면 제 말을 금세 이해하실 수 있을 겁니다. 아이들은 한시도 가만히 있지 않고 예술을 합니다. 텔레비전을 보며 춤을 추거나 벽지에 크레파스로 그림을 그립니다. 네, 맞습니다. 자기 아이가 아니라면 눈뜨고는 못 봐줄 수준이죠. 아이는 춤을 추다가 넘어지고 벽은 낙서장이 됩니다. 노래를 부르기도 하고 혼자 일인극을 하기도 합니다.

어떤 아이들은 거짓말을 하기 시작합니다. 아니, 내 사랑스런 아이가 거짓말을 하다니. 부모들은 충격을 받습니다. 당연하죠. 그러나 아이들의 거짓말, 그것 역시 예술의 시작입니다. 아이는 그 순간 스토리텔링을 시작한 것입니다. 엄마, 나 오늘 놀이방에서 오다가 외계인 만났어. 아이들의 거짓말은 이런 식으로 시작합니다. 이때 부모가 "아니, 이 녀석이 무슨 말도 안 되는 소리를 하고 있어?"라고 꾸짖으면 아이는 주눅이 듭니다. 대신 "그래? 외계인이랑 무슨 얘기했어?" 같은 식으로 물어준다면 아이는, 그다음 문장을 생각해서 스토리를 이어갑니다. 물론 그 스토리는 유치하고 말도 안 되는 것이겠지요. 그러나 허구적인 사실을 담고 있는 한 문장을 생각해내고 그리고 그다음 문장을 생각해내고 또 다음 문장을 생각해내고…… 이것은 저와 같은 전문적인 소설가가 하는 일과 본질적으로 다르지 않습니다.

롤랑 바르트에 의하면 플로베르는 소설을 쓴 것이 아니라 문장과 문장을 연결한 것뿐이었다고 합니다. 그렇습니다. 소설은 기본적으로 앞에 쓴 문장에 이어 말이 되도록 다음 문장을 쓰는 것이죠. 조금 전의 아이 역시 엄마를 속이려는 게 아니고 이야기를 짓고 있는 것입니다. 다음 문장을 보시죠. “어느 날 아침 그레고르 잠자가 불안한 꿈에서 깨어났을 때 그는 침대 속에서 한 마리의 흉측한 갑충으로 변해 있는 자신의 모습을 발견했다.” 현대문학의 걸작, 프란츠 카프카의 『변신』의 첫 문장입니다. 만약 어느 부모가 이런 말을 꺼내는 아이에게 “말도 안 되는 소리 하지 마. 사람이 어떻게 벌레가 된단 말이냐?” 꾸짖었다면 다음 문장은 이어지지 않습니다.

“그래? 그래서 어떻게 됐어?”라고 묻는 것, 그리고 그 질문에 답하는 것. 이 순간이 바로 스토리텔러가 탄생하는 마법의 순간입니다.

여하튼 아이들은 예술을 합니다. 그것도 지칠 줄 모르고 아주 즐겁게 해나갑니다. 얼마 전 제주도의 바닷가에 휴가를 다녀왔습니다. 아이들은 모래밭에서 모래로 온갖 것을 다 만듭니다. 부모들이 “만조가 되면 사라질 거야” “손 더러워져” “배고프지 않아?” 여러 소리로 만류해도 아이들은 모래 부조에 흠뻑 빠져 있더군요. 아무 대가도 없이, 직장에서 상사가 시킨 일도 아닌데, 아이들은 신나게 그것을 합니다. 아이들은 예술이 주는 원초적 즐거움을 알고 있습니다. 여러분의 어린 시절은 어땠습니까? 학교에서 학생들을 가르칠 때, 저는 가끔 가장 행복했던 유년의 경험을 적어보라고 시키곤 합니다. 놀랍게도 많은 학생들이 떠올리는 행복한 순간은 예술적 경험과 관련돼 있습니다. 학교에서 연극을 했던 것, 피아노를 배워 친구와 연탄곡을 치던 것, 필름카메라로 찍은 사진을 처음으로 인화하던 순간 같은 것이었습니다. 이때의 예술은 행복합니다. 아직 일이 아니기 때문입니다. 이것은 놀이입니다. 그렇기에 재미있습니다.

프랑스의 작가 미셸 투르니에는 이런 짓궂은 코멘트를 남겼습니다. "일은 인간의 본성에 맞지 않는다. 하면 피곤해지는 게 그 증거다." 그렇습니다. 일은 피곤합니다. 놀이? 이건 재밌죠. 밤새도록 할 수 있습니다. 어린아이들은 오직 자기 즐거움을 위해 예술을, 놀이로서 합니다. 클라이언트에게 납품하기 위해 그림을 그리거나, 가족의 생계비를 벌기 위해 피아노를 치는 것은 아닙니다. 아, 그런 아이가 지금 머릿속에 떠오르네요. 여러분도 아실 겁니다. 일곱 살 때부터 아버지를 따라서 연주 여행을 다녔죠. 볼프강 아마데우스 모차르트. 뭐, 이런 천재는 예외로 하고요.

그러나 어느 순간 우리의 예술, 이 행복한 놀이는 끝이 납니다. 일단 학원을 가야죠. 아침부터 저녁까지 공부를 해야 합니다. 피아노 레슨, 발레 레슨. 이제 더 이상 즐겁지 않습니다. 초등학생이 돼서도 벽에 색칠하다간 아마 집에서 쫓겨나고 말 겁니다. 예술의 시간은 정해져 있고 때로는 목표도 정해져 있습니다. 학년이 올라갈수록 예술은 예술로 대학을 갈 아이들에게만 허용됩니다. 딱히 그 이유가 아니더라도 예술적인 분방함은 탄압을 받기 시작합니다.

중학교 2학년 때의 일이었습니다. 제가 다니던 학교에서 경복궁으로 사생대회를 하러 갔습니다. 왠지 눈앞에 있는 아름다운 궁궐 같은 것은 그리고 싶지가 않아 저는 그냥 검은색으로 도화지를 채워나가고 있었습니다. 그때 누군가가 뒤에서 제 귀를 잡아당기더군요. 돌아보니 담임선생님이었습니다. "지금 뭐 그리는 거야?" 선생님이 제 그림을 집어들면서 물었습니다. 저는 순간적으로 "달도 없는 어두운 밤, 까마귀가 나무에 앉아서 울고 있는 장면이에요"라고 둘러댔습니다. 그러자 선생님이 "우리 영하가 미술에는 재능이 없어도 스토리텔링에는 재주가 있구나"라고 말씀하시기는커녕, "이 자식이 그림을 그리라니까 장난을 쳐? 이리 나와"라고 야단을 치며 그림을 입에 물고 서 있으라는 벌을 내렸습니다. 다른 학교에서 온 여중생들도 많았는데 한마디로 개망신이었습니다.

훗날 유럽의 현대미술관에 가보니 제가 그린 그 그림과 비슷한 단색의 추상화들이 많이 걸려 있어서 좀 억울한 느낌이 들었습니다. '뭐야, 비슷한 것도 많은데 말야.' 물론 그 화가들은 저처럼 까마귀 어쩌고 하는 이상한 스토리를 적어놓지는 않았더군요. 대체로 그냥 쿨하게 〈무제untitled〉. 어쨌든 이상한 작업을 해놓고는 그럴듯한 설명과 해석으로 포장하는 20세기 현대미술과 저의 까마귀 작업이 본질적으로 크게 다른 것이라고는 생각하지 않습니다. 자전거 핸들과 안장을 붙여놓고 〈황소의 머리〉라고 한다거나(피카소), 변기를 갖다놓고 레디메이드 〈샘〉이라고 우기는 뒤샹도 있지 않습니까? 나중에 보니 피카소는 이런 말도 했더군요. "나는 보는 것을 그리는 게 아니라 생각하는 것을 그린다." 이 말을 중2 때 알았으면 선생님과 한번 붙어볼 수 있었을 텐데, 안타깝게도 우리 안의 어린 예술가들은 예술의 압제자들에 맞설 충분한 지식과 힘을 갖기도 전에 죽어버리고 맙니다.

어린 예술가는 사라져도 어렸을 적 누렸던 즐거움은 우리 마음속에 희미하게 화석처럼 남습니다. 그러나 공개적으로 이를 표방하다가는 다시 주변의 탄압을 받을 수 있습니다. 그리하여 어른들의 억압된 예술적 욕망은 다소 음습한 양상으로 나타납니다. 노래방에서 분위기에 맞지 않는 노래에 혼자 심취해 악을 쓴다거나, 남의 눈을 피해 무도장에서 스텝을 밟습니다. 스토리텔링을 해야 할 분들이 밤새 악플을 달거나 그럴듯한 루머를 생산하기도 합니다. 주변을 둘러보면 재미있는 예술 체험은 모두 아이들을 위한 겁니다. 그래서 가끔 애들 노는 것 봐주다가 애들보다 더 열심히 노는 아빠들을 볼 수 있습니다. 레고, 프라모델, 애한테 빼앗아서 열심히 만들다가 부인한테 한소리 듣는 분들.

우리 마음속의 예술적 충동은 억눌렸을 뿐, 사라지지 않습니다. 사라지지 않을 뿐 아니라 이 억눌린 충동은 부정적인 방향으로 나타날 수 있습니다. 이 노래, 다 아실 겁니다. "텔레비전에 내가 나왔으면 정말 좋겠네, 정말 좋겠네." 텔레비전에 나오면 뭐가 좋을까요? 유명해지겠죠. 그러나 그것만은 아닙니다. 텔레비전에는 우리가 하고 싶었으나 하지 못했던 것들을 하는 이들로 가득 차 있습니다. 연기를 하고, 노래를 부르고, 춤을 춥니다. 그들은 마음껏 자기 재능을 뽐냅니다. 그것을 보고 있노라면 슬슬 화가 납니다. 연기가 저게 뭐냐, 발연기다, 노래도 못하는 게 무슨 가수냐, 댄스가 아니라 에어로빅이다. 이런 말을 하면서 채널을 돌립니다. 우리 마음속의 시기심은 우리가 사악해서가 아니라 우리 내면의 어린 예술가가 마음 저 깊은 곳에 갇혀 있기 때문에 생겨난 것입니다.

그렇다면 어떻게 해야 할까요? 네, 그렇습니다. 지금 당장 우리 자신의 예술을 시작하는 겁니다. 텔레비전을 끄고, 인터넷 접속을 끊고, 당장 시작하는 것입니다. 어른이라고 못할 것 없습니다. 자기 운명이 아니라고 외면할 필요가 없습니다. 제가 대학에서 학생들을 가르칠 때, '연극하기'라는 재미있는 과목이 있었습니다. 이 과목은 연극원에 들어온 모든 학생들이 힘을 모아 짧은 연극 한 편을 만드는 것인데, 특이한 것은 각자의 전공과는 가능한 한 다른 역할을 맡아야 한다는 것입니다. 예를 들어 연기를 잘해서 들어온 학생은 극본을 쓰고, 글을 잘 써서 들어온 극작과 학생은 연기를 하는 것입니다. 무대미술을 하는 학생이 연출을 하기도 합니다. 처음에는 쭈뼛거리던 학생들도 나중에는 정말 즐거워합니다. 저는 연극을 막상 하게 되면 미칠듯이 몰두하는 사람들을 여러 곳에서 목격했습니다. 군대에서, 학교에서 그리고 직장에서도, 아주 짧은 촌극 하나를 만들게 되더라도 사람들은 깊이 몰입하고 즐거워합니다.

대학교 1학년 때, 같은 과 친구들 몇을 꼬셔서 음대의 이탈리아 가곡 수업을 들었습니다. 쉽지 않았습니다. 다른 음대생들은 악보만 척 보고도 노래를 따라 부를 수 있었지만 경영학과 학생이었던 저희는 최소한 한 시간 전에 음대에 가서 로비를 어슬렁거리는 음대생 한 명을 설득해 연습실에 들어가 피아노 반주에 맞춰 연습을 해야만 겨우 수업을 따라갈 수 있었습니다. 그러나 그 수업에서 배운 이탈리아 가곡은 지금도 잊어버리지 않고 있습니다. 노래를 배워 부른다는 즐거움을 공유한 친구들은 지금도 그 기억을 대학 시절의 행복한 기억으로 간직하고 있습니다.

글쓰기도 그렇습니다. 제가 가르치던 수업에는 글쓰기를 전공하지 않는 학생들도 많이 들어왔습니다. 저는 학생들에게 백지를 나눠주고 적당한 주제를 줍니다. '인생에서 가장 슬펐던 기억에 대해 쓰라' 같은 것이었는데, 단, 미친듯이 쓰라고 합니다. 일단 첫 문장을 쓰면 숨쉴 틈 없이 몰아쳐서 써내려가라고 합니다. 대부분 컴퓨터로 글을 쓰는 데 익숙한 요즘 학생들은 손으로, 그것도 교실에서 다른 학생들과 함께 글을 써야 한다는 것에 거부감을 보이기도 합니다. 그러나 막상 첫 문장이 나오면 그다음부터는 점점 속도가 빨라집니다. 그 학교에서 제가 본 최고의 글들은 충분한 시간을 준 과제에서가 아니라 그 '미친듯이 글쓰기' 수업에서 나왔습니다. 학생들 역시 아주 짧은 순간이나마 무아경에 빠져 글을 써내려가고 그것이 큰 해방감을 줍니다. 제가 미친듯이 글을 써보라고 하는 것은 우리 내면에 숨어 있는 예술가의 악마가 따라오지 못하도록 하려는 것이었습니다. 그 악마는 여러분이 예술가가 될 수 없는 수백 가지의 이유를 알고 있습니다. 그것은 사실일지도 모릅니다. 그러나 예술가는 '될 수 없는 수백 가지의 이유'가 아니라 '돼야만 하는 단 하나의 이유'로 예술가가 되는 것입니다.

자, 이제 우리가 마음속의 악마를 잠재우고 자기 예술을 시작하려고 할 때, 이제는 밖에서 적들이 나타납니다. 배우자일 수도 있고, 부모일 수도 있고, 회사 동료일 수도 있습니다. 그들은 온갖 현실적인 이유들을 들어 여러분이 하려는 작업을 막아섭니다. 여러분이 뭔가를 하겠다고 할 때, 그들은 묻습니다. 이건 정말 마법의 질문입니다. "그건 해서 뭐하려고 그래?" 힘이 쭉 빠집니다. 하지만 예술이라는 것은, 뭘 하기 위해서 하는 게 아니지요. 그것은 어쩌면 아무것도 하지 않기 위해서 하는 것인지도 모릅니다. 어떤 유용한 것도 생산하지 않고 우리 앞날에 어떤 도움도 되지 않을지도 모릅니다. 소설을 쓰거나 그림을 그리거나 작곡을 한다고 해서, 돈을 많이 벌거나 좋은 직장을 얻지는 못할 겁니다. 그러나 방치해두었던 우리 마음속의 '어린 예술가'를 구할 수는 있습니다. 술과 약물의 도움 없이도 즐거울 수 있습니다. 그러므로 이제 뭔가를 시작하려는 우리는 "그건 해서 뭐하려고 하느냐"는 실용주의자의 질문에 담대해질 필요가 있습니다. "그냥 재밌을 것 같아서 하는 거야" "미안해. 나만 재밌어서"라고 말하면 됩니다. 무용한 것이야말로 즐거움의 원천이니까요.

제가 이상적으로 생각하는 미래는 우리 모두가 다중의 정체성을 갖는 것입니다. 그리고 그 정체성 중의 하나는 예술가였으면 좋겠습니다. 언젠가 뉴욕에서 택시를 탔더니 좌석 앞에 웬 배우 프로필이 붙어 있더군요. 알고 보니 그 택시 기사는 연극배우였습니다. 무슨 배역을 연기했었느냐고 묻자 당당하게 리어 왕이라고 말하더군요. 리어 왕의 명대사가 생각나는 순간이었습니다. "내가 누구인지 말할 수 있는 자는 누구인가?" 택시 기사이면서 연극배우, 은행원이면서 화가, 골프선수이면서 작가인 세상이 제가 그리고 있는 미래입니다.

1990년, 현대무용의 전설적 거장 마사 그레이엄(그때 이미 아흔을 넘긴 고령이었죠)이 휠체어를 타고 김포공항으로 입국하는 장면을 본 적 있습니다. 기자가 "무용을 잘하려면 어떻게 해야 될까요? 한국의 무용학도들에게 한말씀해주십시오"라고 묻자, 마사 그레이엄이 딱 잘라 이렇게 말하더군요. "Just do it." 지금 우리에게 필요한 것은 바로 그것이 아닐까요? 예술가가 되자. 지금 당장. 어떻게? Just Do It!

책 속을 살다

소설가의 서재

김영하 작가에게 서재는 어떤 공간인가요?

서재는 일을 하지 않는 공간이에요. 서재에 들어가면 책으로 둘러싸이게 되는데, 책이라는 것은 지금 것이 아니잖아요? 책은 제아무리 신간이라도 적어도 몇 달 전에 쓰인 것이거든요. 더 오래된 것은 몇백 년, 몇천 년 전에 쓰인 것이고요. 그래서 서재에 들어간다는 것은 아주 오랫동안 살아남은 목소리들을 만나는 시간입니다. 적어도 호메로스 같은 경우에는 이천 년 이상을 살아서 우리에게 와 있는 거잖아요. 그런 목소리들을 듣는 시간이니 거기에 집중하는 게 좋다고 생각해요. 그래서 저는 서재에서는 음악도 거의 듣지 않아요. SNS라든가, 메신저 같은 다른 성질의 목소리들이 틈입해 들어오지 않는 공간으로 만드는 게 좋다고 생각해요.

제 서재에는 편히 책을 읽을 수 있는 의자가 하나 있어요. 그 의자에 앉아서 삼면을 둘러싼 서가에서 책을 뽑아 읽죠. 쉽지는 않지만 읽고 있는 동안은 가능하면 책에 집중하려고 노력합니다. 반면 서재 밖으로 나오면 당장 친구들하고 메시지를 주고받을 수도 있고, 전 세계에서 어떤 일이 일어나는지 순식간에 알 수 있어요. 세상과 접속하는 거죠. 그런 면에서는 서재도 역시 접속의 공간이지만 그 성격은 다르다고 생각해요.

서재는 오래된 목소리들, 그리고 다른 사람의 영혼에 접속하는, 일상에서는 쉽게 만나기 힘든 타자를 대면하는 공간입니다. 사실 우리가 낯선 것을 가장 안전하게 만나는 방법은 책을 읽는 것이에요. 실제로 책에 등장하는 그런 목소리들을 현실에서 만난다면 정말 피곤할 거예요. 거기에는 무시무시한 인간들도 있고, 독특한 캐릭터도 있고, 그리고 위험한 음성들도 많거든요. 책은 하나하나가 다 타자죠. 그런데 책을 읽을 때는 가장 편안하고 잘 준비된 상태에서 이 낯선 목소리들을 받아들일 수 있어요.

그럼으로써 서재는 자아가 확장해가는 공간인데, 자기와는 생각이 다른, 자기는 한 번도 생각해보지 않았던, 또는 자기는 한 번도 꿈꾸지 않았던 욕망들을 실현하는, 그런 공간이라고 생각해요. 책 속의 여러 가지 생각들을 통해서 자아가 확장되는 거죠. 작은 공간이지만 실제로는 가장 거대해질 수 있는 확장성이 있습니다.

책을 고르는 기준

책을 고를 때, 네 가지 기준으로 선택합니다. 첫째는 좋아하는 작가의 작품, 둘째는 꼼꼼하고 믿음직스럽고 우아한 편집을 제공하는 출판사, 셋째로 번역서의 경우 신뢰하는 번역자의 책을 고르고, 마지막으로 처음 접하는 저자의 책일 경우는 작가의 관상을 눈여겨봅니다.

고전을 읽는 이유

저는 언제나 책으로부터 시작합니다. 제 소설들은 이미 쓰인 다른 작품들에 대한 제 나름의 답변이라 할 수 있습니다. 예컨대 소포클레스의 『오이디푸스 왕』은 자신만만하던 능력남 오이디푸스의 전 생애가 단 하루 만에 무너지는 것을 보여줍니다. 제 장편소설 『빛의 제국』이나 『살인자의 기억법』은 그런 면에서 『오이디푸스 왕』과 연결돼 있습니다. 한 남자가 갑자기 성이나 재판정으로부터 소환을 받고 그 소환에 응하기 위해 도시를 헤맨다는 카프카의 작품들은 「엘리베이터에 낀 그 남자는 어떻게 되었나」 『빛의 제국』 등에 영향을 주었다고 할 수 있습니다. 푸시킨이 독자에게서 받은 편지를 소개하면서 시작하는 「스페이드의 여왕」은 제 단편 「흡혈귀」에 직접적인 영감을 주었습니다. 이 밖에도 무수한 예를 들 수 있습니다. 저는 '새로운' 이야기를 쓰는 데에는 큰 관심이 없습니다. 저는 늘 오래된 이야기를 제 버전으로 다시 쓰는 데 흥미를 느낍니다. 그렇기 때문에 고전을 읽습니다.

문학은 시공을 초월한 대화

호메로스의 서사시, 특히 『일리아스』를 보면 왜 잘 알지도 못하는 이들을 죽여야 할까? 모든 분노는 정당한가? 전쟁이라는 것은 왜 일어날까? 왜 인간은 전쟁으로 말려드는가, 수천 년 전

쓰인 시를 가지고도 이런 걸 느낄 수 있잖아요. 물론 번역된 것이긴 하지만, 시간과 공간의 한계를 초월해서 이렇게 만날 수가 있는 거잖아요. 문학이란 바로 그런 것 같아요. 오래된 것이죠. 한국에선 문학에 대해 백일장, 글짓기 이런 전통이 있어서 제한된 시간 안에 써내는 글솜씨 정도로만 생각하기 쉬운데, 문학의 본질은 그런 시간과 공간을 모두 초월한 대화예요. 그런 대화에 맛을 들이면 현실 속 인간과의 대화를 오래할 수 없게 돼요. 더 근사한 게 있는데 시시하게 뭘 굳이 이야기하죠?

책은 살아남을까

책을 읽는 사람이 점점 줄어든다고 하는데, 책이 계속해서 살아남을 수 있을까요? 어떻게 하면 책을 재미있게 읽을 수 있을까요?

책은 살아남을 거라고 생각하는데, 책이 주는 독특한 경험들 때문이에요. 그걸 다른 것들이 대체하지 않는 한, 비록 소수일지라도 계속 이어질 거예요.

그렇다면 어떻게 해야 책을 재미있게 읽을 수 있을까? 사실 저도 잘 모르겠어요. 하지만 제가 권해드릴 수 있는 방법은 있어요. 간단해요. 자기가 어렸을 때 재미있게 읽었던 책 베스트

10을 한번 적어보는 거예요. 다섯 개만 적어도 좋아요. 동화책부터 시작해서 여러 가지 책들이 있을 거예요. 아무튼 재미있게 읽었던 책 다섯 권 정도를 적어봐요. 그리고 그 책을 다시 읽는 겁니다. 다시 읽어보면 대부분 자기가 생각하던 것과 전혀 다른 책이라는 것을 발견하게 됩니다. '내가 기억하고 있던 것과 다르네. 서두가 이랬었나?' 그게 새로운 책을 읽는 것보다 놀랍도록 큰 어떤 발견의 기쁨을 줘요.

저도 가끔 벽에 부딪힐 때면 어린 시절에 읽었던 책, 또는 십 년 전에 읽었던 책, 또는 지금까지 읽었던 책 베스트 10 같은 것을 한번 적어봐요. 그리고 그것들을 다시 한번 들춰보죠. 그러면 '내 기억이 상당히 왜곡돼 있었구나' 하고 전혀 색다른 의미에서 다시 재미를 느끼게 돼요. 그게 독서에 대해서 잃어버렸던 즐거움, 흥분, 이런 것을 되살려줍니다. 이런 방법을 왜 권하느냐면, 새 책은 실패할 확률이 크기 때문입니다. 서점에 가서 요즘 잘나가는 책이라고 사서 봤는데 재미없으면 어떡해요. 그런데 어렸을 때 우리가 재미있게 봤던 책 다섯 권이나 열 권, 이 책들에는 그 시절 우리를 건드렸던 그 무엇인가 있어요. 장담컨대 다시 읽어도 분명히 재미있게 읽을 수 있을 겁니다. 그리고 어렸을 때는 발견하지 못했던 것들을 새롭게 찾아내게 됩니다. 그만큼 지식이나 안목이 성장했다는 것이죠.

책이 작가를 만든다

작가가 되는 데 책은 거의 100퍼센트의 역할을 하죠. 오직 책만이 한 사람을 작가로 만듭니다. 경험도 아니고, 주변 사람도 아니고, 정말 책만이 온전하게 작가를 만든다고 저는 생각해요. 당연한 말이지만, 모든 작가는 독자였죠. 작가에서 출발해서 독자가 되는 사람은 없어요. 제가 우리나라의 동료 작가들뿐 아니라 다른 나라의 작가들에게도 물어봤는데 다들 비슷한 과정을 거쳤어요. 처음에는 특정한 소설, 특정한 작가의 열렬한 독자가 되죠. 그것을 읽다가 그보다 더 깊은 만족을 주는 다른 작가, 다른 책들을 읽게 됩니다.

어느 정도 읽다보면, '나도 이런 것을 쓸 수 있지 않을까?' 생각하게 되는, 그런 때가 있어요. 자기 안에서 쓰고 싶은 내용과 자기가 읽어온 책들이 어떤 화학반응을 일으켜서 책상에 앉아 글을 쓰기 시작하는 거죠. 그게 대부분의 작가의 시작입니다. 그러니 작가들이 쓰는 소설이 전적으로 새로운 것일 수 없습니다. 어떤 의미에서 작가들은 자기가 읽은 책에 대해서 그것을 다시 쓰고 있는 것일 수도 있고, 아니면 자기가 읽었으나 100퍼센트 동의할 수 없었던 것에 대해서 자기 나름의 응답을 하는 것일 수도 있어요.

어떤 책들은 질문을 던져요. 예를 들어서 도스토옙스키의 『죄와 벌』이 '죄란 무엇이고, 벌이란 무엇인가. 죄에 대해서 합당한 벌은 존재하는가' 이런 질문을 던졌다면, 지금 그런 문제에 대해서 소설을 쓰고 있는 작가는 도스토옙스키가 제기한 그 질문에 자기 나름의 새로운 답변을 내놓고 있는 셈이거든요. 그런 의미에서 소설을 쓴다는 것은 예전에 자기가 읽었던 것에 대해서 응답하는 것이죠. 그리고 그전의 목소리들, 그 작가라든가 그 소설에 대해서 자기 방식으로 말을 하거나 주석을 다는 것이죠. 그러니까 작가가 된다는 것은 온전히 책의 영향이라고 봐야죠.

작가의 권능

작가적 유형

누구나 작가가 될 수 있는 걸까요?

작가로 살아오면서 제일 놀라운 것, 혹은 기쁘면서도 신기하게 생각하는 건요, '작가적 유형'의 사람이라는 게 따로 존재하지 않는다는 거예요. 다시 말해 누구나 다 작가가 될 수 있다는 거죠. 말 그대로 누구나 작가가 될 수 있다는 뜻이 아니라, 작가들 중에는 정말로 다양한 유형의 사람들이 있다는 거죠. 특별히 예민한 사람만 되는 것도 아니고, 도덕적으로 순결한 사람만 되는 것도 아니고, 악한 사람만 되는 것도 아니고요. 절도와 탈영 같은 범죄로 복역하다가 글쓰기를 시작한 장 주네 같은 사람도 있잖아요? 파렴치한 사람, 우울증이 있는 사람, 조증이 있는 사람 들이 모두 글로 자기를 표현하려고 한다는 게 놀라워요.

어떻게 보면, 『너의 목소리가 들려』의 제이나 동규는 둘 다 작가의 유형이라고 할 수 있겠죠. 민감하게 느끼는 사람과 기록하는 사람이니까요. 그런데 동규 같은 유형이 소설가에 좀 더 가깝다고 생각해요. 초월적으로 느끼는 사람들은 이단 종교의 지도자가 될 수도 있고, 시를 쓸 수도 있고, 현실을 초월해버릴 가능성이 있어요. 그렇게 된다면 소설이라는 복잡한 집을 지을 수가 없잖아요? 소설가에게는 지루함을 견디는 능력이 필요하거든요. 초월적인 능력을 가진 사람들이 소설가가 될 수는 있겠지만 오래 지속하기는 어렵겠죠.

전도된 스트립쇼

마리오 바르가스 요사가 작가와 소설의 관계에 대해서 쓴 글이 있어요. 작가는 거꾸로 스트립쇼를 하는 사람이래요. 스트립쇼는 옷을 다 입고 나와서 하나씩 벗는 거잖아요? 작가는 옷을 다 벗고 등장해서는 옷을 하나씩 주워 입고 소설이 끝날 무렵에는 몸을 다 가리게 되는 존재라는 거예요. 작가가 소설을 쓰기 시작할 때는 자신이 뭘 쓰려는지도 알고 어디로 가려는지도 알지만 쓰는 동안에는 작가라는 존재가 지워진다는 거죠. 소설이 스스로 소설의 길을 찾아가게 되니까요. 작가가 소설이라는 옷 뒤에 숨게 된다는 뜻인데요. 이 말을 좋아해요. 소설을 시작했을 때는 저와 비슷한 면이 있을 수 있었겠지만, 소설을 써나가는 동안 계속 옷을 주워 입으면서 저는 없어지는 거죠. 그러니 비슷할 리가 없죠. 제가 소설을 좋아하는 이유이기도 해요.

고통의 특권화

작가로서 갖게 되는 정신적 만족감은 고통을 특권화할 수 있다는 데에서 기원한다고 생각해요. 세탁소 주인도 힘들고 택시 기사도 힘들죠. 하지만 그들은 자기 고통을 다른 사람들의 고통에 비해 아름답다고 말해볼 기회가 거의 없죠. 그에 비해 작가들은 자기의 고통을 남에게 말할 수 있어요. 그게 핵심이라고 생각해요.

작가는 지식인일까

작가가 글을 쓰는 행위는 의도했든 안 했든 결국 세계에 개입하고 발언하는 일이겠지요. 여기엔 지식인으로서의 통찰력이 필요할 것 같은데 어찌 보시나요?

통찰은 모든 직업인이 다 한다고 생각해요. 구두를 닦는 사람들은 구두만 봐도 그걸 신는 사람의 성격을 짐작할 수 있다고 하지요. 그렇듯 통찰은 작가도 하고 시장 상인도 하고 버스 운전사도 한다고 생각해요. 작가가 작가의 존재로서 대접받아왔던 것은 그 통찰을 글로 표현할 수 있었기 때문이죠. 그러니까 작가는 어떤 면에서 통찰력을 독점했다기보다는 표현력을 독점했다는 게 맞는 말 같아요.

그런데 지금은 독자들 수준이 비약적으로 발전하고 요구도 다양해졌습니다. 제가 어렸을 때만 해도 독자들이 해외문학을 접할 수 있는 기회가 상당히 적었습니다. 기껏해야 노벨문학상 수상 작가 정도를 접할 수 있었는데, 1990년대 들어서면서 거의 동시 번역 분위기로 접어들었고 그러면서 질 높은 번역물들이 쏟아졌습니다. 그에 따라 독자들이 한국 작가들에게 부여하고 있었던 표현력에 대한 일정한 신뢰가 허물어지기 시작했다고 생각합니다. 저 역시 한 사람의 작가로서 책임이 있고요. 뿐만 아니라 작가를 배출하는 제도에도 문제가 있다고 보는데요. 독자들의 정보 수집과 가공 능력이 비약적으로 발전하는 데 비해서 작가 한 사람 만들기는 상당히 어렵고, 한마디로 수공업적이잖아요. 이 변화무쌍한 시대에 상대적으로 작가들의 통찰력과 표현력은 왜소해졌습니다. 따라서 우리 작가들이 지식인의 역할을 자임한다고 해서 사회가 그 역할을 자동적으로 부여해 주지는 않으리라 생각해요.

소설이라는 우주 속의 아주 작은 '나'

다들 '창작의 고통'을 말합니다. 그럼 글쓰기에 기쁨과 보람은 없나요?

아마도 칼 세이건의 말일 텐데, 정확하지는 않지만, 이런 말이었어요. 아무리 노력한다 해도 내 생애에 우주를 전부 이해할 수 없다. 그러나 밤하늘의 별을 보는 것만으로도 기쁨을 느낀다. 저와 소설의 관계도 그와 비슷한 것 같아요. 전 세계의 소설에 역사가 있잖아요. 밤하늘의 별처럼 많은 소설들이 있고, 제가 쓰는 건 아주 작은 일부에 불과하죠. 앞으로 남은 생애 안에 제가 아무리 잘 쓴다고 해도 밤하늘의 어떤 흔적도 되지 못할 수도 있는데, 그래도 그 세계의 일부라는 것, 내가 그 작가들 중한 명이라는 것, 그게 어떤 기쁨을 줄 때가 있어요. 비록 그 세계의 아주 작은 일부지만 그게 어딘가요? 소설의 세계라는 광대무변한 이 우주 어딘가에 모래알만한 제 자리가 있기는 있는 거잖아요.

작가의 권능

거대한 소설의 세계 속에서 한 편의 소설은 아주 작은 일부이긴 하지만, 그래도 그 자체로 또 하나의 세계잖아요?

소설을 쓰는 건 내가 세계를 구성하고 그 세계를 만들고 마음에 들 때까지 만족스러울 때까지 써서 만지고 다듬어서 그 세계의 명예시민이 되는 일이에요. 나만 거기서 걔네들을 알아요. 해외에 오래 나가 있으면 그 인물들이 생각나요. 내가 가지 않으면 걔네들은 죽은 듯 멈춰 있어요. 영화 〈토이 스토리〉에 나오는 인형들처럼요. 그 어떤 세계가 정지된 채로 있는 거예요. 내가 내 책상에 앉아야만 그 인물들이 살아서 움직이고요. 내가 아니면 그 누구도 그들을 움직일 수가 없어요.

그렇게 세계와 인물에 생명을 불어넣을 수 있는 전지전능한 위치에 있다

는 게 소설가로서 가지는 가장 큰 매력인가요?

아니에요. 저는 작가로서 전지전능하지는 않아요, 그들을 컨트롤할 수도 없고요. 그 인물들은 스스로 움직이는데, 저는 단지 그 움직임이 시작되도록 스위치를 올리는 셈이에요. 그런데 그걸 저만 할 수 있어요. 전지전능한 신이 아니고 일종의 문지기예요. 연극이 펼쳐질 극장의 키를 가지고 있는 사람이 저예요. 그런데 그 열쇠를 가지고 제가 멀리 떠나 있는 거예요. 빨리 돌아가서 인물들을 다시 움직이도록, 과테말라도 가고 여기저기도 다 가도록 해야 하는데 키를 가진 한심한 놈이 다른 일 때문에 안 돌아가고 있는 거예요. 제가 전지전능한 신이고 인물들이 제 꼭두각시 노릇을 하는 게 아니라, 인물들이 저를 기다리고 있는 거예요. 저는 얼른 가서 문을 열어줘야 되는 거죠.

구멍이 있는 소설

소설 속 인물들뿐 아니라 독자들도 늘 김영하 작가의 소설을 기다리고 있는데요, 독자를 위해서 소설 속에 따로 마련해두는 게 있나요?

전에는 독자들을 앉혀놓고 '내 얘기를 들어봐' 하는 일방통행식의 소설을 써왔다는 생각이 들어요. 지금은 구멍을 통한 소통의 소설을 생각하고 있습니다. 입 딱 벌리고 껌뻑 넘어가는 소설이 아니라, 독자들이 잠시 멈춰서 생각할 수 있는 소설 말입니다. 도넛을 도넛으로 만드는 것은 구멍이고, 레이스를 레이스답게 하는 것도 구멍입니다. 소설을 소설답게 하는 것도 소통의 구멍이죠. 제 단편소설 가운데 「그림자를 판 사나이」와 「너를 사랑하고도」 같은 작품이 비교적 많이 비어 있는 소설이라 할 수 있습니다.

최고의 소설이란

다 읽었는데 밑줄을 친 데가 하나도 없고, 그럼에도 사랑하게 되는 소설. 읽으면서 한 번도 멈춰 서지 않았다는 거잖아요? 걸린 데가 없었다는 거죠. 그런데도 왠지 이 세상에 존재하지 않는 아름다운 것을 보았다는 느낌을 받는 거예요. 남에게 요약하거나 발췌하여 전달할 수 없다고 느낄 때, 그런 소설이 최고의 소설이라고 생각해요.

소설은 도덕적 판단이 중지된 땅

김영하 작가의 소설은 몇 줄의 설명으로 소개하기에 대단히 애매합니다. 특히 인물 면에서요. 그래서 새롭게 읽히기도 하는데요, 추구하는 소설의 방향 같은 게 있나요?

『위대한 개츠비』 속 인물들은 하나같이 선인인지 악인인지, 가해자인지 피해자인지, 웃긴 인물인지 불쌍한 인물인지 파악하기 힘들어요. 분명히 알 수 없는 윤리적 판단의 회색지대에 있는 인물들이죠. 밀란 쿤데라가 한 멋진 말이 있어요. "소설은 도덕적 판단이 중지된 땅이다". 돈키호테에 대해서 어떻게 도덕적 판단을 할 수 있겠어요? 웃을 수 있을 뿐이죠. 엠마 보바리에 대해서 "죽일 년" 이렇게 얘기하면 바보가 되는 거예요. 엠마 보바리에게 도덕적 판단을 내리지 않음으로써 독자가 좀 더 높은 수준으로 올라가게 되는 거죠.

비행과 무숙의 서사

김영하 작가의 단편과 장편에서는 가족이나 사회로부터 추방된 소년이나 청년이 살아가는 일탈적인 삶의 단면이 중요하게 다루어지곤 했죠. 다소

낡은 어휘로 말하면 비행非行과 무숙無宿의 서사 계통이라고 해도 좋을지 모르겠어요. 이미 첫 장편 『나는 나를 파괴할 권리가 있다』에서, 예컨대 고향을 떠나 유랑하는, 츄파춥스를 좋아하는 소녀의 형상을 통해 시작된 계통입니다. 유명한 단편 중 하나인 「비상구」도 이 계통에 속하는 극히 적나라한 순정과 폭력의 이야기입니다. 『너의 목소리가 들려』는 "길과 길이 만나는 데"서 태어났다고 하는 소년 제이의 이야기를 들려줍니다. 그리고 제이의 짧은 생애를 서술하는 가운데 빈곤한 십대의 일탈적인 생태에 주의를 집중합니다. 길 위의 젊음 또는 비행과 무숙의 삶을 그렇게 반복해서 다루는 이유는 무엇인가요?

'비행과 무숙의 서사 계통'이라는 이야기부터 시작해야 될 것 같은데요. 사실 『너의 목소리가 들려』의 가제가 '무숙자 제이의 짧고 숭고한 생애'였거든요. 주변의 의견을 들어봤더니 무숙자라는 말이 낯설고 어렵다는 것이었어요. 그런데 질문에 무숙이라는 말이 대뜸 나오는 걸 보니 역시 그 제목이 더 나은 게 아니었나 싶은 생각도 문득 듭니다.

신상옥 감독이 〈무숙자〉라는, 일종의 한국화된 마카로니웨스턴 영화를 만든 게 1968년이었습니다. 바로 그해에 태어난 저는 물론 그 영화를 보지 못했습니다만 그 제목만큼은 늘 뇌리에 남아 있었습니다. 노숙자도 방랑자도 아닌 무숙자라는 이상한 말에 끌렸던 것인데요. 왜 하필이면 그런 것들이, 그러니까

'길 위의 젊음'이 저를 끌어당기는지는 저로서도 의문입니다. 그런 삶을 살아본 적도 없고 그런 이들과 가까이 오래 지낸 경험도 없습니다. 그런데도 유난히 그들, 또는 그들의 이야기가 제 눈에 많이 띕니다. 길에서 그들을 마주치면 발길을 멈추게 되고, 가서 묻고 이야기를 듣게 됩니다. 외출을 마치고 돌아온 옷에 먼지가 들러붙듯이 그들의 이야기가 저도 모르게 제 정신에 들어와 있고 때가 되면 그것들이 저로 하여금 그런 이야기를 쓰게 만드는 게 아닌가, 그런 생각을 합니다.

어쩌면 이것은 제 개인사로 거슬러올라가야 할 문제인지도 모릅니다. 저는 강원도 화천에서 직업군인인 아버지 밑에서 태어나 대구와 전라도 광주, 진해, 양평, 파주, 충주 등을 거쳐 서울로 올라왔습니다. 여섯 개의 초등학교, 그것도 각기 다른 사투리를 쓰는 여섯 개의 학교에서 매번 새로운 사람과 환경에 적응해가던 것이 저의 어린 시절이었습니다. 이런 급격한 변화를 나름으로 겪어내는 동안에 아버지는 늘 부재했습니다. 아버지에 대한 제 기억의 대부분은 그가 부대에서 돌아와 땀냄새를 풍기며 전투화를 벗던 모습, 그리고 다시 부대로 돌아가기 위해 전투화 끈을 매는 모습 정도입니다. 경상도의 벽촌에서 태어난 아버지는 가난 때문에 중학교에 진학할 수 없게 되자 집을 나와 떠돌며 스스로 야간 고등학교까지 마친 사람이었습니다. 그의 아버지, 그러니까 제 할아버지 역시 일제강점기에 고향을 떠나 만주와 일본을 떠돌다 그곳에서 저의 큰아버지와 아버지를 낳았다고 들었습니다. 뿌리가 없는 삶은 어쩌면 집안의 내력일 수도 있겠고 피에 스민 방랑벽 탓일 수도 있겠습니다.

우리 가족이 비로소 정착이라는 것을 하게 된 곳이 1980년대 초의 잠실입니다. 새벽에 일어나 아궁이의 연탄을 갈아야 하는 잠실주공아파트는 낯설고 기괴한 것이었습니다. 하나의 블록을 복사하여(CTRL+C) 한없이 따붙인(CTRL+V) 것 같은 단지의 구조는 어린아이들이 길을 잃기에 딱 좋았습니다. 똑같은 놀이터, 똑같은 가로수, 똑같은 건물. 동호수를 외우지 못해 엉뚱한 곳을 헤매다 파출소로 보내지는 아이들이 매일같이 나왔습니다. 그렇게 청소년기를 보내고 진학하게 된 80년대 후반의 대학 역시 문화적으로 완전히 다른, 외부와 격절되다시피 한 세계였습니다. 『빛의 제국』의 기영처럼, 저 역시 새롭게 배워야 할 것들이 많았습니다. 아니, 배운다기보다는 이미 갖고 있던 것을 버리고 새것으로 교체해야만 했습니다. 새로운 세계관, 새로운 노래, 새로운 언어, '다시 쓰인' 역사들. 전학에 익숙한 저 같은 사람에게도 당시의 대학은 적응하기가 쉽지 않은 곳이었습니다. 이런 개인사의 여정이 저의 '이야기 취향'에 영향을 끼쳤을지도 모르겠습니다.

우회와 잉여

『빛의 제국』은 구성이 특이했어요. 마치 영화를 보는 듯한 느낌이었다고 할까요. 장면 전환이 빠르고, 또 한 가족을 이루는 세 인물의 시점이 교차하면서 이야기를 만들어나가죠. 영화와 관련해서는 『검은 꽃』 시나리오 작업을 했던 것으로 알고 있는데, 그 경험은 어땠는지 듣고 싶습니다.

『검은 꽃』의 경우에는 일단 방대한 이야기를 소설 한 권으로 줄여야 하니까, 서사적 경제성 같은 것들을 많이 생각하게 되었는데요. 여기서 소설의 경제성이라는 것은 단순히 장면 전환을 빨리 가져가고, 내용을 압축한다는 식의 이야기는 아니에요. 이야기에 있어서의 리듬감 같은 겁니다. 대가들의 음악을 보면 몇 개의 음표만으로도 리드미컬하게 긴장감을 자아내잖아요. 그런 것들을 가능하게 하는 것은 표면의 단순함보다는 그 뒤에 흐르는 고도의 리듬감이라고 생각합니다.

그런데 영화 일을 잠깐 하면서 역으로 소설이 가지고 있는, 이른바 '비경제의 경제성'에 대해서 생각을 하게 됐어요. 영화가 정말 경제성만으로 이루어진 군살 없는 매체라면, 소설에는 그것과는 다른 '비경제의 경제성'이 요구되는 것 같아요. 그러니까 불필요한 것들, 우회나 잉여가 야기하는 효과인 거지요. 그런 것을 잘 구사하기 위해서라도 서사적 리듬에 대한 감각이 필요합니다. 그래야 그것을 어떻게 늦출 수 있는지도 알게 되니까요. 영화의 경제성이 갖는 한계와 달리 소설이 허용하는 잉여, 이게 얼마나 중요한 건지 알게 되는 거지요. 이것이야말로 문학이 가진 중요한 장점이구나, 하는 생각을 새삼 하게 됩니다. 소설에서는 꼭 필요한 부분과 꼭 필요하지는 않은 이런 잉여들을 어떤 리듬으로 엮어야 하는가, 그런 부분에 대해서 고민하게 됐습니다.

소설가로 살아가기

기억상실, 불완전한 기억의 조립

『살인자의 기억법』의 주인공은 기억을 잃지 않기 위해 계속해서 자신에 대해 기록합니다. 그런 면에선 어떻게 보면 작가 같기도 했어요.

『살인자의 기억법』의 주인공 김병수는 끝없이 자기 생을 돌아보고 기록하려고 하죠. 그것이 작가의 일하고 비슷해요. 작가라는 건 계속해서 과거를 돌아보는 직업이거든요. 자신이나 남의 과거, 나라의 과거, 한 집단의 과거를 돌아보는 거예요. 자신의 불완전한 기억들을 조립해서 그럴듯하게 써내는 게 작가의 일인데요, 그런 면에선 모든 작가가 어느 정도는 기억상실을 가지고 있다고 볼 수 있어요. 기억의 문제와 씨름한다는 점에서 김병수는 작가죠. 그걸 상징적으로 표현한 거죠. 제가 최근에 이런 경험을 했어요. 인터뷰를 하는데 한 기자가 제가 십오 년 전에 쓴 단편의 한 구절을 말하는 거예요. 그래서 제가 그랬어요. "제가 썼음직한 소설이긴 한데, 제가 쓰진 않은 것 같네요"라고. 그런데 나중에 그 기자가 그 구절을 찾아 페이지까지 적어서 저한테 보냈더라고요.(웃음)

인간은 어떤 존재인가

김영하 작가의 소설에는 항상 어떤 존재론적인 질문이 깔려 있는 것 같다는 생각이 들어요. 이런 생각은 어떻게 보시나요?

계속 떠돌면서 살아서 그런지 모르겠지만, 제가 생각하는 인간이라는 존재는 이런 거예요. 낯선 곳에 엉뚱하게 던져진 존재라는 것. 그러니까 자기도 잘 모르는 낯선 곳에 엉뚱하게 던져져서 여기가 어딘가를 어리둥절해하다가 생을 마감하는 존재가 인간이라는 생각이 들어요. 『검은 꽃』 같은 경우도 그렇죠. 등장인물들은 멕시코라는 정말 낯선 땅에 던져지게 됩니다. 우리나라 사람들은 땅을 강산이라고 부르잖아요. 그 뜻은 강이 있고 산이 있어야 땅이라는 것인데, 유카탄반도는 강도 없고 산도 없거든요. 그런 인간관은 『빛의 제국』에서도 나타납니다. 또 한 가지는 정해진 운명으로 걸어들어가는 존재라는 겁니다. 오이디푸스 이래로 계속 얘기되는 것인데, 결국 인간은 이미 정해진 운명을 거부하며 발버둥치다가 마침내 그 운명으로 걸어들어가는 존재라는 거죠.

저는 이 두 가지를 요즘에 많이 생각하고 있어요. 『검은 꽃』도 역시 그렇지요. 인물들이 멕시코에서 배를 탈 때 독자들은 그들의 운명을 알아요. 못 돌아오겠구나. 심지어 할리우드 영화를 봐도 우리는 알 수 있어요. 남자 주인공이 가족들에게 그러죠. "금방 돌아올게." 관객들은 못 돌아온다는 것을 알아요. "빨리 돌아올게." 빨리 안 옵니다. 그것은 정해진 운명을 향해서 죽으러 가는 거고, 우리는 이미 그런 서사적 전통에 익숙해져 있기 때문에 어떤 정해진 운명으로 걸어들어가는 존재들을 단박에 알 수 있어요. 그리고 그들은 낯선 곳에서 살아가게 됩니다. 『빛의 제국』에서도 마찬가지예요. 제가 『빛의 제국』을 쓰면서 한 탈북자를 인터뷰했는데 그가 그러더라고요. "제가 옮겨 심어진 사람 아닙니까?" 옮겨 심어진 사람? 재밌는 표현이에요. 한자어로 쓰면 이식이 되겠지요. 소설의 주인공인 김기영도 평양에서 한 이십 년 살고 갑자기 서울로 옮겨 심어져서 이십 년을 산 인물인데 흥미롭게도 그는 서울에서 이십 년을 사는 동안에도 다시 한번 옮겨 심어지는 경험을 하게 됩니다. 자기는 가만히 있는데도 토양(나라)이 달라지는 것이죠. 나라가 변해서 갑자기 엉뚱한 세계가 되는. IMF 이전의 세계와 IMF 이후의 세계는 완전히 다릅니다. 우리가 비록 서울에 살고 있다고 해도 실은 계속 표류하고 있는 것입니다. 저는 그것을 새로운 디아스포라라고 부릅니다. 『검은 꽃』의 이민자들처럼 아주 먼 곳으로 떠나는 사람도 있지만 『빛의 제국』처럼 가만히 앉아 있는데도 세계가 표류하는 그런 지경도 있습니다. 사람들은 사실, IMF는 뭐야? 정리해고는 뭐고 비정규직법은 또 뭐야? 그러면서 늘 새로 등장하는 어떤 것들에 엄청 어리둥절해하면서 살아가고 있다고 생각해요.

인간은 우주의 한 점 먼지

소설이라는 것이, 문학이라고 하는 것이 오롯이 어떤 개인의 세계를 추구하는 것이라면, 김영하 작가의 소설은 이 세계에 섞일 수 없는 지점을 굉장히 많이 갖고 있는 것 같아요. 그러면서도 우리의 삶이 속한 세계의 운명에 수긍하는 자세 같은 것도 보이고요. 그런 이중적인 지점에서 삶을 어떻게 받아들이는지 궁금합니다.

저는 삼십대 초반에 이미 그런 결정을 내렸어요. 아이를 낳지 않겠다. 그러면 내 삶이라는 것은 어떻게 되는 것이냐. 그냥 살아지는 것, 나로서 끝나는 것이라 생각해요. 그럼 세계는 뭐냐? 세계는 우리와는 전혀 관계없이 존재하는 것이죠. 이 세계는 인간의 운명에 아무 관심도 없습니다. 저는 우주에 관한 책을 굉장히 좋아해요. 사이먼 싱의 『빅뱅』이라든가 칼 세이건의 『코스모스』 같은 책에 언제나 매료됩니다. 우주에서 신성을 보는 사람도 있지만 저는 그냥 인간이라는 것은 우주의 한 점 먼지에 불과하구나, 이런 생각을 해요. 그것은 휴머니즘의 반대편에 서 있는 것이죠. 인간이 뭔가를 할 수 있고 세계도 바꿀 수 있고 그 밖에 어떤 의미 있는 것을 할 수 있다고 생각하는 그런 분들이 계신다면 저는 그 반대에 있어요.

저는 인간들이 어리둥절한 채 서로에게 상처를 입히면서 죽지 않으려고 발버둥치다 결국은 죽어 사라지는 존재라고 생각해요. 물론 영생에 대한 여러 가지 관념들이 있지만, 저는 그런 관념에는 동의하지 않습니다. 이십대 후반에 썼던 소설에 나타난 일종의 허무주의에 대해서 많은 분들이 '젊어서 그럴 거야'라고 생각했지만 지금까지 계속 봐온 분들은 아니라는 것을 아셨을 거예요. 앞으로도 저는 별로 변하지 않을 것 같아요. 지금까지 그렇게 살아왔으니까요.

그러나 딱 한 가지 믿는 것은 있어요. 그것은 이야기라는 것의 영속성이에요. 인간은 영생하지 않을 것이고 세상의 끔찍함은 바뀌지 않을 테지만 저는 이야기가 영속한다는 것은 믿어요. 예를 들어서 유대인이든 탈레반이든 어떤 오래된 이야기들의 숙주라고 저는 생각합니다. 유대인들은 구약성경이라는 이야기에 따라서 평생을 살아가잖아요. 안식일을 지키고 유월절을 모시고. 그 명절이라는 것이 이야기의 물화된 형태고요. 그렇다면 유대인이라는 존재는 결국 성경이라는 이야기의 숙주로서 살아가면서 계속해서 일종의 문화적 유전자인 이야기를 후대로 전승하고 있는 거지요. 마찬가지로 탈레반들도 역시 자기가 생각하는 어떤 전투적 이슬람의 서사들을 살아가는 거죠. 그래서 순교도 하고 자살폭탄 테러도 서슴없이 하죠. 순교해서 천국에 가면 수십 명의 처녀들이 기다린다는 이야기를 믿는 거예요. 우리가 생각해온 것보다 이야기는 훨씬 더 강력하고 무시무시한 것이라는 생각이 들어요.

그런 이야기의 영속성을 믿기 때문에 소설가로 살아간다는 것에 대해서 실로 겸허하게 생각될 때가 있어요. 저는 이제 곧 사라지겠지만 제가 만든 이야기들은 저보다는 조금 더 오래 살지 않을까? 그런 생각은 해요. 모순적 개념인데, 허무주의로 지탱하는 굳건한 신념이랄까요?(웃음) 저는 인간을 믿는 사람들,

인간을 믿는 휴머니즘 또는 어떤 종교를 믿거나 하는 사람들이 저지르는 수많은 역사의 악행들을 생각해보면 인간에게는 아주 굳건하고 경건한 허무주의가 필요하고, 그런 이들의 가장 좋은 벗은 소설이라고 생각해요. 소설과 함께 세계의 무의미를 견디고 동시에 휴머니즘이나 인본주의나 광신자들이 저지르는 역설적인 독선과 아집 그리고 공격성 이런 것들을 견딜 수 있다고 생각해요. 그런 면에서 하루의 삶이라는 것을, 사실 제가 십 년 전에 그리려고 생각했던 것보다는 훨씬 경건하게 살고 있습니다. 하루종일 책을 읽지요. 매일 조금씩 글을 쓰고요. 그리고 사회적인 접촉면은 아주 최소화되어 있습니다. 웬만하면 집밖에 나가질 않아요.

작가가 될 수밖에 없는 한 가지 이유

처음에 글을 쓰기 시작했을 때, 다른 작가들은 이런저런 특이한 경험을 한 것 같은데 자신은 남과 다르게 살아온 바가 없어서, 삶에 특별하다 할 만한 게 없어서 콤플렉스를 느꼈다고 하신 적이 있어요. 그 콤플렉스는 어떻게 극복했나요?

습작은 그전부터 했습니다만, 제가 본격적으로 글을 쓰기 시작한 것은 1995년 무렵이었어요. 그 무렵이 어떤 무렵이냐 하면 후일담 문학들이 나오던 때였어요. 후일담 문학이라는 것은 이른바 386세대들이 80년대의 화려했던 투쟁 이력과 또 그것의 낙차에 대해서 쓰는, 그때 우리는 얼마나 아름다웠나, 정말 열심히 투쟁했는데 지금은 왜 이러나, 이런 걸 다룬 문학이라고 생각해요. 그 시절의 선배 작가들을 보니 북한에 가는 분도 계시고 또 어떤 분은 감옥에 계시기도 했어요. 해외로 눈을 돌려봐도 헤밍웨이 같은 작가는 스페인내전에, 앙드레 말로는 중국의 국공합작에 참가하지 않았습니까? 그런 분들을 보니 나는 작가가 못 되겠구나 싶었지요. 그런데 소설을 쓰겠다고 결심한 사람들에게는 언제나 그런 순간이 찾아옵니다. 나는 절대 작가가 되지 못할 거야, 라고 생각하기 시작하고, 그렇게 되면 작가가 될 수 없는 이유가 백 가지도 더 떠올라요. 제 경우엔 이런 것들이었습니다. 너무 평범하게 살았다, 부모님이 중산층이다, 아버지가 군인이다 등등. 그때만 해도 군인의 자식은 작가가 못 될 것 같았어요. 농민이나 노동자, 아니면 다른 식으로 드라마틱한 삶을 살았던 부모 밑에서 자라야 되는 거 아닌가 했죠.

너무 무난한 삶을 산 거네요?

그렇죠, 뭐 자라난 곳도 그렇고요. 잠실에서 자랐는데 잠실도 어쩐지 작가가 날 만한 토양이 아닌 것 같았어요. 아파트만 잔뜩 있고. 다른 분들은 험한 곳에서 많이 살아오셨는데. 그래서 나는 작가가 될 수 없을 거야, 라고 생각했죠. 또 한 가지. 저는 태생적으로 굉장히 건조한 사람이거든요. 그런데 그 시기의 문학을 지배한 기본적인 정조는 센티멘털리즘이었어요. 주체가 감상적으로 자기감정을 토설하고 사람들에게 호응하기를 요구하는 문학인데 그에 비해 저는 굉장히 감정이 메말라서 다른 사람들이 능히 눈물을 흘릴 만한 곳에서도 그러지 않은 적이 많아서 좌절했죠. 아, 나는 안 돼, 이래서는 작가가 될 수 없을 거야. 그렇게 생각했죠. 그것 말고도 많이 있는데,(웃음) 한 사람을 작가로 만드는 것은 '작가가 될 수 없는 백 가지 이유'가 아니라 '될 수밖에 없는 한 가지 이유'인 것 같아요.

정신이 약간 이상하다거나 남과는 다른 엄청난 강박을 갖고 있다거나 어떤 커다란 괴로움을 겪었거나 하는 그런 이유 하나가 그 사람을 작가로 만들고, 사람들은 그런 작가의 작품을 읽으면서 인간성의 다양함을 경험할 수 있는 것이 아니겠습니까? 그래서 그때 썼던 글에는 그런 고민이 있었던 거예요. 그런데 시대가 변했습니다. 이제는 일상의 문제라든가 세계가 그렇게 드라마틱하게 변하지 않는다는 것, 그런 비루한 일상 속에 갇힌 인간들의 삶을 다루는 문학의 시대가 왔어요. 그런 면에서 이런 식의 고민을 한 작가도 제가 마지막인 것 같고요. 제 뒤에 나온 작가들은 저처럼 왜 내 삶이 드라마틱하지 않은가, 그리고 나는 왜 이렇게 평범한가, 같은 고민은 더 이상 안 하는 것 같아요. 시대가 완전히 달라진 거죠.

보통 사람들은 작가라고 하면 천부적으로 재능을 타고나서 글을 쓰는 것이 어렵지 않을 거라 여기고 한 문장을 못 써서 끙끙 앓고 이런 모습은 잘 상상 못하잖아요. 머릿속에 멋진 소설들을 갖고 있다가 너무나 쉽게 쏟아부을 것 같고요. 작가가 되지 못할 것 같은 이유가 백 가지인데, 단 한 가지 때문에 될 수 있다고 하셨잖아요. 그 한 가지는 뭐였나요.

제가 이야기를 하면 몇몇 친구들이 귀를 기울여 듣더라고요. 이야기하는 쾌감 같은 것을 처음 느낀 거죠. 저는 글을 써서 백일장 같은 데서 상 탄 적은 한 번도 없었어요. 담임선생님이 보고 그중에서 한두 개 뽑아서 위로 올리고 하는데 한 번도 뽑힌 적이 없어요. 그것도 작가가 못 될 거라고 생각한 백 가지 이유 가운데 하납니다. 그렇지만 제가 얘기를 지어서 또래 아이들에게 해주면요, 아이들이 모여서 들었어요. 동네에서도 듣고 학교에서도 듣고. 다음 날 사탕도 갖다주고. 그래서 일종의 연속극도 들려주고 그랬어요. 어디서 들은 이야기를 한 것이 아니고 제가 상상 속에서 만든 마을 얘기나 우주를 여행하는 우주전함 얘기를 해주고, 그러면 애들이 다음에 어떻게 되는 거냐고 궁금해하곤 했어요.

실제 경험한 것도 윤색해서 제 버전으로 이야기해주곤 했어요. 예를 들면 제가 성당을 다녔는데 성당에서 일어나는 여러 가지 연애사라든가 이런 것들을 학교에 와서 이야기했지요. 아이들은 어쨌든 제 얘기를 듣는 걸 좋아했어요. 저의 모든 걸 좋아한 것은 아니거든요. 그래서 스스로 아, 내가 스토리텔링에는 재능이 있구나, 최소한 우리 동네에서는 먹히는구나 이런 생각은 했었죠. 등단하기 전에도 하이텔이나 이런 곳에 제가 아주 짧은 콩트 같은 것을 적어서 올리면 사람들 반응이 굉장히 뜨거웠어요. 그래서 내가 의외로 글을 쓰는 데 재능이 있나보다 생각도 하게 된 것이죠.

영향을 받은 작가가 코넌 도일과 쥘 베른?

가장 영향을 받은 작가를 꼽으라는 질문을 받을 때마다, 이를테면 밀란 쿤데라 같은 작가(이른바 문학적 정답이죠)를 거론하곤 했었습니다. 그러다 다르게 생각을 해봤어요. 등단 직전에 읽었던 쿤데라가 과연 정말로 그렇게 큰 영향을 끼쳤을까. 그 기원은 훨씬 더 위로 거슬러올라가지 않을까. 그래서 곰곰이 생각해 봤는데요. 아무래도 어린 제게 가장 많은 영향을 주었던 작가는 바로 코넌 도일과 쥘 베른이었어요. 그래서 요즘은 어디서 질문을 받으면 그렇게 답변을 합니다.

어릴 적에 읽었던 셜록 홈스 시리즈는 그야말로 합리성의 세계를 보여줬죠. 적절한 몇 가지 증거들을 주면 모든 것의 인과관계를 설명할 수 있는. 실제로 코넌 도일과 쥘 베른의 영향은 변형된 형태로 제 소설에서 자주 발견됩니다. 여행, 살인 등의 모티프로 말이죠. 「사진관 살인사건」이나 『아랑은 왜』 같은 소설이 특히 그렇습니다. 물론 그 후에도 독서는 계속되었으니까 그 영향들은 비틀리고 변형된 형태로 남아 있을 겁니다.

지속 가능한 소설가로 살고 싶다

일전에 작가의 말에서 소설을 쓰면 착해진다고 하신 적이 있지만, 신인 때 '귀걸이 한 소설가'라는 레테르가 아직도 유효해서인지 김영하 하면 아직도 젊은 작가라는 이미지가 있는 것 같아요.

신인 땐 예술적 자아가 어리고 미숙했죠. 그래서 그렇게 튀는 행동들을 하고 다녔던 것 같아요. 지금은 사람들 눈에 잘 안 띄는 게 편해요. 예술적 자아는 소설로 풀면 되는 거 같아요. 소설 속에서 더 과감해지고, 더 미친놈이 되는 거죠. 작가는 삶을 분별없이 살아선 안 돼요. 제 몸을 불사르면서 한두 작품쯤 좋은 작품을 쓸 수도 있겠지만 지속 가능하지 않아요. 전 지속 가능한 소설가로 살고 싶어요.

에피큐리언으로 살아가기

대학교 때 철학개론을 보면서, 제 철학적 입장을 정리한 적이 있어요. 제가 가장 좋아했던 게 에피쿠로스학파예요. 스토아학파처럼 금욕적이진 않지만, 높은 형태의 정신적 쾌락을 추구하고, 그 밖의 다른 것에는 큰 관심을 두지 않아요. 책을 읽거나 글을 쓸 때 느끼는 고통과 기쁨, 이런 것들에 점점 집중하게 돼요. 그에 비하면 책을 내는 일은 훨씬 지루한 일이에요. 큰 즐거움을 주지 않아요.

사실 저는 사람들과 어울려서 밤에 술 마시는 일도 거의 없어요. 취미도 없고, 다른 것에 탐닉하는 일이 거의 없어요. 어떤 일을 해야 할 때 분명한 원칙을 가지고 있어요. '이것이 나에게 깊은 수준의 만족감을 주느냐.' 그게 아니라면 그만두는 거죠.

KBS 라디오에서 〈김영하의 문화포커스〉라는 프로그램을 매일 진행하던 시절이 있었는데, 좋은 프로그램이었지만, 그걸 하는 동안 충만한 만족감을 얻진 못했어요. 저는 진행자일 뿐이고, 진짜 작업을 하는 사람들이 손님으로 오는 거죠. 부러운 거예요. 내가 저거 하고 있어야 하는데 물어보고만 있으니까요. 그게 무의미한 일은 아니지만, 크게 만족스럽지는 않았죠. 소설가로 살면서 다른 직업이 꾸준히 있었어요. 방송을 진행하거나 교수 혹은 어학당 강사인 적도 있었지만, 오래는 못했어요. 깊은 만족감이 없는 일들은 오래할 수 없었던 거죠.

소설가의 장래희망

제 장래희망이 소설가예요. 장래에도 계속 소설을 써야죠. 지금도 소설가지만, 장래희망도 소설가입니다. 이십 년 후에도 소설가이기를 바라고요. 특별한 계획은 그것밖에는 없어요. 소설을 계속 쓴다는 것이죠. 그런데 이상하게 소설이라는 것은 쓰기 직전까지도 무엇을 쓰게 될지 몰라요.
영화는 어떻게 하는지 모르겠지만, 소설이라는 것은 쓰기 직전까지도 어떤 안개에 싸인 이상한 숲으로 들어가는 느낌이 있어요. 뭔지도 알겠고 어떤 방향인지도 알겠는데, 그 안에서 무엇을 만나게 될지는 모르는 상태죠. 숲으로 들어가다보면, 점점 시야가 넓어지고 밝아지는 것 있잖아요? 〈스타크래프트〉 같은 컴퓨터게임을 보면, 처음에는 암흑이에요. 아무것도 안 보이고 주위는 시커먼 어둠인데, 돌아다니다보면 점점 밝아져요. 소설도 그래요. 낯선 세계에 던져진 하나의 일꾼처럼 시작해요. 그런데 돌아다니면서 많은 세계들이 밝아지는 거죠. 소설 계속 써야죠. 그런데 앞으로 무엇을 쓰게 될지 구체적인 계획은 아직 없어요. 책상 앞에 앉으면 생각이 나겠죠.

감히, 대신 꿈꾸고 상상하는 이들

작가는 마르코 폴로 같은 사람이라고 생각해요. 마르코 폴로는 당시에 아무도 가지 않던 중동이나 중국 같은 곳을 다녀와서 사람들에게 이야기했죠. 믿는 사람도 있고 안 믿는 사람도 있었는데, 어쨌든 마르코 폴로는 신이 나서 이야기를 하고 책으로 썼습니다. 보통 사람들은 시간적인 이유로든, 성향의 문제로든 대개 정해진 굴레 안에서 살아가요. 아침에 일어나면 똑같은 절차를 거쳐서 집 밖으로 나와 회사를 가고, 거기에서 정해진 일들을 하고 집으로 돌아옵니다. 그런데 작가는 보통 사람들이 꿈꾸지 않는 것, 또는 생각하지 않는 것, 감히 생각도 못할 것들을 대신해서 겪습니다.

사실 생각도 함부로 하면 안 되잖아요? 좀 무서운 생각을 하다가 자기도 모르게 고개를 절레절레 흔든 경험 다 있잖아요? 이렇듯 보통 사람들은 생각도 범위를 제한하면서 살고 있는데, 작가들은 보통 사람들을 대신해서 상상하고, 이상한 세계를 탐험하죠. 물론 여기서의 이상한 세계는 물리적인 세계가 아니라 정신적인 세계예요. 『살인자의 기억법』 같은 소설도 연쇄살인범의 내면이잖아요. 보통 사람들은 생각하기도 싫어해요. 그런데 작가는 합니다. 알츠하이머에 걸린 살인자는 어떤 존재인가를 상상하고 사람들에게 이야기해주는 거죠.

작가는 그런 존재라고 생각해요. 보통 사람들이 자기 상상력 안에 갇혀 있을 때 작가들은 더 멀리 나아가서 보통 사람들이 생각하지 않는 것, 감히 꿈꾸지 않는 것, 감히 경험하지 않는 것, 또는 할 수 없는 것들을 대신 경험하고 그 경험을 사회로 가져오는 거죠. 그래서 사람들이 받아들일 수 있는 형태로 가공해서 그것을 이야기해주는 것입니다.

마술사와 소설가

마술은 속이려는 사람과 속지 않으려는 사람 사이의 게임일 겁니다. 이 게임에 참여하는 주체들은 몇 가지 전제를 갖고 있습니다. 관객을 속이되 그것이 실제의 피해로 이어져서는 안 된다는 것이 첫번째 전제입니다. 또한 마술은 마술사가 설정한 범위 안에서 진행되어야 합니다. 비행기를 증발시키는 마술을 준비해온 마술사에게 그거 말고 자기 자동차를 없애보라고 말하는 것은 그 전제를 위반하는 일입니다.

문학적 서사에는 마술 공연과 비슷한 면이 있습니다. 작가는 이야기의 초반부에 몇 가지 전제를 설정하고 그 바탕 위에서 서사를 구축해갑니다. 마술은 때로 관객을 무대로 불러 참여시키지만 이것은 어디까지나 마술사가 허용한 범위 안에서의 일입니다. 관객은 대체로 안전한 거리에서 그 이야기를 즐깁니다. 저는 이 '안전한 거리'에 대해서 소설을 쓸 때마다 생각합니다. 현실의 삶을 소설로 옮길 때, 얼마만큼 독자들을 편안하게 놓아둘 것인가, 어느 정도의 거리가 윤리적인가를 고민하게 됩니다. 물론 작가인 저 혼자 온전히 이 거리를 확정할 수는 없습니다. 독자가 텍스트와 얼마만큼의 거리를 형성하는가는 어쩌면 작가가 아닌 독자들이 결정하게 되는 것일지도 모릅니다. 그러나 작가로서 그 부분을 미리 고려하지 않을 수는 없습니다.

작가의 윤리는 그가 제시하는 테제에 의해서가 아니라 소재와 플롯, 인물의 관계를 설정하는 건축술에서 나타난다고 생각합니다. 설정에서 예컨대, 거리에서 살아가는 십대들의 야생의 삶을, 마치 지프를 타고 사파리 유람을 하는 관광객의 시선으로 보도록 배치하는 것은 저로서는 용납하기 어렵습니다. 그 이야기를 쓰고는 싶지만, 그것을 '현시'하고 싶지는 않을 때, 작가로서는 그 '편안한 거리'를 좁힐 필요를 느끼게 됩니다. 『너의 목소리가 들려』에서 언급한, 마술의 전제를 깨고 개입하는 중국의 어린 황제야말로 저의 이런 고민을 희화적으로 상징하는 존재일 겁니다. 깨면 재미없어지는 것을 알면서도 깨지 않을 수 없다는 것. 그런 충동에 사로잡힌다는 것. 이게 저의 문제입니다. 이것은 서사의 윤리와도 관계가 있지만 매끈하게 잘 읽히는 이야기를 만들어내는 것에 대한 저의 생래적 거부감과도 관련이 있습니다. 오래된 플롯 전통에 의지해 이야기를 끌고 가다가 돌연 그것을 망가뜨리고 싶은 충동이 제 내부에는 있는 거죠.

폭력이라는 이름의 대화

소설에 폭력이 자주 등장한다는 지적도 받으셨을 것 같은데요.

폭력은 아마 가장 원초적인 수준의 대화일 겁니다. 원시시대에는 아마 유일한 언어였을지도 모르고요. 그리고 지금도 여전히 사라지지 않고 있습니다. 신문을 펼쳐보면 수많은 폭력 사건이 지면을 장식하고 있습니다. 폭력이 그렇게 만연해 있다기보다, 그만큼 사람들이 폭력이라는 이 독특한 방식의 대화에 관심이 많다는 방증일 겁니다. 넓게 보면 사랑조차도 낭만적으로 포장된 부드러운 폭력일 수 있다고 생각합니다. 나의 감정이 나라는 주체를 초과해 타인에게 그 영향력을 행사하려고 하는 것이고 이 과정에서 흥미로운 충돌들이 생기겠죠. 웃자고 하는 이야기지만, 부모가 섹스를 하면 어린아이가 문을 열고 "엄마 아빠 왜 싸워?"라고 묻는다잖아요? 섹스가 폭력을 닮았다는 것, 저에게는 언제나 흥미로운 부분입니다.

메소드 연기법

작가로서 즐거운 순간은 언제인가요?

말하다

장편 쓸 때가 행복해요. 연기 방법 중에 메소드 연기법이라는 게 있잖아요. 소설가도 어느 정도 그런 면이 있어요. 저는 어떤 인물을 만들어놓으면 한동안 그 인물이 할 법한 말을 하고, 그 인물이 들을 만한 음악을 듣고, 읽을 만한 책을 읽고 하거든요. 그런 것도 소설가로 사는 즐거움인 것 같아요. 어떤 인물 속에 들어가서 일 년, 이 년 살고 나오는 거요.

장편소설을 쓰면서 경험하는 에피파니

『빛의 제국』 마지막에 가서 김기영이 두 여자에게 사실을 고백하잖아요? 소지한테 고백하고, 마리한테 고백하는데, 그 장면은 좀 이상하지 않나요? 말하자면 기영은 국정원 사람들이랑 거래를 한 것 아니에요? 속으로는 엄청난 일이 있었지만 겉으로는 아무 일도 일어나지 않은 상태로 돌아가게 되는 식으로 처리할 수도 있었을 텐데, 왜 고백을 하게 만들었을까, 단단한 무심함으로 무장한 사내가 마지막에 왜 허물어졌을까, 이런 의문을 가졌어요.

구상을 하고 초고를 쓸 때는 그런 '구질구질한' 장면이 없었습니다. 늘 그랬듯, 쿨하게 모든 것을 정리하는 남자를 상상했었거든요. 아무래도 장편을 쓰면서 작가로서, 한 인간으로서 제가 변한다는 것을 느낍니다. 단편을 주로 쓸 때는 제가 작가라는 걸 자주 잊어버렸어요. 마감 때가 되어 전화가 오면 '아, 맞아, 나는 작가지. 어서 써야겠구나' 생각하고, 어디 가서 작가 선생님 대접을 받으면 그때 또 자각을 하지만, 사실 단편만 쓰고 있을 때는 그런 대접받기도 좀 쑥스럽습니다.

그렇지만 장편을 쓰고 있을 때는 하루에 매일 10매, 20매, 많을 때는 30매, 40매를 꾸준히 쓰니까 어디에 뭘 발표하고 있지 않아도 스스로 떳떳합니다. 작가로 생활하고 발언하는 것에 대해서 당당할 수 있습니다. 또한 단편을 쓸 때와는 비교할 수 없이 복잡한, 격한 감정의 역동을 느낍니다. 『검은 꽃』을 쓸 때 그런 기분을 처음 느꼈습니다. 도대체 글을 써나가는 내 내면에서 일어나는 이게 뭘까, 생각하기 시작했던 거지요. 도대체 왜 이런 인물들이 갑자기 등장해서 소리지르고, 격렬하게 자기를 주장하고, 십자가에 매달리고, 피라미드에서 총격전을 벌이는 건가 하고요. 그리고 『빛의 제국』을 쓰면서도, 특히 연재를 중단하고 개작을 하면서 매일 아침에 일어나 소설을 쓰기 시작하고, 전화도 받지 않고 집중해서 밤까지 글을 쓰고, 잠자리에 들면서 아, 오늘 이런 이야기를 썼구나 되새기면서 스스로 대견해하고, 얘기가 조금씩 앞으로 진전될 때마다 기뻐하기도 하는 거죠. 물론 풀리지 않는 문제를 안고 잠들기도 하지만 어쨌든 그런 생활을 석 달, 여섯 달, 일 년을 하면 정말 작가의 내면에 중요한 변화를 야기한다는 것을 깨닫게 되었습니다. 그런 경험을 하고 나니 어떤 악평을 들어도 별로 흔들리지 않아요. 책이 나온 후에도 조바심이 없구요.

작가가 자기 내면에 있는 어떤 얘기들을 쏟아내지 않는다면 장편을 써나가는 일에는 전진의 한계 같은 것이 있습니다. 400매, 500매 혹은 300매에서 딱 막히는 거지요. 소설이 『빛의 제국』처럼 1500매 가까이 가려면 콘덴서 이상의 그 무엇이 되어서 다른 존재와 접촉을 해야 합니다. 밖으로 전류를 흘려보내는 것이 아니라 그 전류를 받아들여서 내면의 블랙박스 안에서 무거운 톱니바퀴를 움직여야 합니다. 가지 말아야 될 곳을 헤치며 가는 것 같은 기분이에요.

『빛의 제국』 초고를 쓸 때만 해도 깔끔한 결말을 예상했습니다. 그런데 그럴 수 없도록 작가를 끌고 다니는 힘이 분명히 존재하는 것 같아요. 바로 그 힘이 주인공 기영으로 하여금 다른 인물들과 부딪치게 하는 거죠. 요즘에는 소설 속의 인물들이 결국에 만나야 하는 것, 만나서 각자의 입장과 과거와 현재의 생각을 가지고 부딪쳐야 하는 것, 그게 바로 장편이 아닐까 생각합니다. 그래야 그 소설이 가지고 있는 내용이 타오르는 거지요. 그냥 잠재된 상태로 끝나버리면 그것 역시 일종의 '방어적인 회피'가 아닌가 하는 생각을 하게 됐어요.

글쓰기와 환경

작가들은 공간에 유독 예민하죠. 『살인자의 기억법』을 쓴 부산은 어떤가요.

경상도 사람들의 말은 짧고 시적이에요. 쫌! 됐다! 이런 말, 참 많은 걸 함축하고 있죠. 부산에서 쓴 『살인자의 기억법』이 그런 식으로 좀 함축적이고 짧은 문장으로 이루어져 있는데, 분명 그런 환경적 영향을 받았나봐요. 『퀴즈쇼』를 쓸 때는 문학동네 반품창고에서 글을 썼어요. 제가 알기로 자기 책이 반품되는 창고에서 글을 쓴 작가는 저밖에 없을 거예요. 글 쓰고 밥 먹으러 나가다보면 제 책들이 반품되고 있는 게 보였거든요. 직원들은 막 숨기려고 하는데, 제가 그러지 말라고 하고.(웃음) 『퀴즈쇼』는 앞부분에 홍대 얘기가 나오다가 뒤에는 웬 창고로 배경이 바뀌거든요. 파주 산속에 있는 창고에서 그 부분을 썼기 때문일 거예요.

마음을 움직이는 진짜 이야기

저는 제가 글을 잘 쓴다고 생각하지 않아요. 아직도 모국어를 다 마스터하지 못해서 열심히 수련중입니다. 그런데도 작가니까 '어떻게 하면 글을 잘 쓸까요?' 하는 질문을 많이 받죠. 전업 작가이고, 열 권이 넘는 소설을 썼으니까 적어도 다른 사람들보다 글을 많이 쓴 것은 분명하겠죠. 글을 잘 쓰는 법에 대해서 많은 분들이 물어보시는데, 저는 다른 사람의 글을 볼 때는 단순한 기준을 가지고 있어요. 마음을 움직이는 진짜 이야기가 좋은 글이라는 생각이에요.

어떤 글은 미사여구로 잘 꾸며져 있고 완벽한 구조를 가지고 있지만 마음이 전혀 움직이지 않아요. 앞에서도 말한 것처럼 저는 군대생활을 헌병대 수사과에서 했습니다. 거기서 영창 수감자들의 일기를 매일 받아서 책으로 편집하는 일을 했어요. 그런데 어떤 수감자들이 글을 잘 쓰는가 하면 중형을 받은 범죄자들이었어요. 군대에 와서 흉악한 범죄를 저질러 중형을 선고받은 수감자가 두 명 있었는데, 그들이 글을 제일 잘 썼어요. 다른 이들은 의무적으로 쓰라고 하니까 반성문처럼 썼는데, 그 두 사람은 그러지 않았어요.

그들은 각각 무기와 이십오 년형을 구형받았거든요. 나중에 십오 년, 오 년으로 감형되긴 했지만 적어도 구형은 그렇게 받았어요. 그들이 그런 구형을 받고 돌아와서 쓴 글들이 있어요. 지금 스물두 살인데 빨라도 마흔 살이나 돼야 감옥을 나갈 수 있다는 자기 운명을 생각하고 쓴 거죠. 아무리 중범죄자라도 그 순간만큼은 자기 인생을 정직하게 돌아보고, 직면해서 쓴 것이거든요. 이런 글들은 힘이 있고, 진실해요. 그래서 저는 글을 잘 쓰는 것은 어떤 기술의 문제도 아니고, 기법의 문제도 아니라고 생각해요. 어떤 순간에 인간이 고요하게 자기 서재, 아무도 침입해오지 않는 고요한 공간에서 자기 자신을 대면하고 정직하게 쓴 글에는 늘 힘이 있고 매력이 있어요.

할머니의 벌집

멕시코 과달라하라 국제도서전 강연, 2011년 11월

제 동료 작가들에게는 모두 훌륭한 할머니가 있는 것 같습니다. 이 할머니들은 훗날 훌륭한 작가로 성장하게 될 제 동료들에게 흥미로운 구전설화들, 예컨대 호랑이가 담배를 피우던 시절 이야기, 여우와 결혼한 남자 이야기 같은 것들을 많이도 들려주었다고 합니다. 그리하여 훗날 그들은 자랑스럽게, "나는 이야기에 관한 모든 것을 나의 할머니에게 배웠다"고 말할 수 있게 되었습니다.

그러나 저에게는 그런 할머니가 없었습니다. 외할머니는 제가 태어나기도 전에 돌아가셨고 친할머니는 먼 곳에 사시다가 역시 일찍 세상을 떠나셨습니다. 만난 적이 거의 없지만 그래도 친할머니는 제게 재미난 기억 하나를 남겨주고 가셨습니다. 당시 우리 부모와 저, 그리고 제 동생은 군인인 아버지를 따라 군부대 근처의 관사에 살고 있었습니다. 할머니는 아들, 며느리와 손자들을 보러 잠시 와 계셨는데 원체 드문 일이었습니다. 당시에는 교통 사정이 좋지 않아 노인들이 먼 길을 다니기가 쉽지 않았으니까요.

어느 날, 어머니는 일이 있어 시내에 다녀오게 되었습니다. 일을 마치고 집으로 돌아온 어머니는 가마솥에서 뜨거운 김이 펄펄 나는 것을 발견하고는 의아하게 생각했습니다. 밥을 지을 때가 아니었기 때문입니다. 궁금한 마음에 솥뚜껑을 연 어머니는 깜짝 놀라 그만 엉덩방아를 찧고 말았습니다. 솥 안에 거대한 벌집이 들어 있었던 것입니다. 벌집을 고아먹으면 몸에 좋다고 믿은 할머니는 산책을 나갔다가 나무 위 벌집을 발견하고는 그걸 떼어다가 삶고 있었던 겁니다. 하지만 도시 출신인 어머니에게 그것은 며느리를 놀래주려는 시어머니의 심술궂은 장난으로밖에는 보이지가 않았습니다. 구멍이 송송 뚫린 벌집은 소름이 돋을 만큼 흉측하게만 보였습니다. 어머니는 연탄집게로 그 벌집을 집어 밖에 내버렸고, 뒤늦게 이 사실을 안 할머니는 너무 화가 나서 당장 고향으로 내려가버렸습니다. 그 후로 할머니는 단 한 번도 우리집을 찾지 않았고, 그대로 돌아가시고 말았습니다.

두 여자는 너무 달랐습니다. 어머니는 그 벌집이 '징그럽다'고 몸을 떨었고, 할머니는 '몸에 좋은 것 좀 먹어보겠다고 늙은 이가 위험을 무릅쓰고 떼온 벌집을 야박한 며느리가 내버렸다'고 비난했습니다.

할머니와 저의 짧은 동거는 그것으로 끝이 났지만 벌집 사건만은 깊은 인상을 남겼습니다. 허리가 굽은 왜소한 노인이 벌들이 매섭게 웽웽거리는 벌집을 막대기 하나로 떼어냈다는 것, 그리고 복수심에 불타는 벌들의 맹렬한 공격을 보호장비 하나 없이 거뜬히 물리쳤다는 것, 그리고 그 벌집을 며느리가 밥을 짓는 솥에 집어넣고 삶으려 했다는 것. 모두 놀라웠습니다. 제 할머니는 아랫목에서 손자들에게 호랑이 얘기나 해주는 사람이라기보다는 아예 이야기책 속에 살고 있는 마녀에 가까워 보였습니다. 그 무렵 동생이 벌에게 이마를 쏘여 병원 신세까지 져야 했던 것을 생생히 기억하는 저로서는 할머니의 이 벌집 채취는 가히 놀라운 무공처럼 보였습니다.

제 할머니는 신화의 시대에 속한 사람이었습니다. 반면 제 아버지와 어머니는 근대에 속한 사람입니다. 그들은 합리적이지 않은 것은 하나도 믿지를 않았습니다. 그들은 오직 돈의 힘을 믿었습니다. 저축을 해서 돈이 모이자 아파트를 샀습니다. 그것에 만족하지 않고 몇 년 후에는 은행에서 대출을 얻어 더 큰 아파트를 샀습니다. 그러기를 거듭하며 아파트의 크기를 늘려갔고, 은퇴한 후에는 그 아파트를 판 돈으로 노후를 보내고 있습니다. 직업군인이었던 아버지에게 신화나 전설은 먼 나라 이야기였습니다. 총은 작동되어야 하고 포탄은 계측된 지점으로 낙하해야 하고 무전기는 본부로 연결되어야 합니다. 병사들은 제자리에 있어야 하고 지휘관은 그들을 체계적으로 통솔해야 합니다. 군인이란 태생적으로 비합리성을 싫어하는 존재입니다.

그런데 일종의 격세유전이 일어났습니다. 할머니의 기질이 제게서 발현된 것입니다. 막대기 하나면 벌떼를 제압할 수 있고, 그렇게 획득한 벌집에서 모종의 신비한 힘이 솟아난다고 믿었던 할머니의 어떤 면은 제 아버지를 건너뛰어 저에게 유전되었습니다. 할머니는 제게 이야기 한 토막도 들려준 적은 없었지만 제가 어디에서 왔는지 알려주었습니다. 저는 합리성으로 똘똘 뭉친 아버지의 자식이기도 하지만, 정신적으로는 신화적인 신념 체계 속에서 살다 간 할머니에 더 가깝다고 할 수 있습니다.

아주 어렸을 적부터 저는 소설에 빠져들었습니다. 저에게 있어 소설이라는 것은 막대기 하나 달랑 들고 숲으로 들어가는 사람들의 세계입니다. 숲에서 벌집을 발견하고 군침을 흘리는 사람들의 세계입니다. 그 벌집에 신묘한 약효가 있다고 믿고 그것을 집으로 가져와 삶아먹는 사람들의 세계입니다. 소설 속의 인물들은 언제나 눈에 보이는 것 너머의 세상을 살아갑니다. 토끼굴로 떨어지는 앨리스든, 지루한 일상을 탈피하기 위해 연애소설에 빠져드는 엠마 보바리든, 세숫대야를 투구라고 머리에 쓰고 모험을 떠나는 돈키호테든, 그들은 모두 '너머'의 세상을 살아가고 그 세상에서 발견한 것에 큰 의미를 둡니다. 그러나 그들이 노획물을 가지고 현실의 세상으로 돌아오면 시련이 시작됩니다. 돈키호테의 장서는 불태워지고 엠마 보바리는 자살하고 맙니다.

얼마 전부터 한국이라는 나라는 첨단 전자장비를 생산하는 합리성의 화신으로 보이기 시작했습니다. 그것은 어느 정도 사실일 겁니다. 따지고 보면 제 아버지와 어머니 같은 사람들이 지금의 한국을 건설했으니까요. 그들은 서둘러 서구식 삶을 받아들이고 합리성의 원칙에 따라 삶을 재편했습니다. 오래된 집들을 불도저로 쓸어버리고 고층아파트 단지를 지었습니다. 이제 벌집은 신고를 받은 119 구급대원이 와서 분무식 살충제와 화염으로 떼어냅니다. 매끈한 고층빌딩에 어울리지 않는 이질적인 존재들은 가차없이 제거됩니다. 그러나 아직 우리에겐 문학이라는 벌집이 남아 있습니다. 이것은 눈에 보이지 않기 때문에 119 대원이 떼어낼 수가 없습니다. 저는 한국이라는 이 빈틈 없는 자본주의 모범생 국가의 어딘가에 아직도 이런 벌집들과 그것을 믿는 인간들이 살고 있다고 믿습니다. 상상할 수 없는 것을 상상하는 이들. 눈에 보이는 것만이 전부가 아니라고 믿는 이들. 기술의 발전이 모든 문제의 해답은 아니라고 믿는 이들. 현대화된 이사 서비스는 과연 집에 대한 인간의 오랜 신화적 두려움도 없앨 수 있을까요? 벼락이라는 자연현상은 피뢰침의 발명으로 간단하게 제압할 수 있는 것일까요? 제가 묻고 있는 것은 바로 이런 것들입니다. 이런 질문에 대해 오직 문학만이 답변할 수 있는 방식을 찾아가는 것, 이것이 바로 저의 관심사입니다.

3부

엉뚱한 곳에 도착하라

말하다

글쓰기의 목적은 즐거움, 윤리는 새로움

빰을 덜 맞은 사람의 글

대학 때 문학을 전공하지 않으셨는데, 혹시 그게 오히려 도움이 된 것은 아닌가요?

그렇죠. 저는 문학의 매력은 개방성이라고 생각하거든요. 글쓰기라는 것은 살다보면 누구나 한 번쯤은 해보는 것이잖아요. 그런 개방성이 문학이나 글이 가진 힘이라고 생각해요. 문학은 끊임없이 자기 주변의 비문학적인 것들을 잡아먹으면서 성장하니까요.

저는 한동안 학교에서 글쓰기를 가르쳤는데요, 합평을 잘 안 시켰어요. 합평은 때로 억압이거든요. 요즘엔 안 그러겠지만 옛날에 어떤 선생님들은 떠든 애들 둘을 나오라고 해서 서로 뺨 때리기를 시켰잖아요. 처음에는 살살 때리지만 상대방이 어쩐지 나보다 세게 때리는 것 같고, 그래서 점점 세게 때리다가 나중에는 서로 엄청 때리잖아요. 저는 합평이라는 것에는 그런 식의 가혹함이 있다고 생각합니다.

그래서 합평을 안 시켰어요. 저도 습작기에 합평을 안 했고요. 대학 시절에도 문학회 같은 데 소속되거나 이랬던 것도 아니고 그냥 혼자 글 쓰고 책 보고. 뭐랄까, 그냥 자기 즐거움을 위해서 썼어요. 저는 그게 글쓰기의 본령이라고 생각해요. 그랬기 때문에 제가 문학계에 나왔을 때 사람들이 제 글을 특이하게 생각했을지도 모른다는 생각이 들어요. 왜냐하면 '뺨을 덜 맞은 사람'의 글이거든요. 덜 맞아서 겁이 없다고 할까요? 겁도 없고 이렇게 쓰면 되는지 안 되는지도 잘 모르고, 그런 데서 나오는 무모함 같은 거요. 그런 것들이 당시 제 소설의 매력이라면 매력이고 부족한 점이라면 부족한 점인데, 문학이 갖고 있는 본질을 생각해봤을 때, 저는 그런 개방성이 중요하다고 생각해요.

그런 억압들을 받지 않으려면, 가능하면 평가와 지적 같은 문제에 조심스럽게 접근할 필요가 있어요. 특히 학생들끼리 하는 평가는 참 위험해요. 인간이라면 누구든 갖고 있는 시기나 질투심 이런 것 때문에 친구 작품의 장점을 잘 볼 수가 없어요. 그래서 가능하면 그런 억압을 받지 않도록 하는 것이 좋다고 생각해요. 학생들에게 그런 얘기를 자주 했어요. 이미 예술학교에 들어온 것은 어쩔 수 없는 일이고, 여기 있는 사 년 동안 여러분의 임무는 여러분 내면에 있는 어린 예술가들이 상처받지 않도록 잘 보호해서 무사히 데리고 나가는 것이라고요. 글쓰기의 즐거움을 간직한 채로 학교를 졸업할 수 있기를 바란다고 얘기했죠.

지금도 그런 글쓰기의 즐거움을 충분히 누리고 계시나요?

아, 그렇지는 않습니다. 그게 프로페셔널의 딜레마죠. 그러나 고민은 합니다. 어떻게 하면 글쓰기가 계속 즐거울 수 있을까? 처음에야 당연히 즐겁죠. 작가와 창작물 사이의 일종의 허니문 같은 시기가 있다고 저는 생각해요. 그것을 다른 말로 표현하면 어떤 에피파니일 수도 있겠죠. 그 허니문 시기에는 내가 어떤 것을 표현할 수 있다는 것에 놀라고, 그것에 대해서 사람들이 반응을 보인다는 것에 또 놀라고. 그런저런 즐거운 시기가 있지요. 그러나 그런 시기가 지나고 저처럼 십 년이 훌쩍 넘어가게 되면 그다음부터는 조금 더 다른 문제들을 고민하기 시작하는데, 즐거움만 가지고는 헤쳐나갈 수 없는 영역들이 있다는 걸 발견하게 돼요.

그런 의미에서, 어쨌든 글쓰기를 제도 속에서 배우고 가르쳐야 하는 학생들과 선생님들에게 어떤 이야기를 해주고 싶으신가요.

제 홈페이지에 한 고등학생이 질문을 했어요. 질문의 요지는 간단해요. '글을 잘 쓰려면 어떻게 해야 하나요?' 그래서 제가 대답했어요. '왜 글을 잘 쓰려고 하세요? 잘 쓴다는 것은 뭐죠?' 그런 것들이 더 중요한 질문인데, 그런 질문은 생략한 채 '어떻게 하면 글을 잘 쓸 수 있나요?'라고 묻는 거지요. 글이라는 게 그것을 쓰는 인간하고 너무 밀착돼 있어서 마치 '어떻게 하면 잘살 수 있나요?'라고 묻는 것과 비슷한, 어려운 질문이 돼버립니다. 그렇다고 해서 글이 물론 인생 그 자체는 아니죠.

저는 글이 가진 매력은 세계와 인간 사이에 흥미로운 매개를 설정하는 데 있다고 생각해요. 내가 어떤 여행을 하고 여행기를 쓰면 그 순간 글이 실제의 세계를 대신하잖아요. 마르코 폴로가 『동방견문록』을 쓰면 그가 실제로 본 세계는 사라지고 『동방견문록』의 세계만 남게 되죠. 따라서 글이라는 것은 인생 자체는 아니에요. 때문에 글을 잘 쓰겠다고 했을 때 그것은 여러모로 간단치 않은 일입니다. 그래서 그런 이야기를 했어요. '잘 쓰려고 하지 말고 자기 즐거움을 위해서 써라.' 그랬더니 어떤 분이

댓글을 달았는데, 아니 글쓰기가 즐거울 때도 있냐, 이러시더군요.

그러니까 결코 즐겁지 않다는 것이죠?

네, 그러면서, 그런 얘기를 하면 다른 분들이 화내지 않겠냐고 오히려 저를 걱정하더라고요. 그래서 알았어요. 글쓰기가 많은 사람들에게 고통이로구나, 글을 쓰려고 컴퓨터 앞에만 앉아도 앞이 캄캄해지는 사람들이 있겠구나, 이런 생각을 했어요. 그렇다면 자기 즐거움을 위한 글쓰기라는 것은 뭐냐, 어디서 오느냐, 왜 글을 쓰면 즐거우냐에 대해 생각을 해볼 기회가 됐어요.

만약 글쓰기가 즐겁다면 그것은 글쓰기가 우리를 해방시키기 때문이라고 생각해요. 인간은 감옥에 있을 때도 글을 쓰고 정말 고통스러울 때도 글을 쓰잖아요. 관타나모 수용소에 있는 사람들이 종이컵에다가 포크 같은 것으로 시를 써서 변호사에게 내보냈고 그게 시집이 돼서 나왔어요. 그런데, 그들이 편안하고 즐겁게 살고 있었다면 과연 그런 시를 썼을까요? 감옥에 갇혔을 때, 정말 갑갑하고 괴로울 때 인간은 글을 쓴다는 거죠.

저는 글쓰기가 가진 이런 해방감이 중요하다고 생각하는데, 제도교육에서 글쓰기라고 하는 것은 체계적으로 해방감을 죽이는 것입니다. 어떻게 해야 글을 잘 쓸 수 있냐고 고등학생이 물었던 이유는 잘 쓰는 어떤 길이 있으리라고 믿고 있기 때문이죠. 수학을 잘하려면 어떻게 해야 돼요, 라고 묻듯이…… 구성이 중요한가요? 문장이 중요한가요? 이렇게 묻는데, 저는 그런 문제는 중요치 않다고 생각해요. 기초교육을 받은 사람이라면 문장은 쓸 수 있잖아요. 그런 정도만 되면 할 수 있는 것이 문학이고, 그때 중요한 것은 자기를 억압하고 있는 것들에 대해서 자유롭게 발언하는 거예요. 저는 거기서 기본적 희열이 비롯된다고 생각해요. 해방감.

선생님이 쓰라는 주제에 대해서만 쓸 때, 아이들은 전혀 즐거움을 느낄 수 없죠. 그렇다면 결국 금지된 것을 써야 해요. 선생님이 쓰지 말라는 것을 써야 합니다. 저는 가끔 학생들에게 그렇게 얘기했었습니다. 책상 서랍에 숨겨놓을 수밖에 없는, 그런 글을 써라. 부모가 보면 안 될 것 같은 글. 반대로 말하자면, 부모한테도 보여주고 싶고 선생님한테도 보여주고 싶은 글에는 뭔가 문제가 있다는 거죠.

문제가 있다는 건 표면적인 차원의 글쓰기를 뜻하는 건가요?

네, 그렇지요. 그런 것이 즐거울 리 없죠, 당장의 만족은 얻을 수 있겠지만. 며칠 밤을 새워 글을 쓰는 그런 즐거움은 대부분 금지된 어떤 것에서 옵니다. 역사상 수많은 걸작들이 본래 금서였고, 그 금서들이 쓰인 과정을 들여다보면 정말 열정 없이는 쓸 수 없었겠다는 생각이 듭니다. 자기밖에는 이것을 쓸 사람이 없다는 사명감도 금서에는 있지요. 이런 것도 글쓰기의 중요한 동력이고, 자기 내면의 어떤 억압들, 부모로부터의 억압, 학교로부터의 억압, 성적인 억압, 이런 것들을 토로하고 폭로하는 과정에서 글쓰기의 진정한 기쁨이 나온다고 생각합니다. 저는 청소년들이 쓸 수 있는 멋진 글은 그런 것이라고 생각해요. 부모나 선생에게 선뜻 보여줄 수 없는 글들.

소설의 윤리

해방감을 느끼는 글쓰기, 억압된 것을 폭로하는 글쓰기를 주문하셨는데, 그렇다면 김영하 작가 자신에게 소설은 어떤 것이어야 한다고 생각하나요?

밀란 쿤데라의 산문들에 그런 이야기가 나오더라고요. 많은 사람들이 생각하는 것과 달리 소설은 현실의 역사와는 별 관련이 없다. 오직 소설 그 자신의 역사와 관련이 있을 뿐이다. 그러니까 그 이전에 어떤 소설이 있었느냐와 관계 맺고 있을 뿐이지 현실의 역사와는 관계가 없다는, 상당히 과감한 주장이거든요. 저는 제 소설들 역시 그 이전의 소설들과 관계가 있다고 생각하는데요. 그렇다고 평생의 화두 같은 것을 정해놓은 것은 아닙니다. 대신 저는 제 소설들이 이전에 존재하고 있던 다른 소설들에 대한 제 나름의 응답이라고 생각해요. 제가 과대망상을 갖고 있어서가 아니라 기본적으로 모든 소설들은 이전에 나온 소설에 대한 답변이라고 생각하거든요. 제가 그동안 읽어온 한국의 여러 소설들, 해외의 여러 소설들을 보고 아, 당신들이 생각하는 세계 혹은 언어는 이런 것이군요, 또는 인간은 이런 것이군요, 그런데 저는 이렇게 생각해요, 라고 응답을 하는 것입니다.

작가는 기본적으로 질문을 잘 들어야 한다고 생각해요. 세계가 던지는 질문이 아니라 이전의 소설들이 던지는 질문을 듣고 제 방식대로 얘기해야 하니까요. 그렇게 될 경우에 쿤데라를 또 인용하자면, "이제껏 알려지지 않은 존재의 부분을 찾아내려 하지 않는 소설은 부도덕한 소설이다"라고 말할 수 있어요. 이때 도덕이라는 것은 작가의 도덕이죠. 새로울 것이 전혀 없는 소설을 내놔서는 안 된다, 즉 했던 질문을 반복하거나 이미 나온 대답을 다시 해서는 안 된다는 것인데, 그것을 심지어 부도덕하다고까지 얘기하는 것은 참 대담하죠. 그런 면에서 어떤 일관된 기획을 갖고 있다기보다 제 초기 1990년대 중반의 소설들은 그 이전에 존재하던 이른바 감상주의적 문학들에 대한 답변이거든요. 세상은 그런 게 아니라는 것, 동시에 내 소설 역시 그런 것이 아니라는 김영하라는 한 작가의 응답입니다.

저 이외의 많은 작가들도 본질적으로 그런 일을 하고 있는 거지요. 작가의 답변이 의미가 있다면 그 작가 혹은 작품은 살아남는 것이고, 반면 별 의미가 없거나 또는 너무 엉뚱한 답변이라면 수다한 작품 속으로 묻혀버리는 거죠. 처음에는 자기 이전에 존재하는 소설에 대해서만 응답을 하면 되죠. 그런데 소설가로 살아가다보면 자기 소설에 대해서도 답변을 해야 하는 순간이 옵니다.

자신의 소설에 대해서도요?

제 소설들은 매 시기마다 달라서 하나의 경향으로 수렴되기 어렵고 특히 장편들이 더 그렇죠. 그건 시기마다 제가 생각하는 질문이랄까 하는 것들이 달라졌고, 또 그에 대한 답변도 달라졌기 때문이에요. 동시에, 새로 쓰인 소설은 이전에 나온 제 소설들의 답변이기도 했기 때문에 그 성공 여부를 떠나 소설의 경향이 달라지게 된 겁니다.

쿤데라의 말을 조금 변형하자면, 새로움이야말로 문학에서 최고의 윤리

다, 이렇게 이야기할 수 있을 것 같아요. 그렇지만 새로움이야말로 정말 힘든 것이잖아요. 하늘 아래 새로운 것이 없다는 성경의 말씀이 있을 정도로. 그렇다면 김영하 작가에겐 새로움의 보물창고, 자신만의 비법 같은 게 있나요?

글쎄요. 비법까지는 아니고요, 예전에 토니 모리슨이 한 유명한 말이 있습니다. "나는 나의 서가를 둘러보고 거기에 없는 책을 쓴다." 또 어떤 작가는 자기가 읽고 싶은 책을 쓴다고 말했죠. 다 비슷한 말입니다. 내가 읽고 싶거나 아직 세상에 존재하지 않는 책을 쓰려고 노력한다는 거지요. 저는 토니 모리슨의 말을 더 좋아하는데, 여기서 중요한 것은 자기 서가를 둘러본다는 거예요. 서가를 둘러본다는 것은 지금까지 쓰인 책을 다 검토한다는 거죠. 작가에게 독서는 그런 의미에서 참 중요한 것 같아요. 읽어보고 중요한 질문을 자기 자신에게 던지는 것이지요. 내가 정말 알고 싶었거나 답변을 듣고 싶었으나 지금껏 누구에게서도 듣지 못했던 것이 있는가? 그것을 나는 새롭게 표현할 수 있는가? 그런 문제들을 고민하기 위해서 작가는 늘 서가를 둘러보고 그 안에 넣고 싶은 책을 쓴다, 이렇게 표현할 수 있을 것 같아요. 적어도 작가라면 그런 야심은 있어야 한다는 것이죠.

한 사람의 인생이 한순간에 무너지는 이야기

『살인자의 기억법』의 주된 테마는 '무서운 건 악이 아니라 시간'이라는 건데요, 연륜이 생기면서 시간이라는 문제에 더 주목하게 되신 건가요?

시간 역시 늘 저의 관심사였던 거 같아요. 제가 사십대 중반을 넘어섰는데요, 문학이라든가 모든 것을 좀 다른 관점에서 보고 있어요. 이 소설에도 잠깐 언급이 되지만, 『오디세이아』 같은 경우도 예전에는 재미난 모험담으로 봤는데 이번에 다시 보니까 오디세우스가 끝없이 기억과 싸우고 있더라고요. 내가 과거에 누구였나를 잊어버리지 않으려는 게 아니라, 자기가 고향으로 돌아가야 한다는 미래의 기억을 잊어버리지 않으려고 하는 거예요. 소포클레스의 『오이디푸스 왕』은 그 긴 희곡이 놀랍게도 단 하루 동안의 이야기예요. 역병이 창궐한다, 범인을 잡아야 한다, 그런데 그날 밤이 새기 전 오이디푸스 왕은 자기가 범인이란 걸 알게 돼요. 그래서 자기 눈을 찌르고 궁을 떠나죠. 그 사람은 평생 자기가 가장 똑똑하고 잘난 사람이라고 생각했는데, 그 모든 게 단 하루 만에 허물어지는 거예요.

『빛의 제국』 같은 경우도, 주인공이 이십이 년간 북한에서 살다가 남파돼서 이십여 년을 살아요. 이 사람은 평생 나름대로 잘살아왔다고 생각했는데 그게 단 하루에 무너집니다. 그래서 그 소설을 발표했을 때 유럽에서는 그리스비극에 대한 오마주 아니냐고 했어요. 엄청난 시간의 비대칭성이 있잖아요, 사십 년과 하루.

『살인자의 기억법』에서 주인공은 너무나 평온하게 자신의 치매를 받아들여요. 자신의 죽음, 기억상실을 한 인간이 자연스럽게 받아들인다는 건 부자연스러운 거예요. 그가 평온할 수 있었던 건 자신의 불안을 망상으로 바꿨기 때문이에요. 그 망상 속에는 자길 돌봐주는 딸도 있고, 자기 삶을 위협하는 딸의 애인 박주태도 있어요. 적이 외부에 있는 거죠. 덕분에 자신의 삶을 평온하게 유지할 수 있는 건데, 결국에는 그 허상이 오래 유지될 수 없는 거죠. 결국에는 망가지고, 그래서 이 사람이 '졌다'고 생각하죠. 저는 이런 이야기에 관심이 많아요. 한 사람의 인생이 한순간에 무너지는 이야기.

단편소설과 장편소설

단편과 장편은 어떤 차이가 있나요?

최근에 주로 장편을 쓰게 되면서, 단편을 쓸 때는 더 '단편스러운' 걸 추구하게 되었어요. 단편을 쓸 때는 더 자발적으로 단숨에 쓰려고 노력해요. 이를테면, 길에서 싸움이 일어난 광경을 스쳐지나며 무슨 일일지 상상하는 것이 단편이라면, 가던 길을 멈추고 '왜 싸우느냐' 물어보는 게 장편이라고 생각해요. 잠깐 보는 강렬한 인상이 단편이 되는 거 같아요. 제 단편 중 「오늘의 커피」 같은 경우는 광화문 스타벅스에서 썼고요, 또 어떤 단편은 시차 적응이 안 되던 호텔방에서 쓰기도 했습니다.

저는 단편을 쓸 때와 장편을 쓸 때의 자세가 완전히 달라요. 단편을 쓸 때는 이런저런 걸 해보자는 생각으로 정말 가벼운 마음으로 써요. 장편을 위한 연습이랄까. 장편은 인생이 걸린 문제잖아요. 이삼 년, 길게는 오 년씩 걸리잖아요. 그 기간 동안 작품 속 인물들하고 살아야 되는데, 제가 경험해본 바에 의하면 장편을 하나 끝내면 완전히 다른 사람이 돼요. 전 일기를 쓰기 때문에 알 수 있거든요.

엉뚱한 곳에 도착한 이야기

이야기의 끝은 어떻게 맺으시나요? 처음부터 정해두고 쓰는 편인가요?

대체로 인물에 맡겨두는 편이에요. 인물들끼리 화학작용을 일으키면서, 예상치 못하게 전개되는 경우가 많아요. 소설이라는 것은, 가려고 했던 곳이 아닌 엉뚱한 곳에 도착하는 게 정상이에요. 이 나루터에서 저쪽 나루터로 건너가야지 하고 강을 건너지만, 예기치 않은 일로, 가려고 하지 않았던 곳에 도착해야 정상이에요. 어떤 천재적인 작가도 자기 소설 안에서 어떤 일이 벌어질지를 완벽하게 예측할 수 없고, 완벽하게 예측했다면 그 소설은 굉장히 단순한 소설입니다.

엉뚱한 곳에 도착한 이야기는 어떤 의미를 갖습니까? 독자에게 무엇을 주나요?

주는 건 없어요. 마치 우리가 인생을 겪듯이 소설이라는 것도 '겪는' 것입니다. 그것이 무슨 의미였는지는 겪어나가면서 알게 되죠. 한 여자가 한 남자와 연애를 한다면, 연애하는 동안 이 연애의 의미는 뭘까, 저 오빠는 나에게 무슨 의미일까, 생각해보지만 사실은 별 의미가 없어요. 인생에서 벌어지는 일들은 너무나 많은 조건에 좌우되죠. 저는 연애라는 것은 두 남녀가 동시에 겪는 여러 개의 현실 혹은 환상이라고 생각하는데, 소설도 마찬가지예요. 제가 인물들에게 시달리면서 어떤 작품을 완성해놓으면, 독자는 각자의 가상현실인 소설을 겪는 거죠. 그것이 무슨 의미였는지 나중에 그것을 알게 될 수도 있고 모를 수도 있어요. 메시지는 없어요. 일종의 '인셉션'이죠.

작가의 환상, 독자의 환상

그럼 쓰는 사람에게는 어떤가요?

소설을 쓰는 동안 어떤 환상을 겪어요. 또 다른 인물들이 나타나고요. 인물들이 걸어들어오죠. 그러나 그것과 독자들이 겪는 것과는 관계가 없어요. 저는 작가가 극장의 문지기 같은 존재라고 생각해요. 제가 극장의 열쇠를 가지고 있어요. 그 열쇠로 극장 문을 열면, 배우들이 들어가 연기를 하는 거예요. 전 지시를 내리지만 배우들이 제 말을 듣지 않기도 해요. 극이 완전히 마무리되면 저는 떠나요. 제가 나가면 그다음에 관객들이 표를 끊고 들어오는 거예요. 그러니 제가 겪는 환상하고, 독자들이 겪는 환상은 좀 달라요. 우리 모두가 밤마다 잠을 자면서 똑같은 현실을 겪고도 모두 다른 꿈을 꾸듯이, 소설도 그렇게 존재해요. 여러분들은 똑같은 소설을 보면서도 각기 다양한 꿈들을 꾸게 될 거고, 다양한 기억으로 그 소설을 갖게 되는 거예요.

'안 될 거야' 생각했던 작품들

「보다」에서 공개하신 「비상구」의 탄생 비화가 떠오르네요. 그 무렵 한국문

학의 분위기와 어울리지 않는 것 같아 발표할 수 없다고 생각하셨다던데, 같은 고민 끝에 발표한 작품이 또 있을 것 같습니다.

많이 있죠. 거의 대부분 그래요. 「흡혈귀」 같은 경우도 당시에는 굉장히 낯선 소재였죠. 그때도 '이런 걸 발표하면 어떻게 될까' 싶었는데, 지금 돌아보면 그런 고민을 하면서 썼던 작품들이 늘 괜찮았어요. 『나는 나를 파괴할 권리가 있다』 『빛의 제국』 『검은 꽃』도 그랬죠. 『살인자의 기억법』도 마찬가지였어요. '독자들이 칠십대 노인이 주인공인 이야기에 관심이 있겠느냐'는 이야기가 나왔죠. 게다가 치매라고 하니까 더 의아해할 수밖에요. 그런데 저는 그렇게 사람들이 비웃거나 '안 될 거야'라고 이야기하면 투지를 느껴요. 늘 그런 걸 쓰고 싶어요.

반발심이 생기는 걸까요?

저는 문학이라는 게 써도 되는 것만 쓰는 것은 아니라고 생각해요. 써서는 안 될 것 같은 것을 써오면서 확장되어온 게 문학의 역사잖아요. 옛날에는 아주 고상한 얘기만 쓰는 게 문학이라고 생각했지만 지금까지 여러 계층의 사람들이 작가로 활동하면서 영역을 넓혀왔어요. 어떤 작가들은 자기 내면으로 깊이 파고들어가서 계속해서 한 가지 주제에 천착하는 반면, 저는 탐험가에 가까운 작가예요. 아직까지 제대로 다루어지지 않은 영역이 있다는 애기를 들으면 그것을 쓰고 싶어요. '왜 그건 문학이 될 수 없단 말인가' 이렇게 생각해요. '왜 그런 애기를 쓰면 안 된단 말인가' 싶은 거죠. 흥미로운 주제를 가진 소설로 쓰기에 부적합한 소재 같은 건 없다고 생각해요.

번역된 작품의 저자가 된다는 것

번역이 되어 외국에 소개된다는 건 한 편의 소설이 한 나라의 문화와 그 밖의 것들을 다 가지고 넘어가는 거라고 생각합니다. 영화를 보는 것과는 다르게 상당히 깊이 있게 세계를 이해하게 해줍니다. 그런 면에서는 제가 원하든 원하지 않든 번역이 된다는 건 의미 있는 일이에요.

오르한 파묵이 이라크의 작가였다면 미국은 이라크를 쉽게 침공하지 못했을 것이다, 라는 말이 있어요. 오르한 파묵은 이스탄불의 풍경을 소설을 통해 섬세하게 그려냈습니다. 터키라는 나라에 사는 사람들의 모습, 그들의 삶을 그려냈어요. 이라크는 석유는 갖고 있지만 터키처럼 전 세계에 알려진 작가를 보유하고 있지 않아요. 그런 나라에는 마치 인간이 살고 있지 않는 것처럼, 그들이 살아가는 모습에 대해 떠오르는 이미지가 없어요. 사담 후세인이 지배하던 악의 제국처럼 느껴지는 거죠. 그 안에서 살아가는 사람들에 대해, 그 삶에 대해 우리가 알 수 있는 기회가 없었으니까요.

반면에 가르시아 마르케스 같은 작가가 있는 남미의 경우는 그 반대예요. 거기 사람들은 괜히 친구 같은 느낌이 들어요. 그곳에선 마술적인 일이 일어나고, 유쾌하고도 어딘가 신비롭고 이상한 사건들이 태연하게 일어날 것 같아요. 그렇게 친숙한 느낌을 주는 것이 책이 하는 일이에요. 번역을 통해 생판 모르는 사람들을 친근하게 느끼게 된다는 거죠. 그런 면에서 번역을 통해 해외의 독자를 만난다는 건 작가로서도 흥미로운 경험입니다.

오역은 피할 수 없다

같은 단어라도 나라마다 그것에 대한 감수성이 다를 텐데, 통한다고 보시나요?

번역의 역사는 오역의 역사예요. 그리고 오역이 좋은 결과를 빚은 적도 많아요.(웃음) 전 오역은 피할 수 없다고 생각해요. 단지 운이 좋기를 바라고 있어요. 제가 쓴 것보다 나아질 수도 있잖아요.(웃음) 오역이 없었다면, 이렇게 많은 세계문학을 볼 수 없었을 거예요. 제가 어렸을 때 읽었던 작품들을 다시 읽어보면 그리 훌륭하지 않은 번역이 많더라고요. 그래도 저는 그 작품들을 충분히 즐겼어요. 오역이라고 해도 도스토옙스키, 빅토르 위고 작품에 실망하지 않았거든요. 번역에 대해서는 어떤 것도 확신할 수 없어요. 그다지 연연하지도 않아요.

국가대표로서의 소설

국가는 예술을 하나의 '일'로 만들려는 경향이 강하죠. 독자 또한 국민 혹은 민족이라는 강박 때문에서인지 작품 속에 묘사된 우리의 추한 현실이 다른 나라 독자들에게 알려지는 것을 꺼리곤 하는데요, 이런 점에 대해서는 어찌 생각하시나요?

작은 나라의 작가란 언제나 그런 상황에 직면하게 되지요. 미국 같은 나라에서 책을 낸다면 원하든 원치 않든, 거기 살고 있는 동포들이나 모국에 남아 있는 사람들 모두로부터 일종의 '국가대표'의 역할을 부여받게 됩니다. 언젠가 밀란 쿤데라도 비슷한 얘기를 한 적이 있는데, 요컨대 작가 자신이 되지 못하고 국가를 대표하는 입장에 서게 되고, 작품의 해석에도 일정한 제약을 받게 된다는 말이었어요.

소설이라는 이상한 세계

해운대 달맞이언덕축제 강연, 2014년 9월

소설을 처음 읽었을 때의 기분을 기억하십니까? 저에게 그것은 어떤 금지된 세계에 들어갔을 때와 비슷했습니다. 책을 읽지 않는 동안에 우리는 일상적인 시공간, 익숙한 세계에서 살아가고 있습니다. 어머니가 밥을 해주고 아버지가 날마다 출퇴근을 하는 세계. 학교에서 친구들과 어울리고 유용한 것을 배우는 세계. 그런데 집 책꽂이에는 어른들이 읽는 소설이라는 것들이 무심하게 꽂혀 있습니다. 이걸 뽑아 읽기 시작한 어린이는 즉각적으로 충격을 받게 됩니다. 일단 그 세계는 우리가 살고 있는 익숙한 세상과는 완전히 다릅니다. 책장을 펼치는 순간부터 모험이 시작됩니다. 하늘을 날거나 고아가 되거나 마법을 사용하거나 무인도에 상륙합니다. 우리는 그 놀라운 세계에 머물다가 아버지가 퇴근해 집에 들어오거나, 어머니가 숙제 다 했느냐고 물으면, 시침을 뚝 뗀 채, "아버지, 안녕히 다녀오셨어요?"라든가, "숙제는 아까 벌써 다 했어요"라고 대답을 하고는, 잠깐 사이에 다시 그 이상한 세계로 돌아갈 수 있습니다. 단지 책장을 펼치거나 닫았을 뿐인데, 우리는 이 세계에서 저 세계로 순식간에 이동할 수 있는 것입니다. 소설에서 경험한 것이 어린 나이에는 특히나 잘 잊히지 않아 밤에 잠자리에 누워서까지도 그 생각을 하게 됩니다. 이것은 마치 꿈과 비슷하지만 꿈과는 다릅니다. 왜냐하면 꿈은 어제의 꿈이 오늘로 이어지는 경우가 거의 없지만, 소설은 이어지니까요. 다음 날 아침에 일어나 지난밤에 읽던 소설을 펼치기만 하면 우리는 단박에 그 세계로 다시 뛰어들어갈 수 있습니다.

조너선 갓셜은 『스토리텔링 애니멀』이라는 책에서, 인간이 왜 그렇게 이야기에 빠져드는지를 시뮬레이터라는 비유를 들어 설명하고 있습니다. 그는 주장합니다. 이야기를 통해 우리는 인생의 여러 사건을 미리 경험할 수 있습니다. 만약 이야기가 없었다면 인간은 겪어보지 않은 사건에 대해 어떻게 행동해야 할지 알기 어려웠을 겁니다. 저자는 항공모함에 착륙하는 함재기의 예를 듭니다. 전투기는 너무 비싸고, 항모에 착륙하는 것은 정말 어려운 임무입니다. 그러므로 함재기 조종사들은 시뮬레이터를 이용해 무수한 가상 착륙 연습을 한 이후에야 진짜 항모에 착륙할 수 있습니다.

인생의 여러 사건들도 마찬가지입니다. 연습 삼아 겪기에는 너무 중요하고 심각한 것들입니다. 연애나 결혼은 이야기마다 등장하는 단골 사건이지만 한 인간의 일생에서는 흔하지도 않을뿐더러 때로는 위험하기까지 한 일입니다. 이토록 매우 중요한 의미를 가진 사건을 인간들은 어떻게 미리 준비할까요? 바로 시뮬레이터를 통한 가상 연습입니다. 비슷한 감정을 느껴보면서 이런 상황에서 나라면 어떻게 할 것인가를 생각해보는 것입니다.

세상의 이야기들 대부분은 간단한 핵심 구조를 가지고 있습니다. 평온했던 삶의 균형을 무너뜨리는 사건이 발생하면 그 사건과 맞서 싸워 결국에는 삶의 균형을 회복한다는 것입니다. 많은 문학적 실험이 있었지만 지난 수천 년간 이런 기본적인 구조가 유지돼왔습니다. 인간에게는 상상력이라는 강력한 정신적 무기가 있습니다. 이 상상력은 주로 앞으로 일어날 커다란 사건, 자기 삶의 균형을 깨뜨릴지도 모를 사건을 미리 그려보는 데 사용됩니다. 하지만 개개인의 상상력은 한계가 있을 수밖에 없습니다. 겪어보지 않은 일, 주변에서 보고 듣지 않은 사건까지 상상하기는 어렵습니다. 그렇기 때문에 인간들은 다른 사람의 이야기를 읽거나 듣습니다. 그것을 통해 마음의 준비를 하고 그 사건에 대한 윤리적, 실천적 태도를 결정하는 것입니다.

미구에 일어날지도 모를 사건을 준비시키는 것이 목적이기 때문에 소설 속에는 현실에서는 쉽게 보기 어려운 끔찍한 사건들이 많이 일어납니다. 소설의 원형이라고 할 수 있는 그리스비극 역시 마찬가지입니다. 거기서는 부모가 자식을 죽이고, 아들이 아버지를 죽이고, 어머니와 동침한 사실을 알게 된 왕이 스스로 눈을 찔러 장님이 됩니다. 현대소설에도 중대한 사건들이 즐비합니다. 여러분이 좋아하는 소설을 한번 떠올려보세요. 어떤 사건들이 일어나고 있습니까? 모든 것을 가진 귀부인이 젊은 남자와 바람이 나고, 늙은 어부는 가벼운 마음으로 나갔던 고기잡이에서 엄청난 물고기와 싸우게 됩니다. 무인도에 상륙해 혼자 살아가야 하는 남자가 있는가 하면, 전쟁에 나가 생의 무의미를 온몸으로 겪는 인물도 있습니다. 우주를 항해하는 우주선 안에서 인간을 지배하려는 컴퓨터와 대결하거나, 위기에 처한 세상을 구하기 위해 절대반지를 찾아 떠나기도 합니다. 친척집에서 온갖 구박을 받으며 살던 고아 소년은 자신이 특별한 존재임을 알게 되어 마법학교에 들어갑니다. 이렇게까지 심각한 사건은 아니라 하더라도 제인 오스틴 소설의 주인공들은 연애와 결혼 같은, 당대의 여성에게는 일생이 걸린 문제와 씨름합니다. 생각지도 않았던 남자에게 마음을 빼앗기기도 하고, 신분에 맞지 않는 결혼을 하려는 철없는 친구를 말려야 하기도 합니다.

사건만 놓고 본다면, 소설은 분명 시뮬레이터일 겁니다. 그러나 그런 기능은 영화나 연극, TV 드라마에도 있습니다. 상대적으로 빠른 시간 안에 전개되고 지루할 틈이 없이 진행되는 탓에 사건을 마음속 깊이 받아들이고 그 의미를 숙고하는 데 한계가 있기는 합니다. 그래도 많은 사람들이 이제는 소설이 아닌 다른 서사 장르를 통해 백 년 전 사람들이 소설에서 기대했던 것들을 충족하고 있습니다. 그런데도 여전히 소설을 읽는 사람들이 많다는 것은 무엇을 의미할까요? 소설에는 영상으로 제작된 이야기들은 갖고 있지 못한 것이 남아 있기 때문입니다.

영화나 연극에도 인물이 있고 그들 역시 우리에게 강렬한 인상을 남기곤 합니다만, 소설의 인물들은 다른 방식으로 우리에게 각인됩니다. 소설 속 인물들에겐 많은 것이 비어 있습니다. 그러므로 독자들이 어느 정도는 그 인물을 창조하지 않으면 안 됩니다. 자기가 창조했기 때문에 소설 속 인물의 일부는 독자 안에 존재한다고 말할 수 있습니다. 그러나 영화 속의 인물은 우리 밖에 있습니다. 영화는 기본적으로 사각의 프레임, 백

색 스크린 안에서 벌어지는 일입니다. 삼각도 아니고 원도 아닙니다. 영화가 발명된 이래 백 년이 흘렀지만 여전히 그렇습니다. 그것은 커다란 창문과도 같습니다. 우리는 그 창을 통해 어딘가를 '구경'하게 됩니다. 예를 들어, 제인 오스틴의 『에마』의 주인공 에마를 글로 읽는 것과 영화로 보는 것은 꽤 다른 경험입니다. 소설로 읽을 때는 내 멋대로 상상하던 인물이 영화에서는 배우의 얼굴로 고정됩니다. 우리가 상상하던 공간 역시 미술감독의 뜻에 따라 재현되고 그 안으로 제한됩니다. 이런 특성을 폴 오스터는 이차원과 삼차원의 경험으로 비유하고 있습니다. 영화는 평면에 투사되는 이미지이기 때문에 본질적으로 이차원이라는 것입니다. 영화의 원래 이름은 활동사진이었고 영어에는 아직도 그런 흔적이 남아 있습니다. 영어로 영화는 모션 픽처motion pictures, 즉 움직이는 그림이라는 뜻 아닙니까? 반면 소설은 평면이 아닌 삼차원적 공간, 상상적 세계로 우리를 안내합니다. 소설을 읽을 때마다 우리는 '지금, 여기'가 아닌 '어딘가 다른 세상'에 가 있다는 느낌을 받게 됩니다. 그곳은 19세기 러시아의 궁정일 수도 있고, 뉴질랜드 근처의 무인도일 수도 있고, 플로리다의 어촌일 수도 있지만, 실은 그 어느 곳도 아닌, 우리 마음속에서 스스로 만들어낸 가상의 공간일 뿐입니다.

몇 년 전에 저는 제 소설이 번역 출간된 한 나라를 방문하게 되었는데요. 어느 교수가 학생들에게 거듭하여, 제 소설을 통해 한국사회를 잘 알 수 있을 것이라고 말하는 것이었습니다. 그래서 제가 말했습니다. 물론 제 소설의 배경은 대부분 한국사회겠지만, 그것이 일단 소설 속으로 들어온 이상, 그것은 한국도 아니고 중국도 아니고 미국도 아닌, 독자의 마음속에 새롭게 생겨난 또 하나의 세상일 뿐이라고요. 책을 읽으며 스스로 그려내는 이 가상의 공간은 현실세계보다 훨씬 강력한 흡인력으로 우리를 빨아들입니다. 어떤 소설에 깊이 빠져본 사람들은 아실 겁니다. 남은 책장이 점점 줄어들 때마다 소설이 끝나가는 것, 다시 말해 그 가상의 세계에서 나올 시간이 점점 가까워지는 것을 너무나 아쉬워하게 됩니다. 이야기의 전개로 보아 소설이 끝날 수밖에 없다는 것을 잘 이해하면서도 그 안에 계속 머물고만 싶은 마음을 소설을 사랑하는 사람들은 느껴보았을 거라고 생각합니다.

공간뿐 아니라 인물 역시 절반쯤은 우리가 스스로 상상해낸 것입니다. 우리는 그들의 얼굴을 한 번도 본 적이 없지만 친근하게 느낍니다. 밀란 쿤데라는 『참을 수 없는 존재의 가벼움』을 쓰면서 일부러 등장인물의 외모에 대해 아무 언급도 하지 않았습니다. 그런데도 이 소설을 다 읽은 독자들에게 주요 등장인물인 토마시나 테레자, 사비나가 어떻게 생겼냐고 물으면 모두 이렇다저렇다 이야기를 합니다. "소설에는 그런 묘사가 없었는데요?"라고 물으면 그들은 분명히 있다, 자신이 봤다고 주장하기까지 합니다. 그러나 소설 속에는 토마시의 키라든가, 테레자의 미모에 대해 단 한 문장의 언급도 없습니다. 그런데도 소설에서 접한 인물들은 때로는 친척이나 친구보다도 가깝게 느껴질 때가 있습니다. 아마도 독자가 적극적으로 상상하면서 만들어낸 인물이기 때문에 훨씬 더 분명하게 우리에게 각인되는 것일지도 모릅니다. 그러니까 소설을 많이, 깊이 읽는 사람은 그러지 않은 사람보다 다양한 인물을 알고 있는 사람, 겪어본 사람이라고 할 수 있을 것입니다. 당연히 이런 사람들은 그러지 않은 이들보다 타인의 감정을 잘 이해하고 공감하고 예측할 수 있을 겁니다. 뉴욕 뉴스쿨대학 심리학과의 연구에 따르면, 소설 중에서도 사건을 중심으로 전개되는 소설보다 인물 묘사에 집중한 소설을 읽는 이들이 훨씬 더 타인에게 깊이 공감하고 그들의 의도를 잘 읽어낸다고 합니다.

인간은 사회를 이루고 살아가기 때문에 타인을 깊이 이해한다는 것은 매우 중요한 문제입니다. 간단하게 정리하자면, 인생이란 예기치 못한 사건과 이해하기 쉽지 않은 여러 인물 들을 겪으며 살아가는 과정입니다. 그러니 이러한 사건들을 맞닥뜨릴 마음의 준비를 하고 우리가 언젠가는 만날지도 모를 사람들을 깊이, 그리고 정확하게 이해하는 것이 중요합니다.

마지막으로 소설은 우리를 실패와 죽음으로 인도합니다. 인생을 살아가는 동안 이런저런 실패는 피할 수 없는 과정입니다. 그리고 그 모든 실패를 피할 수 있다 해도 죽음이라는 가장 유명한 실패는 그 누구도 피해 갈 수 없습니다. 소설은 철저하게 실패와 실패자들의 이야기를 다룹니다. 그리고 많은 소설이 죽음으로 끝나거나 내용 중에 죽음이 등장합니다. 우리는 이런 이야기들을 보며, 인생이 유한하다는 것, 실패는 피할 수 없다는 것을 배웁니다. 아울러 소설은 실패가 때로는 성공보다 더 위엄 있는 사건일 수도 있다고 말합니다. 『노인과 바다』의 노인은 뼈만 끌고 포구로 돌아왔지만 소설을 읽은 우리는 그가 얼마나 치열하게 그 물고기와 싸웠고, 그 물고기가 숨을 거둔 후에는 그 물고기의 살을 뜯어먹으려는 상어와 또 얼마나 치열하게 싸웠는지 알고 있기 때문에 그를 어리석다고 말하지 못합니다. 그의 실패에는 위엄이 있습니다. 소설들은 그런 패배로 가득합니다. 늙은 돈키호테는 평생 읽어온 기사도 소설의 세계를 동경해 길을 떠나지만 비웃음을 살 뿐입니다. 그러나 그런 행위조차도 우리는 미소를 띠며 읽게 됩니다. 우리 인간에게는 모두 환상을 좇아 일상을 탈출하려는 욕망이 있습니다. 돈키호테는 그걸 좀 과장되게 보여준 것뿐입니다. 그를 보면서 위엄을 느끼지는 못하지만 인간 존재에 대한 공감과 연민을 느낄 수는 있습니다.

소설이라는 이 이상한 세계는 우리가 살고 있는 현실세계와 완전히 다른 것 같지만 실은 깊은 관련을 맺고 있습니다. 그것은 마치 지구와 달의 관계와도 비슷합니다. 달은 무슨 인테리어 소품처럼 어두운 밤하늘에 떠서 광합성도 할 수 없을 정도의 희미한 태양광만 지구로 반사하지만, 그럼에도 지구에서 벌어지는 많은 일에 관여하고 있습니다. 조수간만의 차를 만들어내고 여성들의 생리주기도 조절합니다. 많은 생물들이 달의 주기에 따라 이동하고 짝을 짓고 산란합니다. 소설도 그와 비슷하게 인간들의 삶에 알게 모르게 깊은 영향을 미치고 있는지도 모릅니다. 사람들은 소설이 그저 재미있어서 읽는다고 생각하지만, 소설은 우리가 의식하지 못하는 방식으로 우리의 삶에 작용합니다. 그 작용을 우리가 평소에는 의식하지도 못하고 의식할 필요도 없다는 것, 어쩌면 그것이 소설의 가장 멋진 점 아닐까요? 소설은 적어도 우리에게 그 어떤 것도 강요하지 않는다는 뜻이니까요.

소통은 없다

평행우주 속의 작가와 독자

김영하 작가에게 독자란 어떤 존재인가요?

평행우주에 살고 있는 존재들? 내가 쓴 소설과 독자가 읽은 소설이 같은 작품이면서 또 다르잖아요? 간혹 독자가 제게 와서 당신의 이러이러한 소설을 읽었다고 말하면 낯설어요. 내가 쓴 소설이 아닌 것만 같고요. 서로 다른 차원에 살고 있는 사람들 같아요. 저는 소설을 쓰기 위해 최선을 다하고, 제 소설의 인물들과 살아가잖아요? 완성해서 띄워보내면 이제 그것은 다른 세계죠. 부산에 와서 그런 생각을 해요. 조선소에 대한 생각인데요. 최선을 다해서 배를 만들어 띄워보내잖아요. 그러고 나면 배는 선주의 것이죠. 배는 내가 모르는 선원들과 승객들을 태우고, 내가 모르는 항구와 항로로 나아가겠죠. 배를 바다에 띄울 때는 바다로 밀어내는 것이 아니라 물이 들어오게 한대요. 그러면 배가 떠올라 바다로 나가는 거죠. 저의 관심사는 배를 최선을 다해 만들고 물이 들어오기 전까지예요. 바다로 나가면 남의 배가 되죠. 오래 항해하기를, 좋은 일을 많이 하기를 바랄 뿐이에요.

소통은 없다

페이스북이나 팟캐스트 등으로 독자와 활발히 소통하시는데, 소설로서 소통하는 측면은 어떠신가요?

독자와 작가가 소설을 통해서 소통을 한다고 생각하지는 않습니다. 저는 소설을 통해서 메시지를 전달하려고 하지 않아요. 소설을 쓰는 동안에 저는 오직 제 소설과 소통을 합니다. 제가 창조한 세계에서 그 인물들과 대화하면서 사건들을 함께 겪어 나갑니다. 그렇게 해서 소설이 완성되었다고 생각하면, 저는 나오는 거죠. 이제 그 공간에는 제가 아니라 독자들이 들어오게 됩니다. 그때부터는 소설과 독자 간의 소통이 시작됩니다. 거기 제 자리는 없습니다. 이처럼 소통이란 게 상당히 간접적으로 이루어질 수밖에 없는데, 우리 교과서에는 어떤 강박이 있는 것 같아요. '이 소설에서 작가가 말하고자 하는 것은 무엇인가' 묻는 것 말이죠. 저는 제 인물들과 소통을 하고 나면, 퇴장을 하는 사람이에요. 독자는 작가가 사라진 자리에서 그 인물들과 관계를 맺는 것이죠.

소설 쓰기는 다른 사람과 같이 하는 협업이 아니에요. 오직 저하고만 관련이 있어요. 사실 이걸 이해하기까지 오래 걸렸는데, 소설을 쓰는 건 독자와는 별로 관계가 없어요. 순전히 저와 제 세계와의 문제예요. 저는 새로 완성한 장편을 발표 안 해도 이미 쓰는 행위만으로도 충분히 즐겁거든요. 소설을 쓰는 동안, 쓰고 나서 갖고 있는 동안 그 소설은 제 것이고요. 아무도 그 즐거움을 훼손할 수가 없어요. 굳이 지금 당장 소설을 발표할 필요가 없다고 생각이 들면 집에 놔두는 거예요. 그러면 그 세계와 제가 관련되어 있는 것이죠. 독자는 소설 쓰는 행위 자체만을 놓고 볼 때 사실 크게 중요하지는 않아요.

작가란 늙지 않는 발레리나

앞서 작가는 극장의 문을 지키는 문지기라고 하셨잖아요. 소설 쓰는 행위

가 독자와 관련이 없다는 건, 극장에 비유를 하자면, 독자들은 자기 일상을 살다가 잠시만 들르는 사람들이기 때문인가요?

작가가 하는 일과 독자가 하는 일이 너무 달라요. 작가는 글을 쓰는 것으로써 기쁨을 느끼는 사람이에요. 반면 독자는 글을 읽음으로써 즐거움을 누리거든요. 언뜻 비슷해 보이지만 엄청나게 다른 거예요. 마치 발레리나와 관객의 관계처럼요. 발레리나에게 관객의 갈채가 있으면 좋겠죠. 그러나 발레리나가 진짜 고민하는 문제는, 어떻게 하면 이 동작을 더 잘할 수 있을까, 이 감정을 더 잘 표현할 수 있을까, 연기를 얼마나 실감나게 할 수 있을까, 주로 그런 것들이거든요. 작가란 늙지 않는 발레리나 같은 거예요. 그러니까 늙었다고 퇴화하거나 점프의 높이가 낮아지거나 그러면 안 돼요.

소설이라는 매개

독자들은 소설을 읽으며 무언가 의미를 찾으려 합니다. 소설을 읽는다는 건 어떤 의미를 가질까요?

소설의 의미는 이렇다고 봐요. 어떤 이야기를 세상에 내놓으면, 두 자아의 대화가 가능해져요. 우리 보통 사람들의 자아는 너무

연약해서요, 어떤 매개물 없이 맞부딪치면 살이 쓸려요. 오래 접촉하면 안 돼요. 그럼 뭐가 필요하냐. 두 연약한 자아를 중계해줄 매개, 서사물이 필요해요. 그래서 친구에게 책을 선물한다고 생각해요. 대화가 가능해지는 거죠. "「여행」 봤냐? 그런 남자 만나면 안 되겠다, 야." 만약 이런 매개물 없이 남자와의 아픈 경험, 끔찍했던 경험을 말로 얘기하려고 하면, 쉽지가 않아요.

가장 깊은 수준의 소통

사실 소통이란 것이 진실과는 거리가 있고 사람을 더 외롭게 하는 것이라는 한계를 인정하면서도, 항상 우리가 소통의 장을 마련하는 까닭은 무엇일까요?

진짜 깊은 수준의 소통은요, 대화로는 가능하지 않다고 생각해요. 소설은 인간과 인간이 정말 깊은 수준의 교감과 공감을 하게 해줍니다. 먼저 작품 속 인물들과 소통하는 거예요. 제가 겪은 가장 깊은 소통은 동료 작가와의 만남에서 경험한 적도 없고 친구들과의 술자리에서 경험한 적도 없어요. 고요히 혼자 집에서 읽은 책의 내용과 거기 나오는 인물들, 그러니까 책 자체와 소통했던 순간이었어요. 영화는 두 시간이라 너무 짧아요.

뭘 깊이 소통했다고 느낀 적이 없어요. 가장 깊은 수준의 소통은 소설을 통해서 얻는 거죠. 그리고 그것을 기반으로, 즉 소설을 통해서 획득한 타인에 대한 이해를 기반으로 실제의 인간과 만날 수 있게 됩니다.

소설 쓰기는 가장 적극적 방식의 듣기

'너의 목소리가 들려'라는 제목은 그 출처가 무엇이든지 간에 개인이 다른 개인과 관계를 맺는, 다른 개인과 더불어 존재하는 한 방식을 시사하고 있습니다. 귀는 외부를 향해 열려 있습니다. 듣기란 자신을 타자에게 열어두는 행위이고, 타자의 소리를 받아들이는 행위입니다. 듣는 것은 받는 것이고 당하는 것이고 겪는 것입니다. 듣기가 어떤 삶의 방식에 대한 은유라면 그 삶은 개방적이고 수동적이고 수용적일 겁니다. 감수感受는 그 삶의 본질이겠죠. 실은 주인공 제이가 그런 삶을 살고 있죠. 타인의 고통을 자기 고통으로 느끼면서. 제이가 경험하고 있는 빙의는 듣기의 한 극치일지 모르겠습니다. 동규도 그렇습니다. 평소 일기에 제이의 말을 기록했을 것으로 보이는 동규는 제이가 대폭주를 끝으로 사라진 이후 계속 제이의 목소리를 듣습니다. 듣기는 소설 속에서 바람직하게 여겨지고 있는 윤리적 태도에 대한 비유이기도 합니다. 유랑하던 제이에게 숙식을 허락한 적이 있는

Y는 폭주 청소년 상담을 하고 있습니다. 소설을 쓰고는 있으나 자신이 없는 소설가에게 Y는 권고합니다, 작중인물들의 말을 들으라고. 듣기, 감수, 빙의. 이것이 김영하 작가가 생각하는 글쓰기의 윤리를 나타낸다고 봐도 괜찮을까요?

소설을 쓴다는 것은 가장 적극적인 방식의 '듣기'라고 생각합니다. 소설을 써나가는 동안 작가 자신이 해체됩니다. 해체되지 않고 새로운 소설을 쓴다는 것은 불가능합니다. 아무도 가보지 않은 가장 낯선 곳에서 작가는 일을 시작합니다. 물론 거기에 오래된 집터의 흔적도 있고 누군가가 짓다 만 집도 있을 수 있습니다. 그러나 그것은 단지 힌트일 뿐이죠. 어쨌든 작가는 매번 새로운 상황에서 새로운 규칙으로 새로운 인물들을 겪어야 합니다. 소설 속의 인물들은 작가의 말 따위는 듣지 않습니다. 아무리 외쳐도 그들은 마치 들리지 않는다는 듯 딴전을 피워댑니다. 마침내 작가는 깨닫게 됩니다. 자신의 지엄한 말이 저기, 자신이 창조한 세계에는 가닿지 않는다는 것을. 그것은 매우 이상한 경험입니다. 게다가 시간이 흐를수록 소설 속의 세계는 나름의 자율성을 획득합니다. 그들은 오직 '이전에 무엇이 쓰였는가'에만 기대어 살아갑니다. '작가가 뭘 원하는가' 따위에는 관심이 없습니다. 소설의 말미에 이르면 세계에 대한 작가의 통제력은 0에 수렴합니다. 그리고 알게 됩니다. 이제는 인물들이 말하고 작가가 듣는다는 것을.

따라서 '듣기'는 윤리이기 이전에 작가가 직면한 운명이라고 생각합니다. 작가는 자신(의 신념, 지식, 습관, 정치적 성향, 취향)을 서서히 해체하면서 엄청난 노동을 투입하여 한 세계를 만들어가는데, 지나고 보면 그것이 결국 '받아적기' 혹은 '듣기'였음을 알게 된다는 것입니다. 그러므로(흔히 받는 질문입니다만) 이 작품을 통해 뭘 말하려고 했느냐는 질문은 무의미합니다. 말하려고 한 무언가가 아마 있었겠지만 쓰는 동안 잊어버렸다, 가 정답일 겁니다.

첫사랑 같은 책

예스24 문화축제 '컬래버레이션 파티' 강연, 2013년 11월

'첫사랑 같은 콘텐츠', 책이든 영화든 다른 무엇이든 간에 그런 것을 말해달라는 요청은 처음에는 대수롭지 않게 생각되었습니다. '뭐 그런 게 있겠지. 나중에 생각하자.' 그러나 강연날이 임박해오자 슬슬 걱정이 되기 시작했습니다. 무엇보다 내 첫사랑이 확실하게 떠오르지 않았습니다. 저는 사람들이 첫사랑의 시기와 인물을 특정할 수 있다는 것에 늘 놀랍니다. 그걸 어떻게 알지요? 저는 첫 키스를 대학교 1학년 때, 이름부터 참으로 문학적인 투르게네프 언덕에서, 지금은 동문회관이라는 멋대가리 없는 건물이 들어선 모교의 언덕에서 했습니다만 그 사람이 제 첫사랑이라고 특정할 수는 없습니다. 마음을 강렬하게 사로잡았던 여성들이 그전에도, 또 그전에도 있었던 것만 같고,

심지어는 초등학교 때의 짝꿍까지로 거슬러올라가기도 하는데, 그게 딱히 '사랑'이었는지는 잘 모르겠더라고요.

뭐, 첫사랑은 특정할 수 없어도 첫사랑 같은 책은 있겠지 싶어 책꽂이 앞으로 가보았습니다. 그런데 여기서도 똑같은 일을 겪습니다. 저에게 강렬한 충격을 주었거나 저를 매혹시켰던 책은 쉽게 찾을 수 있었습니다. 그러나 그것이 처음이었다고는 단정할 수가 없습니다. 언제나 그 책이 아닌 다른 책이 떠오릅니다. 오래된 연인들처럼 어떤 책들은 내용도 잘 기억이 나질 않고 막연한 감정만 희미하게 떠오르거나 투르게네프 언덕에서의 첫 키스처럼 그 책과 관련된 어떤 행위만 떠오릅니다. 아, 이 책은 학교 앞 서점에서 샀었지. 친구 아무개가 내게 생일 선물로 주었지. 친구에게 빌려줬다가 겨우 받았지. 뭐 이런 것들입니다.

이런 책들로 가득찬 서재는 정신적 미로입니다. 한번 들어가면 쉽게 빠져나올 수가 없습니다. 버릴 책을 고르겠다고 서재에 들어갔다가 자기도 모르게 바닥에 퍼질러앉아 오래전에 사두고 읽지 않았던 책을 열심히 보게 된 경험, 다들 있지 않나요? 그게 바로 서재가 미로라는 증거입니다. 서재는 한번 들어온 사람을 쉽게 내보내지 않습니다. 서재라는 이 미로를 헤매다보면 스스로가 수많은 여성을 농락한 늙은 바람둥이처럼 느껴집니다. 아, 이 책은 이래서 좋았고, 저 책은 저래서 재밌었고, 잘 기억은 안 나지만 저 책도 참 대단했던 것 같고, 아, 저 책에도 한동안 정신 못 차리고 빠져 있었지. 그런데 내용은 잘 기억이 안 나네…… 말하다보니 정말 질 나쁜 바람둥이의 독백 같군요.

책은 일종의 정신적 애인 같은 것이라고 생각합니다. 내 책꽂이에 꽂혀 있지만 실은 다른 세계에 속한 것입니다. 그래서 사실 첫사랑 같은 책은 죽은 작가나 만나볼 일이 없는 외국 작가의 책이 제격입니다. 저 같은 국내 작가는 여러분 앞에 이렇게 실제로 나타나서 떠들고 있으니 신비감이 없죠. 제가 고등학교 때 잠실에 살았었는데요. 고3 때 영동여고에 다니던 여학생과 매주 일요일 아침 성당에서 만나 미사를 마치고 석촌호숫가를 지나 집까지 함께 걸었습니다. 이 여학생은 이른바 문학소녀였어요. 어느 날은 연극을 보러 가자고 하기에 대학로에 같이 갔는데요. 황지우 시인의 시를 원작으로 연우무대가 올린 〈새들도 세상을 뜨는구나〉라는 연극이었습니다. 시도 이상하고 연극도 낯설고…… 『삼국지연의』나 읽던 남고생에게는 커다란 문화적 충격이었습니다. 또 하루는 황석영 작가의 소설 「한씨연대기」를 각색한 연극(아, 이것도 연우무대 작품이었군요)을 보러 가기도 했습니다. 그때만 해도 저는 황석영이라는 작가가 있는 줄도 몰랐습니다.

그로부터 정확히 이십 년 후에 황지우, 황석영 두 분이 함께, 제가 머물고 있던 미국 아이오와대학에 찾아오셨지요. 그때는 저도 이미 작가였으니 우리 셋은 제 방에서 밤새 술을 마시게 되었습니다. 굉장히 이상한 기분이었어요. 고등학교 시절의 여자친구가 좋아하던 시인과 작가를 이제 내가 모시고 함께 술잔을 기울이고 이야기를 나눈다는 게 기쁘고 행복하기는커녕 어떤 상실처럼 다가왔습니다. 그 순간 그 두 분은 제 추억에서 분리되었고, 저와 함께 한 시대를 살아가는 현실의 인물들이 되어버린 것입니다. 그 후 황지우 선생님과는 한 대학에서 같은 과 교수로 잠깐 같이 일하는 행운을 누리기도 했고 황석영 선생님과는 프랑크푸르트나 라이프치히 도서전 행사에 함께 다녀오기도 했습니다만, 작가가 되어 책으로만 보던 위대한 선배 작가와 시인을 만난다는 것이 늘 좋기만 한 것은 아닙니다. 그분들은 현실에서 만나도 훌륭한 분들이지만 작품이라는 아우라 뒤에 숨어 있을 때 더 신비롭고 멋졌습니다.

아직도 저는 서재에 있습니다. 이렇게 직접적인 추억과 관련된 책이나 작품 말고도 아직 많은 책들이 저에게 특별한 감정을 불러일으킵니다. 과연 첫사랑 같은 책이란 뭘까? 저는 생각합니다. 한때 읽고 사랑했으나 차마 버릴 수 없었던 모든 책이 바로 첫사랑 같은 책들이라고.

살다보면 오래전에 헤어진 연인을 우연히 만나게 되는 경우가 있습니다. 나도 변해 있고 상대방도 많이 달라져 있습니다. 잠깐의 만남이라도 느낄 수 있습니다. 분명 같은 사람이지만 다른 사람이라는 것을. 책도 그렇지요. 오래전에 사랑했던 책도 다시 읽어보면 기억하고 있던 것과 많이 달라서 당황할 때가 있습니다. 그런 책이 한두 권이 아닙니다. 아니, 오히려 예전에 기억하고 있던 것과 거의 같은 책이 드물 정도입니다. 첫사랑이든 옛사랑이든, 우리가 오래전에 겪었던 그 모든 감정적 격동들에 대해서도 우리는 얼마간은 자기 편한 대로 기억하고 있는지도 모른다는 것을 서재의 책들, 한때 사랑했으나 이제는 한구석에 그냥 방치해둔 책들이 은근히 알려주고 있습니다.

여기 오신 분들은 책을 사랑하는 분들이니 이런 느낌 잘 이해하시리라 믿습니다. 우리는 책을 사랑하는 것이지 특정한 어떤 책을 사랑하는 것이 아닙니다. 책에 대한 사랑은 변합니다. 때로는 이런 작가를 사랑했으나 곧 다른 작가에게 빠져듭니다. 프랑스소설을 막 읽다가 일본소설에 탐닉하기도 합니다. 때로는 아예 소설은 안 읽고 역사서만 읽기도 합니다. 사랑이 어떻게 변하니, 라는 영화 대사도 있지만 변해야 사랑입니다. 책을 정말 좋아한다고 말하면서 평생 한 작가 혹은 특정 작품만 줄창 읽고 있다고 말하는 사람의 말을 믿을 수 있을까요? 저는 믿지 않습니다.

그러니 서재에 발을 들여놓는 순간, 우리는 바람둥이가 되기로 결심하는 것입니다. 마음을 열고 새로운 책을 만나거나, 혹은 과거에 읽었으나 기억이 잘 나지 않는 책을 다시 읽습니다. 그리고 전에는 발견하지 못했던 새로운 면을 발견하고는 혼자 즐거워합니다. 이런 즐거움은 가장 가까운 친구와도 나눌 수가 없습니다. 책을 읽으면 읽을수록 우리는 이 은밀한 기쁨을 다른 누구와도 공유할 수 없다는 것을 깨닫게 됩니다. 현대의 독서는 기본적으로 개인적인 행위입니다. 심지어 그 책을 쓴 작가와도 독서의 감상을 나눌 수가 없습니다. 참 이상한 일이지만 그렇습니다. 왜냐하면 작가 역시 그 작품을 완성한 후에는 한 사람의 독자와 마찬가지가 되어버리기 때문입니다. 수백 번을 더 읽은 독자라는 점에서 일반 독자보다는 작품에 대해 잘 기억하겠지만, 그 기억 역시 시간이 지나면 희미해져가면서 다른 독자들과 별반 다를 바 없는 처지가 됩니다.

한 권의 책과 그것을 읽은 경험은 독자 개인에게만 고유한 어떤 경험으로 남습니다. 그렇다면 누구와도 나눌 수 없는 독서를 왜 할까요? 그것은, 누구와도 나눌 수 없다는 바로 그 점 때문입니다. 우리가 사는 시대는 거의 모든 것이 공개돼 있습니다. 우리의 일상, 하루하루는 시작부터 끝까지 공유되고 공개됩니다. 웹과 인터넷, 거리의 CCTV, 우리가 소비한 흔적 하나하나가 다 축적되어 빅데이터로 남습니다. 직장은 우리의 영혼까지 요구합니다. 모든 것이 '털리는' 시대. 그러나 책으로 얻은 것들은 누구도 가져갈 수 없습니다. 다시 말해 독서는 다른 사람들과 뭔가를 공유하기 위한 게 아니라 오히려 다른 사람들과 결코 공유할 수 없는 자기만의 세계, 내면을 구축하기 위한 것입니다.

백 명의 독자가 있다면 백 개의 다른 세계가 존재하고 그 백 개의 세계는 서로 완전히 다릅니다. 읽은 책이 다르고, 설령 같은 책을 읽었더라도 그것에 대한 기억과 감상이 다릅니다. 자기 것이 점점 사라져가는 현대에 독서가 중요한 이유는 바로 거기에 있다고 저는 생각합니다. 나, 고유한 나, 누구에게도 털리지 않는 내면을 가진 나를 만들고 지키는 것으로서의 독서. 그렇게 단단하고 고유한 내면을 가진 존재들, 자기 세계를 가진 이들이 타인을 존중하면서 살아가는 세계가 제가 생각하는 이상적인 세계의 모습입니다. 하루의 일과를 마치면 조용히 자기 집으로 돌아가 소박하고 맛있는 저녁식사를 마친 후, 자기 침대에 누워 어제 읽던 책을 이어서 읽는 삶. 자기 서재와 마음속에서만큼은 아무도 못 말리는 정신적 바람둥이로 살아가는 사람들. 이런 세상이 제가 꿈꾸는 이상적 사회입니다. 쉽지는 않겠지만 꿈은 꿀 수 있겠죠. 그리고 그 꿈 역시 아무도 빼앗아갈 수 없는 것입니다. 그 누구도 첫사랑에 대한 기억을 앗아갈 수 없듯이 말입니다.

4부

기억 없이 기억하라

말하다

무엇을 왜 쓰는가

연쇄살인범의 독서 목록

『살인자의 기억법』에서 늙은 연쇄살인범이 살인일지를 쓰는데 문장력이 달려서 시 강좌를 듣는다는 설정이 재미있어요. 중간중간에 그가 읽었던 책의 구절이 툭툭 튀어나오는 것도 그렇고요.

소설을 쓸 때 스토리는 다 설정하지 않더라도 인물에 대해선 최대한 많은 정보를 수집하고 시작해요. 주인공이 읽었을 법한 책들을 쌓아놓고 소설을 써요. 소설을 쓰다가 쉴 때는 그 책들을 읽어요. 읽다가 적절한 부분이 있다면 소설에 넣는 거죠. 늙은 연쇄살인범 김병수의 경우는 소설은 안 읽지만, 불경이라든가 『차라투스트라는 이렇게 말했다』 같은 철학서, 아니면 『오디세이아』 같은 서사시를 읽는 사람인 거죠.

그가 읽었을 법한 책의 리스트뿐만 아니라 별걸 다 갖춰놔요. 몇백 개의 질문으로 된, 제가 만든 설문지가 있거든요. 제가 주인공 입장에서 설문지에 답을 하는 과정에서 보통 많은 게 떠올라요. 어릴 적 가장 인상적이었던 장면, 가장 괴로웠던 일, 종교가 있는가, 없어도 세상에 대해 어떤 식의 생각을 가지고 있는가 하는 신념 체계, 사상, 즐겨 듣는 음악, 집은 어디에 있는지, 애완동물을 기르는지, 대가족 속에서 자랐는지, 부모 없이 자랐는지 등등을 세팅하는 거죠. 백그라운드이기 때문에 소설에서 드러나진 않지만요.

작가에겐 수백 개의 방이 있다

『살인자의 기억법』은 십 년 동안 묵혀두었던 이야기를 꺼내 쓰신 거라던데, 집필 속도가 영 더뎠다면서요?

제 서랍 하나에는 첫 단락만 적힌 실패한 소설들이 잔뜩 들어 있어요. 소설을 시작하려면 최소한 첫 문장과 첫 단락은 마음에 들어야 해요. 그래야 다음을 쓸 용기가 나거든요. 작가에겐 수백 개의 방이 있어서 문을 열고 들어갔을 때 그 방이 저를 잘 맞아줘야 해요. 이 소설도 오랫동안 닫혀 있던 방문을 열었는데, 이번에는 쓸 수 있는 환경이 된 거죠. 그래서 시작했어요. 일인칭시점 화자로 첫 문장과 첫 단락을 썼는데, 이젠 쓸 때가 됐다는 느낌이 들었어요.

때가 되어야 한다

지금도 서랍 속에서 잠자고 있는 작품들은 어떤 이유로 세상에 나오지 못하고 있는 건지 궁금합니다.

단순히 '센 이야기'여서 그런 건 아니고요. 잘 쓰지 못한 소설들인 거죠. 사람들이 읽으면 안 돼요, 그런 건.(웃음) 그러니까 지금 저한테는 그 이야기를 다룰 만한 능력이 없는 거죠. 좋은 이야깃감과 나쁜 이야깃감이 따로 있다고 생각하지는 않아요. 단지 작가가 그걸 다룰 역량이 되느냐 안 되느냐의 차이인 거죠. 그런데 때가 되면 그게 빛을 발하게 돼요. 『살인자의 기억법』 같은 이야기도 마땅한 문체와 인물을 얻기까지, 그리고 그걸 제가 다룰 능력을 갖출 때까지 십 년이 걸린 거예요. 가끔씩 서랍 속에 있는 작품들을 꺼내어 보기도 하는데 '혹시 다시 써볼 수는 없을까, 다르게 고칠 수는 없을까' 생각해봐요. 그러다가 안 되겠다 싶으면 다시 넣어두죠. 그렇게 서랍 속에 넣어둔 작품의 수가, 발표한 작품의 두 배 정도는 될 거예요.

의미가 없으면 쓸 수 없다

그렇게 어렵게 생명을 불어넣어 만든 작품을 많은 독자들이 사서 읽어주지 않으면 작가로서는 맥이 풀릴 것 같아요. '팔리는 이야기와 잘 팔리지 않는 이야기'라는 잣대로 작품을 판단하는 지금의 현실에 대해서는 어떻게 생각하세요?

장편의 경우에는 한 작품을 쓰는 데 보통 일에서 삼 년, 길게는 오 년도 걸리잖아요. 그렇게 고생을 해서 썼는데 완전히 안 팔린다고 하면 힘이 빠지는 일이기는 해요. 주변에서 하는 이야기는 이왕이면 독자들한테도 사랑받을 수 있는 걸 쓰라는 건데, 그렇게만 쓸 수는 없는 거죠. 소설은 쓰는 동안 작가 스스로 납득이 잘 되지 않으면 힘이 떨어져요. 내가 이걸 왜 써야 되는지, 이걸 쓰는 게 나에게 무슨 의미가 있는지를 스스로 끝없이 설득하지 않으면 안 되죠. 그냥 많이 팔기 위해서만 쓴다면, 저는 잘 못 견딜 것 같아요. 의미도 없고요. 차라리 다른 일을 하는 게 낫죠. 책으로 거부巨富를 쌓을 수는 없는 거잖아요.

소설이라는 것은 가상의 세계를 만드는 거죠. 가상의 세계를 만드는 이유는 직접적으로 말할 수 없기 때문이에요. 그 과정을 통해서 직설적으로는 말할 수 없었던 굉장히 깊은 게 나와야 돼요. 그러니까 독자를 먼저 의식하면서 쓰는 글은 문제가 있는 거죠. 자기 안의 진짜 충동에서 발원한 게 아니라 다른 사람들이 좋아할 것 같은 기준에 맞춰 쓴 거니까요. 신인 작가 시절에는 글을 쓸 때 세상을, 사람들을 놀라게 하겠다는 욕심 같은 것이 있었어요. 쓰면 안 될 것 같은 이야기를 더 쓰고 싶었죠. 금기를 깰 때의 짜릿함 같은 것도 있었고요.

취재의 실감

『너의 목소리가 들려』의 주인공 제이는 강남고속버스터미널 화장실에서 한 소녀의 몸으로부터 태어납니다. 버스터미널이라는 장소가 지나가는 이방인들의 세계로서의 도시를 압축한다면, 제이는 세계 어디에도 집을 가지고 있지 않은, 세계에 속해 있으면서 동시에 세계로부터 유리되어 있는 이방인을 대표하는 것처럼 보입니다. 더욱이 화장실에서 태어난 생명이니 그 이방인적 인생 중에서도 하류의 인생을 살아갈 운명이겠죠. 도시의 거리에서 태어난 아이라는 모티프는 놀라운 것은 아닙니다. 제이의 출생 에

피소드에서 무라카미 류의 『코인로커 베이비스』 같은 소설을 떠올리는 사람이 저만은 아닐 겁니다. 하지만 제이의 출생과 편력이 문학적으로 선례가 있다고 하더라도 그저 그런 재탕이라고 느껴지지는 않습니다.

어째서 그럴까요. 아마도 리얼리즘 때문일 겁니다. 『너의 목소리가 들려』는 그 텍스트 바깥의 현실을 강력하게 환기하는 묘사를 상당히 많이 가지고 있습니다. 특히 제이의 편력을 따라 가난한 십대들의 생활이 극히 사실적으로 재현되었다는 느낌을 줍니다. 대학로 비보이의 힙합풍 말투를 비롯한 청소년 세대의 말도 훌륭하게 모방되었다고 판단됩니다. 소설의 에필로그 부분을 보면 저자를 연상시키는 소설가가 나와서 제이에 관한 소설을 쓰기 위해 취재하러 다니는 이야기가 나옵니다. 십대들의 가출, 동거, 난교 등은 언론을 통해 널리 알려진 사실이긴 합니다만 김영하 작가 나름대로 많은 취재를 하지 않았을까 하는 생각이 듭니다. 제이라는 인물은 혹시 실재 인물을 토대로 했나요? 소설 재료 수집과 관련된 이야기를 조금 들려주었으면 합니다.

저는 취재를 좋아합니다. 그때가 가장 흥분됩니다. 아마도 그것은 소설을 본격적으로 쓰기 전이어서 그럴 것입니다. 새로 쓰게 될 소설에 대한 기대는 무한대에 가깝습니다. 한 줄도 쓰지 않은 소설의 자유도는 백 퍼센트니까요. 취재할 때는 무엇이든 허용됩니다. 마음은 열려 있고 정신은 보송보송하며 모든 것에 관대합니다. 아직 한 줄도 쓰지 않았으니까요.

『검은 꽃』을 쓸 때는 멕시코와 과테말라를 찾아갔습니다. 강과 산이 보이지 않는 광활한 황무지를 보는 것만으로도 그 답사는 가치가 있었습니다. 『빛의 제국』을 쓸 때는 저와 동갑내기인 탈북자를 만나기도 했습니다. 그는 탈북자의 집단거주지인 서울 외곽의 임대아파트에 살고 있었습니다. 우리는 악수를 나누고 저녁을 함께했습니다. 당 간부의 자식으로 태어나 평양의 좋은 대학을 나오고 모스크바에서 유학까지 한 사람이 제 앞에서 광어회를 안주로 소주를 마시고 있었습니다. 그날 그에게서 느낀 어떤 '실감'이 소설을 쓰는 내내 저와 함께했습니다.

『너의 목소리가 들려』를 쓰려고 마음먹고서도 이런저런 취재에 나섰습니다. 과거를 후회한다는 폭주족 출신의 전문대학 신입생, 이 문제를 전담해왔다는 경찰관, 상담 자원봉사자 들을 만났습니다. 소설 속의 일화처럼 중고 팩스를 사들고 상담 단체를 찾아간 일도 있습니다. 굳이 그렇게 애써 찾아다니지 않아도, 그냥 눈만 옆으로 돌려도 수많은 제이와 동규가 곁에 있었습니다. 취재는 생산적이었습니다. 그러나 문제는 그 이후였습니다. 취재한 '현실'은 소설을 풍성하게 하는 정도를 이미 많이 초과해 있었습니다. 오히려 저의 과제는 취재로 얻은 이 압도적인 현실을 어떻게 소설이라는 작은 세계 안으로 밀어넣는가였습니다. 어떻게 해야 취재한 현실을 희생하면서도(또는 희생함으로써) 텍스트와 독자 사이의 (안전한) 거리를 더 좁힐 수 있는가. 다시 말해, 어떻게 해야 이 리얼한 현실을 문학적 언어라는 필터에 통과시킨 후에도 그 리얼을 보존할(아니, 더욱 증폭시킬) 수 있는가. 이런 고민은 소설에 착수한 이후에도, 그러니까 문체를 결정한다거나 인물을 설정한다거나 하는 부분에서도 지속적으로 이어지게 됩니다.

전형성은 부자연스럽다

말씀을 듣고 나니 새삼 취재의 힘을 느끼게 되는군요. 그렇게 다양한 일상의 현장을 취재하다보면 어떤 종합적인 세상의 변화상 같은 게 잡힐 것 같습니다. 현역 작가 중에 김영하 작가만큼 우리 삶의 내부를 관통하는 변화에 민감한 작가도 없지요. 또 그러한 변화에 대한 감각을 소설 형식으로 구현하는 데 성공한 사람도 드뭅니다. 김영하 작가나 그 밖의 작가들의 미적 감각 덕택에 지난 이십여 년간 한국소설은 형식상으로 상당한 갱신을 보였다고 생각합니다. 성장소설, 세태소설, 모험소설, 환상소설 등 여러 장르에서 한국소설은 이제 뒤집기가 불가능할 만큼 달라졌고 그런 변화의 과정에서 소설의 형식에 대한 작가들의 의식도 날카로워졌다는 느낌이 듭니다. 우수한 작가치고 자기가 하려는 이야기의 장르적 관습을 의식하

지 않는 작가, 그 관습에서 벗어나려는 고민을 하지 않는 작가는 없을 겁니다.

흥미로운 것은 그러한 장르 반성적인 작업이 동시대의 삶을 대상으로 하는 소설에서만이 아니라 머나먼 과거의 삶을 대상으로 하는 소설에서도 언제부턴가 이뤄지기 시작했다는 점입니다. 김영하 작가는 진작에 『아랑은 왜』라는 작품으로 역사소설의 관습에 대해 발랄하게 의문을 제기한 바가 있습니다만, 가만 보면 역사소설 장르가 그저 일시적인 관심사가 아니었던 모양입니다. 『검은 꽃』은 역사를 어떻게 얘기할 것인가 하는 문제를 놓고 상당한 공부가 있었고 또 상당한 욕심이 있었다는 것을 느끼게 합니다. 우선, 개인의 이야기와 집단의 이야기를 연관시키는 방식에 있어서 우리에게 익숙한 방식, 즉 부분과 전체의 통일 같은 논리를 의도적으로 폐기했다는 인상을 받았습니다.

워낙 옛날부터 역사를 좋아했고 또한 소설도 좋아했습니다. 둘을 동시에 소화할 수 있는 게 역사소설일 겁니다. 이 역사소설을 한번 멋지게 써보자는 생각은 등단 초기부터 있었습니다. 그런데 기존의 역사소설, 혹은 과거의 역사를 소재로 한 소설들을 꾸준히 검토해오면서 지양해야 할 점들이 몇 가지 눈에 띄었습니다. 이것은 영화 〈박하사탕〉에서 극명하게 나타납니다. 한 인물이 온전히 역사를 담지하는 형태, 즉 역사의 굴곡, 시련, 또는 상징, 이 모든 것을 한 인물을 통해서 드러내고 그 인물이 여러 주변 인물들과 얽히면서 굴곡의 역사를 표상하는 방식입니다. 홍명희의 『임꺽정』부터 무수한 역사소설들이 이른바 이 역사적 전형에 기대고 있습니다. 그런데 저는 하나의 인물이, 비록 소설 속이라 할지라도, 역사를 체현하는 것이 가능한가에 대해서 회의적입니다. 인간은 그렇게 대단한 존재가 아닙니다. 그래서 『검은 꽃』에도 물론 많은 역사적 계기들이 등장합니다만, 이전의 소설들처럼 인물들이 역사를 내면화하고 그 자신 역사의 총화로 살아가지는 않습니다.

이것은 우리가 현실을 어떻게 받아들이느냐 하는 일종의 문학적 인식론과도 관련이 있는데요. 실제로 우리는 살아가면서 어떤 '전형적'인 인물들의 이야기를 전해듣기도 합니다. 이를테면 광주항쟁에서 살아남은 사람들의 육성 증언 같은 것이지요. 그러나 많은 부분은 뉴스나 신문과 같은 미디어를 통해 파편적으로 접하게 되고 우리는 그것을 퍼즐처럼 구성해 자신만의 진실을 만들어가게 됩니다. 예를 들어 LA 흑인 폭동에 관한 얘기를 쓴다 해도 꼭 그 폭동을 겪은 사람을 등장시킬 필요는 없습니다. 저만의 섣부른 판단일 수 있겠지만, 저는 이제 그런 방식들이 문학적 장 안에서 부자연스럽게 보이는 시점이 도래했다고 봅니다. 그런 인물과 구성을 자연스럽다고 말하는 것이 부자연스러운 시점에 와 있다는 얘기지요. 그렇다면 어떻게 해야 하느냐? 그것은 다양한 소스들을 더욱 현실적으로, 이것은 리얼리즘과는 다른 문제인데요, 현실에서 정보와 이야기를 습득하는 방식들을 최대한 활용하여, 그대로 소설화해보자는 것입니다. 그 부분 때문에 어떤 독자들은 이런 소설을 낯설게 느낄 수도 있다고 생각합니다. 아무래도 인물을 죽 따라가면 편하기는 하지요. 그러나 그 이외의 다른 방식도 충분히 있을 수 있습니다.

근대문학과 장르문학

장르에 대한 이야기가 나왔으니 '장르문학'이라고 불리는 분야에 대한 생각도 듣고 싶습니다. 일단, '장르문학'이란 본질적으로 어떤 걸까요?

근대문학은 넓게 보자면 세계를 건설하는 혹은 건설하고자 하는 문제적인 인간이 등장해서 세계의 허위와 비이성, 비합리와 싸우는 과정을 그린다고 봅니다. 그런데 장르문학은 그런 근대 주류문학이 다루지 않았던 어둠, 인간의 사악한 욕망, 도피적 욕망, 파괴적 충동, 잔혹성 등의 영역을 다루어온 것이죠.

문화적 자산의 국적

그렇다면, 이런 장르문학이 우리의 창작 환경에 어떤 메시지를 던진다고 보시나요?

우리나라에 소개되는 장르문학에는 모두 국적이 붙어 있지요. 스티븐 킹, 메이드 인 유에스에이. 코넌 도일, 메이드 인 잉글랜드. 이런 식이죠. 그런데 이제는 국적을 떼고 생각하면 어떨까 합니다. 옛날 우리나라에서도 코미디언 구봉서가 당나귀 타고 나타나 주점에서 막걸리를 마시는 한국화된 서부영화가 만들어진 바 있고, 흡혈귀가 나오는 영화도 여럿 제작되었습니다. 이미 그런 문화는 국적의 꼬리표를 떼고 한국화된 것이지요. 오리지널리티에 대한 지나친 집착을 버려야 할 때가 아닌가 싶습니다. 외국 장르문학의 유산들은 이미 우리 것이 되었습니다. 초등학교 시절, 홈스 편 뤼팽 편 나눠서 싸운 적 있지 않은가요? 이렇게 이미 우리의 문학적 자산이 되어버렸는데, 그런 것들을 다 피해 가며 쓰려니까 쓸 것이 없는 거예요. 그걸 다 빼버리면 가족관계에 절망한 음울한 주인공들만 남게 되죠.

그런 문화적 유산을 적극적으로 잘 활용하고 있는 작가가 바로 박민규씨라고 생각해요. 그의 소설들을 보면 어린 시절에 우리가 『소년중앙』 같은 데서 읽었던 네스호의 괴물이나 외계인

이야기 등이 태연하게 한자리를 차지하고 있습니다. 그런 소재들을 본격문학에서 사용해도 전혀 문제가 없다는 걸 보여주고 있죠. 사실 프로야구가 본격문학의 소재가 될 수 있다는 생각은 박민규 이전에는 아무도 하지 않았습니다. 그 세대의 대부분이 유년을 프로야구와 함께했는데도 어쩐지 그것은 진지한 문학의 주제로는 어울리지 않는다고 생각했던 겁니다. 셜록 홈스나 외계인 얘기에 흥미를 갖고 유년을 보낸 작가들이 막상 글을 쓸 때 그런 얘기는 쓸 수 없다고 자기검열을 한다면, 우리는 문화적으로 앙상해지기 쉽습니다.

본격문학의 '장르화'

소재 면에서 장르문학이 한국의 창작 풍토에 긍정적인 기여를 할 수 있다고 짚어주셨는데요, 혹시 그 밖의 면에서 주의해야 할 건 없을까요?

이건 좀 대담한 가설입니다만, 한국의 본격문학도 이제 '장르화'의 위험에 대해 생각해봐야 할 때가 아닌가 싶어요. 장르화된다는 것은 말 안 해도 아는 것들이 늘어난다는 얘기죠. 예를 들어 갱스터 영화에서 마피아, 하면 더 이상 설명이 필요 없었죠. 주머니에서 뭐가 비쭉 나와 있으면 말 안 해도 총이라는 것을 알았죠. 트렌치코트에 중절모 쓰면 형사고. 그랬듯이, 요즘 한국 순수문학의 주인공들은 관습적으로 음울합니다. 그가 왜 음울한지, 실직을 해서 그런지, 실연을 당해서 그런지, 아니면 그냥 우울증인지, 굳이 설명하지 않아도 된단 말이죠. 일종의 장르적 규칙과 유사합니다. 뿐만 아니라 왜 다들 가난하게 반지하방이나 옥탑방에 사는지 굳이 설명하지 않죠. 다들 알고 있다고 전제하는 거예요. 가족관계는 희미하고 취미생활도 비슷한 경향을 보입니다. 이를테면 스쿼시나 골프, 수상스키 같은 걸 즐기는 주인공은 없잖아요. 만약 순수문학의 장르적 규칙이라는 게 있다면, 그런 취미는 배제돼야 한다는 룰이 그 안에 있는 겁니다. 반면에 프라모델 조립처럼 혼자 할 수 있는 취미활동은 허용이 되죠.(웃음)

가끔 신춘문예나 소설 공모전 심사 같은 것을 하다보면 요즘의 문청들이 이미 그런 장르적 규칙을 숙지하고 있을지도 모른다는 불길한 심증이 들 때가 있습니다. 신춘문예에 응모하는 작품들을 보면 철저하게 그런 규칙에 얽매여 있어요. 추리소설에서는 대부분 살인이 발생합니다. 또 그 살인의 대부분은 밀실에서 발생하지요. SF에서는 로봇이 주인을 공격할 수 없고 미래는 대체로 디스토피아라는, 규칙이라고 부르기에는 느슨하지만 적어도 그 장의 참가자들은 공유하는 일종의 원칙들이 있어요. 우리나라 본격문학에서도 암묵적으로 그런 합의들이 존재하는 게 아니냐는 거죠.

사전에 없는 단어

초기부터 날것의 느낌이 채 가시지 않은 어휘들을 과감하게 써오셨는데요.

제가 신인 때 소설 속에 어떤 말을 썼는데, 담당 편집자가 그 말이 사전에 없으니 쓸 수 없다고 하는 거예요. 그래서 제가 말했어요. "사전은 작품에 쓰인 말들을 모아서 나중에 편찬하는 거예요. 지금 작가가 쓰는 말들이 말뭉치가 돼서 나중에 사전이 되는 거예요." 이런 일이 몇 번 더 있었는데요, 사전에 없기 때문에 쓸 수 없다는 건 말이 안 된다고 생각했어요. 저는 작가로서 이런 걸 포착해야 한다고 생각해요. 사전은 과거의 문학작품을 추출해서 만든 건데, 그에 따르라는 건 저보고 교과서에 있는 말만 가지고 소설을 쓰라는 거와 마찬가지로 느껴져요. 소설은 그렇게 쓰는 게 아니거든요.

문학적 언어와 일상적 언어

문학적 언어와 일상적 언어의 차이에 대해서는 어떻게 생각하시나요?

딱 잘라서 말할 수는 없고요. 둘 사이에 끊이지 않는 긴장관계가 있지요. 활자화되어서 고정되어 있기만 한 글은 살아 있는 언어의 가능성을 포기한 거거든요. 저는 필사가 습작 시기의 좋은 수련 방법이라는 생각에 반대해요. 오히려 학생들을 가르칠 때, 사람들의 말을 녹음해서 풀어보라고 시킨 적이 많아요. 그 속에서 시적인 것을 포착해야 한다고 생각해요. 황지우 시인이 오래전에 간파했듯이 시와 시적인 건 다른데요, 시적인 것은 사방에 있죠. 싸이의 〈강남스타일〉 가사도 꼼꼼히 들여다보면 시적이에요. 예를 들면 "근육보다 사상이 울퉁불퉁한 사나이" 같은 부분요. 재밌잖아요? 저는 그걸 뒤집어 "사상보다 근육이 울퉁불퉁한 남자"라고 이야기하고 다니는데요.(웃음) 그런 언어들을 문학 안으로 많이 가져올수록 한국어의 확장 가능성이 풍부해진다고 생각해요.

나를 작가로 만든 것들

하버드대학교 강연, 2008년 5월

제 나이 열 살 때의 일입니다. 저는 휴전선에서 그리 멀리 떨어지지 않은 전방에서 당시 육군 소령이었던 아버지와 가정주부인 어머니, 그리고 남동생과 함께 살고 있었습니다. 살림이 넉넉지 않았기 때문에 우리는 부대 앞에 있는 단칸 셋방에서 살았습니다. 아버지가 부대에 가 있고 동생은 친척집에 가 있던 어느 밤, 어머니와 저는 연탄가스에 중독되고 말았습니다. 아침이 되어도 깨어나지 않는 우리 모자를 발견한 집주인의 신고를 받고 출동한 앰뷸런스가 우리를 군병원으로 싣고 갔습니다. 의료진은 의식이 없는 저와 어머니를 고압산소통에 넣었고, 그 밖의 여러 처치를 받은 덕분에 우리는 의식을 회복할 수 있었습니다. 당시에는 연탄으로 난방을 하는 가구가 많았고 따라서 연탄에서 발생하는 일산화탄소에 중독돼 사망하는 사고가 잦았습니다.

세월이 지나 저는 작가가 되었습니다. 작가가 되자 자연스럽게 과거의 경험, 특히 유년의 기억을 떠올려야 하는 일이 많아졌습니다. 그때가 돼서야 저는 어떤 시점 이전, 정확하게는 연탄가스 중독 이전의 기억이 전혀 없다는 것을 깨닫게 되었습니다. 제 유년이라는 텅 빈 방은 오랫동안 아무도 찾아오지 않은 채 방치돼 있었던 겁니다. 어린아이들은 과거를 잘 되돌아보지 않습니다. 아이들은 '오늘 뭘 하고 놀까' '소풍은 언제 갈까' 같은 생각을 하지, '이 년 전에는 참 행복했었는데' 같은 회상은 잘 하지 않습니다. 사고 직후에라도 거듭하여 과거를 기억하려 애썼더라면 아마 약간의 기억은 회복할 수 있었을지도 모르겠지만, 어린 저는 기억을 잃었다는 것조차 전혀 의식하지 못한 채 살아왔던 것입니다. 그러니까 기억의 측면에서만 보자면 제 인생은 열 살 때부터 비로소 존재한다고 말할 수 있는 것이죠.

작가에게 기억이 없다는 건 과연 불리한 일일까요? 저는 오랫동안 그 문제를 생각해왔습니다. 혹시 거기에 작가에게만 특별히 유리한 그 어떤 것은 없을까? 희귀한 경험이라는 것은 언제나 작가에게 자산이 되는 게 아닐까? 그러나 불행히도 지금까지 저는 그때의 사고가 작가적 삶에 딱히 어떤 긍정적인 역할을 했는지 찾아내지 못하고 있습니다. 작가가 된 지 벌써 십삼 년이 지났지만 아직도 발견하지 못했으니 앞으로도 가능성이 거의 없을 거라고 생각합니다. 작가란 지독하게 나쁜 기억도 문학적 자산으로 변화시킬 수 있는 정신적 연금술사이지만, 없는 기억으로부터는 그 어떤 것도 만들어낼 수 없습니다.

하지만 사라진 기억에 대해 생각하는 동안 발견한 부수적 사실이 하나 있기는 합니다. 그것은 제가 잊히거나 사라진 사람들의 이야기에 유난히 집착해왔다는 것입니다. 어딘가로 떠나 거기에서 완전히 망각된 이들에게 저는 언제나 매혹되곤 했습니다. 예컨대 저의 첫 장편소설인 『나는 나를 파괴할 권리가 있다』에는 자살 안내인이 나오는데, 이 인물은 다른 사람이 자살하도록 권유하고 돕는 대신 그들의 이야기를 듣고 그것을 기록합니다. 어찌 보자면 고객들은 자신의 생명과 이야기를 교환하는 셈인데요. 자살을 앞둔 고객들은 이 거래를 받아들입니다. 그들은 잊히는 것보다는 기록되는 편을 택합니다. 그리고 그들은 조용히 소설의 무대 뒤로 사라집니다. 이 소설에서 끝까지 남는 것은 기록하는 자살 안내인/작가뿐이며 그와 만난 이들은 아무도 찾을 수 없는 곳으로 떠나거나 세상을 등집니다. 어쩌면 이 소설은 작가가 된 이유를 스스로에게 납득시키기 위해 쓰였을지도 모릅니다. 깨끗이 사라져버린 어린 김영하의 기억을 찾기 위해 글쓰기를 시작했을지도 모른다는 것입니다. 제 삶이 전방 군병원의 고압산소치료기에서 시작됐을 리는 없으니까요. 저는 분명히 어딘가로부터 왔을 것인데, 그것은 대부분 기록과 구전으로 남아 있을 뿐입니다. 부모의 기억 속에, 산부인과 병원의 기록 속에, 국가가 관리하는 주민등록에 열 살 이전의 제가 있습니다. 하지만 그것은 너무 희미합니다. 저에게 글쓰기라는 것은 그런 공식적 기록과 구전에 맞서 끊임없이 제 과거를 창작하고 윤색하는 일이라고 할 수 있습니다. 비어 있는 그 십 년 속에 저는 많은 인물들의 삶을 밀어넣는 것입니다.

어디선가 이런 이야기를 읽은 적이 있습니다.

두 남자가 중고차 부속을 구하러 폐차장에 갑니다. 폐차장 주인은 원하는 부속이 있는지 돌아다니며 찾아보라고 말합니다. 대신 자기가 키우는 염소 한 마리가 있으니 조심하라고 말합니다. 두 남자는 부속을 찾으러 돌아다니다가 깊고 어두운 구멍 하나를 발견합니다. 장난삼아 돌멩이를 던져보지만 돌이 바닥에 닿는 소리가 들리지 않습니다.

"구멍이 꽤 깊은가보군!"

그들은 더 큰 것들을 구멍에 던져넣지만 역시 소리가 들리지 않습니다. 마침내 그들은 엄청나게 크고 무거운 트랜스미션을 질질 끌고 와 그 구멍 속으로 던져넣습니다. 그러나 한참이 지나도 역시 아무 소리가 들리지 않았습니다.

그런데 바로 그 순간, 어디선가 염소 한 마리가 달려와 잠시 구멍 앞에서 멈칫거리더니 구멍 속으로 뛰어드는 것이었습니다. 깜짝 놀란 이들은 주인에게 달려가 트랜스미션 얘기는 빼고 염소가 구멍 속으로 뛰어들었다는 말만 하였습니다. 주인은 고개를 갸웃거리며 이렇게 말했습니다.

"그럴 리가 없을 텐데. 내 염소는 트랜스미션에 단단히 묶어 놨는데?"

열 살 이전의 제 삶은 바로 이 구멍과 같습니다. 소설을 쓴다는 것은 이 구멍에 뭔가를 던져넣는 것과 비슷합니다. 열 살 이후의 제 삶, 제가 쓴 소설들, 그 밖의 모든 것들이 이 구멍 속으로 빨려들어갑니다. 그러다 가끔 난데없이 염소 한 마리가 달려와 저를 빤히 쳐다보고는 구멍 안으로 뛰어들어갑니다. 알고 보면 그 염소는 먼저 던져진 어떤 것들에 묶여 있었던 것입니다. 이를테면 제 세번째 장편소설인 『검은 꽃』은 1905년에 멕시코로 떠나 과테말라의 정글에서 사라져버린 1032명의 한국인들을 다루고 있습니다. 저를 잘 안다고 생각하던 독자들, 그리고 그 소설을 쓴 저 자신까지도 왜 그런 소설을 쓰게 됐는지 의아해했습니다. 그때까지 저는 젊은 세대의 삶을 감각적으로 그리는 신인 작가로 알려져 있었습니다. 그러나 『검은 꽃』은 그런 평가와는 전혀 맞지 않는 소설이었습니다. 그런데 저는 왜 그런 소설을 썼던 것일까요? 그때는 잘 몰랐습니다. 그 소설은 영화감독인 제 친구가 비행기에서 들려준 짧은 실화에서 출발한 것인데, 그 친구에게 이야기를 들은 순간부터 저는 그 이야기에 확 끌렸습니다. 지금은 그 이유를 짐작할 수 있습니다. 『검은 꽃』 역시 트랜스미션에 묶여 있던 또 한 마리의 염소였다는 것을.

제 네번째 장편소설인 『빛의 제국』은 당의 명령에 따라 남한으로 침투했다가 상부로부터 잊힌 북한 스파이의 삶을 다루고 있습니다. 인생의 반은 평양에서, 나머지 반은 서울에서 살아온 이 사람의 정체성은 점점 더 희미해져갑니다. 한때는 북한의 간첩이었던 남자는 이제 하이네켄과 빔 벤더스와 히레사케를 좋아하는 사람으로 변해 있습니다. 『빛의 제국』 역시 제게 있어서 또 다른 한 마리의 염소입니다.

물론 제가 하루종일 이 어두운 구멍만 들여다보고 있는 것은 아닙니다. 그러나 제 삶이라는 이 어수선한 폐차장 어딘가에 깊고 어두운 구멍이 있다는 것만은 부인할 수 없습니다. 가끔 난데없이 염소 한 마리가 뛰어와 잠시 멈추었다가 그 구멍 속으로 사라지기 때문입니다.

제 삶은 비무장지대의 남방한계선에서 불과 몇 킬로미터밖에 떨어지지 않은 곳에서 시작되었습니다. 군인이 민간인보다 많은 곳이었고 지금도 그 인구 비율은 크게 달라지지 않았습니다. 그러나 아까 말씀드린 바와 같이 열 살 때까지의 기억이 없기 때문에 제가 기억할 수 있는 과거는 열 살 이후의 삶이라고 할 수 있습니다. 그때 우리 가족은 다시 비무장지대 남쪽의 전방으로 돌아와 있었습니다. 그사이 아버지는 중령으로 진급해 있었고 대대장이 되었습니다. 당시 아버지의 상관이었던 전두환 소장은 그로부터 이 년 후 쿠데타로 정권을 장악하고 광주에서 시위 군중을 학살한 후, 대통령으로 취임하게 됩니다.

비무장지대 근처에서 어린 시절을 보낸다는 것은 보통 사람들로서는 상상하기 어려운 경험일 겁니다. 그곳은 대부분이 지뢰밭이며 설령 지뢰밭이 아니라 하더라도 지뢰가 있을 가능성이 있기 때문에 함부로 돌아다녀서는 안 되는 지역입니다.

봄이 되어 풀이 마르면 북한 군인들은 북풍을 기다립니다. 기다리던 바람이 불어오면 북한군이 불을 놓습니다. 그 불이 비무장지대의 풀과 관목을 태우면서 남하하면 남한 군인들은 불을 끕니다. 반대로 남풍이 불어오면 남한의 군인들이 똑같이 합니다. 그래서 비무장지대에는 풀과 관목만 자랄 뿐, 큰 나무는 보기 어렵습니다. 군인들은 이것을 '시야 확보'라고 불렀던 것 같습니다. 서로를 잘 보기 위해서 웃자란 풀을 태워버린다는 뜻이겠지만, 사실 자기편이 상대편으로 넘어가는 것을 막기 위한 목적도 있습니다. 병사들은 여러 가지 이유로 남에서 북으로, 북에서 남으로 귀순하곤 했으니까요. 서로를 향해 화공을 시도하는, 『삼국지연의』에나 나올 법한 이런 군대가 지금도 서로를 마주보고 있습니다. 그래서인지 지금도 저는 들불 냄새를 맡으면 아련한 향수를 느낍니다.

한번은 북한군 1개 분대가 돼지 한 마리를 끌고 군사분계선까지 접근한 적이 있습니다. 그들은 거기에서 보란듯이 돼지의 멱을 따고는 다시 그것을 들쳐 메고 자신들의 진지로 돌아갔습니다. 마치 파푸아뉴기니의 원시 부족들이 벌일 법한 일입니다. 전사들이 자신의 남성성을 과시하여 적을 위협하는 행위를 닮았습니다. 침묵의 전선에 오직 돼지 멱따는 소리만이 울려퍼지는 광경은 실로 섬뜩합니다. 그것은 마치 하나의 퍼포먼스 같기도 합니다. 배우들이 공연을 하는 사이, 양쪽의 군인들은 잔뜩 긴장한 채, 어쩌면 타오르는 식욕을 억누른 채, M16 소총과 AK47 소총을 움켜쥔 채 그 장면을 관람하고 있는 것입니다.

비무장지대는 지구상에서 가장 이상한 경계선 중의 하나입니다. 저는 부대 안의 관사에서 살았습니다. 밤이 깊으면 멀리에서 아련한 폭발음이 들려옵니다. 휴전선을 뛰어다니던 노루가 지뢰를 밟고 폭사하는 소리이지만 잘못 들으면 마치 동네 아이들이 쏘아대는 불꽃놀이용 화약소리처럼 들립니다. 아침이 되면 병사들이 죽은 노루를 가져다 구워먹었다는 풍문이 들려옵니다.

원칙적으로 비무장지대 안에는 민간인이 살 수 없도록 되어 있지만 예외가 있습니다. 대성리라는 마을입니다. 이 마을은 일종의 전시용 촌락이라고 할 수 있습니다. 집들은 번듯했고 주민들은 모두 마을 근처에 경작 가능한 논과 밭을 가지고 있었습니다. 북한군의 계급장과 얼굴 표정까지 알아볼 수 있는 거리에 살고 있었지만 마을 사람들은 태평해 보였습니다. 아침이면 경운기를 몰고 농사를 지으러 나갔고 저녁에는 돌아와 밥을 지었습니다. 지프를 타고 마을 근처를 지날 때면 아버지는 말씀하시곤 했습니다.

"전쟁 터지면 제일 먼저 죽을 사람들이다."

위험한 곳에 사는 대신, 남한 정부는 이들의 세금과 병역을 면제해주었습니다. 이들은 비무장지대라는 신전에서 일하는 사제 같은 존재였습니다. 그들의 삶을 보면서 저는 삶의 연극성이랄까, 하는 것을 처음으로 생각하게 되었던 것 같습니다. 남에게 보여주기 위해 살아야 하는 삶도 있다는 것, 나중에는 그 연극성마저 망각하고 일상을 살아나가게 된다는 것, 그런 것들을 어렴풋이 의식하게 되었던 것이 바로 그 무렵이었습니다.

한편 비무장지대 밑에도 흥미로운 것이 있었습니다. 바로 땅굴입니다. 지금까지 네 개의 땅굴이 비무장지대 근처에서 발견되었습니다. 남한측 주장에 의하면 북한은 기습 남침을 하기 위해 몰래 땅굴을 파왔습니다. 그러다 남한측에 그 존재가 발각된 것입니다. 지하에서 들려오는 소리를 이상하게 여긴 남한측은 석유를 시추하듯 봉을 박아 땅굴의 존재를 확인한 후, 반대쪽으로부터 역으로 땅굴을 파기 시작했습니다. 그래서 결국 두 땅굴이 만나게 됩니다. 남한측에서 역 땅굴을 파들어가기 시작하자 북한측은 북쪽으로 달아났고 남한에서는 그들이 버리고 간 땅굴을 북한을 비난하기 위한 도구로 사용하기 시작했습니다. 그러나 북한에서는 오히려 이 땅굴을 남한에서 먼저 판 것이라고 주장하였습니다.

그 후로 세 개의 땅굴이 비슷한 방식으로 발견됩니다. 정부는 거액의 포상금을 내걸고 땅굴을 찾기 시작합니다. 골드러시가 아니라 터널러시가 벌어집니다. 비무장지대 근처에 사는 주민들은 조그만 진동이라도 느껴지거나 땅속에서 무슨 소리라도 들려오면 땅굴이라고 의심하기 시작했습니다. 이것은 집단적 신경증으로 발전하였습니다. 지금까지도 수천 건의 땅굴 신고가 접수되고 있지만 남한 당국은 더 이상 땅굴을 찾아내려

하지 않습니다. 찾아내봐야 소용도 없고 북한에 의해 '너희들이 판 땅굴'이라고 공격만 당할 수 있기 때문입니다.

비무장지대는 그런 땅입니다. 연극적인 삶과 집단 신경증, 서로를 향한 희극적이고 원시적인 적의, 그러면서 서로를 모방하려는 미메시스적 충동이 가득한 곳입니다. 저는 우리를 닮은, 그러나 도저히 좋아할 수 없는 북한이라는 존재를 늘 상상해왔습니다. 이것은 결국 『빛의 제국』이라는 제 네번째 장편소설로 모습을 드러내게 됩니다. 평양에서 생애의 반을, 서울에서 그 나머지 반을 살아온 이 스파이의 삶은 땅굴과 닮았습니다. 그의 삶은 눈에 보이는 경계선, 비무장지대로 분명하게 단절돼 있지만 그의 정신세계는 지하에서, 땅굴이라는 은밀한 통로로 이어져 있습니다.

그 무렵의 어느 날, 제 아버지의 동료였던 육군 중령이 지프차 운전병만 데리고 북한으로 넘어가는 사건이 일어났습니다. 이것은 당시 남한에 남은 가족이 겪을 수 있는 가장 비극적인 일 중의 하나였고, 일종의 정치적 사형선고를 받은 것과 마찬가지입니다. 그가 차라리 지뢰를 밟고 죽었더라면 오히려 다행이었을 겁니다. 그가 차라리 상관을 총으로 쏘아 죽이는 하극상을 저질렀더라도 그보다는 나았을 겁니다. 그러나 그는 휴전선을 넘어, '더러운 배신자'가 되어 북한으로 갔습니다.

누군가가 상대 진영으로 넘어갔다는 사실은 금세 알 수 있습니다. 이런 소식에 굶주려온 양 진영은 귀순자가 발생하는 즉시 거대한 스피커를 통해 이 사실을 상대방에게 알립니다. 보란듯이 돼지를 잡는 것과 비슷한 행위라고 할 수 있습니다. 얼마 지나지 않아 그 중령의 아내가 미쳤다는 소식이 들려왔습니다. 그 집에는 제 또래의 아들도 하나 있었던 것으로 기억하는데, 우리는 모두 그애에게 닥쳐올 운명을 걱정했습니다.

저는 이런 사회적 자살을 감행하는 인간의 내면이 난생처음으로 궁금했습니다. 무엇이 한 인간으로 하여금 자기가 가진 모든 것을 버리고 빈손으로 다른 세계로 넘어가게 하는가. 이 질문에 대해 깊이 생각하면 할수록 사후세계에 대한 종교적 명상과 비슷해져갔습니다. 우리는 왜 죽음 이후의 세계로 자발적으로 넘어가는가. 그리고 그 세계에는 과연 무엇이 있는가. 무엇이 있는지 모르면서도 단지 지금 여기가 싫다는 이유만으로 그곳을 향해 출발할 수 있는 것일까, 같은 질문들입니다. 이 질문들은 훗날, 『나는 나를 파괴할 권리가 있다』나 『빛의 제국』의 세계로 이어지게 됩니다.

평범한 한 어린이를 작가로 만든 것은 과연 무엇이었을까요? 한동안 저는 이 질문에 대한 답을 제가 읽은 작가들, 예컨대 쥘 베른이나 프란츠 카프카, 코넌 도일 같은 선배 작가들에게서 찾아왔습니다. 어쩌면 그쪽이 정답에 더 가까울지도 모르겠습니다. 그런데 요즘 들어선 점점 더 유년의 기억 쪽으로 탐색등을 돌리게 됩니다. 내 발밑에 있을지도 모를 길고 음험한 땅굴, 멀리서 들려오는 지뢰의 폭발음, 돼지의 멱을 따는 북한 군인들, 일본의 사무라이처럼 주군과 운명을 함께한 스무 살짜리 운전병의 삶 같은 것들입니다. 거기에는 분명한 것이 하나도 없었습니다. 행위는 이해할 수 없었고 존재는 오리무중이었습니다. 해괴한 일들, 원시적이거나 혹은 반대로 아주 부조리한 일들이 벌어지는 가운데 인간들이 어디론가 사라집니다. 그리고 그들의 운명은 물음표 속에 갇혀버립니다. 어쩌면 그 물음표를 문장들로 바꾸고, 이해할 수 없는 것들을 이해하기 위해 저는 소설을 쓰고 있는지도 모릅니다.

한국문학의 어떤 경향들

매너리즘의 시대

처음 김영하 작가의 작품이 등장했을 때, 당대 소설들과 다르다는 평을 받으며 주목받았습니다. 이후 개성 있는 문체, 다른 감각을 가진 여러 젊은 작가들이 등장했는데요. 지금의 한국소설을 어떻게 보시나요?

미술사에서 '매너리즘에 빠졌다'고 말할 때 꼭 부정적 의미만 있는 것은 아닙니다. 기술과 기예가 상당한 수준으로 발전했다는 의미로도 쓰였어요. 매너리즘의 문제는 '잘하지만, 큰 매력은 없다'는 거예요. 어쩌면 한국소설들은 그 단계에 와 있을지도 몰라요. 여러 가지 이야기가 쏟아져나오고 소재들도 다양해지고 있지만, 어떤 혁명적인 변화의 단계로 넘어가지 않은 거죠. 1990년대 작가들이 등장했을 때 충격을 줬던 것은, 이전 소설과 완전히 달라서였어요. 거칠었고, 세련됨 같은 것도 많이 떨어졌어요. 저는 그 시대에 작가가 된 것을 매우 기쁘게 생각해요. 그때는 그런 기운이 있었어요. 이제 또 한번 그런 기운이 올 때가 되지 않았나 생각해요. 아마 이번에 오지 않는다면, 또 십에서 십오 년 후에나 올 거예요. 아마 그때의 주체는 다문화가정의 자녀들일 겁니다. 이 아이들이 십 년, 십오 년 후에 서서히 등장하고, 그중에 한국을 대표하는 세계적인 작가도 나올 거라고 생각해요.

세계 문학사를 봐도 이민자 출신, 식민지 출신의 중요한 작가들이 참 많았거든요. 일본에서는 재일교포 작가들이 그런 역할을 했고요. 다문화가정의 아이들은 두 언어를 사용하는 부모 덕분에 언어적 감수성이 민감할 것이고 불안정한 상태에서 살아가느라 굉장히 예민하게, 날카로운 자의식으로, 아웃사이더의 시점으로 한국사회를 바라볼 거예요. 그에 반해서 토종 한국인 중산층 가정의 학생들은 지나치게 평준화되어 있어요. 아파트 단지에 사는 4인 가족 혹은 3인 가족 속에서 학원에 다니며, 아주 평균적이고 보편적인 삶을 살거든요.

센티멘털리즘에 반대하다, '96년 체제'

1990년대 중반을 전후하여 시대적 조류가 급격하게 변했잖아요? 문학의 위상도 많이 바뀌고.

제가 1995년에 등단을 했는데, 1995~96년이 우리나라 문화에 있어 매우 중요한 해였다는 걸 최근에 깨닫고 있습니다. 이를테면 1996년에는 영화에 대한 사전검열이 철폐됐고, 영화 주간지 〈씨네21〉이 창간됐습니다. 문학계에서는 1995~96년을 즈음하여 문학동네를 중심으로 새로운 작가들이 대거 등장했고요. 은희경, 전경린, 하성란 같은 작가들이 나오고, 생각해보니 김훈 선생의 데뷔작도 1995년에 나왔네요. 음악계에서는 홍대를 중심으로 한 인디음악 붐이 시작됩니다.

그 시대를 이른바 '96년 체제'라고 부를 수 있다고 한다면, 그 핵심은 '센티멘털리즘과의 투쟁'이었다고 저는 생각합니다. 90년대 초반까지 팽배했던 감상주의, 파토스 중심의 경향 말입니다. 1995년에 나온 은희경의 『새의 선물』 같은 작품도 바로 그런 맥락에서 읽혀야 하지 않을까요? 은희경씨가 냉소와 유머로 대응한 것과 마찬가지로, 문화의 다른 영역에서도 자신들만의 방식으로 우리 사회에 팽만한 감상성과의 투쟁을 벌였습니다. 예를 들어 인디음악 신도 결국은 이전까지 우리 대중음악계에서 강력했던 파토스적 음악에 저항했던 것이죠. 어떤 면에서 서태지도 그런 역할을 수행했다고 생각합니다. 그리고 그 '96년 체제'가 2006년까지 큰 패러다임의 변화 없이 이어져왔습니다.

『빛의 제국』을 쓰기 시작한 2003~2004년 무렵에 문득 그런 생각들이 들었어요. 그것이 무엇에 대한 안티테제로 존재해왔든, 이제는 그것마저도 넘어갈 때가 다가오고 있다. 넘어가는 건지 대체되는 건지, 그건 잘 모르겠습니다만 '96년 체제'의 종말에 대해 생각을 하게 됐어요. 그것은 이런 질문을 담고 있습니다. 지난 십 년 동안 즐거웠다, 그렇다면 그동안 각광받았던 너희가 내놓을 새로운 내용이 뭐냐, 는 거지요. 저를 비롯한 '96년 체제'의 문화 생산자들은 그런 질문에 직면해 있습니다. 무엇의 안티테제로만 존재하는 것에 대한 정신적 피로도 축적돼가고 있습니다. 문학적으로 말하자면 언제까지 아버지를 부정하는 것만으로 버틸 것인가 하는 문제죠.

1998년인가, 인디밴드들이 홍대 거리에 공연 플래카드를 내다붙인 것이 기억나요. '어머니, 크리스마스 때까지만 살고 싶어요' 이런 것이었거든요.(웃음) 그 시대의 정신을 잘 보여주는 것이라고 생각해요. 그러나 지금은 더 이상 그런 시대가 아닙니다. 모든 문화 생산자들에게 새로운 도전이 요구되는 시점입니다. 작가로서 저도 책임을 느끼고요. 그런 면에서 다시 한번 큰 소설들…… 여기에서 말하는 큰 소설이라는 것은 우리 당대 사람들이 느끼는 문제들과 고통들, 또한 그들이 느끼는 불안이나 기쁨, 공포와 같은 모든 감정들을 아우르는, 이른바 19세기 말 러시아 대가들이나 좀 더 앞서서는 프랑스 작가들이 했던 작업들이 '96년 체제'에서도 나와야 한다는 거죠. 그게 나와야 비로소 다음으로 진행할 수 있는데, 만약 그렇게 되지 않는다면 그야말로 어떤 의미에서 좀 비생산적인 게 아니냐는 생각을 하고 있어요.

'던져진' 사람들, 내면이 이식된 존재들

『빛의 제국』에서 그런 얘기가 나오죠. 기영이가 소지랑 얘기하면서 소설을 쓰고 싶다고 거짓말을 해요. 소설가인 소지에게 기영이가 1980년대 대학생 때의 얘기를 쓰고 싶다고 했더니, 소지가 대뜸 말합니다. 요새 그런 건 진부해서 안 된다고. 그러자 기영이가 쓰기는 쓰되 다른 발상으로 쓸 거라고 해요. 그게 『빛의 제국』에 대한 일종의 작가의 말처럼 들렸어요. 기왕의 방식과는 좀 다른 방식으로 80년대를 조망해보고 싶다는 것, 일종의 업그레이드된 후일담 소설이라고 해야 할까요? 변신한 운동권들을 윤리적으로 질타하거나 새로운 환멸의 시대에 대해 냉소에 찬 시선으로 바

라보는 것 말고 다른 발상으로 얘기를 해보자는 의도 같은 것이겠죠?

80년대 당시에 대학에 들어간 사람들은 한마디로 '던져진' 사람들이었죠. 예전에 제 선배 작가들은 마치 그 시대의 주인인 것처럼 말할 수 있었어요. '우리는 이러이러했다……'는 식이었지요. 저는 그런 문장을 쓸 수가 없는 처지였습니다. 늘 주변에서 얼쩡거리는 입장이었죠. 그렇다고 배수아씨처럼 그들을 위선자라고 질타할 수도 없는 입장이고요. 그 중간 어딘가에 서 있는 것 같습니다. 그런데 저를 비롯한 그때 사람들은 1989년 베를린장벽이 무너지면서 또 한번 던져지거든요. 그때 저는 대학원에서 노동과정과 조직이론을 공부하고 있었는데요. 오세철 선생의 세미나에서 뒤늦게 유고슬라비아 모델, 중국의 문화혁명 모델을 재검토하는, 일종의 마지막 이론적 몸부림을 목격한 바 있습니다. 그러나 그것도 잠깐, 바로 얼마 후에는 서태지식 세계에 던져졌다가 좀 정신을 차릴 만하니까 다시 IMF 시대, 신자유주의 시대로 던져지게 됩니다. 그래서 저는 그 인물들, 『빛의 제국』의 기영과 같은 인물들이 과거 교양소설의 주인공처럼 어떤 윤리적인 중심을 가지고 확고하게 판단할 수 있는 입장이었다고는 생각할 수가 없습니다. 다시 한번 정리를 하자면, 80년대 말에 대학을 다녔던 기영과 같은 인물들은 '내면이 없는' 인물들이죠. 내면이 없기 때문에 얼마든지, 그 어떤 것도 이식이 가능한 거죠. 그런 기억이 납니다. 86년인가, 87년인가, 소설을 읽는 저한테 어떤 선배가 "내가 소설이나 미학 책 열심히 읽는 놈치고 제대로 운동하는 놈 못 봤다"고 하더라고요. 다시 말해서 그런 정서적인 것들은 집어치우고 논리와 분노로 채우라는 뜻이었겠지요. 그것은 마치 내면을 제거하라는 명령처럼 들렸습니다. 그러나 대학을 졸업하고 90년대에 들어서면 또 다른 내용으로 자신의 내면을 급히 채우게 되죠. 갑자기 서태지를 중심으로 한 반문화 담론과 철 지난 유럽식의 저항담론으로 내면을 구성했다가, IMF 사태가 닥친 이후에는 경제 동물로 그 내면을 바꾸게 되는……

우리는 계속 내면이 있다고 가정하고 쓰고 읽고 살아왔는데요. 지금 와서 돌이켜보면 기실은 내면이라는 게 아예 없는, 또는 제거를 강요받은 존재들이 출현한 것이 아닌가 싶어요. 『빛의 제국』의 주인공인 기영이 바로 그런 인물입니다. 그에게도 사춘기는 있었지만 갑자기 공작원으로서의 내면이 입력되었고, 서울로 내려와서는 또 전혀 다른 인간으로 살았고, 그다음의 삶이라는 것은 아직 알 수 없는…… 그렇기 때문에 그가 자기 인생을 돌아볼 때 느끼는 회한은, '나는 속았다'식이 아니라 과연 지금껏 나를 구성했던 내용이 무엇인가, 과연 나는 그것을 알고 있는가 하는 성질의 것입니다.

갈등이 없는 중산층 중심의 문학

옛날에 사극을 한창 보던 시절에는 조선에 왕과 사대부만 살았던 것 같은 착각이 들었어요. 이와 비슷하게 중산층 시청자를 주 대상으로 한 TV 드라마를 보면 한반도 남쪽에 마치 평균적인 중산층 가족들만 살고 있는 것처럼 보이기도 합니다. 우리나라의 이 중산층 중심주의는 상당히 강고해서 중산층의 삶의 방식과 깊이 관련돼 있지 않은 어젠다들은 생명력이 매우 짧습니다. 예컨대 교육 문제나 치안 문제는 늘 폭발성이 있지만 노동자의 파업이라든가 재벌 기업의 부의 상속에는 그만큼의 관심이 쏠리지 않습니다. 문학조차도 그렇습니다. 우리가 흔히 본격문학이라고 부르는 작품들에서 인물들 간의 높은 수준의 갈등을 발견하기 힘듭니다. 의도적으로 회피하고 있다고밖에는 생각할 수 없을 정도로 갈등이 적습니다. 그것은 이 세계에 갈등이 더 이상 존재하지 않아서가 아니라 갈등을 직면하는 문학이 중산층 독자(혹은 작가 자신)의 구미에 맞지 않기 때문일 겁니다. 어쨌든 이렇게 됨으로써 엄존하는 사회의 일부 구성원들이 유령화됩니다. 한때 미국의 흑인들에 대해 랠프 엘리슨이 묘사한 것처럼 '보이지 않는 인간'으로 살아가게 됩니다.

저는 군대생활을 수원에 있는 51사단 헌병대 수사과에서 했습니다. 수원의 저소득층 거주 지역의 많은 젊은이들이 지역에 있는 사단에 방위로 배속됩니다. 생계 때문에 낮에는 방위병으로 일하고 밤에는 나이트클럽의 웨이터로 일하는 이들도 있었고 조폭의 조직원으로 살아가는 이들도 있었습니다. 그러다 보니 범죄나 사고에도 쉽게 노출되어 제가 있던 헌병대로 오게 되는 경우가 많습니다. 1990년대 초반에 이들을 만나며 깜짝 놀란 것은, 이들 중 상당수가 자기 삶을 '있는 그대로' 받아들이고 있다는 것이었습니다. 이들은 십대 후반이면 이미 동거에 들어가고 결혼식 같은 것은 꿈도 꾸지 않았습니다. 양가의 부모는 자연스럽게 이들의 동거를 받아들이고 간단한 가재도구를 마련해 이들을 독립시킵니다. 냉혹한 현실 앞에서 중산층의 위선적 윤리는 들어설 틈이 없습니다. 열일곱 살이 넘어서도 집에 붙어 있는 자식들은 심각한 압력에 직면합니다. 경제적 능력이 없는 부모들은 밥만 축내는 아이들을 갖은 방법을 동원해 집 밖으로 '방출'합니다. 그 후로 부모와 자식의 인연이 자연스럽게 끊어집니다. 이런 삶들은 수도권의 위성도시들과 서울의 특정 지역에 이미 일반적인 삶의 형태로 만연해 있었습니다. 이미 이십여 년 전에 중산층적인 모럴은 거의 완벽하게 붕괴돼가고 있었고 가족 제도는 해체되고 있었습니다.

「비상구」를 쓰게 된 계기에는 여러 가지가 있습니다만, 이

'보이지 않는 인간'에 대해서 쓰고 싶다, 아니 써야 한다는 의무감이 컸습니다. 1990년대 한국문학의 인물들은 대부분 지식인/중산층의 모습을 하고 있었습니다. 「비상구」가 쓰인 지 벌써 십여 년이 훌쩍 지났습니다. 그러나 지금까지도 여전히 그들은 '보이지 않는 인간'으로 남아 있습니다. 신문의 사회면에나 잠깐 등장했다가 잠깐의 개탄 속에 다시 사라질 운명일 뿐입니다. 그러나 이들이 보이지 않는다고 해서 의미가 없는 것은 아닐 겁니다. 이십여 년 전 수원의 '보이지 않는 인간'들은 이후 중산층들이 겪게 될 모습을 미리 보여주고 있었습니다. 1인 가구의 급증, 희망 없는 미래, 자살률의 폭증, 관계의 단기화, 폭력의 일상화 같은 것입니다.

요즘 한국의 중산층은 자녀들이 폭력에 노출되었다고 비명을 질러댑니다. 그런데 이것은 아주 오래전부터 저 밑바닥에서부터 천천히 진행되며 수면 위로 올라온 것입니다. 도시를 무정부 상태로 만들고 폭주하는 아이들, 『너의 목소리가 들려』의 인물들은 어쩌면 우리가 미래에 마주하게 될 도시의 모습을 예언하고 있는지도 모릅니다. 그들만 암담한 것은 아니니까요. 중산층의 눈을 가려온 가짜 희망이 사라지는 순간, 도시는 순식간에 정글로 변해버린다는 것을 2011년의 영국 폭동이 잘 보여줍니다. 상점을 약탈한 것은 처음에 어림짐작했던 것과는 달리 가난한 이민자의 자녀들이 아니었습니다. 대부분은 영국 토박이들로, 그중 상당수는 잘 교육받은 중산층의 자녀들이었습니다.

당신에게 국가란 무엇인가

국가란 무엇인가

『검은 꽃』에서 이정이 과테말라 정글에서 고작 서른아홉 명의 동료들을 모아놓고 국가를 세우자고 설득하는 대목에 가면, 그는 국가가 개인의 운명을 결정한다는 확고한 신념에 도달한 것으로 보입니다. 개인과 국가의 관계에 대한 그의 생각의 핵심은 국가에 대한 소속이야말로 개인적 정체성의 본질이라는 것입니다. 그래서 그는 한국도 없어졌는데 그냥 무국적자로 남으면 어떠냐는 동료의 물음에 무국적자가 되기 위해서라도 국가가 있어야 한다고 답합니다. 국가로부터 자유를 얻으려면 국가를 가져야 한다는 역설이죠. 김영하 작가가 생각하는 국가란 무엇인지 궁금합니다.

세계인권선언에 보면 인간은 국가를 선택할 권리가 있다고 나오지만, 오죽 안 되면 선언까지 했겠습니까? 미국 비자 한 번만 내봐도 알 수 있었죠. 남의 나라를 여행하는 것도 쉽지 않은데 하물며 국가를 선택하는 문제는 말할 것도 없겠지요. 『검은 꽃』의 이정이 갖고 있던 고민들은 백 년이 지난 지금도 여전히 해결하지 못하고 있는 성질의 것입니다. 그리고 국경이 없어진다는 얘기가 나온 지 오래됐지만 여전히 국경은 견고합니다. 게다가 우리는 국가의 존재를 한시도 잊을 수 없는 나라에서 자라왔습니다. 오후 다섯시에 온 국민이 길거리에 서서 국기에 대한 경례를 하던 나라죠.

그런데 『검은 꽃』의 이정은 경우가 좀 다릅니다. 그는 여러 집단을 거치게 되는데, 처음에는 오로스코군에 들어갔다가, 화폐까지 발행하는 준국가적 반군 집단을 여러 개 더 거치고 결국 판초 비야 진영까지 오게 됩니다. 이러면서 그는 1905년 당시의 인물로는 드물게 국가라는 개념을 상대화시킬 수 있었습니다. 그러나, 아버지를 가져본 일이 없는 인물이기 때문에, 다시 말해서 어렸을 때 국가를 떠나왔기 때문에, 국가의 모델이라든가 이런 것을 내면화할 기회가 없었습니다. 사실 저는 안창호라든지 김구라든지 하는 국가 건설 초기의 지도자들이 겪었던 여러 문제들은, 적당한 모델을 갖고 있지 못했으면서도 조선왕조는 무조건 버려야 했던, 즉 왕조는 절대 대안으로 생각할 수 없었던, 오로지 서구와 일본의 모델만을 참조해야 했던 데서도 어느 정도 기인했다고 생각합니다.

어쨌든 이정 같은 인물도 국가라는 개념을 상대화하는 데까지는 나아갈 수 있었으나 그 이후의 전망을 가지지 못했고, 결국 정글에서도 방황하게 됩니다. 반면 조장윤의 경우는 좀 다릅니다. 그는 상대적으로 국가에 대한 관념을 분명히 가지고 있었고 국가의 녹을 받은 적도 있고 그 국민으로 충분히 살아본 적이 있습니다. 이정은 국가에 대해서 회의적이지만 그렇다고 뚜렷이 자기 의견을 내놓지도 못하다가 조장윤이 도주한 이후에야 할 수 없이 국가 형성의 과제를 떠맡게 됩니다. 당연히 이정은 지역적으로 가까운 마야의 공동체를 참조하게 됩니다.

마야문명이 자리잡은 지역은 황허나 나일강처럼 늘 범람하는 거대한 강 때문에 치수의 필요성이 강력하게 대두되는 지역이 아닙니다. 중국의 경우에는 그것 때문에 늘 중앙집권적 정부의 출현이 요구되었지만 중앙아메리카 지역은 밀림이었으며 물도 흔하고 먹을 것도 풍부한 편이었으니 늘 군소 국가들이 난립해왔습니다. 이정이 세운 나라도 국가에 대한 농담이라고 볼 수 있을 정도로 작습니다. 사실 나라라고 할 수도 없을 정도지요. 이것은 마야인들과의 느슨한 연합 형태로 이루어집니다. 어쨌든 그 후에 일어난 일들은 국가에 대한 일종의 판타지라고 보는 게 타당할지도 모릅니다. 그렇게 어쩔 수 없이 만들어야만 했던 국가는 이전에 존재했던 어떤 국가와도 다른 모습입니다. 그렇다고 뚜렷한 이미지를 갖고 있었던 것 같지는 않고 어떻게 보면 저 자신이 갖고 있는 국가에 대한 혼란스러운 관점의 반영일 수 있을 겁니다.

민족주의와 국가주의 그리고 소설

『검은 꽃』은 대한제국이 자주권을 잃어가는 시점에서 멕시코 이민을 선택한 사람들의 이야기이고 따라서 민족과 국가의 문제를 중요하게 다루고 있어요. 하지만 역사소설을 반성하는 역사소설답게 민족의 표상을 만드는 데는 관심이 없습니다. 한국인의 멕시코 이민 소재를 다룬 종전의 소설처럼 한국인이기 때문에 당하는 고난, 한국인이고자 하는 의지를 이야기의 중심에 두고 있지 않습니다. 전통적으로 한국 역사소설의 주인공이 집합적 의미, 운명적 의미에서 한국인이었다면, 『검은 꽃』의 주인공은 우연히 한국인이면서 또 우연히 한국인이 아닌 사람들입니다. 재미있어요. 우리 역사소설의 전통적 관행에 대한 장난스럽고도 의미심장한 반발입니다.

단기간에 민족국가의 서사를 만들어내고 교육과 계몽을 통해 국민들에게 전파하고 내면화하는 과정은, 어떻게 보면 지난 백 년간의 우리 근대문학의 과제였습니다. 이순신부터 세종대왕, 그 밖에도 수많은 영웅들이 그 과정에서 불려나왔습니다. 그러나 민족국가의 서사 형성이라는 과제는 일단 저라는 작가의 평소 품성과 잘 맞지 않았습니다. 그리고 그런 과제들은 이제 훌쩍 커버린 한국이라는 나라의 육체와 잘 맞지 않는 어린 시절의 옷처럼 느껴지기도 합니다. 아직도 우리는 방어적, 폐쇄적 그리고 피해자연하는 민족 개념에 사로잡혀 있는 것 같습니다. 그런 식의 민족주의에 대한 의심, 반성, 이런 것들이 현재 우리 사회 여러 분야에서 일어나고 있다는 사실을 우리는 잘 알고 있습니다. 지금까지 대체로 우리는 국가라는 존재를 너무나 초역사적인 실체로, 영원히 불변하는 것으로 인식해왔습니다. 그러다보니 순결성에 대한 집착, 순혈주의와 같은 시대착오적 정신병리학적 증상들에 무비판적일 수밖에 없었습니다. 이제는 그런 식의 민족주의, 국가주의는 여러 형태의 도전에 직면하고 있습니다.

제 소설뿐 아니라 사실 많은 근대소설이 기본적으로 국가라는 존재를 개인의 반대편에 놓고 그것에 대해서 의심을 제기하는 데서 출발합니다. 『검은 꽃』의 경우에는 워낙 그 시대가 문제적이었습니다. 국가의 존재 자체가 사라져버리는, 더군다나 근대국가가 시작될까 말까 하는 순간에 완전히 사라져버리는 순간을 다루었기 때문에, 제가 원하든 원치 않든 국가의 운명이 라는 문제에 휘말리게 되었습니다. 사실 솔직히 말씀드리면 저는 『검은 꽃』을 다 쓰고 나서도 국가에 관한 문제를 명쾌하게 제 내부에서 정리하지 못했습니다. 잘 아시다시피 국가는 단지 존재한다는 그 사실만으로도 많은 비극과 폭력을 만들어냅니다. 우리는 물론 그것들을 잘 알고 있습니다. 그렇지만 국가 이후의 것은 무엇인가, 국가라는 존재를 완벽한 허무까지 밀고 갈 수 있느냐 하는 문제에 대해서는 사실 저는 아직 결론을 내리지 못했습니다. 그런 망설임이 『검은 꽃』에는 그대로 들어 있습니다.

샤머니즘과 외래종교의 충돌

멕시코 에네켄 농장에서 한국인 노예와 멕시코인 농장주 사이에는 많은 갈등이 벌어지고 있습니다만, 그중에서도 가장 격렬한 갈등은 샤머니즘과 가톨리시즘의 충돌이라는 양상으로 나타나지 않습니까? 물론 작중인물 모두가 샤머니즘에 투신하고 있는 것은 아니고 박수무당을 중심으로 신성 공동체를 꿈꾸고 있는 것은 더더욱 아니지만, 작중인물들은 그들의 정체성이 시험을 당하는 위기의 순간에 샤머니즘 문화를 가지고 자신을 주장

하고 멕시코인들 또한 샤머니즘에 주목하여 한국인을 구별하고 있다는 설명이 가능합니다.

그렇죠. 원하든 원하지 않든 국경 밖으로 나가면 우리는 타자에 의해서 그 정체성이 규정되지요. 『검은 꽃』 속의 조선인들만 해도 단지 그들이 같은 지역에서 왔다는 이유만으로 같은 값에 팔려나갑니다. 사실 저는 샤머니즘에 대해서는 잘 알지 못합니다. 제 어머니는 충남 서천이 고향인데 위로 5대째 가톨릭 집안입니다. 굉장히 드문 일이죠. 중국과 가까운 해안가이니 중국에서 건너온 선교사들의 영향을 직접 받았을 가능성이 크죠. 그래서 저는 어려서부터 가족의 가톨릭적 분위기와 우리 사회에 팽만한 샤머니즘적인 전통 사이의 충돌과 절충에 관심이 많았습니다. 예를 들면 제사 같은 거죠. 한국의 가톨릭은 제사를 허용하고 있습니다. 사실 엄밀히 말하자면 우상숭배겠지만 워낙 강한 한국의 샤머니즘 전통 때문에 천주교측에서 타협을 한 것이지요.

아이로니컬한 것은, 이곳에서 신부가 되어서 멕시코로 떠난 박광수 같은 인물이 남미에서 마주치는 가톨릭 역시 수입된 것이라는 겁니다. 소설에도 나오듯이 이그나시오 데 로욜라 같은 예수회를 중심으로 한 선교 집단과, 그들과 경쟁하는 다른 선교사들이 스페인과 포르투갈의 무력 지원을 받으며 이식한 것인데, 중남미 상륙 이후 그들의 토착적 샤머니즘과 결합하여 역시 변질되었습니다. 그러니까 팔레스타인에서 시작하여 바티칸에서 완성된 종교가 동과 서, 두 방향으로 나뉘어 전진합니다. 하나는 라틴아메리카로, 또 하나는 마테오 리치의 길을 따라서 중국과 한국으로 온 것이고, 그 두 흐름이 멕시코라는 데서 마주치게 된 거예요. 그때 어떤 일이 벌어질 것인가 하는 것을 생각했습니다. 결국 조선인들은 샤머니즘적 전통으로 돌아갑니다.

저는 조선인들이 쉽게 버리지 못하는 어떤 것들이 있다고 생각합니다. 바로 그 샤머니즘적인 부분입니다. 예를 들면 조상에 대한 제사나 점 혹은 굿, 장례 절차 같은 것들. 결국 이들이 정체성의 혼란이라는 상황에 직면하면 어디로 퇴각할 것인가 하는 생각을 했습니다. 그것은 아마도 어느 민족에게나 가장 익숙한 정신적 형식, 즉 제의일 가능성이 큽니다. 그래서 제 소설의 인물들은 위기에 처하면 그 익숙한 정신적 형식에서 위안을 찾습니다. 물론 샤머니즘입니다. 죽음에 대한 공포에 직면한다거나 심각한 정신적 혼란을 겪게 된다든가 하면 더 말할 나위가 없죠. 마야인들이나 서인도제도의 이주민들이 주술에 의존하는 것과 비슷합니다. 바로 그 지점에서 토착 샤머니즘에 공포심을 갖고 있던 라틴아메리카의 가톨릭과 부딪치게 됩니다. 그런 얘기들 있지 않습니까? 중심은 부드럽고 주변은 딱딱하다고. 딱딱한 주변에서 두 갈래의 가톨릭적 변형이 만나 불꽃이 튄 것이 이런 것이죠. 사실 이런 종교적 충돌에 관한 부분은 어떤 자료에도 의존하지 않고 쓴 것인데 그럴 법하다고 생각했고, 실제로 그랬을 것이라는 생각이 듭니다.

아버지 신으로부터의 탈주

이 소설(『검은 꽃』)을 의미가 통하게 하는 방법 중 하나는 아버지라는 존재에 초점을 맞추어 작중인물들의 행동을 이해하는 것입니다. 작중인물들이 대개 고아죠. 아버지를 잃어버린 사정은 저마다 다르지만 그들이 겪는 고통의 기원에 아버지의 부재가 있다는 점에서는 다들 비슷합니다. 그들이 체험한 아버지의 부재는 말할 것도 없이 대한제국의 몰락과 은유적으로 일치합니다. 작중인물들의 행동 중에서 비교적 뚜렷한 플롯을 낳고 있는 것은 세상의 폭력과 허무로부터 자신을 구제해줄 새로운 아버지를 가지려는 행동입니다. 남진우씨가 해설에서 보여주었듯이 '아비 찾기'는 중요한 모티프입니다. 아비 찾기의 관점에서 보면 역시 박광수의 편력이 시사하는 바가 가장 많습니다. 서해 위도의 어부였던 아버지가 조기잡이를 나갔다가 풍랑을 만나 목숨을 잃은 이후 소년 박광수는 어머니에 의해 무당에

게 팔려가 심한 학대를 당합니다. 그러다가 당집을 뛰쳐나와 천주교 신부에게 세례를 받고 나중에는 말레이시아 페낭까지 가서 수업을 받고 신부가 되어 돌아옵니다. 그가 천주교에 의지한 중요한 이유는 어린 나이에 체험한 주술적 세계와는 다른 세계, 폭력과 죽음의 공포가 없는 세계에 대한 열망이었다고 생각됩니다. 천주교의 신은 물론 그러한 세계에 대한 약속이었죠. 하지만 그의 마음속에서 흔들리고 있던 신에 대한 믿음은 멕시코 농장에서 일어난 종교 분쟁을 계기로 완전히 사라지게 됩니다. 이그나시오에게 한국인을 박해하는 명분을 제공하고 있는 신은 그가 믿는 어떤 구원의 능력도 없는 신이었던 거죠. 오히려 인간세계에 폭력과 죽음이 가득하도록 조장하는 신이었습니다. 박광수의 이야기는 물론 아버지를 갖고자 하는 절절한 염원과 그 궁극적 좌절을 알려줍니다. 하지만 이것은 달리 보면 아버지에 대한 염원 끝에 아버지의 정체와 만난 이야기이기도 합니다. 박광수의 환멸은 아버지를 잘못 찾았다는 후회의 표현이라기보다는 아버지란 본질적으로 폭력적이라는 각성의 표현처럼 보입니다.

서구의 신이니까요. 우리로서는 이식된 신인데다가 워낙 일신교라는 개념 자체가 우리로서는 낯설었습니다. 신이 유일하다는 것은 중동에서 만들어진 개념이고 이 개념이 지난 이천 년간 전 세계로 퍼져나가면서 다신교적 세계와 충돌하며 많은 비극들을 만들어왔습니다. 게다가 그 신은 아버지 신, 즉 남성 신이면서 동시에 다른 어떤 신도 허용하지 않는 '질투하는 신'입니다. 많은 독자들이 『검은 꽃』을 국가의 문제에 집중해서 읽고 있지만, 사실 이 소설에는 작가인 제 자신의 개인사적 측면, 즉 종교적 고민과 경험도 많이 녹아 있습니다. 저는 태어나자마자 세례를 받았지만 현재는 신앙을 갖고 있지 않습니다. 저의 성장기라는 것은 교회로 상징되는 신념 체계와의 긴장과 갈등, 그리고 오랫동안 수난과 박해 속에서 천주교를 믿어온 집안에서 태어나서 그것들로부터 벗어나 현대적인 문학을 하는 작가가 되기까지의 과정들일 텐데, 그게 제 소설 속에 숨어 있습니다. 즉, 아버지 신으로부터의 탈주라고도 말할 수 있습니다.

일신교에 비해 샤머니즘은 상당히 활기차고 명랑하고 감정이 풍부합니다. 예를 들어 그 신은 울고 웃고 짜증도 내고 배고프다 칭얼대기도 합니다. 그런 부분이 카오스에 던져진 제 소설 속의 인물들과도 잘 맞는다고 생각했습니다. 박광수라는 인물은 그 두 신념 체계 사이를 왔다갔다하게 되는데, 그 자체가 우리 민족이 겪어왔던 정신적 방랑사이기도 하고 또 제 개인사이기도 하지요. 개체의 발생이 계통의 발생을 좇는, 뭐 그런 것은 아닙니다만, 하여튼 유사한 구석이 있습니다. 그리고 이 소설은 쓰다보니 자연스럽게 아버지 찾기의 부분으로 진행하지 않을 수 없었습니다. 쓸 때 특별히 아비 찾기 모티프를 생각한 것은 아닙니다. 그러나 개연성을 좇다보니 인물들은 자연스럽게 고아, 즉 끈 떨어진 자들이 되었고 그러다보니 그 모티프가 중요하게 부각되었습니다.

문화적 돌연변이

인천문화재단 '포스트 한류시대,
아시아 문화교류의 전망' 심포지엄 주제발표,
2007년 11월

한류에 제가 약간이라도 기여한 것이 있다면, 〈내 머리 속의 지우개〉라는 영화를 각색하는 데 참여했던 것을 들 수 있겠네요. 일본 TV 드라마가 원작인 작품인데, 이 영화가 다시 일본에 수출되고 TV 드라마로도 만들어진다고 들었습니다. 하나의 콘텐츠로 영향을 주고받는 현장을 가까이에서 체험할 수 있는 기회였습니다. 이 짧은 경험 말고는 소설가인 저는 오늘의 주제인 한류에 관해 별로 할말이 없습니다. 그래서 좀 다른 방향에서 접근해볼까 합니다.

작금의 한국문학은 한류는 고사하고 오히려 '몰려오는 일류日流를 어떻게 감당할 것이냐'가 문제입니다. 따지고 보면 한국에서 작가로 살아간다는 것은 일본뿐 아니라 전 세계에서 몰려오는 작가들을 다 상대해야 한다는 것을 의미합니다. 파울로 코엘료도 오고, 베르나르 베르베르도 오고, 무라카미 하루키도 오고. 그러니까 우리 문학은 이미 전면적 FTA 상황인 것이죠. 스크린쿼터 같은 무슨 제도가 있어서 보호를 받는 것도 아닙니다. 게다가 외국문학을 들여오는 일은 한국 작가를 섭외하는 것보다 쉽습니다. 그냥 사오면 되니까요. 작가와 개인적으로 만나 술을 사줄 필요도 없고, 이러쿵저러쿵 비위를 맞출 필요도 없이 그냥 시장에서 거래됩니다. 한국이 1996년 베른협약에 가입한 이래, 중복 번역이 사라지고 번역 작품도 저작권 보호를 제대로 받게 되자 출판사들은 번역에 본격적으로 투자를 하기 시작하고, 그 결과 번역의 질이 높아졌습니다. 이에 따라 한국의 작가들은 전면적 시장개방 상태에서 해외 작가들과 치열한 경쟁을 벌이고 있다고 말할 수 있습니다. 다시 말해 소설시장에는 '무역장벽'이 없습니다.

'한류'에서 '류流'라는 글자에 대해서 생각해봅니다. 다들 아시다시피 '류'는 물의 흐름을 표현한 한자입니다. 자연스럽게 '넘친다' '범람한다' '몰려온다' 같은 말을 떠올리게 합니다. '삼국지 홍수' '일본문학 범람' '한국드라마 일본열도 휩쓸다'식의, 물의 흐름을 연상시키는 격한 표현들이 따르게 됩니다. 이런 표현들 때문에 국가적 문화라는 게 마치 둑으로 서로 가로막힌

연못들 같은 것이라고 상상하게 됩니다. 일본이라는 연못의 수위가 높아지면 한국으로 물이 넘어오고, 반대로 한국이라는 연못에서 흘러넘친 그 무엇이 일본이나 중국으로 넘어간다는 식의 상상이죠. 이 메타포는 상당히 간단하고 익숙한 것이어서 누구나 쉽게 이해할 수 있다는 장점이 있습니다.

그러나 이 메타포가 과연 문화의 흐름을 표현하기에 적합한 것인가에 대해 저는 의문을 가지고 있습니다. 저는 '류' 대신에 '문화적 돌연변이'라는 메타포를 제안하고 싶습니다. 이 문화적 돌연변이들은 국경, 국가, 문화적 전통 등과 크게 관계없이 어떤 흐름이 만나는 곳에서 출현하는데요. 자기 문화전통에 대한 애착이 희미해지는 시대, 외래문화에 대한 거부감이 적으면서 소비성향은 높은 지역에서 출현하는 일종의 문화적 변종이라고 생각합니다. 이 돌연변이들은 문화적으로 상당히 '지저분한 환경'에서 태어납니다. 청학동 같은 문화적 청정지역에서는 잘 생기지 않습니다. 홍콩이나 부산, 뉴욕 같은 곳, 이 세미나가 열리고 있는 인천도 돌연변이가 출현하기에 적합한 환경인 것 같네요.

마카로니웨스턴이나 1980년대의 홍콩 갱스터 영화 같은 것도 그런 문화적인 돌연변이의 일종이 아닌가 싶은데요. 뭔가 이상한 것들이 만나서 만들어졌죠. 영화사의 이런 기이한 별종이 마치 물이 흘러넘치듯이 국경을 넘어 중국으로 가고, 타이완으로 가고, 난데없이 한국으로도 와서 많은 영화감독들에게 영향을 끼쳤죠. 멀리는 캘리포니아의 비디오 대여점 점원이었던 쿠엔틴 타란티노 같은 사람도 홍콩영화에 매료돼서 훗날 〈킬 빌〉 같은 기이한 영화를 만들게 되죠. 일본영화 같기도 하고 중국영화 같기도 한데, 어떻게 보면 미국영화 같기도 한 그런 영화들이 탄생하게 됩니다. 문화적 돌연변이는 단지 국경을 넘어서 인접해 있는 나라로 건너가는 것만이 아니라, 사실은 비행기와 인터넷, 비디오 대여점, 아메리칸필름마켓, 이런 것들을 통해서 좌충우돌 어딘가로 튀어갑니다.

한국드라마의 경우 1990년대 초반만 해도 '한국드라마의 일본드라마 표절이 심각하다' '한국드라마 작가들은 일본 TV가 잡히는 부산에 가서 작업을 한다' '아니다, 대마도다' 하는 식의 이야기가 굉장히 많았습니다. 그러나 실제로 보면 일본드라마와 한국드라마는 많이 다릅니다. 일본드라마에서는 인간과 인간의 거리가 상당히 멀지만, 한국드라마에서는 심하게 가깝습니다. 해서는 안 될 말도 하고, 오 분 간격으로 소리를 지르고, 남의 일에 깊숙이 관여하는, 그런 격렬한 관계들이 많습니다. 한국드라마는 일본드라마를 참고하기는 했지만, 격렬한 파토스를 중시하는 한국드라마 기존의 전통에다 미국드라마들의 특성이 섞이면서 독특한 돌연변이가 출연했습니다. 그것이 1990년대 말~2000년대 초의 한국드라마죠. 다른 나라에서는 감히 시도조차 할 수 없는 과감한 설정들이 막 튀어나옵니다. 무리하다는 정도를 넘어선 어떤 무모함이 있습니다. 임성한 작가의 〈하늘이시여〉 같은 드라마를 보세요. 사랑에 빠진 오누이, 알고 보면 친아버지인 의붓아버지, 심지어 친딸을 며느리로 맞으려는 어머니 등등 파격적인 설정이 가득합니다.

영화에서는 〈왕의 남자〉를 이런 돌연변이의 예로 들 수 있겠습니다. 이 영화의 내용을 찬찬히 들여다보면 사실 조선의 왕실에서는 벌어지기 힘든 사건들입니다. 정통 사극이라기보다 셰익스피어적 궁정극을 번안한 것 같은 이야기입니다. 궁에 광대가 등장한다든가, 궁정에서 진행되는 극중극, 명백히 〈햄릿〉을 연상시키는 이런 틀 안에는 또 우리나라 전통 연희의 모습이 그대로 담겨 있습니다.

그렇다면, 아시아문학계에서 이런 돌연변이는 무엇인가. 대표적으로 무라카미 하루키가 있습니다. 무라카미는 항구도시 고베 근처에서 자란 것으로 알려져 있습니다. 항구도시에서 자랐다는 것부터 문화적 돌연변이로서는 의미심장한 출발입니다. 제가 알기로는 무라카미의 아버지는 고등학교 일본어 교사였는데, 대단한 일본 전통문학 찬미자였다고 합니다. 그래서 아들에게 늘 일본 전통문학의 아름다움을 강조했는데, 아들은 이것을 아주 싫어했다고 하죠. 항구도시 고베에는 외국 선원들이 가지고 오는 펄프픽션을 파는 헌책방들이 번성했습니다. 여기서 사람들은 읽으라는 일본 전통문학은 읽지 않고 미국의 추리소설, 대중소설을 읽기 시작했죠.

무라카미는 열광적인 미국문학 숭배자라고 들었습니다. 레이먼드 카버를 좋아했다고 하죠. 레이먼드 카버를 찾아가 번역가로서 인터뷰를 했던 무라카미는 그를 일본으로 초청했고, 온다면 자기 집에서 묵는 게 어떠냐고 제안하자 카버도 흔쾌히 이에 응했다고 합니다. 그런데 일본 침대는 작지 않습니까? 카버는 키가 190센티 정도 되는 거구거든요. 그래서 무라카미는 그를 위한 침대를 직접 주문하기까지 했답니다. 그러나 레이먼드 카버는 하루키의 방문 이후 갑자기 죽게 되고, 결국 하루키에겐 특별 주문한 커다란 침대만 남았죠. 스티븐 킹의 팬으로도 유명한 하루키는 미국 메인주에 있는 스티븐 킹의 집까지 차를 몰고 가서는 멀리서 그 집을 하염없이 바라보다 돌아오곤 했대요. '아, 저기 스티븐 킹이 사는구나' 하고 말이죠. 일본 특유의 오타쿠 정서 같은 것을 이런 대목에서 엿볼 수가 있습니다.

한편 무라카미의 소설에서는 일본 사소설의 강력한 전통도 찾아볼 수 있습니다. 이 부분이 아주 흥미롭습니다. 명백히 미국문화, 특히 재즈 같은 미국적 음악을 좋아하고 서구적 문화 기호로 가득한 소설을 쓰고 있지만 그가 쓰는 작품들은 무척이나 일본적이기도 합니다. 이 이상한 혼종문학이 전 세계 서점을 장악하고 있습니다. 혹시 그의 소설은 '잘 써서'가 아니라 '이상하게 쓴' 덕분에 그토록 널리 퍼져나갈 수 있었던 것은 아닐까요?

그런 면에서 보자면 한국 TV 드라마가 '아시아를 평정'한 것도 잘 만들어서가 아니라 이상하게 만들어서라고 생각합니다. 그래서 전 '더 잘 만들어서' 한류를 지속해야 한다는 데에는 동의할 수가 없습니다. 한국소설의 세계화와 관련해서도 '한국소설은 뛰어난데 번역 때문에 알려지지 않는다'고 주장하시는 분이 많은데, 물론 뛰어난 소설들이 있겠지만 '잘 썼다, 잘 번역했다'고 해서 세계로 '진출'할 수 있는 것은 아니라고 생각합니다. 국경을 넘어 다른 나라 독자들에게 널리 읽히는 소설은 여러 문화의 혼종을 통해 빚어진 변종일 가능성이 높다고 생각합니다. 돌연변이의 산물이기 때문에 미리 예측하는 것도 가능하지 않고, 기획하여 생산하는 것도 어려울 겁니다. 한국문학의 세계화라는 게 만약 실현된다면, 그 주인공은 아마도 한국의 정서를 잘 살린 문학이 아니라 이상한 것, 어지럽게 뒤섞인 것, 도저히 우리가 한국문학이라고 받아들일 수 없는 어떤 것일 가능성이 큽니다. 그러니 만약 우리가 정말로 한류를 지속시키기를 원한다면 더 열심히 하는 것보다 더 이상해지는 것이 필요합니다.

초판 작가의 말

보다

2012년 가을에 한국으로 돌아왔을 때, 생각보다 많은 것이 낯설었다. 사 년 남짓 해외를 떠도는 사이에 한국사회는 또 많이 변해 있었다. 변한 것들을 구체적으로 적시할 수는 없다. 그전이 어땠는지부터가 희미하기 때문이다. 대한민국은 워낙 빨리 변화하는 나라여서 기준점으로 삼을 만한 것이 거의 없다. 거리의 풍경만 변한 것은 아니었다. 사람살이의 모습도 눈에 띄게 달라진 것 같았다. 한국을 떠나 있던 시간 동안 나는 많은 것을 보지 못했다. 용산 참사와 미국산 쇠고기 수입반대 촛불시위, 이른바 사대강 사업도 외국의 뉴스 채널이나 인터넷 포털을 통해서 접할 수밖에 없었다. 당연히, 별로 실감이 나질 않았다.

이상하게도 내가 여행중일 때마다 우리나라에선 큰 사건이 터졌다. 유럽 배낭여행중, "너네 나라에 삼풍이라는 백화점이 붕괴돼 수백 명이 매몰됐다"는 소식을 전해주던 호스텔 직원에게 한국에는 그런 백화점이 없다고 말하며 다른 나라 소식을 잘못 들은 것 아니냐고 되물은 기억이 난다. 강남에 살지 않았던 내게 '삼풍'은 처음 듣는 이름이었다. 숭례문이 불타고 천안함이 격침될 때는 뉴욕에 있었다. 올봄, 수학여행을 떠난 고등학생들이 침몰하는 배 안에 가만히 앉아 침착하게 구조를 기다리는 장면은 지구 반대편인 브라질에서 보았다.

물리적으로 멀리 있다보니, 사람들의 비통함, 분노, 연민은 여러 필터를 거쳐서야 내게 전달되었다. 물론 그 사건들을 생생하게 기록한 사진과 영상 들을 언제든 찾아볼 수 있는 시대에 살고 있지만, 한국에 있는 것과는 천양지차였다. 보고 듣는 것만으로는 충분하지 않았다. 한 사회를 제대로 이해하기 위해서는 단순히 눈으로 보고 귀로 듣는 데에서 좀 더 나아가야 한다. 보고 들은 후에 그것에 대해 쓰거나 말하고, 그 글과 말에 대한 사람들의 반응을 직접 접하지 않고서는, 다시 말해, 경험을 정리하고 그것을 바탕으로 타자와 대화하지 않는다면, 보고 들은 것은 곧 허공으로 흩어져버린다. 우리는 정보와 영상이 넘쳐나는 세상에서 살고 있다. 많은 사람이 뭔가를 '본다'고 믿지만 우리가 봤다고 믿는 그 무언가는 홍수에 떠내려오는 장롱 문짝처럼 빠르게 흘러가버리고 우리 정신에 아무 흔적도 남기지 않는 경우가 많다. 제대로 보기 위해서라도 책상 앞에 앉아 그것에 대해 생각하는 시간이 필요하다. 지금까지의 내 경험으로 미루어볼 때, 생각의 가장 훌륭한 도구는 그 생각을 적는 것이다.

한동안 나는 망명정부의 라디오 채널 같은 존재로 살았다. 소설가가 원래 그런 직업이라고 믿었다. 국경 밖에서 가끔 전파를 송출해 나의 메시지를 전하면 그것으로 내 할일은 끝이라고 생각했다. 2012년 가을에 이르러 내 생각은 미묘하게 변했다. 제대로 메시지를 송출하기 위해서라도 내가 사는 사회 안으로 탐침을 깊숙이 찔러넣지 않으면 안 된다는 생각이 들었다. 그러기 위해서는 우선 내가 보는 것, 듣는 것, 경험하는 것에 대해 생각하고 그것을 글로 표현하는 과정이 필요했다. 그래서 아주 오랜만에 고정적으로 여러 매체에 동시에 기고하기로 마음을 먹었다. 정해진 마감일에 맞춰 글을 쓰기 위해서는 일상에서 보고 경험하는 것에 대해 끊임없이 숙고하지 않으면 안 된다. 깊이 생각하고 그것을 정연하게 써내도록 스스로를 강제하게 된다. 그렇게 적은 것을 다시 보고 고치는 것이 그 마지막이다. 이 순환이야말로 한 사회와 세상을 온전히 경험하는 방법이 아닐까. 이 년 가까이 쓴 글들을 추리고 묶으면서 생각한 것이다.

'보다'라고 이름 붙인 이 책에 이어 '읽다'와 '말하다'라는 제목의 산문집을 약 석 달 간격으로 출간할 예정이다. 쉽게 예상할 수 있듯이 책과 독서에 대한 산문들이 '읽다'로, 공개적인 장소에서 행한 강연을 풀어 쓴 글들이 '말하다'로 묶일 것이다. 소설가로서 소설 아닌 글들을 줄줄이 묶어낸다는 게 머쓱하기도 하다. 가드를 내리고 상대를 맞이하는 권투선수 같은 기분을 지울 수가 없다. 여전히 나는 소설이 내 정신의 어법에 가장 잘 맞는 형식이라고 생각하지만 에세이 형식으로만 표현할 수 있는 부분도 없지는 않은 것 같다는 것을 이 시리즈를 준비하면서 알게 되었다. 이 책에 실린 글들은 내 생각의 끝이라기보다는 새로운 대화의 시작점이라고 생각한다. 그러니 부디 너그러운 마음으로 읽어주었으면 하는 바람이다.

2014년 가을, 해운대에서

김영하

읽다

만약 어떤 형벌을 받게 되어, 읽기와 쓰기 둘 중에서 하나만 해야 한다면 뭘 선택하게 될까를 생각해본 적이 있다. 쓰지 못하는 삶도 편치는 않겠지만 읽지 못하는 고통이 더 클 것 같다. 인생이 뜻대로 되지 않을 때, 이상적인 삶의 모습을 꿈꿔보게 된다. 열대 무인도의 야자나무 아래 해먹에 몸을 맡기고 건들거리는 모습이라든가, 센강이 내려다보이는 파리의 아파트 발코니에 앉아 있는 모습이라든가, 거대한 유람선의 데크에서 산호초를 굽어보는 모습이라든가. 그런데 그 장면들에서 책이 빠진다면? 무인도와 파리, 유람선에서의 생활이 돌연 무미건조한 고역처럼 느껴진다. 내 경우에는 완벽하게 행복한 풍경에는 반드시 두 가지가 있어야 한다. 재미있는 책과 차가운 맥주. 그중에서도 책이다.

"어떻게 작가가 되었나요?"라는 질문을 자주 받는다. 특별한 계기가 있었던 것은 아니다. 텔레비전에서 틀어주는 축구 경기를 보고 나서 학교 운동장으로 달려가 친구들과 공을 차기 시작한, 다른 아이들보다 단연 빠르고, 운동신경도 좋아 학교 코치의 눈에 띄게 되는 어떤 아이가 있을 것이다. 작가가 된 내 사정도 비슷하다. 책 읽기를 좋아했고, 그러다보니 비슷한 걸 써보려고 끄적이기도 하다가, 주변 사람의 주목과 격려를 받다가, 어느새인가 작가가 된 것이다. 내가 읽은 것들이 작가로서 내가 쓸 수 있는 것을 결정했다. 사람들은 흔히 "작가에게는 경험이 중요하다"고 말하지만, 내게 있어 그 경험은 거의 전적으로 독서 경험이다. 나는 철이 들고 나서는 살아 있는 그 어떤 사람으로부터도 별로 강렬한 인상을 받아본 적이 없다. 그러나 일급의 소설들로부터는 수도 없이 압도당했고, 그런 충격들이 나로 하여금 그 소설들을 '다시 쓰게' 만들었다.

이 책은 내가 그동안 읽어온 책들, 특히 나를 작가로 만든 문학작품들에 바치는 사랑 고백이라고 할 수 있다. 모든 사랑 고백이 그렇듯, 꽤 오랜 준비와 노력, 망설임이 필요했다. 오래전에 읽은 책들을 다시 읽고, 읽었다고 생각했으나 실은 읽지 않았던 책들을 읽었고, 어린이용 축약본으로 읽었던 책을 완역본으로 새로 읽었다. 아직 읽어야 할 책이 많은데 벌써 이런 책을 내도 될까 싶기도 했지만 이쯤에서 한번 서사문학이라는 것이 어떻게 시작되어 어디로 흘러왔고, 독자이자 작가인 내가 어떤 지점에 서 있는가를 살펴보자는 생각에 용기를 냈다.

언젠가 해럴드 블룸은 '셰익스피어가 『햄릿』을 쓰기 전에는 햄릿 같은 인간형이 존재하지 않았다'고 썼다. 그런 식이라면 아마도 나라는 인간은 돈키호테와 엠마 보바리와 라스콜니코프 같은 인물로부터 창조되었을 것이다. 상상 속에서 창조되었으나 현존하는 그 어떤 인간보다 더 생생하게 살아 있으며, 이후로도 영원히 살아남을 그 인물들에게 이 책을 바친다.

2015년 11월

김영하

말하다

대학 신입생 시절의 일이다. 봄꽃들이 피어나는 어느 몽롱한 날, 나는 철학개론 수업을 듣고 있었다. 그리스 철학자들의 이름이 최면술사의 주문처럼 교수의 입에서 흘러나왔다. 전날 밤 마신 술이 채 깨지 않은 상태였지만 어떤 대목에서 정신이 번쩍 들었다. 철학자들은 끊임없이 대화를 하고 있었다. 묻고 답하고, 묻고 답하고…… 말은 단순한 말이 아니었다. 말은 진리를 찾아가는 중요한 도구였다. 수업을 마치고 친구와 함께 점심을 먹으러 학생식당에 간 나는 자리에 앉자마자 방금 전 철학개론 수업에서 어설프게 감지한 바를 조금 흥분한 어조로 친구에게 떠들어댔다. 친구는 육개장 그릇에 파묻고 있던 얼굴을 들더니 이렇게 말했다.

"야, 밥은 좀 편하게 먹을 수 없을까?"

대화는 거기에서 끝났다. 이런 경험을 반복하면서 나는 대화라는 것이 꼭 살아 있는 사람을 대상으로 해야 하는 것은 아니라는 것을 조금은 실망스런 기분으로 받아들이게 되었다. 그 후로 내가 주로 소통해온 사람들은 현실의 인간이 아니라 책 속의 인물들이었다. 말을 하고 다른 사람의 이야기를 듣는 것을 좋아하지만, 대화는 때와 장소, 기분이 잘 맞지 않으면 어그러지기 일쑤였다. 주변을 둘러보면 대화에 적당한 타이밍을 기가 막히게 포착하면서 동시에 상대방의 기분도 잘 파악하는 천부적 재능을 가진 사람들이 있었다. 불행히도 나는 그런 사람이 아니었다. 나는 언제나 좀 엉뚱한 생각에 빠져 있다가 때와 장소에 걸맞지 않게 그 얘기를 꺼내 사람들을 당황시키는 쪽이었다. 오래 생각해온 어떤 문제는 유창하게 말할 수 있지만, 일상적인 가벼운 대화에서 핀트를 잘 못 맞춰 오해를 사는 일이 잦았다. 글은 발표하기 전에 거듭하여 고칠 수 있지만, 말은 한 번 내뱉으면 주워담기 어렵다. 그러다보니 말보다는 글을 쓰는 것을 선호하게 되었다. 여전히 나는 내가 한 수백 마디의 말보다 제대로 쓴 한 줄의 문장이 더 나를 잘 표현하고 있다고 생각한다.

하지만 살다보면 말을 하지 않을 수가 없다. 책을 내고 나면 인터뷰나 대담 같은 것을 하게 된다. 오래 쓰고 거듭 고쳐서 발표한 소설을 앞에 두고 버벅거리며 인터뷰를 해야 할 때면, 매력적인 친구에게 접근하려는 남자 때문에 성가신 일을 매번 겪어야 하는 불운한 여자처럼 느껴진다. '왜 내 친구에게 직접 말하지 않고 나를 귀찮게 구는 걸까. 어차피 필요한 건 내가 아니잖아?' 같은 심정이 되는 것이다. 가끔은 강연도 하게 된다. 청중이 있는 강연은 한 사람을 상대로 하는 인터뷰나 대담보다 훨씬 더 긴장된다. 바로 앞줄에 앉아서 꾸벅꾸벅 졸고 있는 저 청중은 실은 지난밤에 '불타는 금요일'을 보냈기 때문에 졸고 있는 것일지도 모르지만, 어쩐지 다 내 책임처럼 느껴진다. 앞에 있는 사람들이 졸지 않게 하기 위해, 굳이 시간을 내서 내 말을 들으러 온 청중에게 좀 더 의미 있는 시간을 제공하기 위해, 강연에서는 언제나 약간의 과장을 더하게 된다. 글로 썼다면 하지 않았을 말, 우스갯소리, 과장, 논리적 비약들이 더해진다.

이 책은 그런 인터뷰와 대담, 강연을 글로 옮긴 것이다. 말이 자아낸 후회들을 글로 극복하려는 작가다운 노력의 소산이라고 이해해주시면 좋겠다. 대부분의 인터뷰는 인터뷰어 측의 녹취나 필기로 기록된다. 잘못 받아적은 것도 더러 있었고 말의 맥락을 엉뚱하게 짚거나 누락한 것도 있었다. 처음에는 연락을 해서 바로잡기도 했지만 나중에는 별 의미가 없다는 것을 깨달고 포기하게 되었다. 강연은 원고가 있는 경우가 많아 인터뷰 같은 왜곡은 별로 없다고 할 수 있지만, 현장에서 더해진 군더더기들을 덜어내고, 시간적 제약 때문에 생략하고 지나간 부분을 더할 필요가 있었다. 그리고 지난 몇 년간 행한 몇 건의 강연은 인터넷에 동영상으로 올라와 있는데, 주최측에서 편집한 영상이다보니 원래의 맥락이 조금 달라진 것도 있고, 꼭 들어갔어야 할 부분이 통째로 사라진 경우도 있어 원래의 원고가 어떤 모습이었는지를 밝힐 필요도 있을 것 같았다.

등단한 이후의 인터뷰나 대담을 다 모아보니 분량이 너무 방대해서 이 가운데 현재까지도 의미 있다고 생각하는 부분만 발췌해 새롭게 편집했다. 이 과정에서 인터뷰어나 대담자의 질문을 축약하거나 생략할 수밖에 없었는데 해당되는 분들의 너그러운 이해를 부탁드린다. 우리 모두가 잘 알고 있다시피, 날카로운 질문 없이는 절대로 좋은 대답이 나오지 않는다. 이 책에 실린 내 답변들은 모두 공들여 준비한 예리한 질문들 덕에 나올 수 있었다고 생각한다. 그 고마운 분들의 이름은 다음과 같다.

문학평론가인 황종연, 서영채 두 분은 계간 『문학동네』에서 주최한 대담을 통해 예리한 질문들로 아둔한 작가를 일깨워주었다. 그 질문들은 잡지 지면에 고스란히 남아 있으니 궁금한 독자들께서는 따로 더 찾아보셔도 좋을 것 같다. 문학평론가 김수이, 김동식 두 분 역시 작가로 산다는 것, 글쓰기의 본질 등에 대해 꼼꼼하고 적실한 질문들을 던져주었다. 동료 작가인 백영옥씨, 한은형씨와의 인터뷰도 흥미로운 경험이었다. 일간지, 주간지, 월간지를 위해 인터뷰에 참여했던, 작가와 문학에 대한 애정으로 좋은 질문을 준비해오고 작가의 어지러운 답변을 깔끔하게 정리해준 여러 기자들, 특히 박해현, 이윤정, 정성갑 기자, 그리고 고나리씨, 김나희씨에게도 감사를 전한다.

작가가 된 이후로 나는 낭독회는 간혹 가졌지만 강연은 하지 않는 것을 원칙으로 삼았는데 이를 바꾸게 된 계기가 있었다. 2010년 여름, 몇몇 젊은이들이 나를 찾아왔다. 이들은 TED 본부의 허가를 받아 TEDxSeoul 행사를 준비하고 있었는데, '지금 우리에게 필요한 것은'이라는 대주제에 부합하는 강연을 해줄 수 있겠느냐고 물었다. 모두가 알다시피 TED는 '널리 알려야 할 아이디어Ideas worth spreading'라는 슬로건 아래 전 세계적으로 강연 운동을 펼치고 있는 비영리단체로, 정해진 원칙만 지키고 허가만 받는다면 어떤 단체도 강연 행사를 주최할 수 있다. 2010년 7월, 신촌의 한 공연장에서 열린 제2회 TEDxSeoul

에서 나는 '예술가가 되자, 지금 당장'이라는 주제로 십팔 분 동안 강연했다. 열정이 넘치던 TEDxSeoul의 젊은 자원봉사자들은 이 강연을 전문 영상장비로 녹화하고 영어로 자막을 달아 미국에 있는 TED 본부에 보내기까지 했다. 2012년 봄에 TED 본부에서 이 강연을 TED.com에 올리고 싶다고 연락을 해왔다. 내 허락을 받고 나서는 전문 편집자를 붙여 좀 더 명쾌하게 이해할 수 있도록 영문 자막을 고쳐 2013년 초에 TED.com의 '오늘의 발견Today's Pick'으로 초기 화면에 올렸다. 한국어로 행해진 TED 강연으로는 최초였다. 2015년 3월 현재까지 스물네 개 언어로 자막이 달려 TED.com에서만 136만 뷰 이상을 기록하는 등 생각지도 못했던 반향을 얻었다. 2010년 여름 나를 찾아와 머릿속에서만 맴돌고 있던 생각을 밖으로 끌어내준 TEDxSeoul의 자원봉사자들이 없었다면 그 생각은 어디론가 흩어져버리고 말았을 것이다. 아무 대가 없이 매주 모여 열성을 다해 행사를 준비하던 그분들, 그리고 강연을 녹화하고 번역하고 자막을 편집한 모든 이들에게 고맙다는 인사를 드린다.

그 후, CBS의 〈세상을 바꾸는 시간, 15분〉이라는 프로그램에서 '자기해방의 글쓰기'에 대해 이야기할 기회가 있었고, 지난 연말에는 SBS의 〈힐링캠프〉에서 지금과 같은 저성장의 시대에 어떤 태도로 살아갈 것인가에 대해 짧은 강연을 하기도 했다. 방송이다보니 편집된 부분이 많아 원래의 원고를 살려 책에 실었다. 그 밖에도 여러 대학과 도서관 등에서 문학과 글쓰기에 대해 생각을 밝히고 학생과 독자의 질문을 받는 행사들이 간간이 이어졌다. 2010년 이전보다 바깥 활동이 조금 많아지기는 했지만 지금도 나는 한 달에 한두 번을 제외하고는 집에 틀어박혀 언제나처럼 엉뚱하고 괴상한 생각을 하며 소설을 쓰거나 구상하는 것으로 시간을 보내고 있다. 여전히 나는 말보다는 글의 세계를 더 신뢰하며, 그 안에서 내 생각이 더 적확하게 표현될 수 있다고 믿는다. 그렇기에 이 책을 계기로 그동안 하고 다녔던 말의 부족함과 저급함을 조금이나마 보완할 수 있게 되어 다행이다. 그러나 여전히 거친 부분, 사려 깊지 못한 문장이 어딘가 남아 있을 것이다.

다시 봄꽃들의 계절이다. 진부한 언어를 필요로 하지 않는 눈부신 존재들이 우리를 기다리고 있다. 그리스 철학자들은 꽃이 만발한 정원을 바라보면서 제자들과 대화를 나누었다고 한다. 생각해보면 몽롱한 봄꽃 향기에 정신을 못 차리던 대학 신입생 시절로부터 참으로 멀리 온 것 같다. 그러나 여전히 나는 해결되지 않은 많은 질문을 안고 살아가고 있다. 그런데도 이렇게 대답으로 가득한 책을 내다니 뻔뻔해지기만 한 것 같다. 그러니 독자께선 이 책이 비록 대답의 형식을 띠고 있더라도 본질은 질문이라는 것을 염두에 두셨으면 한다.

2015년 3월

김영하

주와 출처

보다

1 중앙일보, 2013년 7월 20일.

2 레프 니콜라예비치 톨스토이, 『안나 카레니나 1』, 박형규 옮김, 문학동네, 2010.

3 폴 오스터, 『오기 렌의 크리스마스 이야기』, 김경식 옮김, 열린책들, 2001.

4 레프 니콜라예비치 톨스토이, 같은 책.

읽다

1부

1 데이비드 미킥스, 『느리게 읽기』, 이영아 옮김, 위즈덤하우스, 2014,

335~336쪽.

2 소포클래스, 『오이디푸스 왕』, 강대진 옮김, 민음사, 2009, 34~35쪽.

3 아리스토텔레스, 『시학』, 손명현 옮김, 고려대학교출판부, 2009, 36쪽.

4 같은 책, 17쪽.

5 같은 책, 42쪽.

6 윌리엄 셰익스피어, 『리어 왕』, 박우수 옮김, 열린책들, 2014, 47쪽.

7 해럴드 블룸, 『교양인의 책 읽기』, 최용훈 옮김, 해바라기, 2004, 15쪽.

2부

1 미겔 데 세르반테스, 『돈키호테 1』, 안영옥 옮김, 열린책들, 2014, 66쪽.

2 같은 책, 68~69쪽.

3 같은 책, 77쪽.

4 같은 책, 67~68쪽.

5 귀스타브 플로베르, 『보바리 부인』, 이봉지 옮김, 펭귄클래식코리아, 58~59쪽.

6 귀스타브 플로베르, 같은 책, 81쪽.

7 같은 책, 92쪽.

8 미겔 데 세르반테스, 『돈키호테 1』, 안영옥 옮김, 열린책들, 2014, 108쪽.

9 다니엘 페나크, 『소설처럼』, 이정임 옮김, 문학과지성사, 2007, 212쪽.

3부

1 프란츠 카프카, 『성』, 홍성광 옮김, 펭귄클래식코리아, 2015, 7쪽.
2 같은 책, 8쪽.
3 같은 책, 8쪽.
4 같은 책, 18~19쪽.
5 같은 책, 20쪽.
6 박민규, 『카스테라』, 문학동네, 2005, 13쪽.
7 알베르 카뮈, 『이인』, 이기언 옮김, 문학동네, 2014, 9쪽.
8 귀스타브 플로베르, 같은 책, 224쪽.
9 같은 책, 224쪽.
10 같은 책, 225~227쪽.
11 같은 책, 227쪽.
12 같은 책, 227쪽.
13 귀스타브 플로베르, 『세 가지 이야기』, 고봉만 옮김, 문학동네, 2016, 189쪽.
14 귀스타브 플로베르, 『보바리 부인』, 13쪽.
15 같은 책, 385~386쪽.

4부

1 블라디미르 나보코프, 『롤리타』, 김진준 옮김, 문학동네, 2013, 425~426쪽.
2 호르헤 루이스 보르헤스, 『칠일 밤』, 송병선 옮김, 현대문학, 2015, 59~60쪽.
3 밀로라드 파비치, 『하자르 사전』, 열린책들, 신현철 옮김, 2014,

88쪽.

4 같은 책, 141쪽.

5 호르헤 루이스 보르헤스, 같은 책, 111~112쪽.

6 블라디미르 나보코프, 같은 책, 17쪽.

7 같은 책, 17쪽.

8 같은 책, 192~193쪽.

9 같은 책, 213쪽.

10 김영하, 「흡혈귀」, 『엘리베이터에 낀 그 남자는 어떻게 되었나』, 복복서가, 2020, 9~10쪽.

11 블라디미르 나보코프, 같은 책, 499쪽.

12 같은 책, 505쪽.

5부

1 신형철, 『정확한 사랑의 실험』, 마음산책, 2014, 132~133쪽.

2 도스토옙스키, 『죄와 벌(상)』, 홍대화 옮김, 열린책들, 2015, 11~12쪽.

3 같은 책, 115쪽.

4 같은 책, 116~117쪽.

5 같은 책, 120쪽.

6 같은 책, 108~109쪽.

7 같은 책, 12쪽.

8 같은 책, 18~19쪽.

9 김용언, 『범죄소설—그 기원과 매혹』, 강, 2012, 94~95쪽.

6부

1 움베르토 에코·장클로드 카리에르, 『책의 우주』, 임호경 옮김, 열린책들, 2014, 343쪽.
2 살만 루슈디, 『하룬과 이야기 바다』, 김석희 옮김, 문학동네, 2012, 11~13쪽.
3 프란츠 카프카, 『소송』, 권혁준 옮김, 문학동네, 2015, 9쪽.
4 알베르 카뮈, 같은 책, 95쪽.
5 같은 책, 97쪽.
6 같은 책, 97~98쪽.
7 같은 책, 101~102쪽.
8 같은 책, 104쪽.
9 프란츠 카프카, 같은 책, 30쪽.
10 같은 책, 81쪽.
11 같은 책, 63~64쪽.

말하다

인터뷰 출처

김영하 "소설 잘 쓰려면 엄마가 놀랄 이야기를"
_채널예스, 2014년 10월

김영하 작가 "내가 고전을 읽는 이유"

_채널예스, 2013년 11월

소설가 김영하의 서재—김영하의 서재는 잠수함이다

_네이버 지식인의 서재, 2013년 10월

김영하, 한 사람의 인생이 한순간에 무너지는 이야기

_교보문고 북뉴스, 2013년 8월

고양이에게 매혹되다—작가 김영하에게 듣는 고양이

_『Magazine C』, 2013년 5월

인터뷰—아무도 가보지 않은 가장 낯선 곳에서

_『문학동네』, 2012년 여름

십 년밖에 못 산다고 생각하면 당장 모험을 시작할 수 있다

—소설가 김영하의 모험 이야기

_『럭셔리』, 2010년 10월

김영하 "여성의 마음을 사로잡는 비결은…"

—나보다 더 살아 있는 것들에 대하여

_채널예스, 2010년 10월

"소설 읽기는 일종의 인셉션"—『무슨 일이 일어났는지는 아무도』 김영하

주와 출처

_채널예스, 2010년 8월

“쓰고 싶을 때 내키는 대로 쓴 작품 모았죠”

_『주간한국』 2336호, 2010년 8월

소설가 김영하를 만나다 1

_딴지일보, 2010년 7월

소설가 김영하를 만나다 2

_딴지일보, 2010년 8월

대담—내면 없는 인간의 내면을 향하여

_『문학동네』, 2006년 겨울

대담—지문 사냥꾼, 빛의 제국에 들르다

_『풋』, 2006년 가을

좌담—장르문학과 장르적인 것에 관한 이야기들

_『문학과사회』, 2004년 가을

새로운 문학 지형도, ‘청춘’이 접수한다

—『오빠가 돌아왔다』 저자 김영하 인터뷰

_『출판저널』, 2004년 4월

대담—고난 속에서 벌어지는 카니발, 그 쾌활한 지옥도
_『문학동네』, 2003년 겨울

강연 목록

비관적 현실주의와 감성 근육
_SBS 〈힐링캠프〉, 2014년 12월

자기해방의 글쓰기
_CBS 〈세상을 바꾸는 시간, 15분〉, 2013년 5월

예술가가 되자, 지금 당장
_TEDxSeoul, 2010년 7월

할머니의 벌집
_멕시코 과달라하라 국제도서전, 2011년 11월

소설이라는 이상한 세계
_해운대 달맞이언덕축제, 2014년 9월

첫사랑 같은 책
_예스24 문화축제 '컬래버레이션 파티', 2013년 11월

주와 출처

나를 작가로 만든 것들

_하버드대학교, 2008년 5월

문화적 돌연변이

_인천문화재단 '포스트 한류시대, 아시아 문화교류의 전망' 심포지엄,
2007년 11월

다다다

김영하 인사이트 3부작

1판 1쇄 2021년 2월 26일
1판 7쇄 2023년 4월 3일

지은이 김영하
펴낸곳 복복서가(주)
출판등록 2019년 11월 12일 제2019-000101호
주소 03720 서울특별시 서대문구 연희로 28길 3
홈페이지 www.bokbokseoga.co.kr
전자우편 edit@bokbokseoga.com
문의전화 031) 955-2689(마케팅) 02) 332-7973(편집)

ISBN 979-11-91114-10-2 03810